JODI PICOULT

Der Funke des Lebens

Roman

Aus dem amerikanischen Englisch
von Elfriede Peschel

 PENGUIN VERLAG

Die Originalausgabe erschien 2018 unter dem
Titel *A Spark of Light* bei Ballentine Books
a division of Penguin Random House, New York.

Penguin Random House Verlagsgruppe FSC® N001967

1. Auflage 2022
Copyright © der Originalausgabe 2022 by Jodi Picoult
Copyright © 2020 der deutschsprachigen Ausgabe by C. Bertelsmann
in der Penguin Random House Verlagsgruppe GmbH,
Neumarkter Straße 28, 81673 München
Umschlag: www.buerosued.de, München,
nach einem Entwurf von Lisa White
Umschlagmotiv: Stocksy
Redaktion: Gerhard Seidl
Satz: Uhl + Massopust, Aalen
Druck und Bindung: GGP Media GmbH, Pößneck
Printed in Germany
ISBN 978-3-328-10783-5
www.penguin-verlag.de

FÜR JENNIFER HERSHEY UND SUSAN CORCORAN

Wenn du Glück hast, bekommst du Kollegen, die du magst.
Mit noch mehr Glück sind sie dir wie Schwestern.

XOX

17 Uhr

*Es geht nicht um die Frage, ob wir Extremisten
sein wollen, sondern vielmehr darum,
welche Art von Extremisten wir sein wollen.
Wollen wir Extremisten des Hasses oder der Liebe sein?*

REVEREND DR. MARTIN LUTHER KING JR.

Wie eine alte Bulldogge, die es gewohnt war, ihr Territorium zu bewachen, hockte das Center an der Ecke Juniper und Montfort Street hinter einem schmiedeeisernen Zaun. Früher einmal hatte es in Mississippi viele solcher Einrichtungen gegeben – unscheinbare Gebäude ohne besondere Merkmale, in denen man Dienste anbot und auf Bedürfnisse einging. Dann kamen die Restriktionen, deren Ziel es war, solche Orte verschwinden zu lassen: Die Flure mussten breit genug sein, damit zwei Transportliegen aneinander vorbeikamen, und jede Klinik, die dieser Vorgabe nicht genügte, musste entweder schließen oder viel Geld für eine Renovierung ausgeben. Von den Ärzten wurde verlangt, dass sie Belegbetten in den örtlichen Krankenhäusern nachweisen konnten – obwohl die meisten von außerhalb kamen und somit keinen Zugang dazu hatten –, sonst riskierten auch diese Kliniken geschlossen zu werden. Eine nach der anderen nagelte Fenster und Türen zu. Jetzt war das Center eine Rarität geworden – ein kleines rechteckiges Gebäude, das in abscheulichem Neonorange für all diejenigen leuchtete, die Hunderte von Kilometern gereist waren, um hierherzukommen. Die Farbe stand für Sicherheit, war aber auch eine Warnfarbe. Sie besagte: *Ich bin da, wenn du mich brauchst.* Sie sagte: *Macht mit mir, was ihr wollt, ich weiche nicht.*

Die Einschnitte der Politiker und die Beleidigungen der Protestierenden hatten Narben hinterlassen. Doch es hatte seine Wunden geleckt, und sie waren verheilt. Früher mal lautete sein Name Center for Women and Reproductive Health. Aber nach der Logik derjenigen, die glaubten, wenn etwas keinen Namen hatte, hörte es auf zu existieren, wurde seine Bezeichnung amputiert wie eine Kriegsverletzung. Aber es überlebte dennoch. Zuerst wurde es zum Center für Frauen. Und dann nur noch: das Center.

Eine passende Bezeichnung. Das Center war der ruhende Pol im Auge eines Ideologiesturms. Es war die Sonne in einem Universum von Frauen, die keine Zeit und keine andere Wahl mehr hatten und ein Leuchtfeuer brauchten, das ihnen den Weg wies.

Und wie bei anderen Dingen, die so hell strahlen, war seine Anziehungskraft groß. Wer in Not war, wurde magnetisch angezogen. Wer es verachtete, konnte seine Blicke nicht davon abwenden.

Wren McElroy sagte sich, dass dies heute kein guter Tag zum Sterben war. Ihr war zwar nicht unbekannt, dass andere fünfzehnjährige Mädchen den romantischen Liebestod verklärten, aber nachdem sie im letzten Jahr in der achten Klasse *Romeo und Julia* im Englischunterricht durchgenommen hatten, konnte sie keinen Zauber darin entdecken, in einer Krypta neben dem Geliebten aufzuwachen und sich dann dessen Dolch zwischen die Rippen zu rammen. Und *Twilight* – vergiss es. Sie hatte sich angehört, was der Lehrer über die Helden zu sagen hatte, deren tragischer Tod ihr Leben sogar noch überhöhte, anstatt es abzuwerten. Wren war sechs Jahre alt gewesen, als ihre Großmutter nicht mehr aus dem Schlaf aufgewacht war. Von Außenstehenden hatte sie sich immer wieder anhören müssen, welch ein Segen es sei, im Schlaf zu sterben, aber als sie ihre wachsweiß im offenen Sarg liegende Nana betrachtete, konnte sie nicht begreifen, warum das ein Geschenk sein sollte. Denn vielleicht war ihre Großmutter ja mit dem Gedanken zu Bett gegangen: *Am Morgen werde ich diese Orchidee gießen. Am Morgen werde ich diesen Roman zu Ende lesen. Ich werde meinen Sohn anrufen.* So viel blieb unerledigt. Nein, wie man es auch drehte und wendete, Sterben war nichts Gutes.

Ihre Großmutter war die einzige Tote, die Wren jemals zu Gesicht bekommen hatte. Bis vor einer Stunde. Jetzt konnte sie berichten, worin sterben und einfach tot sein sich unterschieden. Eben noch war Olive bei ihr gewesen und hatte Wren so unerschütterlich angesehen – als könnte sie sich an der Welt festhalten, wenn ihre Augen geöffnet blieben –, und dann, einen Herzschlag später, hörten diese Augen auf, Fenster zu sein, und wurden zu Spiegeln, aus denen Wren nur noch die Reflexion ihrer eigenen Panik anstarrte.

Sie wollte Olive nicht mehr ansehen, tat es aber trotzdem. Die tote Frau lag da, als würde sie mit dem Sofakissen unter dem Kopf ein Nickerchen machen. Olives Bluse war blutdurchtränkt, aber an der Seite über die Taille hochgerutscht, sodass man die Rippen sah. Oben war ihre Haut blass, ging dann in die Farbe von Lavendel über, die sich dort, wo ihr Rücken auf dem Boden auflag, zu einem schmalen Streifen Dunkelviolett vertiefte. Wren erklärte sich das damit, dass Olives Blut im Inneren zur Ruhe kam und sich sammelte, gerade mal zwei Stunden nachdem sie gestorben war. Einen kurzen Moment lang glaubte Wren, sich übergeben zu müssen.

Sie wollte nicht auch sterben wie Olive.

Was Wren unter den gegebenen Umständen zu einem schrecklichen Menschen machte.

Es war zwar höchst unwahrscheinlich, dass sie würde wählen können, aber wenn, dann würde Wren am liebsten in einem schwarzen Loch sterben. Kurz und schmerzlos. Als würde man buchstäblich in seine Atome zerlegt. Und dann zu Sternenstaub.

Das wusste sie von ihrem Vater. Von ihm hatte sie mit fünf

ihr erstes Teleskop bekommen. Er war auch der Grund dafür, weshalb sie als kleines Mädchen Astronautin hatte werden wollen und später dann Astrophysikerin, sobald sie herausfand, was das war. Er selbst hatte davon geträumt, als Kommandant eines Spaceshuttles jeden Winkel des Universums zu erforschen, doch dann schwängerte er ein Mädchen. Und anstatt zur Uni zu gehen, hatte er Wrens Mom geheiratet und erst als Polizist und dann als Detective jeden Winkel von Jackson, Mississippi, erforscht. Wren versicherte er allerdings, nicht für die NASA zu arbeiten, sei das Beste, was ihm je passiert war.

Auf der Rückfahrt von Großmutters Beerdigung hatte es geschneit. Wren – ein Kind, dem ein derartiges Wetter aus Mississippi völlig unbekannt war – hatte diese wirbelnde, ins Trudeln geratene Welt Angst gemacht. Ihr Vater hatte versucht, sie aufzumuntern: *Missionsspezialist McElroy, aktivieren Sie die Triebwerke.* Als sie nicht aufhören wollte zu weinen, ging er dazu über, wahllos irgendwelche Knöpfe zu drücken: für die Klimaanlage, die Warnblinkanlage, den Tempomat. Sie leuchteten rot und blau auf wie im Missionskontrollzentrum. *Missionsspezialist McElroy*, sagte ihr Vater, *machen Sie sich bereit für den Hyperraum.* Dann schaltete er sein Fernlicht an, sodass die Schneeflocken zu einem Tunnel rasender Sterne wurden, was Wren so sehr in Staunen versetzte, dass sie ihre Angst vergaß.

Jetzt wünschte sie sich, einen Schalter umlegen und in diese Zeit zurückreisen zu können.

Wünschte sich, sie hätte ihrem Dad erzählt, dass sie hierherwollte.

Wünschte sich, sie hätte es sich von ihm ausreden lassen.

Wünschte sich, sie hätte ihre Tante nicht gebeten, sie zu begleiten.

Gut möglich, dass Tante Bex inzwischen bereits in einer Leichenhalle lag und ihr Körper wie der von Olive zu einem Regenbogen wurde. Und Wren war an allem schuld.

Du, sagte der Mann mit der Waffe, und seine Stimme holte Wren zurück ins Hier und Jetzt. Er hatte einen Namen, aber sie wollte nicht mal daran denken. Dadurch würde er zu einem Menschen, aber er war kein Mensch, er war ein Monster. Während sie ihren Gedanken nachgehangen hatte, war er vor sie hingetreten. Jetzt fuchtelte er mit der Pistole vor ihr herum. *Steh auf!*

Die anderen hielten mit ihr den Atem an. In den vergangenen Stunden waren sie zu einem einzigen Organismus verwachsen. Wrens Gedanken befanden sich in ständigem Austausch mit denen der anderen Frauen. Ihre Angst dünstete aus deren Haut aus.

Noch immer sickerte Blut aus dem Verband an der Hand des Mannes. Wenigstens ein kleiner Triumph. Und der Grund, weshalb Wren trotz ihrer weichen Knie aufstehen konnte.

Sie hätte nicht hierherkommen sollen.

Sie hätte ein kleines Mädchen bleiben sollen.

Denn womöglich erlebte sie es nicht, etwas anderes zu werden.

Wren hörte das Klicken, als er die Waffe entsicherte, und schloss die Augen. Und alles, was sie sah, war das Gesicht ihres Vaters – die jeansblauen Augen, sein verhaltenes Lächeln –, wenn er hinauf in den Nachthimmel schaute.

Als George Goddard fünf Jahre alt war, hatte seine Mama versucht, seinen Daddy anzuzünden. Der weggetretene Vater hatte auf der Couch gelegen, als seine Mutter Feuerzeugbenzin über seiner Schmutzwäsche auskippte, ein Streichholz anzündete und den brennenden Eimer über ihm auskippte. Der große Mann richtete sich schreiend auf und wehrte mit seinen Riesenhänden die Flammen ab. Georges Mama sah aus einiger Entfernung mit einem Glas Wasser in der Hand zu. *Mabel*, hatte sein Vater geschrien. *Mabel!* Aber seine Mama hatte seelenruhig das Glas bis auf den letzten Tropfen geleert und nichts übrig gelassen, um die Flammen zu löschen. Als Georges Vater aus dem Haus rannte, um sich dort wie ein Schwein im Schmutz zu wälzen, meinte seine Mama zu ihm: *Lass dir das eine Lehre sein.*

Er hatte nicht so werden wollen wie sein Daddy, aber da der Apfel nun mal nicht weit vom Stamm fällt, war auch er nicht gerade der beste aller Ehemänner geworden. Das wusste er jetzt. Deshalb hatte er beschlossen, der beste aller Väter zu werden. Und deshalb hatte er auch heute Morgen den weiten Weg zum Center zurückgelegt, der letzten Abtreibungsklinik im Staat Mississippi.

Was man seiner Tochter dort genommen hatte, würde sie nie mehr zurückbekommen, ob ihr das jetzt bewusst war oder nicht. Aber das hieß nicht, dass er dafür keinen Preis fordern konnte.

Er sah sich im Wartezimmer um. Drei Frauen hockten zusammengekauert auf einer Stuhlreihe, zu ihren Füßen die Krankenschwester, die sich um den Verband des Arztes kümmerte. Schöner Arzt, dachte George verächtlich. Heilen konnte man das nicht nennen, was er tat, beim besten Willen nicht. Er hätte den Kerl umbringen sollen – *hätte* den Kerl umgebracht –, wäre er nicht gestört worden, als er mit der Schießerei begann.

Er stellte sich seine Tochter auf einem dieser Stühle sitzend vor. Fragte sich, wie sie hierhergekommen war. Ob sie den Bus genommen hatte. Ob eine Freundin sie gefahren hatte oder – daran wollte er nicht mal denken – der Junge, der sie in Schwierigkeiten gebracht hatte. Er versetzte sich gedanklich in ein anderes Universum, wo er mit seiner Waffe durch die Tür gestürmt kam und sie auf dem Stuhl neben den Prospekten zur Aufklärung über Geschlechtskrankheiten sitzen sah. Er hätte sie an der Hand gepackt und von da weggeschleift.

Was würde sie von ihm denken, jetzt, da er ein Mörder war?

Wie konnte er zu ihr zurück?

Wie konnte er überhaupt zurück?

Vor acht Stunden war ihm dies als heiliger Kreuzzug erschienen, Auge um Auge, Leben um Leben.

Seine Wunde pulsierte. George versuchte, mit den Zähnen den Verband festzuziehen, aber er löste sich. Man hätte ihn fester anlegen müssen, aber wer hier würde ihm dabei helfen?

Beim letzten Mal, als er das Gefühl hatte, die Wände würden näher kommen und ihn einschließen, hatte er seine kleine Tochter gepackt – rot und schreiend vor Fieber, das er weder erkannt hatte noch gewusst hätte, wie er es bekämpfen sollte – und Hilfe gesucht. Er war gefahren, bis sein Laster keinen Sprit mehr hatte – es war bereits nach ein Uhr nachts, aber er lief zu Fuß weiter –, so lange, bis er das einzige Gebäude fand, in dem noch Licht brannte und dessen Tür nicht verschlossen war. Ein unscheinbares Haus mit Flachdach – erst als er eintrat und die Bänke und das Holzrelief von Jesus am Kreuz sah, hatte er erkannt, dass es eine Kirche war. Das Licht, das er draußen gesehen hatte, kam von den auf dem Altar flackernden Kerzen. *Komm zurück*, hatte er laut zu seiner Frau gesagt, die inzwischen womöglich das halbe Land hinter sich gelassen hatte. Gut möglich, dass er müde war, vielleicht auch verzweifelt, aber er vernahm eindeutig eine Antwort: *Ich bin bereits bei dir*. Das Flüstern kam vom hölzernen Jesus und gleichzeitig aus all der Dunkelheit, die ihn umgab.

So einfach und doch so umfassend war George bekehrt worden. Irgendwie waren er und sein Mädchen auf dem mit Teppich ausgelegten Boden eingeschlafen. Am Morgen schüttelte Pastor Mike ihn wach. Die Frau des Pastors liebkoste sein Baby. Es gab einen Tisch übervoll mit Essen und wunderbarerweise ein Gästezimmer. Damals war George kein religiöser Mensch gewesen. Nicht Jesus hatte an diesem Tag Einzug in sein Herz gehalten. Sondern Hoffnung.

Hugh McElroy, der Unterhändler für die Geiselnahme, mit dem George nun seit Stunden im Gespräch war, meinte, Georges Tochter würde verstehen, dass er nur versucht hatte, sie zu beschützen. Er hatte versprochen, dass dies, sofern George kooperierte, ein gutes Ende finden könne, doch George wusste sehr gut, dass sich vor diesem Gebäude Männer befanden, deren Waffen auf die Tür gerichtet waren und die nur darauf warteten, dass er herauskam.

George wünschte sich das Ende herbei. Wollte das wirklich. Er war mental und physisch erschöpft, und es fiel ihm schwer, sich die Endphase vorzustellen. Er war die Tränen und das Schluchzen leid. Wollte das alles überspringen und dorthin gelangen, wo er wieder bei seiner Tochter saß und sie erstaunt zu ihm aufblickte, wie sie das immer getan hatte.

Aber George wusste auch, dass Hugh jedes Mittel einsetzen würde, um ihn zum Aufgeben zu überreden. Und das nicht nur, weil es sein Job war. Hugh McElroy musste ihn dazu bringen, die Geiseln freizulassen, und zwar aus demselben Grund, der George überhaupt erst dazu gebracht hatte, sie in seine Gewalt zu bringen – um die Lage zu retten.

Und das brachte George auf die Idee, was er tun würde. Er entsicherte seine Waffe. »Steh auf. Du«, sagte er und deutete auf das Mädchen mit dem Vogelnamen, das auf ihn eingestochen hatte. Das er benutzen würde, um Hugh McElroy eine Lektion zu erteilen.

Die wichtigste Regel für die Verhandlung mit Geiselnehmern lautete: Vermassle es nicht.

Als Hugh sich dem regionalen Team angeschlossen hatte, waren genau das die Worte des Ausbilders gewesen. Geh nicht rein in eine schlimme Situation und mach sie noch schlimmer. Lass dich auf keinen Streit mit dem Geiselnehmer ein. Sag ihm nicht, *ich verstehe*, weil du das wahrscheinlich gar nicht kannst. Sprich mit ihm auf eine Art und Weise, die beruhigt oder die Bedrohung minimiert, und sei offen dafür, dass die beste Kommunikation manchmal darin besteht, überhaupt nicht zu sprechen. Aktives Zuhören vermag sehr viel mehr, als einfach drauflos zu quasseln.

Es gab die unterschiedlichsten Geiselnehmer. Jene, die nichts mehr mitbekamen, weil sie von Drogen oder Alkohol zugedröhnt oder taub vor Kummer waren. Dann diejenigen, die ein politisches Ziel verfolgten. Außerdem jene, die so lange Rachegedanken in sich schürten, bis diese aufflammten und sie bei lebendigem Leib verbrannten. Und schließlich noch die letzte Gruppe, die Soziopathen – die über keinerlei Empathie verfügten, an die man hätte appellieren können. Dennoch waren sie es, die häufig am leichtesten zu handhaben waren, weil sie das Prinzip, wer am Hebel saß, verstanden. Schaffte man es, dem Soziopathen klarzumachen, dass man keinesfalls gewillt war, ihm die Oberhand zu überlassen, war man schon ganz schön weit gekommen. Man könnte argumentieren: *Wir treten jetzt seit zwei Stunden – oder sechs oder sechzehn – auf der Stelle, und ich weiß, was in Ihnen vorgeht. Aber langsam wird es Zeit für was Neues. Denn hier draußen wartet eine Gruppe von Männern, die findet, dass die Zeit abgelaufen ist, und jetzt gewaltsam einschreiten möchte.* Mit Gewalt kennen Soziopathen sich aus.

Bei jemandem, der deprimiert genug ist, sich selbst zu töten und andere mitzunehmen, würde diese Vorgehensweise hingegen erbärmlich versagen.

Für den Aufbau einer Beziehung zum Geiselnehmer war es entscheidend, dass man selbst die einzige Informationsquelle war und sich die Zeit für die Beschaffung wichtiger Informationen nahm. Mit welcher Art von Geiselnehmer hat man es zu tun? Was war der ausweglosen Situation, der Schießerei, dem Punkt, an dem es kein Zurück mehr gab, vorausgegangen? Um das herauszufinden, versuchte man mittels eines unverfänglichen Gesprächs über Sport, das Wetter, Fernsehen, eine Beziehung aufzubauen. Und erfuhr so nach und nach, was der Geiselnehmer mochte oder nicht mochte und was ihm wichtig war. Liebte er seine Kinder? Seine Ehefrau? Seine Mom? Warum?

Wenn es einem gelang, dieses *Warum* zu ergründen, fand sich auch ein Weg, die Situation zu entschärfen.

Hugh wusste, dass die besten Unterhändler für Geiselnahmen ihren Job ein Ballett nannten, einen Drahtseilakt oder einen komplizierten Tanz.

Aber er wusste auch, dass das Blödsinn war.

Keiner befragte die Unterhändler, deren Fälle im Blutbad geendet hatten. Nur denen, die erfolgreich gewesen waren und sich verpflichtet fühlten, ihre Arbeit als eine Art mystischer Kunst zu verkaufen, hielt man das Mikrofon vors Gesicht. In Wirklichkeit war es reine Glückssache.

Hugh McElroy hatte die Befürchtung, dass ihn sein Glück langsam verließ.

Er ließ seine Blicke über den Schauplatz wandern, den er während der letzten Stunden beherrscht hatte. Seine Kommandozentrale war ein Partyzelt, das sein Dezernat vor ein paar Wochen bei einem Gemeindefest aufgestellt hatte, um darin Werbung für die Erfassung kindlicher Fingerabdrücke zu Sicherheitszwecken zu machen. Streifenpolizisten waren wie eine Kette blauer Perlen um das Gebäude postiert. Die Presse hatte man hinter einer Polizeiabsperrung zusammengepfercht. – Man könnte meinen, sie wären klug genug, sich außer Reichweite eines bewaffneten Verrückten zu postieren, aber nein, die Verlockungen von Quote und Absatzzahlen waren offenbar zu groß. – Wie leere Drohungen lagen auf dem Gehweg riesige Bilder von Babys im Mutterleib oder handgemalte Slogans verstreut: ADOPTION, KEIN ABORT! ES IST EIN KIND, KEINE WAHLMÖGLICHKEIT.

Krankenwagen hielten sich bereit, bemannt mit Rettungskräften und bestückt mit Rettungsfolien, tragbaren Infusionen und Beatmungsgeräten. Das Sondereinsatzkommando war in

Position und wartete nur auf ein Signal. Ihr Kommandant Captain Quandt hatte versucht, Hugh vom Fall abzuziehen – wer konnte ihm das verdenken? –, und wollte den Schützen mit Gewalt außer Gefecht zu setzen. Aber Hugh wusste, dass Quandt dies niemals guten Gewissens tun könnte, nicht, solange Hugh kurz davor stand, George Goddard zum Aufgeben zu überreden.

Denn genau darauf hatte Hugh gesetzt, als er vor fünf Stunden mit der zweiten Regel für das Verhandeln mit Geiselnehmern brach und mit quietschenden Reifen in seinem Zivilfahrzeug am Tatort eintraf und den beiden Streifenpolizisten, die als Erste vor Ort gewesen waren, Befehle entgegenschrie.

Die zweite Regel beim Verhandeln mit einem Geiselnehmer lautete: Vergiss nicht, dass das ein Job ist.

Geiselnahmen dürfen nicht als Test deiner Männlichkeit missverstanden werden. Geiselnahmen sind keine Chance, den Ritter in glänzender Rüstung zu spielen oder sich seine fünfzehn Minuten Ruhm zu sichern. Möglicherweise lief es nach deinen Spielregeln, vielleicht aber auch nicht, egal, wie genau du dich daran hieltst. Nimm es nicht persönlich!

Aber Hugh hatte von Anfang an gewusst, dass das unmöglich wäre, nicht heute, nicht dieses Mal, denn diesmal lag eine völlig andere Situation vor. Es gab Gott weiß wie viele Tote in dieser Klinik, dazu fünf Geiseln, die noch am Leben waren. Und eine von ihnen war sein Kind.

Unvermittelt stand der Leiter des Sondereinsatzkommandos vor ihm. »Wir gehen da jetzt rein«, sagte Quandt. »Ich sage Ihnen das aus Höflichkeit.«

»Sie machen einen Fehler«, erwiderte Hugh. »Und das sage ich Ihnen aus Höflichkeit.«

Quandt wandte sich ab und fing an, in das Walkie-Talkie an seiner Schulter zu sprechen. »Wir gehen rein in fünf … vier …« Plötzlich brach seine Stimme ab. »Zurück! Ich wiederhole – *Abbruch*!«

Genau das Wort, das die Katastrophe in Gang gesetzt hatte. Hughs Kopf schnellte hoch, und er sah, was Quandt bemerkt hatte.

Die Eingangstür der Klinik war plötzlich aufgegangen, und zwei Frauen kamen heraus.

Als Wrens Mutter noch bei ihnen wohnte, hatte sie oben auf dem Bücherregal im Wohnzimmer eine Grünlilie stehen. Nachdem sie gegangen war, dachten weder Wren noch ihr Vater daran, sie zu gießen, aber diese Grünlilie schien dem Tod zu trotzen. Sie quoll aus ihrem Topf hervor und lenkte ihren Wuchs gegen alle Gesetze der Logik oder Schwerkraft in Richtung Fenster.

Genauso fühlte Wren sich jetzt, als sie, jedes Mal, wenn die Tür aufging, dem Licht entgegenschwankte, angezogen von ihrem Vater, der draußen auf dem Parkplatz stand.

Aber es war nicht Wren, die das Gebäude verließ. Sie hatte keine Ahnung, was ihr Vater während des letzten Telefonats zu George gesagt hatte, aber es hatte funktioniert. George hatte ihr mit vorgehaltener Waffe befohlen, die Couch zu verrücken, mit der er die Tür verbarrikadiert hatte. Obwohl die Geiseln sich nicht frei unterhalten konnten, ohne dass George es mitbekam, war ein Ruck durch sie gegangen. Als er Wren anwies, die Tür aufzuschließen, war sie sogar dem Gedanken verfallen, womöglich heil hier rauszukommen.

Joy und Janine gingen als Erste. Dann wies George Izzy an, Dr. Ward im Rollstuhl rauszuschieben. Natürlich war Wren davon ausgegangen, dass er auch sie freilassen würde, aber George hatte sie an den Haaren gepackt und zurückgerissen. Izzy hatte sich an der Schwelle mit düsterer Miene umgedreht, worauf Wren mit einem leichten Kopfschütteln geantwortet hatte. Womöglich war dies Dr. Wards einzige Chance rauszukommen, und er war verletzt. Sie musste ihn mitnehmen. Sie war Krankenschwester, sie kannte sich aus. »Wren ...«, setzte Izzy an, aber dann schlug George hinter ihr die Tür zu und schob den Metall-riegel vor. Er ließ Wren gerade so lange los, wie sie brauchte, um das Sofa wieder vor die Tür zu schieben.

Panik stieg in Wrens Kehle auf. Vielleicht war dies Georges Revanche für das, was sie ihm angetan hatte. Jetzt war sie allein hier drin mit diesem Tier. Nun, nicht ganz – ihr Blick wanderte über den Boden zu Olives Leiche.

Vielleicht war Tante Bex bei Olive, wo immer man hinkam, wenn man tot war. Vielleicht warteten beide schon auf Wren.

George ließ sich auf das Sofa vor der Tür plumpsen und ver-grub das Gesicht in den Händen. Die Waffe hielt er noch immer in der Hand. Sie blinzelte ihm zu.

»Werden Sie mich erschießen?«, platzte es aus ihr heraus.

George blickte auf, als wäre er überrascht, dass sie diese Frage überhaupt stellte. Sie zwang sich, seinem Blick standzuhalten. Eins seiner Augen schielte ein klein wenig nach rechts, nicht so, dass es komisch aussah, aber es erschwerte es, sich auf sein Ge-sicht zu konzentrieren. Sie fragte sich, ob er sich bewusst für eine bestimmte Blickrichtung entscheiden musste. Er rieb sich mit der bandagierten Hand die Wange.

Als Wren klein war, pflegte sie die Hände an das Gesicht ihres Vaters zu legen, um seine Bartstoppeln zu spüren. Sie machten ein raschelndes Geräusch. Lächelnd ließ er sich gefallen, dass sie sein Kinn bearbeitete, als würde sie auf einem Instrument spielen.

»Ob ich dich erschieße?« George lehnte sich in die Kissen zurück. »Kommt ganz darauf an.«

Es ging alles ganz schnell. Gerade eben war Janine Deguerre noch eine Geisel, gleich darauf wurde sie in einem Sanitäts-zelt von Rettungssanitätern untersucht. Sie sah sich um auf der Suche nach Joy, konnte aber die andere Geisel, mit der sie nach draußen gegangen war, nirgendwo entdecken.

»Ma'am«, sprach einer der Ersthelfer sie an, »können Sie dem Licht folgen?«

Janine war mit einem Ruck wieder bei dem jungen Mann, der tatsächlich wohl gar nicht so viel jünger war als sie – vierundzwanzig. Sie blinzelte ihn an, als er eine kleine Taschenlampe vor ihrem Gesicht hin und her schwenkte.

Sie bibberte. Nicht, weil ihr kalt war, sondern weil sie unter Schock stand. Von dem Schlag, den sie mit der Pistole gegen die Schläfe bekommen hatte, dröhnte ihr der Kopf noch immer. Der Sanitäter legte ihr eine Rettungsdecke um die Schultern, wie man das auch bei Marathonläufern am Ziel machte. Nun, vielleicht war sie, metaphorisch gesprochen, ja tatsächlich einen Marathon gelaufen. Und eine Linie hatte sie definitiv überschritten.

Die Sonne stand tief und erweckte die Schatten zum Leben, sodass die Unterscheidung, was real war und was die Augen ihr vorgaukelten, schwierig war. Noch vor fünf Minuten hatte Janine sich in der wohl schlimmsten Gefahr ihres Lebens befunden, aber erst hier unter einem Plastikzelt, umgeben von Polizei und medizinischem Fachpersonal, fühlte sie sich isoliert. Der bloße Akt, diese Schwelle zu überschreiten, hatte sie dorthin zurückgeführt, wo sie begonnen hatte: auf der anderen Seite.

Sie reckte den Hals und hielt erneut Ausschau nach Joy. Vielleicht hatte man sie ins Krankenhaus gebracht wie Dr. Ward. Oder vielleicht hatte Joy auch, sobald Janine außer Hörweite war, gesagt: *Haltet mir dieses Miststück vom Leib.*

»Ich denke, wir sollten Sie zur Beobachtung dabehalten«, meinte der Sanitäter.

»Mir geht es gut«, betonte Janine. »Wirklich. Ich möchte einfach nur nach Hause.«

Stirnrunzelnd erkundigte er sich: »Gibt es jemanden, der über Nacht bei Ihnen bleibt? Nur für alle Fälle?«

»Ja«, log sie.

Ein Polizist ging neben ihr in die Hocke. »Wenn Sie sich dazu in der Lage fühlen«, begann er, »werden wir Sie zuerst auf die Wache bringen. Wir benötigen eine Aussage.«

Janine bekam Panik. Wusste man über sie Bescheid? Musste sie es ihnen sagen? War das wie vor Gericht, wo man auf die Bibel schwören musste? Oder könnte sie einfach noch ein bisschen länger jemand sein, der Mitgefühl verdiente?

Sie nickte und stand auf. Sanft geleitet von der Hand des Polizisten, bewegte sie sich langsam aus dem Zelt. Dabei raffte sie ihre Rettungsdecke an sich wie einen Hermelinumhang. »Moment«, sagte sie. »Was ist mit den anderen?«

»Die kommen nach, sobald sie so weit sind«, versicherte er ihr.

»Das Mädchen«, sagte Janine. »Was ist mit dem Mädchen? Ist es rausgekommen?«

»Seien Sie unbesorgt, Ma'am«, erwiderte er.

Die Rufe der Reporter brandeten ihr entgegen, ein unentwirrbares Fragendurcheinander. Der Polizist schirmte sie mit seinem Körper vor den Medienvertretern ab und führte sie zu einem wartenden Polizeiwagen. Stickige Hitze umfing sie, als die Tür geschlossen wurde. Während der Fahrt starrte sie aus dem Fenster.

Unterwegs kamen sie an einer Anzeigentafel vorbei. Janine erkannte sie, weil sie mitgeholfen hatte, Spenden für ihre Errichtung einzutreiben. Darauf war ein Foto von zwei lächelnden zahnlosen Babys zu sehen – eins schwarz, das andere weiß. *Wussten Sie*, stand darauf, *dass mein Herz achtzehn Tage nach der Empfängnis zu schlagen beginnt?*

Fakten wie diese kannte Janine eine Menge. Sie wusste auch, wie die verschiedenen Religionen und Kulturen das Person-Sein definierten. Katholiken glaubten an Leben bei der Empfängnis. Muslime glaubten, dass Allah nach der Empfängnis zweiundvierzig Tage benötigte, um einen Engel zu schicken, der Spermium und Ei in etwas Lebendiges verwandelte. Thomas von Aquin hatte gesagt, ein Schwangerschaftsabbruch sei bei einem männlichen Embryo nach vierzig Tagen und bei einem weiblichen nach achtzig Tagen Mord. Es gab auch Sonderfälle, wie etwa die alten Griechen, die behaupteten, ein Fötus habe eine »vegetabile« Seele, und die Juden, die sagten, dass die Seele bei der Geburt komme. Janine war geschickt darin, in einer Diskussion bewusst von solchen Ansichten abzulenken.

Wirklich Sinn ergab es keinen oder? Wieso wurde der Moment, an dem Leben begann, je nach Blickwinkel so unterschiedlich interpretiert? Wieso konnte das Gesetz in Mississippi festlegen, ein Embryo sei ein menschliches Wesen, das Gesetz in Massachusetts dazu aber eine ganz andere Haltung einnehmen? War das Baby nicht dasselbe Baby, egal, ob es in einem Bett in Jackson oder in Nantucket an einem Strand gezeugt wurde?

Janine bekam Kopfweh davon. Aber das ging ihr im Moment mit allem so.

Bald würde es dunkel werden. Wren hockte im Schneidersitz auf dem Fußboden und behielt George im Auge, der zusammengesackt auf dem Sofa saß, die Ellbogen auf den Knien abstützte und die Waffe locker in der Hand baumeln ließ. Sie riss die letzte Packung Feigenkekse auf – alles, was noch aus dem Korb mit den Snacks aus dem Aufwachraum übrig war. Ihr knurrte der Magen.

Im Dunkeln hatte sie immer Angst gehabt. Ihr Dad musste mit der Waffe im Holster ihr ganzes Zimmer untersuchen – unter dem Bett, unter der Matratze, auf den hohen Regalen über ihrer Kommode. Manchmal wachte sie in der Nacht weinend auf, überzeugt, dass sie etwas Entsetzliches mit Reißzähnen am Fußende ihres Betts hatte sitzen sehen, das sie aus gelben Augen beobachtete.

Jetzt wusste sie: Ungeheuer *waren* real.

Wren schluckte. »Ihre Tochter«, fragte sie, »wie heißt sie?«

George blickte auf. »Halt deinen Mund«, herrschte er sie an.

Die Heftigkeit, mit der er ihr die Worte entgegenschleuderte, ließ sie ein wenig zurückweichen, aber dabei rührte ihr Bein an etwas Kaltes, Starres. Sie wusste sofort, was es war – *wer* es war –, und schluckte ihren Aufschrei hinunter. Wren nahm ihre ganze Willenskraft zusammen und rutschte wieder nach vorn, die Arme um die angezogenen Knie geschlungen. »Bestimmt möchte Ihre Tochter Sie sehen.«

Das Profil des Schützen wirkte zerklüftet und wenig einladend.

»Du weißt gar nichts.«

»Ich bin mir sicher, dass sie Sie sehen möchte«, wiederholte Wren. *Ich weiß es*, sagte sie sich, *weil ich mir nichts mehr wünsche als das.*

Sie log.

Janine saß auf der Polizeiwache und log den Detective an, der ihr gegenübersaß und ihre Aussage aufnahm. »Was hat Sie heute Morgen zum Center geführt?«, erkundigte er sich freundlich.

»Eine Schmierblutung«, antwortete Janine.

Alles andere, was sie ihm erzählt hatte, stimmte und klang nach einem Horrorfilm: das Knallen von Schüssen, das Gewicht der Klinikangestellten, die plötzlich gegen sie rumste und sie zu Boden warf. Janine hatte sich das saubere T-Shirt angezogen, das sie von den Sanitätern bekommen hatte, spürte aber noch immer das heiße Blut – so viel Blut – der Frau, das ihre Kleidung durchtränkte. Auch jetzt noch rechnete sie damit, es zu sehen, wenn sie auf ihre Hände schaute.

»Was ist dann passiert?«

Wie sie feststellen musste, konnte sie sich nicht mehr an die Abfolge erinnern. Anstatt einer logischen Sequenz blitzten nur Momentaufnahmen auf: ihr unkontrollierbar zitternder Körper, als sie losrannte, ihre gegen die Schusswunde einer verletzten Frau gepresste Hand. Der Schütze, der seine Pistole auf Janine richtete, während Izzy mit einem Haufen Vorräte in den Armen neben ihm stand. Das Läuten des Telefons, das sie alle wie Mannequins erstarren ließ.

Janine hatte das Gefühl, sich gezwungenermaßen einen Film anzusehen, den sie eigentlich nie hatte sehen wollen, und zwar bis zum Ende.

Als sie zu der Stelle kam, wo der Schütze ihr einen Schlag mit der Waffe verpasste, ließ sie den Grund dafür unerwähnt. Lügen durch Verschweigen hatte man das genannt, wenn sie als kleines Mädchen zur Beichte ging. Auch das war eine Sünde, aber weniger schwerwiegend. Doch manchmal log man, um Menschen zu schützen. Manchmal log man, um sich selbst zu schützen.

Was zählte schon eine weitere Lüge neben all den anderen?

Als sie sprach, weinte sie. Sie merkte es erst, als der Polizeibeamte ihr eine Schachtel mit Taschentüchern hinhielt.

»Darf ich *Sie* was fragen?«, sagte sie.

»Natürlich.«

Sie schluckte. »Glauben Sie, dass jeder Mensch bekommt, was er verdient hat?«

Der Detective sah sie lange an. »Ich denke nicht, dass irgendjemand einen Tag wie den heutigen verdient hat.«

Janine nickte. Sie schnäuzte sich und knüllte das Taschentuch zusammenn.

Plötzlich ging die Tür auf, und ein Beamter in Uniform steckte den Kopf herein. »Da draußen ist ein Herr, der sagt, dass er Sie kennt …?«

In dem Mann hinter ihm erkannte Janine Allen – seine geröteten Wangen und den dicken Bauch, Anlass seiner Scherze, sehr wohl zu wissen, wie es war, schwanger zu sein. Allen war der Anführer der örtlichen Recht-auf-Leben Gruppe. »Janine!«, rief er und schob sich an dem Polizisten vorbei, um sie in die Arme zu schließen. »Du lieber Gott«, seufzte er. »Wir haben für dich gebetet, meine Liebe.«

Sie wusste, dass sie für jede Frau beteten, die durch die Türen des Centers ging. Doch dies war etwas anderes. Allen hätte keinen Frieden mit sich schließen können, wenn ihr etwas zugestoßen wäre, denn schließlich war er derjenige gewesen, der sie zum Spionieren hineingeschickt hatte.

Vielleicht hatte Gott ja zugehört, denn sie war freigekommen. Aber das waren auch Joy und Izzy und Dr. Ward. Und was war mit denen, die es nicht geschafft hatten, lebend herauszukommen? Was war das für ein launischer Gott, der so würfelte?

»Lass mich dich nach Hause bringen, damit du zur Ruhe kommst«, sagte Allen. Und zum Detective: »Ich bin mir sicher, dass Miz Deguerre ein wenig Ruhe nötig hat.«

Der Detective sah Janine direkt in die Augen, als wollte er sich vergewissern, dass sie mit Allens Bevormundung einverstanden war. Warum sollte sie das auch nicht sein? Sofort nach ihrem Eintreffen in der Stadt hatte sie getan, was er von ihr verlangte, weil sie seine Mission auf jede erdenkliche Weise unterstützen wollte. Und sie wusste, dass er es gut meinte. »Wir bringen Sie gerne dorthin, wohin auch immer Sie möchten«, schlug der Detective ihr vor.

Er bot ihr eine Wahlmöglichkeit an, sie fühlte sich berauschend an und machtvoll.

»Ich muss auf die Toilette«, platzte es aus ihr heraus, eine weitere Lüge.

»Natürlich.« Der Detective zeigte ihr den Weg über den Flur. »Am Ende links und dann die dritte Tür rechts.«

Janine setzte sich in Bewegung, hielt dabei noch immer die um ihre Schultern gelegte Foliendecke fest. Sie brauchte einfach kurz Zeit zum Nachdenken.

Am Ende des Flurs befand sich ein weiteres Vernehmungszimmer, ähnlich dem, in dem sie befragt worden war. Was von innen ein Spiegel gewesen war, entpuppte sich von diesem Blickwinkel aus als Fenster. Joy saß mit einer weiblichen Beamtin an einem Tisch.

Ehe ihr bewusst wurde, was sie tat, klopfte Janine ans Fenster. Offenbar war das Geräusch zu hören gewesen, denn Joy drehte sich in ihre Richtung, obwohl sie Janines Gesicht nicht sehen konnte. Die Tür des Vernehmungszimmers schwang auf, und gleich darauf stand sie einer Polizeibeamtin gegenüber.

»Gibt es ein Problem?«

Durch die offene Tür nahm sie Blickkontakt zu Joy auf.

»Wir kennen einander«, sagte Janine.

Joy nickte nach kurzem Zögern.

»Ich wollte nur ... ich wollte nur sehen ...« Janine überlegte. »Ich dachte, Sie könnten vielleicht Hilfe brauchen.«

Die Beamtin verschränkte die Arme. »Wir sorgen schon dafür, dass sie alles bekommt, was sie braucht.«

»Ich weiß, aber ...« Janine sah Joy an. »Sie sollten heute Abend nicht allein sein.«

Sie spürte den huschenden Blick, mit dem Joy die Bandage an ihrer Schläfe streifte. »Sie auch nicht«, erwiderte Joy.

Der Streifen Klebeband, der im Krankenzimmer von einem der in die Decke eingelassenen Schlitze der Klimaanlage hing, flatterte, als gelte es, etwas zu feiern. Unwahrscheinlich, wie die auf dem Rücken liegende Izzy fand, während der Arzt sie abtastete, wobei sie sich ausklinkte.

»Da ist es ja«, murmelte der Geburtshelfer. Er bewegte den Stab nach links, dann nach rechts und zeigte anschließend auf das unscharfe Bild des Ultraschallgeräts, auf dem sich an einem der Ränder von Izzys amöbenhaften Uterus die weiße Erdnuss des zusammengerollten Fötus abzeichnete. »Komm schon ... komm schon ...« Seine Stimme hatte etwas Drängendes. Dann sahen sie es beide – das Flackern eines Herzschlags. Etwas, das sie unzählige Male beim Ultraschall anderer Frauen gesehen hatte.

Sie stieß die Luft aus, von der sie gar nicht wusste, dass sie diese angehalten hatte.

Der Arzt nahm Messungen vor und dokumentierte diese. Dann wischte er ihr das Gel vom Bauch und deckte sie wieder mit dem Tuch zu. »Sie können sich glücklich schätzen, Miz Walsh«, verkündete er. »Alles ist gut, Sie können gehen.«

Izzy stützte sich auf dem Ellbogen ab und versuchte, sich aufzurichten. »Warten Sie, das ... das war's dann?«

»Sie sollten natürlich darauf achten, ob es in den nächsten Tagen zu Krämpfen oder Blutungen kommt«, ergänzte der Arzt, »aber da der Herzschlag so kräftig ist, würde ich sagen, dass dieser kleine Junge – oder das Mädchen – durchaus vorhat zu bleiben. Kommt eindeutig nach der Mama.«

Er meinte, er werde noch die Entlassungspapiere unterschreiben, und verschwand dann durch den Vorhang, der ihre Untersuchungskabine von den anderen abtrennte. Izzy sank zurück, schob die Hände unter das kratzige Tuch und legte sie flach auf den Bauch.

Gleich nachdem sie aus der Klinik ins Freie gekommen war, hatten die Rettungssanitäter sie neben Dr. Ward auf eine Krankentrage gelegt, obwohl sie ihnen zu versichern versucht hatte, nicht verletzt zu sein. Doch davon wollte Dr. Ward nichts wissen.

»Sie ist schwanger«, hielt er dagegen. »Sie braucht ärztliche Hilfe.«

»*Sie* brauchen ärztliche Hilfe«, hatte sie gekontert.

»Da haben Sie's«, sagte Dr. Ward an den jungen Sanitäter gewandt, der die Aderpresse kontrollierte. »Sie lässt mich einfach nicht in Frieden.« Und mit Blick auf sie ergänzte er leise: »Wofür ich unendlich dankbar bin.«

Dann wurden sie getrennt. Sie fragte sich, ob er schon operiert wurde, ob er das Bein behalten konnte. Doch sie hatte ein gutes Gefühl.

Vielleicht waren manche Leute einfach dazu ausersehen, zu überleben.

Da ihr Vater ständig arbeitslos war, hatte ihre Mutter Izzy und ihre Zwillingsbrüder nur unter großen Mühen durchbringen können. Das Haus, in dem sie wohnten, war so klein, dass sich die drei Kinder nicht nur ein Zimmer, sondern ein Bett teilen mussten. Dennoch war Izzy lange Zeit gar nicht bewusst gewesen, dass sie arm war. Ihre Mutter zog mit ihnen auf der Suche nach Münzgeld los. Fürs Abendessen gingen sie angeln. Gelegentlich feierten sie Kolonialwoche – da wurden anstatt der elektrischen Beleuchtung Kerzen angezündet.

Wenn Izzy über ihr Leben nachdachte, gab es eine scharfe Trennlinie zwischen damals und heute. Jetzt bewohnte sie zusammen mit Parker ein Haus dreimal so groß wie das ihrer Kindheit. Er war gewissermaßen der Prinz aus guter Familie, der sich in ein von Schulden geplagtes Aschenputtel verliebt hatte, das die Ausbildung zur Krankenschwester machte. Kennengelernt hatten sie sich, als er mit einem gebrochenen Bein im Streckverband lag. Ihre erste Verabredung, pflegte er zu scherzen, sei eine Waschung gewesen.

Parker hatte wie sein Vater, sein Großvater und sein Urgroßvater vor ihm in Yale studiert. Aufgewachsen war er in Eastover, der snobistischsten Gegend des ganzen Bundesstaates. Seine Kindheit war von Privatschulen, Miniaturblazern und Krawatten geprägt. Er *übersommerte*. Selbst seinen Job – als Dokumentarfilmer – konnte er sich nur dank seines Treuhandfonds erlauben.

Wenn sie auswärts aßen, bestellte Izzy nach wie vor das billigste Gericht auf der Karte. Ihr Gefrierschrank war immer randvoll, nicht weil sie es sich nicht hätte leisten können, frisches

Gemüse zu kaufen, sondern weil sie immer noch für schlechte Zeiten gewappnet sein wollte.

Sie hätten auch von verschiedenen Planeten abstammen können. Wie um alles in der Welt sollten sie ein gemeinsames Kind großziehen?

Izzy fragte sich, ob die Bruchlinie ihres Lebens sich womöglich verschoben hatte und nicht mehr auf den Tag zu datieren war, als sie ihr erstes Gehalt bekam. Sondern nunmehr auf den Tag der heutigen Schießerei fiele und sie ab jetzt alles in *davor* und *danach* einteilen würde.

Eine Krankenschwester betrat die Untersuchungskabine. »Wie fühlen Sie sich?«

»Mir geht es gut«, erwiderte Izzy, froh, dass ihre zitternden Hände noch unter der Decke steckten.

»Ich habe Informationen von diesem Notfall, nach dem Sie sich erkundigt hatten ...«

»Dr. Ward?« Izzy setzte sich auf.

»Nein. Die Frau. Bex Sowieso? Sie hat die Operation gut überstanden«, berichtete die Krankenschwester. »Sie liegt auf der Intensivstation.«

Izzy schossen Tränen in die Augen. *Gott sei Dank.* »Und was ist mit Dr. Ward?«

Sie schüttelte den Kopf. »Ich habe noch nichts gehört, aber ich werde das im Auge behalten.« Sie sah Izzy mitfühlend an. »Sie sind bestimmt alle durch die Hölle gegangen.«

Das waren sie mit Sicherheit. Im Bemühen, Bex das Leben zu retten, hatte Izzy ihren Finger durch deren Brustkorb gesteckt und nach dem Kissen ihrer schwerfällig arbeitenden Lungen getastet. Überall hatte Dr. Wards Blut an ihr geklebt.

»Die Polizei möchte Sie sprechen«, kündigte die Krankenschwester an. »Die Beamten warten schon eine Weile. Aber wenn Sie sich dazu nicht imstande fühlen, gebe ich das gern so weiter.«

»Dürfte ich vorher die Toilette benutzen?«

»Aber sicher«, erwiderte die Krankenschwester. Sie half Izzy beim Aufstehen und führte sie durch den Vorhang zu einer Einzeltoilette. »Brauchen Sie Hilfe?«

Izzy verneinte kopfschüttelnd, schloss die Tür und verriegelte sie, lehnte sich gegen das Holz. Das Zittern war jetzt von ihren Händen auf den Rest des Körpers übergegangen. Selbst ihre Zähne klapperten.

Ein Schock wie aus dem Lehrbuch.

»Reiß dich zusammen«, befahl sie sich, ließ Wasser in das Waschbecken laufen und spritzte es sich ins Gesicht. Sie tupfte sich die Haut mit Papiertaschentüchern trocken und warf einen Blick in den Spiegel. Sofort wünschte sie sich, sie hätte es nicht getan. Längst hatte sich der Zopf, zu dem sie die langen Haare gebändigt hatte, aufgelöst, die nun als feuerrotes Gewirr ihr Gesicht rahmten. Die Krankenhauskleider, die man ihr im Tausch gegen die blutigen gegeben hatte, die sie bei der Einlieferung trug, waren zu groß und über eine Schulter gerutscht, sodass sie aussah wie eine armselige Karikatur einer schwülen Krankenschwesternfantasie. Obwohl sie das Blut von Armen und Hals weitgehend entfernt hatte, waren noch vereinzelte Flecken zurückgeblieben.

Sie schrubbte, bis ihre Haut wund war, und kehrte dann in die kleine Kabine zurück. Vor dem Vorhang wartete ein Polizeibeamter. »Miz Walsh? Ich bin Officer Thibodeau. Wäre es Ihnen vielleicht möglich, eine kurze Aussage zu machen?«

Sie zog den Vorhang auf und nahm mit baumelnden Beinen auf der Liege Platz. »Wo soll ich anfangen?«

Thibodeau kratzte sich mit einem Stift über dem Ohr. »Nun, am besten wohl am Anfang«, meinte er. »Sie kamen heute Morgen zur Klinik?«

»Ja.«

»Wie lange arbeiten Sie schon dort?«

Bevor sie antworten konnte, verlangte eine Stimme zu erfahren, wo Izzy war.

Parker.

Izzys Beine glitten von der Liege, und sie trat nach vorn, als er sich gerade an der Krankenschwester und dem Arzt vorbeidrängte, die ihn vom geschützten Patientenbereich fernzuhalten versuchten.

»Parker!«, rief sie, und sein Kopf fuhr mit einem Ruck herum.

»Izzy, mein *Gott.*« Mit drei großen Schritten war er bei ihr und umarmte sie stürmisch. Er hielt sie so fest, dass sie kaum atmen konnte. Aber das zählte nicht, denn sobald sie ihn berührte, hörte sie endlich zu zittern auf.

Als die Sanitäter Izzy eingeliefert hatten und die Aufnahmeschwester sie gefragt hatte, wen sie als Nächststehenden anrufen konnten, war ihr Parkers Name herausgerutscht. Wenn das nicht aufschlussreich war?

Vielleicht gab es ja ein Mittel gegen das ständige Grübeln darüber, was sie auseinanderbringen könnte, und es gelänge ihr stattdessen, sich auf das zu konzentrieren, was sie miteinander verband.

»Bist du okay?«, fragte er.

Sie nickte stumm.

»Du bist nicht verletzt?« Parker löste sich von ihr und hielt sie auf Armeslänge fest. In seinem Blick waren tausend Fragen zu lesen, und er sah ihr in die Augen, als könnte er dort die Antworten finden. Oder die Wahrheit. Vielleicht waren sie ausnahmsweise einmal deckungsgleich.

Dass dieser Tag unter diesen Umständen und an diesem Ort enden würde, hätte sie nicht gedacht. Aber irgendwie war sie hier genau richtig. »Mir geht es gut«, sagte Izzy. Sie nahm seine Hand, drückte sie sich gegen den Bauch und lächelte. »*Uns* geht es gut.«

Plötzlich schien Izzys Zukunft in den Bereich des Möglichen

gerückt. Und das fühlte sich an wie der Stempel, den man in den Pass bekam, wenn man wieder ins Heimatland zurückkehrte und einem dann klar wurde, dass man nur gereist war, um sich daran zu erinnern, wie Heimkommen sich anfühlte.

Als eine der jungen Kriminalbeamtinnen ihm die Nachricht überbrachte, dass seine ältere Schwester die Operation überstanden hatte, schickte Hugh einen stillen Dank an einen Gott, an den er schon seit Langem nicht mehr glaubte. Jener Teil seines Gehirns, der in Sorge um sie gewesen war, konnte sich jetzt auf Wren konzentrieren, die noch immer mit einem Mörder dort drin war.

Als Erstes waren die beiden Frauen freigelassen worden. Dann die Krankenschwester und der verletzte Arzt, der die Schwangerschaftsabbrüche vornahm.

Hugh hatte gewartet. Und gewartet. Und … nichts.

Er lief im Kommandozentrum hin und her, von dem aus er angerufen hatte, um dem Schützen noch ein paar Minuten zu geben in der Hoffnung, er würde seinem Versprechen nachkommen und *alle* Geiseln freilassen. Nun fragte er sich, ob er eine schlechte Entscheidung getroffen hatte. Womöglich sogar eine fatale, für Wren?

Captain Quandt kam erneut auf ihn zu und stellte sich Hugh in den Weg. »Okay, ich habe genug gewartet. Die meisten hat er freigelassen. Jetzt scheuchen wir ihn raus.«

»Das können Sie nicht machen.«

»Und ob ich das kann«, entgegnete Quandt. »Ich habe hier das Kommando, Lieutenant.«

»Nur auf dem Papier.« Hugh stellte sich dicht vor ihn. »Dort drin ist noch eine Geisel. Für Goddard sind Sie ein Niemand. Wenn Sie da reingehen, wissen wir beide, wie das enden wird.«

Dabei verschwieg Hugh allerdings, dass es ohnehin so enden könnte. Was wäre, wenn George zwar eingewilligt hätte, die Geiseln freizulassen, dabei jedoch nicht vorhatte, sein Wort auch zu halten? Stattdessen lieber im Kugelhagel sterben und Wren dabei mitnehmen wollte? Würde er Hugh auf diese Weise den ultimativen Stinkefinger zeigen?

Quandt sah ihm in die Augen. »Wir wissen doch beide, dass Sie da viel zu dicht dran sind, um klar denken zu können.«

Hugh verharrte reglos, die Arme vor der Brust verschränkt. »Genau deshalb möchte ich nicht, dass Sie durch diese verdammte Tür stürmen.«

Der Captain kniff die Augen zusammen. »Ich gebe ihm noch weitere zehn Minuten, um Ihre Tochter freizulassen. Dann werde ich alles in meiner Macht Stehende tun, für ihre Sicherheit zu sorgen … aber wir bringen das zu Ende.«

Sobald Quandt gegangen war, nahm Hugh sein Mobiltelefon und wählte die Nummer der Klinik, dieselbe, die er nun schon seit Stunden benutzte, um mit George zu sprechen. Es klingelte und klingelte. *Nimm endlich ab!* Hugh hatte keine Schüsse gehört, aber das bedeutete nicht, dass Wren sicher war.

Nachdem er es achtzehnmal hatte läuten lassen, wollte er schon auflegen. Dann: »Daddy?«, meldete sich Wren, und er war machtlos dagegen, dass seine Knie einfach nachgaben.

»Hey, Süße«, sagte er, bemüht, sich die Emotionen, die ihn überwältigten, nicht anmerken zu lassen. Er musste an ihre Stürze als Kleinkind denken. Sobald Hugh sich anmerken ließ, wie besorgt er war, brach sie in Tränen aus. War sein Ausdruck hingegen gefasst, riss sie sich zusammen und rappelte sich auf. »Ist alles in Ordnung mit dir?«

»J-ja.«

»Hat er dich verletzt?«

»Nein.« Eine Pause. »Ist Tante Bex …«

»Sie wird wieder«, sagte Hugh, obwohl er das nicht mit Sicherheit wusste. »Ich möchte, dass du weißt, wie sehr ich dich liebe«, ergänzte er und konnte dabei regelrecht hören, wie die Panik in seiner Tochter wuchs.

»Sagst du das, weil ich sterben werde?«

»Nicht, wenn es nach mir geht. Würdest du George bitten…«, begann er, musste dann aber schlucken. »Würdest du ihn bitten, mit mir zu sprechen?«

Er hörte gedämpfte Stimmen, dann war George in der Leitung. »George«, sprach Hugh ihn mit ruhiger Stimme an, »ich dachte, wir hätten eine Vereinbarung.«

»Hatten wir.«

»Sie sagten, Sie würden die Geiseln freilassen.«

»Habe ich«, antwortete George.

»Nicht alle.«

Das Gespräch stockte. »Sie haben keine genauen Angaben gemacht«, erwiderte George.

Hugh umfasste das Telefon, als würde er mit einer Geliebten flüstern. »Möchten Sie mir sagen, was wirklich los ist, George?« Eine Pause. »Sie können mit mir reden. Das wissen Sie.«

»Es ist alles eine Lüge.«

»Was ist eine Lüge?«

»Was geschieht mit mir, wenn ich Ihr Kind freilasse?«

»Darüber sprechen wir, wenn Sie rauskommen. Sie und ich«, sagte Hugh.

»Blödsinn. Mein Leben ist so oder so vorbei. Entweder gehe ich ins Gefängnis und rotte da vor mich hin, oder ich werde erschossen.«

»Dazu wird es nicht kommen«, versprach Hugh. »Das werde ich nicht zulassen.« Er schielte auf die Notizen, die er sich nach seiner letzten Unterredung mit George gemacht hatte. »Erinnern Sie sich? Sie beenden das und werden damit das Richtige tun. Ihre Tochter – ach, die ganze Welt – wird zusehen, George.«

»Das Richtige zu tun«, entgegnete George ruhig, »bedeutet eigentlich manchmal, etwas Schlimmes zu tun.«

»Das muss nicht so sein«, sagte Hugh.

»Sie kapieren es nicht.« Georges Stimme war angespannt, distanziert. »Aber Sie werden es kapieren.«

Das war eine Drohung. Das hörte sich eindeutig nach einer Drohung an. Hugh schielte auf den Leiter des Sondereinsatzkommandos. Quandt starrte ihn vom Rand des Zelts aus an. Er hob einen Arm, zeigte auf seine Uhr.

»Lassen Sie Wren gehen«, handelte Hugh mit ihm, »dann werde ich sicherstellen, dass Sie da lebend rauskommen.«

»Nein. Solange ich sie in meiner Gewalt habe, wird man nicht schießen.«

Hugh musste ihm eine praktikable Alternative anbieten, eine, die Wren aus dem Spiel ließ, aber George dennoch glauben ließ, dass er geschützt war.

Und da wusste er auch schon, was zu tun war.

Hugh warf einen Blick auf den Captain. Quandt würde sich keinesfalls darauf einlassen. Das war zu riskant. Hugh würde seinen Job verlieren – vielleicht auch sein Leben –, aber seine Tochter wäre in Sicherheit. Es gab keine andere Wahl.

»George«, schlug er vor, »nehmen Sie mich stattdessen.«

Bex war tot. Sie musste tot sein, denn alles war weiß, und da war ein helles Licht, genau das, was nach Meinung aller zu erwarten war, oder?

Sie drehte den Kopf ein wenig nach links und sah den Infusionsgalgen, die Kochsalzlösung, die ihr tröpfelnd verabreicht wurde. Über ihr hing eine Leuchtstofflampe.

Ein Krankenhaus. Sie war das genaue Gegenteil von tot.

Als sie an Wren und Hugh dachte, schnürte es ihr die Kehle zu. Ging es ihrer Nichte gut? Sie stellte sich Wren vor, wie sie mit hochgezogenen Knien an der weißen Zunge ihrer Sneakers zog. Hatte Hugh vor Augen, der sich im Krankenwagen über sie beugte. So sah Bex die Welt: in Bildern. Nach einer Umsetzung in ihrem Atelier würde sie dafür den Titel *Abrechnung* wählen.

Sie würde die angespannten Sehnen von Hughs Hals betonen, das Zittern von Wrens sich bewegender Hand. Der Hintergrund hätte die Farbe eines Blutergusses.

Sammler von Chicago bis Kalifornien hatten die von Bex erschaffenen Installationen erworben. Ihre Arbeiten nahmen die Größe einer ganzen Wand ein. Betrachtete man sie mit Abstand, sah man womöglich eine Frauenhand auf einem Schwangerschaftsbauch. Ein Baby, das seine Finger nach dem über ihm hängenden Mobile ausstreckte. Eine Frau in den Wehen. Trat man aber näher heran, erkannte man, dass das Porträt aus Hunderten gebrauchter, vielfarbiger Post-it-Zettel bestand, die auf einem Raster sorgfältig mit Schellacklösung fixiert waren.

Wenn über ihre Arbeiten geschrieben wurde, stand immer der soziale Aspekt im Fokus, der Bex wichtig war. Sowohl ihr Gegenstand – Elternschaft – wie auch ihr Medium – ausrangierte Aufgabenlisten und Wegwerf-Gedächtnisstützen – waren etwas Flüchtiges. Aber dank ihrer Transformation dieses Herzschlags, dieser ganz speziellen Sekunde, wurden sie zeitlos.

Vor zehn Jahren hatte sie einen kurzen Moment des Ruhms erlebt, als *The New York Times* sie in einem Artikel über neu zu entdeckende aufstrebende Künstler erwähnte – fürs Protokoll: Sie strebte danach nirgendwohin. Der Reporter hatte Bex gefragt, ob sie, die selbst Single war und keine Kinder hatte, dieses Thema aufgegriffen habe, um in der Kunst zu meistern, was ihr persönlich versagt blieb?

Aber Ehe oder Kinder hatte Bex nie gebraucht. Sie hatte Hugh. Sie hatte Wren. Gewiss gehörte Rastlosigkeit zum Künstlersein dazu, aber das hieß noch lange nicht, dass Künstler sich immer auf ein Ziel zubewegten. Manchmal liefen sie auch von dem Ort weg, an dem sie gewesen waren.

Ein Pfleger trat ein. »Hallo«, begrüßte er sie. »Wie geht es Ihnen?«

Sie versuchte, sich aufzusetzen. »Ich muss gehen«, erklärte sie.

»Sie gehen nirgendwohin. Seit Ihrer Operation sind gerade mal zehn Minuten vergangen.« Er sah sie fragend an. »Gibt es jemanden, den ich für Sie holen lassen kann?«

Ja, bitte, sagte sich Bex. *Aber die befinden sich im Moment beide mitten in einem ausweglosen Geiseldrama.*

Wenn es doch nur so einfach wäre, Wren zu retten. Was Hugh im Moment durchmachte, konnte sie sich beim besten Willen nicht vorstellen, aber sie musste an ihn glauben. Bestimmt hatte er einen Plan. Hugh hatte *immer* einen Plan. Er war es, den sie anrief, wenn alle Toiletten in ihrem Haus auf einmal ihren Dienst einstellten, als hätte der Kosmos sich gegen sie verschworen. Er lockte den Skunk in die Falle, der sich in ihrem alten Mini Cooper eingenistet hatte. Er kam angerannt, wenn die Alarmanlage losging und alle anderen wegrannten. Es gab nichts, was ihn aus dem Konzept brachte, keine Herausforderung vermochte ihn abzuschrecken.

Plötzlich musste sie daran denken, wie er mit fünfzehn oder sechzehn so sehr von einem Comic gefesselt war, dass er sie überhaupt nicht wahrnahm. Erst als Bex ihm das Heft wegnahm, blickte er auf. *Mist*, hatte Hugh gesagt, eine Silbe, die gleichermaßen Entsetzen, Respekt und Traurigkeit beinhaltete. *Sie haben Superman sterben lassen.*

Wenn sie ihn nun verlor? Wenn sie beide verlieren sollte?

»Können Sie den Fernseher einschalten?«, bat sie.

Der Pfleger drückte einen Knopf der Fernbedienung und schob ihr diese dann unter die Hand. Jeder lokale Sender berichtete live vom Center. Bex starrte auf den Bildschirm, auf den orangebraunen Putz des Gebäudes, die Absperrbänder der Polizei.

Hugh war nicht zu sehen.

Also schloss sie die Augen und stellte ihn sich vor. Er war ein Schattenriss vor der Sonne und überlebensgroß.

Bex konnte sich noch sehr gut an den Tag erinnern, als sie

feststellte, dass Hugh größer war als sie. Sie hatte in der Küche gestanden und Essen gekocht und einen Stuhl vor den Schrank geschoben, um das getrocknete Basilikum herunterzuholen, das ganz oben im Regal stand. Und da hatte Hugh einfach von hinter ihr nach oben gegriffen und es heruntergeholt.

In diesem Moment wusste Bex, dass alles anders war. Hugh war erwachsen geworden; damit endete gewissermaßen ihre Fürsorge für ihn, und stattdessen wurde sie zu derjenigen, um die man sich kümmerte.

»Also das ist wirklich praktisch«, hatte sie gesagt.

Da war er vierzehn gewesen. Achselzuckend hatte er erwidert: »Gewöhn dich besser nicht daran. Ich werde nicht immer da sein.«

Bex hatte ihm nachgeschaut, als er über die Treppe hinauf in sein Zimmer stürmte. Und nicht viel später hatte sie ihn aufs College gehen, sich verlieben und in ein eigenes Zuhause umziehen sehen.

Egal, wie oft man jemanden ziehen ließ, leichter wurde es nie.

Hugh legte auf. »Ich gehe rein«, verkündete er. »Allein. Er will eine Geisel? Er kann mich haben.«

»Unter gar keinen Umständen«, widersprach Quandt und wandte sich an einen Mann seines Sondereinsatzkommandos. »Jones, bringen Sie Ihr Team ...«

Hugh ignorierte ihn und setzte sich in Bewegung. Quandt packte Hugh am Arm und riss ihn herum.

»Wenn Sie jetzt da reinstürmen, dann wird es Verletzte geben«, widersprach Hugh. »Ich bin der Einzige, dem er vertraut. Wenn ich ihn dazu bringe, dass er mit mir das Gebäude verlässt, haben wir gewonnen.«

»Und wenn es Ihnen nicht gelingt?«, hakte Quandt nach.

»Ich werde keine Aktion billigen, die meine Tochter gefährdet«, blaffte Hugh. »Welche Wahl bleibt uns also?« Seine Wut war ein schillernder Vorhang, aber was er dahinter verbarg, schimmerte durch.

Die beiden Männer blieben stehen und starrten sich an – ein Patt. Schließlich brach Hugh den Blickkontakt ab. »Joe«, sagte er mit brechender Stimme. »Haben Sie Kinder?«

Der Leiter des Sondereinsatzkommandos blickte zu Boden. »Ich bin hier, um meinen Job zu machen, Hugh.«

»Ich weiß.« Hugh schüttelte den Kopf. »Und ich weiß, dass ich den Fall sofort hätte abgeben müssen, als ich erfuhr, dass Wren da drin ist. Es ist weiß Gott schon schwer genug, wenn nichts Persönliches auf dem Spiel steht. Aber bei mir tut es das. Und ich kann nicht am Rand sitzen, nicht, wenn sie da drin ist. Wenn Sie es meinetwegen nicht zulassen wollen, werden Sie es wenigstens für *sie* tun?«

Quandt atmete tief durch. »Unter einer Bedingung. Ich bringe zuerst einen Scharfschützen in Position.«

Hugh streckte die rechte Hand aus, und der Leiter des Sondereinsatzkommandos schlug ein.

»Danke.«

Quandt sah ihn an. »Ellie und Kate«, sagte er, gerade laut genug, dass Hugh ihn verstehen konnte. »Zwillinge.«

Er machte kehrt, ließ zwei seiner Männer kommen und zeigte auf das Dach eines Gebäudes auf der anderen Straßenseite und auf eine Position auf dem Dach der Klinik. Während sie ihre Strategie besprachen, kehrte Hugh unters Zelt zurück. Er entdeckte die junge Kriminalbeamtin, die ihm von Bex berichtet hatte. »Collins«, rief er. »Kommen Sie.«

Sie eilte ins Kommandozelt. »Ja, Sir?«

»Die Patientin im Krankenhaus – Bex McElroy, meine Schwester. Ich brauche Sie, damit Sie ihr eine Nachricht zukommen lassen.«

Die Kriminalbeamtin nickte und wartete, bis Hugh an seinem

provisorischen Schreibtisch Platz genommen hatte. Er nahm einen Stift und riss eine Seite aus seinem Notizblock.

Was sagte man einer Frau, die einen im Grunde genommen aufgezogen hatte? Die heute fast gestorben wäre, weil sie seiner Tochter hatte helfen wollen?

Ihm fielen ein Dutzend Dinge ein, die er Bex sagen könnte.

Dass sie als Einzige über seine schrecklichen Papawitze lachte, die Wren nur peinlich fand. Dass er sich, säße er in der Todeszelle, für die Henkersmahlzeit ihr Parmesanhähnchen wünschen würde. Dass er sich noch immer an die Schattenfiguren erinnern konnte, die sie an die Wand seines Kinderzimmers gezaubert hatte, um ihn damit zum Schlafen zu überreden. Dass er mit seinen acht Jahren nicht gewusst hatte, was das Savannah College of Art war, und auch nicht, dass sie auf ihr Stipendium verzichtet hatte, um sich um ihn zu kümmern, während ihre Mutter in der Entzugsklinik war –, sich aber wünschte, er hätte sich dafür bedankt.

Aber Hugh war nie gut darin gewesen, seine Gefühle in Sätze zu fassen. Genau das war es ja, was ihn an diesen Punkt, diesen Moment gebracht hatte.

Also schrieb er nur zwei Worte auf den Zettel und reichte ihn der Kriminalbeamtin.

Leb wohl.

Louie Ward war ohne Bewusstsein, aber im Ozean seiner Erinnerung war er kein Geburtshelfer und Gynäkologe von vierundfünfzig Jahren, sondern ein kleiner Junge, der unter einem Baldachin aus Louisianamoos aufwuchs und sich darin versuchte, Krebse zu fangen, bis diese nach ihm schnappten. Er war dazu erzogen worden, Jesus und Frauen zu lieben, genau in dieser Reihenfolge. Zwei Frauen – seine Großmama und seine Mama – zogen ihn im südlichen Louisiana auf, und so klein ihr Cottage auch war, wenn der Herr dort mit einem wohnte, war es ein

Palast, wie seine Großmutter betonte. Louie war ein kränkliches Kind gewesen, zu dünn und klüger, als gut für ihn war. Seine rasselnden Lungen hielten ihn davon ab, sich mit den anderen Jugendlichen um Mitternacht auf der Suche nach Brauchbarem in die Häuser der Nachbarschaft zu stehlen, in denen es angeblich spukte. Stattdessen begleitete er seine Großmama jeden Tag zur Messe und half seiner Mutter bei ihrer Akkordarbeit, indem er mit der Pinzette winzige Glieder in Goldketten einfügte, die sich reiche weiße Frauen um den Hals wickelten.

Seinen Vater hatte Louie nie kennengelernt, doch er unterließ es, Fragen nach ihm zu stellen, seit seine Großmama von ihm als Sünder gesprochen hatte. Und schließlich war das Loch, das die Abwesenheit seines Vaters zurückgelassen haben mochte, verheilt, als er neun Jahre alt war.

Louie wusste, wie man Damen die Türen aufhielt und Bitte und Danke und Ja, Ma'am sagte. Sein Schlafplatz war eine Koje in der Küche, und er machte sein Bett nach allen Regeln der Kunst und half dabei, das Haus in Ordnung zu halten, weil, wie seine Großmama ihm beigebracht hatte, Jesus jeden Moment erscheinen konnte und sie dann alle bereit sein sollten. Mama hatte Phasen, in denen sie sich nicht überwinden konnte, das Bett zu verlassen, in dem sie sich manchmal wochenlang einnistete und weinte. Aber auch wenn Louie zu Hause auf sich gestellt war, allein war er nie, weil sämtliche Damen der Nachbarschaft sich für ihn zuständig fühlten. Hier fand Kindererziehung im Komitee statt.

Jeden Tag kam die alte Miss Essie und setzte sich zu ihnen auf die Veranda. Sie erzählte Louie von ihrem Daddy, einem Sklaven, der von seiner Plantage hatte flüchten können, indem er, den Alligatoren trotzend, durch den Bayou geschwommen war, denn die Preisgabe seines Körpers an sie wäre wenigstens seine eigene Entscheidung gewesen. Er hatte die Flucht nicht nur unversehrt überlebt, sondern sich dann auf den Rat der guten

Seelen verlassen, die schon anderen geholfen hatten freizukommen, und war der alten Handelsstraße, dem Natchez Trace gefolgt, hatte tagsüber Deckung gesucht und war nur nachts bei Mondlicht weitergezogen. So hatte er schließlich Indiana erreicht, dort eine Frau geheiratet und Miss Essie bekommen. Vorgebeugt und mit leuchtenden Augen hämmerte sie ihm dann die Moral dieser Geschichte ein: *Junge*, ermahnte sie Louie, *lass dir von niemandem einreden, wer du nicht sein kannst.*

Miss Essie wusste über jeden alles, weshalb es auch keine Überraschung war, dass sie Geschichten über Sebby Cherise kannte, die Heilerin, die den Gerüchten zufolge von der Voodoopriesterin Marie Laveau abstammte. Überraschend war allerdings, dass Louies Mama sich nach ihr erkundigt hatte. Man konnte den Bayou recht einfach aufteilen in solche, die an *gris-gris*, und jene, die an den Herrn glaubten, und Großmama hatte ihre Familie fest im Lager des Letzteren verankert. Louie hatte keine Ahnung, was seine Mama von Sebby Cherise wollen könnte.

Seine Mama war die schönste Frau der Welt, mit so traurigen Augen, dass man sich darin verlor, und einer Stimme, die einem alle rauen Kanten abschliff. Ihm war aufgefallen, dass sie während der letzten paar Monate nicht geweint hatte, sondern im Gegenteil vor Hochgefühl zu schweben schien. Sie summte, ohne sich dessen gewahr zu sein, Melodien, die sich durch ihre Zöpfe woben. Louie ließ sich von ihrer guten Laune mitreißen.

Als Mama sich neben ihn kniete und fragte, ob er ein Geheimnis für sich behalten könne, wäre er mit ihr durch die Hölle gegangen. Was, wie sich herausstellte, gar nicht so weit hergeholt war.

Es war ein heißer, staubtrockener Sommer, und als Louie seine Mutter zum Haus der Hexe begleitete, klebten seine Kleider wie eine zweite Haut an ihm. Sebby Cherise lebte im Bayou, die Veranda ihrer Hütte war mit getrockneten Blumen geschmückt. Sie hatte Schilder aufgestellt, auf denen in unbeholfener Schrift ZUTRITT VERBOTEN stand.

Sebby Cherise handelte mit Zaubertränken. Stechapfel, versetzt mit Honig und Schwefel, konnte Krebs heilen, wenn einem dazu noch eine schwarze Katze über den Weg lief. Mit dem Duft von Dixie Love konnte man sich den Mann seiner Träume angeln. Amerikanischer Ginseng funktionierte wie ein Wall, der das Heim beschützte. Louie fragte sich, ob einer von Sebbys Tränken oder Beuteln für die momentane gute Stimmung seiner Mutter verantwortlich war.

Von seiner Großmama und dem Geistlichen wusste er außerdem, dass es sich rächte, wenn man Geschäfte mit dem Teufel machte. Aber so wie seine Mutter dies bereitwillig zu missachten schien, wollte das auch Louie tun, sofern dafür ihre momentane Verfassung anhielt.

Seine Mama wies ihn an, auf der Veranda zu warten, weshalb er nur einen kurzen Blick auf Sebby Cherise in ihrem langen roten Rock und dem um den Kopf gewundenen Schal erhaschen konnte. Sie könnte zwanzig oder hundert Jahre alt sein. Unter dem Geklimper ihrer Armreifen winkte sie Mama ins Haus. Wenn sie sprach, hörte es sich an, als würde man mit den Fingernägeln über Holz kratzen.

Es dauerte nicht lang. Mama kam mit einem kleinen Päckchen heraus, das an einem Bindfaden hing. Sie hängte es sich um und schob es in den Ausschnitt ihres Kleids zwischen die Brüste. Sie machten sich auf den Heimweg, und als Louie an diesem Nachmittag mit Großmama zur Messe ging, betete er, dass seine Mutter bekommen hatte, was sie brauchte, und Jesus ihr verzieh, dass sie sich dafür nicht an ihn gewandt hatte.

Eine Woche später war es so heiß, dass Großmama zwischen der Morgen- und der Abendmesse in der Kirche blieb. Mama sagte Louie, sie wolle ein Nickerchen machen. Kurz bevor es Zeit zum Abendessen war, ging Louie zu ihr, um sie zu wecken, aber sie reagierte nicht auf sein Klopfen. Als er die Tür öffnete, sah er seine Mutter auf dem Boden liegen, zwischen ihren Beinen ein immer breiter werdendes Dreieck aus Blut. Ihre Haut fühlte sich an wie Marmor, die einzige kühle Oberfläche auf der Welt.

Auf das ihm nach Mamas Tod entgegengebrachte Wohlwollen folgte bald darauf Getuschel, das Louie aufschnappte, wenn er in der Kirche an den Leuten vorbeiging oder festgeklammert an seine Großmutter die Straße entlanglief. Es hatte was mit Mama und Mr. Bouffet, dem Bürgermeister, zu tun, den Louie nur von der Mardi-Gras-Parade kannte, die er mit seiner hübschen blonden Frau und den dazu passenden blonden Töchtern an seiner Seite anführte. Und dann ging es noch um *Abtreibung*: ein Wort, das er noch nie zuvor gehört hatte.

Seine Großmama pflegte seine Hand zu drücken, um ihn davon abzuhalten, die Leute anzusehen, die hinter vorgehaltener Hand flüsterten und ihnen hinterherstarrten.

In diesen Tagen drückte sie ihm oft die Hand.

Auch jetzt wieder.

Dr. Louie Ward riss die Augen auf und hatte Mühe, sich in seiner Umgebung zurechtzufinden – da war das leise Piepsen eines Herzmonitors, der Schlauch in seiner Vene. Den Schmerz in seinem Bein, den er erwartet hatte, spürte er nicht, aber schließlich befand er sich in einem Krankenhaus und hatte vermutlich ein starkes Schmerzmittel bekommen. Das Einzige, was verdammt wehtat, war seine Hand, die ein dünnes Mädchen mit rosa Haaren und einer ganzen Reihe von Ringen im Knorpelgewebe des linken Ohrs im Klammergriff hatte. »Rachel?«, würgte er hervor, und ihr Kopf ging ruckartig nach oben.

Die Verwaltungsassistentin der Klinik hatte ein verkniffenes Gesicht, das Louie immer an einen Maulwurf erinnerte. »Es tut mir so leid, Mr. Ward«, sagte sie und schluchzte auf. »Es tut mir so leid.«

Er schielte an seinem Bein entlang und dachte einen panischen Moment lang, dass man es womöglich amputiert hatte und dies der Grund für Rachels Hysterie war – aber nein, es war da, wenn es mit seinem Verband auch wie eine Wolke Zuckerwatte aussah. Gott sei Dank war diese Krankenschwester in der Klinik gewesen. »Rachel«, sprach er sie an und hob seine Stimme, um ihr Schluchzen zu übertönen. »Rachel, ich fühle mich ohnehin schon, als wäre ich unter einen Laster gekommen. Bereiten Sie mir also nicht auch noch Kopfschmerzen.«

Aber das Mädchen wollte sich offenbar nicht beruhigen. Er kannte sie nicht besonders gut – er flog zu so vielen Kliniken im ganzen Land, und die Angestellten verschwammen miteinander. Er war sich ziemlich sicher, dass Rachel Studentin an der Jackson State war. Sie arbeitete in Teilzeit als »Todeseskorte«, wie die Gegner das nannten – führte die Frauen vom Parkplatz in die Klinik. Außerdem half sie Vonita, der Klinikbesitzerin, bei den Verwaltungsaufgaben. Es gab im Center so viel zu tun, dass jeder mal einsprang, wo auch immer er gebraucht wurde.

»Es tut mir leid«, wiederholte Rachel und wischte sich die Nase am Ärmel ab.

An weinende Frauen war Louie gewöhnt. »Ihnen braucht nichts leidzutun«, beruhigte er sie. »Es sei denn, Ihr Alter Ego ist ein weißer Abtreibungsgegner mittleren Alters mit einer Waffe.«

»Ich bin weggerannt, Dr. Ward.« Rachel nahm ihren Mut zusammen und streifte ihn mit einem Blick, ehe sie sich wieder abwandte. »Ich bin ein Feigling.«

Er hatte nicht mal gewusst, dass sie zu Beginn der Schießerei im Gebäude gewesen war. Aber natürlich war ihr Platz vorn am Empfang, seiner hinten im Behandlungszimmer. Und natürlich wollte sie gern glauben, dass sie, wenn es hart auf hart kam, eine Heldin gewesen wäre. Aber ob man diesen Weg einschlüge, würde man erst wissen, wenn man an diesen Scheideweg kam. Hatte Louie dies nicht schon unzählige Male gehört, von Patientinnen, die ins Center kamen und von der Tatsache, dort zu sein, so verstört und geschockt waren, als wären sie im Leben eines anderen aufgewacht?

»Sie sind am Leben, um die Geschichte zu erzählen«, sagte er. »Darauf kommt es an.« Noch während er sie aussprach, wurde Louie sich der Ironie seiner Worte bewusst. Zeit, gepaart mit Hitze und Druck, machte aus Kohle immer einen Diamanten. Aber was von beidem würde man, wenn man am Erfrieren war, für den Edelstein halten?

Ich habe nicht geputzt, überlegte Joy, als sie die Tür zu ihrer Wohnung aufschloss. Die Reste des Frühstücksmüslis in der Schale auf dem Küchentisch waren zu einer Kruste getrocknet, auf dem Couchtisch vor dem Fernseher standen leere Gläser, von der Sofalehne baumelte ein BH. »Hier ist nicht aufgeräumt«, meinte sie entschuldigend zu Janine.

Aber Joy hatte auch nicht damit gerechnet, eine Aktivistin der Abtreibungsgegner an dem Tag mit nach Hause zu bringen, an dem sie losgezogen war, um ihre Schwangerschaft abzubrechen.

Post lag auf dem Boden verteilt, als sie die Tür öffnete. Joy wollte sich gerade vorsichtig bücken, da kam Janine ihr schon zuvor. »Lassen Sie mich das machen«, sagte sie.

Lassen Sie sich von mir nach Hause fahren.

Lassen Sie sich von mir in Ihre Wohnung bringen.

Wie eine Glucke hatte Janine das Heft in die Hand genommen, was seltsam war, denn sie dürften in etwa gleich alt sein. Nun sah sie zu, wie Janine die Rechnungen und Wurfzettel aufhob. »Perry«, sagte Janine und lächelte dazu ein wenig. »Ich kannte Ihren Nachnamen nicht.«

Joy sah sie an. »Ich Ihren auch nicht.«

»Deguerre«, antwortete Janine. Sie streckte die Hand aus. »Schön, Sie kennenzulernen. Ganz offiziell.«

Joy lächelte linkisch, fühlte sich unwohl angesichts so viel aufgezwungener Intimität. Denn eigentlich wollte sie sich ihrer

Kleider entledigen, in Pyjama und Kuschelsocken schlüpfen, sich ein Glas Wein einschenken und weinen.

Janine legte die Post auf den Küchentisch und drehte sich um. »Was kann ich Ihnen bringen? Haben Sie Hunger? Durst? Wie wär's mit einem Tee.« Sie hielt inne. »Sie *haben* doch Tee?«

Joy konnte nicht anders, sie lachte. »Ja. Im Schrank über dem Herd.«

Während Janine Wasser aufsetzte, ging Joy ins Badezimmer. Sie musste die Binde wechseln, hatte jedoch keine, wie sie panisch feststellte. Man hatte ihr gesagt, sie solle eine mit ins Center bringen, da man dort keine zur Verfügung stellte, und das war die letzte in der Schachtel gewesen. Sie hatte vorgehabt, auf dem Heimweg kurz in den Drogeriemarkt zu gehen.

Frustriert riss sie die Schranktüren auf, wühlte im Medizinschrank und brachte dabei Tabletten, Salben und Lotionen durcheinander. Als Letztes zog sie aus den Tiefen der Schublade unter dem Waschbecken eine verstaubte, verkrustete Flasche mit Galmeilotion. Galmeilotion. Verflucht noch mal. Sie hatte *Galmeilotion*, aber keine Binde?

Joy packte die Flasche und schleuderte sie gegen den Badezimmerspiegel, der dabei zu Bruch ging.

Leise wurde an die Tür geklopft. Janine stand mit ihrem Rucksack in der Hand vor ihr. Den hatte sie am Morgen im Kofferraum ihres Wagen zurückgelassen, und somit war er, anders als die anderen Habseligkeiten der Geiseln, nicht am Tatort gewesen. »Ich dachte, das können Sie vielleicht brauchen«, sagte sie und reichte ihr ein kleines quadratisches Päckchen mit einer Binde darin.

Joy nahm es und schloss die Tür. Sie ärgerte sich, dass ihre Retterin – wieder – Janine war. Beim Händewaschen warf sie einen Blick in den zerbrochenen Spiegel. Ihre Sommersprossen hoben sich reliefartig von der blassen Haut ab, in ihrem Haar schien sich ein kleines Tier eingenistet zu haben. Sie hatte Blut am Hals. Mit einem Waschlappen wischte sie es weg und rubbelte so lange, bis der Schmerz außen genauso groß war wie im Inneren.

Als Joy aus dem Badezimmer kam, hatte Janine im Wohnzimmer für Ordnung gesorgt, die Zeitungen ordentlich gestapelt und das schmutzige Geschirr in die Spüle gestellt. Sie wies Joy an, sich hinzusetzen, und kam dann mit zwei Tassen dampfenden Tees zu ihr. Jeder Beutel war mit einem inspirierenden Aufhänger versehen. »Möge dieser Tag dir Frieden, Ruhe und Harmonie bringen«, las Janine vor. Sie blies auf den Tee. »Scheiß drauf.«

Joy sah sich ihren Aufhänger an. »Deine Entscheidungen werden die Welt verändern.« Sie starrte auf die Worte, bis sie verschwammen. Eine Woge der Erleichterung erfasste sie.

Es war quälend still im Raum. Auch Janine spürte es. Sie griff nach der Fernbedienung des Fernsehers. »Was, glauben Sie, wird jetzt passieren?«

Als Leben in Joys letzte Sendereinstellung kam, sah man die Klinik von außen. Es war dunkel, aber die Blaulichter der Polizei blinkten noch immer. Ein Reporter berichtete von einem Sondereinsatzkommando, und man sah das verschwommene Bild eines Scharfschützen auf einem entfernt liegenden Dach. Joy hatte das Gefühl zu ersticken. »Schalten Sie das ab«, blaffte sie.

Der Bildschirm wurde schwarz. Janine legte die Fernbedienung zwischen ihnen ab. »Ich bin gerade erst hergezogen. Ich kenne eigentlich niemanden in Mississippi«, gab sie unvermittelt zu. »Außer, Sie wissen schon … die Leute, mit denen ich zusammen war.«

»Und was machen wir jetzt?«, platzte es aus Joy heraus.

»Was wollen Sie damit sagen?«

»Morgen. Ich meine, wie sollen wir in die Normalität zurückkehren?« Joy schüttelte den Kopf. »*Nichts* ist normal.«

»Vermutlich werden wir uns was vormachen«, meinte Janine.

»Bis wir vergessen, dass wir uns was vormachen.« Achselzuckend ergänzte sie: »Ich werde vermutlich einfach so weitermachen wie bisher. Schilder halten. Beten.«

Joy fiel die Kinnlade herunter. »Sie werden weiterhin protestieren?«

Janine wandte sich ab. »Wer weiß, ob die Klinik überhaupt wieder aufmacht.«

Wenn nach *alledem* andere Frauen keine Chance mehr hatten, zu tun, was Joy getan hatte, warum hatte sie das Ganze dann überlebt?

Joy spürte eine Hitzewelle aufsteigen. Wieso konnte Janine nicht begreifen, dass es die von ihr selbst und ihren Mitstreitern vom Stapel gelassene Phrasendrescherei war, die zur Gewalt geführt hatte? Wenn sie über Menschen wie Joy ein Urteil fällten, verstanden das auch andere als Erlaubnis, es zu tun. Nur dass die Person, die das getan hatte, diesmal eine Waffe gezückt hatte.

»Trotz alledem, was heute passiert ist«, sagte Joy fassungslos, »glauben Sie noch immer, im Recht zu sein?«

Janine sah ihr in die Augen. »Dasselbe könnte ich Sie auch fragen.«

Joy starrte die andere Frau an, die mit derselben Überzeugungskraft an das genaue Gegenteil dessen glaubte, was sie für richtig hielt. Und sie fragte sich, ob wir womöglich das, wofür wir eintreten, nur herausfinden können, indem wir erst ausloten, wogegen wir sind.

»Vielleicht gehen Sie jetzt besser«, sagte Joy mit Nachdruck.

Janine stand auf. Sie sah sich um, entdeckte ihren Rucksack und ging schweigend zur Tür.

Joy schloss die Augen und lehnte sich zurück. Vielleicht gab es einfach *keinerlei* Gemeinsamkeiten.

Hatten alle Babys es verdient, geboren zu werden?

Verdienten alle Frauen es, über ihren Körper selbst zu bestimmen?

In welchem Diagramm überschnitt sich beides?

Sie hörte, wie die Klinke gedrückt wurde, dann Janines Stimme. »Na dann«, sagte sie verschnupft, als wäre *sie* diejenige, deren Moral angegriffen wurde. »Ich wünsche Ihnen ein schönes Leben.«

Joy überlegte, wie man jemanden, den man für blind hielt, zum Sehen brachte.

Auf keinen Fall, solange man durch eine Mauer voneinander getrennt war.

»Warten Sie«, sagte Joy. Sie griff in die Tasche ihrer Trainingshose. »Darf ich Ihnen was zeigen?« Sie wartete Janines Antwort nicht ab. Stattdessen strich sie die Ultraschallaufnahme auf dem Couchtisch glatt. Ihre Finger berührten die weißen Ränder.

Sie hörte, wie Janine die Tür schloss und zur Couch zurückkehrte. Janine sah sich das körnige Foto an, den Beweis.

»Es ist – es war ein Junge«, murmelte Joy.

Janine ließ sich neben ihr nieder. »Ich weiß nicht, was Sie mir sagen wollen.«

Joy wusste, dass das nicht stimmte und Janine ein Dutzend Antworten parat hatte, die alle Varianten der Tatsache waren, dass Joy ihre Entscheidung getroffen und deshalb nicht verdient hatte zu trauern. Ihr jedoch ging es darum, Janine zu vermitteln, dass sie in der Tat bekommen hatte, was sie wollte, aber nichtsdestotrotz den Schmerz des Verlusts spürte und sich das nicht gegenseitig ausschloss.

»Vielleicht sollte keine von uns etwas sagen«, schlug Joy vor.

Janine legte ihre Hände auf Joys Hand. Diese reagierte nicht darauf.

Das brauchte sie auch nicht.

Sie brauchte nur da zu sein, eine Frau, die eine andere festhielt.

Nahezu drei Stunden nördlich des Geiseldramas lag in Oxford, Mississippi, ein Teenagermädchen zusammengerollt auf der Seite in einem Bett des Baptist Memorial Hospitals und wunderte sich, wie man sich in einer Welt mit so vielen Menschen so unglaublich allein fühlen konnte. Beth rollte sich herum, als die Tür aufging – voller Hoffnung im Herzen, es wäre ihr Vater, der zurückgekommen war, um ihr zu sagen, dass es ihm leidtue, dass er ihr vergeben habe, dass sie eine zweite Chance bekommen könne. Aber es war nur die ihr vom Gericht zugewiesene Anwältin Mandy DuVille.

Beth schielte zu dem Polizisten, der ihre Tür bewachte, und sah dann Mandy an. »Haben Sie meinen Dad gefunden?«, fragte sie.

Mandy schüttelte den Kopf, aber das war nicht eigentlich eine Antwort. Beth wusste – weil Mandy es ihr gesagt hatte –, dass sie in Anwesenheit des Polizisten nicht mit ihr sprechen könne und wolle, weil dies im Widerspruch zum Anwaltsgeheimnis stehe. Was für Beth auch in Ordnung war, denn schlechte Nachrichten brauchte sie wirklich keine mehr. Man würde die Anklagepunkte nicht fallen lassen. Der Staatsanwalt war entschlossen, bis zum Wahltag auf Beths trauriger kleiner Geschichte herumzureiten. Beth war dabei nur ein Kollateralschaden.

Und worin genau bestand ihr Verbrechen? Sie war ein siebzehnjähriges Mädchen, das nicht Mutter werden wollte und deshalb jetzt auf den Rest seiner Kindheit würde verzichten müssen. Sie hatte versucht, sich eine gerichtliche Erlaubnis zu beschaffen, weil sie wusste, dass ihr Vater niemals seine Zustimmung geben würde – obwohl sie bei der Geburt des Babys schon über achtzehn gewesen wäre. Aber da ihr Gerichtstermin um zwei Wochen verschoben worden war, wäre es für sie zu spät gewesen, im Bundesstaat Mississippi eine Abtreibung vornehmen zu lassen. Somit war sie aus Verzweiflung gezwungen gewesen, andere Maßnahmen zu ergreifen.

Gäbe es weniger Gesetze, überlegte Beth, hätte sie diese vielleicht nicht brechen müssen. Wenn man bedachte, wie schwer es für sie war, auf legalem Weg einen Abbruch durchführen zu lassen, musste die Frage schon erlaubt sein, warum man sie jetzt für einen illegalen bestrafte.

Und schlagartig brach die Realität über sie herein und verschlug ihr den Atem. Es war ein Gefühl wie damals, als ihr Vater mit ihr an die Küste von Georgia gefahren war, um ihr den Ozean zu zeigen. Beth war noch ein Kind gewesen. Mit weit ausgebreiteten Armen war sie auf die Wellen zugerannt, dabei aber Hals über Kopf hingefallen und wäre beinahe ertrunken. Ihr Vater hatte sie aus der Brandung gezogen, bevor sie aufs Meer hinaus gespült werden konnte.

Wer würde sie jetzt retten?

»Ich werde ins Gefängnis kommen«, sagte Beth kleinlaut. Langsam begann sie zu begreifen, dass nichts, was sie getan hatte, und nichts, was Mandy DuVille tun konnte, sie aus ihrem Schlamassel befreien würde. Es war wie beim Versuch, einen Fehler ausradieren zu wollen, wo am Ende das Papier zerriss. »Ich komme wirklich ins Gefängnis.«

Mandy sah den Polizeibeamten an, der sich zu ihnen herumgedreht hatte. Sie hob einen Finger an die Lippen, um Beth daran zu erinnern, nicht vor dem Polizisten zu sprechen.

Beth fing an zu weinen.

Sie zog die Knie hoch zur Brust, fühlte sich innen ganz leer. Sie war nur noch Schale, eine leere Hülle. So schlimm hatte sie es vermasselt. Sicher, das Baby war sie losgeworden, aber dabei hatte sie irgendwie auch ihre Fähigkeit ausgemerzt, etwas empfinden zu können. Vielleicht war Letzteres die Voraussetzung dafür gewesen, das Vorangegangene tun zu können. Oder vielleicht war es Schicksal: Wenn die einzige Liebe, die man je erfahren hatte, an Bedingungen geknüpft war, war es deren Abwesenheit ebenso. Sie würde hinter Gittern verrotten, und keiner würde sie vermissen. Selbst wenn ihr Vater zurückkommen sollte, dann bestimmt nicht, um sich zu entschuldigen. Sondern nur, um Beth zu sagen, wie enttäuscht er von ihr war.

Gleich darauf spürte sie sich von Armen umfangen. Mandy war weich und roch nach Pfirsich. Ihre Zöpfe kitzelten Beths Wange. *So hätte es sein können*, sagte sich Beth.

Bald schon ging ihr Schluchzen in Schluckauf über. Beth legte sich aufs Kissen, ihre Finger noch immer mit denen Mandys verschränkt.

»Du solltest dich etwas ausruhen«, meinte ihre Anwältin.

Beth wäre gern eingeschlafen. Sie würde sich gern vormachen, dass es den heutigen Tag nie gegeben hatte. Nein, nicht doch. Sie wollte so tun, als wäre der heutige Tag anders verlaufen. »Können Sie hierbleiben?«, fragte Beth. »Ich habe... ich habe sonst niemanden.«

Mandy sah ihr in die Augen. »Du hast mich.«

Als Hugh die ersten Schritte auf die Eingangstür der Klinik zu machte, dachte er an den Tag, an dem Wren geboren wurde. Er und Annabelle hatten sich zu Hause einen Harry-Potter-Marathon angesehen, als ihre Wehen einsetzten. Sie folgten immer dichter aufeinander, aber Annabelle weigerte sich aufzubrechen, bevor sie *Die Kammer des Schreckens* zu Ende gesehen hatten. Ihre Fruchtblase platzte während des Abspanns. Hugh fuhr wie ein Wahnsinniger zum Krankenhaus, ließ den Wagen in einer Ladezone stehen und lieferte seine Frau auf der Entbindungsstation ab. Der Muttermund war bereits neun drei viertel Zentimeter weit geöffnet, was Annabelle als Zeichen ansah.

Ich werde sie aber nicht Hermione nennen, hatte Hugh nach der Geburt gemeint.

Und ich nenne sie nicht nach deiner Mutter, war Annabelles Reaktion darauf gewesen. – Schon damals hatten sie sich gestritten.

Die Krankenschwester, die das Gespräch verfolgt hatte, öffnete ein Fenster. *Vielleicht brauchen wir alle ein wenig frische Luft*, meinte sie, und in dem Moment kam ein Vogel hereingeschossen. Er flatterte an den Rand des Körbchens, in dem das Baby schlief. Der Vogel drehte den Kopf und fixierte es mit einem Blick.

Also, wenn das kein Zeichen ist, hatte Hugh gesagt.

Und so wurde der Zaunkönig Namenspate und Wren für Hugh das größte Geschenk.

Er kaufte ihr den ersten BH. Ließ sich von ihr die Nägel lackieren. Nannte die Kids Arschlöcher, als sie nicht zur Geburtstagsparty eines äußerst beliebten Mädchens eingeladen wurde, und verpasste dessen Mutter dann am nächsten Tag boshaft einen Strafzettel, als diese bei Rot über die Straße ging.

Im August kletterten sie immer auf den höchsten Punkt von Jackson und warteten dort auf die Perseiden, den Meteoritenregen, der den Himmel zum Weinen brachte. Sie machten die Nacht durch und unterhielten sich über alles Mögliche, von der Frage, welcher der Power Ranger entbehrlich wäre, bis zu der, wie man den Menschen fand, mit dem man sein Leben teilen wollte.

Diese Frage bereitete Hugh Probleme. Erstens hatte er keine Bezugsgröße mehr: Annabelle lebte jetzt in Frankreich mit einem Mann, der zehn Jahre jünger war als sie, ein Meisterbäcker, der an der Brotbackolympiade teilnahm, als wäre das was. Zweitens war ihm die Person, mit der er sein Leben verbringen wollte, vor vierzehn Jahren von einer Hebamme in die Arme gelegt worden.

Jetzt wagte Hugh einen Blick über die Schulter. Captain Quandt hielt den Kopf schief und sprach in ein Funkgerät. »Wenn Sie ihn nicht dazu bringen, Ihnen entgegenzukommen, kann mein Scharfschütze keinen sauberen Schuss abfeuern«, ließ er Hugh wissen.

»Ist nicht mein Problem«, erwiderte Hugh und lief weiter.

»Hugh!«

Er blieb stehen.

»Sie brauchen nicht den Helden zu spielen«, sagte Quandt leise.

Hugh nahm Blickkontakt zu ihm auf. »Tue ich nicht. Ich bin ein Vater.«

Er straffte die Schultern und ging auf die Kliniktür zu. Hinter ihm stand die Luft vor Hitze, nur das Summen der Mücken war zu hören.

Er klopfte. Es dauerte einen Moment, dann hörte er, wie Möbel über den Boden schrappten.

Die Tür schwang auf, und Wren stand vor ihm. »Daddy«, schrie sie und machte einen Schritt auf ihn zu, wurde aber sofort zurückgerissen. Zögernd löste Hugh den Blick von seiner Tochter und sah zum ersten Mal den Mann an, mit dem er nun schon seit fünf Stunden verhandelte.

George Goddard war schmächtig und etwa einen Meter fünfundsiebzig groß. Er hatte einen Bartschatten, und die Hand, mit der er eine Waffe an Wrens Schläfe hielt, war verbunden. Seine Augen waren so hell, dass sie durchsichtig zu sein schienen. »George«, sagte Hugh monoton, und Goddard nickte.

Hugh war sich bewusst, dass sein Herz bis zum Hals schlug. Er versuchte, ruhig zu bleiben und seinen Impuls, sich Wren zu grapschen und loszurennen, zu kontrollieren, weil das katastrophale Folgen gehabt hätte. »Warum kommen Sie nicht heraus und lassen sie gehen?«

George schüttelte den Kopf. »Zeigen Sie mir Ihre Waffe.«

Hugh hielt seine Hände hoch. »Ich habe keine.«

Der andere Mann lachte. »Für wie blöd halten Sie mich?«

Nach kurzem Zögern griff Hugh nach unten, zog sein Hosenbein hoch und legte die Pistole frei, die er dort festgeschnallt hatte. Während er die Waffe herauszog und zur Seite hielt, ließ er George keine Sekunde aus den Augen.

»Fallen lassen«, befahl George.

»Lassen Sie sie gehen, und ich tue es.«

Einen Augenblick lang geschah nichts. Junikäfer verharrten im Flug, die Brise flaute ab, Hughs Herz setzte einen Schlag lang aus. Dann schob George Wren nach vorn. Hugh umfing sie mit seinem linken Arm und ließ den rechten mit der an der Hand baumelnden Waffe dabei ausgestreckt. »Alles ist gut«, flüsterte er seiner Tochter ins Ohr.

Sie roch nach Angst und Schweiß, wie früher als kleines Mädchen, wenn sie aus einem Albtraum erwachte. Er ließ los und verschränkte die Finger seiner freien Hand mit ihren. An ihrer Linken war zwischen Daumen und Zeigefinger ein kleiner schwarzer Stern wie ein Tattoo aufgemalt. Er sah darin ein Zeichen. »Wren.« Hugh rang sich ein Lächeln ab. »Geh jetzt. Geh zu den Polizisten unter dem Zelt.«

Sie drehte sich um und richtete den Blick erst auf die Kommandozentrale, dann wieder auf ihn. In diesem Moment wurde ihr klar, dass er nicht mit ihr mitkommen würde. »Nein, Daddy.«

»Wren. Lass mich das zu Ende bringen.«

Sie holte Luft und nickte. Ganz langsam entfernte sie sich von ihm und ging auf das Zelt zu. Die anderen Polizeibeamten hielten sich alle an Hughs Befehl und kamen nicht heraus, um sie in Sicherheit zu bringen, wie zuvor die anderen Geiseln. Da hatte George sich hinter der Tür in Sicherheit bringen können, jetzt war er verletzbar. Und würde sich vermutlich bedroht fühlen, wenn er sähe, dass sich ein Polizist näherte, und diesen dann in Notwehr erschießen.

Als Wren ein paar Schritte weit gegangen war, sagte George: »Legen Sie die Waffe ab.« Dabei hielt er die eigene Waffe auf Hughs Brust gerichtet.

Hugh bückte sich und ließ die Waffe langsam aus seiner Hand gleiten. »Also gut, George«, sagte er. »Was möchten Sie jetzt tun? Sie entscheiden.«

Er sah Georges Blicke über die Dächer wandern und betete, dass die Scharfschützen, sollten sie Position bezogen haben, in Deckung blieben.

»Sie sagten, für Ihre Tochter würden Sie alles tun«, sagte George.

Hugh schnürte es die Kehle zu. Er wollte nicht, dass George über Wren sprach. Er wollte nicht mal, dass er an sie *dachte*. Er riskierte einen kurzen Blick, sie war schon halbwegs an der Kommandozentrale.

»Sie sagten immer, wir seien gar nicht so verschieden«, fuhr George fort. »Aber das glauben Sie wohl selbst nicht.«

Egal, was Hugh gesagt hatte, um Georges Vertrauen zu gewinnen, war er sich sehr wohl bewusst, dass es immer einen grundlegenden Unterschied zwischen ihnen gab und geben würde, und der hatte mit Moral zu tun. Niemals würde Hugh seiner eigenen Glaubensvorstellungen wegen einen anderen töten.

Es war fast ein Schock, als ihm klar wurde, dass er heute nur hier war, um genau diese Überzeugung in die Tat umzusetzen.

»Das kann immer noch ein gutes Ende nehmen, George«, sagte Hugh. »Denken Sie an Ihre Tochter.«

»Sie wird mich nach allem, was passiert ist, nicht mehr mit gleichen Augen ansehen. Sie begreifen das nicht.«

»Dann erklären Sie es mir.«

Er rechnete damit, dass George ihn packen würde, um ihn in die Klinik hineinzuziehen, wo er die Tür verbarrikadieren und Hugh als Druckmittel einsetzen könnte. Oder ihn töten würde.

»Also gut«, sagte George.

Wo der Tag in die Nacht überging, färbte das Dämmerlicht den Himmel blutrot. Hugh sah die Bewegung der Waffe. Griff aus purer Gewohnheit nach seiner Pistole, bis ihm einfiel, dass er unbewaffnet war.

Aber Georges Waffe zeigte nicht mehr auf Hugh. Sie war auf Wren gerichtet – die noch immer sieben Meter vom Zelt entfernt war – ein bewegliches Ziel, das Hugh in seiner Arroganz geglaubt hatte schützen zu können.

Als seine Tochter noch jünger war, hatte George ihr aus der Bibel anstatt aus Märchenbüchern vorgelesen. Er wusste, dass einige Geschichten einfach kein gutes Ende hatten. Umso besser also, wenn Lil lernte, dass Liebe Opfer bedeutete. Dass das, was nach Blutbad aussah, aus einem anderen Blickwinkel betrachtet ein Kreuzzug sein könnte.

Wir sind alle zu Dingen fähig, die wir uns nie hätten vorstellen können.

Also gut, Detective, sagte er sich. *Du hast mich gebeten, es dir zu erklären, und das tat ich. Du und ich, wir sind gar nicht so verschieden.*

Nicht der Held und der Schurke, nicht der Abtreibungsgegner und der Abtreibungsarzt, nicht der Bulle und der Mörder. Wir ertrinken alle langsam in der Flut unserer Überzeugungen, nicht ahnend, dass wir jedes Mal, wenn wir den Mund öffnen, Wasser schlucken.

Er hätte seiner Tochter gern gesagt, dass ihm das jetzt klar geworden war.

Er drückte ab.

16 UHR

Nachdem er über eine sichere Leitung stundenlang mit dem Schützen verhandelt hatte, wiegte er sich in falscher Sicherheit. Er war fälschlicherweise davon ausgegangen, dass man mit einem Wahnsinnigen vernünftig reden könne.

Aber dann war erneut ein Schuss abgefeuert worden, und Hughs einziger Gedanke galt seiner Tochter.

Wren war zwei Jahre alt, als er sie mitgenommen hatte, um den kleinen Steg zu reparieren, der hinter Bex' Grundstück in einen von Wasserpflanzen erstickten Teich ragte. Während sie im Gras saß und mit dem Spielzeug spielte, das sie von ihrer Tante bekommen hatte, fügte er mit dem Hammer die Bretter ein. Gerade eben hatte sie noch gelacht und vor sich hin gebrabbelt, aber jetzt gab es einen Platsch.

Hugh überlegte nicht lang. Er sprang vom Steg in den Teich, konnte aber wegen des Algendschungels und des trüben Wassers kaum etwas sehen. Seine Augen brannten, als er Ausschau nach allem hielt, was Wren sein könnte. Immer wieder tauchte er ab und trudelte mit ausgestreckten Armen durch die Schlingpflanzen, bis er endlich etwas Festes berührte. Mit Wren im Arm tauchte er wieder auf, legte sie auf den Steg, presste seinen Mund an ihren und beatmete sie so lange, bis sie das morastige Wasser erbrach.

Hugh hatte Wren angeschrien, die daraufhin in Tränen ausgebrochen war. Aber seine Wut war fehlgeleitet. Er war wütend auf sich, weil er so dumm gewesen war, sie aus den Augen zu lassen.

Ein Schuss war gefallen, und Hugh war wieder in diesem schlammigen Teich, versuchte blindlings, seine Tochter zu retten, und alles war seine Schuld.

Ein Schuss war gefallen, einer, der seine Schwester traf, und er war nicht da gewesen.

Ein Schuss war gefallen, was, wenn er schon wieder zu spät käme?

Captain Quandt war gleich darauf neben ihm. »McElroy«, sagte er. »Da ist eine Schießerei im Gange. Sie kennen das Protokoll.«

Das Protokoll sah vor einzugreifen, anstatt zu warten und den Verlust weiterer Opfer in Kauf zu nehmen. Aber das war verdammt riskant. Wenn Bewaffnete sich bedroht fühlten, bekamen sie Panik und feuerten wahllos.

Wäre er an Quandts Stelle gewesen, hätte er genauso reagiert. Aber Hugh hatte Quandt noch nicht gestanden, dass sich sein eigenes Kind unter den Geiseln befand. Das hier war nicht wahllos.

Auch bei anderen Geiselnahmen war es schon zu einem Blutbad gekommen, weil die Einsatzkräfte zu aggressiv vorgingen. 2012 hatten tschetschenische Rebellen in einem Theater Hunderte von Geiseln genommen und zwei davon getötet; russische Einsatzkräfte beschlossen, ein bisher noch nicht getestetes Gas einzusetzen, um die Pattsituation zu beenden. Sie töteten neununddreißig Terroristen, aber auch über hundert Geiseln.

Könnte das nicht wieder passieren, wenn Quandt da jetzt hineingginge?

»Das war keine Schießerei«, sagte Hugh, um Zeit zu schinden. »Es war ein einzelner Schuss. Gut möglich, dass die Bedrohung sich selbst ausgeschaltet hat.«

»Dann besteht auch kein Risiko«, gab Quandt zu bedenken. »Nichts wie rein.« Er wartete nicht auf eine Reaktion von Hugh, sondern machte auf dem Absatz kehrt, um sein Team zu organisieren.

Hugh hatte mehrmals Momente erlebt, die sein Leben veränderten. Wie etwa der Tag, an dem er sich zum ersten Mal mit Annabelle verabredete. Die Nacht, in welcher der jugendliche Selbstmörder auf dem Dach sich umgedreht und Hugh die Hand gereicht hatte. Als Wren ihren ersten Atemzug machte. Dies, so viel stand für ihn fest, würde ein weiterer dieser Momente sein: der Moment, der seine Karriere beendete.

»Nein«, rief Hugh Quandt hinterher. »Eine der Geiseln ist meine Tochter.«

Der Leiter des Sondereinsatzkommandos drehte sich langsam um. »Was?«

»Ich wusste das anfangs nicht. Ich fand es erst heraus, als ich hierherkam«, erklärte Hugh. »Aber ich … ich bin nicht abgetreten. Ich *konnte nicht*.«

»Sie sind von Ihrer Position entbunden«, erklärte Quandt kategorisch.

»Das vermag nur mein Vorgesetzter«, erwiderte Hugh. »Und ich bin inzwischen schon viel zu vertraut mit dem Geiselnehmer, als das abzubrechen. Tut mir leid. Ich kenne die Regeln. Ich weiß, dass es ein Interessenkonflikt war. Aber, mein Gott, Captain … es gibt niemanden, dessen Motivation größer ist als meine, dies zu einem guten Ende zu führen. Das verstehen Sie doch, oder?«

»Ich verstehe, dass Sie, wenn Sie mich, den Chief, *alle* angelogen haben, wohl genau wussten, was Sie taten.«

»Nein. Wenn ich wüsste, was ich tue, wäre sie jetzt hier bei mir.« Hugh räusperte sich und zwang sich, dem Captain in die Augen zu blicken. »Lassen Sie meine Tochter nicht für meine Dummheit bezahlen. Bitte«, flehte er. »Es ist mein *Kind*.«

Er befand sich wieder unter Wasser, drosch auf die Schlingpflanzen ein. Er ging unter.

Quandt starrte ihn an, als wollte er ihm an die Gurgel. »Dort
drin ist jeder jemandes Kind«, sagte er.

Bex blickte zu den Neonröhren im Operationssaal des Krankenhauses hinauf und fragte sich, ob sie sterben würde.

Sie war in Sorge. Nicht ihretwegen, sondern wegen Wren und
der anderen Menschen in der Klinik. Und natürlich sorgte sie
sich um Hugh, der diese Last zu schultern hatte. Er würde sich
an allem, was heute schieflief, die Schuld geben. Manche Männer tragen Verantwortung, andere werden von ihr getragen,
Hugh hatte immer zu Ersteren gehört. Selbst bei der Beerdigung
ihres Vaters, da war Hugh gerade mal acht Jahre alt gewesen, bestand er darauf, jedem die Hand zu schütteln, der gekommen
war, um zu kondolieren. Er war der Letzte, der das Grab verließ
und zusammen mit dem Pfarrer zum Parkplatz ging. Bex hatte
ihre schluchzende Mutter in den Wagen gesetzt und war zurück-
gegangen, um Hugh zu holen. »Jetzt bin ich der Mann im Haus«,
hatte er ihr erklärt, woraufhin sie für den Rest ihres Leben hinter
ihm hergegangen war und unauffällig versucht hatte, ihm einen
Teil der Last abzunehmen, die er trug.

Das war auch der Grund, weshalb sie nach Hause zurückge-
kehrt war, als ihre Mutter in ihrer Trauer Zuflucht in der Flasche
suchte und Hugh dabei vernachlässigte.

Und deshalb hatte sie auch dafür gesorgt, dass es eine Frau in
Wrens Leben gab, nachdem Annabelle abgehauen war.

Deshalb hatte sie Wren auch zu dieser Klinik gefahren.

Der Anästhesist beugte sich über sie. »Es könnte ein wenig
brennen«, erklärte er, »aber dann werden Sie das beste Nickerchen Ihres Lebens machen.«

Als Hugh klein war, wollte er abends nie schlafen gehen. Sie
verfiel darauf, ihm zwei Alternativen anzubieten, die ihm eine

Wahl ermöglichten und das Gefühl gaben, die Kontrolle zu haben: Möchtest du hoch in dein Zimmer gehen, oder möchtest du von mir getragen werden? Möchtest du erst deine Zähne putzen oder dein Gesicht waschen? Jedes Szenario führte dazu, dass er im Bett landete. Aber dann wurde er schlauer. Er bat sie, ihr drei Bücher vorzulesen, woraufhin sie sich auf eines einließ, was er mit einem Lachen quittierte und ihr sagte, er habe eigentlich auf zwei gehofft.

Selbst mit fünf Jahren verhandelte er schon.

Als die Wirkung des Betäubungsmittels einsetzte, lächelte Bex.

Janine konnte die Geister spüren. Sie saßen auf ihrem Schoß und in ihren Armen und zogen am Saum ihres Kleids. Dieses Gebäude war voller Babys ohne Mütter.

Sie war hergekommen, um an Informationen zu kommen. Spionage in der Absicht, etwas online enthüllen zu können, wie das Lila Rose getan hatte, um die Wahrheit über diese Mordzentren ans Licht zu bringen. Dass sie hier festsitzen würde, war nicht vorgesehen gewesen.

Janine war im Südwesten von Chicago aufgewachsen, wo man nicht aus einem Viertel, sondern aus einer Gemeinde kam. Sie kam aus St. Christina und wusste bereits von klein auf, dass ein Baby schon bei der Empfängnis ein Baby war. Zumindest war es ein im Werden begriffenes menschliches Wesen.

Unrealistisch war sie nicht. Ihr war klar, dass sexuelle Abstinenz nicht immer möglich war und die Empfängnisverhütung manchmal versagte, aber wenn ein Paar sich für einen Akt entschied, der potenziell Leben hervorbringen konnte, sollte es darauf vorbereitet sein, eine Veränderung in seinem *eigenen* Leben hinzunehmen. Natürlich wusste sie, dass nicht nur die Frau für eine Schwangerschaft verantwortlich war – obwohl es die Frau *war*, die das Baby neun Monate lang austragen musste. Aber neun Monate waren doch nur ein Schluckauf auf der Zeitachse eines Frauenlebens. Und es war auch nicht die Schuld des Kindes, dass es empfangen worden war. Weshalb also sollte es mit seinem Leben dafür bezahlen?

Man hatte Janine vorgeworfen, frauenfeindlich zu sein. Sich lächerlich zu machen. Dass sie, wenn sie keine Abtreibung wollte, auch keine vornehmen lassen musste. Aber sie war sich dessen bewusst, dass sich das Thema erübrigen würde, wenn die Frau das gleiche Zellenbündel ein paar Monate später töten würde. Dann wäre ihr Verachtung sicher, und sie würde für den Rest ihres Lebens ins Gefängnis wandern. Es war also nur eine Frage der Zeitrechnung.

Janine war zwölf gewesen, als ihre Mutter noch mal schwanger wurde, ein Unfall mit dreiundvierzig. Sie wusste noch genau, wie ihre Eltern von einem Arzttermin mit zwei neuen Informationen zurückgekommen waren: Das Baby war ein Junge, und er hatte ein zusätzliches Chromosom. Der Arzt hatte ihrer Mutter geraten, die Schwangerschaft abzubrechen, weil auf das Baby ein Leben voller Entwicklungs- und Gesundheitsprobleme zukam.

Sie war alt genug gewesen, die Angst ihrer Eltern zu begreifen. Sie hatte *Down-Syndrom* gegoogelt. Die Hälfte der mit Down Syndrom geborenen Kinder benötigte zudem eine Herzoperation. Sie hatten außerdem ein erhöhtes Risiko, an Leukämie und Schilddrüsenproblemen zu erkranken. Im Alter von vierzig Jahren erkrankten viele vorzeitig an Alzheimer. Und dann musste man noch mit anderen Komplikationen rechnen: Ohrenentzündungen, Hörverlust, Hautprobleme, Sehschwäche, epileptische Anfälle, Magen-Darm-Erkrankungen.

Sie glaubte, alles über ihren kleinen Bruder zu wissen, bevor dieser überhaupt da war. Aber sie wusste nicht, dass Ben so herzhaft lachen konnte, dass auch sie lachen musste. Oder dass er am rechten Fuß kitzelig war, nicht aber am linken. Sie wusste nicht, dass er erst schlafen würde, nachdem Janine ihm genau drei Bücher vorgelesen hatte. Sie wusste, dass er sich sehr viel langsamer als andere Kinder entwickeln und immer Hilfe brauchen würde. Aber sie wusste nicht, wie sehr sie *ihn* brauchen würde.

Rosig war das alles nicht. Es gab Blogs, in denen Eltern von Kindern mit Trisomie 21, das sie selbst *Up*-Syndrom nannten, sich darüber austauschten, dass diese Kinder das zusätzliche Chromosom als Gottessegen bekommen hatten. Das war Blödsinn. Es dauerte drei Jahre, bis Ben aufs Töpfchen ging. Wie jeder andere kleine Bruder quengelte er, wenn er müde war. Er wurde in der Schule gemobbt. Einmal hatte Ben eine Operation genau an Janines Geburtstag, und ihre Eltern vergaßen völlig ihren Kuchen, eine Party, einen Moment der Zuwendung.

Als sie auf dem College Vorsitzende des Klubs Students for Life wurde, führte sie zahlreiche Gespräche über den moralischen Treibsand einer Abtreibung und führte dabei ihren Bruder als Beispiel an. Mochte Ben auch nicht das Kind gewesen sein, das ihre Eltern erwartet hatten, war es doch das, das sie bekommen hatten. Ein Kind zu bekommen, ist immer ein gewaltiges Risiko, egal, in welcher Hinsicht. Ein gesund zur Welt gekommenes Baby kann Herzprobleme oder Diabetes bekommen oder drogenabhängig werden. Dem Kind, das man großgezogen hat, wird vielleicht das Herz gebrochen, es verliert das eigene Baby, oder der Ehemann stirbt beim Auslandseinsatz. Sollten wir nur Kinder bekommen, die niemals im Leben Schwierigkeiten ausgesetzt sind, dann sollten gar keine geboren werden.

Wäre Janines Mutter der Empfehlung des Arztes bei der Schwangerenbetreuung gefolgt, hätte es Ben nie gegeben. Sie hätte niemals den Triumph auf seinem Gesicht sehen können, als er endlich lernte, sich selbst die Schuhe zuzubinden, als er seinen ersten Freund aus der Schule mitbrachte. Er wäre nicht da gewesen an jenem Tag, als ihr Hund Galahad von einem Laster überfahren wurde, an jenem Tag, als alles schiefging und keiner sie zu trösten vermochte, aber Ben sich einfach in ihre Arme kuschelte und sie drückte.

Jetzt schielte Janine auf Joy, die zur Seite geneigt auf ihrem Stuhl saß, das Gesicht in den Händen vergraben. Sie wünschte, sie hätte heute am Zaun gestanden, als Joy zur Abtreibung in die Klinik kam. Womöglich hätte sie sie von ihrer Entscheidung abbringen können.

Für Joys Baby war es zu spät. Aber das hieß nicht, dass es für Joy zu spät war.

Janine richtete sich auf. Selbst Norma McCorvey änderte ihre Meinung. Sie war die Jane Roe im Verfahren *Roe versus Wade* gewesen. Es waren die Siebzigerjahre, und sie war zweiundzwanzig, als sie entdeckte, dass sie zum dritten Mal schwanger war. Sie lebte in Texas, wo Abtreibungen illegal waren, es sei denn, das Leben der Mutter stand auf dem Spiel. Ihr Gerichtsverfahren ging bis zum Supreme Court, und wie das ausging, ist bekannt. Sie wurde eine Verfechterin der Abtreibung, bis sie in den Neunzigerjahren eine Kehrtwende um hundertachtzig Grad machte. Von da an, bis zu ihrem Tod 2016, appellierte sie an den Supreme Court, die Entscheidung in ihrem Fall aufzuheben.

Was führte sie zu diesem Gesinnungswandel? Sie wurde wiedergeboren.

Janine lächelte in sich hinein.

Wiedergeboren.

Für sie stand fest, dass es sich bei der Bezeichnung dafür, Gott wieder in sein Herz gelassen zu haben, nicht zufällig im Grunde um eine Geburt handelte.

Izzy saß auf dem Boden neben der Leiche von Olive Lemay. Ihr zitterten noch immer die Hände von dem Versuch, die Frau wiederzubeleben, aber sie hatte gewusst, dass da nicht mal ein Gebet helfen würde. Die Waffe war aus nächster Nähe abgefeuert worden. Die Kugel hatte das Herz der älteren Frau zerrissen. Als

Izzy sich mühte, den Blutfluss zu stoppen, hatte sie gespürt, wie Olives Hand sich hob und sich auf ihre legte. Sie hatte die Angst in den Augen der Frau gesehen.

»Dass Sie das getan haben, war sehr tapfer von Ihnen«, hatte Izzy ihr zugeflüstert.

Olive schüttelte den Kopf. Ihre Augen ließen nicht ab von Izzy.

Manchmal kommt es nicht darauf an, Krankenschwester zu sein. Es reichte, Mensch zu sein.

Und so lockerte Izzy den Druck auf Olives Brust. Stattdessen nahm sie Olives Hand in ihre beiden Hände, sah der Frau dabei unverwandt in die Augen und nickte, wie um die Frage zu beantworten, die gar nicht gestellt worden war.

Sie hatte lange genug in diesem Beruf gearbeitet, um zu wissen, dass manche Menschen scheinbar einer Erlaubnis bedurften, bevor sie diese Welt verließen.

Als sie ihre erste Tote sah, war sie noch Schwesternschülerin gewesen. Die Patientin, eine Frau Mitte fünfzig, litt an metastasierendem Brustkrebs und war früher einmal Schönheitskönigin gewesen. Nach der Palliativbehandlung im Krankenhaus hatte man sie wegen eines Ermüdungsbruchs in eine Rehaeinrichtung überwiesen. Nun war sie zum Sterben zurückgekommen.

Nachdem ihre Familie gegangen und am Abend Ruhe eingekehrt war, hatte Izzy sich neben die schlafende Frau gesetzt. Obwohl ihr Schädel von der Chemotherapie kahl war und das Gesicht eingefallen, ging von ihren Zügen eine Faszination aus, der man sich nicht entziehen konnte. Izzy betrachtete sie und dachte an die Frau, die sie gewesen sein musste, bevor der Krebs sie aufzehrte.

Plötzlich schlug die Frau blinzelnd die Augen auf, die von einem klaren Meergrün waren. »Sie sind gekommen, um mich zu holen, oder?«, sagte sie mit einem Lächeln.

»O nein«, erwiderte Izzy. »Heute Abend müssen Sie keine Untersuchungen mehr über sich ergehen lassen.«

Die Frau bewegte ihr Haupt kaum wahrnehmbar. »Ich spreche nicht mit Ihnen, meine Liebe«, sagte sie, den Blick auf einen Punkt irgendwo jenseits von Izzys Schulter gerichtet.

Gleich darauf starb die Frau.

Die Frage, was sie wohl gesehen hätte, wenn sie mutig genug gewesen wäre, sich an diesem Abend umzudrehen, beschäftigte Izzy bis heute.

Würde sie erschossen werden wie Olive?

Wie lange würde es wohl dauern, bis man mit der Autopsie fertig war und ihre Schwangerschaft entdeckt hatte?

Gäbe es jemanden, der sie auf der anderen Seite erwartete, wenn ihr Leben heute zu Ende ginge?

Hätte Louie Ward nicht in der siebten Klasse bei den Nonnen nachsitzen müssen, wäre er wohl niemals Geburtshelfer geworden. Auf dem Tisch der Schulbibliothek lag eine Biografie über Reverend Dr. Martin Luther King Jr. Aus reiner Langeweile begann Louie zu lesen und legte das Buch erst wieder aus der Hand, als er es zu Ende gelesen hatte. Zurück blieb bei ihm die Überzeugung, von diesem Mann ganz persönlich angesprochen worden zu sein.

Nach und nach las er alles, was der Reverend geschrieben hatte. Die für Dr. King drängendste Frage des Lebens lautete: *Was tust du für die anderen?* Er las diese Worte und dachte dabei an seine Mama, die verblutend auf dem Boden lag.

Wie sein Mentor wollte auch Louie Doktor sein, aber von anderer Art: ein Geburtshelfer und Gynäkologe seiner Mutter wegen. Dank seines Fleißes ermöglichten ihm Stipendien erst das College und danach ein Medizinstudium.

In seiner Zeit als Assistenzarzt hatte er mit vielen Frauen zu tun, die ungeplant und unerwünscht schwanger geworden waren. Als praktizierender Katholik war er der Überzeugung, dass das Leben mit der Empfängnis einsetzt, und verwies diese

Patientinnen deshalb an andere Ärzte und andere Einrichtungen. Sehr viel später erfuhr er, dass zwar siebenundneunzig Prozent der Ärzte Kontakt zu einer Patientin gehabt hatten, die einen Schwangerschaftsabbruch wünschte, aber nur vierzehn Prozent selbst Abtreibungen vornahmen. Was jedoch nicht bedeutete, dass keine Abtreibungen vorgenommen wurden. Allerdings erfolgten diese meist unter gefährlichen Umständen.

Eines Sonntags hielt Louies Priester eine Predigt über die Parabel vom barmherzigen Samariter nach dem Lukasevangelium. An einem Reisenden, der niedergeschlagen und dem Tode geweiht im Straßengraben zurückgelassen worden war, kamen ein Priester und ein Levit vorbei – keiner blieb stehen. Endlich bot ein Samariter seine Hilfe an.

Auch Martin Luther King Jr. hatte von dieser Parabel gesprochen, am Tag vor seiner Ermordung. Und stellte sich die Frage, warum der Priester und der Levit an dem zusammengeschlagenen Mann vorbeigegangen waren – womöglich weil sie dachten, er täusche seine Verletzungen nur vor, und um ihre eigene Sicherheit besorgt waren. Aber vor allem gingen sie seiner Ansicht nach wohl deshalb weiter, weil ihre Sorge, was ihnen *selbst* widerfahren könnte, wenn sie stehen blieben, größer war als die, was aus dem Mann würde, wenn sie es nicht taten.

Und da wusste Louie, dass er zu diesem Samariter werden musste. Unzählige Frauen, die abtreiben wollten, waren wie er farbige Südstaatler. Das waren die Frauen, die ihn großgezogen hatten. Das waren seine Nachbarn, seine Freunde, seine eigene Mutter. Wenn er seine eigene Reise nicht unterbrach, um ihnen auf ihrer zu helfen, wer dann?

Dies war der einzige wahrhaft übernatürliche Moment im Leben von Dr. Louie Ward.

In diesem Moment wurde ihm klar, warum seine Mama Sebby Cherise aufgesucht hatte. Nicht, weil sie das Kind eines angesehenen verheirateten Weißen erwartete. Sondern weil sie das Kind beschützen wollte, das sie bereits hatte, und dies auf Kosten des Kindes, das sie gar nicht hatte empfangen wollen. Es war die Variation des Themas, das von den Patientinnen an ihn herangetragen wurde. *Ich habe ein Kind mit einer Behinderung und keine Zeit, mich um ein weiteres zu kümmern. Ich habe kaum genug zu essen für meinen Sohn, wie soll ich das mit einem zweiten Baby schaffen? Ich habe bereits drei Jobs und kümmere mich um meine Familie – mehr schaffe ich einfach nicht.*

Und so wurde aus Louie, der nach wie vor zur Messe ging, ein Abtreibungsarzt. Mehrmals im Monat flog er quer durchs Land, um seine Dienste in Frauenkliniken anzubieten. Die einzige Person, die nicht darüber Bescheid wusste, womit er sich seinen Lebensunterhalt verdiente, war seine Großmama.

Erst als sie in den Neunzigern war, besuchte Louie sie, um es ihr zu beichten. Er erzählte ihr von der Läuferin, die ihr ganzes Leben lang darauf hingearbeitet hatte, sich einen Platz in der Olympiamannschaft zu sichern, und dann entdeckte, dass sie wegen eines geplatzten Kondoms schwanger war. Er erzählte ihr von der Frau, die in einer Entzugsklinik erfuhr, dass sie in der zwölften Woche war.

Er berichtete von einer Frau aus einem kleinen spießigen Ort, die sich von der Ausstrahlung eines respektablen verheirateten Mannes blenden ließ und annahm, er würde sie unterstützen und ihr Kind als seines anerkennen, dann allerdings die Erfahrung machen musste, dass die Welt so nicht funktionierte. Sie wussten beide, von wem Louie sprach. *Großmama*, sagte er. *Ich denke, Jesus würde verstehen, warum ich das tue. Ich hoffe, du kannst das auch.*

Wie erwartet hatte seine Großmama angefangen zu weinen. *Ich habe mein Baby und mein Enkelkind verloren*, sagte sie nach langer Pause. *Vielleicht bleibt das jetzt einer anderen Frau erspart.*

Tatsächlich bestand der einzige Einwand, den seine Großmutter gegen seinen Beruf ins Feld führte, in der Sorge, Louie könnte von einem Abtreibungsgegner getötet werden. Natürlich wusste Louie, dass sein Name zusammen mit den Namen anderer Ärzte, die Abtreibungen vornahmen, auf einer Website stand, zusammen mit der Information, wo er lebte und arbeitete. Und er hatte auch George Tiller gekannt, einen Arzt, der während eines Kirchenbesuchs ermordet worden war. Und das trotz der Schutzweste, die er trug, denn der Schütze hatte ihm in den Kopf geschossen.

Louie weigerte sich, eine Weste anzuziehen. Denn seinem Verständnis nach hätten die *anderen* schon gewonnen, sobald er in eine schlüpfte. Dennoch musste er sich jeden Morgen dem Spießrutenlauf der Protestierer stellen. Er blieb immer noch einen kurzen Moment im Wagen sitzen, um tief durchzuatmen und sich für die vergifteten Freundlichkeiten zu wappnen: *Wir beten für Sie, Dr. Ward. Einen gesegneten Tag!* Er dachte an George Tiller und David Gunn und John Britton und Barnett Slepian, alle umgebracht von militanten Abtreibungsgegnern, die sich nicht damit zufriedengaben, Spalier zu stehen und Beschimpfungen auszustoßen.

Louie zählte dann bis zehn, sagte ein Vaterunser, griff nach seiner Aktenmappe und stieg in einer fließenden Bewegung aus dem Wagen. Dann entfernte er sich mit gesenktem Blick und das Gesicht kerzengerade nach vorn gerichtet und ließ sich auf nichts ein.

Meistens.

Es gab einen Abtreibungsgegner, einen Weißen mittleren Alters, der häufig rief: »Du killst unsere Babys, du sündiger Neger!« Louie hatte ihn immer ignoriert, bis dieser eines Tages rief: »Sollte ich dich vielleicht Nigger nennen, damit du irgendwie reagierst?«

Das – nun, das war zu viel. Louie blieb wie angewurzelt stehen.

»Was an mir regt Sie am meisten auf?«, erkundigte Louie sich ganz ruhig. »Die Tatsache, dass ich Afroamerikaner bin? Oder dass ich Abtreibungen vornehme?«

»Die Abtreibungen«, sagte der Mann.

»Was hat meine Rasse dann damit zu tun?«

Der Protestierer zuckte mit den Schultern. »Gar nichts. Das gibt's einfach noch dazu.«

Fast musste Louie die Taktik der »verbrannten Erde« bewundern, derer sich der Mann bediente.

Es gab nur einen Grund, warum er an jedem verdammten Morgen aus seinem Wagen stieg: die Frauen, die er behandelte und die sich demselben Spießrutenlauf aussetzen mussten. Er durfte doch wohl nicht weniger tapfer sein als sie?

Ziel der Abtreibungsgegner war es, den Frauen, die sich zur Abtreibung entschlossen hatten, das Gefühl zu geben, isoliert zu sein und als Einzige eine solch selbstsüchtige Entscheidung getroffen zu haben. Louies Ziel hingegen war es, jeder Frau, die durch die Tür des Centers kam, zu verdeutlichen, dass sie nicht allein war und niemals allein sein würde. Den vehementesten Abtreibungsgegnern war nicht klar, wie viele Frauen, die abgetrieben hatten, sich in ihrem Bekanntenkreis befanden. Tilgte man das Schandmal, blieben nur deine Nachbarin, deine Lehrerin, die Lebensmittelverkäuferin, die Vermieterin übrig.

Er versetzte sich in diese Frauen hinein und malte sich aus, wie es sich für sie anfühlen musste, eine Entscheidung getroffen zu haben, die ihnen sowohl emotional als auch finanziell einen gewaltigen Preis abverlangte – und dann zu erleben, wie diese Entscheidung infrage gestellt wurde. Ganz zu schweigen von der damit verbundenen Unterstellung, nicht fähig zu sein, für die eigene Gesundheit zu sorgen. Wo waren die Protestierer beispielsweise vor Krebskliniken, um die Chemotherapiepatienten zu bedrängen, sich nicht dem Giftrisiko auszusetzen? Wenn Frauen Kopfschmerzen hatten, konnten sie uneingeschränkt Aspirin nehmen, obwohl dieses Arzneimittel potenziell ein viel größeres Gesundheitsrisiko darstellte als die derzeit zur Verfügung stehenden Abtreibungsmedikamente. Wenn eine Frau sich für eine medikamentöse Abtreibung entschied, warum musste die entsprechende Arznei dann vor einem Arzt eingenommen werden, als wäre sie eine stationäre Patientin einer Psychiatrieabteilung, der man nicht zutraute, eine Pille zu schlucken?

Louie war der festen Überzeugung, dass es diesen weißen Männern mit ihren Schildern und Slogans nicht wirklich um die Ungeborenen ging, sondern um die Frauen, die diese austrugen. Und deren sexuelle Unabhängigkeit sich damit ihrer Kontrolle entzog. Und das war für sie das Entscheidende.

Louie verlagerte sein Gewicht und schrie auf vor Schmerz, der ihm durchs Bein schoss. Die Aderpresse hatte den Blutverlust verlangsamt, bis der Schütze – in plötzlicher Gereiztheit – hart genau dorthin getreten hatte, wo die Kugel eingedrungen war.

Als Arzt zu verletzt zu sein, um andere Verletzte behandeln zu können, war die Hölle. Diese Aufgabe oblag nun der anderen hier Gefangenen mit medizinischer Ausbildung – der Krankenschwester Izzy. Er hatte mit ihr noch nicht zusammengearbeitet, aber das kam öfter vor. Vonita, die Betreiberin der Klinik, beschäftigte ein ganzes Heer von Therapeuten, die tapfer oder dumm genug waren, trotz der Drohungen Tag für Tag hierherzukommen.

Hatte beschäftigt. Vergangenheit.

Er schloss die Augen, kämpfte gegen die Gefühle an, die in ihm aufstiegen.

Sie war nicht das einzige Opfer gewesen. Izzy hatte – verzweifelt und vergeblich – versucht, das Leben von Olive, der älteren Dame, zu retten. Sie war ein echter Kollateralschaden: Als Frau eindeutig Ende sechzig war sie mit Sicherheit nicht in diese Klinik gekommen, um einen Schwangerschaftsabbruch vornehmen zu lassen, und dennoch ins Schussfeld des Geiselnehmers geraten. Izzy zog jetzt ein Baumwolllaken über die Leiche. Auf Louies Schmerzensschrei hin wandte sie sich ihm erneut zu und kontrollierte die Aderpresse über seinem Schenkel.

»Mir geht es gut«, sagte er, weil er nicht wollte, dass sie so viel Aufhebens um ihn machte, was sie zu seiner Überraschung dann auch sein ließ, um unvermittelt loszustürzen. Sie erbrach in einen Mülleimer.

Eine der anderen Frauen – Joy, seine letzte Patientin, ehemals in der fünfzehnten Schwangerschaftswoche, aber jetzt, wie Louie befriedigt überlegte, nicht schwanger – reichte Izzy ein Papiertuch aus der Schachtel, die auf dem Tisch des Wartezimmers stand. Der Schütze warf Izzy einen angewiderten Blick zu, sagte aber nichts. Er war zu sehr damit beschäftigt, sich um seine Verletzung zu kümmern. Izzy wischte sich den Mund ab und wandte sich dann erneut Louies Schenkel zu.

»Mich hat's wohl ziemlich schlimm erwischt?«, meinte er trocken.

Sie blickte ihn mit geröteten Wangen an. »Nein, Sir. Ich glaube nicht, dass er mit seinem Tritt schweren Schaden angerichtet hat. Jedenfalls keine *zusätzliche* schwere Verletzung«, schränkte sie ein.

Louie blickte auf ihre Hände, die sanft um die Wunde herum tasteten. Es tat höllisch weh. »Wie weit sind Sie?«, fragte er.

Er wartete, bis sie ihn ansah. »Woher wissen Sie es?«

Louie zog eine Braue hoch.

»In der zwölften Woche«, antwortete Izzy.

Er beobachtete, wie sie sich eine Hand wie ein Schutzschild auf den Bauch legte.

»Sie werden hier rauskommen«, versprach er. »Sie und Ihr Lebensgefährte werden ein schönes, springlebendiges Baby bekommen.«

Sie antwortete mit einem Lächeln, das aber nicht ihre Augen erreichte.

Louie überlegte, wie oft er schon von der *Verbalanästhesie*, wie er es nannte, Gebrauch gemacht hatte – indem er einfach plauderte, damit die Frauen trotz ihrer Anspannung in Erwartung dessen, was auf sie zukam, lockerer wurden. So erkundigte er sich beispielsweise, ob eine Frau ihre Maisgrütze lieber süß oder herzhaft aß. Ob sie das neue Album von Beyoncé schon gehört hatte. Welcher Studentenvereinigung sie angehörte. Er war stolz darauf, dass er jede Frau dazu bringen konnte, sich zu entspannen, während er in professioneller Ruhe den Eingriff vornahm. Und so hörte er von seinen Patientinnen ganz oft: »Wollen Sie damit sagen, dass Sie schon fertig sind?«

Aber bei Izzy kamen seine beschwichtigenden Worte nicht an.

Izzy glaubte ihm nicht, als er sagte, sie werde hier rauskommen.

Denn offen gestanden glaubte auch er nicht daran.

Joy hatte nur einer einzigen Person von ihrer Schwangerschaft erzählt – ihrer besten Freundin, einer Kellnerin in der Departure Lounge, einer Cocktailbar im Jackson Airport. Rosie hatte auch auf der Damentoilette neben ihr gestanden und mit dem Timer ihres Mobiltelefons die Zeit kontrolliert, während sie verfolgten, wie das kleine Pluszeichen auf dem Teststäbchen erschien. »Was wirst du tun?«, hatte Rosie sie gefragt, aber Joy war ihr die Antwort schuldig geblieben.

Eine Woche später vereinbarte sie einen Termin im Center. Und am selben Tag ließ sie Rosie wissen, dass sie eine Fehlgeburt gehabt hatte. In Joys Augen war dies nur eine unbedeutende Ungenauigkeit, eine winzige falsche Fußnote. Das Ergebnis wäre dasselbe.

Obwohl sie wusste, dass Rosie sie zu dem Eingriff gefahren hätte, wollte und musste Joy das allein durchstehen. Sie war dumm genug gewesen, sich in diesen Schlamassel hineinzureiten, also würde sie auch klug genug sein, sich daraus zu befreien.

Joy hatte ihn sofort bemerkt an jenem Abend, als *er* zum ersten Mal in die Bar kam. Er war groß und schlank und trug einen ausgezeichnet sitzenden Anzug, sein Schläfenhaar ergraute bereits. Joy hatte sich seine Hände angesehen – die Hände verrieten eine Menge über eine Person –, und seine waren kräftig mit langen Fingern. Er hatte ein wenig Ähnlichkeit mit Präsident Obama, gesetzt den Fall, Präsident Obama wäre jemals so schwermütig gewesen, in einem ganzen Eimer voller Gin Martinis Zuflucht suchen zu müssen.

Als Joy ihren Dienst für die Spätschicht antrat, war sie die einzige Angestellte in der Lounge – es war billiger, die Kellnerinnen dafür auszubilden, Drinks zu mixen und die Bar für die Nacht abzuschließen, als zusätzliche Angestellte einzustellen. Sie füllte die Nüsse für ein Schwulenpaar auf, das Negronis trank, und druckte die Rechnung für eine Frau aus, deren Flug aufgerufen wurde. Dann ging sie zu dem Mann, der mit geschlossenen Augen am Tisch saß. »Soll ich Ihnen nachschenken?«

Als er zu ihr aufblickte, glaubte sie, in einen Spiegel zu schauen.

Nur jemand, der selbst dort gewesen war – gefangen in einem unsichtbaren Gefängnis mit der verzweifelten Hoffnung, daraus zu entkommen –, vermag diesen Ausdruck bei einem anderen zu deuten.

Als er nickte, brachte Joy ihm den nächsten Drink. Und noch einen. Drei weitere Gäste kamen und gingen, während sie den Mann an seinem Tisch im Auge behielt. Ihr war klar, dass er nicht in der Stimmung war zu reden; schließlich war sie lange genug Kellnerin einer Cocktailbar, um das zu erkennen. Es gab Leute, die ihre Probleme vor dir ausschütten wollten, so wie du ihnen die Alkoholika ausschenktest. Andere hingegen texteten wie verrückt in ihre Mobilgeräte und vermieden jeglichen

Blickkontakt. Dann gab es noch die Grapscher, die sie am Hintern packten, wenn sie vorbeilief, es dann aber als Versehen ausgaben. Aber dieser Mann wollte sich nur verlieren.

Nachdem er drei Stunden lang getrunken hatte, trat sie an seinen Tisch. »Ich möchte Sie nicht behelligen«, sprach Joy ihn an, »aber wann geht Ihr Flug?«

Er kippte seinen Drink hinunter. »Der ist gelandet. Vor vier Stunden.«

Sie fragte sich, ob Mississippi sein Ausgangspunkt oder sein Ziel war. Ob so oder so, offenbar gab es außerhalb dieses Gebäudes etwas, dem er sich nicht stellen konnte.

Als sie Schluss machen wollte, zahlte er in bar und legte ein Trinkgeld in Höhe der Rechnung dazu.

»Kann ich Ihnen ein Taxi rufen?«, fragte sie.

»Kann ich nicht hierbleiben?«

»Nein«, hatte Joy geantwortet und den Kopf geschüttelt. »Wie heißen Sie?«

»Das kann ich Ihnen nicht sagen«, lallte er.

»Warum nicht? Sind Sie bei der CIA?«

»Nein, Ma'am, aber dies ist kein angemessenes Benehmen für einen Rechtsvertreter.«

Dann war er also Anwalt, schloss Joy. Vielleicht hatte er einen wichtigen Fall verloren, an dem er womöglich monatelang gearbeitet hatte. Vielleicht hatte seine Klientin im Zeugenstand einen Meineid geleistet. Es gab viele Szenarien, und sie kannte sie alle aus *Law & Order*. »Sie sind hier zum Glück nicht im Gerichtssaal«, erwiderte Joy, »und nichts, was Sie hier sagen, wird gegen Sie verwendet werden.«

Das entlockte ihm ein Lächeln. Als sie sich abwandte, um Kassensturz zu machen, tippte er ihren Arm an. »Joe«, sagte er gleich darauf.

Sie hielt ihm ihre Hand hin. »Joy.«

Er durchbohrte sie nachgerade mit seinen hellblauen Augen,

die im Gesicht eines Schwarzen etwas Faszinierendes hatten und von einer historisch-genealogischen Evolution erzählten, die sehr wahrscheinlich eher auf einem Akt der Gewalt als auf einem der Leidenschaft beruhte. Er trug die Narben seiner Vergangenheit im Gesicht, wie Joy feststellte. So wie sie.

»Sehr fröhlich sehen Sie aber nicht aus«, spielte er auf ihren Namen an.

Und da traf sie die Entscheidung, die ihr weiteres Leben verändern würde. Joy, die niemals jemanden in ihre Wohnung einlud, beschloss, dass dieser Mann seinen Rausch ausschlafen und morgen neu anfangen musste. Sie beschloss, ihm die zweite Chance zu geben, die sie selbst nie bekommen hatte.

Als sie abgeschlossen hatte, lag Joe inzwischen bewusstlos mit der Wange auf der Tischplatte. Joy verdrehte die Augen und machte sich auf die Suche nach einem Rollstuhl, den sie drei Gates weiter fand und in den sie Joe mühsam hievte. Auf die gleiche Weise verfrachtete sie ihn in ihren Wagen. Als beide dann auf der Couch in ihrem Wohnzimmer taumelnd übereinander zusammenbrachen, war sie schweißnass und erschöpft. Joe fing sofort zu schnarchen an.

Doch als sie versuchte, sich von ihm zu lösen, verstärkte sich der Druck seiner Arme. Er streichelte ihr Haar. Er zog sie an sich.

Joy kannte nicht mal seinen Nachnamen, wusste nicht, was ihn nach Jackson geführt hatte. Aber es war so lang her, seit sie umarmt oder einfach nur festgehalten worden war. Und es war noch viel länger her, seit sie sich gebraucht gefühlt hatte. Deshalb legte sie sich gegen ihr besseres Wissen mit dem Kopf auf seiner Brust schlafen. Sein Herzschlag wurde ihr Schlaflied.

Irgendwann in der Nacht wurde sie wach und fühlte sich beobachtet. Sie lagen aneinandergepresst auf der schmalen Couch, und Joes Augen konzentrierten sich klar und nüchtern auf ihre. »Du bist ein guter Mensch«, sagte er nach einer Weile.

Das würde er nicht sagen, wenn er wüsste, wie sie aufgewachsen war, was sie getan hatte, um zu überleben.

Als er sie küsste, wollte Joy daran glauben, dass ihr Gewissen sie einen Moment zögern ließe, doch das stimmte nicht. Wegen ihrer Menstruationsbeschwerden nahm sie die Pille, aber dessen ungeachtet war er ein Fremder. Sie hätte ein Kondom benutzen sollen. Stattdessen klammerte sie sich an seine Schultern und machte ihn zum Auge ihres stürmischen Verlangens. Und obwohl er sie nur mit Leid und Schmerz füllte, war das besser, als leer zu sein.

Danach waren beide hellwach und nüchtern. »Ich hätte nicht ...«, setzte Joe an, aber Joy wollte nichts davon hören. Sie ertrug es nicht, wieder jemandes Irrtum zu sein. Sie ging ins Badezimmer und spritzte sich kaltes Wasser ins Gesicht. Als sie zurückkam, hatte Joe bereits seinen Anzug an. »Ich habe ein Taxi gerufen«, sagte er. »Ich, äh, deine Adresse hatte ich von einem Umschlag.« Er reichte ihr die Stromrechnung, die mit der gestrigen Post auf dem Couchtisch gelegen hatte. Linkisch zeigte er aufs Badezimmer. »Könnte ich ...?«

Joy nickte und trat beiseite, um ihn vorbeizulassen. Sie sagte ihm, wo er Aspirin finden könne, und er dankte ihr und schloss die Tür.

Joe kehrte ins Wohnzimmer zurück.

»Ich mache so etwas für gewöhnlich ...«, setzte sie an, aber er unterbrach sie.

»Ich habe so etwas noch nie getan.«

»Geht auf das Konto des Alkohols«, sagte Joy.

»Vorübergehende Unzurechnungsfähigkeit.«

Es wurde zweimal gehupt.

»Ich danke dir, Miz Joy«, sagte Joe förmlich. »Für die erwiesene Freundlichkeit.«

Joy hatte das Gefühl, ihm ihre Seele offenbart zu haben, so deformiert sie auch sein mochte. Sie wandte sich ab, als er in seine Jacke schlüpfte und vermutlich für immer aus ihrem Leben verschwand. Beim Duschen an diesem Morgen versuchte sie, sich einzureden, dass sie nicht die Schlampe war, als die ihre Pflegemutter sie immer bezeichnet hatte, sondern dazu berechtigt, jemandem Trost zu spenden, und sie beide als einvernehmliche Erwachsene gehandelt hatten. Sie ging zu ihrem Unterricht, dann zu ihrem Nachmittagsjob in der Collegebibliothek und später zu ihrer Schicht in der Departure Lounge, wo sie sich dabei ertappte, dass sie nach Joe Ausschau hielt, wohl wissend, dass er nicht dort sein würde.

Bis er dann eines Abends doch da war. Und sich diesmal nicht betrank. Er hatte gewartet, bis Joys Schicht vorbei war, und sie dann in ihre Wohnung begleitet, wo sie sich geliebt und im Bett einen Becher Eiscreme geteilt hatten. Sie erfuhr, dass Joe kein Anwalt, sondern Richter war. Er erzählte ihr, dass er am liebsten Adoptionsfälle verhandelte, die einem Pflegekind ein dauerhaftes Zuhause verschafften. Dabei strich er ihr übers Haar und meinte, er wünschte, sie wäre eins davon gewesen.

Er kam noch ein paarmal zurück und gestand ihr, dass er berufliche Termine in Jackson vorschob, nur um sie wiederzusehen. Joy konnte sich nicht erinnern, dass ihr jemand mal irgendwann nachgelaufen, anstatt vor ihr weggelaufen wäre. Sie ließ sich von ihm vor einer ihrer Midterm-Prüfungen ausfragen und sich vor dem Test ein großes Frühstück von ihm zubereiten.

Wenn man es gewohnt ist, für sich selbst zu sorgen, wirkt es wie eine Droge, wenn jemand sich um einen kümmert. Joy wurde abhängig. Sie schickte Joe witzige Schilder, die ihr auf dem Weg zur Arbeit auffielen: die Baptistenkirche mit der Live-Krippe, die mit dem Slogan COME SEE OUR ASSES für sich warb; das fröhlich blinkende STOP – THREE WAY!; die Taco-Bell-Werbetafel mit der Aufschrift IN QUESO EMERGENCY, PRAY TO CHEESES. Joe antwortete ihr mit Darwin Awards, den sarkastischen Negativpreisen, die er den anonymisierten Ange-

klagten in seinem Gerichtssaal verlieh. Wenn er unerwartet auftauchte, meldete sie sich krank für die Arbeit in der Bibliothek,
damit sie möglichst viel der Zeit, die er erübrigen konnte, mit
ihm verbringen konnte. Da er fünfzehn Jahre älter war als sie,
fragte sie sich, ob sie mit ihm womöglich den fehlenden Vater
kompensierte, doch ihrer Beziehung haftete so gar nichts Väter-
liches an. Vorsichtig wagte sie zu hoffen, dass ihre Pechsträhne
nun ein Ende nahm.

Sie hätte es besser wissen müssen.

Biologie, Evolution und soziale Gepflogenheiten erlaubten es
Joe, sich aus dem Staub zu machen, während Joy mit der Schwangerschaft sitzen blieb. Obwohl sie zu zweit in diesem Bett gewesen
waren. Im Nachhinein kam Joy die Einsicht, dass sie damit hätte
rechnen müssen. Schließlich hatte das Leben ihr wiederholt eine
schlechte Beilage serviert, sobald sie etwas Gutes gekostet hatte.

Bis zu ihrem Bachelorabschluss – ein Abschluss, für den sie
gekämpft hatte, indem sie knauserte und sparte, um ihre Kredite abbezahlen zu können – lag noch ein Jahr Unterricht vor
ihr. Damit sie es schaffte, arbeitete sie ohnehin schon in zwei
Jobs. Es gab keine Welt, in der sie auch noch für ein Baby hätte
sorgen können.

Das waren Joys Vernunftgründe, als sie auf der Toilette der
Bibliothek flüsternd die Fragen der Frau beantwortete, die mit
ihr den Termin im Center vereinbarte.

Name. Adresse. Geburtsdatum. Erster Tag der letzten Mens-
truation.

Waren Sie schon mal schwanger?

Hatten Sie Blutungen oder Schmierblutungen seit Ihrer letzten Periode?

Stillen Sie?

Sind irgendwelche Auffälligkeiten des Uterus bekannt?

Hatten Sie irgendwann Asthmaanfälle? Lungenprobleme?
Herzprobleme? Einen Schlaganfall?

Und ein Dutzend weiterer Fragen und dann: Gibt es noch etwas, das wir über Sie wissen sollten?

Ja, überlegte Joy. *Ich bin krankhaft unglücklich. Ich bin absolut gesund, bis auf das, was mir nie hätte passieren sollen.*

Die Frau erklärte ihr, dass gemäß den Vorgaben des Staates Mississippi eine Abtreibung ein zweitägiges Verfahren war. Sie erkundigte sich, ob Joy krankenversichert war, und als sie das verneinte, meinte die Frau, dass Medicaid nicht für die Kosten aufkomme. Joy würde weitere sechshundert Dollars zusammenkratzen müssen, wenn sie es schaffen wollte herzukommen, bevor sie elf Wochen und sechs Tage schwanger war. Denn wenn nicht, stiegen die Kosten auf siebenhundertfünfzig Dollar bis zur dreizehnten Schwangerschaftswoche plus sechs Tage. Ab diesem Zeitpunkt bis zur siebzehnten Woche würden achthundert Dollar fällig werden, danach wäre der Eingriff nicht mehr möglich.

Joy war bereits in der zehnten Schwangerschaftswoche. Sie teilte Joe in einer Textnachricht mit, ihn sprechen zu müssen, denn schriftlich wollte sie ihm nicht mitteilen, was passiert war. Er antwortete nicht.

Sie stellte Berechnungen an und vereinbarte einen Termin in anderthalb Wochen. Aber obwohl sie den Unterricht sausen ließ, um Doppelschichten in der Bar und in der Bibliothek zu machen, gelang es ihr nicht, bis zum Termin genügend Geld aufzutreiben. Also arbeitete sie noch mehr und hoffte, es bis zu einem Termin in der dreizehnten Woche zu schaffen. Aber dann ging ihr Vergaser kaputt, und sie musste ihn reparieren lassen, sonst hätte sie riskiert, beide Jobs zu verlieren. Ehe sie sich versah, war sie vierzehneinhalb Wochen schwanger, und die Zeit lief ihr davon. Diesmal rief sie Joe an, anstatt ihm zu schreiben. Als eine Frau abhob, legte sie auf.

Joy verpfändete ihren Laptop, um an Bargeld zu kommen, und vereinbarte einen neuen Termin.

Ohne ihre prekäre Finanzlage wäre sie heute nicht hier gewesen.

Sie hätte die Abtreibung nicht an dem Tag vornehmen lassen müssen, an dem ein Verrückter in das Center gestürmt kam und eine Schießerei anfing.

Es war nur eine weitere Glasurschicht auf dem Scheißkuchen ihres Lebens.

Als sie an diesem Morgen an den Protestlern vorbeigegangen war, hatte eine der Frauen Joy zugerufen, sie sei egoistisch. Nun, das war sie. Sie hatte sich den Arsch aufgerissen, um es zu was zu bringen, nachdem sie dem Pflegefamilienprogramm entwachsen war. Sie hatte schwer geschuftet, um die Collegekurse bezahlen zu können. Sie war entschlossen, nie wieder von jemandem abhängig zu sein.

Das Telefon klingelte. Und klingelte und klingelte. Joy schielte auf den Schützen, um zu sehen, ob er abnahm, aber er mühte sich – erfolglos –, seine blutende Hand zu verbinden.

Es war schon verrückt, was alles dazu führte, mit jemandem auf Kollisionskurs zu geraten. Man konnte betrunken in einem Flughafen landen. Man konnte zu arm sein, um den gewünschten Termin wahrzunehmen. Man konnte das Pech haben, Kind einer Abhängigen zu sein oder von einem Pflegeheim ins nächste abgeschoben zu werden.

Was hatte den Schützen heute mit seiner Waffe hierhergeführt? Joy hatte ein paar Gesprächsfetzen aufgeschnappt, als er mit der Polizei draußen sprach. Er wollte Rache, weil seine eigene Tochter wegen einer Abtreibung hierhergekommen war. Offenbar hatte sie ihm nicht erzählt, was sie vorhatte.

Auch Joy hatte es Joe nicht erzählt, aber dieser hatte auch nicht ihre Nachrichten beantwortet.

»Was zum Teufel ist dein Problem?«, wollte George wissen, als er plötzlich über ihr stand.

Erschrocken drückte Joy sich in den Stuhl zurück. Nach

allem, was sie ihm gemeinsam angetan hatten – nach dem, was sie ihn Olive hatte antun sehen –, hatte sie panische Angst. Schweiß perlte über ihren Rücken. So hilflos hatte sie sich nicht mehr gefühlt, seit sie acht war. Der Schurke damals hatte keine Waffe gehabt, nur Fäuste. Aber dennoch hatte er sie bedroht, hatte die ganze Macht besessen.

Joy musste wieder an Georges Tochter denken.

Fragte sich, warum das Mädchen hatte abtreiben wollen.

Fragte sich, ob das Mädchen die Nachrichten sah, sich verantwortlich fühlte.

Fragte sich, wie es sich anfühlte, einen Gewaltakt begangen zu haben, weil man jemanden zu sehr liebte anstatt zu wenig.

Als Wren klein war, hatte sie ihren Vater für allwissend gehalten und ihm tausend Fragen gestellt: *Gibt es auf der Welt mehr Blätter oder mehr Grashalme?*

Warum können wir unter Wasser nicht atmen?

Wenn man blaue Augen hat, sieht man dann auch alles blau?

Woher weiß man, dass man real ist und nicht der Traum eines anderen?

Wie kommt das Ohrenschmalz in die Ohren?

Wohin fließt das Wasser, wenn man es aus der Badewanne ablässt?

Warum sprechen Kühe nicht?

Einmal hatte sie ihn gefragt: *Wirst du sterben?*

Hoffentlich noch lange nicht, hatte er geantwortet.

Werde ich sterben?

Nicht, wenn ich was dagegen tun kann.

Es gab so viele Dinge, die sie ihren Vater nicht gefragt hatte, sich jetzt aber wünschte, sie hätte es getan. *Wie ist es, jemanden vor deinen Augen sterben zu sehen?*

Was tust du, wenn du merkst, dass du sie nicht retten kannst?

Wren sah den Mann an, dem sie eine Stichwunde zugefügt

und der versucht hatte, sie zu erschießen. Der Mann, der auf ihre Tante geschossen hatte. Und der auch Olive getötet hatte.

Er wickelte sich Verbandsmull um seine blutende Handfläche und stellte sich dabei ziemlich bescheuert an. Als die Waffe losgegangen war, konnte Wren erst gar nichts hören und dachte einen Moment lang, sie wäre wirklich erschossen worden und so fühlte sich der Tod an. Aber die Stille rührte daher, dass ihre Trommelfelle dicht gemacht hatten, und das Blut, das sie überall bedeckte, kam von Olive. Als Wren dann wieder hören *konnte* und der Raum sich nach und nach wieder mit Geräuschen füllte, wollte sie nichts mehr hören.

Nicht den zerfetzten Namen, der sich Olives Lippen entriss für jeden, der als Bote infrage käme.

Nicht Janines Totenklage.

Nicht Dr. Ward, der in einem gelben Nebel aus Schmerz stöhnte, als Izzy seine Aderpresse kontrollierte.

Und auch nicht das zarte hohe Pfeifen, das, wie Wren erst nach einer Weile feststellte, aus der Mitte ihres eigenen Körpers kam, der Klang der Angst, der durch die Stimmgabel ihres Skeletts vibrierte.

Sie warf einen verstohlenen Blick auf den Schützen. Unbeholfen zurrte er unter Einsatz seiner Zähne die Bandage fest.

Sieh mal einer an. Wren würde das Mädchen sein, das in eine Frauenklinik kam, um sich die Pille verschreiben zu lassen, und es dennoch schaffte, als Jungfrau zu sterben.

Plötzlich machte der Mann einen Satz auf sie zu. Izzy veränderte ihre Position ein wenig, als wollte sie sich zwischen Wren und den Schützen werfen, aber verdammt sollte Wren sein, das noch einmal zuzulassen. Sie drehte sich in letzter Minute, sodass Izzy, als er ihren Arm packte und sie auf die Beine hochriss, sich nicht mehr in den Weg stellen konnte.

Wrens zusammengebissenen Zähnen entwich ein kleiner Aufschrei, und sie hasste sich dafür, Schwäche zu zeigen. Sie zwang sich, ihm in die Augen zu schauen, obwohl ihre Knie gegeneinanderschlugen.

Na los doch, du Scheißkerl, dachte sie.

»Komm mit, Mädchen«, sagte er.

Sein abgestandener Atem schlug ihr entgegen.

Wohin brachte er sie? *Wohin brachte er sie?*

Er sah die anderen an. »Nicht bewegen. Wenn *einer* von euch sich bewegt, werde ich dafür sorgen, dass er sich nie mehr bewegen wird.« Und wie um das zu unterstreichen, streifte sein Blick Olives Leiche.

»Lassen Sie mich los«, brüllte Wren und wehrte sich. Sie versuchte, sich seinem Griff zu entziehen, aber er war zu stark. »Lassen Sie mich gefälligst los!«, kreischte sie und hob einen Fuß, um ihm einen Tritt zu verpassen, aber er riss sie grob herum und presste ihr mit seinem Arm die Luftröhre ab.

»Reiz mich ja nicht«, sagte er.

Er verstärkte den Druck auf ihre Kehle, bis sie Sterne sah.

Sterne.

Und dann wurde alles schwarz.

Plötzlich ließ er sie los. Wren fiel auf Hände und Knie und rang nach Luft. Sie fand es demütigend, sich zu Füßen des Mannes wiederzufinden, wie ein Hund, den er wegtreten konnte. »Mein Dad wird Sie niemals lebend hier rauslassen«, stieß sie keuchend aus.

»Nur zu schade, dass dein Dad nicht hier bei uns ist.«

»Ach ja?«, konterte Wren. »Und wer, glauben Sie, ist am Telefon?«

Einen kurzen Moment lang hielt alles den Atem an, wie auf dem Scheitelpunkt der Achterbahn, wenn man zwischen Himmel und Erde gefangen ist.

Aber dann kommt der Absturz.

Der Schütze lächelte. Ein entsetzliches Reptilienlächeln. Da wurde Wren klar, dass sie keineswegs die Oberhand hatte.

»Na schön«, sagte der Schütze. »Scheint mein Glückstag zu sein.«

Hugh ließ das Telefon noch weitere fünf Mal läuten und knallte es dann frustriert hin. Er stand unter Strom. Die Geiseln waren nicht herausgekommen. George reagierte nicht. Die vor einer Stunde von ihm getroffene Entscheidung, die WLAN-Verbindung und alle Telefonsignale bis auf die des Festnetzes außer Kraft zu setzen, brachte ihn nun um die Möglichkeit, sich nach Wrens Befinden zu erkundigen – und auszuschließen, dass sie Ziel des Schusses gewesen war.

Er hatte das Gefühl, als hätte er Wren erst gestern in seinem Kleinlaster zum Kindergarten gebracht. Jedes Mal, wenn sie in die halbmondförmige Einfahrt zum Schulgebäude einbogen, forderte er sie auf, ihren Raketenrucksack anzulegen, woraufhin sie sich in ihren übergroßen Rucksack schlängelte. Dann bremste er langsam ab. *Abschuss, Wren*, lautete die Parole, und sie sprang aus dem Wagen, als würde sie den Fuß auf einen neuen, unerforschten Planeten setzen.

Seit Annabelle sie verlassen hatte, waren bereits mehrere Monate vergangen, da erkundigte sich Wren, wann sie wieder nach Hause käme. *Sie kommt nicht mehr*, lautete Hughs Antwort. *Jetzt gibt es nur noch dich und mich.*

Dann war Hugh eines Nachts zu einem Familiendrama gerufen worden, das immer mehr außer Kontrolle geriet. Bex war gekommen, um bei der untröstlichen Wren zu bleiben. Als er um halb vier Uhr morgens nach Hause kam, war sie noch wach und schluchzte: *Ich dachte, du wärst gegangen.*

Hugh hatte sie mit seinen Armen umfangen. *Ich werde dich nie verlassen*, versprach er. *Niemals.*

Wer hätte schon ahnen können, dass es auch andersherum sein könnte?

Er spürte einen Schatten, der sich auf ihn legte, und sah sich beim Aufblicken dem Teamleiter des Sondereinsatzkommandos Schulter an Schulter mit dem Polizeichef gegenüber. »Das mit Ihrer Tochter hätten Sie mir sagen müssen«, hielt Chief Monroe ihm vor.

Hugh nickte. »Ja, Sir.«

»Sie wissen, dass ich Sie von diesem Einsatz abziehen muss, mein Sohn.«

Er spürte die sich unter seinem Kragen ausbreitende Hitze und rieb sich den Nacken. Hughs Mobiltelefon – das er für seine Kommunikation mit George Goddard benutzt hatte – summte auf dem Klapptisch, der ihm als Schreibtisch diente. Er schielte auf die angezeigte Nummer. »Das ist er.«

Quandt sah den Chief an und fluchte leise. Chief Monroe griff nach dem Telefon und reichte es Hugh.

2006 war die sechzehnjährige Rennie Gibbs im Staat Mississippi wegen »kaltherzigen« Mordes verurteilt worden, nachdem sie in der sechsunddreißigsten Woche eine Totgeburt zur Welt gebracht hatte. Obwohl die Nabelschnur sich um den Hals des Babys gewickelt hatte, behauptete der Staatsanwalt, die Totgeburt sei eine Folge von Gibbs' Kokainmissbrauch, und stützte sich dabei auf Spuren illegaler Drogen, die sich im Blutkreislauf des Babys hatten nachweisen lassen.

Der Staatsanwalt war Willie Cork, derselbe Lackaffe, der in Beths Krankenzimmer gekommen war und sie wegen Mordes anklagte.

Beth blickte auf von dem Artikel, den sie über die Schulter ihrer Pflichtverteidigerin mitlas. »Stimmt das?«, fragte sie. »Der Staatsanwalt hat das schon mal jemandem angetan?«

»Lies das nicht«, sagte Mandy und klappte ihren Laptop zu.

»Warum nicht?«

»Wenn man sich bei juristischen Problemen in die Lektüre früherer Fälle vertieft, ist das dasselbe wie ein Durchforsten der Medizinseiten im Netz bei einer Erkältung. Am Ende bist du überzeugt davon, Krebs zu haben.« Sie seufzte. »Willie hat große Ziele für die kommenden Wahlen. Er möchte sich als harten Hund gegen Kriminalität empfehlen – selbst für die noch nicht Geborenen.«

Beth schluckte. »Musste sie ins Gefängnis? Ich meine, Rennie Gibbs?«

»Nein. Sie wurde vor einem Geschworenengericht angeklagt, aber die Beweise waren fragwürdig. 2014 wurde die Klage abgewiesen.«

»Das bedeutet, dass das auch bei mir so sein könnte, oder?«

Mandy sah sie an. »Das bedeutet, dass Willie Cork einen Erfolg braucht.«

Beth war verängstigt und überwältigt. Sie hatte einen Haufen Fragen, und die Antworten darauf wollte sie vermutlich gar nicht hören. Tränen stiegen in ihr auf, und sie drehte sich zur Seite, schloss die Augen und hoffte, dass Mandy es nicht bemerkte.

Vermutlich war sie eingedöst. Als sie Willie Corks Stimme hörte, glaubte sie sich in einem Albtraum. »Was zum Teufel machen Sie da draußen?«, fragte er, und Beth schielte unter ihren Wimpern hindurch und sah, dass die Tür offen stand und er den Polizisten zusammenstauchte, den Mandy dazu gebracht hatte, sich draußen zu postieren, damit sie ein vertrauliches Gespräch führen konnten. »Sie haben die beiden hier drin *allein* gelassen? Sie sind raus. Ich werde Sie einem anderen Dienst zuordnen«, fluchte der Staatsanwalt, »und hier selbst so lange warten, bis Ihr Ersatz eintrifft.«

Danach hörte sie, wie er telefonierte, vermutlich mit der Polizeistation. Mandy stand auf und blieb in der offenen Tür stehen, bis er aufgelegt hatte. War das nicht komisch, dass ihre Pflichtverteidigerin die ganze Zeit neben Beth ausgeharrt hatte, während sie schlief? Wollte sie etwa Beth nicht mit einem unbekannten Polizisten allein im Zimmer zurücklassen?

»Was machen Sie denn hier?«, zischte Mandy Willie Cork an.

»Dasselbe könnte ich Sie fragen, da ich nicht davon ausgehe, dass der Polizist aus eigenem Antrieb nach draußen gegangen ist.« Er ging an Beths Bett vorbei und griff nach dem silbernen Stift, der auf dem Heizkörper lag, was ihr nicht aufgefallen war. »Um Ihre Frage zu beantworten, ich habe den zufällig hier liegen lassen.« Er drehte ihn in seiner Hand hin und her. »Mont Blanc. Den schenkte mein Daddy mir, als ich meinen Juraabschluss in der Tasche hatte.«

Mandy rollte mit den Augen. »Sprechen Sie doch leise. Sie schläft. Und Sie haben ihn *zufällig* zurückgelassen? Also wirklich. Sie haben ihn dort platziert, damit Sie zurückkommen und meine Klientin befragen können, ohne dass ihre Anwältin zugegen ist.«

»Aber nicht doch, Mandy. Sie hören sich an wie eine Verschwörungstheoretikerin.«

»Sagt der aalglatte Mistkerl, der sich seinen Aufstieg ins Büro des Bezirksstaatsanwalts erschleichen will, indem er auf einem verängstigten unschuldigen Mädchen herumtrampelt.«

Sollte Beth der Gedanke gekommen sein, sich nicht länger schlafend zu stellen, so verschwand dieser wieder. Stattdessen konzentrierte sie sich darauf, gleichmäßig zu atmen und ihr Zittern in den Griff zu bekommen, damit die Handschellen nicht gegen das Bettgestell schlugen.

»Lassen Sie die Anklage fallen«, sagte Mandy leise. »Ich tue Ihnen einen Gefallen, Willie. Sie sollten nicht das Leben eines Mädchens ruinieren, nur um in Ihrem eigenen voranzukommen. Sie werden sich nur wieder blamieren, wie schon einmal.«

Rennie Gibbs, dachte Beth.

»Sie versuchen, den Status eines Fötus auf den eines Menschen anzuheben«, ergänzte Mandy, »und dieses Gesetz haben wir in Mississippi nicht.«

»Noch nicht«, erwiderte der Staatsanwalt.

Während der Anklageerhebung war Beth zu nervös gewesen, um ihn sich anzusehen, aber jetzt wagte sie einen Blick durch die halb geschlossenen Lider. Willie Cork war nicht viel älter als ihre Pflichtverteidigerin, hatte aber an den Schläfen bereits Silberfäden im schwarzen Haar. Vermutlich färbte er sie so, um glaubwürdig zu wirken.

»Mississippi hat eine lange Geschichte der Gewalt gegen Menschen, die man zum Schweigen gebracht hat«, sagte er.

Mandy lachte. »Ich denke, Willie, nicht mal Sie sind so dumm, bei einer Schwarzen die Rassekarte auszuspielen.«

»Ungeborene Kinder sind bereits Teil von Rechtsdokumenten. Und mein Opa hat dafür gesorgt, dass ich einen Fonds hatte, bevor ich auch nur ein Schimmer im Auge meines Vaters war.«

»Sie wissen sehr gut, dass zwischen den legalen Rechten eines ungeborenen Kindes und den konstitutionellen Rechten eines lebendigen Menschen Welten liegen«, zischte Mandy aufgebracht. »Mag auch die Verfassung Freiheit und Privatinteressen schützen, so hat sich der Oberste Gerichtshof doch dazu bekannt, dass dieser Schutz erst mit der Geburt wirksam wird *und* ein Fötus vor der Geburt keine Person ist. Wenn Bundesstaaten einem Fötus legale Rechte einräumen, macht das diesen noch lange nicht zu einer Person.«

Beth schwirrte der Kopf. Das waren viele Worte, und die meisten davon verstand sie nicht wirklich. Nicht begreifen konnte sie, warum *sie* diejenige in Handschellen war, wenn sich doch alles um den Fötus drehte. Sie schluckte das hysterische Lachen hinunter, das aus ihr heraussprudeln wollte: Nach allem, was sie durchgemacht hatte, um keine Verantwortung für ein Baby übernehmen zu müssen, stellte sich nun heraus, dass diese noch immer bei ihr lag.

»Ich feile nur an der alten Tradition, jenen, die keine Stimme haben, dabei zu helfen, vor Gericht eine zu bekommen. Sie sehen das doch jeden Tag, wenn ein Prozesspfleger damit beauftragt wird, für Kinder oder Menschen mit Behinderungen auszusagen. Wir haben Gesetze, um die Gefährdeten in diesem Land zu schützen, die sich nicht selbst schützen können. Wie zum Beispiel das Baby Ihrer Klientin.«

»Der *Fötus* meiner Klientin«, stellte Mandy klar, »der zum Überleben auf den Wirtskörper angewiesen ist.«

»Und wenn dieser Wirtskörper Schaden anrichtet, sollten darauf Konsequenzen folgen. Wäre sie während der Schwangerschaft von jemandem attackiert worden und hätte daraufhin das Baby verloren, würden Sie dann nicht wollen, dass der Angreifer zur Rechenschaft gezogen wird? Sie wissen genau, dass Sie in einem solchen Fall genauso hart wie ich für Gerechtigkeit kämpfen würden. Wir werden doch nicht die Täterin ausschließen, nur weil sich zufällig ein Kind in ihrem Leib befindet.«

»Und was ist mit den Rechten der Mutter?«, hakte Mandy nach.

»Sie können nicht beides haben, meine Liebe«, erwiderte Willie Cork. »Sie können sie nicht als Mutter bezeichnen, wenn Sie nicht bereit sind, das, was in ihr ist, ein Baby zu nennen.«

Jetzt flüsterten sie nicht mehr, und beide Anwälte kehrten Beth den Rücken zu. Ganz so, als hätten sie vergessen, dass sie der Grund ihrer Auseinandersetzung war.

Und das wäre nicht das erste Mal.

Der Grund, weshalb sie hier war, war der, dass alle glaubten, über ihren Kopf hinweg das Recht zu haben, Entscheidungen zu treffen – nur Beth hatte keins. Sie war es so verdammt leid, nur Zuschauer ihres Lebens zu sein.

»Sie haben keinen Fall«, forderte Mandy ihn heraus.

»Habe ich nicht, meinen Sie?« Der Staatsanwalt zog sein Mobiltelefon aus der Tasche, tippte ein paarmal auf das Display und begann dann, laut vorzulesen. »Kommentiertes Gesetz von Mississippi 97-3-19: *Das Töten eines menschlichen Wesens ohne gesetzliche Ermächtigung auf welche Weise oder mit welchen*

Mitteln auch immer wird in folgenden Fällen als Mord erachtet: Unterabschnitt A – wenn die Tat in der Absicht ausgeführt wurde, den Tod der getöteten Person herbeizuführen – oder Unterabschnitt D – wenn die Tat in der Absicht ausgeführt wurde, den Tod eines ungeborenen Kindes herbeizuführen. Und natürlich gibt es dafür Präzedenzfälle.«

»Das ist Blödsinn.«

»Purvi Patel«, konterte Willie Cork. »2016. Sie nahm die gleichen Tabletten wie Ihre Klientin, um ihre Schwangerschaft in der vierundzwanzigsten Woche zu beenden. Ließ sie sich online von einem Pharmaunternehmen in Hongkong schicken. Als das Baby nach der Geburt starb, wurde sie wegen eines Gewaltverbrechens angeklagt. Sie wurde wegen Fötusmord und Kindesvernachlässigung zu einer Gefängnisstrafe von zwanzig Jahren verurteilt.«

»Im Patel-Fall lagen keine klaren Beweise dafür vor, dass das Baby lebend zur Welt kam«, widersprach Mandy. »Und sie wurde freigesprochen.«

»Bei Bei Shuai trank Rattengift, um Selbstmord zu begehen, als sie in der dreiunddreißigsten Schwangerschaftswoche war. Ihr Baby starb, sie selbst aber nicht, und sie wurde wegen Mordes und versuchten Fötusmordes angeklagt und zu dreißig Jahren Gefängnis verurteilt«, trumpfte der Staatsanwalt mit dem nächsten Fall auf.

»Und die Anklage gegen sie wurde fallen gelassen, nachdem sie sich einer geringeren Anklage für schuldig erklärte, worauf sie ein Jahr Haftstrafe verbüßte.« Mandy verschränkte ihre Arme vor der Brust. »Jeder Fall, den Sie angeführt haben, wurde verworfen oder fallen gelassen.«

»Regina McKnight.« Der Staatsanwalt gab sich nicht so schnell geschlagen. »Erfolgreich verurteilt in South Carolina wegen Mordes, weil die Totgeburt durch pränatale Einnahme von Crack verursacht worden war. Sie wurde zu zwölf Jahren verurteilt.«

»Sie machen wohl Witze? McKnight hat nicht mal versucht, eine Abtreibung vornehmen zu lassen«, stellte Mandy fest.

»Das ist kein Punkt für Sie, meine Liebe. Sondern einer für *mich*. Wenn man diese Frauen unter Mordanklage stellte, ohne dass ihnen eine Absicht nachweisbar war, dann malen Sie sich mal aus, wie leicht es sein wird, Ihr Mädchen einzusperren.«

Die Tür schwang auf, und ein neuer Polizist trat ein.

»Sie werden diesen Raum nicht verlassen«, befahl Willie Cork. »Nicht mal, wenn das ganze Gebäude um sie herum in Flammen steht. Und Ihnen«, sagte er zu Mandy, »viel Glück, Frau Anwältin.«

Mandy wandte sich ihm zu. »Solange *Roe versus Wade* gilt, hatte meine Mandantin jedes Recht, ihre Schwangerschaft zu beenden.«

»Ja«, stimmte der Staatsanwalt ihr zu. »Aber in Mississippi hatte sie nicht das Recht, dies selbst zu tun. Dies, meine Liebe, ist Mord.«

Mord. Beth zuckte zusammen, und ihre Handschellen scheuerten an der Stange. Beide Anwälte wirbelten gleichzeitig herum, als sie merkten, dass sie wach war.

»Es ... es tut mir leid«, stammelte Beth.

»Ein bisschen spät, oder?«, konnte Willie Cork sich nicht verkneifen, bevor er durch die Tür rauschte.

George Goddards Stimme kam knisternd durch Hughs Telefon. »Ich glaube«, sagte er, »ich habe etwas, was Ihnen gehört.«

Er weiß es, sagte sich Hugh. Er weiß von Wren.

Hugh fröstelte, obwohl es draußen gute zweiunddreißig Grad heiß war. Er warf einen raschen Blick auf die kleine Gruppe, die sich um seine Kommandozentrale drängte, und nickte. Quandt setzte sich Kopfhörer auf, um mitzuhören. »George«, sagte Hugh monoton, ohne den Köder anzunehmen. »Ich habe einen Schuss gehört. Was ist passiert? Sind Sie verletzt?«

Erinnere den Geiselnehmer daran, dass du auf seiner Seite bist.

»Diese Biester haben versucht, mich zu erschießen.«

Hugh schielte auf den Leiter des Sondereinsatzkommandos. »Dann waren nicht Sie es, der die Waffe abfeuerte?«

»Ich musste es tun. Sie haben mir eine Stichwunde zugefügt.«

Hugh schloss die Augen. »Müssen Sie medizinisch versorgt werden?«, erkundigte er sich, obwohl es ihn tatsächlich einen Scheißdreck interessierte, ob George verblutete.

»Ich werd's überleben.«

Quandt zog eine Braue hoch.

»Und was ist mit … den anderen? Wurde jemand verletzt?«

»Die alte Dame«, sagte George.

»Muss sie verarztet werden?«

Kurzes Schweigen. »Nicht mehr«, sagte George.

Er dachte an Bex, an all das Blut. »Sonst jemand, George?«

»Ich habe Ihre Tochter nicht erschossen, wenn Sie danach fragen«, sagte George. »Jetzt ist mir klar, warum Sie das Sondereinsatzkommando nicht reingeschickt haben.«

»Nein!«, beeilte Hugh sich, ihm zu versichern. »Hören Sie, ich wusste nicht, dass sie da drin ist, als Sie und ich miteinander zu sprechen begannen.«

Versuche, eine Brücke zum Gegenüber zu bauen.

»Sie hat mir nicht mal erzählt, dass sie diese Klinik aufsuchen wollte«, ergänzte Hugh. »Sie wissen ja, wie das ist.«

Hugh hielt den Atem an. Es war ihm zutiefst zuwider, so über Wren zu sprechen. Nein, er hatte nicht gewusst, dass sie zur Klinik wollte. Ja, er hasste sich dafür, dass sie Bex gebeten hatte mitzukommen, und nicht ihn. Aber er machte Wren keinen Vorwurf daraus, dass es ihr unangenehm gewesen wäre. Er warf sich und seiner Erziehung vor, dass er ihr nicht deutlich genug gemacht hatte, dass keine Frage, keine Bitte, absolut *nichts* tabu war.

Bei wie vielen Eltern war er mit in deren Wohnzimmern

gesessen, während das Team der Rechtsmediziner im Hintergrund die Leiche ihres Teenagers entfernte, wund von Markierungen einer Schlinge oder den Schnitten eines Rasiermessers. *Ich wusste das nicht*, pflegten sie benommen zu sagen. *Sie hat mir nie davon erzählt.*

Hugh sprach es nie laut aus, aber manchmal dachte er: *Hast du denn gefragt?*

Und das hatte er. Er steckte immer wieder den Kopf durch Wrens Tür und fragte: *Ärgert dich jemand in der Schule? Gibt es etwas, worüber du reden willst?*

Dann blickte sie von ihren Hausaufgaben auf. *Du meinst wohl außer der Rohrbombe, die ich in meinem Schrank bastle?* Und grinsend ergänzte sie: *Keine Selbstmordgedanken, Dad. Alles gut.*

Aber es gab täglich unzählige Minen, auf die ein Teenager treten konnte. Und eine davon war ihm durchgewischt.

Plötzlich wurde alles still in Hugh. Ja, George besaß jetzt eine ganz entscheidende Information – dass eine seiner Geiseln mit dem Unterhändler verwandt war. Er glaubte, damit im Vorteil zu sein. Aber was, wenn Hugh das *Wissen* um diese Information so benutzte, dass es sich zu seinen Gunsten auswirkte?

»Hören Sie«, sagte Hugh. »Sie und ich, wir sind beide von unseren Kindern hintergangen worden. Sie konnten Ihre Tochter nicht aufhalten, George. Aber es ist Ihnen gelungen, meine aufzuhalten. Sie haben sie davor bewahrt, einen schrecklichen Fehler zu machen.«

Das entsprach nicht der Wahrheit. Wren hatte das Center nicht wegen einer Abtreibung aufgesucht. Das wusste Hugh. Aber George wusste es nicht.

»Wissen Sie, warum ich mir ein Ende der ganzen Sache wünsche, George?«, fragte Hugh.

»Sie sind in Sorge um Ihr Kind.«

»Ja. Aber ich möchte auch eines Tages mein Enkelkind kennenlernen. Und dank Ihnen wäre das möglich.«

Schweigen.

»Damit bekäme ich eine zweite Chance. Ich bin alleinerziehender Vater, George. Genauso wie Sie. Wahrscheinlich war ich nicht immer der beste Vater, aber versucht habe ich es. Verstehen Sie?«

Die Antwort darauf war ein Schnauben, was Hugh als Zustimmung nahm.

»Aber ich mache mir auch Sorgen, was sie von mir denkt. Ich möchte, dass sie stolz ist. Sie soll denken, dass ich im Rahmen meiner Möglichkeiten alles für sie getan habe.«

»Wir können nicht beide der Held sein.«

»Was ist schon ein Held, das ist doch nur ein Etikett«, erwiderte Hugh. »Aber Ehre – das ist ein Vermächtnis. Sie haben eine Chance, George. Die Chance, sich reinzuwaschen. Das Richtige zu tun.«

Er ging ein Risiko ein, indem er diesen Mann, der sich erst vor wenigen Stunden, gerade weil er seine Ehre infrage gestellt sah, unüberlegt auf etwas eingelassen hatte, mit dem Geist der Integrität konfrontierte. Aber so jemand würde sich doch wohl erst recht nach Respekt sehnen. Und zwar so sehr, dass er bereit wäre, sich dafür zu ergeben.

»Aufgeben ist nicht ehrenhaft«, erwiderte George, aber Hugh konnte sie heraushören – die Brüchigkeit zwischen den Silben seiner Überzeugung. Das *was, wenn.*

»Das hängt von den Umständen ab. Manchmal muss man eine Wahl treffen, die nicht dem entspricht, was man tun möchte, sondern das ist, was man tun *muss.* Das ist ehrenhaft.«

»Sie gehören zu den Guten«, blaffte George. »Sie sind vermutlich noch nie bei Rot über die Straße gegangen. Alle blicken zu Ihnen auf.«

Hugh fing den Blick von Captain Quandt auf. »Nicht alle.«

»Sie haben ja keine Ahnung, wozu Sie fähig wären, wenn Sie das Gefühl haben, in der Falle zu sitzen.«

George zog sich in seinen Abwehrpanzer zurück, entschuldigte sein Verhalten und benutzte das, um die Verbindung aufzukündigen, die Hugh zu ihm aufgebaut hatte. Gut möglich, dass er sich in sein Kaninchenloch zurückzog und sämtliche Geiseln mitnahm – eine schnelle und blutige Lösung, und alles wäre vorbei.

Oder.

Hugh fiel etwas ein, was er sagen, was er tun könnte, um George klarzumachen, dass er nicht in der Klemme saß. Dass es einen Ausweg gab.

Er sah Quandt eindringlich an und flehte den Mann wortlos um eine Gnadenfrist an. Aber der Leiter des Sondereinsatzkommandos nahm die Kopfhörer ab und begann, sein Team um sich zu scharen.

»Sie sagten mir, Sie hätten das Ihrer Tochter wegen in Gang gesetzt«, sagte er zu George. »Jetzt sollten Sie es ihretwegen beenden.«

15 Uhr

Hugh starrte auf die Fenster der Klinik, die verspiegelt waren wie Pilotensonnenbrillen. Er vermutete, dass es sich dabei um eine spätere Baumaßnahme handelte, wegen der immer zahlreicher werdenden Protestler. Auf diese Weise hatten die Frauen, sobald sie die Schwelle überschritten hatten und im Gebäude waren, das Gefühl, dass ihre Angelegenheiten auch nur sie etwas angingen. Eigentlich als Schutz gedacht, erwies es sich heute als Hindernis. Keiner wusste, was sich hinter diesen Wänden abspielte.

Er warf einen Blick auf das Mobiltelefon in seiner Hand, die Leitung war tot. Gerade eben hatte er noch mit George gesprochen und geglaubt, Fortschritte zu machen, jetzt war die Verbindung unterbrochen. Er wählte immer wieder, bekam aber keine Antwort. Sein Herz raste, und das nicht nur, weil er den Kontakt zum Geiselnehmer verloren hatte. Das Letzte, was er gehört hatte, bevor George auflegte, war Wrens Stimme gewesen.

Und das bedeutete – o verdammt, darüber wollte er gar nicht nachdenken.

Er öffnete den Nachrichtendienst, über den er mit seiner Tochter kommuniziert hatte. *Wren?*, tippte er ein.

BIST DU OK?

Er hielt den Atem an, aber dann tauchten die drei vielversprechenden Punkte auf.

Sie antwortete.

Es ging ihr gut.

Er ließ sich auf den Klappstuhl sinken, den ihm vor ein paar Stunden jemand hingestellt hatte, hielt das Telefon zwischen den Händen und versuchte willentlich, eine raschere Antwort herbeizuführen.

»Hugh?«

Als er die Stimme von Chief Monroe hörte, ließ er das Telefon unter einem Papierstapel verschwinden. Er durfte nicht verlauten lassen, dass Wren sich da drin befand. Und er davon *wusste*. Sobald das publik würde, wäre seine Neutralität nicht mehr gegeben. »Ja, Chief?«

Sein Blick fiel auf einen Mann, der sich ihm in Tarnkleidung näherte. »Das ist Joe Quandt«, stellte der Chief ihn vor. »Er ist Leiter des Sondereinsatzkommandos. Joe, das ist Detective Lieutenant Hugh McElroy.«

Hugh kannte ihn, sie hatten in anderen Fällen schon miteinander gearbeitet.

Quandt streckte ihm die Hand entgegen. »Tut mir leid, dass wir so spät kommen«, meinte er.

Bei einem Sondereinsatzkommando, das im ganzen Bundesstaat aktiv war, konnte es schon etwas dauern, bis alle Einsatzkräfte sich versammelt hatten. Sie wurden von überallher hinzugezogen, wenn eine Krisensituation dies erforderlich machte. Hugh hatte nun drei Stunden Zeit gehabt, die Situation allein in den Griff zu bekommen, aber jetzt, mit dem Eintreffen von Captain Quandt, würde es ein Kompetenzgerangel geben.

Hugh lieferte sofort eine Zusammenfassung der vergangenen drei Stunden. Wenn er durch sein Handeln zeigte, dass er alles unter Kontrolle hatte, würde das womöglich auch so bleiben.

»Haben Sie sich Luftaufnahmen besorgt?«, erkundigte sich Quandt, und Hugh nickte. Das gehörte mit zum Ersten, worum er sich gekümmert hatte, damit das Sondereinsatzkommando, für den Fall, dass es Scharfschützen in Position bringen musste, wüsste, wo es diese platzieren konnte. Er ging das Material auf seinem Kommandotisch durch und schielte dabei wiederholt auf sein Telefon. Die Punkte waren noch immer da, aber bis jetzt noch keine Nachricht.

…

…

»Ich habe mein Team bereits angewiesen, das Gelände abzuriegeln«, sagte Quandt. Hugh wusste, welche Erleichterung dies für den Chief brachte, der nicht über die nötigen Einsatzkräfte verfügte, um die Eingänge zu blockieren, die Medien zurückzuhalten und den Verkehr umzuleiten. »In etwa fünfzehn Minuten werden wir so weit sein, um reinzugehen.«

Sondereinsatzkommandos waren dazu da, den Unterhändler zu unterstützen, aber es juckte sie auch, das zu tun, wofür sie ausgebildet waren – die gewaltsame Beendigung des Kräftemessens. Wohingegen Unterhändler das tun wollten, wozu sie ausgebildet waren – verhandeln.

»Ich halte das nicht für klug. Er hat die Geiseln gleich vorn im Wartezimmer platziert«, erläuterte Hugh, »und er kann euch durch das verspiegelte Glas kommen sehen, aber ihr könnt nicht reinschauen.«

»Wir könnten Tränengas reinpumpen …«

»Da drin sind Verletzte«, wandte er mit monotoner Stimme ein. *Und mein Kind.*

Der Chief wandte sich an Hugh. »Wie sieht *Ihr* Plan aus?«

»Geben wir Goddard noch ein wenig Zeit.« *Und lasst mich erst herausfinden, was da drin los ist. Lasst mich was von Wren hören.*

Quandt schüttelte den Kopf. »Soweit ich das verstanden habe, wurden Schüsse abgegeben …«

»Aber nicht in den vergangenen drei Stunden«, gab Hugh zu

bedenken. »Es ist mir gelungen, ihn ruhig zu halten.« Er sah Quandt an. »Wenn Sie reingehen, können Sie mir dann garantieren, dass Sie keine Geisel verlieren?«

Das Kinn des Einsatzleiters wurde hart. »Natürlich nicht«, erwiderte er.

Beide Männer wandten sich an Chief Monroe.

»Einstweilen wird Hugh den Einsatz leiten«, lautete dessen Antwort. Der Chief legte eine Hand auf Hughs Schulter und meinte vertraulich mit leiser, aber entschlossener Stimme: »Sie *wissen* aber, was Sie tun, oder?«

»Ja, Sir«, lautete Hughs Antwort, als gäbe es für die Verhandlung in einem Geiseldrama festgelegte Regeln, denen man folgen konnte. Vielmehr war es ein Spiel, in dem die Spieler die Regeln erst erfanden. »Ich muss wieder zurück ... ich brauche ...«

Er trat wieder an seinen provisorischen Schreibtisch und nahm sein Telefon zur Hand.

Keine Nachricht, und jetzt waren auch die Punkte verschwunden.

Er tippte erneut: *WREN?*

Als der Schütze die Tür zu ihrem Versteck aufgerissen hatte, glaubte Wren, ihr Herz würde zerspringen. Sie schaffte es gerade noch, ihr Telefon in ihrer Socke zu verstecken, bevor er sie am Handgelenk packte und so fest daran zog, dass sie laut aufschrie. Es gelang ihr, ihm das Gesicht zu zerkratzen, ein blutiger Triumph, der sie überaus glücklich machte. Er schleifte sie ins Wartezimmer im vorderen Bereich der Klinik mit den Fenstern, durch die man nach draußen sehen, von der Straße aus aber nicht gesehen werden konnte. Sie landete vor einer Handvoll Leute auf dem Bauch.

Unter ihnen war eine Frau in Joggingkleidung mit über dem ganzen Gesicht verteilten Sommersprossen, die wegen ihrer Blässe hervorstanden. Dann eine weitere junge Frau – vielleicht

Mitte zwanzig – mit einem gewaltigen Bluterguss an der Stirn. Außerdem die Rothaarige im Krankenhauskittel, die vorhin die Tür geöffnet und so getan hatte, als sähe sie nicht, dass sie und Olive auf dem Fußboden saßen. Die einzige männliche Geisel ruhte schwer atmend mit dem Kopf auf ihrem Schoß. Seine Arztkleidung war am Schenkel aufgerissen, darunter sah man einen Gurt aus Stoff und Klebeband, sein Bein war blutig.

Von ihrer Tante Bex war nichts zu sehen.

Wren kamen die Tränen. War sie tot? Hatte jemand ihre Leiche in einen anderen Raum geschleppt?

Als ihre Tante Bex früher nach der Schule auf sie aufzupassen pflegte, während ihr Vater bei der Arbeit war, machten sie lauter Dinge, die Wren eigentlich verboten waren. Es gab Nachtisch, und sie ließen dafür das Abendessen sausen. Sie sahen sich Filme an, die für Jugendliche nicht freigegeben waren. Und Tante Bex hatte Wren sogar versprochen, ihr mit achtzehn ein von ihr eigenhändig entworfenes Tattoo stechen zu lassen.

Und wenn nun keiner von ihnen das erlebte?

»Binden Sie ihr die Hände zusammen«, brüllte der Schütze. »Sofort! Sie!!« Er richtete seine Waffe auf die Rothaarige im Krankenhauskittel.

Die Frau nahm eine Rolle medizinisches Klebeband und wickelte es um Wrens Handgelenke. Sie versuchte, ihr so viel Bewegungsspielraum wie möglich zu lassen, aber es war Klebeband, und Wren würde sich nicht so schnell davon befreien können.

»Bist du verletzt?«, flüsterte sie. »Ich bin Krankenschwester.«

»Mir geht es gut«, würgte Wren hervor. »Meine Tante …«

»Die Frau in der Abstellkammer?«

Wren schüttelte den Kopf. »Nein. Die Frau, die angeschossen wurde. Hier draußen.«

»Bex«, murmelte die Krankenschwester. »Sie kam raus.«

Erleichtert sank Wren auf das leere Sofa. Tante Bex lebte. Oder war wenigstens am Leben gewesen.

Hoffentlich würde Bex sie bei ihrer nächsten Begegnung dafür zusammenstauchen, dass sie ihre Tante überhaupt erst in diese Lage gebracht hatte. Wren wünschte sich, so laut von Bex angeschrien zu werden, dass sie weinen musste. Selbst wenn Bex für den Rest ihres Lebens sauer auf sie wäre, würde sie das hinnehmen. Vorausgesetzt, ihr bliebe noch ein Rest Leben.

Wren hatte Tante Bex gebeten, sie hierher zu begleiten. Hätte sie sich mit ihrer Bitte an ihren Vater gewandt, wären sie möglicherweise zu einem Gynäkologen gegangen. Und sie hätte womöglich beim Rausgehen sogar einen Lutscher aus dem Korb stibitzt. – Gab es so etwas dort überhaupt? Oder nur beim Kinderarzt?

Allerdings hätte sie ihren Vater niemals bitten können. Er ließ ja nicht einmal zu, dass sie mit Spaghettiträgern zur Schule ging. Von Ryan wusste er nur, dass sie zusammen an einem Chemieprojekt arbeiteten.

Was gewissermaßen auch stimmte.

Aber was dabei entflammbar war, waren sie beide. Wren dachte an die Küsse, nach denen ihre Lippen sich blasig anfühlten; an seine Hand, die sich unter ihr Shirt stahl und ihre Haut entzündete. Dachte an den schwindelerregenden Adrenalinstoß, der sie jedes Mal durchflutete, wenn sie sich voneinander losrissen, kurz bevor Ryans Mutter die Tür öffnete, die Arme vollgepackt mit Lebensmitteln.

Hätte Wren ihrem Vater von Ryan erzählt, hätte er sich an der Haarnadelkurve in der Nähe der Highschool positioniert, um ihm einen Strafzettel wegen zu schnellen oder zu langsamen oder zu unsicheren Fahrens zu verpassen. Er hätte seinen Hintergrund durchleuchtet. Hätte sich eingeredet, dass dieser Junge Wren nicht verdient hatte.

Es gab nichts, was ihr Vater nicht für sie tun würde. Aber es gab auch Dinge, die *konnte* ihr Vater nicht für sie tun. Als sie vor zwei Jahren ihre Periode bekommen hatte, waren ihre

Krämpfe so heftig gewesen, dass sie ihrem Vater erklärte, sie sei krank und könne nicht zur Schule gehen. Nachdem er ihr die Hand auf die Stirn gelegt und festgestellt hatte, dass sie fieberfrei war, hatte er Zweifel an ihrem Kranksein geltend gemacht. »Ich habe Unterleibskrämpfe«, war ihre nüchterne Antwort gewesen, woraufhin er knallrot angelaufen und aus dem Zimmer gestolpert war. Eine Stunde später war er mit zwei Tüten von der Apotheke zurückgekommen – darin eine Flasche Gatorade, eine Packung Schmerztabletten, ein Matchboxauto, ein Rubik's Cube, eine Packung Kaugummi, ein kleines Puzzle mit dem Bild eines Kätzchens. Er stellte alles ans Fußende ihres Betts, als könnte er sich nicht dazu überwinden, ihr nah zu kommen. »Für deinen … äh … Frauenbauch«, murmelte er.

Mal im Ernst, wie hätte sie einen Mann, der nicht mal das Wort *Unterleibskrämpfe* über die Lippen brachte, bitten können, ihr bei der Beschaffung der Pille behilflich zu sein?

Und so hatte sie sich Hilfe suchend an ihre Tante gewandt, was Bex fast das Leben gekostet hätte. Und *noch immer* kosten konnte.

In ihren Sneakers vibrierte das Telefon. Bestimmt ihr Vater. Sie kreuzte ihre Knöchel und fragte sich, ob sonst jemand den Summton gehört hatte.

Er würde nicht zulassen, dass ihr etwas Schlimmes passierte. Selbst wenn sie nicht an ihr Telefon kam, um ihm zu sagen, dass sie heil war.

An Tagen, an denen ihr Vater sehr still und in sich gekehrt von der Arbeit nach Hause kam, wusste Wren, dass er einen wirklich beschissenen Tag gehabt hatte. Die Aufgabe eines Detective hatte er ihr damit erklärt, dass dieser hinter die hübsche Fassade einer Stadt auf deren schwärende Wunden schauen müsse: wer drogenabhängig war, wer seine Frau schlug, wer in Schulden erstickte, wer selbstmordgefährdet war. Aber Einzelheiten erzählte er ihr nie. Weshalb er sich von ihr den Vorwurf gefallen lassen musste, von ihm wie ein Baby behandelt zu werden. *Es geht nicht darum, dass ich vor dir etwas geheim halten möchte*, hatte er ihr erklärt. *Aber wenn ich dir davon erzählen würde, könntest du die Menschen nie mehr mit denselben Augen sehen.*

Wren wandte sich wieder der Krankenschwester zu und dann abwechselnd an jede der Frauen. »Ich bin Wren«, flüsterte sie.

»Izzy«, sagte die Krankenschwester leise. »Und das ist Dr. Ward.«

Der Mann hob die Hand, aber das war alles, wozu er in der Lage war.

Die Frau mit dem Bluterguss an der Stirn suchte Blickkontakt zu ihr. »Janine«, brachte sie tonlos hervor.

»Joy«, flüsterte die Frau in den Joggingklamotten.

»Was wird er …«

»Pst«, machte Izzy, als der Mann mit Olive zurückkam, die er aus der Abstellkammer schleifte und einfach auf den Platz neben Wren schob.

»Tut mir leid, Ma'am«, sagte der Schütze zu Olive.

Und dann richtete er die Waffe auf Wrens Gesicht.

Olive hätte auf diese zweite, gleichermaßen traumatische »Coming-out«-Erfahrung gern verzichtet. Sie sah sich im Raum um. Wren zitterte wie Espenlaub, ihre Hände waren gefesselt. Dort, wo der Schütze zugepackt hatte, um sie aus ihrem Versteck zu zerren, waren rote Abdrücke auf ihrer Haut. Ein Wunder, dass der Mann dem Mädchen nicht den Arm ausgerissen hatte.

Nachdem sie gesehen hatte, wie grob er zupackte, hatte Olive sich als unvorstellbar folgsame und unterwürfige Geisel gezeigt und sich widerstandslos aus dem Vorratsraum ziehen lassen. Sie flehte ihn an – was konnte eine Frau mit achtundsechzig Jahren ihm schließlich tun? Und es hatte funktioniert. Wie die meisten Männer sah er nur ihre kleine Gestalt und nicht ihren starken Geist. Er schubste sie neben Wren auf das Sofa, sagte dabei aber *Tut mir leid, Ma'am.* Und er fesselte sie auch nicht, wie er das mit Wren gemacht hatte. Jetzt arbeitete ihr Gehirn – das viel gerühmte Gehirn einer Professorin im Ruhestand – dreimal so schnell, auf der Suche nach einem Ausweg aus dieser Situation.

Während er sprach, fuchtelte er vor Olive und Wren mit seiner Waffe herum. Sie sprang zwischen ihnen beiden mit jeder Silbe hin und her, wie der kleine Ball auf dem Bildschirm bei einem Sing-along. »Ihr dachtet wohl, ihr könntet euch vor mir verstecken? Dachtet ihr das?«

Olive versuchte, stark zu sein, war es auch. Allerdings warf ihre Ehefrau Peg ihr immer vor, sie gerate bereits im Vorfeld wegen Dingen in Panik, die dann gar nicht eintraten. So war sie beispielsweise wegen eines Mals an ihrer Schulter davon überzeugt, dass dieses von einem Zeckenbiss herrührte, der zu Borreliose führen würde – was nicht der Fall war. Nach einer Nachrichtensendung über eine weitere von Nordkorea abgefeuerte Rakete war Olive der festen Überzeugung, diese würde den Dritten Weltkrieg auslösen – was nicht eintraf. »I-Aah«, nannte Peg sie dann, und als Olive jetzt, in diesem ganz besonderen Moment, daran denken musste, stahl sich ein Lächeln auf ihre Lippen.

Nun, Peg, ich befinde mich zusammen mit einem Verrückten, der mit einer Waffe herumfuchtelt, und fünf weiteren Geiseln in einem Raum. Ist es in Ordnung, wenn ich jetzt Panik bekomme?

»Sie haben mich angelogen!« Er drehte sich um und richtete seine ganze Wut auf die Frau in OP-Kleidung. Eine Krankenschwester? »Sie versicherten mir, die Abstellkammer sei leer!«

Die Frau duckte sich und schützte ihr Gesicht mit den Händen. »Ich habe nicht ...«

»Ruhe! Halten Sie Ihr gottverdammtes Maul!«, brüllte er.

Außer Olive und Wren befanden sich noch zwei weitere Frauen hier. Und dann noch die Krankenschwester, deren Name Izzy sein musste, denn der Mann, um den sie sich kümmerte, nannte sie so. Vielleicht der Arzt? Er trug auch OP-Kleidung, wie sie. Er war groß genug, um den Schützen niederzuringen, sah man davon ab, dass sein Bein unterhalb des Oberschenkels wie Hackfleisch aussah und er offensichtlich Schmerzen hatte.

Wrens Tante war nirgendwo zu sehen.

Und dann der Schütze. Mittleren Alters – vielleicht vierzig, vielleicht fünfundvierzig. Er war drahtig, aber kräftig. Kräftig genug, um einen sich wehrenden Teenager aus dem Versteck zu schleifen. Silberne Bartstoppeln rahmten sein Kinn. Er hatte nichts an sich, was Olive zu genauerem Hinsehen veranlasst hätte, wenn sie ihm einfach so auf der Straße begegnet wäre. Wären sich allerdings ihre Blicke begegnet, wäre sie möglicherweise stehen geblieben und hätte ihn angestarrt. Seine Augen waren fast farblos. Sein Blick hatte etwas von einer saugenden Wunde.

»Verzeihung«, sagte Olive und bemühte dabei den heftigsten Akzent einer älteren Südstaatenlady. »Ich denke, wir wurden uns noch nicht vorgestellt. Ich bin Miz Olive.«

»Mir egal, wer Sie sind«, sagte er darauf.

Ihr fiel auf, dass eine der anderen Frauen hinauf zum Fernseher starrte, wo die Nachrichten wie in einem metaphysischen Spiegel von einem Reporter mit dieser Klinik im Rücken vorgetragen wurden. SCHÜTZE ALS GEORGE GODDARD IDENTIFIZIERT, stand im Ticker darunter zu lesen.

»Nun, George«, sagte sie gelassen, als würden sie bei einem Glas Limonade zusammensitzen. »Schön, Ihre Bekanntschaft zu machen.«

Mochte er auch seinen Halt verloren haben, so war er doch Südstaatler, wo sogar die Haltlosen Mütter und Großmütter hatten, die ihnen über Jahrzehnte Benimm eingetrichtert hatten. Olive baute nicht auf ihr Alter, außer wenn sie dadurch verbilligten Eintritt im Kino und am zweiten Dienstag im Monat zehn Prozent Rabatt in der Supermarktkette Kroger bekam. Und offenbar jetzt, bei einer Geiselnahme.

George Goddard schwitzte übermäßig, strich sich mit seiner freien Hand über die Stirn und wischte sie dann an seinem Hosenbein ab. Olive verfügte über einen neurowissenschaftlichen Hintergrund, aber auch als Hobbypsychologin kam sie zu Ergebnissen: hohe Ansprüche an sich selbst. Anspruchshaltung. Mangelnde Empathie. Eine Tendenz, um sich zu schlagen, wenn man sich nicht genug respektiert fühlte.

Narzisstische Persönlichkeitsstörung.

Oder selbst ernannter Terrorist, überlegte Olive. Beides würde passen.

Wenn du mich sehen könntest, Peg, sagte sie sich. Olive war diejenige, die sich Horrorfilme nur hinter vorgehaltener Hand ansah, die vor dem Zubettgehen noch mal in der Abstellkammer nachsehen musste, um sicherzustellen, dass da drinnen nichts lauerte – und du meine Güte, nach diesem Vorfall würde sie das nun *ständig* machen. Aber hier spielte sie mit aller Macht gelassen die alte Dame, die Einzige in dieser Runde, die ihre Menopause schon hinter sich hatte.

Er konnte sich doch ausrechnen, dass sie sicherlich nicht wegen einer Abtreibung hierhergekommen war.

Aber kam es darauf an?

Das Mädchen neben ihr brach in Tränen aus. Olive nahm Wren in die Arme und versuchte, ihr Kraft zu vermitteln.

Der Mann kniete nieder, und seine Augen verschleierten sich kurz. »Nicht weinen«, sagte er zu Wren mit stockender Stimme. »Bitte weine nicht …« Er streckte die freie Hand nach ihr aus.

Er betrachtete Wren zwar, *sah* sie aber nicht, wie Olive fand. Vor seinem geistigen Auge war dies jemand anderer, vielleicht ein Mädchen ihres Alters, das gegen seinen Willen in diese Klinik gekommen war. Was sonst hätte ihn auch derart aufbringen können?

Wenn Olive recht hatte, und das hatte sie normalerweise, was war dann diesem anderen Mädchen zugestoßen?

Wenn sie und Peg am Flughafen auf ihren Flug warteten, belauschten sie gern die Gespräche zwischen Männern und Frauen, Müttern und Kindern, Kollegen. Und erfanden dann abwechselnd Hintergrundgeschichten für diese. *Er ist in einer Sekte aufgewachsen und hat es nicht gelernt, auf gesunde Weise Beziehungen mit anderen einzugehen. Sie hat diese Fünfjährige adoptiert, die an oppositionellem Trotzverhalten leidet. Dieser Typ ist sexsüchtig und geht mit der Frau seines Chefs fremd.*

»Fassen Sie mich nicht an«, kreischte Wren, als der Mann die Hand nach ihr ausstreckte. Sie trat um sich und traf sein Knie, er zuckte zusammen und zog sich zurück. »Herrgott noch mal«, brummte er und wollte auf sie losgehen, aber Wren stieß einen markerschütternden Schrei aus. George hielt sich die Ohren zu und presste die Augen zusammen.

Wren stieß den nächsten lauten Klagelaut aus. Und noch einen. Vielleicht hatte sie herausgefunden, dass ihre Tante nicht mehr lebte, und war nun untröstlich. Olive drückte ihren Arm. Sobald Wren den Mund aufmachte, verlor der Schütze die Nerven. Das musste sie doch erkennen, auch wenn sie noch jung war. Oder nicht.

Ihr Geheul war fast rhythmisch.

Und… summte da nicht was an Wrens Fuß?

Als Wren sich Olive zudrehte, stellte diese fest, dass Wren trotz ihrer Schreie keine einzige Träne weinte. Ihr Kinn nickte kaum wahrnehmbar Richtung Socke, unter der ein Telefondisplay leuchtete und vibrierend den Eingang einer Textnachricht verkündete. Ihre Klagelaute waren dazu gedacht, die Geräusche zu überdecken.

Olive wartete, bis George an ihnen vorbeigeschritten war, und bedeckte Wrens Knöchel dann mit einer Hand. Sie ließ die Finger unter das Bündchen gleiten, tastete nach dem An-/Aus-Schalter und stellte das Mobiltelefon ab.

Wren sackte erleichtert zusammen und lehnte ihren Kopf

auf Olives Schulter. Diese Bewegung ließ George mit gezückter Waffe herumfahren.

Ich bin nicht mal zusammengezuckt, Peg, würde sie erzählen, wenn das alles vorbei war.

Olive setzte ein breites Lächeln auf. »George«, sagte sie, »ich erinnere mich an einige Goddards aus Biloxi. Sie handelten mit Ziegelsteinen, ein Familienunternehmen. Sie sind nicht zufällig mit ihnen verwandt? Ich glaube, sie zogen nach Birmingham. Oder war es Mobile?«

»Mund halten«, grunzte er. »Ich hätte Sie in dieser verdammten Abstellkammer lassen sollen. Ich kann nicht denken, wenn dauernd gequasselt wird.«

Olive schwieg gehorsam und blinzelte dann Wren zu. Denn während George sich darauf konzentrierte, sie zum Schweigen zu bringen, hatte er seine Waffe wieder in den Bund seiner Jeans zurückgesteckt.

Bex versuchte zu sprechen, nachdem man sie in den Krankenwagen geschoben hatte. »Meine … Nichte …«, stieß sie rasselnd hervor und klammerte sich dabei an das Hemd des Sanitäters.

»Sie sollten besser nicht sprechen«, riet der junge Mann. Er hatte sanfte Augen und noch sanftere Hände, und seine Zähne hoben sich strahlend von seiner dunklen Haut ab. »Wir kümmern uns jetzt um Sie. Wir sind schon fast im Krankenhaus.«

»Wren …«

»Wann?«, fragte er nach, weil er sie missverstand. »Bald. Wirklich bald.« Und mit einem Lächeln ergänzte er: »Sie haben wirklich höllisches Glück gehabt.«

Für Bex stand allerdings fest, dass Glück dabei keine Rolle spielte, sondern Karma. Sollte Wren nicht mehr lebend aus dieser Klinik kommen, würde Bex sich das nie verzeihen. Niemals hätte sie das hinter Hughs Rücken tun dürfen. Aber Wren war letzte Woche nach der Schule mit dem Fahrrad zu ihr ins Atelier gekommen, wo sie gerade damit beschäftigt war, eine neue Auftragsarbeit fertigzustellen – ein Wandbild, das für die Lobby eines Wolkenkratzers in Orlando zur Erinnerung an das Attentat in dem Nachtklub Pulse bestimmt war. Auf einer quadratischen Fläche mit einer Seitenlänge von über vier Metern waren zwei sich küssende Männer im Profil dargestellt. Die Pixel waren diesmal nicht wie sonst aus Post-its zusammengesetzt, sondern aus Fotos von Menschen, die an AIDS gestorben waren.

»Cool«, hatte Wren gemeint. »Und was machst du daraus?«

Bex hatte es ihr erklärt. »Möchtest du mir helfen?«

Sie gab Wren Hunderte winziger farbiger Zelluloidquadrate und zeigte ihr dann, wie sie diese mit Klebstoff befestigen sollte. Sie sollte am unteren Bildrand anfangen und die letzten zehn Fotoreihen mit violettem Zelluloid versehen. Darüber folgten dann zehn Reihen Blau, dann Grün, dann Gelb und so weiter. Wenn man den nötigen Abstand einnahm, sah man den Kuss, aber außerdem einen Regenbogen. Und wenn man nahe ranging, sah man die Schultern der vielen Individuen, auf denen diese Männer stehen mussten, um sich freiweg umarmen zu können.

»Das ist wohl eher kein Ding für Jugendliche deines Alters«, sinnierte Bex, als sie Seite an Seite arbeiteten.

»Was für ein Ding?«

»Schwul sein.«

»Zu deiner Information, man sagt jetzt *queer*. Aber ja. Es ist noch immer Thema, denke ich, wenn man zu denen gehört, die so gepolt *sind*. Die Leute gehen davon aus, dass du Cisgender und Hetero bist, bist du das nicht, bist du anders. Aber wer sagt schon, dass es nur eine Möglichkeit gibt, normal zu sein?«

Bex hatte ihre Arbeit unterbrochen, ihre Hände schwebten über den Lippen eines ihrer Modelle. »Seit wann bist du so klug?«

Wren grinste. »Warum hast du so lang gebraucht, das zu bemerken?« Sie arbeiteten eine Weile schweigend weiter, dann fragte Wren: »Gibt es schon einen Titel für dieses Werk?«

»Ich dachte vielleicht an *Love*.«

»Das ist perfekt«, sagte Wren. »Aber nicht nur das Wort. Der ganze Satz. Genau so, wie du es gesagt hast.« Sie bestrich die Ränder eines violetten Zelluloidquadrats mit Kleber. »Tante Bex? Darf ich dich was fragen? Was meinst du, kann man sich mit fünfzehn verlieben?«

Bex' Hände stockten in ihrer Bewegung. Sie nahm die Vergrößerungsbrille ab, die sie beim Arbeiten trug, damit sie Wren in die Augen sehen konnte. »Aber sicher«, erwiderte sie bestimmt. »Gibt es da etwas, was du mir sagen möchtest?«

Es war ein köstlicher Anblick gewesen – Wrens sich rötende Wangen, als sie seinen Namen aussprach, die Art, wie sie über ihn redete, als hätte es nie einen anderen Jungen auf Erden gegeben. Genau so sah die Liebe aus: unerfahren und unsicher, stürmisch und verletzlich, alles zusammen.

Wren hatte keine Mutter, mit der sie offen über Sex reden konnte. Hugh hätte sich wohl eher selbst das Bein amputiert, als darüber ein Gespräch mit seiner Tochter zu führen. Also stellte Bex ihrer Nichte die Fragen, die kein anderer stellen würde: *Hast du ihn geküsst? Seid ihr weiter gegangen als das? Habt ihr über Verhütungsvorkehrungen gesprochen?*

Kein Urteil, kein mahnender Finger. Nur Pragmatismus. Wenn die Rakete erst mal die Abschussrampe verlassen hatte, gab es kein Zurück mehr.

Wren war fünfzehn, sie schrieb seinen Namen auf das Hosenbein ihrer Jeans, sie mopste seine Sweatshirts, um seinen Geist auch im Schlaf zu spüren. Aber sie hatte auch an Empfängnisverhütung gedacht. »Tante Bex«, hatte Wren scheu gefragt, »wirst du mir helfen?«

Und so hatte Bex – wieder einmal – mit den besten Absichten etwas Unverzeihliches getan.

Irgendwo hinter ihr fing eine Maschine an zu piepen. Der Rettungssanitäter beugte sich über sie. Er roch wie Wintergrün. »Versuchen Sie, sich zu entspannen, Ma'am«, sagte er.

Bex schloss ihre Augen wieder und dachte an die Kugel, die in ihr explodiert war, und den Einsatz des Skalpells, was ihr vermutlich das Leben gerettet hatte.

Das bedeutet es, Mensch zu sein, überlegte Bex. *Wir sind alle nur Leinwände für unsere Narben.*

Als Hughs Telefon endlich läutete, stürzte er sich darauf. Aber die Textnachricht kam nicht von Wren, sondern von einem Mann namens Dick, einem State Trooper, der an den von ihm geleiteten Übungseinheiten zur Verhandlung mit Geiselnehmern teilgenommen hatte. Vor zwei Stunden, als George Goddards Nummernschild bekannt geworden war, hatte er Dick angerufen, der sich daraufhin vom Richter vor Ort einen Durchsuchungsbefehl hatte ausstellen lassen und anschließend Zugang in das leere Haus in Denmark, Mississippi, verschafft hatte. Jetzt erhielt Hugh die Ergebnisse von Dicks Suche: das unscharfe Foto eines Handzettels über medikamentöse Abtreibung, auf dem der Name und das Logo des Frauencenters zu sehen waren. Das reichte Hugh, um die Verbindung von George zu dieser Klinik herzustellen.

Wo ist die Tochter?, textete Hugh.

Eine Pause. Dann: *Wird vermisst.*

Hugh raufte sich die Haare vor lauter Frust, dass die einzige Person, mit der er nicht reden wollte – seine Schwester –, ihm nicht aus dem Kopf ging, wohingegen die Menschen, die er sprechen wollte, sich der Kommunikation verweigerten: Wren, George Goddard, dessen vermisste Tochter. Wie sollte er verhandeln, wenn keiner ihm zuhörte?

Was entging ihm da? Was könnte er benutzen, was er bisher noch nicht angewendet hatte?

Hugh schrieb eine neue Textnachricht an Wren. Er wählte die Nummer der Klinik, seine sichere Leitung. Ein Klingeln. Zwei. Drei. Vier.

Ein Klicken verriet, dass die Verbindung stand, dann Georges Stimme. »Ich bin beschäftigt«, sagte er.

Hughs Routineablauf setzte ein. »Ich möchte gar nicht viel Ihrer Zeit in Anspruch nehmen, George«, erwiderte Hugh. »Wir haben doch über Ihre Tochter gesprochen, als wir unterbrochen wurden.«

Als du einfach aufgelegt hattest.

»Was ist mit ihr?«

Hugh schloss die Augen und wagte den Sprung ins Unbekannte. »Sie möchte mit Ihnen reden.«

Louie Ward erkannte die Veränderung, die im Geiselnehmer vorging, sehr genau, obwohl er nur die Hälfte des Gesprächs hören konnte. Der Mann wurde sehr still. Hoffnung vermochte so etwas auszulösen, wie Louie wusste. Sie konnte einen innerlich und äußerlich lähmen.

»Was ist mit ihr?«, sagte der Schütze.

Als er – George, sein Name war George gemäß der Information auf dem Bildschirm, der im Wartezimmer noch immer eingeschaltet war – dies sagte, wurden Louie zwei sehr wichtige Dinge klar:

1. Hierbei ging es um etwas Persönliches. Jemand – eine Ehefrau, eine Tochter, eine Schwester – hatte eine Abtreibung vorgenommen.
2. Er wollte die Anerkennung dieses Jemands für die heutige Tat.

Izzy beugte sich über ihn unter dem Vorwand, sich um die Aderpresse zu kümmern. »Sie«, murmelte sie.

»Hm«, meinte Louie. »Hab ich auch gehört.«

Während der wenigen Male, die das Telefon in den vergangenen Stunden geläutet hatte, war den im Wartezimmer Zusammengedrängten ein kollektives Aufatmen ermöglicht worden. Wenn George telefonierte, kehrte er ihnen zwar nicht den Rücken zu – so dumm war er nicht –, aber er schritt auch nicht ein, wenn sie untereinander tuschelten.

»Glauben Sie, es war seine Ehefrau?«, wisperte Izzy.

»Tochter.« Louie stöhnte, als er seine Lage veränderte und ihm dabei der Schmerz ins Bein schoss.

»Haben Sie auch Familie?«

Louie schüttelte den Kopf. »Ich wollte nie, dass jemand anderer zur Zielscheibe wird«, gestand er. »Und heiratswürdige Damen schätzen es meist nicht, dass ich den Tag damit zubringe, in die Vaginen anderer Frauen zu schauen.«

Hinter ihm regte sich Janine. »Man braucht kein persönliches Interesse zu haben, um zu wissen, dass es falsch ist, ein unschuldiges Baby zu töten.«

Achtundachtzig Prozent der Abtreibungen wurden in den ersten zwölf Schwangerschaftswochen vorgenommen, wie Louie wusste, aber die Abtreibungsgegner taten so, als wögen die Föten bereits acht Pfund und könnten selbst das Fläschchen halten.

Joy riss die Augen auf. »Sie werden ihn doch wohl nicht *verteidigen*«, sagte sie zu Janine. »Nachdem er Sie bewusstlos geschlagen hat?«

»Ich sage ja nur – wenn es nicht falsch wäre, gäbe es keine Psychos wie ihn.«

Izzy starrte sie an. »Eine derart beschissene rückständige und verdrehte Logik habe ich ja noch nie gehört.«

»Tatsächlich? Sie wollen doch auch Kinder mit Gesetzen schützen, die Vergewaltiger, Kinderschänder und Mörder bestrafen. Wieso soll das was anderes sein?«

»Weil es noch gar keine Kinder sind«, erwiderte Izzy. »Es sind Embryos.«

»Auch wenn sie noch nicht geboren sind, sind sie dennoch Menschen.«

»Oh, mein Gott«, sagte Joy. »Bringt sie zum Schweigen, bevor ich es tue.«

Janine verschränkte die Arme vor der Brust. »Tut mir leid. Ich weiß, dass er verrückt ist, aber das heißt noch lange nicht, dass es jemals einen stichhaltigen Grund dafür geben kann, ein Kind zu vernichten.«

Louie sah sie an. »Sie hat recht«, murmelte er, und die anderen starrten ihn alle an. »Es gibt nie einen stichhaltigen Grund, ein Kind zu vernichten.«

Er musste an all das denken, was er im Lauf der Jahre gesehen hatte: das syrische Teenagermädchen, das abtreiben wollte, nachdem es im Krieg vergewaltigt worden war, sich aber die Einwilligung der Eltern nicht einholen konnte, weil diese im selben Krieg getötet worden waren; die Sechzehnjährige, die in der achten Schwangerschaftswoche abtreiben wollte, jedoch sechs weitere Wochen warten musste, weil ihre Eltern ihr die Zustimmung aus religiösen Gründen verweigerten und sie sich eine richterliche Genehmigung einholen und das Geld für die Abtreibung selbst auftreiben musste; die Vierzehnjährige, die ihr Baby behalten wollte, aber von ihrer Mutter zum Abbruch genötigt wurde ...

Vor ein paar Jahren kam eine Zwölfjährige zu ihm, die in der sechzehnten Woche schwanger war. In Begleitung ihrer hysterischen Mutter und ihres stoischen Vaters. Sie war verschlossen bis zur Teilnahmslosigkeit und klammerte sich an einen lumpigen Stoffhasen. Sie hatte angegeben, von einem Jungen aus der Nachbarschaft geschwängert worden zu sein, nahm aber während des Aufnahmeverfahrens, als sie mit dem Berater allein war, Abstand von dieser Lüge und gab zu, dass das Baby von ihrem Vater war. Der Mann wurde von der Polizei in Handschellen abgeführt, aber dieses Mädchen benötigte dennoch eine Abtreibung.

Während Louie diese an ihr vornahm, sprach er mit ihr. Er erklärte ihr: *Was dir passiert ist, ist nicht normal. Und du hast nicht dazu beigetragen.* Sie reagierte nicht. Sie benahm sich nicht wie eine Zwölfjährige. Es war ihr nie erlaubt gewesen, eine Zwölfjährige zu *sein*. Aber er hoffte, dass sie sich eines Tages, wenn sie doppelt so alt war, an die Freundlichkeit eines Mannes erinnerte, der ihr *nicht* wehgetan hatte.

Jetzt wandte Louie sich an Janine. »Was wir hier tun«, erklärte er, »was ich hier tue, ermöglicht es manchmal Kindern, Kinder zu sein.«

Janine machte den Mund auf, als wollte sie ihm widersprechen, schloss ihn dann aber wieder.

Izzy versuchte, das Gespräch in unverfänglichere Bahnen zu lenken. »Nun, wer auch immer sie sein mag – Ehefrau oder Tochter –, vielleicht kann sie ihn überreden, uns gehen zu lassen.«

Von der Couch gegenüber kam die Stimme des Mädchens Wren, das nicht viel älter sein konnte als das Kind, an das Louie sich erinnert hatte. War sie wegen einer Abtreibung hergekommen? Hätten sie sich unter anderen Umständen auf dem Untersuchungsstuhl kennengelernt?

»Wenn er mein Vater wäre«, murmelte das Mädchen, »würde ich auf gar keinen Fall mit ihm reden.«

Für einen kurzen Moment kam das einzige Geräusch im Krankenzimmer von der Infusionspumpe. Beth lag auf der Seite und hatte sich von ihrer Pflichtverteidigerin abgewandt. »Ich hab es eingewickelt«, flüsterte Beth. »Es in die Mülltonne gelegt. Ich wusste nicht, was ich sonst damit hätte machen sollen.«

Sie hatte sich über das Internet Misoprostol und Mifepriston besorgt, Tabletten für eine medikamentöse Abtreibung. In den USA war das illegal, was Beth damals allerdings nicht gewusst hatte. Abtreibungskliniken boten Frauen bis zur zehnten

Schwangerschaftswoche Abtreibung mittels Medikation an, aber diese musste in der Klinik vorgenommen werden. Beth war bereits in der sechzehnten Woche gewesen und hatte die Tabletten zu Hause eingenommen. Die Medikamente hatten gewirkt, aber so heftige Blutungen ausgelöst, dass sie in der Notaufnahme gelandet war.

Tränen liefen Beth über den Nasenrücken. Zum ersten Mal, seit sie zu sprechen begonnen hatte, sah sie Mandy an. »Miz DuVille? Es war noch kein Baby… nicht wahr?«

Mandys Mund verhärtete sich.

»Als ich zur Klinik ging«, berichtete Beth, »sprach mich davor eine Frau an, die behauptete, mein Baby könne Schmerz spüren.«

Die Anwältin zuckte regelrecht zusammen, und das allein genügte, dass Beth sich noch schlechter fühlte. Mandy war Anwältin, keine Seelenklempnerin. Beth wusste nur, dass Mandy gegen Abtreibungen und nur hier war, um ihren Job zu erledigen. Mussten Anwälte nicht ständig entsetzliche Menschen verteidigen – Mörder, Vergewaltiger – egal, was sie persönlich für diese empfanden?

»Entschuldigung«, flüsterte Beth. »Ich… ich habe nur niemanden, mit dem ich reden kann.«

»Es stimmt nicht«, erwiderte Mandy monoton. »Das mit dem Schmerz.«

Beth richtete sich auf, stützte sich auf einem Ellbogen ab. »Woher wissen Sie das?«

»Es ist wissenschaftlich nicht bewiesen. Ich habe das recherchiert.«

Beth runzelte verwirrt die Stirn. »Aber Sie sagten doch, dass Sie vor der Anklageerhebung gar nichts über mich wussten.«

»Ich habe das recherchiert«, wiederholte die Anwältin. »Für mich.« Sie beugte sich vor, den Kopf auf die Hände gestützt. »Ich war in der dreizehnten Schwangerschaftswoche. Ab diesem Moment kann man den anderen mitteilen, dass man ein

Baby erwartet, ohne damit das Schicksal herauszufordern. Mein Ehemann und ich waren bei der Ultraschalluntersuchung«, schilderte sie. »Ich wollte sie Millicent nennen, wenn es ein Mädchen wäre. Steve meinte, man nennt ein kleines schwarzes Mädchen nicht Millicent. Er wollte einen Jungen mit dem Namen Obediah.«

»Obediah?«, wiederholte Beth.

Mandy schloss die Augen. »Nachdem Steve das vorgeschlagen hatte, lief alles schief. Die medizinisch-technische Assistentin kam herein, schaltete das Gerät ein, begann mit dem Ultraschall und wurde sofort weiß wie ein Laken.« Sie schüttelte den Kopf. »Der Arzt, der daraufhin eintrat, war nicht der, bei dem ich sonst war. Ich weiß noch genau, was er sagte: *Dieser Fötus hat eine genetische Anomalie und ist nicht lebensfähig.*«

Beth hielt die Luft an.

»Man nennt es Holoprosenzephalie, HPE, eine komplexe Fehlbildung des Gehirns. Der Fötus hatte einen Herzschlag und einen Hirnstamm, aber kein Vorderhirn. Wäre es zu einer Geburt gekommen, hätte das Kind höchstens eine Überlebenschance von einem Jahr gehabt.« Mandy blickte hoch. »Ich wollte keinen Abbruch. Ich bin katholisch erzogen worden.«

»Was haben Sie getan?«, fragte Beth.

»Ich recherchierte im Internet, indem ich mir Bilder von Babys ansah, die diesen Defekt hatten. Es war ... es war entsetzlich.« Sie sah Beth an. »Ich weiß, es gibt Mütter, die schwerstbehinderte Kinder haben und diese als Segen ansehen. Aber das war eine Art Weckruf, und ich musste zugeben, dass ich nicht zu diesen gehörte.«

»Und Ihr Ehemann?«

»Er meinte, es sei ein Hirnloser.«

Beth prustete los, hielt sich aber sofort die Hand vor den Mund. »Nein, das hat er nicht gesagt.«

»Hat er wohl.« Mandy nickte und lächelte ein wenig. »Hat er, und wir lachten. Wir lachten und lachten, bis uns die Tränen kamen.«

»Haben Sie … haben Sie jetzt Kinder?«

Mandy sah sie an. »Nach der dritten Fehlgeburt habe ich es nicht mehr versucht, eins zu bekommen.«

Beide schwiegen. Beth malte sich ein anderes Szenario aus, eins, in dem sie mutig genug gewesen wäre, ihrem Vater von ihrer Schwangerschaft zu erzählen, eins, in dem sie das Kind ausgetragen hätte, um es jemandem wie Mandy zu geben. »Sie müssen mich hassen«, flüsterte Beth.

Es dauerte lang, bis Mandy ihr Kinn hob und bedächtig erwiderte: »Ich hasse dich nicht. Wenn du deine und ich meine Geschichte anderen Menschen erzählen würden, sähen selbst die härtesten Abtreibungsgegner meine als eine Tragödie an. Deine ist ein Verbrechen.« Sie überlegte kurz. »Es ist schon komisch. Der Logik nach bist du als Minderjährige nicht einwilligungsfähig, weil dir die geistige Kapazität dazu fehlt. Aber in deinem Fall wird dem Fötus der Schutz zugestanden, den du nicht bekommst, als wären seine Rechte mehr wert als deine.«

Beth sah sie fragend an. »Und was passiert jetzt?«

»Du wirst vermutlich in einem Tag aus dem Krankenhaus entlassen werden. Und bleibst dann bis zum Prozess in Untersuchungshaft.«

Die Kurve von Beths Herzmonitor schoss nach oben. »Nein«, sagte sie. »Ich kann nicht ins Gefängnis.«

»Du hast gar keine Wahl.«

Die hatte ich nie, sagte sich Beth.

»Sie lügen doch«, sagte George. »Meine Tochter ist nicht hier.«

Dieser verdammte Bulle. Der konnte auf den Busch klopfen, soviel er wollte, George jedenfalls hatte nicht vor, ihm etwas zu verraten. Aber nachdem Hugh McElroy seine Tochter ins Spiel gebracht hatte, musste er plötzlich ständig an sie denken.

Ob es Lil gut ging?

Ob sie nach ihm suchte?

»Weil sie nämlich nicht weiß, was Sie hier tun«, sagte Hugh. »Habe ich recht?«

Lil wusste, dass er sie liebte. Er liebte sie so sehr, dass er hergekommen war, um alles wieder in Ordnung zu bringen, so unmöglich dies auch zu sein schien. Niemals würde George seinen Enkel kennenlernen. Er konnte nur hoffen, dass er dabei nicht auch noch Lil verlor.

»Was würde sie wohl dazu sagen, dass Sie hier sind, George?«

Darüber hatte er noch nicht mit klarem Kopf nachgedacht, als er herkam. Er war bloß der Racheengel für ihr Leid. Und er hatte an die Worte Gottes gedacht. Auge um Auge, Zahn um Zahn.

Ein Leben für ein Leben.

»Wie heißt sie denn, George?«

»Lil«, rutschte es ihm heraus.

»Das ist hübsch«, meinte Hugh. »Altmodisch.«

George ärgerte sich, dass er nach dem Streit mit ihr einfach abgehauen war. Natürlich würde sie in seiner Abwesenheit gut versorgt werden, aber ihm war dennoch bewusst, dass er es verbockt hatte. Er war einfach nicht gut im Reden. Er wusste nicht, wie er seine Gefühle in Worte fassen sollte. Pastor Mike nannte ihn einen Mann der wenigen Worte, hielt ihm jedoch immer vor Augen, dass Taten tausendmal lauter sprachen.

Und genau dafür war er doch hier.

Es war eine lange Fahrt gewesen, untermalt von der Musik seiner Gedanken. Er hatte Lil in sämtlichen Inkarnationen ihres Lebens vor Augen gehabt – von der Zeit an, als sie ein Baby mit Krupphusten war und er mit ihr die ganze Nacht in dem von der laufenden heißen Dusche mit feuchtem Dampf geschwängerten Badezimmer verbrachte, bis zu dem Vatertag, als sie beim Versuch, ihn zum Frühstück mit Pfannkuchen zu überraschen, ein Geschirrtuch in Brand steckte – und den Klang ihrer Stimme gehört, der mit seiner harmonierte, wenn sie gemeinsam in der Kirche sangen. Dann hatte er sich ausgemalt, wie er als Rächer, aufgeblasen wie ein Comic-Held, durch den Klinikeingang stürmte und eine Spur der Zerstörung zurückließ.

Schreie und herabstürzenden Putz und einen Nebel aus Staub hatte er sich ausgemalt. Auch, wie er selbst zu schießen anfing, stand noch als klares Bild vor ihm, alles, was darauf folgte, war unscharf. Rache war theoretisch eine Mischung aus pulsierendem Adrenalin und purer Überzeugung. In Wirklichkeit jedoch stürmte man in ein brennendes Haus, ohne sich vorher zu überlegen, wie man wieder rauskam.

George spürte, dass hinter seinem Rücken getuschelt wurde. Er drehte sich um, das Telefon noch ans Ohr gepresst. »Ruhe«, befahl er.

»Was geht da drin vor sich?«, wollte Hugh wissen.

George ging nicht darauf ein, sondern versuchte, sich auf das zu konzentrieren, was er vor sich hatte. Die Frauen flüsterten untereinander, und der Babymörder, den er angeschossen hatte, lag noch immer mit einer Bandage um den Oberschenkel auf dem Boden. »Joy muss auf die Toilette«, sagte das Mädchen.

Das ihn gekratzt hatte.

Er schielte auf ihre Hände, um sicherzugehen, dass sie noch gefesselt waren.

»Halten Sie ein«, brummte er.

Die Krankenschwester, die auf dem Boden kniete, blickte hoch. »Darum geht es nicht«, sagte sie. »Sie muss ihre Binde wechseln. Sie hatte gerade eine ...«

»Ich weiß, was sie hatte«, fiel George ihr ins Wort.

»Ist alles in Ordnung?«, wollte der Bulle wissen. Seine Stimme hatte einen merkwürdigen Unterton, ein Vibrieren.

»Ich muss auflegen.«

»Warten Sie!«, rief Hugh. »Ich habe vorhin nicht gelogen, George. Ich sagte nicht, dass Ihre Tochter hier sei. Ich sagte, sie möchte Sie sprechen. Sie sieht sich die Nachrichten an, George. Und da werden die Dinge nicht richtig dargestellt. Ihre Seite der Geschichte wird sie dabei nicht erfahren. Das können nur Sie tun.« Hugh machte eine Pause. »Und ich kann Ihnen das ermöglichen. Ich kann sie ans Telefon holen.«

»Warten Sie«, murmelte er zerstreut.

»Was ist los, George?«, fragte der Bulle. »Reden Sie mit mir.«

Er starrte auf den Fernseher, der die ganze Zeit eingeschaltet gewesen war. Als er hier ankam, lief gerade eine Koch-Show. Jetzt jedoch sah man einen Nachrichtenticker und das Bild einer Reporterin mit der Klinik als Hintergrund. Ihre Lippen bewegten sich, aber man hatte den Ton leise gestellt, und George verstand nicht, was gesagt wurde.

Was, wenn Hugh tatsächlich recht hatte? Und Lil sich das anhörte?

»Wo ist die Fernbedienung?«, fragte er. Als die Frauen ihn daraufhin anstarrten, als wäre er verrückt – war er das? Oder dachte er zum ersten Mal seit Stunden wieder klar? –, blaffte er sie erneut an. »Die *Fernbedienung*!«

Die alte Dame zeigte auf ein Regal neben dem Fernseher.

»Holen Sie sie«, befahl er. Er hielt das Telefon noch in der Hand, hörte aber nicht mehr auf die hartnäckige Stimme des Polizisten.

Die alte Dame fummelte an der Fernbedienung herum. Ließ sie fallen, hob sie auf und hielt sie Richtung Fernseher. »Ich denke, das ist der richtige Knopf«, sagte sie, aber nichts geschah.

»Schneller!«, brüllte George und richtete die Waffe auf sie.

Die Frau schrie und ließ die Fernbedienung erneut fallen.

»Lassen Sie sie in Ruhe!«, kreischte das Mädchen.

»George?« Hughs Stimme malträtierte sein Ohr. »Wer hat da geschrien, George?«

»Geben Sie ihr das verdammte Ding«, herrschte er sie an und zeigte auf das Mädchen. »Teenager kennen sich doch mit solchen Sachen aus.«

»Was für ein Teenager?«, hakte Hugh nach.

George nahm das Telefon vom Ohr und drückte es gegen seinen Schenkel, während das Mädchen es selbst mit seinen gefesselten Händen hinbekam, den Ton lauter zu stellen.

»… unter der Voraussetzung, dass Goddard tatsächlich unehrenhaft entlassen worden war, weil er während seines Einsatzes in Bosnien Zivilisten getötet hatte.«

Schnitt zum Moderator im Studio. »Dann können wir also feststellen, dass hier ein in die Vergangenheit reichendes Gewaltmuster vorliegt …«

»Schalt ab«, schnaubte George.

Er erkannte nicht mal, was auf dem Bildschirm zu sehen war. Vor seinen Augen verschwamm alles, und sein einziger Gedanke war der, dass Lil sich nun diesen ausgemachten Blödsinn anhörte. »So war das nicht«, murmelte er.

Das Telefon vibrierte an seinem Schenkel, gab Geräusche von sich.

Schlagartig befand er sich im Jahr 2001 in Bosnien, wo er seiner Aufgabe nachkam und alle es auf ihn abgesehen hatten.

Und Lil musste sich jetzt diesen Blödsinn anhören. Dabei hatte sie, als sie klein war, immer Prinzessin gespielt, die er als Prinz vor dem Oger, dem Treibsand oder der bösen Königin retten musste. Für sie war er nie etwas anderes als ein Held gewesen. Und jetzt?

Er packte den nächstgelegenen Gegenstand – eine Lampe – und schleuderte ihn gegen die Wand.

Die Frauen schrien.

Er konnte hören, wie der Bulle ihn anbrüllte, um seine Aufmerksamkeit zurückzukommen.

Er legte auf.

Also gut, verdammt. Jetzt hatten sie seine Aufmerksamkeit.

Hugh hielt das Telefon in der Hand, die Leitung war tot. Während dieses letzten Gesprächs hatte er zwei kritische Dinge im

Hintergrund vernommen: Wrens Stimme und den Fernsehbericht über Georges Militärdienst.

Er ließ sich auf einen Stuhl sinken und raufte sich die Haare, bis sie abstanden. Als er klein war, hatte Bex ständig seine widerspenstigen Wirbel glatt gestrichen. Darauf lief es schließlich hinaus, oder? Dass man vor der Welt einen präsentablen Eindruck machte, egal, wer man war, wenn die Kameras nicht liefen und die Tür geschlossen war.

Wenn es hart auf hart käme, wäre er dann ein Unterhändler im Geiseldrama oder ein Vater?

Was bekäme die Oberhand, wenn beides miteinander in Konflikt geriet?

Er blickte auf und winkte einen der Männer des Sondereinsatzkommandos heran. »Wo ist Quandt?«, fragte er.

»Ich kann ihn für Sie holen, Lieutenant.« Der Mann eilte davon, und Hugh starrte auf seinen provisorischen Schreibtisch und erwog seine Möglichkeiten.

George Goddard war dabei, die Kontrolle zu verlieren.

Hugh hatte Wrens Stimme gehört.

Sie lebte noch.

Und dies könnte seine einzige Chance sein, dass es so blieb.

Ein Schatten fiel auf ihn, und Hugh richtete den Blick auf Quandt, der mit verschränkten Armen vor ihm stand. »Ich kann nur annehmen, dass Sie mich nur deshalb sehen möchten, weil Sie zur Vernunft gekommen und nun bereit dazu sind, meine Männer da reingehen zu lassen«, sagte er.

»Nein«, erwiderte Hugh. »Ich möchte, dass Sie sämtliche Kommunikationskanäle abschalten.«

»Wie? Warum?«

»Ich möchte nicht, dass irgendwelche Nachrichten in dieses Gebäude gelangen, die nicht direkt von uns kommen. Ich möchte, dass bis auf die Festnetzleitung, mit der ich verbunden bin, alle anderen Telefonverbindungen unterbrochen werden.

Kein Fernsehsignal, kein WLAN, nichts. Ich kann es nicht riskieren, dass er irgendwas im Fernsehen sieht, was ihn durchdrehen lässt.«

»Und wenn eine der Geiseln mit uns Kontakt aufzunehmen versucht? Sagen wir, eine von ihnen versucht, ihr Mobil…«

»Ich weiß, was ich tue«, erklärte Hugh mit Nachdruck.

Über die Risiken war er sich im Klaren. Aber er wusste auch, dass er George auf diese Weise isolieren würde und die einzige Information, die den Schützen erreichte, direkt von Hugh kam.

Quandt sah ihn eindringlich an und nickte dann. Er entfernte sich und rief seinen Männern Befehle zu, woraufhin diese zu den Mobilfunkanbietern und der Telefongesellschaft Kontakt aufnehmen und dafür sorgen würden, dass die Klinik zur Insel wurde.

Hugh nahm sein Telefon und textete Wren ein letztes Mal, für den Fall, dass seine Nachricht sie erreichte.

Vertrau mir, tippte er.

Olive hatte fünfunddreißig Jahre lang als Professorin gearbeitet, ehe sie in den Ruhestand ging. In ihrem Kurs ging es um Gehirnfunktionen, und es gab immer eine Warteliste dafür. Sie begann jedes Semester damit, dass sie einem beliebigen Studenten oder einer Studentin ein Foto von ihm oder ihr vorlegte, das während eines Ereignisses oder an einem bestimmten geografischen Ort aufgenommen worden war. Nach einigen Fragen konnte der Student oder die Studentin sich an den Moment der Aufnahme erinnern und Details dazu beisteuern. Der Haken daran? Der Student oder die Studentin waren mittels Photoshop in das Bild platziert worden und tatsächlich nie selbst dort gewesen.

Olive erklärte dann ihren Studentinnen und Studenten, dass das Gehirn uns ständig Lügen erzählt. Es ist schlicht und einfach nicht in der Lage, jedes Detail aufzuzeichnen, das wir sehen, stattdessen ergänzt der Hinterhauptlappen, was er dort vermutet. Das Gehirn ist kein Videorekorder – es funktioniert eher wie ein Fotoalbum und füllt die Lücken zwischen den Bildern. Das führt dazu, dass wir viel einfacher, als wir alle glauben wollen, falsche Erinnerungen kreieren. Und beim Grab unserer Mutter schwören würden, dass bestimmte Ereignisse sich so und nicht anders abgespielt haben ... was aber *nicht* stimmt.

Jetzt fragte sie sich, was ihr wohl von diesem Vorfall in Erinnerung bleiben würde. Hoffentlich nur sehr wenig. Mit ein wenig Glück würde ihr eine wundersame selektive Amnesie gewährt. Das Gleiche hoffte sie auch für all die anderen, die im Wartezimmer zusammenhockten und George bei seinem Kampf mit den eigenen Dämonen beobachteten.

Und was war mit George, dem Schützen? Was wohl hatte sein Gehirn so ungenau zusammengestückelt, überlegte sie, dass es ihn heute hierhergeführt hatte?

Sie hob die Hand an die Stirn und war überrascht, Blut an ihren Fingern zu sehen. Die von George gegen die Wand geschleuderte Lampe war in einem Regen aus Keramik- und Glasscherben zu Bruch gegangen. Offenbar hatte eine Scherbe auch ihre Schläfe erwischt.

»Lassen Sie mal sehen«, sagte die Krankenschwester – Izzy, so hieß sie. Sie drückte einen Mulltupfer gegen Olives Stirn, obwohl sie beide wussten, dass es nicht mehr als ein Kratzer war. »Wir müssen hier raus«, murmelte Izzy. »Er dreht durch.«

Olive nickte. »Ach, George«, sagte sie und setzte dazu ein breites, dämliches Lächeln auf. »Ich belästige Sie nur ungern ... aber ... George?« Sie wartete, bis er aufblickte. »Ich fürchte, mein Alter spielt mir übel mit. Manche Teile funktionieren einfach nicht mehr so gut wie früher.«

Er blinzelte sie verwirrt an.

»Ich muss mal, mein Lieber«, konkretisierte sie.

Wie aufs Stichwort drehte Izzy sich um. »Wenn Olive auf die

Toilette geht, dann muss auch Joy dorthin. Aus medizinischen Gründen.«

»Ich habe eine Idee«, ergänzte Olive. »Warum gehen wir jetzt nicht alle? Wenn wir es hinter uns bringen, werden wir keinen Ärger mehr machen.«

George beantwortete das mit einem Schnauben.

Was sie George hier anzubieten hatte, nannte man Hobson's Choice – eine Wahl, die in Wirklichkeit gar keine war, vergleichbar der Frage des Scharfrichters, ob man es vorziehen würde, wenn der Kopf vom Körper oder der Körper vom Kopf abgetrennt würde.

Olive lächelte George an. »Was wäre Ihnen lieber, dass ich zuerst gehe oder Miss Joy?«

George trat einen Schritt vor. »Sie halten mich wohl für einen Idioten?«, sagte er. »Ich lasse Sie doch nicht allein auf die Toilette gehen.«

»Nun, ich kann mir kaum vorstellen, dass sie *zusehen* möchten«, erwiderte sie. Sie erhob sich. »Ich denke, ich kann wirklich nicht so lange warten, bis Sie das entschieden haben, mein Lieber. Meine Beckenbodenmuskeln sind einfach nicht mehr das, was sie mal waren …«

»Um Himmels willen«, fiel George ihr ins Wort. Er kam auf sie zu und packte sie am Arm. »Kommen Sie.«

Neben dem Wartezimmer, in dem sie alle saßen, befand sich eine kleine Einzeltoilette. George schleppte sie dorthin, schaltete das Licht an und tastete sie dann oberflächlich ab. »Los jetzt«, sagte er, aber als Olive die Tür schließen wollte, stieß er sie wieder auf. »Wenn es Ihnen so nicht passt, dann müssen Sie es bleiben lassen.«

Olive überlegte, mit ihm zu verhandeln, aber am Ende stupste sie einfach die Tür ein wenig zu. Sie blieb praktisch offen, aber sie war weitgehend vor den Blicken aller abgeschirmt.

Denk nach, Olive. Denk nach. Sie hatte nicht viel Zeit. Sie konnte sich nicht auf den Toilettensitz stellen und versuchen, Signale durch das kleine Fenster zu senden. George würde sie rumoren hören und könnte jederzeit seinen Kopf hereinstecken. Sie zog ihren Rock hoch, schälte sich aus ihrer Unterhose und setzte sich auf die Toilettenbrille.

Daneben stand ein kleiner Wagen mit Testfläschchen, Etiketten und einem Marker, damit man seinen Namen auf das Plastik schreiben konnte.

Olive nahm den Stift und wickelte Toilettenpapier ab.

Wir sind zu fünft, und er ist allein, schrieb sie über drei Blatt. *Wir brauchen einen Plan. Ideen?*

Ihr war klar, dass sie, egal, welchen Plan die anderen auch aushecken, im Nachteil wäre. Aber sie wusste auch, ein Signal zu erkennen. Und zu handeln.

Olive zog die Unterhose hoch und betätigte die Spülung. Sie rollte das Toilettenpapier wieder auf, sodass die Beschriftung erst beim Abrollen gesehen werden konnte. Sie wusch sich die Hände, öffnete die Tür und lächelte George an. »Nun«, sagte sie. »War doch gar nicht so schlimm, oder?«

Als Olive aus dem Badezimmer kam, stand Joy auf und ließ sich von diesem durchgeknallten Arschloch misshandeln, bevor sie eintrat. Während sie pinkelte, betrachtete sie die Binde in ihrer Unterhose, die blutig, aber noch nicht durchweicht war, und das war gut, denn sie hatte keine Ersatzbinde. Dann rollte sie Toilettenpapier ab, um es zu verwenden.

Doch das tat sie nicht.

Sie las.

Dann nahm sie den Marker und fing an zu schreiben …

Janine hatte gehofft, dass der Schütze mit ihr nachsichtiger umgehen würde und ihr das Abtasten ersparte oder sie die Tür schließen ließe. Schließlich glaubten sie beide an die Unantast-

barkeit des Lebens – auch wenn seine diesbezügliche Erfolgs-
bilanz im Moment nicht gut aussah. Aber er behandelte sie genauso wie die anderen Frauen.

Janine wickelte Toilettenpapier ab. Sie betrachtete die Nachrichten in unterschiedlicher Handschrift. Olives Kommentar
und dann der von Joy: *Vielleicht auf ihn stürzen und überwältigen?*

Sie konnte zwei Dinge tun. Entweder das Toilettenpapier nehmen und runterspülen und damit die Arbeit der anderen Frauen
sabotieren. Oder sich eingestehen, dass aufgrund einer merkwürdigen Schicksalswende ihre eigenen Ziele mit denen der
anderen übereinstimmten.

Im Moment hielt Janine kein Schild mit dem Foto eines ungeborenen Kindes darauf. Sie betete nicht für die Mütter, die an
ihr vorbeigingen. Sie war es, für die gebetet wurde. An jedem
anderen Tag hätte sie einem erklären können, dass innerhalb
dieser Klinik Leben auf dem Spiel standen. Heute war dieses
Leben das ihre.

Sie nahm den Marker. *Zum Stolpern bringen*, schrieb sie. *Und
nach der Waffe greifen.*

Als Wren heranwuchs, gab es für sie nichts Schlimmeres, als
eine Mutter zu haben, die sich tatsächlich *bewusst* für ein Leben
entschieden hatte, das sie selbst nicht mit einschloss. Zu den
Höhepunkten des Jahres – Geburtstag, Weihnachten – bekam
sie von ihr eine Karte und ein Geschenk, für gewöhnlich etwas
aus Paris, das so gar nicht Wrens Stil entsprach und gleich darauf in einer Schrankecke verschwand, weil sie es nicht übers
Herz brachte, es wegzuwerfen. Kürzlich hatte ihre Mutter ange-
deutet, Wren könne doch jetzt, da sie älter war, die Sommer vielleicht in Frankreich verbringen, doch davon wollte Wren nichts
wissen und hätte ihre Ferien stattdessen lieber an der Frontlinie
eines Kriegsschauplatzes verbracht. Zwar verdankte sie ihrer

Mutter die neun in ihrem Leib verbrachten Monate, aber damit hatte es sich auch.

Sollte es allerdings eine göttliche Macht geben, dann hatte diese den Verlust ihrer Mutter mit einem Vater wettgemacht, der zu zweihundert Prozent für sie da war. Im Unterschied zu ihren Freundinnen und Freunden, die klagten, sich von ihren Eltern einfach nicht *verstanden* zu fühlen, genoss Wren die Gesellschaft ihres Vaters tatsächlich. Er war der Erste, dem sie eine Textnachricht schrieb, wenn sie in einem Test hervorragend abgeschnitten hatte, obwohl sie sicher gewesen war, ihn vermasselt zu haben. Auf sein Urteil konnte sie sich immer verlassen, denn er sagte ihr aufrichtig, wenn ihre Hüften in einer Jeans breit aussahen. Er erklärte ihr den Nachthimmel.

Ihr Dad war auch der Mensch, den man in einem Notfall an seiner Seite haben wollte. Wie etwa auf Lola Hardings Geburtstagsparty, auf der sich ein paar Idioten betrunken hatten und einer davon sich beim Limettenschneiden versehentlich in die Hand geschnitten hatte, woraufhin alle durchgedreht waren. Da hatte Wren ihren Vater angerufen, der nicht nur den Notruf wählte, sondern selbst vorbeikam und alles unter Kontrolle brachte, ohne gleich auszurasten und die Eltern der anderen zu informieren, aber es dennoch schaffte, den Jungen, der den Jägermeister mitgebracht hatte, das Fürchten zu lehren. Als Wren zehn war und nach dem wagemutigen Versuch, auf einen Rosenbogen zu klettern, mit einem gebrochenen Bein im Krankenhaus gelandet war, hatte ihr Vater sie an ihrem Krankenbett ihre Schmerzen vergessen lassen, was die Schmerzmittel nicht vermocht hatten. *Hosensport* hatte er gesagt, und vor lauter Grübeln, wie dieser Sport aussehen könnte, hatte sie zu weinen aufgehört. Ihr Dad hatte am Bein ihrer Trainingshose gezupft. *Es gibt Wörter, die sollte man lieber nicht andersherum zusammensetzen.*

Künstlerrechen war ihr eingefallen.

Klokatzen.

Wasserkaffee.

In Anbetracht all dessen wünschte sie sich, er wäre hier. Sie hätte ihm auch gern eine Textnachricht geschickt – das wäre das Nächstbeste gewesen. Aber seitdem sie und Olive aus ihrem Versteck gezerrt worden waren, gab es diese Möglichkeit nicht mehr.

Außer jetzt. Sobald sie an der Reihe wäre, die Toilette aufzusuchen, wollte sie ihr Telefon wieder aktivieren und ihrem Dad alles mitteilen, was hier vor sich ging.

Von ihrem Platz auf der Couch beäugte sie George aus zusammengekniffenen Augen. Er hatte mit ihrem Dad telefoniert, aber jetzt lag das Telefon auf der Empfangstheke. In seiner rechten Hand hielt er die Waffe. Er schwitzte.

Er hatte ganz helle Geisteraugen, mit Pupillen wie Nadelstiche. Fast, als könnte man durch ihn hindurchsehen.

Und wenn der Arzt und Izzy recht hatten, dann hatte er eine Tochter. Die womöglich sogar der Grund dafür war, weshalb er hierhergekommen war. Wer wüsste besser als Wren, dass man sich seine Eltern nicht aussuchen konnte, aber sie fragte sich, wie es wohl wäre, wenn sie bei diesem Mann anstatt bei ihrem Vater aufgewachsen wäre.

Sie fragte sich, was seine Tochter jetzt wohl dachte.

Unvermittelt fuchtelte er mit seiner Waffe vor ihrem Gesicht herum. »Worauf wartest du?«, herrschte er sie an. »Ab mit dir.«

Sie stand auf und hielt ihre gefesselten Hände hoch. »Ich kann nicht … *Sie wissen schon* … so.«

Eine quälende Sekunde lang dachte sie, er würde ihr sagen, sie müsse damit zurechtkommen. Dann fingerte er an ihren Handgelenken herum, bis er die Schnittkante des Klebebands fand, und befreite sie davon. Wren spürte, wie das Blut in ihre Hände zurückkehrte, und schüttelte sie. »Stell nichts Dummes an«, warnte er sie.

Wren nickte, hatte aber das Gefühl, dass sie beide wohl sehr verschiedene Vorstellungen von dem hatten, was etwas Dummes war.

Die Tür wurde offen gelassen. Sie setzte sich auf die Klobrille und angelte nach dem Telefon, das in ihrer Socke steckte. Olive hatte geschafft, es auszuschalten, damit es keine Töne mehr von sich gab. Doch wenn sie es einschaltete, würde es ein Geräusch von sich geben. Um es zu übertönen, drehte Wren den Wasserhahn auf.

Mit angehaltenem Atem drückte sie das Telefon zur Dämpfung gegen ihr Shirt. Sie wartete auf ein Signal, um die Nachricht an ihren Vater zu schicken.

Kein Empfang.

Das ergab keinen Sinn, selbst in der Abstellkammer hatte sie guten Empfang gehabt. Und als man sie ins Wartezimmer brachte, hatte ihr Telefon gesummt, bevor Olive es für sie ausschalten konnte. Wren fummelte an den Einstellungen herum, versuchte, ein Netz zu finden.

Nichts.

Als ihre Tante niedergeschossen worden war, war Wren in Schockstarre verfallen. Sie war zu keiner Bewegung fähig gewesen. Vermutlich wäre sie daneben stehen geblieben und hätte darauf gewartet, auch erschossen zu werden, wenn Olive sie nicht in die Abstellkammer gezerrt hätte. Ihr Herz hatte so heftig geschlagen, dass sie fürchtete, es würde zerspringen. Noch nie im Leben war ihre Angst so groß gewesen, und jedes Mal, wenn sie die Augen schloss, sah sie das leuchtende Blutbanner, das sich auf Tante Bex' Brust entfaltete. Aber die Tatsache, dass sie mit ihrem Vater in Kontakt treten konnte – dass er sich gleich hinter dieser Mauer befand –, hatte Wren Halt gegeben.

Jetzt war dieser nicht mehr vorhanden.

Und wenn sie nun nie wieder aus dieser Klinik rauskäme? Sie war fünfzehn. Sie hatte noch nie Sex gehabt. Sie war noch auf keinem Abschlussball gewesen. Hatte weder einen Joint geraucht noch eine Nacht durchgemacht.

Ihr Dad hatte sie immer zur Vorsicht ermahnt und gemeint, er habe zu viele Autounfälle oder betrunkene Autofahrer im Teenageralter gesehen, die sich für unbesiegbar hielten. Es hörte sich vielleicht lächerlich an, wenn man bedachte, dass sie mit vorgehaltener Waffe aus einer Abstellkammer gezerrt worden war, aber jetzt begriff Wren zum ersten Mal wirklich, dass sie sterben könnte.

Eine neue Woge der Angst schlug über ihr zusammen, und sie fing an zu zittern.

Sie musste die eine Hand mit der anderen festhalten. Mit fest zusammengepressten Augen beschwor sie das Gesicht ihres Vaters in allen Details.

Wenn ihr Dad hier wäre, würde er zu ihr sagen, sie solle tief durchatmen. Er würde sagen: *Bring dich in Sicherheit. Sorge dafür, dass auch alle anderen in Sicherheit sind.*

Er würde sagen: …

Er würde sagen: …

Bettwasser, schoss ihr durch den Kopf.

Und tief aus dem Inneren des Angstknotens löste sich ein Schmunzeln.

Papierklo.

Und dabei fiel ihr Blick zum ersten Mal seit Betreten der Toilette auf die Rolle Klopapier. Sie sah die Nachrichten und begann zu lesen.

»Was verdammt dauert da so lang bei dir?«, fragte George und riss die Tür auf. Wren handelte spontan. Sie ließ ihr Telefon zusammen mit dem Papier in ihrer Hand in die Kloschüssel fallen. »I… ich bin fast fertig«, stammelte sie.

Sein Gesicht verschwand, und Wren klappte zusammen. Sie stand auf und fischte ihr Telefon aus der Schüssel, doch es war kaputt. Aber funktioniert hatte es ohnehin nicht, und da war es besser irgendwo versteckt als an ihrem Körper – sie hatte schließlich mitbekommen, dass die anderen auch beim Verlassen der Toilette von George abgetastet worden waren. Sie hielt das Gerät mit spitzen Fingern, hob den Deckel des Spülkastens auf und ließ es hineinplumpsen.

Dann betrachtete sie das durchweichte Bündel Toilettenpapier in ihrer Hand. Die Schrift war unleserlich geworden. Wren warf es in die Toilette und schrieb dann lapidar auf die Rolle, was Izzy wissen musste. Sie und der Arzt waren als Einzige noch nicht auf der Toilette gewesen, wobei der Arzt vermutlich gar nicht aufstehen konnte. *Wir können ihn überwältigen. Bein stellen. Waffe entwenden. Wir sind alle dabei.*

Sie rollte das Papier auf, betätigte die Toilettenspülung, wusch sich die Hände und ging hinaus.

George wartete, klopfte ungeduldig mit der Waffe gegen seinen Schenkel. Ohne ihr Telefon fühlte sie sich verloren. *Entbunden.*

Sie erinnerte sich, dass sie ihren Vater einmal gefragt hatte, was passierte, wenn ein Astronaut während eines Weltraumspaziergangs die Anbindung ans Raumschiff verlor. Er erklärte ihr, dass sie Rucksäcke trugen, die sie anwerfen konnten, um dann mit Düsenantrieb zurück zum Fahrzeug zu treiben. Man nannte sie Simplified Aid for EVA Rescue. Abgekürzt SAFER.

Sie machte einen Schritt Richtung Couch, spürte dabei die Blicke des Schützen auf sich.

»Hast du was vergessen?«, fragte er.

Wren sog Luft ein und schüttelte den Kopf. Hatte er sie das Telefon halten sehen?

George packte sie am Handgelenk und zog sie zu den anderen. »Binden Sie ihr die Handgelenke zusammen«, wies er Izzy an.

»Tut mir leid«, sagte Izzy. Das Klebeband wurde zweimal, dann noch einmal herumgewickelt. Dann versuchte Izzy, es abzureißen. Als das nicht funktionierte, beugte sie sich vor, sodass ihr die Haare übers Gesicht und Wrens Handgelenke fielen, als sie das Band mit den Zähnen abbiss.

Izzy schaute auf und hatte kurz Blickkontakt zu Wren. Dann sagte sie an George gewandt: »Jetzt bin ich wohl dran?«

Wren stolperte zurück zur Couch und nahm wieder vorsichtig Platz neben Olive. Sacht legte sie sich die gefesselten Hände in den Schoß und musterte sie. Ihre Handflächen hielten das Skalpell mit der kleinen tödlichen Schneide umklammert, das Izzy ihr geschickt hineingedrückt hatte.

UNEHRENHAFT ENTLASSEN. Die Worte gingen George nicht mehr aus dem Kopf. Was, wenn Lil sie vernommen hatte? Sie wusste, dass er in der Armee gedient hatte – und sie wusste auch, dass er über seine Zeit dort nicht gern redete. Aber das tat doch wohl keiner, der Zeuge von Kampfhandlungen gewesen war.

Er war in Bosnien gewesen, stationiert in einem Drecksloch, wo er für Frieden sorgen sollte, aber selbst ihm war damals schon in der Anfangszeit klar, dass der dort unmöglich zu erreichen war. Es war am Ende eines langen Tages am Ende einer langen Woche – und er war in eine Bar was trinken gegangen. Als er kurz rausgegangen war, um zu pinkeln, hatte er eine Frau schreien hören.

Er hätte es ignorieren sollen. Aber er dachte an seine Frau zu Hause und bog um die Ecke, wo er zwei Männer antraf, die eine Muslima zu Boden drückten. Eine sehr junge Muslima, um genau zu sein. Kaum älter als zwölf. In Anbetracht des ethnischen Konflikts schloss er, dass es sich bei den Männern um Serben handelte, aber sie sahen alle gleich aus. Der eine hielt ihr mit der Hand den Mund zu und drückte die Schultern nach unten, während der andere sich wie verrückt zwischen ihren Schenkeln vor- und zurückbewegte.

George zog ihn von dem Mädchen herunter und schleuderte ihn in den Staub, wo er der Länge nach liegen blieb. Sein Kumpel stürzte sich auf George, der ihm einen kräftigen Schlag verpasste. Der Mann taumelte und stürzte, wobei er mit dem Kopf auf die Bordsteinkante knallte. George bekam vage mit, dass das Mädchen sich aus dem Staub gemacht hatte. Als der Vergewaltiger aufstand und auf George zukam, zog dieser seine Waffe. Inzwischen hatte der Tumult eine Menschenmenge angezogen. Was diese sah, war ein amerikanischer Soldat, der einen kroatischen Zivilisten mit dem Gewehr bedrohte, während ein zweiter Zivilist zu seinen Füßen verblutete.

Er wurde vor ein Militärgericht gestellt. Zu seiner Verteidigung gab er an, eine Vergewaltigung unterbrochen zu haben, aber die Familie des Mädchens behauptete, dieses sei nicht Opfer eines sexuellen Übergriffs gewesen. Wieso hätten sie das auch zugeben und das Mädchen damit in dieser Kultur um seine Heiratschancen bringen sollen? Dagegen standen die Aussagen der Schaulustigen, die gesehen hatten, dass George mit einer Waffe wie wild einen Mann bedrohte, der mit erhobenen Händen am Boden lag.

George wurde wegen Totschlags verurteilt und unehrenhaft dafür entlassen, dass er verdammt noch mal das Richtige getan hatte.

Er kam nach Hause zu einer Ehefrau, die seine Wut nicht verstehen konnte, und einem unentwegt schreienden Kind, das ihm den Schlaf raubte. Er verlor seinen Job und trank womöglich mehr, als gut für ihn war. Als seine Frau Greta sich eines Abends, nachdem er auf der Couch eingeschlafen war, über ihn beugte, um ihn aufzuwecken, sah er in ihr das muslimische Mädchen, von dem er gerade geträumt hatte, und packte sie in all seiner Frustration an der Gurgel. *Warum hast du ihnen nicht die Wahrheit gesagt? Ich habe dich* gerettet. *Warum hast du mich nicht gerettet?*

Erst als Greta unter ihm erschlaffte, realisierte er, wo er war und wer er war. Als er sie losließ, rannte sie ins Schlafzimmer und verschloss die Tür. Er flehte sie um Vergebung an. Er versprach ihr, eine Therapie zu machen. Sie antwortete nicht, blieb ihm mit ihrem Halsband aus Blutergüssen einfach fern. Als er sie am nächsten Tag mit ihrem Namen ansprach, zuckte sie erschrocken zusammen. Sie tat alles, um ihm aus dem Weg zu gehen. George schlief daraufhin im Kinderzimmer, weil er wusste, dass Greta ihn nicht ohne Lil verlassen würde.

Bis sie es dann eines Nachts doch tat.

Jetzt schielte er auf den Bildschirm. Er war dunkel, abgeschaltet auf seinen Befehl hin – aber die Worte des Reporters hallten noch immer in seinem Kopf nach. *Eine unehrenhafte Entlassung ist die Antwort des Militärs auf höchst verwerfliches Verhalten*, hatte der Mann gesagt. *Fahnenflucht, sexuelle Nötigung, Mord … ungeheuerliche Gewalt.*

Ungeheuerliche Gewalt.

George spürte den Schweiß, der ihm über den Rücken lief. Er zog an seinem Kragen. Ungeheuerliche Gewalt, so ein Scheiß. Da war nichts ungeheuerlich dran. Die hatten doch keine Ahnung, was da in Bosnien los war. Kapierten nicht, dass er in jener Nacht nicht Gretas Gesicht vor sich sah, als er versucht hatte, sie zu erwürgen. Und verstanden auch nicht, was mit Lil passiert war und ihn dazu gebracht hatte, hierherzukommen.

Er war taub für alles um ihn herum, nur die Worte des Reporters dröhnten ihm in den Ohren. »Ungeheuerliche Gewalt«, murmelte George. »*Das* ist ungeheuerliche Gewalt«, sagte er und rammte seinen Stiefel in das verletzte Bein des Arztes.

Als George wieder hören konnte, vernahm er den Aufschrei des Mannes.

Der Schütze war außer Kontrolle. Er redete leise mit sich selbst, er hatte gegen Dr. Wards Bein getreten. Izzy beugte sich mit beruhigenden Worten über den armen Mann, wollte etwas – irgendwas – tun, um den Schmerz zu lindern. Dr. Ward zitterte, schwitzte, stand unter Schock. Der falsche Trost des Status quo war brüchig geworden, und jeder konnte nur vermuten, was als Nächstes passieren würde.

Sie schielte zu Wren hinüber. Das Mädchen hatte die Augen fest zusammengepresst, als versuchte es, die Realität willentlich in einen Albtraum zu verwandeln. Das Skalpell dürfte es noch in der Hand halten. Nachdem Izzy mitbekommen hatte, dass der Schütze jede Frau vor und nach ihrem Gang auf die Toilette am ganzen Körper abtastete, stand für sie fest, dass sie es loswerden musste.

Sie tupfte Dr. Wards Stirn mit einem Streifen Mull ab. Unter dem Vorwand, sich um ihn zu kümmern, sagte sie laut: »Sch, alles ist gut. Es würde helfen, wenn Sie sich jetzt gleich auf etwas anderes konzentrierten …« Izzy blickte auf und sah die anderen Frauen an, die sich ihr auf den Klang ihrer Stimme hin zugewandt hatten. Sie nahm der Reihe nach Blickkontakt zu ihnen auf. »Denkt vielleicht an einen schönen Strand. Unten an der Golfküste. Mein Freund und ich sprechen oft darüber, mal einen Trip dorthin zu machen, aber bisher habe ich das immer zu *Fall* gebracht.«

Sollte der Schütze bemerkt haben, dass sie das vorletzte Wort betonte, zeigte er es nicht.

Darauf folgte spannungsgeladene Stille. Sie hatten alle die Botschaft auf der Toilette gelesen, aber es gab keine explizite Handlungsanweisung.

Unvermittelt hielt Joy sich den Bauch und klappte nach vorn. »Au«, stöhnte sie. »Es tut weh. Es tut *wahnsinnig* weh.« Sie fing an, sich vor- und zurückzuwiegen.

»Sie soll still sein«, befahl der Schütze. Er wandte sich an Izzy. »Tun Sie was.«

Izzy rutschte zu Joy hinüber. »Haben Sie Schmerzen?«

»Ja«, sagte Joy und drückte Izzys Hand dreimal. Ein Signal. »Gerade *jetzt*.« Sie fing zu kreischen an.

»Sie soll still sein«, sagte George. »Bringen Sie sie dazu, oder ich werde ...«

Er machte einen Schritt auf sie zu, entweder, um ihr zu drohen oder sie k. o. zu schlagen, aber Janine streckte einen Fuß aus.

Und so ging George Goddard einfach zu Boden.

Jetzt Jetzt Jetzt Jetzt Jetzt.

Wren sah, wie er stolperte und im Fallen die Waffe losließ.

Als kleines Mädchen hatte Wren immer vom Fliegen geträumt. Um dieses Gefühl zu erleben, hatte sie an windigen Tagen mit geöffnetem Regenmantel und ausgebreiteten Armen einen Luftsprung gemacht und war sich dabei ganz sicher gewesen, dass sie einen zusätzlichen Herzschlag lang von der Luft getragen worden war.

Jetzt flog sie.

Sie sprang von der Couch auf und stürzte sich im selben Moment wie George auf die Waffe. Wegen ihrer gefesselten Hände fiel sie wie ein Stein zu Boden und robbte auf Ellbogen vorwärts. Es ging nur um eine Zehntelsekunde, die aber eine Ewigkeit dauerte. Gerade als ihre Fingerspitzen den Lauf der Waffe berührten, schlug er sie von ihr weg.

Wren hob die gefesselten Hände und schlug damit so fest sie konnte auf seine ausgestreckte Hand.

Er heulte auf, und das Skalpell steckte tief in seinem Fleisch und entglitt Wrens Händen.

»Du *Miststück*«, schrie er. Er zog die Schneide aus seiner Hand und grapschte sich die Waffe.

Wren kam nicht hoch. Ihre Hände waren nach wie vor gefesselt – der Winkel des Skalpells hatte es ihr nicht erlaubt, das Klebeband zu durchtrennen, so vehement sie es auch versucht hatte. Rutschend bewegte sie sich auf dem Teppich rückwärts und glitt dabei im frischen Blut aus Dr. Wards Wunde aus. In diesem Moment sah sie nur die roten Augen des Schützen, sein verzerrtes Gesicht und den Daumen, der den Abzug betätigte. Sie fragte sich, ob es wehtun würde, wenn sie wieder zu Sternenstaub wurde.

Was wir wissen, ist nicht das, was wir zu wissen glauben, wie Olive einem erklären könnte.

Sie hatte einmal eine psychologische Studie geleitet, in der sie ihren Collegeprobanden mitteilte, Wissenschaftler hätten eine Chemikalie entdeckt, die positiv gegen Alterserscheinungen wirke. Gab man den Studenten die Information, dass die Wissenschaftler allerdings noch nicht wüssten, worauf die Wirkung beruhte, berichteten auch sie, keine Aussage zur Anti-Aging-Wirkung machen zu können. Informierte man sie allerdings darüber, dass die Wissenschaftler die Wirkweise ergründet hätten, berichteten auch die Studenten, den Prozess zu verstehen – obwohl sie überhaupt keine Details dazu bekommen hatten.

Es war fast, als wäre Wissen ansteckend. Ständig behaupteten Menschen, etwas zu »wissen«, obwohl sie weder über die Fakten noch über die Mittel verfügten, die ihre Behauptungen hätten stützen können.

Vielleicht war das der Grund, warum sie gedacht hatte, in diesem Moment noch mal die Höhepunkte ihres Lebens zu durchleben, die Erinnerungen an Liebe, Freude und Gerechtigkeit. Sie erwartete, ihren ersten Kuss im Sommerlager mit einem zu Mondlicht gewordenen Mädchen in einem See zu sehen, oder den letzten Kuss mit Peg, nachdem sie beide ein Lesezeichen in ihre Lektüre gesteckt und sich einander wie Klammern zugewandt hatten, bevor sie das Licht ausmachten.

Olive dachte – und darin lag der Fehler.

Wenn es nämlich so weit war, am Ende, dann dachte man nicht. Man fühlte.

Was fühlte sie?

Dass man nie aufhören wird, sich selbst zu unterschätzen.

Dass Liebe flüchtig ist.

Dass das Leben ein Wunder ist.

Und genau *das* der Grund dafür war, weshalb sie diese Klinik, an diesem Tag, zu dieser Stunde aufgesucht hatte.

Einem reinen Impuls folgend, warf Olive Lemay sich vor die Kugel.

14 UHR

Das Sonnenlicht war überwältigend.

Grell sprang es Izzy aus den silbernen Streben des Rollstuhls an. Sie war kurz geblendet, zwang sich aber, einen Fuß vor den anderen zu setzen und die Räder über die Schwelle des Klinikeingangs zu schieben.

Doch es war nicht nur das Sonnenlicht – dazu kamen Kameras und Fragen, die man ihr zurief, als jemand sich aus dem Hexenkessel löste. Izzy erstarrte, wusste nicht, wohin sie gehen, was sie tun sollte.

Von ihr wurde erwartet, dass sie Bex nach draußen schob und dann wieder durch diese Türen zurückging. Aber es wäre ein Leichtes, sich selbst zu retten.

Sie könnte sich nach vorn beugen und losrennen. Könnte Bex zum Krankenwagen bringen und selbst hineinspringen, denn ganz ehrlich, was könnte der Schütze dagegen tun?

Sie sah klarer, als ein Mann auf sie zukam. Als Silhouette war er groß und breitschultrig, und für einen Moment dachte sie: *Parker*. Aber im Moment ging es nicht um Izzys Rettung, und außerdem war in ihrem Märchen noch immer die Angst vorherrschend, der Prinz könnte jeden Moment dahinterkommen, dass sie nichts weiter als ein armes Dorfmädchen war, das sich als Prinzessin ausgab.

Der Unterhändler streckte eine Hand aus und winkte sie heran.

Sie hatte das Gefühl, gefangen zu sein zwischen dem, was sein könnte, und dem, was war. Wie immer.

So ging es wohl allen Menschen, die in Armut aufgewachsen waren, redete sie sich ein. Izzy hatte lebhafte Erinnerungen daran, dass ihr Geburtstag mit zwei Wochen Verspätung gefeiert wurde, weil ihre Familie sich erst dann wieder eine Schachtel Backmischung leisten konnte. Und dass die Milch immer mit Wasser gestreckt wurde. Wie aufregend es war, wenn die Lebensmittelmarken kamen und man einkaufen konnte; und wie beschämend, sie einsetzen zu müssen, anstatt zu bezahlen.

Als Izzy eingeschult wurde, war kein Geld für Schulsachen da, also gab sie vor, diese zu Hause vergessen zu haben. Doch eines Tages lag in ihrem kleinen Pultfach eine brandneue Schachtel mit Buntstiften. Sie waren alle gut gespitzt, dufteten nach Wachs und hatten sogar einen Anspitzer. Izzy hatte keine Ahnung, ob sie diese ihrer Lehrerin zu verdanken hatte, und fand das auch nie heraus. Aber damals wurde ihr bewusst, dass ihre Familie anders war als andere Familien. Die wenigsten Kinder bekamen ihr Lunchpaket aus dem Discounter, wo man, auch ohne dort Mitglied zu sein, Gratisproben bekam. Sandwiches mit Ketchup, das man bei McDonald's hatte mitgehen lassen, waren nicht normal. Ihre Mutter durchwühlte regelmäßig die Schulranzen ihrer Brüder und musterte die Handzettel für den Scholastic Book Club, für Schulausflüge, Tanzveranstaltungen und alles andere, was zusätzliche Kosten verursachte, einfach aus. Damit auch ihre Mutter was vom Abendessen abbekam, ließ Izzy auf ihrem Teller meist noch etwas zurück, auch wenn sie selbst noch nicht satt war.

In ihrer Zeit an der Highschool festigte sich in ihr der Entschluss, ein anderes Leben führen zu wollen. Den Vorbereitungskurs für den Zulassungstest zur Universität konnte sie sich nicht leisten, also bat sie einen Mitschüler um das Studienprogramm und besorgte sich Literatur über die Fernleihe und brachte sich alles selbst bei. Über das kostenlose Bibliotheksinternet bewarb sie sich um mehr als hundert Stipendien, die online angeboten wurden. Nicht alle wurden bewilligt. Aber sie bekam genug für eine kostenlose Ausbildung.

Ein Stipendium ermöglichte ihr den Besuch der Krankenpflegeschule, und sie sparte, wo sie nur konnte.

Dann lernte sie Parker kennen – mit dem sie ihren ersten Urlaub unternahm.

Der nicht glauben konnte, dass sie während ihres Heranwachsens nie bei einem Arzt gewesen war – nur bei der Schulschwester, weil dafür keine Versicherung nötig war.

Der sie dabei ertappt hatte, wie sie ihr Shampoo mit Wasser verdünnte, damit die Flasche länger hielt.

Der trotz alledem um ihre Hand angehalten hatte.

Hätte sie Parker von der Schwangerschaft erzählt, wäre er völlig aus dem Häuschen gewesen. Und hätte diese als Druckmittel eingesetzt, um ihr *Jawort* zu bekommen, anstatt ihres *Ich brauche mehr Zeit*.

Aber dann würde sie finanziell niemals auf eigenen Füßen stehen. Oder die Kredite für die Krankenschwesternausbildung zurückzahlen können. Oder sich ein Haus kaufen, nur weil man ihr ein Darlehen gewährte. Und sie würde ihm nie begreiflich machen können, warum das so wichtig war.

Der Mann, der ihr zuwinkte, wedelte jetzt mit den Armen, damit sie sich wieder in Bewegung setzte. Wenn sie jetzt losrannte, könnte sie sich retten.

Izzy spürte, dass Bex nach ihrer Hand greifen wollte, was die Frau mit Sicherheit große Anstrengung und Schmerz kostete. Also schob Izzy sanft ihre Finger zwischen die von Bex und drückte sie. Sie beugte sich über sie. »Sie werden das schaffen«, sagte sie. Und nachdem sie tief Luft geholt hatte, machte sie den nächsten Schritt nach vorn.

Als ihre Brüder einmal darüber in Streit geraten waren, wer zum Abendessen mehr Spaghetti bekommen hatte, war ihre Mutter eingeschritten: *Man schaut nicht auf den Teller des anderen, um zu sehen, ob dieser mehr hat als man selbst. Man vergewissert sich, ob er genug hat.*

Izzy dachte an Dr. Ward, der drinnen noch immer blutend auf dem Boden lag. Sie ließ die Griffe des Rollstuhls los, machte kehrt und rannte zurück zum offenen Maul der Kliniktür.

Bex konnte den Moment genau benennen, als Hugh erkannte, dass sie die Frau im Rollstuhl war. Er machte einen Schritt auf sie zu, während Izzy, als wäre dies der Auslöser, kehrtmachte und losrannte.

Bex konnte nicht sprechen. Ihre Augen füllten sich mit Tränen, als Hugh auf sie zugerannt kam, aber noch ehe er sie erreichte, waren die Sanitäter bereits bei ihr, hievten Bex aus dem Rollstuhl auf eine Trage und luden sie in einen Krankenwagen. Sie drehte sich um, versuchte, Hugh zu sehen, versuchte, die Hand nach ihm auszustrecken. Aber schon war sie von einer tastenden, stochernden und durcheinanderschreienden Menschentraube umringt.

Man würde sie doch wohl nicht ins Krankenhaus bringen, ohne dass sie Gelegenheit hatte, mit Hugh zu sprechen?

»Wie heißen Sie, Ma'am?«, erkundigte sich einer der Sanitäter.

»Bex.«

»Wir kümmern uns um Sie, Bex.«

Sie hielt ihn am Arm fest. »Muss meinen … sagen …«

»Wir werden Ihre Familie benachrichtigen, sobald wir Sie ins Krankenhaus gebracht haben …«

Bex schüttelte den Kopf. Die Doppeltüren schlossen sich bereits, da hörte sie plötzlich Hughs Stimme. »Ich muss sie sprechen«, sagte er.

»Und ich muss sie in die Notaufnahme bringen.«

Sie, die seine Gesichtszüge vermutlich besser kannte als jeder andere, verfolgte den Kampf, der sich dort abspielte – das Verlangen, in Kontakt mit ihr zu treten, gegen die Entschlossenheit, sie behandeln zu lassen.

»Hugh«, presste sie hervor. »Ich muss ...«

Er drehte sich um und warf ihr einen warnenden Blick zu. »Sie müssen mir etwas mitteilen, Ma'am?« Hugh schielte auf den Sanitäter. »Ich muss sie kurz unter vier Augen sprechen«, erklärte er und schickte den Sanitäter weg. Dann waren sie allein.

Sie schluckte, von Gefühlen überwältigt, hinter denen sich all die Worte aufstauten, die Hugh jemals sagen zu können sie nicht mehr geglaubt hatte.

»Bex«, stöhnte er und beugte sich über sie, versuchte, einen Weg zu finden, sie in die Arme zu nehmen, begnügte sich schließlich aber damit, ihre Hände mit seinen zu umschließen. »Wie geht es dir?«

»Schon mal ... besser«, sagte sie. »Wren ...«

»Ist da drin«, beendete Hugh den Satz für sie. »Ich weiß. Ist sie ...«

»Sie lebt. Versteckt sich.«

Leise schluchzend beugte er seinen Kopf, bis sein Haar ihre Wange berührte. Bex sah ihn an und sah Hugh schemenhaft als Jungen: zusammengesunken vor Kummer, nachdem sein Hund von einem Auto überfahren worden war, frustriert wegen eines Rechenproblems, wütend, weil er es nicht in die erste Football-Schulmannschaft geschafft hatte. Sie hätte ihn so gern in die Arme geschlossen, wie früher, und ihm gesagt, dass morgen alles schon besser aussähe, aber sie konnte nicht. Denn diesmal war sie die Ursache seines Schmerzes.

»Keiner weiß es«, sagte er im Flüsterton. »Keiner *darf* es wissen. Verstehst du das? Wenn herauskommt, dass meine Tochter da drin ist, wird mir der Fall entzogen. Und ich habe keine Kontrolle mehr über den Ausgang hier. Ende der Vorstellung.« Er sah sie aus schmerzerfüllten Augen eindringlich an. »Warum, Bex? Warum hast du sie hierhergebracht?«

Sie dachte an Wren – wie sie lächelte und ihre rechte Braue hochzog, als hätte sie ein Geheimnis; an ihre Fingernägel, die sie in verschiedenen Farben lackierte, weil sie sich nicht auf eine festlegen konnte; an das eine Mal, als sie sämtliche Radioprogramme in Bex' Wagen umprogrammierte, nachdem sie erklärt hatte, ihre Tante müsse nun endlich die Achtzigerjahre hinter sich lassen. »Sie bat darum.«

Hughs Finger gruben sich in ihre Haut. Sie wusste, dass er um Fassung rang. »Wren brauchte… sie musste…« Er brachte es nicht über sich, die Worte auszusprechen.

»Nein!«, widersprach Bex. »Empfängnisverhütung. Sie… wollte nicht… dass du es erfährst.«

Er schloss die Augen.

Gab es so etwas wie einen freundlichen Verrat? Bex sah ihn prüfend an, wartete auf einen Schimmer des Verzeihens.

Doch bevor sie diesen entdecken konnte, kam der Sanitäter wieder zurück. »Lieutenant?«, fragte er. »Sie sind fertig?«

Waren sie das?

Bex wartete darauf, dass er etwas sagte. Sie von ihrer Schuld freisprach.

Stattdessen ließ er ihre Hände los, sprang aus dem Krankenwagen und schloss die Türen.

Es dauerte gefühlt hundert Jahre, bis Izzy die letzten fünf Schritte zurück zur Kliniktür zurückgelegt hatte. Einem inneren Zwang gehorchend, richtete sie den Blick auf die schwarze Trennlinie zwischen Freiheit und Gefangenschaft, bis eine Hand sich ihr entgegenstreckte und sie am Zopf packte und wieder ins Innere des Gebäudes riss.

George ließ sie so lange los, bis sie die Tür geschlossen und verriegelt und Mobiliar davorgeschoben hatte. »Kluges Mädchen«, meinte George. »Wenn Sie nicht mehr zurückgekommen wären, nun, wer weiß, wie wütend ich geworden wäre.«

Izzy war ganz benommen. Sie hatte noch immer den Geruch des Asphalts in der Nase, der in der Nachmittagshitze backte. Konnte die Hälse der vielen auf sie gerichteten Kameras sehen, als sie sich von der Kliniktür entfernte. Hörte Bex' flachen Atem, als sie über die vielen Risse im Gehweg fuhren.

Was muss das für ein Idiot sein, der die Freiheit schmeckt und sie ausspuckt?

Hinter ihr stöhnte jemand, und als sie sich umdrehte, sah sie, dass aus Dr. Wards Wunde Blut tropfte. Izzy sah George an. »Darf ich …?«

Er nickte, und sie kniete sich neben Dr. Ward, entfernte die durchweichte Aderpresse, um eine frische anzulegen. Sobald der Druck nachließ, blutete die Wunde. Izzy fragte sich, wie viel Zeit ihr noch blieb, bis sie den Geiselnehmer würde bitten müssen, Dr. Ward ernsthaft medizinisch versorgen zu lassen. Wobei sich dies bestimmt als problematischer erweisen dürfte als bei Bex, denn in Georges Augen war der Tod des Arztes kein bedauerlicher Kollateralschaden, sondern ein Racheakt.

Rasch und effizient begann sie, den Druck des improvisierten Verbands zu erhöhen, indem sie den Stift dazwischenschob und drehte. Dann fixierte sie ihn mit Klebeband. Dr. Ward stöhnte, als sie seinen Oberschenkel bewegte, und sie versuchte, ihn mit Scherzen abzulenken. »Wissen Sie, als mein Bruder sich den Arm brach, habe ich ihn einfach geschient und ihm gesagt, er solle den anderen benutzen.«

»Wo ich aufgewachsen bin, waren wir so arm, dass wir nicht mal Holz hatten, um eine Schiene anzufertigen«, erwiderte Dr. Ward.

Izzy lächelte matt. »Ich bin mir ziemlich sicher, dass ich ein ganzes Jahr lang Grippe hatte, weil wir uns die Fahrt zum Kinderarzt nicht leisten konnten.«

»Wir gingen nur zum Zahnarzt, wenn ein Loch so schlimm war, dass einem schlecht wurde.«

»Und Zahnspangen«, warf Izzy ein. »Die hätten genauso gut Zahnschmuck sein können.«

Auch Dr. Ward rang sich ein Lächeln ab. »Ich weiß, was Sie hier tun, Mädchen, aber Sie können mich doch nicht mit meinen eigenen Mitteln heilen.«

»Ich habe keine Ahnung, wovon Sie sprechen.«

»Sie bringen mich zum Reden, um mich von dem abzulenken, was tatsächlich da unten mit meinem Bein passiert.«

»Sie wissen, was da unten passiert«, erwiderte Izzy.

»Ja…« Er seufzte. »Wenn es noch länger dauert, verliere ich es womöglich.«

Izzy versuchte, nicht daran zu denken. Aber viel wichtiger war es, dafür zu sorgen, dass Dr. Ward nicht daran dachte. »Sie reden, als wären Sie mein einziger Patient.« Sie deutete mit dem Kinn auf Janine, die noch immer bewusstlos von dem Schlag war, den George ihr mit dem Griff der Waffe verpasst hatte. »Irgendwelche Veränderungen?«

»Nein«, erwiderte Dr. Ward nüchtern. »Ich habe aufgepasst.«

Izzy räusperte sich. »Nun«, meinte sie, »mir wäre es nur recht, wenn sie ohne Bewusstsein bliebe.«

Dr. Ward runzelte die Stirn. »Wissen Sie, dass ich nur ein einziges Mal eine Abtreibung verweigert habe?«

»War das bei einer Abtreibungsgegnerin?«, fragte Izzy.

Er zögerte, schüttelte dann aber den Kopf. »Es war eine Rassistin. Die Frau kam herein, sah mich und meinte, sie möchte von einem weißen Arzt behandelt werden. Das Problem war nur, dass ich an diesem Tag der Einzige war, der diesen Eingriff vornehmen konnte, dieser Termin für sie jedoch der letztmögliche war.

Izzy ging in die Hocke. »Und was geschah dann?«

»Keine Ahnung. Denn selbst nachdem sie beschlossen hatte, dass meine Hautfarbe ihr weniger wichtig war als der Eingriff, sagte ich Nein. Ich war selbstkritisch genug, mir einzugestehen, dass ich als Arzt im Moment untauglich war. Denn die Wut hatte mich so vergiftet, als hätte ich eine halbe Flasche Gin getrunken. Sie in dieser Verfassung anzufassen, wäre genauso unmöglich gewesen, wie den Eingriff im betrunkenen Zustand vorzunehmen. Was wäre, wenn sie sich dabei plötzlich unwohl fühlte? Womöglich dächte sie, ich würde ihr aufgrund des Vorgefallenen absichtlich Schmerzen zufügen. Und wenn es zu einer Komplikation käme, würde dies womöglich ihrer Überzeugung, dass ich aufgrund meiner Hautfarbe weniger qualifiziert sei, neue Nahrung geben.« Kopfschüttelnd ergänzte er: »Wie Dr. King schon sagte: *Mag sein, dass das Gesetz einen Menschen nicht dazu bringt, mich zu lieben, aber es kann ihn davon abhalten, mich zu lynchen, und das halte ich für ziemlich wichtig.*«

»Man würde doch meinen, dass im Fall einer Abtreibung die Frage nach der Rasse wohl das Letzte wäre, woran man denkt.«

Dr. Ward sah sie überrascht an. »Warum denn das, Miss Izzy? Wenn es um Abtreibung geht, steht dabei immer die Rasse im Vordergrund.« Er nickte Richtung Janine. »Sie ist die Ausnahme, wissen Sie. Der durchschnittliche Abtreibungsgegner ist« – dabei senkte er die Stimme – »ein weißer Mann mittleren Alters.«

Izzy sah George Goddard an. Er polierte den Griff seiner Waffe mit dem Saum seines Hemds. Sie hatten ihn von seiner Tochter sprechen hören, wussten, dass er eine persönliche Verbindung zu dieser Klinik hatte. Aber das traf sicherlich nicht auf jeden Protestler zu, der diesem Profil entsprach. »Warum?«

»Weil sie versuchen, Amerika wieder weiß zu machen.«

»Aber es lassen doch mehr Frauen mit einem anderen ethnischen Hintergrund als weiße Frauen abtreiben …«

»Das zählt nicht. Die Fruchtbarkeit schwarzer Frauen kümmert sie nicht. Man benutzt sie nur, wie man schwarze Frauen jahrhundertelang dazu benutzt hat, um eine weiße Agenda voranzubringen. Sie haben doch sicherlich diese schwarzen Genozid-Plakattafeln gesehen?«

Izzy hatte sie gesehen. Im Tiefen Süden schossen sie geradezu aus dem Boden. Auf ihnen war das Foto eines hübschen schwarzen Babys zu sehen und der Slogan: DER GEFÄHRLICHSTE ORT FÜR EINEN AFROAMERIKANER IST DER MUTTERLEIB. Dazu ein Foto von Präsident Obama und die Worte: ALLE 21 MINUTEN WIRD UNSER NÄCHSTER POTENZIELLER FÜHRER ABGETRIEBEN.

»Es sind Weiße, die das plakatieren. Wenn es um die Rasse geht, ist man in diesem Land nicht gerade zimperlich«, sagte Dr. Ward. »Denn indem die Abtreibungsgegner ihrer Einstellung das Mäntelchen des Antirassismus überwerfen, sieht es so aus, als wollten sie schwarzen Frauen helfen. Aber ein Gesetz, das schwarze Frauen von Abtreibungen abhält, hält auch weiße Frauen davon ab. Die einzige Person, die ein weißes Baby zur Welt bringen kann, ist eine weiße Frau. Und ebendiese weißen Frauen gehen außerhalb von Heim und Herd einer Arbeit nach und widersetzen sich traditionellen Familienwerten, und im Jahr 2050 werden die Weißen in der Minderheit sein. Betrachtet man es aus diesem Blickwinkel, wird es ein wenig klarer, wem diese Plakatwände wirklich in die Hände spielen.« Als er Izzys Gesichtsausdruck sah, musste er lächeln. »Sie denken jetzt sicher, ich hätte zu viel Blut verloren.«

»Nein, nein. Ich habe bloß noch nie darüber nachgedacht.«

Dr. Ward lehnte sich an das Couchgestell. »Ich denke an nichts anderes.« Er schielte auf die Aderpresse. »Sie sind eine verdammt gute Krankenschwester.«

»Hören Sie auf, mit mir zu flirten.«

»Sie sind für meinen Geschmack ein wenig zu dünn und zu blass«, scherzte er.

»Schade. Sie sind ein ganz seltenes Exemplar – ein kluger Mann, der keine Angst vor Frauen hat. Ich halte Sie für den größten Feministen, dem ich je begegnet bin.«

»Das bin ich auch. Ich liebe Frauen. Alle Frauen.«

Izzy schielte auf Janine, die noch immer ohnmächtig dalag. »Alle Frauen?«

»Alle Frauen«, wiederholte Dr. Ward. »Und das sollten Sie auch tun. Ob es Ihnen gefällt oder nicht, diesen Kampf kämpfen Sie gemeinsam.«

Wren war also nicht wegen einer Abtreibung hergekommen. Das betäubende Gefühl der Erleichterung, das Hugh darüber empfand, wurde allerdings von der Tatsache in den Hintergrund gedrängt, dass sie noch immer eine Geisel war, weil sie sich die Pille verschreiben lassen wollte.

Aber nicht gewollt hatte, dass er davon erfuhr.

Hugh hätte sie hergebracht, sie hätte nur fragen müssen.

Warum hatte sie ihn nicht gefragt? Warum hatte sie sich an Bex gewandt? Warum hatte ihre Schwester ihm das verschwiegen?

Ihm war klar, dass Bex sich die Absolution erhofft hatte, sich wünschte, Hugh sagen zu hören: *Das war nicht deine Schuld.* Aber dazu war er nicht fähig gewesen. Denn wenn es nicht Bex' Schuld war, dass Wren sich da drin aufhielt, dann hätte Hugh sich eingestehen müssen, dass es womöglich seine eigene war.

Er wäre nicht ausgerastet, wenn Wren sich an ihn gewandt hätte. Dazu war er gar nicht in der Lage. Er war tatsächlich so gut darin, seine Gefühle unter einer dicken Putzschicht aus Gelassenheit zu verstecken, dass nur jemand, der ihn sein Leben lang kannte, von den Rissen unter der Oberfläche wissen konnte. Als Annabelle Hugh verließ, hatte sie ihn geschlagen, um zu sehen, ob sie eine Reaktion provozieren konnte. Hugh hatte es Bex später erzählt. *Sie meinte, man könne ihr nicht vorwerfen, sie habe jemanden mit menschlichen Gefühlen verlassen*, hatte er berichtet und sich dabei mit auf den Knien aufgestützten Ellbogen die Fäuste in die Augen gedrückt. *Die Sache ist die, wenn man jeden Tag im Job Dinge sieht, wie ich sie erlebe, tut man alles, um keine Gefühle hochkommen zu lassen.*

Bex. Was zum Teufel hatte Bex veranlasst, seine Tochter ausgerechnet hierherzubringen?

Aber er kannte die Antwort. Seine Schwester hatte das Center für eine freie Klinik gehalten, aus der man nach einer halben Stunde mit einem Rezept für die Pille wieder draußen war. Die einzige Person, die in diesem Szenario zu Schaden kommen könnte, wäre Hugh, weil er darüber in Unkenntnis gelassen wurde. Bex hatte nicht an Protestler oder bewaffnete Geiselnehmer gedacht. Hatte nicht irgendwo im Hinterkopf Statistiken über Gewalt an anderen Frauenkliniken abrufbar gehabt. Nur jemand, der wie Hugh seit Jahren mit solchen Dingen zu tun hatte, wäre vom Schlimmsten ausgegangen.

Nur, dass das Schlimmste bisher noch nicht passiert war … noch nicht. Bex war jetzt in Sicherheit. Und Wren *würde* es sein, egal, welchen Preis er dafür zahlen musste.

Hinter dem Einsatzzelt standen die Reporter aufgereiht ihren jeweiligen Kameramännern gegenüber, als hätten sie Aufstellung zu einem höfischen Tanz genommen. Was der Hugh nächststehende Reporter von sich gab, war ausgemachter Blödsinn, um bei der Liveschaltung Zeit zu füllen. »Die Frage ist natürlich«, sagte er, »woher kam die Waffe? Wer verkaufte ihm die Waffe? Es lohnt sich, daran zu erinnern, dass eine unehrenhafte Entlassung womöglich auf einen Beschluss des Militärgerichts hin erfolgt war, aber dennoch ist es ein Kapitalverbrechen, und der Waffenbesitz wäre für Goddard illegal …«

Hugh schloss die Augen. Er verdrängte die Stimmen der Reporter und die Gedanken an Bex und Wren, die sich vor einem bewaffneten Wahnsinnigen versteckte. *Keine Ablenkungen*, sagte er sich. *Keine Ablenkungen.*

Er griff zu seinem Telefon, wählte, und George nahm beim dritten Läuten ab. »Das war sehr gut«, sagte Hugh. »Sie haben jemanden freigelassen, der wirklich Hilfe brauchte. Ich weiß, dass Sie und ich zusammenarbeiten können.« Hugh wischte sich den Schweiß von der Stirn. So heiß konnte es nicht mal in der Hölle sein.

»Ich arbeite nicht mit Ihnen zusammen«, erklärte George. »Sie sind ein beschissener Bulle.«

Hugh schloss die Augen. Wenn erst mal das Sondereinsatzkommando eintraf, womit er jede Minute rechnete, würde alles noch erheblich schlimmer werden. Und das bedeutete, dass ihm nur noch wenig Zeit blieb, den Geiselnehmer für sich zu gewinnen.

»Ich bin Unterhändler«, korrigierte Hugh ihn. »Sie sind der einzige Grund, weshalb ich hier bin.«

Er zwang sich, die Leute, die ihn umgaben – Rettungspersonal und Medien –, auszublenden. Wenn er seinem Job nachkommen wollte, musste er für einen Raum sorgen, in dem es nur ihn und George und sonst niemanden gab. Es war eine Verführung, und Hugh würde alles sagen, was nötig war, um das Endspiel zu erreichen.

»Hören Sie«, sagte Hugh, »hier draußen gibt es eine Menge Leute, die Vermutungen anstellen. Ich gehöre nicht dazu. Ich weiß, dass Sie klug sind. Die Tatsache, dass Sie diese Frau zur ärztlichen Behandlung freigelassen haben, beweist dies.«

Diese Frau.

Als hätte Bex ihn nicht im Grunde aufgezogen, nachdem sein Vater gestorben war und seine Mutter Trost in der Flasche gesucht hatte.

Er zögerte, wartete, ob George den Köder annahm. »Sind noch andere bei Ihnen, die Hilfe benötigen?«

»Ich lasse niemanden mehr gehen.«

»Das könnte für beide Seiten ein Gewinn sein, George. Sollten da drin noch mehr Verletzte sein und Sie schicken diese raus, dann müssen Sie sich um sie keine Sorgen mehr machen … und Sie wären in den Augen all derer, die hier draußen sind, ein barmherziger Mensch.«

Eine junge Polizistin tippte Hugh auf die Schulter. Sie hielt ihm ein Mobiltelefon hin. »Sein Pfarrer«, flüsterte sie.

Hugh nickte und hielt einen Finger hoch zum Zeichen, dass sie kurz warten sollte. »Gibt es da drin noch jemanden, der verletzt ist, George?«

»Warum sollte ich Ihnen das verraten?«

»Weil Sie die Tür geöffnet haben und ich mein Versprechen gehalten habe. Ich habe gewartet. Ich habe die Klinik nicht gestürmt. Sie können mir vertrauen.«

»Wozu? Dass Sie mich am Ende bescheißen?«

Die Polizistin kritzelte etwas auf ein Blatt Papier und hielt es Hugh unter die Nase. WIEDERGEBORENER.

»Nein. Was du nicht willst, dass man dir tu, das füg auch keinem anderen zu«, sagte Hugh.

»Sind Sie Christ?«

»Ja«, bestätigte Hugh, obwohl er überhaupt nicht religiös war. »Und Sie?«

Er konnte Georges Atem hören. »Nicht mehr.«

Hugh sah auf den Zettel, den die Polizistin ihm gegeben hatte. »Gott wird Ihnen vergeben, was Sie getan haben, George.«

»Wie kommen Sie darauf, dass ich *ihm* vergeben werde?«, konterte George, und dann war die Verbindung unterbrochen.

Hugh griff zum Mobiltelefon der Polizistin. »Hugh McElroy«, meldete er sich. »Mit wem spreche ich?«

»Pastor Mike Kearns«, stellte der Mann sich vor. »Ich leite die Eternal Life Church oben in Denmark.«

»Danke, dass Sie anrufen, Pastor. Sie kennen also George Goddard?«

»George war der Mann für alles in unserer Kirche. Gartengestaltung, Schreinerarbeiten, alles Mögliche. Ich denke, es gibt nichts, was er nicht reparieren kann.«

»Wann hat er aufgehört, für Sie zu arbeiten?«

»Vor etwa sechs Monaten?« Beschämung schlich sich in die

Stimme des Pastors. »Wir hatten einen Sturmschaden, und das Budget wurde knapp. Jetzt haben Freiwillige das übernommen, was einmal Georges Arbeit gewesen war.«

»Haben Sie heute die Nachrichten gesehen, Pastor?«

»Nein, ich hatte eine Beerdigung…«

»George Goddard ist mit Waffengewalt in das Women's Center in Jackson eingedrungen und hält dort im Moment mehrere Geiseln fest.«

»Was? Nein. Nein, das ist nicht der Mann, den ich kenne.«

Hugh hatte keine Zeit für die existenzielle Krise dieses Mannes. »Hat er, als er bei Ihnen angestellt war, irgendwelche gewalttätigen Tendenzen erkennen lassen?«

»George? Niemals?«

»War er Abtreibungsgegner?«

»Nun«, führte der Pastor aus, »unsere Gemeinde glaubt an den Schutz der Rechte des ungeborenen Lebens…«

»So sehr, dass Sie auch Menschen töten, um der Botschaft Gehör zu verschaffen?«

Der Pastor atmete tief ein. »Ich schätze es nicht, wegen meines Glaubens vor Gericht gestellt zu werden, Officer…«

»Lieutenant. Lieutenant McElroy. Und ich schätze Leute nicht, die in eine Klinik eindringen und anfangen, unbeteiligte Dritte umzubringen.«

»*Umbringen*? Mein Gott.«

»Schenk ihn dir«, fluchte Hugh lautlos. »Hören Sie, Pastor, ich möchte Sie nicht angreifen. Aber in dieser Klinik befinden sich Menschen, die sterben könnten. Ich würde es sehr schätzen, wenn Sie mir über George Goddard alles erzählen, was mir helfen könnte, ihn und seine Motivation zu verstehen.«

»Kennengelernt habe ich ihn vor etwas mehr als fünfzehn Jahren«, begann Pastor Mike. »Er tauchte eines Abends mit seinem Baby im Arm in der Kirche auf. Die Kleine war krank und hatte Fieber. Er hatte keine Frau mehr.«

»Tot?«

»Nein. Sie hat ihn verlassen, aber er hat nie verraten, warum.«

Hughs Gehirn begann zu arbeiten, ging verschiedene Möglichkeiten durch. War sie weggelaufen, weil ihr Ehemann gewalttätig war? Hatte er das Baby entführt und sie verlassen? Lebte sie noch irgendwo?

»Kennen Sie ihren Namen?«, fragte Hugh und zog die Kappe eines Stifts mit den Zähnen ab.

»Nein«, sagte der Pastor. »Er wollte nicht über sie sprechen. Es gab immer nur George und Lil.«

»Lil?«

»Seine Tochter. Gutes Mädchen. Hat bei uns im Kirchenchor gesungen.«

Das Einzige, was Hugh über Georges Tochter wusste, war, dass sie wegen einer Abtreibung hierhergekommen war. Aber jetzt kannte er auch ihren Namen. Hugh hielt seine Hand über den Telefonlautsprecher. »Lil Goddard«, rief er der jungen Polizistin zu. »Finden Sie sie.«

Hugh kannte sämtliche Mittel und Wege, jemanden zu finden, der nicht gefunden werden wollte. Man ging Bankauszüge, Kreditkartenabrechnungen und Telefonaufzeichnungen durch. Folgte Decknamen und der Spur des Geldes. Der grundlegende Vorteil eines Detective war dabei, dass er auf der Suche nach der Wahrheit war, wohingegen die untergetauchte Person eine Lüge lebte. Die Wahrheit pflegt zu glänzen wie ein funkelnder Penny. Lügen hingegen sind wie eine Reihe von Schlingen – schließlich verfängt man sich darin.

Ihm hatte das Autoradio den warnenden Hinweis gegeben. Er war mit Annabelles Minivan gefahren, um die Registrierung erneuern zu lassen, und hatte unterwegs auf die fünf voreingestellten Senderknöpfe gedrückt, um NPR zu finden. Es gab einen Oldiesender, einen Sender für Loungemusik, die ihm immer das

Gefühl gab, gleich überm Lenkrad einzudösen, einen Klassiksender und einen für Wren, der nonstop Disney-Songs spielte. Anstatt des Nachrichten- und Informationssenders NPR gab es jetzt allerdings einen, der Countrymusik brachte.

Hugh drückte in einem zweiten Versuch sämtliche Knöpfe. Sicher, er fuhr nur selten in diesem Wagen, aber Annabelle hasste Countrymusik.

Er konnte sich noch lebhaft daran erinnern, wie sie in der Kennenlernphase mit ihrem Kopf auf seinem Schoß lag und ihm erklärte, dass ihr am Tiefen Süden vor allem diese ständige Beschallung mit Songs verhasst war, in denen es um Männer in Trucks, Männer, die von ihren Frauen betrogen wurden, und Männer mit ehebrecherischen Frauen in den Trucks ging.

Hugh hatte wieder NPR einprogrammiert, die Registrierung für den Wagen seiner Frau besorgt, einen Ölwechsel vornehmen lassen und war sogar noch durch die Waschanlage gefahren. Eine ganze Woche lang dachte er nicht mehr daran, bis er eines Tages zeitig von der Arbeit nach Hause kam. Er wusste, dass Wren noch in der Schule sein würde, und als er die laufende Dusche hörte, grinste er, zog sich aus und hatte vor, Annabelle Gesellschaft zu leisten. Erst als er das Schlafzimmer erreichte, hörte er sie Carrie Underwoods Song »Before He Cheats« schmettern.

Er stand noch auf der Schwelle zum Badezimmer, als das Wasser abgestellt wurde und Annabelle, eingewickelt in ein Handtuch, die Tür öffnete. »Hugh!«, kreischte sie. »Du hast mich zu Tode erschreckt! Was machst du hier?«

»Ich mache blau.«

Annabelle lachte. »Nackt?«

»Das war ein glücklicher Zufall«, erwiderte er.

Er schlang seine Arme um sie und begann, sie zu küssen. Er versuchte, sich nicht über ihr plötzliches Interesse an Countrymusik zu wundern und auch nicht zu hinterfragen, ob sie sich bei seiner Berührung tatsächlich verspannt oder er sich das nur eingebildet hatte.

Als Annabelle aufbrach, um Wren von der Schule abzuholen, schlüpfte Hugh in Shorts und setzte sich an den Computer. Er loggte sich in das AT&T-Konto mit Familienvertrag für sein und Annabelles Mobiltelefon ein. Ihre Anrufliste war mit einem Passwort geschützt, aber er kannte es: Pepper, der Name ihres Hundes aus Kindertagen. Beim Scrollen der Liste überflog er die Nummer ihrer Mutter, seine Nummer bei der Arbeit und andere, die er kannte. Doch die wiederholten Anrufe nach Branson, Missouri, weckten sein Interesse. Es waren lange Gespräche – manchmal eine Stunde. Es gab auch Textnachrichten an diese Nummer.

Hugh schrieb sich die Nummer auf, streifte ein T-Shirt über, schlüpfte in Turnschuhe und joggte die acht Kilometer zurück zur Polizeiwache. Seine Sekretärin Paula blickte kurz zu ihm auf, als er schweißnass sein Büro betrat. »Haben Sie sich nicht gerade erst rausgeschlichen?«

»Ich kann nicht ohne Sie sein«, scherzte er.

In einem Kriminalfall konnte Hugh die Telefongesellschaft unter Strafandrohung zwingen, den Namen eines Mobiltelefonkunden herauszugeben. Er rang mit seinem Gewissen, wonach es nicht vertretbar wäre, seine Macht zu nutzen, um seine Frau auszuspionieren, und verlor. Tags darauf hatte er einen Namen: Cliff Wargeddon. Er durchsuchte die Datei der Kraftfahrzeugbehörde und bekam das Kennzeichen für einen weißen Ford Pickup und eine Adresse.

Um neun Uhr morgens traf er dort ein. Der weiße Pick-up stand in der Einfahrt zu einer kleinen Ranch in einer Sackgasse mit gepflegten Beeten, kleinen Gartenzwergen und bunten Windrädern. Vor der Haustür lag ein Fußabstreifer mit der Aufschrift: HIER DRIN WOHNT DAS GLÜCK. Auf dem Treppenabsatz standen zwei Blumentöpfe, aus denen Begonien quollen.

Als eine Frau in den Siebzigern die Haustür öffnete und mit einem kleinen Hund an der Leine herauskam, begann Hugh sich zu fragen, ob er nicht einen Fehler gemacht hatte. Sie lief mit dem Hund um den Block und kehrte dann wieder ins Haus zurück. Hugh wollte seinen Posten schon verlassen, als die Tür sich erneut öffnete und ein junger Mann herauskam, der etwas ins Haus rief, bevor er zu dem weißen Pick-up ging und einstieg.

Er war jünger als Hugh. Vielleicht um zehn Jahre. Verflucht, der wohnte noch immer bei seiner Mutter. Hugh folgte ihm zu einer Bäckerei in Jackson. Der Mann betrat das Gebäude durch einen Angestellteneingang auf der Rückseite. Erst nach sechs Stunden tauchte er wieder auf, gerade als es zu dämmern begann, Arme und Hose voller Mehlstaub.

Zwei weitere Tage der Verfolgung waren nötig, bis Wargeddon seinen weißen Pick-up mitten am Tag in einer Nebenstraße von Hughs Haus parkte, als Wren in der Schule und Hugh in der Arbeit waren.

Hugh brauchte eine Weile, bis er den Mut aufbrachte, Wargeddon ins Haus zu folgen.

Das Erste, was ihm ins Auge sprang, war das Tattoo, das Wargeddons rechtes Schulterblatt zierte: ein Skorpion. Als Zweites fiel ihm die Musik auf, die leise aus dem Radiowecker neben dem Bett kam. Er sah Annabelle an. »Seit wann«, fragte er, »magst du Carrie Underwood?«

Seit Annabelle ihn verlassen hatte, fragte er sich manchmal, was passiert wäre, wenn er sich nicht auf die Suche nach Beweisen ihrer Untreue gemacht hätte. Hätte er je davon erfahren? Wäre sie Cliffs überdrüssig geworden, anstatt mit dem Jüngelchen nach Paris zu gehen, wo er sich der Kunst des Baguettebackens widmete und sie zu rauchen anfing und an einem Roman arbeitete, von dem er nie gewusst hatte, dass sie ihn schreiben wollte? Wäre es für Wren besser gewesen, eine mit Makeln behaftete Mutter zu haben, anstatt überhaupt keine?

Manchmal fragte er sich in schlaflosen Nächten, ob es nicht besser wäre, manche Dinge auf sich beruhen zu lassen.

Jetzt fragte er sich, ob George Goddard seiner ihm davongelaufenen Ehefrau nachgestellt hatte.

Und er fragte sich, ob er entgegen allen Erwartungen auch noch etwas anderes mit diesem Mann gemein hatte.

Janines Kopf dröhnte. Sie versuchte, sich aufzusetzen, zuckte aber zusammen, als sie den stechenden Schmerz in Kiefer und Schläfe spürte. »Pst«, hörte sie, ein Flüstern wie ein Wattebausch. »Lassen Sie mich Ihnen helfen.«

Ein Arm glitt unter ihre Schultern, um sie in eine Sitzposition hochzuziehen. Langsam öffnete sie erst das eine Auge einen Spalt weit, dann das andere.

Sie befand sich noch immer in der Hölle.

Der Schütze lief hin und her und brummelte vor sich hin. Die Krankenschwester erneuerte den Verband um den Schenkel des Arztes. Sie schälte die von Blut durchtränkte Kompresse von der Wunde, aber Janine wandte sich ab, um nicht noch mehr sehen zu müssen.

Ihre Kinnlade wurde von einer Hand umfangen. Janine starrte in Joys Gesicht.

Plötzlich brach alles wieder über sie herein – was sie gesagt hatte, was geschehen war. Erkannte ihre Perücke, die wie ein totgefahrenes Tier ein paar Schritte weit entfernt lag. Der Anblick trieb ihr die Schamesröte ins Gesicht. »Warum kümmern Sie sich um mich?«

»Warum sollte ich das nicht tun?«, erwiderte Joy.

Die Antwort darauf kannten beide.

Janine musterte Joy. »Sie müssen mich hassen«, murmelte sie. »Sie alle. Oh, mein Gott.«

Behutsam strich Joy über Janines Wangenknochen. »Sie werden da einen schlimmen Bluterguss bekommen«, sagte sie. Nach kurzem Zögern sah sie Janine in die Augen. »Dann haben Sie das also nicht nur gesagt, um hier rauszukommen? Sie sind wirklich eine Abtreibungsgegnerin?«

»Lebensschützerin«, korrigierte Janine automatisch. In diesem Kampf bedeuteten Etiketten alles. Die gegnerische Seite hatte immer Anstoß daran genommen, wenn man ihr vorwarf, sie sei für eine Abtreibung. *Es geht um eine Wahlmöglichkeit*, hieß es dann immer, als wäre es falsch, für Abtreibungen zu sein. Aber ging es denn nicht genau darum?

Joy starrte sie an. »Dann ... dann *müssten* Sie also gar nicht hier sein?«

»Sie doch auch nicht«, erwiderte Janine und hielt ihrem Blick stand.

Joy wandte sich nicht ab, aber Janine spürte, wie die Linie zwischen ihnen sich verfestigte. »Ich kam hierher, um ... Beweise zu sammeln«, erklärte sie. »Audiobeweise. Belege dafür, dass Menschen gezwungen werden zu ... Sie wissen schon.«

»Ich wurde nicht gezwungen«, sagte Joy. »Es war notwendig.«

»Das hat Ihr Baby sicher anders empfunden.«

»Mein Baby hat gar nichts empfunden. Es war noch nicht mal ein Baby.«

Für Janine stand fest, dass es keinen moralischen Unterschied zwischen dem Embryo gab, der man einmal war, und der Person, die man heute ist. Auch wenn die Ungeborenen kleiner waren als Kleinkinder – bedeutete dies, Erwachsene verdienten mehr Menschenrechte als Kinder? Männern standen mehr Privilegien zu als Frauen?

Auch wenn das Bewusstsein der Ungeborenen noch nicht voll entwickelt war – schloss das Menschen mit Alzheimer oder kognitiven Defiziten oder Komapatienten oder Schlafende davon aus, Rechte zu haben?

Die Ungeborenen wurden also in den Körpern ihrer Mütter beherbergt. Aber wer man ist, entscheidet sich nicht dadurch, wo man ist. Man ist nicht weniger Mensch, wenn man Staatsgrenzen überquert oder sich vom Wohnzimmer ins Badezimmer bewegt. Warum also sollte eine Reise vom Mutterschoß in den Kreißsaal – eine Reise kürzer als ein Schritt – den Status von nichtmenschlich zu menschlich verändern?

Die Antwort lautete, weil die Ungeborenen menschlich *waren*. Und Janine konnte beim besten Willen nicht verstehen, warum Menschen wie Joy – wie auch alle anderen in dieser Klinik – etwas derart Eindeutiges nicht begreifen konnten.

Aber irgendwie schien dies weder der richtige Zeitpunkt noch der richtige Ort zu sein, um diesen Kampf auszutragen. Zumal mit jemandem, der deinen schmerzenden Kopf im Schoß hält und dir sanft übers Haar streicht.

Ungebeten drängte sich Janine der Gedanke auf: *Joy wäre wahrscheinlich eine gute Mutter gewesen.*

»Hätten Sie versucht, mich aufzuhalten?«, erkundigte sich Joy. »Wenn Sie draußen gewesen wären?«

»Ja.«

»Und wie?«

Wieder lagen Janine all die Argumente, die gegen eine Abtreibung ins Feld zu führen man sie gelehrt hatte, auf der Zunge, aber sie sah stattdessen Joy an und sprach von Herzen. »Womöglich hätten Sie nicht den nächsten Einstein oder Picasso oder Gandhi geboren«, sagte sie. »Aber ich wette, dass es auf jeden Fall ein staunenswertes Kind gewesen wäre.«

Tränen quollen aus Joys Augen. »Glauben Sie, ich wüsste das nicht?«

»Dann … dann muss es einen anderen Weg gegeben haben. Es gibt immer einen anderen Weg.«

Joy schüttelte den Kopf. »Denken Sie etwa, ich *wollte* das? Denken Sie, man wacht auf und sagt sich: *Heute Morgen werde ich eine Abtreibung vornehmen lassen?* Das ist der letzte Ausweg. Das ist der Ort, wohin man geht, nachdem man alle Szenarien durchgegangen ist und einem klar wird, dass die einzigen Menschen, die behaupten, es gebe einen anderen Weg, diejenigen sind, die keinen positiven Schwangerschaftstest in der Hand halten. Ich hab es getan. Ich bedauere es nicht. Aber das bedeutet nicht, dass ich nicht jeden Tag meines Lebens daran denken werde.«

Janine versuchte, sich trotz des Stechens in ihrem Kopf hochzurappeln. »Beweist das nicht gewissermaßen, dass es eine fragliche Angelegenheit ist?«

»Es ist völlig legal.«

»Das war die Sklaverei auch«, konterte Janine. »Nur weil etwas legal ist, ist es nicht unbedingt richtig.«

Ihr Geflüster wurde lauter. Janine war in Sorge, sie könnten die Aufmerksamkeit des Schützen auf sich ziehen. Sie fragte sich, ob sie hier sterben würde, heute, als Märtyrerin für ihr Anliegen.

»Dieser ganze legale Schutz, den ihr für die Ungeborenen einfordert«, sagte Joy. »Toll. Gebt ihn ihnen. Aber nur, wenn ihr eine Möglichkeit findet, mir diesen Schutz nicht wegzunehmen.«

Janine musste an König Salomo und seinen Vorschlag denken, ein Kind in der Mitte auseinanderzureißen. Das war offenbar keine Lösung. »Wenn Sie das Baby ausgetragen hätten, ja, sicher, dann hätten Sie ein paar Probleme lösen müssen, aber Ihre Existenz wäre dadurch nicht bedroht gewesen. Es gibt jede Menge Frauen, die keine Kinder bekommen können und alles tun würden, um eins zu adoptieren.«

»Tatsächlich?«, erwiderte Joy. »Und wo verdammt noch mal waren die, als *ich* in einer Pflegeunterbringung war?«

Im Alter von acht Jahren war Joys größter Schatz ein Walkman gewesen, den sie für zwei Dollar auf einem Kirchenbasar erstanden hatte. Es war sogar noch eine Kassette drin: Steely Dans *Can't Buy a Thrill*. Zwar mochte Joy Steely Dan nicht besonders, aber arme Leute dürfen nicht wählerisch sein. Und so schlief sie jeden Abend zu »Reelin' in the Years« ein, weil dieser Song alle anderen Geräusche im Haus ausblendete.

Es wurde geweint. Geschrien. Dann drehte Joy die Lautstärke ihres Walkmans auf und reiste in Gedanken an einen anderen Ort. Am Morgen weckte ihre Mutter sie dann auf, den Arm voll blauer Flecken, die Handfläche voller Brandblasen. *Ich bin so tollpatschig*, pflegte sie zu sagen. *Bin von der Trittleiter gefallen. Habe meine Hand auf die Herdplatte gelegt, als sie noch heiß war.*

Ihren Daddy hatte Joy nie gekannt, aber als sie noch klein war, folgte ein Mann auf den anderen in der Wohnung. Einige blieben eine Woche, andere Jahre. Die einen waren besser als die anderen. Rowan hatte ihr Malbücher und Sticker mitgebracht. Leon hatte einen Hund, einen alten Schweißhund namens Foxy, dem sie unter dem Tisch Reste fütterte. Aber Ed hatte Joy gern angesehen, wenn sie schlief, und öfter als einmal war sie nachts aufgewacht und hatte ihn an ihrem Bett sitzen und ihr übers Haar streichen sehen. Und Graves, der derzeitige Mann an der Seite ihrer Mutter, war so fies wie eine in der Falle sitzende Katze.

Eines Nachts hörte Joy die Stimmen immer lauter und heftiger werden und drehte ihren Walkman auf volle Lautstärke, doch er gurgelte nur und wurde immer leiser, bis er ganz verstummte. Sie öffnete das kleine Batteriefach und sah Schaum aus einer der beiden Batterien austreten. Als sie das Kassettengerät beiseitestellte, merkte sie, dass es im Haus ganz still geworden war, was irgendwie noch beängstigender war.

Joy stand auf und schlich in die Küche.

Der Grund, warum ihre Mama nicht schrie, war Graves, dessen Hände um ihren Hals lagen und sie würgten. Mamas Gesicht war rot, von ihren Augen war nur noch das Weiße zu sehen.

Joy zog ein Messer aus der Küchenschublade und stieß es Graves in den Rücken.

Mit einem Schrei wirbelte er herum, versuchte, den Griff des Messers zu packen und Joy zu fassen zu kriegen. Sie wich ihm aus und ging rückwärts aus der Küche, obwohl ihre Mama zusammenbrach.

Später konnte Joy sich nicht mehr daran erinnern, dass sie aus der Wohnung gerannt war und an die anderen Türen im Flur geklopft hatte. Wusste nicht mehr, dass Miz Darla ihr in Hausmantel und Kopftuch die Tür geöffnet und dann Joys Hände und Gesicht mit lauwarmem Wasser gewaschen hatte. Als die Polizei kam, um sie mitzunehmen, fielen Joy die kleinen blutigen Handabdrücke auf, die auf jeder Tür im vierten Stock zu sehen waren.

Sie kam zu Pflegeeltern, einem Ehepaar namens Grays, die genauso aussahen, wie sie hießen: ausgemergelt und jeder Farbe beraubt von den vier Kindern, die bei ihnen untergebracht waren. Ihre Mutter durfte sie einmal in der Woche besuchen. Doch sie kam nur einmal, und Joy flehte sie an, sie wieder mitzunehmen. Aber ihre Mutter meinte, das sei im Moment ungünstig, und da wurde Joy klar, dass Graves noch immer bei ihr wohnte.

Ihre Mutter ließ sich nie mehr blicken.

Gleich im ersten Jahr kam Joy noch in drei weitere Pflegefamilien. Die leibliche Tochter der Grays' tyrannisierte sie, und als Joy endlich zurückschlug, wurde sie woandershin gebracht. In ihrem zweiten Zuhause gefiel es ihr, aber das Paar zog in einen anderen Bundesstaat, weil der Vater den Job wechselte. In ihrem dritten Heim brachte eins der anderen Pflegekinder – ein Dreizehnjähriger namens Devon – sie gegen ihren Willen dazu, ihn an Stellen zu berühren, die ihr zuwider waren, und drohte ihr, sie, sollte sie es nicht tun, wegen Diebstahls an den Pflegeeltern anzuschwärzen.

Mit zehn Jahren war Joy nur noch ein Schatten des Mädchens, das sie einst gewesen war. Als sie sich mit elf Jahren die

Handgelenke aufschnitt, tat sie das nicht, weil sie sterben wollte. Sie tat es, weil sie *irgendwas* spüren wollte, und sei es auch nur Schmerz.

Aber jetzt, Jahre später, spürte Joy todsicher etwas, als sie Janine ansah. War voll heftiger Wut darüber, als Kind einer Mutter geboren worden zu sein, die sich nicht um sie kümmern konnte oder wollte. Darüber, dass eine Fremde sich selbstgefällig anmaßte, über sie zu richten. Wie konnte sie Joy für selbstsüchtig halten, wo sie doch in Wahrheit selbstlos war – wohl wissend, dass sie nicht über die Ressourcen verfügte, ein Kind großzuziehen, und deshalb auf die einzige Person verzichtete, die sie womöglich bedingungslos geliebt hätte?

»Ich war zehn Jahre lang in Pflegefamilien«, sagte Joy. »Glauben Sie mir. Die Leute stehen nicht Schlange, um Kinder zu adoptieren, die andere Eltern nicht haben wollen.«

»Wenn Sie nicht schwanger werden wollten, warum haben Sie dann …« Janine ließ den Satz im Raum stehen.

»Sex gehabt?«, ergänzte Joy.

Weil ich einsam war.

Weil ich es wollte.

Weil ich mir fünfzehn Minuten ersehnte, in denen ich der Mittelpunkt der Welt eines anderen war.

Aber Joe hatte es versäumt zu erwähnen, dass er bereits verheiratet war.

In der vierten Woche, in der er durch Jackson kam, ließ er sie wissen, dass er und seine Frau schon länger Probleme gehabt hatten und sie ihm jetzt seine Affäre vorgeworfen habe. Einen fantastischen, atemlosen Moment lang hatte Joy sich ihr restliches Leben ausgemalt: eins, in dem Joe gestand, Joy zu lieben und mit ihr zusammen sein zu wollen, woraufhin sie mit ihm glücklich und in Freuden lebte. Aber er war gekommen, um sich von ihr zu verabschieden.

Es war gut, sagte Joe. *Dass alles einmal ausgesprochen wurde.*

Und er hatte sie mit seinen wunderschönen Augen angesehen, die Joy jedoch nicht mehr an Meere erinnerten, die sie
bereisen wollte, sondern an fahle Gletscher, ein Meer aus Eis.

Ich hätte es dir sagen sollen. Ich hätte es auch, wenn… Er
sprach nicht weiter.

Wenn was?, fragte sich Joy. Welche Bedingung hätte erfüllt
sein müssen, um geliebt zu werden?

*Wir fahren nach Belize. An einen abgelegenen Ort, den Mariah
entdeckt hat und wo wir nichts anderes tun werden als reden. Ich
lasse mich zwei Wochen von meinem Richteramt freistellen.*

Mariah. So heißt sie also, sagte sich Joy.

Sie dankte Gott, dass sie ein Rezept für Ortho-Novum hatte.

Ein paar Wochen später musste sie dann feststellen, dass sie
zu den neun Prozent der Frauen gehörte, die trotz Pille schwanger wurden.

Sie hatte sich nicht erlaubt, an Joe zu denken. Ihm von der
Schwangerschaft zu erzählen, wäre womöglich moralisch richtig
gewesen, aber wozu? Er hatte ihr klar und deutlich zu verstehen
gegeben, dass es vorbei war.

Aber jetzt erlaubte sie sich einen Moment lang, sich vorzustellen, wo er wohl sein mochte und was er gerade machte. Fragte
sich, ob er in den Nachrichten von einem bewaffneten Geiselnehmer in einer Abtreibungsklinik gehört hatte. Fragte sich, ob
sie zu den Opfern gehören würde und ob er, wenn ein Reporter
die Namen der Opfer verlas, trauern würde.

»Sie wollen wissen, warum ich Sex hatte?«, wiederholte Joy.
»Weil ich einen Fehler machte.«

»Babys werden ohne Makel geboren. Sie verdienen es, auf
der Welt zu sein.« Zu Joys Erstaunen fing Janine zu weinen an.
Sie ergriff Joys Hände. »Babys werden ohne Makel geboren«,
wiederholte sie, »und verdienen es, auf der Welt zu sein. Ich
spreche nicht von dem… was Sie heute taten. Ich spreche von
Ihnen. Es tut mir leid, dass man Sie in Pflegefamilien gesteckt

hat. Es tut mir leid, dass Sie sich nicht sicher gefühlt haben. Aber nur weil Sie diesen Schutz nicht erfahren haben, bedeutet das nicht, dass Sie deshalb weniger vollkommen geboren wurden.«

Joy hatte nicht geweint in der Nacht, als sie auf den Mann einstach.

Sie hatte nicht geweint, als man sie zu einer Pflegefamilie brachte.

Sie hatte nicht geweint, als man ihr sagte, ihre Mutter sei gestorben, weil sie »unglücklich« gestürzt sei und sich den Hals gebrochen habe.

Sie hatte nicht geweint, als sie sexuell missbraucht wurde oder mit bandagierten Handgelenken in der Kinderpsychiatrie aufwachte.

Sie hatte nicht geweint, als sie ihre Schwangerschaft feststellte.

Sie hatte während des Eingriffs an diesem Morgen nicht geweint. Oder danach.

Aber jetzt schluchzte Joy.

Olive hielt die Augen fest geschlossen, obwohl es dunkel war in der Abstellkammer. Sie war bemüht, die hitzige Auseinandersetzung auf der anderen Seite der Tür auszublenden, indem sie an Peg dachte, an die Form ihres Gesichts, den Duft ihrer Haare, wenn sie gerade aus der Dusche kam, den Klang ihres Namens in Pegs Mund, verschwommen durch ihren Südstaatenakzent: *Olive. Olive. Ich liebe.*

»Haben Sie Angst zu sterben?«, flüsterte Wren und holte Olive damit zurück aus ihrer Tagträumerei.

»Hat das nicht jeder?«

»Ich weiß nicht. Bis jetzt habe ich nie darüber nachgedacht.«

Dieses Mädchen war so jung, jünger noch als Olives Studenten. Seit nunmehr drei Stunden hockten sie eingezwängt auf dem Boden der Abstellkammer.

»Ich denke, ich habe Angst davor, alle anderen zurückzulassen«, meinte Olive.

»Haben Sie einen Ehemann? Kinder?«

Olive schüttelte den Kopf, wusste nicht, was sie sagen sollte. Es gab in Mississippi noch immer Orte, wo sie Peg als ihre Mitbewohnerin vorstellte. Und es wäre ihr nicht im Traum eingefallen, im hellen Tageslicht Händchen haltend mit Peg die Straße entlangzugehen.

»Das war nicht für mich vorgesehen«, murmelte sie.

»Meiner Tante ging es genauso«, erwiderte Wren. »Ich habe sie nie gefragt, ob sie sich einsam fühlte.«

»Das wirst du sie fragen können, wenn du hier rauskommst.«

»Falls ich hier rauskomme«, flüsterte Wren. »Mein Dad hat mir tatsächlich gesagt, ich solle immer darauf achten, dass ich saubere Unterwäsche anhabe. Wenn das kein Klischee ist.« Sie zögerte. »Heute trage ich Freitag.«

»Wie bitte?«

»Wir haben Dienstag. Aber meine Tag-der-Woche-Unterwäsche sagt Freitag.«

Olive musste im Dunkeln lächeln. »Dein Geheimnis ist sicher bei mir.«

»Und wenn ich nun erschossen werde? Ich meine, sie ist sauber, aber es ist der falsche Tag.« Wren lachte ein wenig hysterisch. »Was ist, wenn ich dann voller Blut bin und die Sanitäter bemerken, dass …«

»Du wirst nicht erschossen.«

Olive konnte trotz der Dunkelheit den wütenden Glanz in den Augen des Mädchens sehen.

»Das wissen Sie nicht.«

Natürlich nicht. *Leben* war immer ein Verb im Konditional.

Eilige Schritte vor der Kammertür und das Klingeln des Telefons. Olive und Wren hielten beide den Atem an. Olive tastete nach Wrens Hand.

»Ich will nicht mit Ihnen reden.« Das war die Stimme des Geiselnehmers. Sie wurde schwächer, als er sich wegbewegte.

Olive drückte Wrens Finger. »Peg«, hauchte sie. »So heißt die Frau, die ich liebe.«

»Die … oh, okay«, erwiderte Wren. »Das ist cool.«

Olive lächelte in sich hinein. Ja, Peg war cool. Jedenfalls cooler als sie. Sie machte sich lustig über Olive, die nach dem Labor Day im September nichts Weißes mehr trug, wie das die blasierten Damen der Gesellschaft einmal im ausgehenden neunzehnten Jahrhundert beschlossen hatten, und erst eine halbe Stunde nach dem Essen schwimmen ging. *Leb doch ein wenig,* frotzelte Peg dann lachend.

Im Moment war das alles, was Olive tun wollte.

»Ich wollte einfach ihren Namen laut aussprechen«, ergänzte Olive leise.

»Sie haben die Liebe wenigstens kennengelernt«, raunte Wren ihr zu.

»Ist das nicht der Grund, weshalb du hier bist?«

Wren zog den Kopf ein. »Ich weiß nicht. Wenn ich überlebe, habe ich danach womöglich *nie* mehr Sex.«

Olive grinste. »Wenn ich überlebe«, erwiderte sie, »werde ich nur noch Sex haben.«

George nahm beim dritten Klingeln den Hörer ab. »Wissen Sie«, begann Hugh, als hätte George nicht gerade erst das Gespräch unterbrochen, »ich bin mit meinem Kind immer in die Kirche gegangen. Nicht jede Woche – ich war kein so guter Christ, wie ich hätte sein können. Aber immer zum Ostergottesdienst und an Heiligabend.«

George schnaubte. »Das ist, als würde man Bratensoße über eine Packung Fruchtbonbons kippen und das dann ein Thanksgiving Dinner nennen.«

»Ja, ich weiß. Es lag an mir. Ich kann nicht lang stillsitzen.

Und kam mit den Selbstgerechten nicht zurecht. Sie wissen schon, die Typen, die in den vorderen Bänken sitzen und so tun, als hätten sie einen besonderen VIP-Pass zu Gott.«

»So funktioniert das nicht«, sagte George.

»Natürlich nicht«, gab Hugh ihm recht. »Aber es muss Sie doch auch aufregen, wenn Sie Menschen sehen, die sich derart aufführen. Menschen, die sich Freiheiten herausnehmen, die einer größeren Macht vorbehalten sind.«

»Ich kann Ihnen nicht folgen.«

Hugh warf einen Blick auf den Zettel, den einer der Polizisten ihm in die Hand gedrückt hatte. »Der Herr tötet und macht lebendig.«

»Samuel 2,6«, sagte George.

»Ist das der Grund, weshalb Sie heute hier sind? Weil Ihrer Meinung nach die Menschen in dieser Klinik nicht das Recht haben, ein Leben zu beenden?«

Schweigen in der Leitung.

»*Mein ist die Rache, spricht der Herr*«, erwiderte Hugh leise. »Nicht Sie rächen, sondern der Herr.«

»Das ist nicht der Grund, weswegen ich hier bin«, sagte George. »*Sie* sind deswegen hier.«

»Ich bin hier, um mit Ihnen zu reden ...«

»Sie sind hier«, fiel George ihm ins Wort, »um zu entscheiden, wer heute lebt und wer stirbt. Also sagen Sie mir ... wer von uns beiden spielt Gott?«

George war sechs Jahre alt, als er erfuhr, wie schmal der Grat zwischen Leben und Tod war. Es war einer jener herrlichen Herbsttage in Mississippi gewesen. Die Laubfärbung hatte eingesetzt, und die Bäume umschlossen den See wie ein Band aus Edelsteinen. Er lief durch den Wald und freute sich am Rascheln der Blätter von Rotahorn, Hickory und Bur-Eiche unter seinen Sohlen. Als er gerade eine Eichel wegkickte, fand er den Vogel.

Es war kein Jungvogel, sondern eine Art Sperling, der sich den Flügel gebrochen hatte und in kleinen Kreisen über den Boden hüpfte.

George hob ihn auf, als wäre er aus Glas, und trug ihn nach Hause. Dort nahm er eine Zigarrenschachtel und kleidete sie mit Papiertaschentüchern aus. Drei Tage lang versteckte er den kleinen Vogel unter seinem Bett, versuchte, ihm Wasser zu geben, brachte ihm Blätter und Raupen und alles Mögliche, wovon er dachte, er könnte es mögen.

Dem Vogel ging es nicht besser. Er rührte sich kaum. George konnte kaum mehr erkennen, dass seine Brust sich hob und senkte.

Er brauchte Hilfe und wandte sich an seinen Vater.

Allerdings hatte er nicht gewusst, dass sein Vater wieder einmal schlecht gelaunt war und die Exzesse der vergangenen Nacht ausschlief.

Es wird einfach nicht besser, erklärte er. *Kannst du ihm nicht helfen?*

Keine Frage. Sein Vater hob den Vogel ganz sanft auf und strich dann mit seinem Finger vom Kopf des Vogels bis zu seinem krummen Schwanz. Dann brach er ihm das Genick.

Du hast ihn umgebracht!, schrie George.

Sein Vater legte das erschlaffte Geschöpf zurück und korrigierte ihn. *Ich habe ihn von seinem Leid erlöst.*

George konnte nicht aufhören zu weinen: nicht, als er die Zigarrenschachtel im Melonenbeet seiner Mutter begrub, nicht beim Abendessen, für das seine Mutter Wels zubereitet hatte, nicht, als er sich schlafen legte, nachdem er für die Seele des verstorbenen Vogels gebetet hatte. Aus dem Flur drang der Streit seiner Eltern zu ihm ins Zimmer.

Was ist das für ein Vater, der so etwas tut?

Damals hatte er sich gefragt, ob sein Vater wirklich glaubte, das Richtige zu tun, indem er das Leiden des Vogels beendete.

Jetzt betrachtete George im Wartezimmer der Klinik den zusammengewürfelten Haufen von Menschen, deren Schicksale er in Händen hielt.

Was aus einem Blickwinkel wie Gewalt aussah, sah aus einem anderen wie Gnade aus.

Vor zehn Jahren war Hugh einer von einem Dutzend Polizeibeamten gewesen, die sich mehr als zwanzig Stockwerke unter dem Regions Plaza eingefunden hatten. Er schielte hinauf zum Dach, an dessen Rand zaudernd ein schmaler Kerl im Anorak saß. Der Chief sprach in ein Megafon. »Treten Sie vom Rand weg«, sagte er. »Springen Sie nicht.«

Hugh fand, dass es für jemanden in einer solchen Situation wohl kaum unpassendere Worte gab als *Springen Sie nicht.* Damit würde man den Samen nur noch tiefer in sein Gehirn pflanzen, wo es doch eigentlich darum gehen musste, ihn abzulenken.

»Chief«, meldete er sich. »Ich habe eine Idee.«

In wenigen Minuten hatte Hugh die Treppen erklommen, die vom einundzwanzigsten Stockwerk des Gebäudes aufs Dach führten, und war dann dorthin gekrochen, wo der Mann saß. Nur dass es kein Mann war. Es war eigentlich ein Junge. Gerade mal achtzehn, wenn überhaupt.

Hugh hatte sich neben den Jugendlichen gesetzt, jedoch so, dass sein Blick in die entgegengesetzte Richtung, weg vom Rand ging. Er schaltete das digitale Aufzeichnungsgerät in seiner Tasche ein. »Hey«, begrüßte Hugh ihn.

»Haben die Sie geschickt?«

»Die haben gar nichts getan. Ich bin aus freien Stücken hier.«

Der Junge warf einen Blick auf ihn. »Und ganz zufällig tragen Sie eine Polizeiuniform.«

»Ich heiße Hugh. Und du?«

»Alex.«

»Ist es in Ordnung, wenn ich dich so nenne?«

Der Junge zuckte die Achseln. Der Wind zauste sein feines Haar.

»Bist du okay?«

»*Sehe* ich aus, als wäre ich okay?«

Hugh dachte zurück an seine Teenagerjahre, in denen er ein so penetranter Klugscheißer gewesen war, dass Bex einmal zum Abendessen einen zusätzlichen Teller aufgedeckt hatte. *Der ist für dein Verhalten*, hatte sie gesagt, *und du kannst es ruhig zurücklassen, wenn du mit dem Essen fertig bist.*

Hugh fielen die vertrauten Farben eines Ole-Miss-T-Shirts auf, die unter dem nur halb geschlossenen Anorak herausguckten. »Ole Miss, hm?«

»Ja. Warum?«

»Denn wenn du ein Fan von Mississippi State wärst, hätte ich dich womöglich runterstoßen müssen.«

Das Lachen, das aus dem Hals des Jungen platzte, überraschte ihn. »Wenn ich ein Fan von Mississippi State wäre, wäre ich schon gesprungen.«

Hugh lehnte sich ein wenig zurück, als hätte er alle Zeit der Welt, und erging sich darüber, wer wohl den Quarterback ersetzen würde, wenn der seinen Abschluss hatte. Von da an ging es weiter, als wären sie nur zwei Kumpel, die gemütlich plauderten.

Nachdem auf diese Weise ein paar Stunden vergangen waren, meinte Alex: »Haben Sie sich mal gefragt, warum man sie Geschosse nennt? Die Etagen eines Gebäudes?«

»Nein.«

»Ich meine, logischerweise müsste ein Gebäude dann doch Waffe genannt werden?«

Hugh lachte. »Du bist ziemlich schlau«, sagte er.

»Hätte ich für dieses Kompliment jedes Mal zehn Cent bekommen«, entgegnete Alex, »hätte ich jetzt zehn Cent.«

»Das glaub ich nicht. Das kann nicht sein. Du bist witzig und intelligent, und du feuerst definitiv das richtige Footballteam an. Es muss da draußen doch jemanden geben, der sich Sorgen um dich macht.«

»Ne«, sagte Alex stockend. »Kein Einziger.«

»Falsch. Es gibt mich.«

»Sie kennen mich doch überhaupt nicht.«

»Ich weiß, dass ich schon seit einer Stunde Feierabend hätte«, erwiderte Hugh.

»Dann gehen Sie doch.«

»Ich würde lieber hierbleiben. Denn dein Leben ist wichtig. Ich kann dir nicht vorgaukeln zu wissen, was mit dir los ist, Alex. Und ich werde nicht so respektlos sein, es zu behaupten. Aber ich weiß sehr wohl, dass auf meine beschissensten Tage normalerweise wieder bessere Tage folgten.«

»Nun, ich werde morgen nicht weniger schwul sein. Ich habe fünfzehn Jahre gebraucht, das herauszufinden, und noch mal zwei, bis ich den Mut hatte, es meinen Eltern zu sagen.« Alex zupfte an einem losen Faden seiner Jeans. »Sie haben mich aus dem Haus geworfen.«

»Wenn du was zum Wohnen brauchst, kann ich dir dabei behilflich sein. Wenn du jemanden zum Reden brauchst, finden wir jemanden für dich.«

Alex senkte den Blick. »Ich wünschte, mein Dad wäre wie Sie«, sagte er leise.

»Nett, dass du das sagst«, erwiderte Hugh. »Zumal mein Dad das größte Arschloch auf diesem Planeten war.«

Der Kopf des Jungen ging ruckartig hoch. »Was hat er Ihnen angetan?«

»Ich spreche da nicht gern drüber ... aber ich denke, du verstehst es. Ich sage nur, dass kein Kind verdient hat, ständig geschlagen zu werden. Und Eltern sollten nicht ständig betrunken sein.«

»Wie sind Sie ... sprechen Sie noch mit ihm?«

»Nein«, sagte Hugh. »Als ich mich an Leute wandte und ihnen davon erzählte, waren sie bereit, mir zu helfen. Ich nahm ihre guten Ratschläge und ihre Unterstützung an.« Dabei sah er Alex an. »Und wie sich herausstellte, war die Welt bei Weitem größer als mein Dad.«

Zum ersten Mal nach über zwei Stunden hielt Hugh ihm die Hand hin. Alex betrachtete sie und ergriff sie dann. Hugh zog den Jungen weg vom Rand und in seine Arme.

Keine Woche später rief Chief Monroe Hugh in sein Büro und meinte, er empfehle ihn als Kandidaten für die Ausbildung zum Unterhändler bei Geiselnahmen. »Sie sind ein Naturtalent«, lobte er. »Was Sie auf diesem Dach mit diesem Jugendlichen ...« Er zeigte auf die Abschrift der Aufnahme von Hughs digitalem Aufzeichnungsgerät mit dem Gespräch zwischen ihm und Alex. Als Hugh schon im Gehen war, rief der Chief ihn zurück. »Das von Ihrem Dad wusste ich nicht. Tut mir leid.«

Hugh blieb in der Tür stehen. »Mein Dad war ein großartiger Kumpel. Er hat in seinem ganzen Leben keinen Tropfen Alkohol angerührt, Chief.« Mit geneigtem Kopf ergänzte er: »Ich habe nur Hoffnung verkauft.«

Beth beobachtete die Fremde, die es angeblich bewerkstelligen könnte, ihr das Gefängnis zu ersparen. Aufgrund dessen, was sich gerade vor dem Richter abgespielt hatte, sah es nicht vielversprechend aus.

Die Frau war klein, etwa Mitte dreißig, Afroamerikanerin. Ihre Haare waren vermutlich mit Chemie geglättet worden, vielleicht war aber auch etwas eingeflochten, erkennen konnte Beth das nicht. Für ihre Rundungen hätte es sicherlich etwas Vorteilhafteres gegeben als das marineblaue Kostüm, das sie anhatte. Nach wie vor betrug ihr Abstand zum Bett anderthalb Meter. Beth wusste nicht, ob dies der Sicherheit der Anwältin oder ihrer eigenen dienen sollte.

Die Stenografin packte ihr Gerät zusammen und verließ zusammen mit den Sicherheitsbeamten den Raum. Der männliche Anwalt – der nicht ihre Seite vertrat – ging lässigen Schritts auf Beths Pflichtverteidigerin zu. »War mir wie immer ein Vergnügen, Mandy.«

»Ihnen vielleicht.«

Er lachte. »Wir sehen uns bei Gericht.«

Die Tür war hinter ihm noch nicht zugegangen, da wandte Miz DuVille sich an den Polizisten, der wie ein unheimlicher Stalker in ihrem Zimmer Position bezogen hatte. Er verließ noch nicht mal den Raum, wenn die Krankenschwestern kamen, um sie *da unten* zu untersuchen. »Nathan«, sagte ihre Anwältin. »Ich muss mit meiner Klientin sprechen.«

»Ne.«

»Das dauert höchstens zwei Minuten.«

»Welches Wort hast du nicht verstanden?«

»Du kannst auch hierbleiben. Dann werde ich ihr ins Ohr flüstern, damit du mich nicht hören kannst.«

»N-E-I-N«, buchstabierte der Polizist.

Sie kam einen Schritt näher, weigerte sich nachzugeben. »Wenn du mir nicht erlaubst, mit meiner Klientin ein Gespräch unter vier Augen zu führen, werde ich allen hier auf der Station erzählen, dass du dir bei deinem ersten Fitnesstest die Hosen vollgeschissen hast, weil du dir beim Chinesen den Magen verdorben hattest.«

»Das wirst du nicht ...«

Sie verschränkte die Arme vor der Brust.

Er runzelte die Stirn. »Wenn du irgendjemandem erzählst, dass ich rausgegangen bin, damit du dein Gespräch führen konntest, wird in meiner Abteilung kein Einziger mehr mit dir kooperieren.«

»Ehrenwort«, sagte die Anwältin, und mit einem Fluch ließ der Polizist sie allein.

»Nathan ist mein Cousin«, erklärte die Pflichtverteidigerin und grinste.

»Miz DuVille …«

»Mandy.« Sie trat neben das Bett. »Du wirst mir alles erzählen müssen, was dich in diese Situation gebracht hat. Aber bestimmt hast du erst mal ein paar Fragen.«

Ein *paar* Fragen? Sie hatte Dutzende. Warum wurde sie wie eine Kriminelle behandelt? Musste sie wirklich ins Gefängnis? Was würde ihr Dad sagen, wenn er es erfuhr?

Wie lange würde sie im Krankenhaus bleiben müssen? Was würde passieren, wenn sie versuchte abzuhauen? Wohin sollte sie gehen?

Stattdessen sah sie Mandy an und sagte: »Wird Gott mir gnädig sein?«

Die Anwältin blinzelte. »Wie bitte?«

»Was der Richter sagte. Glauben Sie, dass Gott mir gnädig sein wird?«

»Ich würde mir eher Sorgen machen, ob Richter Pinot das sein wird«, sagte Mandy. »Wir nennen ihn Pinotizer, weil er eine Leidenschaft für Höchststrafen hat. Nicht gerade ein Wunschrichter. Du bist minderjährig, könntest aber nach Erwachsenenrecht verurteilt werden.« Sie seufzte. »Hör zu, ich will dir nichts vormachen. Die Umstände sprechen nicht für dich. Du hast im Internet illegal Tabletten bestellt, aber ein medizinischer Schwangerschaftsabbruch darf nur unter Aufsicht eines Arztes erfolgen. Aber das ist nur die Spitze des Eisbergs. In unserem Bundesstaat wird ein Embryo, wenn es um die Strafverfolgung von Tötungsdelikten geht, als Person erachtet. Das bedeutet, wenn du absichtlich den Tod eines in dir heranwachsenden Fötus herbeigeführt hast, kannst du in Mississippi wegen Mordes belangt werden.«

Beth wurde ganz klein in ihren Kissen. Sie schloss die Augen und hatte die weißen Fliesen des Badezimmers und das darauf verschmierte Blut vor sich.

»Du warst dir wahrscheinlich nicht bewusst, dass du etwas Unerlaubtes tatest, aber das Gesetz sieht das anders.«

»Ich verstehe das nicht«, murmelte Beth. »Ich dachte, eine Abtreibung sei legal.«

Die Anwältin griff zu Block und Stift. »Warum fangen wir nicht ganz am Anfang an?«

Beth nickte und fühlte sich zurückversetzt zu Runyon's, dem Lebensmittelmarkt, in dem sie als Kassiererin arbeitete. Es war nur ein kleiner Laden, der keiner Kette angehörte, einer der Sorte, wo man hausgemachte Pasteten und Kuchen portionsweise gleich an der Kasse verkaufte. Es war eine ganz normale Schicht, und ihre Kunden waren alte weiße Damen mit Haarnetz, deren junge schwarze Begleiterinnen die Einkaufswagen schoben. *Wie teuer sind diese grünen Bohnen, Tessie?*, hörte Beth, und dann *Nun, Miss Ann, ich denke, die sind im Angebot.* Der Mann, der an ihrer Station alles in Tüten packte, war ein Schwarzer namens Rule, der jedes Mal, wenn Mr. Runyon vorbeikam, um Beth in den Hintern zu kneifen, den Kopf einzog, um das nicht mit ansehen zu müssen. Man brauchte nicht viel weiter als in diesen Lebensmittelmarkt zu gehen, um festzustellen, dass Amerika sich in Hunderten von Jahren nicht sehr verändert hatte.

Die Tage bei Runyon's liefen alle nach demselben Schema ab, und deshalb war es auch wie ein Blitzschlag gewesen, als der Fremde eintrat. Er war mindestens eins neunzig groß und trug einen Blazer – selbst bei dieser fürchterlichen Hitze – zu seinem Oxford-Hemd mit Button-down-Kragen. Er kam mit einem Sixpack Bier direkt zu ihr an die Kasse. »Hallöchen«, sagte er und warf einen Blick auf ihr Namensschild. »*Beth.*«

Das Auf und Ab seiner Sprachmelodie erinnerte an Vögel, die mit gestutzten Flügeln zu fliegen versuchten. »Ich muss Sie um Ihren Ausweis bitten«, sagte sie.

»Ich fühle mich geschmeichelt. Aber ich könnte Ihnen auch

einfach nur meinen Namen nennen, falls Sie den wissen möchten.«

Sein Lächeln hatte die Strahlkraft einer Fackel.

»Sie sind vermutlich nicht hier aus der Gegend«, sagte Beth.

»University of Wisconsin. Wir sind wegen eines Wettkampfs hier.« Er lächelte sie an. »Sie gehen aufs College?«

Beth war siebzehn. Sie war nicht am Ole Miss. Sie wusste nicht mal, ob sie aufs College gehen würde. Aber sie nickte.

»Dann kommen Sie vielleicht vorbei, um mich anzufeuern.« Er griff nach einem Stück in Plastik eingewickelter Pastete und runzelte die Stirn. »Buttermilchkuchen? Klingt ja schrecklich.«

»Der ist tatsächlich süß.«

»Nicht so süß wie Sie.«

Beth rollte mit den Augen. »Funktioniert der Spruch in Wisconsin?«, fragte sie. »Ich brauche trotzdem Ihren Ausweis.«

Er angelte seine Brieftasche aus der Jackentasche und zückte dann den Führerschein. Beth überflog das Geburtsdatum und dann den Namen. »John Smith«, las sie trocken vor.

»Geben Sie meinen Eltern die Schuld.« Er zwinkerte ihr zu, nahm das Bier und den Kuchen, drehte sich aber, kurz bevor er den Laden verließ, noch mal um. »Sie sollten zu dem Wettkampf kommen.«

Und dann war er weg und mit ihm alle Luft im Laden.

Sie wusste es besser. Ihr ganzes Leben lang hatte man ihr beigebracht, dass der Teufel, wenn er zu einem kam, in unwiderstehlicher Gestalt auftreten würde – etwa als jugendlicher Yankee, der, wenn er grinste, wie ein Feuerwerk zu strahlen schien. Und Beth wusste, dass es der Teufel war, der sie dazu brachte, ihren Vater anzulügen und ihm zu sagen, dass sie eine Doppelschicht arbeitete, obwohl sie stattdessen zur Universität ging, sich auf die Tribüne setzte und ihm beim Staffellauf über viermal hundert Meter zusah. Jedes Mal, wenn er um die Kurve kam, schien er direkt auf sie zuzulaufen.

Nicht gewusst hatte Beth – trotz all der Stunden, die sie seitdem darüber nachgedacht hatte –, dass für sie in diesem Moment scheinbar eine Tür in eine völlig neue Welt aufgegangen war – im Nachhinein jedoch hatte sie nur einem Klischee entsprochen. Er hatte seinen schicken Blazer wie eine Picknickdecke auf dem Boden neben der Tribüne ausgebreitet, ihr das erste Bier ihres Lebens ausgegeben und sie, als in ihrem Kopf die Sterne funkelten, flach auf den Boden gelegt und geküsst. Als er ihr die Bluse abstreifte und sie berührte, vollzog sich eine Verwandlung in ihr – hin zu einem Mädchen, das schön war, einem Mädchen, das mehr wollte. Als er in sie eindrang, was brannte, und dann plötzlich stoppte, bekam Beth Panik. Sie hatte ihm nicht gesagt, dass er der Erste war, aber das war nicht die einzige Lüge zwischen ihnen. *Tut mir leid*, sagte sie zu ihm, und er küsste ihre Stirn. *Mir nicht*, sagte er.

Er versprach wiederzukommen, um sie zu besuchen, und versicherte ihr, dass dies keine einmalige Sache gewesen war. Und wie zur Bestätigung fügte er seine Telefonnummer und seinen Namen ihren Kontakten hinzu. Als sie beseelt nach Hause schwebte, fragte sie sich, ob ihre Veränderung dank der Erfahrung, geliebt zu werden, nicht jedem in Mississippi ins Auge springen müsse.

Zwei Tage später hatte er ihr noch immer nicht geschrieben, also nahm sie all ihren Mut zusammen und tat den ersten Schritt. Gleich darauf meldete ihr das Mobiltelefon, dass der Text nicht zustellbar sei. Sie wählte die Nummer, woraufhin sich eine ältere Dame meldete und ihr mitteilte, dass es unter dieser Nummer keinen Mann dieses Namens gab.

Facebook hatte mehr John Smiths, als man zählen konnte. Darunter auch einen John Smith an der University of Wisconsin, für den die Internetrecherche allerdings ergab, dass er Professor für Komparatistik und Mitte siebzig war.

»Diese Ratte«, sagte Miz DuVille und holte Beth aus ihrer Träumerei zurück.

»Ja, das war nur der Anfang«, erwiderte Beth. »Ich bekam meine Periode nicht.«

»Kein Kondom?«

»Nein, aber Susannah aus der Kirchengemeinde – sie arbeitet wie ich als Freiwillige in der Sonntagsschule für Kleinkinder – meinte, beim ersten Mal könne man nicht schwanger werden.«

»Das ist nicht …« Die Anwältin schüttelte den Kopf. »Egal. Erzähl weiter.«

»Ich dachte, es sei alles in Ordnung. Aber als dann auch noch die nächste Periode ausblieb, machte ich einen Schwangerschaftstest.« Verlegen blickte sie auf. »Drei sogar.«

»Und was dann?«

Beth bewegte sich. »Ich habe es vor mir hergeschoben. Ich dachte: *Irgendwas wird passieren. Es wird schon weggehen.*« Sie hatte Tränen in den Augen. »Ich betete. Ich betete darum, eine Fehlgeburt zu haben.«

»Kam es denn dazu?«

Beth schüttelte den Kopf. »Ich rief in der Klinik an und machte einen Termin.«

»Hat man dich nach deinem Alter gefragt?«

»Ja. Ich sagte, ich sei fünfundzwanzig. Ich hatte Angst, abgewiesen zu werden.« Beth zuckte die Achseln. »Dann wurde ich gefragt, wann ich meine letzte Periode gehabt hätte, und darauf hieß es, ich sei in der vierzehnten Woche und man nehme den Eingriff bis zur sechzehnten Woche vor. Und der Eingriff würde achthundert Dollar kosten.«

»Aber das Center ist doch …«

»Zweieinhalb Stunden entfernt. Ich nahm den Bus und alle Ersparnisse aus meinem Job – zweihundertundfünfzig Dollars. Ich sprach mit keinem darüber. *Konnte* nicht.« Beth holte tief Luft.

»Und wie wolltest du das restliche Geld auftreiben?«

Beth schüttelte den Kopf. »Ich weiß es nicht. Ich dachte, ich würde es, wenn nötig, stehlen. Von meinem Dad. Oder aus der Ladenkasse.«

»Ich verstehe nicht ganz. Wenn du im Center warst ...«

»Ich sollte mich mit Lichtbild ausweisen, doch dann wäre klar gewesen, dass ich minderjährig bin. Ich fing zu weinen an. Die Dame am Empfang meinte, wenn ich mit meinen Eltern nicht darüber reden könne, sollte ich mir einen Gerichtsbeschluss holen und dann wiederkommen. Sie gab mir ein Formular zum Ausfüllen.«

Mandy DuVille sah sie fragend an. »Aber das hast du nicht getan. Deshalb bist du hier gelandet.«

»Ich hab's ja *versucht*«, erwiderte Beth. »Aber einen Tag vor dem Termin rief jemand aus dem Büro des Richters an und teilte mir mit, dass meine Anhörung abgesagt worden sei. Der Richter habe einen persönlichen Notfall und reise mit seiner Frau nach Belize.«

»Das ergibt keinen Sinn«, sagte die Anwältin. »Ein Richter hat immer Bereitschaft, um einstweilige Verfügungen bei häuslicher Gewalt oder sonstigen lebensbedrohlichen Fällen zu erlassen ...«

»Bei mir bestand wohl keine Lebensgefahr«, erwiderte Beth. »Jedenfalls nicht in diesem Sinne. Die Dame, die mich aus dem Büro des Richters anrief, meinte, der nächstmögliche Termin, den sie mir anbieten könne, sei in zwei Wochen. Aber so lange konnte ich nicht warten.«

»Weil das Center nur Abbrüche bis zur sechzehnten Schwangerschaftswoche vornimmt«, konstatierte die Anwältin.

Beth nickte. »Ich musste also was tun. Ich las im Internet von einem Mädchen, das berichtete, sie habe Magentabletten aus dem mexikanischen Kramladen genommen, die eine Fehlgeburt auslösen können. In meiner Nähe gibt es aber keine solchen Läden. Also habe ich in einem Forum was gepostet.«

Sie erinnerte sich noch genau, was sie geschrieben hatte: *Wie werde ich eine Schwangerschaft los, ohne dass meine Eltern etwas davon mitbekommen?*

Die Antworten waren schrecklich gewesen:

Wirf dich die Treppe hinunter.

Besenstiel.

Ein guter altmodischer Kleiderbügel.

Du krankes Miststück, bring dich um und nicht dein Baby.

Aber irgendwo in den Antworten, die sie als Sünderin verleumdeten, die ihre Beine hätte zusammenhalten sollen, war auch die eines Mädchens, das ihr schrieb, sie könne Abtreibungspillen auch online bekommen.

»Sie kamen zusammen mit der Anweisung zur Einnahme aus China«, fuhr Beth fort. »Nach nur fünf Tagen bekam ich sie mit der Post.«

Sie hatte gedacht, es sei ganz einfach. Wie die Einnahme von Imodium bei Durchfall, der dann auf wundersame Weise verschwand. Sie hielt sich genau an die Anweisung, schob sich die Pillen in die Wangen wie ein Eichhörnchen, setzte sich auf die Toilette und wartete. Als die Krämpfe einsetzten, war sie so froh, dass sie in Tränen ausbrach. Aber bald schon wurden sie so heftig, dass sie am Waschbecken Wasser laufen lassen musste, um ihr Stöhnen zu übertönen. Taumelnd stand sie von der Toilette auf und hockte sich auf den Boden in der Hoffnung, die Schmerzen würden dann nachlassen, und da passierte es dann.

»Ich habe es eingewickelt«, schluchzte Beth, »und in den Müll geworfen. Ich wusste nicht, was ich sonst hätte tun können.«

Sie brauchte jemanden, der ihr sagte, dass sie kein schlechter Mensch war, dass sie das Undenkbare nicht getan hatte. Sie trocknete ihre Tränen mit der Bettdecke und sah ihre Anwältin in der Hoffnung auf eine Absolution an, die sie, wie sie befürchtete, wohl nie bekommen würde.

»Miz DuVille«, flüsterte sie. »Es war doch noch kein Baby, oder?«

Lil Goddard war entweder vom Erdboden verschwunden oder hatte nie existiert. Trotz der Beschreibung, die der Pastor von ihr gegeben hatte, und dem Wenigen, was George über seine Tochter erzählt hatte, war es nicht gelungen, irgendwelche Informationen über das Mädchen zusammenzutragen.

Hugh hatte alle Hände voll zu tun – versuchte am Telefon, Georges Vertrauen zu gewinnen, während er gleichzeitig die Notizen und Berichte überflog, mit denen ihn die Polizeibeamten fütterten. Lil Goddard war nicht zu Hause. Sie hatte noch nie einen Strafzettel bekommen und besaß auch kein auf ihren Namen zugelassenes Fahrzeug. Der einzige Treffer, den eine Google-Suche ergab, war zehn Jahre alt, als sie im Weihnachtsspiel ihrer Kirchengemeinde einen Engel spielte, ein Ereignis, das sie mit Foto in die Lokalzeitung gebracht hatte. Dass Minderjährige kaum Spuren hinterließen, war nichts Ungewöhnliches, doch Lil war im Staat Mississippi auch nie an einer öffentlichen Schule gemeldet gewesen. Aber Kinder von Evangelikalen wurden wiederum häufig zu Hause unterrichtet. Zu den Fakten, die Hugh tatsächlich über Lil besaß, gehörte eine Abtreibung, die sie an dieser Klinik hatte vornehmen lassen – da die Unterlagen jedoch online nicht zugänglich waren, hätte das genauso gut gestern oder vor einem Monat gewesen sein können.

Nach allem, was Hugh wusste, hätte George Goddard Lil in einem Wutanfall getötet und im Hinterhof verscharrt haben können.

Aber wer, wenn nicht sie, könnte George vielleicht zum Aufgeben überreden, wenn man sie fände.

»Ich könnte eine Nachricht an Ihre Tochter übermitteln.« Hugh zögerte. »Ich könnte als Vermittler dienen. Sie werden ihr doch sicherlich erklären wollen, was hier geschieht.«

»Ich kann nicht«, sagte George mit brechender Stimme.

Weil sie ihm nicht zuhören würde?, überlegte Hugh. *Weil sie tot ist?*

»Ich verstehe Sie ja, Mann. Manchmal scheint mir, ich und meine Tochter können uns nicht mal darauf einigen, dass der Himmel blau ist.«

Plötzlich sah Hugh sich in einem Feld auf dem Rücken liegen, auf dem Kissen seines Bauchs den Kopf der neunjährigen Wren, die auf die über den Himmel ziehenden Wolken zeigte. *Die da sieht aus wie ein Kondom*, hatte sie gesagt. Er hatte sich kaum zurückhalten können, nicht aufzuspringen. *Woher weißt du denn, was ein Kondom ist?* Wren hatte die Augen verdreht. *Dad. Ich bin doch kein Baby.*

»Ich könnte Ihnen helfen«, schlug Hugh vor. »Vielleicht gelingt es mir sogar, sie herzubringen, damit Sie persönlich mit ihr sprechen können ... sofern Sie bereit zu einer Gegenleistung sind.«

»Wie soll die aussehen?«

»Ich möchte die Geiseln in Sicherheit wissen, George. Aber hier geht es nicht um mich. Hier geht es um Sie. Und um Ihre Tochter. Sie ist der Grund, weshalb Sie heute hergekommen sind. Bestimmt ist sie etwas ganz Besonderes für Sie.«

»Würden Sie die Zeit manchmal auch gern zurückdrehen?«, fragte George leise. »Es kommt mir vor, als hätte sie mich erst gebeten, ihr die Haare zu flechten. Und jetzt ... jetzt ...«

»Was jetzt?«

»Ist sie erwachsen«, flüsterte George.

Hugh schloss die Augen. Wenn er an Wrens Zimmer vorbeiging und sie manchmal mit einer Freundin im Chat lachen hörte, klang ihre Stimme wie die von Annabelle, wie die einer Frau anstatt eines Mädchens. »Ja«, sagte Hugh. »Ich weiß.«

Wren konnte ihren Vater hören. Aus welchem Grund auch immer hatte der Geiselnehmer auf Lautsprecher gestellt.

Manchmal scheint mir, ich und meine Tochter können uns nicht mal darauf einigen, dass der Himmel blau ist.

Dachte er das wirklich? Oder gehörte das zu seiner Rolle als Unterhändler? Wren sagte ihm immer wieder, er sei im Grunde genommen ein wirklich schlecht bezahlter Schauspieler, der sich aus den Fingern saugte, was sein Gegenüber seiner Meinung nach hören wollte. *Ja*, bestätigte ihr Vater. *Doch es braucht schon ein Körnchen Wahrheit, um als Schauspieler wirklich überzeugend zu sein.*

Glaubte ihr Vater tatsächlich, dass sie oft miteinander stritten?

Es gab einmal eine Zeit, da war ihr Vater der Mittelpunkt ihres Universums, und sie folgte ihm überallhin wie ein Schatten, half ihm, den Wäschetrockner zu reparieren oder beim Rasenmähen, stand ihm aber hauptsächlich immer nur im Weg. Aber er schickte sie nie weg. Sondern zeigte ihr, wie man beim Trockner das Flusensieb reinigte und die Zündkerzen des Rasenmähers austauschte. Dann kam sie in die Schule und verbrachte ihre Freizeit in den Häusern ihrer Freundinnen, wo sie lernte, dass ihr ein ganzes Stück Leben bisher entgangen war – wie etwa das Kramen in der Schminkschublade der Mutter oder das Anprobieren ihrer hochhackigen Schuhe, um Großherzogin zu spielen, oder sich im Fernsehen Seifenopern anstatt Polizeifilme anzusehen. Die Mutter ihrer Freundin Mina kaufte ihr auch ihre erste Packung Tampons und gab ihr durch die geschlossene Badezimmertür hindurch Anweisungen, wie diese gehandhabt wurden. Wren wusste, dass ihr Vater im Rahmen seiner Möglichkeiten wirklich alles für sie tun würde, aber es gab einfach Dinge, die nicht zu seinem Erfahrungshorizont gehörten und die Wren sich anderswo suchen musste.

Und jetzt dachte er wohl, sie kämen nicht miteinander aus.

Sie versuchte, sich an das letzte Mal zu erinnern, als sie einfach nur viel Zeit miteinander verbracht hatten. Das war vor anderthalb Monaten gewesen, Mitte August. Die Perseiden waren für sie beide ein fixer Termin, an dem sie jedes Jahr den höchsten Punkt im Umland von Jackson erklommen – ihr Dad schleppte das Teleskop, Wren das Zelt. Sie blieben über Nacht und betrachteten das Spektakel, das der Himmel für sie inszenierte, aßen dann bei Sonnenaufgang Pfannkuchen in einer Imbissbude und verschliefen den restlichen Tag. Aber in diesem Jahr war Wren eingeladen worden, mit Mina ins Kino zu gehen, und sie hatten gehört, dass auch Ryan mit einer Gruppe Jungs aus der Schule dort sein würde. Gemeinsam mit Mina hatte Wren einen Plan ausgeklügelt, wie sie es anstellen würde, im Kino neben Ryan zu sitzen und sich mit ihm einen Eimer Popcorn zu teilen. Vielleicht würden sich sogar ihre Hände berühren. Vielleicht würde er seinen Arm um sie legen.

Fast hätte Wren einen Rückzieher von der Meteornacht gemacht. Entschlossen, es ihrem Vater mitzuteilen, hatte sie ihn im Keller angetroffen, wo er mit einer sich selbst aufblasenden Luftmatratze kämpfte. »Ich finde, nach all den Jahren haben wir etwas Bequemlichkeit verdient«, meinte er. »Keine Steine mehr unter unseren Schlafsäcken.« Er blickte auf. »Was gibt es?«

Sie brachte es nicht übers Herz, ihm abzusagen. Rief stattdessen Mina an und erklärte ihr, sie müsse was mit ihrem Dad unternehmen. Und es klappte trotzdem, denn Ryan lud sie eine Woche später ein, allein mit ihm ins Kino zu gehen, und er legte nicht nur seinen Arm um sie – mit seinem Kuss während des Nachspanns gab er Wren das Gefühl, selbst ein explodierender Stern zu sein.

In der Sternschnuppennacht waren Wren und ihr Vater zu ihrem üblichen Platz hochgestiegen, hatten das Zelt aufgestellt und Luftmatratzen und Schlafsäcke ausgebreitet. Ihr Dad hatte über einem Lagerfeuer Hotdogs an Stöcken gebraten, und danach röstete sie Marshmallows. Sie bauten das Teleskop auf, und Wren suchte den Nachthimmel ab.

»Erinnerst du dich noch, als ich dir Betelgeuse zeigte«, fragte ihr Vater, »und du wissen wolltest, was zuerst da war, der Stern oder der Film?«

»Da war ich gerade mal sieben«, protestierte Wren.

Er lachte.

Sie entfernte sich vom Teleskop und streckte sich neben ihm aus. »Der stirbt, nicht wahr?«

»Betelgeuse? Ja. Das ist ein roter Riese. Also kühlt er ab.«

»Ist das nicht traurig?«

Ihr Vater grinste und meinte: »Du wirst nicht mehr hier sein, um ihn sterben zu sehen, wenn es dich beruhigt.«

»Wenn man schon gehen muss, dann sollte man das als Supernova tun, die fällt wenigstens auf.«

Betelgeuse würde eines Tages in einem gigantischen Lichtfunken explodieren und einen planetarischen Nebel zurücklassen. Und nachdem sich der ganze Staub und das Gas gelichtet hatten, würde davon nur noch ein winziger weißer Zwergstern übrig bleiben. Ein Herz ohne Feuer.

»Nichts hält ewig«, sagte ihr Vater.

Sie und ihr Vater hatten jede Menge weiße Sterne durch das Teleskop gesehen. Nun fragte sie sich, welche Sterne aus ihrer Kindheit inzwischen verschwunden waren und ob diese tatsächlich tot oder einfach nur zu schwach waren, um noch Licht auszusenden. Existierte man nur, wenn man vermisst wurde?

Sobald der erste Lichtblitz über den Himmel sauste, setzte sie sich atemlos auf. Was dann folgte, war eine visuelle Symphonie, ein Lichtbombardement des Dunkels, als hätte jemand die Konstellationen durcheinandergewürfelt und dann über den Nachthimmel gerollt. »Manchmal vergesse ich, wie schön das ist«, flüsterte sie.

»Ich auch«, sagte ihr Vater gerührt. Als sie sich ihm zuwandte, war sein Blick nicht auf die Sternschnuppen gerichtet. Sondern auf sie.

Sie würde vermisst werden, wenn sie starb.

Wren bekam feuchte Augen. Was hatte es heute Morgen so Wichtiges gegeben, um nicht noch weitere fünf Minuten mit ihrem Vater am Tisch zu sitzen und ihm zu sagen, dass sie ihn liebte? Oder ihm von Ryan zu erzählen? Oder dass sie in letzter Zeit mit Herzklopfen in einem zerwühlten Bett aufwachte, weil sie Angst hatte, auf der Highschool keinen Anschluss zu finden, ihre Tests zu vermasseln und es nicht aufs College zu schaffen, und dass plötzlich alles viel zu schnell ging.

Letztes Jahr hatte sie von ihrem Vater zum Geburtstag Karten für eine Vorlesung des Astrophysikers Neil deGrasse Tyson bekommen. Um ihn zu hören, waren sie nach Atlanta gereist. Er hatte über dunkle Energie gesprochen. Dabei handelte es sich um einen tatsächlich messbaren Druck im Universum, den sich die Wissenschaft noch nicht wirklich erklären konnte, der das Universum aber zwang, sich über unseren Horizont hinaus auszuweiten. Eines Tages, erklärte der Astrophysiker, könnten die Astronomen nur noch die Sterne der Milchstraße verfolgen, nicht aber andere Galaxien – diese hätten sich nämlich dann aus dem Blickfeld bewegt, als hätte man das letzte Kapitel eines Buches herausgerissen. Womöglich sahen wir bereits jetzt schon nur einen Teil der Geschichte, und es fehlten bereits Kapitel.

Man weiß nicht, was man nicht weiß, hatte Neil deGrasse Tyson vor einem Jahr gesagt.

Aber erst jetzt verstand Wren seine Worte zum ersten Mal wirklich.

Earlene, die Ehefrau von Pastor Mike, hatte George als Erste auf das Problem aufmerksam gemacht: Lils Haar. Es war nicht zu bändigen.

Auch George war aufgefallen, dass ihre feinen Babylöckchen

an manchen Stellen verfilzt waren. Er hatte versucht, sie zu bürsten, aber die Borsten verfingen sich in den Knoten, und dann fing Lil zu schreien an. Doch eines Sommertags kam Earlene, als er bei fast achtunddreißig Grad die Regenrinnen der Kirche säuberte, auf ihn zu. Sie stand unter der Leiter und bot ihm ein Glas Limonade an. Er bedankte sich, und während er trank, richtete sie ihren Blick in die Ferne, wo Lil mit ein paar anderen Kindern der Kirchengemeinde schaukelte. »Wissen Sie, eine von meinen hatte auch solche Haare. Waren genauso wenig zu bändigen wie bei ihr.« Earlene lachte. »Dann begann ich, ihr abends in der Wanne die Haare mit Shampoo und Haarspülung zu waschen und anschließend nass zu flechten, damit sie sich während des Schlafs nicht verfilzen konnten.« Lächelnd nahm sie ihm das leere Glas ab. »Kriegen Sie mir ja keinen Sonnenstich, hören Sie!«

Earlene hatte eine ganz reizende Art und fand immer Wege, Vorschläge zu machen, ohne herumzukritisieren. Eine solche Frau war George noch nie begegnet. Seine Mama war mit Sicherheit nicht so gewesen, und hätte seine Frau ein wenig von Earlene gehabt, wäre er vielleicht auch nicht ständig so wütend geworden.

Als er Lil an diesem Abend badete, kündigte er an, sie werde in Daddys Haarsalon gehen. Er zog den Kamm durch ihr feuchtes Haar, bearbeitete die Stellen, wo viele Knötchen saßen, mit Spülung und rasierte eine Stelle ab, wo sich die Haare bereits zur Rastalocke verfilzt hatten. Dann teilte er drei Haarsträhnen ab und kreuzte unbeholfen seine Hände, um einen schiefen Zopf zu flechten. Den befestigte er mit einem Gummi und brachte sie dann zu Bett.

Als er am nächsten Morgen den Zopf löste, ergossen sich Lils Haare wie ein glänzender Wasserfall über ihre Schultern.

»Daddy«, bat sie ihn am Abend, »flicht sie mir wieder.«

George kaufte Haargummis im Drugstore und Haarbänder,

die sich nicht in Lils feinen Haaren verfingen. Es wurde zum
Ritual, zweimal täglich: Er setzte sie auf den Küchenschemel
und stellte sich hinter sie, bürstete ihr in gleichbleibenden Bewegungen das Haar und flocht es für die Nacht. Am Morgen
kämmte er dann die Locken aus. Als er mutiger wurde, zog er
einen Scheitel und machte Rattenschwänze. Auch das Haar im
Nacken mit einer Haarspange zusammenzufassen, gelang ihm.
Im kostenlosen Internet der Bibliothek informierte er sich an-
hand von Videos und lernte, wie man einen französischen Zopf,
einen Knoten oder einen Fischgrätenzopf frisierte.

Natürlich erfüllte es ihn mit Stolz, wenn beim sonntäglichen
Gottesdienst die Mütter auf ihn zukamen und ihm Komplimente
zu Lil machten. Oder Leute überrascht waren, wenn sie erfuh-
ren, dass sie bei einem alleinerziehenden Vater aufwuchs. Sein
ganzes Leben lang hatte man ihm gesagt, er habe alles falsch gemacht, und so war dieses Lob Balsam auf die Wunde. Aber der
Zauber, der sich zwischen ihnen entfaltete, wenn er mit Lil allein
war und ihre Locken bürstete, war ihm das Kostbarste. George
wusste, dass er zu den Schweigsamen gehörte, für Geplauder
und Klatsch war er nicht geschaffen. Aber wenn er hinter seiner
Tochter stand, die Hände in ihrem Haar, redete sie mit ihm. Und
er begann, darauf einzugehen.

Es ging dabei um Albernheiten: ob sie gern eine Stange wie
bei der Feuerwehr hätten, um von oben nach unten zu kommen,
oder ein Schwimmbecken voller Gelee; was sie sich kaufen würden, wenn sie in der Lotterie gewönnen, ob Batman den Hintern
von Wonder Woman versohlen würde oder umgekehrt. Hinter
Lil zu stehen, ohne Blickkontakt zu haben, führte dazu, dass
ihnen beiden das Reden leichter fiel, selbst als die Gespräche
ernsthafter wurden und es darum ging, dass sie sich gegen die
Mädchen in der Kirche zur Wehr setzen musste, die sie schika-
nierten, weil sie Sonntag für Sonntag dasselbe Kleid anhatte; begreifen sollte, dass der Junge, der ihr einen Frosch in die Bluse

stopfte, womöglich nur auf sich aufmerksam machen wollte; Gespräche über ihre Mama.

Für diese Momente, wenn er sich zweimal am Tag der Haare seiner Tochter annahm, lebte George.

Aber dann, Lil war inzwischen vierzehn, kam sie eines Abends nach dem Duschen nicht mehr in die Küche. George traf sie in ihrem Zimmer an, wo sie, die Ellbogen hinter dem Kopf, ihre Haare zum Zopf flocht. »Es käme mir albern vor, wenn du das machst«, sagte sie, »wo ich es doch auch selbst tun kann.«

George wusste nicht, wie er ihr vermitteln sollte, dass es darum gar nicht ging, sondern um die mit ihr verbrachten Augenblicke. Er hätte ihr nicht erklären können, dass jeder Bürstenstrich etwas in einem Teenager zu lösen vermochte, von dem Lil gar nicht wusste, dass es in ihr steckte. Hätte keine Worte für die Last gefunden, die sich auf ihn legte, wenn er sie selbst ihr Haar richten sah, als wäre dies der Anfang vom Ende.

Also sagte er gar nichts.

Wäre er denn auch hier, wenn Lil ihn nach wie vor ihre Haare hätte flechten lassen? Wäre ihr dann nicht klar geworden, dass sie für ihn immer perfekt war, egal, was sie tat oder sagte? Hätte sie erkannt, dass sie jeden Knoten gemeinsam entwirren konnten, wie verzwickt er auch sein mochte?

Er hatte den Hörer aufgelegt, weil ihm sein Ohr wehtat. Jetzt war der Lautsprecher an, und er lief vor der Anmeldungstheke hin und her. Aber Hugh McElroy hatte zu reden aufgehört, George ebenso, beide hingen ihren Gedanken nach.

»Sind Sie noch da?«, fragte George.

»Natürlich«, antwortete Hugh.

Und hörte dann von irgendwo hinter dem Schreibtisch ein Niesen.

Sofort nieste auch Izzy. Sie täuschte eine Niesattacke vor, einen allergischen Anfall, der ihr einen Oscar eingebracht hätte. Wenn es ihr gelänge, ihn davon zu überzeugen, dass sie es gewesen war und nicht die beiden Menschen, die sich in der Vorratskammer hinter dem Schreibtisch versteckten, wären die beiden vielleicht weiterhin in Sicherheit.

Sollte der Geiselnehmer sie finden, würde er auch merken, dass Izzy ihn angelogen hatte, als sie ihm sagte, die Kammer sei leer.

Er wirbelte herum, stakste zur Kammer und riss die Tür auf.

»George?«, sprach Hugh ihn an. Er hörte Bewegung und Geschrei, dann ein Scheppern. »George, reden Sie mit mir.« Sein Herz begann zu rasen. *Was zum Teufel ist da los?*

Hugh hörte ein Grunzen. Ein Handgemenge. »Aufstehen. *Auf*, sage ich!«, brüllte George.

»Was ist da los, George?« Hugh versuchte es noch mal. Schluckte seine schlimmsten Befürchtungen hinunter. »Sind Sie in Ordnung? Ist etwas vorgefallen?«

Ein Knall, ein Schrei und dann Wrens Stimme: *Nein, nein, nein... lassen Sie das!*

Alle Luft entwich Hughs Lungen. Er war starr vor Angst um sie. Seine einzige Hoffnung bestand darin, George beruhigen zu können, bevor er das Undenkbare tat.

»George«, bedrängte er ihn. »Ich kann helfen. Ich kann...«

»Halten Sie den Mund«, sagte George, dann klapperte etwas, und die Leitung war tot.

13 Uhr

Der Geiselnehmer hatte aufgelegt, aber Hugh triumphierte dennoch. Er verfügte jetzt über das erste Puzzleteil, das er für diese Verhandlung benötigte. George hatte ihm – vielleicht absichtlich, vielleicht auch nicht – preisgegeben, was ihn heute zum Center geführt hatte. Die wichtigste Waffe eines Unterhändlers war Information; Wissen war Macht.

Hatte er das Wren nicht auch immer wieder gesagt?

Als Wren die Mittelschule besuchte und er ihr noch ihre Pausendose packte, füllte er diese immer mit einem Sandwich, einer Flasche Wasser, einem Apfel und einem Klumpen Wissen. Letzteres in Form von Fakten, auf ein Blatt Papier geschrieben: *Es gibt einen Planeten, auf dem es Glas regnet. Wenn du im All weinst, kleben die Tränen auf deinem Gesicht fest. Auf dem Mond steht eine kleine Aluminiumskulptur. Dein Körper besteht aus winzigen Teilchen von explodierten Sternen. Würde man den Raum, den die Atome, aus denen du bestehst, einnehmen, aus diesen herauspressen, könnte die restliche Masse auf weniger als zweieinhalb Quadratzentimetern Platz finden. Die Milchstraße hat vier Arme, nicht zwei.*

Aber zu diesen Fakten hatte nicht gehört, wie man sich bei einer Geiselnahme verstecken konnte. Wie man sich schützte, wenn jemand mit einer Waffe auf einen zukam, während man selbst unbewaffnet war. Für Hugh wäre es ein Leichtes gewesen, ihren Kopf mit *dieser* Weisheit zu füllen, denn das gehörte zu seinem Berufsalltag. Aber aus Gründen, die er sich im Moment nicht erklären konnte, hatte er sie mit Informationen gefüttert, die sie zum Star jeder Cocktailparty machen würden.

Wissen war Macht, und er hatte seine Tochter ohne Waffe allein gelassen. Und deshalb musste er das jetzt in Ordnung bringen.

»Sie da«, rief er einer jungen Polizistin zu. »Finden Sie heraus, womit George Goddard seinen Lebensunterhalt verdient. Ob er verheiratet ist. Wie lange er schon in Mississippi lebt. Ob es eine Kneipe gibt, in der er abhängt. Woher er seine Waffe hat. Ob er irgendwelche Vorstrafen hat.« Die Frau sah ihn blinzelnd an. »*Sofort!*«

Sie eilte davon, und Hugh ließ sich in den Klappstuhl sinken, der hinter ihm stand. Er vergrub das Gesicht in seinen Händen. Womöglich war es bereits zu spät, seine Schwester zu retten. Er konnte es sich nicht erlauben, einen Fehler zu machen. Diesmal stand nicht nur seine Berufsehre auf dem Spiel.

Die Milchstraße hat vier Arme, nicht zwei.

Was nicht bedeutete, dass sich die Umrisse der Galaxie verändert hätten. Es kam oft vor, dass sich einem die Gestalt von etwas nicht erschloss, solange man drinsteckte. Wenn man zu nah dran war, konnte man nicht objektiv sein.

Das war auch der Grund, weshalb Ärzte keine Verwandten operierten, Richter wegen Befangenheit Fälle ablehnten, die sie selbst betrafen, und Unterhändler in einem Geiseldrama Abstand zu einer Situation nahmen, die sie ganz persönlich betraf.

Genau, sagte sich Hugh. *Scheiß drauf.*

Bex lag auf dem Rücken und spürte ihren Atem wie eine Suppe, die alles überschwemmte. Alles tat weh: Einatmen, Ausatmen, Blinzeln. Ihr war schwindelig, sie fühlte sich matt und als hätte man ihr einen Spieß in die Brust gerammt.

Wenigstens war Wren noch sicher. Wenn sie selbst sterben müsste, damit das so blieb, dann würde sie das tun.

Sie hätte es Hugh sagen sollen. Warum hatte sie ihn nicht einfach darüber informiert, worum Wren sie gebeten hatte, und ihn dann schwören lassen, es Wren nicht zu verraten? Dann hätte er wenigstens gewusst, dass sie zu dieser Klinik fuhren.

Und er wüsste jetzt, dass sie hier drin war.

Aber aus persönlicher Erfahrung wusste Bex, dass in einer Vater-Tochter-Beziehung eine winzig kleine Veränderung eintrat, sobald dem Vater klar wurde, dass sein kleines Mädchen nicht mehr klein war. Selbst wenn sie nach außen noch fest und unverändert wirkte, konnte man sie doch spüren, wie das gebrochene Bein, das nie ganz verheilt war, oder der Haarriss in einer Vase, zu dem sich der Blick unwiderstehlich hingezogen fühlte. Und deshalb hatte sie Wrens Geheimnis für sich behalten.

Sie war gut darin.

Sie spürte, wie sie zu zittern anfing. War das der Schock? Weil sie zu viel Blut verloren hatte?

Ihr war klar, dass jeder in diesem Raum eine Geschichte hatte, die in diesen Wänden ihr Ende fand. Hätte es den heutigen Tag nicht gegeben, wären viele dieser Geschichten nie erzählt worden. Es gab hundert verschiedene Wege, die zur Ecke Juniper und Montfort führten – von unerwünschten Schwangerschaften zu solchen, die zwar herbeigewünscht, aber unmöglich auszutragen waren; von jungen Mädchen, die versuchten, für die Verwandten das Richtige zu tun, die für sie gelogen hatten. Und das Einzige, was diese Frauen einte, war, dass sie diesen Moment in ihrem Leben nicht erbeten hatten.

Das Atmen fiel ihr immer schwerer. Bex versuchte, ihren Kopf Richtung Abstellkammer zu drehen, nur für den Fall, dass Wren sie vielleicht durch die Luftschlitze sehen könnte. Aber es tat so weh, dass heißes, stechendes Weiß ihr Gesichtsfeld rahmte.

Bex gelobte sich etwas: Wenn sie hier rauskam – wenn sie überlebte –, dann würde sie Hugh die Wahrheit sagen.

Die ganze Wahrheit.

George senkte den Blick auf die Waffe in seiner Hand. Was nun?

Er hatte sich seinen Rachefeldzug ausgemalt, als wäre er ein Film, den er vor langer Zeit gesehen hatte, ein Film mit einem Helden, der, nachdem ihm schweres Unrecht angetan worden war, das Recht selbst in die Hand nahm. Er sah sich wie Stallone oder Willis mit der erhobenen Waffe durch die Eingangstür des Centers stürmen; sah einen Arzt, der den Kopf unter seinem Stiefelabsatz einzog; sah, als er schließlich als Sieger daraus hervorging, hinter sich ein apokalyptisches Feld der Zerstörung.

Aber das hier war nicht Teil seiner Vision gewesen: das Klingeln in seinen Ohren, als er die Waffe abfeuerte, das spritzende Blut der Menschen, ihr Flehen um Gnade.

George wagte einen Blick auf die Menschen, die im Wartezimmer zusammenhockten. Der Arzt, verletzt. Die Krankenschwester an seiner Seite. Das blonde Mädchen, das ständig an den Haaren herumnestelte. Die Frau, die gerade ihr Baby getötet hatte. Die Dame, die kaum noch Luft bekam. Was er ihr angetan hatte. George fühlte sich elend, sie so leiden zu sehen. In der Theorie war es eine meisterhafte, notwendige Tat gewesen, jeden zu eliminieren, der mit dem Center zu tun hatte. In Wirklichkeit war es ein einziges Chaos.

Diese Menschen waren Puppen, und die Fäden, an denen sie hingen, waren Todesängste. Ihr Flüstern verstummte, sobald er sie ansah. *Ich bin nicht der, für den ihr mich haltet*, wollte George sagen, aber das stimmte nicht mehr. Er war genau der, für den diese Menschen ihn hielten.

Seine Frustration und seine Wut waren wie eine entsicherte Granate, die ihm in die Hände gefallen war. Was sollte er damit tun? Sich von ihr in Stücke reißen lassen? Stattdessen war er losgerannt. Weit und schnell, hinter die feindlichen Linien. Und hatte sie dann direkt auf sie zurückgeworfen.

Sie hockten dicht gedrängt im Wartezimmer und ließen eine größtmögliche Kluft zwischen sich und George. Sie schienen auf etwas von ihm zu warten – einen Befehl, einen Wutanfall, eine Erklärung.

Sie hatten ihn alle mit dem Polizisten sprechen hören. Sie wussten, dass es da draußen jemanden gab, der sie retten wollte. Hoffnung war eine verdammt gute Waffe.

Andererseits hatte George die Pistole. Wenn er mit dieser herumfuchtelte, sprangen sie, schrien sie, zitterten sie. Sie hörten auf ihn.

Er hatte nur keine Ahnung, was er sagen sollte.

Er begann, hin und her zu laufen. Er war mit einer Absicht hierhergekommen, aber ohne Plan. Sein Szenario sah nicht vor, dass nach seiner Lektion in ausgleichender Gerechtigkeit noch Menschen übrig waren. Er wusste, wie so etwas ausging. In einem Unentschieden zwischen ihm und einem Haufen Bullen in Schutzwesten.

Andererseits hatte er hiermit ein größeres Druckmittel als seine Waffe.

Er hatte Geiseln.

In der Abstellkammer zog Wren die Knie an die Brust und verfluchte sich dafür, so pflichtbewusst zu sein. Wer konnte schon ahnen, dass es tödlich war, Verantwortung zu übernehmen?

Genauso gut hätte sie wie die meisten Teenager auf diesem Planeten einfach warten können, bis sich die Dinge zwischen ihr und Ryan so weit vertieften, dass es für eine Vorausplanung zu spät war. Sie hätte in der Apotheke mit einer Packung Kondome zur Kasse gehen oder Ryan erklären können, dass er sich darum kümmern müsse. Aber in ihrer Klasse war im letzten Jahr ein Mädchen schwanger geworden und so lange weiter zur

Schule gegangen, bis ihr während der Sportstunde die Fruchtblase platzte. Wren hatte mit ihr auf der Tribüne ausgeharrt, bis der Rettungswagen eintraf, und ihr die Hand gehalten, wobei ihr die Fingernägel des Mädchens schmerzende Halbmonde in die Haut gruben. *Kann ich irgendwas für dich tun?*, hatte Wren gefragt, und das Mädchen hatte keuchend geantwortet: *Ja, benutz bloß keine Kondome von Trojan.* Also hatten sie und Ryan darüber gesprochen. Wann sie *Es* tun wollten. Wo sie *Es* tun wollten. Da Ryan sich um diesen Teil der Logistik kümmern wollte, hatte Wren sich freiwillig bereit erklärt, sich um die Empfängnisverhütung zu kümmern. Was, wie sich herausstellte, leichter gesagt als getan war, wenn man minderjährig war und diese Sache für sich behalten wollte.

So viel also dazu, kein Risiko eingehen zu wollen. Man konnte alle Vorkehrungen der Welt treffen, und dann passierte doch etwas Schlimmes.

Und da musste sie an ihre Tante denken.

Als Wrens Vater für ein paar Tage weg war zur Schulung zum Unterhändler bei Geiselnahmen, hatte Bex auf sie aufgepasst und ihr erlaubt, die Schule zu schwänzen. Sie nannte es einen Tag der geistigen Gesundheit. Und sie genossen ihn aneinandergekuschelt in ihrer Hängematte auf dem Hof und spielten ein Spiel, das Entscheidungen verlangte: *Wäre es dir lieber, dir wüchse ein Schwanz oder ein Horn?*

Wäre dir lieber immer zu heiß oder immer zu kalt?

Würdest du lieber in einer Irrenanstalt übernachten, in der es spukt, oder in einer kaputten Achterbahn fahren?

Würdest du lieber nur Füllung essen oder nur Bratensoße trinken?

Würdest du lieber den Tag erfahren, an dem du sterben wirst, oder die Art und Weise, wie du sterben wirst?

Für Wren lagen die Antworten auf der Hand. Einen Schwanz, weil man den unter der Kleidung verstecken konnte. Zu kalt, weil man immer noch was drüberziehen konnte, um warm zu werden. In einer Irrenanstalt übernachten, weil Angst haben immer noch besser war, als umzukommen. Füllung, weil es *Füllung* war. Und sie wollte lieber die Todesart erfahren, dessen war sie sich sicher gewesen, anstatt herunterzuzählen, wie viel Zeit ihr noch blieb.

Im Moment überdachte Wren ihre letzte Antwort.

Und überlegte sich eine andere Frage: *Würdest du sterben, wenn dafür jemand anderer leben könnte?*

War es das, was ihre Tante für sie getan hatte?

Wren schauderte es in der Abstellkammer neben Olive, die nach Zitronen roch und wirklich sehr nett war. Doch alles in allem war die Wahrscheinlichkeit, nicht entdeckt zu werden, ziemlich gering.

Olive war wenigstens alt. Natürlich wusste Wren, dass sich das schrecklich anhörte, aber es stimmte. Olive hatte ihr Leben gelebt, jedenfalls das meiste davon. Wren jedoch hatte so vieles noch nicht erlebt, so viele Dinge noch nicht getan. Da wäre schon mal Sex, das war unbestritten. Sie war nie später als erlaubt nach Hause gekommen. War nie betrunken gewesen. Hatte in keinem Mathetest die volle Punktzahl erreicht und war noch nicht den Wasserturm von Jackson State hochgeklettert.

Ihren Führerschein hatte sie auch noch nicht gemacht. Allerdings besaß sie einen Lernführerschein – um den hatte sie sich gleich an ihrem fünfzehnten Geburtstag gekümmert. Ihr Vater wusste, dass sie auf diesen Moment gewartet hatte, und als sie am Morgen ihres Geburtstags in die Küche gesprungen kam, war er bereits hellwach, als hätte er auf sie gewartet. Er ließ sich absichtlich Zeit mit dem Frühstück und trank langsam seinen Kaffee, während Wren es kaum mehr auf dem Stuhl hielt, so eilig hatte sie es, zur Kraftfahrzeugbehörde zu kommen. »Gib mir eine Fahrstunde«, bettelte sie, als sie mit dem geheiligten Papier das Gebäude verließen.

»Also, warum habe ich daran nicht gedacht?«, sagte er und

fuhr mit ihr grinsend hinaus zum Parkplatz der Polizeiwache, wo sie im Sommer freitags immer grillten. Er stellte einen Hindernisparcours aus orangefarbenen Kegeln auf. Zeigte ihr, wie man die Spiegel einstellte und die toten Winkel überprüfte, und übte dann ganze zehn Minuten lang mit dem Fuß auf der Bremse den Wagen von der Park- in die Fahrposition zu schalten.

Schließlich erlaubte er ihr, im Schneckentempo um die Kegel herumzufahren. »Wenn du um eine Kurve fährst, bleib immer in der Mitte«, erklärte er ihr. »Du weißt nie, wer auf der anderen Seite kommt.«

»Verstanden.«

»Ganz ernsthaft, Wren. Das könnte ein Radfahrer sein.«

»Okay.«

»Womöglich gibt es keine Fahrradspur, und du schneidest ihn beim Abbiegen, und er fliegt über den Lenker und schlägt mit dem Kopf auf dem Asphalt auf, und du steigst aus und wählst den Notruf und fährst anschließend dem Krankenwagen hinterher zum Krankenhaus, wo du dann erfährst, dass er tot ist, und seiner Familie Rechenschaft darüber ablegen musst, dass du dafür verantwortlich bist.«

Sie sah ihn an. »Dad.«

»Augen auf die Straße!«

»Das ist doch gar keine Straße!«

Er gab sich geschlagen und hob die Hände. »Entschuldige. Bieg links ab.«

Sie setzte den Blinker und drehte am Lenkrad.

»Du weißt, dass du keine Vorfahrt hast.«

»Aber da sind doch gar keine anderen Autos.«

»Aber wenn du vor jemandem ausscherst, der geradeaus weiterfährt und dann in dich hineinfährt, braucht es vermutlich das Rettungsgerät der Feuerwehr, um dich aus dem Wrack zu ziehen. Und dann könnten deine Rippen gebrochen sein und

dein Herz verletzt haben, und du verblutest womöglich langsam ...«

»*Dad.*«

»Entschuldige. Da draußen gibt es nur Millionen von Fah-
rern, die ich nicht kenne und denen ich nicht traue ... aber *dich*
gibt's nur einmal.«

Wren schaltete in die Parkposition. »Ich werde nicht bei
einem Autounfall sterben«, gelobte sie.

Ihr Vater sah geraden Blicks durch die Windschutzscheibe.
Dann lächelte er, es war dasselbe gepresste Lächeln, das sie auf
seinem Gesicht gesehen hatte, als sie ihm sagte, sie könne abends
jetzt selbst lesen; dasselbe Lächeln, das er aufgesetzt hatte, als sie
in der fünften Klasse durch die Aula ging, um sich ein albernes
Abschlusszeugnis abzuholen; dasselbe Lächeln, mit dem er sie
angesehen hatte, als sie zum ersten Mal mit Wimperntusche und
Lipgloss die Treppe herunterkam. »Ich werde dich darauf fest-
nageln«, sagte er leise.

Der Geiselnehmer hatte sie ins Wartezimmer gescheucht. Die
Empfangstheke war von Glassplittern übersät. Überall lagen
Handzettel verstreut, und der Teppich war voller Blutflecken.
Vor der Eingangstür türmten sich Möbel zur Barrikade: ein
Sofatisch, ein Aktenschrank, eine Couch. Im an der Wand ange-
brachten Fernseher lief eine Koch-Show.

Joy hatte ihre Handtasche und ihr Telefon im Aufwachraum gelassen, als sie vor dem Schützen davonrannte. Er hieß
George. Diesen Namen hatte sie ihn am Telefon nennen hören.
Er unterschied sich in nichts von den anderen männlichen
Protestlern, die draußen gestanden und sie angeschrien hatten, als sie in die Klinik geeilt war. Von dem, was sie sagten,
hatte sie kein Wort mitbekommen. Aber sie erinnerte sich an
einen Mann, der eine Babypuppe mit einem Messer im Bauch
kopfüber am Fuß hielt.

Für ihren heutigen Termin hier hatte sie in der Bar die Schichten getauscht mit der Begründung, ihre Familie in Arkansas zu besuchen. Sollte dieser schießwütige Lebensrechtler noch ein weiteres Opfer suchen, dann würde er sicherlich die Frau herauspicken, die gerade abgetrieben hatte. War das der Preis, den ihr Karma von ihr forderte? Ein Leben für ein Leben?

Würde sie überhaupt jemand vermissen?

»Hey.« Dr. Wards Stimme erreichte ihr Ohr. »Ist alles in Ordnung mit Ihnen?«

Sie nickte. »Und mit Ihnen?«

»Ich werde leben. Vielleicht.« Er musste grinsen. »Sie sind Joy, nicht wahr? Alles wird gut werden.«

Sie wusste nicht, woher er diese Gewissheit nahm, aber sie wusste die Autorität seiner Worte zu schätzen, so wie sie auch seine freundliche Art während des Eingriffs geschätzt hatte.

Wenn sie heute starb, wäre sie eine Fußnote in einer Zeitung.

Sie würde ihren Berufsabschluss nicht machen.

Sie würde nicht wissen, wie es war, sich zu verlieben.

Sie würde keine Gelegenheit bekommen, die Mutter zu sein, die sie selbst nie hatte.

In ihrer Kehle steckte ein hysterischer Lacher fest. Sie war eine Geisel, der Gnade eines bewaffneten Wahnsinnigen ausgeliefert. Ihre Fußsohlen waren regelrecht durchweicht vom Blut anderer. Sie hatte über eine Tote steigen müssen, um dorthin zu gelangen, wo sie jetzt saß, und es war gut möglich, dass vor ihren Augen heute noch mehr Menschen sterben würden. Und sie dazugehörte.

Aber wenigstens war sie nicht mehr schwanger.

Gut sah das hier ganz und gar nicht aus.

Izzy kniete sich vor Bex nieder. Es war ihr gelungen, der Frau die Bluse auszuziehen, nun lag die Austrittswunde der Kugel vor ihr. Sie hatte die rechte Brust durchschlagen und war direkt über dem rechten Schulterblatt herausgekommen. Aber trotz der Gaze, die Janine in die Wunde presste, hatte Bex' Blutung nicht nachgelassen.

»Wir werden uns gut um Sie kümmern, Miz Bex«, sagte Izzy und lächelte sie dabei an.

Die Frau bekam kaum Luft. »Ich bin … ich …«

»Versuchen Sie, nicht zu sprechen«, warf Dr. Ward ein. »Wir flicken Sie zusammen, dass Sie wieder wie neu sind. Das bin ich meinem Ruf als Arzt schuldig.«

Das wenigstens zauberte ein Lächeln auf das Gesicht der Frau. Izzy drückte ihr die Hand.

»Kann ich …?« Janine blickte zu ihr auf. Die Hände des Mädchens waren voll von Bex' Blut, und es zitterte vor Anstrengung, den Blutfluss zu stoppen.

»Nein«, erwiderte Izzy angespannt. »Können Sie nicht.«

Wieder klingelte das Telefon, und sämtliche Köpfe drehten sich ihm zu. Beim letzten Mal war Izzy drangegangen. Der Schütze hatte es ihr mit vorgehaltener Waffe befohlen.

»Nicht anfassen«, blaffte er jetzt.

Das Telefon läutete noch weitere zwölf Mal, Izzy zählte mit.

Der Atem von Bex ging gepresster, röchelnder. »Schwer«, sagte sie. »Luft … holen.«

Izzy umfasste das Handgelenk von Bex und maß den Puls: zweihundertvierzig Schläge in der Minute, Bex hatte eine Tachykardie, Herzrasen.

»Ich tippe auf einen Spannungspneumothorax«, diagnostizierte Dr. Ward. »Wir müssen zusehen, dass wir die Luft aus ihrer Brusthöhle bekommen, damit sie wieder frei atmen kann.« Er drehte sich um und versuchte, sich auf seinem gesunden Fuß aufzurichten, verlor aber das Gleichgewicht und stürzte auf sein verletztes Bein.

Izzy stützte ihn. »Das Letzte, was wir jetzt brauchen können, ist, dass Sie den Helden spielen.«

»Was wir brauchen, ist ein Notarzt«, erwiderte er und sah sie an. »Und wie es aussieht, werden Sie das sein.«

Izzy schüttelte den Kopf. »Ich bin keine Ärztin.«

»Das sind doch nur ein paar Buchstaben vor Ihrem Namen. Ich wette, Sie wissen, was zu tun ist.«

Izzy hatte im Krankenhaus schon mehrfach bei einer Entlastungspunktion zugesehen, die dort allerdings unter sterilen Bedingungen und mit entsprechenden Instrumenten vorgenommen wurde. Doch sie wusste auch, dass Bex ohne sofortigen medizinischen Eingriff nicht mehr lange auf dieser Welt sein würde. Solange Luft über die Wunde in ihren Pleuraspalt gelangte, würde sich immer mehr Druck aufbauen, bis die Lunge kollabierte, was wiederum dazu führte, dass das Herz zusammengedrückt und das Mittelfell verschoben wurde. Infolgedessen könnte ihr Herz nicht mehr wirksam pumpen und die Hohlvene – das große Blutgefäß, das alles Blut zum Herzen transportierte – ihrer Aufgabe nicht mehr nachkommen.

Bex röchelte, rang nach Luft. Ihr ganzer Körper bebte vor Anstrengung. Izzy packte Janines Hand und drückte diese noch fester in die Schusswunde. Dann richtete sie sich auf und nahm all ihren Mut zusammen. »Diese Frau muss medizinisch versorgt werden«, erklärte sie dem Geiselnehmer.

Er starrte sie an.

»Möchten Sie, dass sie stirbt?«

Was für eine dumme Frage. Natürlich wollte er das. Er wollte sie alle sterben lassen. Deshalb war er ja mit einer Waffe gekommen.

»Ich kann sie behandeln. Aber ich muss Instrumente aus dem Eingriffsraum holen.«

»Sie halten mich wohl für einen Idioten? Ich werde Sie nicht allein dorthin gehen lassen.«

»Dann kommen Sie mit«, forderte Izzy ihn verzweifelt auf.

»Und lasse die hier allein?« Er deutete ins Wartezimmer. »Wohl kaum. Setzen Sie sich wieder.«

»Nein«, erklärte Izzy kategorisch.

Er zog die Brauen hoch. »Was haben Sie gesagt?«

»Nein.« Sie begann, auf den Schützen zuzugehen. Die Waffe war auf ihren Bauch gerichtet, und ihre Beine waren schlaff wie gekochte Nudeln, aber sie schaffte es, einen Schritt vor den anderen zu setzen, bis der Lauf der Pistole nur noch fünfzehn Zentimeter Abstand zu ihr hatte. »Ich werde mich nicht hinsetzen. Nicht, bevor Sie mich nicht holen lassen, was ich benötige, um das Leben dieser Frau zu retten.«

Er starrte sie eine gefühlte Ewigkeit lang an. Dann packte er unvermittelt Joy und drückte dieser die Pistole an den Kopf. »Ich zähle bis zehn. Wenn Sie irgendwas Dummes anstellen oder nicht zurückkommen, stirbt diese Frau.«

Joy stieß ein gequältes Wimmern aus. Hinter Izzy schnappte Bex regelrecht nach Luft. »Eins«, zählte der Schütze.

Zwei. Drei.

Izzy machte auf dem Absatz kehrt und rannte den Flur entlang zum Eingriffsraum. *Vier.* Sie durchwühlte Schubladen, riss Schränke auf und griff blindlings nach allem, was sie in die Hände bekam, als wäre dies eine makabre Supermarktplünderung. *Fünf.* Sie hob den Saum ihres Arztkittels an und ließ ihre Beute in diesen provisorischen Korb fallen. *Sechs. Sieben.*

Sie hastete zurück ins Wartezimmer und kippte ihre Schätze auf den Boden.

Der Schütze ließ Joy los, die daraufhin zitternd auf die Couch sank und die Knie zur Brust heranzog.

»Heben Sie die Sachen auf«, wies Izzy Janine an. Sie hob das Krankenhemd an, das sie über Bex gebreitet hatte. Die Augen der Frau waren vor Schreck weit geöffnet und auf Izzy gerichtet, ihre einzige Rettung. »Bex«, sagte sie mit fester Stimme. »Ich weiß, dass Sie keine Luft bekommen. Ich werde mich darum kümmern. Aber Sie müssen versuchen, ganz ruhig zu bleiben.«

Janine legte alles neben Izzy zurecht: Tupfer, Schläuche und ein Skalpell, eine Arterienklemme, ein Tenaculum, eine Kürette.

Izzy war Profi, was das Lösen von Problemen durch Einfallsreichtum anging. Wenn der Herd kaputtging, machte man ein Lagerfeuer und kochte Eier, indem man sie in den Dampf hielt, der aus einem Wasserkessel kam. Wenn für das Müsli keine Milch da war, tat es auch Wasser. Wenn die Schuhsohle durchgelaufen war, machte man eine Innensohle aus Pappe. Wenn einen das Aufwachsen in Armut etwas lehrte, dann das Lösen von Problemen.

Sie griff nach einer Nadel der Größe 22. Sie wusste, wie man eine Entlastungspunktion machte, aber die Nadel hätte dafür dicker sein müssen. Mit dieser hier spritzte man ein Lokalanästhetikum. Um die Luft abzusaugen, die sich in Bex' Brustkorb aufbaute, war sie weder lang noch steif genug.

»Das wird nicht funktionieren«, meinte auch Dr. Ward. »Sie werden eine Thoraxdränage einführen müssen.«

Sie tauschte über Bex' Körper einen Blick mit ihm und nickte.

Izzy zog den Schlauch aus seiner sterilen Plastikverpackung. Griff nach einer Klemme und dann nach dem Skalpell. Wäre sie doch nur so weitsichtig gewesen, Betadine oder einen Alkoholtupfer mitzubringen, aber es musste auch so gehen. Sie hob Bex' rechten Arm an, ließ die Finger zu einer Stelle zwischen der vierten und fünften Rippe wandern und hielt dann inne.

Nur weil sie diesen Eingriff schon mal mitverfolgt hatte, qualifizierte sie das nicht dafür, ihn selbst vorzunehmen.

»Na los doch«, drängte Dr. Ward sie. »Machen Sie den Schnitt.«

Sie hielt die Luft an und drückte das Skalpell tief in Bex' Haut. Eine dünne Blutlinie war zu sehen. Izzy steckte ihren linken Zeigefinger in den Zugang und tastete nach der Brustwand, ohne auf den Schrei zu achten, den Bex ausstieß. Mit der anderen Hand nahm sie die Arterienklemme und schob sie durch den Zugang.

»Sie werden kräftig stoßen müssen«, riet Dr. Ward.

Izzy nickte und platzierte die Spitze der Klemme über der Rippe und durchstieß dann die Brustwand mit einem Knall. Sofort entlud sich Luft, und Blut spritzte auf ihren Schoß. Bex keuchte, konnte endlich wieder atmen.

Es war nicht nur ein Pneumothorax, sondern ein Hämatothorax gewesen. Blut, nicht Luft hatte ihre Pleurahöhle gefüllt.

Izzy spreizte die Arterienklemme und drehte sie hin und her, um die Öffnung in der Brustwand zu vergrößern. Mit dem Zeigefinger tastete sie nach dem Ballon von Bex' Lunge, die sich hob und senkte. Sie zog die Klemme vorsichtig heraus, um nicht versehentlich die Lunge zu verletzen. Ohne den Finger aus der Brusthöhle zu ziehen, schob sie den Saugschlauch nach und nach durch den Zugang, bis er ihre Fingerspitze erreichte. Erst dann zog sie den Finger heraus.

Izzy hatte nichts, um den Schlauch zu fixieren oder den Zugang zuzunähen. Also nahm sie die Plastikverpackung des Schlauchs und verschloss damit die Öffnung an Bex' Seite.

Dr. Ward griff nach dem Klebeband, das sie benutzt hatte, um seine Aderpresse zu befestigen, und riss zwei Streifen ab, damit sie das Plastik fixieren konnte. »Miss Izzy«, sagte er beeindruckt, »wenn ich es nicht besser wüsste, würde ich sagen, Sie sind wie für die Notaufnahme gemacht.«

Der Schlauch wurde seiner Aufgabe gerecht: Blut lief aus ihm heraus und tropfte auf den Boden. Izzy wickelte ein Tuch um das Schlauchende und wünschte sich, sie hätte ein Behältnis. Das hätte ihr ermöglicht zu kontrollieren, wie viel Blut Bex verlor. Ohne Bluttransfusion würde sie sterben.

Izzy spürte eine Hand auf ihrer Schulter. Als sie sich umdrehte, hielt ihr der Geiselnehmer einen Korb hin. »Legen Sie alles hier rein«, sagte er und deutete mit dem Kopf auf die zur Seite gelegten Instrumente.

Sie sammelte die Nadel, das Tenaculum, die blutige Klemme und die nicht verwendeten Gegenstände auf und warf sie hinein.

»Ist das alles?«, wollte er wissen.

Izzy nickte.

Mit gezückter Waffe gab er ihr zu verstehen, dass sie zurücktreten solle, damit er sich selbst überzeugen konnte. Befriedigt, dass nichts zurückgelassen worden war, entfernte er sich und stellte den Papierkorb neben die Empfangstheke.

Bex griff nach ihrer Hand. Sie wirkte schon viel wacher und schien sich auf jeden Fall wohler zu fühlen. »Ich danke ... Ihnen«, murmelte sie. Sie zog an der Hand, bis Izzy sich zu ihr hinabbeugte.

Ihre Stimme war ein Gebet. *Retten Sie meine Nichte.*

Izzy wich zurück und sah ihr in die Augen. Sie nickte.

Izzy fummelte an den Enden des Klebebands herum. Mit ihrer freien Hand griff sie unter die Hüfte von Bex und zog das Skalpell hervor, das sie dort versteckt hatte, nachdem sie den Zugang vorgenommen hatte. Dann beugte sie sich erneut tief über Bex und schob, sodass nur sie beide es sehen konnten, das Skalpell durch den Ausschnitt ihres Arztkittels und steckte es sich in den BH.

Obwohl Hugh die Polizei angewiesen hatte, das Gelände zu räumen, hielten sich dort immer noch ein paar Nachzügler auf. Vertreter der Medien, die zu dumm oder zu ehrgeizig waren, um abzuziehen. Gaffer, die mit gezückten Mobiltelefonen filmten, um die sozialen Medien zu füttern. Auch ein paar Protestler waren noch geblieben, obgleich sie einen sicheren Abstand gewählt hatten, um ihren Gebetskreis abzuhalten. Auf dem Boden zurückgeblieben waren die Symbole ihrer Überzeugungen: ein Schild mit der Behauptung ABTREIBUNG IST MORD; mit Kunstblut beschmierte Puppen, die man in der Eile zurückgelassen hatte und die nun mit verdrehten Gliedmaßen ihren eigenen Miniaturtatort auf dem Beton darstellten.

Hugh konnte sich nicht erinnern, wann die Polizei das letzte Mal wegen einer Auseinandersetzung ins Center gerufen worden war. Jahrelang hatte die Koexistenz der Angestellten und der Protestierenden funktioniert, so wie Öl und Wasser in einem Glas: am selben Ort, aber getrennt. Jede Seite respektierte den anderen widerwillig aufgrund der Tatsache, dass beide Seiten trotz der unüberwindbaren Gegensätze jeden Tag herkamen, um die Arbeit zu tun, von der sie überzeugt waren. Der Protest war überwiegend gewaltlos und zivil gewesen.

Bis jetzt.

Eine Welle der Überraschung ging durch die Protestler, und Hugh, der einen angeborenen Reflex für drohenden Ärger hatte, wurde neugierig. Er drehte sich um und sah, wie eine junge Frau mit pinkfarbenen Haaren sich Zutritt zu dem Häuflein Frömmler verschaffte. Es war die junge Frau, die er vor einer Stunde befragt hatte, die Angestellte, die den Notruf abgesetzt hatte, nachdem sie, sobald die Schießerei begann, aus dem Center gerannt war. Sie stand unmittelbar vor einem der Protestler, einem großen fülligen Mann mit weißer Mähne.

»Bitte«, sagte der Mann. »Beten Sie mit.«

Hugh verfolgte, wie sie auf die Brust des Mannes einhämmerte. »Jetzt tun Sie doch nicht so, Allen, als wäre das nicht alles Ihre Schuld.«

Es überraschte ihn, dass sie ihn beim Namen kannte.

»Er ist keiner von uns«, erwiderte Allen.

»Wie können Sie hier stehen und so etwas sagen«, rief sie. »Würden Leute wie Sie nicht solchen Blödsinn von sich geben, würde es Leute wie *ihn* nicht geben.«

Hugh trat einen Schritt auf sie zu. »Wir haben es hier mit einer Geiselnahme zu tun«, sagte er. »Ich muss Sie alle auffordern zu gehen.«

»Ich kann nicht ...« Rachel schluchzte. »Nicht, bevor ich nicht weiß, dass alle da drin in Sicherheit sind.«

»Deshalb beten wir hier ja. Jemand von unseren Leuten ist da drin«, erklärte Allen.

Hugh strich sich mit der Hand übers Haar. »Sicher.«

Der Protestler schüttelte den Kopf. »Jemand *anderer*«, stellte er klar. »Sie ist eine Geisel.«

Als Janine in der zehnten Klasse ein Streitgespräch führen musste, hatte sie den Fall Roe versus Wade zum Thema. Sie argumentierte dafür, den Gerichtsbeschluss zu kippen, und erklärte mit zitternd zusammengepressten Knien, dass eine Abtreibung ein Leben beendete. Ihrem Lehrer zufolge, der ein Befürworter von Schwangerschaftsabbrüchen war, hatte sie die Debatte verloren. Aber im Anschluss daran war ein Mädchen namens Holly an sie herangetreten und hatte sie gefragt, ob sie am Samstagmorgen schon was vorhabe. Auf diese Weise wurde Janine, untergehakt zwischen zwei Fremden, die zu Hollys Kirche gehörten, Teil einer Menschenkette, die über einen Kilometer lang war.

Niemals im Lauf der Jahre hatte Janine an ihrem Glauben gezweifelt, dass das Leben mit der Empfängnis seinen Anfang nahm. Und doch behielt sie es für gewöhnlich für sich, weil man, wenn man zugab, gegen Abtreibung zu sein, angesehen wurde, als wäre man nicht besonders helle oder gehörte einer religiösen Sekte an. Oder man bekam zu hören, dass man zwar persönlich gegen Abtreibungen sei, es dabei aber um das Recht der Frauen gehe, die Entscheidung selbst zu treffen. Da könnte man genauso behaupten: *Ich würde niemals ein Kind misshandeln, aber ich werde meinem Nachbarn nicht sagen, dass er seinen Sohn nicht schlagen darf.*

Diese Wahrheit hatte Janine immer wieder angezogen wie ein Magnet. Sie war auch der Anlass gewesen, nach Mississippi zu kommen und mit Allen zu arbeiten. Sie standen so kurz davor – nur noch eine Klinik, und der Bundesstaat wäre frei von Abtreibungseinrichtungen.

Sie mochte die anderen Protestler. Außer Allen gab es Margaret, die an einem Kraniopharyngeom litt und den Rosenkranz betete, wenn die Patientinnen vorbeiliefen. Dann den Professor, der an der Universität lehrte. Ethel und Wanda, die Segenspäckchen an die Frauen auf ihrem Weg in die Klinik verteilten.

Es war Allens Idee gewesen, dass Janine als ihr jüngstes Mitglied einen Videoblog einrichten solle, um ihrer Generation zu erklären, warum Abtreibung Mord war. Ihre erste Folge sollte den Titel tragen: »In der Abtreibungsfabrik«.

Sie wollte ganz nah dran und aus eigener Anschauung berichten. Aber *damit* hatte sie nicht gerechnet.

Fast hätte Janine sich übergeben, als Izzy in Bex' Fleisch geschnitten hatte. Ohne Betäubung und Bex bei vollem Bewusstsein. Die unter dem Skalpell geteilte Haut war zu einem klaffenden Maul geworden, rot und wütend.

Janine betrachtete ihre Arme, die bis zu den Ellbogen voller Blut waren, und plötzlich brach alles über sie herein. Sie hatte ihre Hände in der Brust einer anderen Frau gehabt. Sie saß in der Falle mit einem Bewaffneten, dem nicht bewusst war, dass eine seiner Geiseln Abtreibungen genauso abstoßend fand wie er. Sie versuchte aufzustehen.

Izzy blickte hoch, als Janine sich Halt suchend an der Wand abstützte. »Ist Ihnen schwindelig?«, fragte sie.

Ihre eigene Stimme klang blechern und kam von weit her, wie die eines Zugschaffners, den man nicht wirklich verstehen konnte. *Ich muss hier raus.* Izzy legte Janine beruhigend einen Arm um die Schultern. »Ich muss hier raus«, sagte Janine mit mehr Nachdruck.

»Atmen Sie ein paarmal tief durch«, empfahl Izzy ihr mit warnendem Unterton. Sie richtete ihren Blick auf den Bewaffneten, der sich umgedreht hatte und sie anstarrte.

»Nein.« Janine entwand sich der Umarmung. Sie ging auf den Geiselnehmer zu, der die auf sie gerichtete Waffe in Hüfthöhe hielt. »Verzeihung, Sir, aber ich gehöre nicht hierher«, sagte sie und lächelte ihn an.

»Setzen Sie sich sofort hin, verdammt«, knurrte er.

»Ich bin wie *Sie*, nicht wie die hier. Ich bin keine Patientin. Ich war hier, weil ... Nun, das ist eine lange Geschichte.« Sie griff sich an den Kopf und zog ihre blonde Perücke ab, unter der ein dunkler Kurzhaarschnitt zum Vorschein kam. »Ich halte Abtreibung für eine Sünde. Hier werden Babys umgebracht, und sie verdienen ... sie verdienen ...« Sie sah sich um, und alle im Wartezimmer starrten sie erschrocken an. »Bitte lassen Sie mich gehen«, bettelte sie.

»Seien Sie still«, herrschte der Schütze sie an.

»Ich verspreche, ich werde nicht ...«

»Mund halten!«

»Ich werde denen da draußen sagen, dass Sie ein vernünftiger Mann sind. Ein guter Mann. Mit einem guten Herzen, der versucht, den Ungeborenen eine Stimme zu geben.« Ermutigt trat sie einen Schritt vor. »Sie und ich, wir sind auf derselben Seite ...«

Janine sah, wie der Schütze die Waffe hob. Dann wurde alles schwarz.

Keiner rührte sich, um dem Mädchen zu helfen, das bewusstlos geschlagen worden war. Wäre Louie nicht wegen seiner Aderpresse bewegungsunfähig gewesen, hätte er selbst womöglich genauso gehandelt, Eid des Hippokrates hin oder her.

Offenbar war sie hergekommen, um ihnen eine Falle zu stellen. Jahrelang hatten die Abtreibungsgegner nun schon Kliniken infiltriert und versucht, Beweise für den Mythos zu finden, dass Teile der Föten verkauft wurden und die Angestellten Frauen zwangen, späte Schwangerschaften zu beenden. Das Ergebnis? Die Leute glaubten ihnen ... so sehr, dass es sie zu Gewaltakten inspirierte. In Colorado hatte ein Mann eine Beratungsstelle für Familienplanung niedergeballert, weil er sich sicher war, dort würden Organe und Gewebe von Babys verkauft.

Wer konnte wissen, welche Lügen den Schützen heute hierhergeführt hatten?

Die Protestler waren Louie alle bekannt, das war eine Frage des Selbstschutzes. Es gab einfach zu viele dunkle Straßen in Mississippi, zu viele Orte, an denen sein Wagen in einem Abwasserkanal landen könnte, wie man das früher Aktivisten der Bürgerrechtsbewegung angetan hatte. Allen hatte ihm kürzlich ein Kompliment zu seinem Haarschnitt gemacht. Wanda hatte montags immer Donuts für die Angestellten dabei. Raynaud, der als lebende Reklametafel mit Fotos von Babykörperteilen herumlief, vermied jeglichen Blickkontakt. Mark kam nur an Dienstagen und saß dann auf seinem Gehgestell, das Sauerstoffgerät für sein Emphysem im Schlepptau. Ethel, die Schühchen und Mützen für die Segenspäckchen strickte, hatte Louie einmal ein Paar Handschuhe zu Weihnachten geschenkt.

Es gab aber auch andere mit größerem Störpotenzial: Protestler, welche die Autokennzeichen der auf dem Parkplatz stehenden Autos fotografierten und diese dann auf Websites veröffentlichten, um sie der Schikane preiszugeben; Protestler, die mittels Geofencing dafür sorgten, dass sich der Telefonbrowser bei jedem, der sich der Klinik auf dreihundert Meter näherte, mit Anti-Abtreibungs-Werbung füllte. – Wenn Louie auf der Arbeit seine Facebook-Einträge ansah, erinnerte ihn ein Pop-up, dass er sein Baby behalten könne. – Davis, ein junger Geistlicher, blockierte die ankommenden Autos mit seinem Körper und drohte den Patientinnen mit der Hölle. Reverend Rusty von Operation Save America kam alle paar Monate mit einer Gruppe von Gefolgsleuten, deren Wut er mit seiner schneidenden Stimme und den Blicken aus seinen Klapperschlangenaugen anstachelte, in einem alten VW-Bus von Wichita heruntergefahren.

Immer mal wieder tauchte auch jemand Neues auf. Im letzten März nutzte ein christliches College die Semesterferien im Frühling zu einer Fahrt nach Mississippi, und eine ganze Busladung von Collegestudenten mit frischen Gesichtern demonstrierte eine ganze Woche lang. Dann gab es einen Mann, der ein paar Tage lang mit seinem knurrenden Pitbull auftauchte, aber dann auch genauso schnell verschwand, wie er gekommen war. Und vor etwa einem Jahr preschte ein verrückter Protestler in die Klinik und kettete sich an einem Ultraschallgerät an – ohne zu bemerken, dass diese tragbar waren und herausgerollt werden konnten, wie das auch die Polizei machte, als sie ihn aus dem Gebäude holte, um ihn zu verhaften. Und offensichtlich gab es auch noch Janine.

Ohne die Perücke erkannte er sie als eine Abtreibungsgegnerin. Unfassbar, dass sie mit ihm unter einem Dach gewesen war, ohne von ihm erkannt zu werden, bis gerade eben. Er kam sich töricht vor. Hier war eine Linie überschritten worden.

Miss Essie war bei Louie zu Hause häufiger Gast auf ihrer Veranda und nutzte jede Gelegenheit, sich über die Leiterin des Helferinnenteams der Kirche zu ereifern, bei der sie sich dann aber Sonntag für Sonntag einschmeichelte, als wären sie beste Freundinnen. *Lieber den Teufel, den man kennt, als den, den man nicht kennt*, pflegte sie zu antworten, wenn Louies Großmutter ihr Heuchelei vorwarf.

Dann such dir doch passendere Gesellschaft, hielt seine Großmama dagegen.

Für Louie sah es ganz danach aus, als hätte diese junge Dame versucht, ihre Haut zu retten. Der Schuss war eindeutig nach hinten losgegangen. Würde sie sich, wenn sie wieder bei Bewusstsein war, bei den Frauen entschuldigen, die aus Not und Verzweiflung ins Center gekommen waren? Oder bei Izzy und ihm, die sich der Gesellschaft und der Politik, ja selbst der Gewalt entgegenstellten, um diesen Frauen eine letzte Chance zu geben?

Bei Vonita könnte sie sich tausendmal entschuldigen, es würde sie nicht mehr lebendig machen.

Diese Frau, die nicht weit von ihm entfernt lag, wäre vermutlich überrascht zu erfahren, nicht die erste Aktivistin der Abtreibungsgegner zu sein, die hier ins Center gekommen war. Mindestens an einem Dutzend von ihnen hatte er selbst Abtreibungen vorgenommen.

Und Louie kannte keinen einzigen Kollegen, der nicht dasselbe getan hatte. Diese Frauen nahmen für sich in Anspruch, sich für das ungeborene Leben einzusetzen, und insistierten auf der Unantastbarkeit der geheiligten Föten, bis zufällig einer in ihnen landete und nicht zu ihrer Lebensplanung passte. Im Behandlungsraum redeten sie sich damit heraus, dass dies für sie etwas anderes sei. Oder sie begleiteten ihre Töchter zum Eingriff und meinten, dies sei doch wohl eine Ausnahme. Louie würde dann gern darauf verweisen, dass jeder, der durch die Tür des Centers kam, jemandes Tochter war. Aber er tat es nicht.

Brachen diese Frauen dann auf Louies Tisch in Tränen aus, weil sie nie gedacht hätten, einmal hier zu landen, hielt er sich zurück. Er warf ihnen nicht vor, Heuchlerinnen zu sein, weil jeder Gründe finden kann für das, was er tut. Aber er hoffte darauf, dass die Empathie sich wie ein invasives Unkraut des Mitgefühls ausbreitete.

Doch schon ein oder zwei Tage nachdem sie abgetrieben hatten, nannten dieselben Frauen ihn wieder einen Mörder, wenn er von seinem Wagen zu seinem Arbeitsplatz ging. Für Schwindlerinnen hielt er sie dennoch nicht. Denn er verstand, warum sie glaubten, wieder dorthin zurückkehren zu müssen, wo sie nach Meinung aller anderen in ihrem sozialen Umfeld hingehörten.

Wenn diese Beschützerinnen der Ungeborenen zu ihm kamen, um eine Schwangerschaft zu beenden, und ihm erklärten, dass sie nicht an die Abtreibung glaubten, sagte Louie Ward nur eins zu ihnen: *Runterrutschen.*

Problem gelöst, sagte Joy sich bitter. Willst du einen strittigen Punkt klären? Dann wirf alle Parteien in den Schmelztiegel eines Geiseldramas und lass sie dort schmoren.

Sie lenkte den Blick auf den bewusstlosen Körper der Frau, die neben ihr gelitten hatte. Auch in hundert Jahren wäre ihr nicht in den Sinn gekommen, dass sie eine Abtreibungsgegnerin auf Undercover-Mission war. Und wenn doch, hätte Joy sich dann überhaupt mit ihr abgegeben?

Das war Karma in seiner reinsten Form. Und dabei hatte Janine nicht wie Joy einfach nur den falschen Ort aufgesucht.

Gestern war sie nämlich in der falschen Klinik gelandet. Wie das Center war auch diese orangefarben gestrichen. Und lag tatsächlich gleich um die Ecke. Auf dem Schild hatte sogar THE WOMEN'S CENTER gestanden, als versuchte man, Patientinnen absichtlich zu verwirren.

Im Wartezimmer hingen Poster von Föten in den unterschiedlichsten Entwicklungsstadien: ICH BIN SECHS WOCHEN ALT UND HABE FINGERNÄGEL! ICH BIN ZEHN WOCHEN ALT UND KANN MEINEN KOPF DREHEN UND DIE STIRN RUNZELN! ICH BIN SIEBZEHN WOCHEN ALT – UND HATTE GERADE EINEN TRAUM! Sie fand es höchst grausam, solche Poster an die Wände zu hängen, aber vielleicht steckte dahinter die Absicht, die Frauen auszusieben, die noch unsicher in ihrer Entscheidung waren. Joy schloss die Augen, um sie nicht ansehen zu müssen.

Sie wurde aufgerufen, und eine lächelnde Frau mit dunklen Haaren und kappenartiger Frisur führte sie nach hinten in eine Kabine. Die Frau trug einen Laborkittel, auf dem in Brusthöhe in Schnörkelschrift der Name Maria aufgestickt war. »Wie wär's, wenn wir mit dem Ultraschall beginnen!«, sagte Maria, und Joy stellte fest, dass sie zu den Frauen gehörte, die nur in Sätzen mit Ausrufezeichen sprechen. »Damit wir sehen, wie weit Ihr Baby ist!«

Als Joy auf dem Untersuchungsstuhl lag, verfolgte sie, wie Maria Gel auf ihrem Bauch verteilte und dann mit dem Ultraschallstab darüberstrich. »Da sehen Sie Ihr kleines Wunder!«, verkündete Maria und drehte ihr den Bildschirm zu. Darauf war ein voll ausgebildetes, pummeliges Baby in Schwarz-Weiß zu sehen.

Joy hatte sich im Internet kundig gemacht und wusste, dass ihr fünfzehn Wochen alter Fötus etwa die Größe eines Apfels hatte, vielleicht knappe zehn Zentimeter lang. Aber dieses Ding auf dem Bildschirm nuckelte am Daumen. Es hatte Haare, Augenbrauen und Fingernägel. Es sah aus, als könnte es bereits krabbeln. Während sie auf den Bildschirm des Ultraschallgeräts schaute, fiel ihr auf, dass die Bewegungen und Zuckungen des Fötus sich wiederholten. Hier wurde ein Endlosband abgespielt.

Joy räusperte sich. »Ich glaube, hier liegt ein Missverständnis vor«, sagte sie. »Ich bin wegen einer Abtreibung hier.«

»Sie wissen schon, dass Sie, wenn Sie abtreiben, womöglich keine Kinder mehr bekommen können ... nie mehr! Sofern Sie den Eingriff überhaupt überleben«, sagte Maria. Und fuhr dann fort: »Gehen Sie in die Kirche? Und Ihr Freund auch?« Selbst diese Fragen klangen enthusiastisch. »Wenn Sie Jesus in Ihr Herz ließen, würde er nicht wollen, dass Sie Ihr Baby töten!«, gab Maria zu bedenken.

Inzwischen war Joy völlig durcheinander. »Ich glaube, ich habe einen Fehler gemacht.«

Maria hielt sie am Arm fest. »Ich bin so froh, Sie das sagen zu hören. Wir können Ihnen helfen, Joy. Wir können Ihnen und Ihrem Kind helfen. Wir haben keinen Mangel an adoptionswilligen Paaren!«

Ein Verdacht keimte in Joy. »Ich ... muss darüber nachdenken«, sagte sie, zog ihre Bluse nach unten und setzte sich auf.

Maria strahlte. »Wir haben keine Eile!«

Selbst das war gelogen. Joy wusste, dass ihr genau noch vier

Tage blieben, wenn sie im Staat Mississippi eine legale Abtreibung durchführen lassen wollte.

Erst als sie schon draußen auf der Straße war und erst mal durchatmete, blickte sie auf und entdeckte das richtige Center auf der anderen Straßenseite. Sie rannte an den Protestlern vorbei, die sie anschrien, und drückte mehrmals auf den Klingelknopf. Das elektronische Türschloss summte, und Joy hastete hinein.

»Ist das hier das Center?«, fragte sie die Frau am Empfang, die daraufhin nickte. »Sind Sie sich da ganz sicher?«

»Sollte ich mir wohl sein, nachdem es mir gehört. Haben Sie einen Termin?«

Sie trug ein Namensschild: VONITA. Als Joy sich für ihre Verspätung entschuldigte, wusste Vonita genau, was passiert war. »Dieses verdammte Krisencenter für Schwangerschaften«, sagte Vonita, »verzeihen Sie meine Wortwahl. Die sind wie Unkraut – schießen neben jeder Abtreibungsklinik aus dem Boden, um absichtlich die Patientinnen zu verunsichern.«

»Bestimmt ein Haufen Quacksalber.«

»Mit Sicherheit, ich *weiß* es«, bestätigte Vonita. »Der Staat lässt uns über jede Menge Hindernisse springen, damit wir unsere Lizenz behalten, die hingegen unterliegen gar keiner Evaluierung. Die behaupten, dass wir hier keine richtigen Ärzte haben. Und Sie wahrscheinlich verbluten werden.« Sie schüttelte den Kopf. »Die Wahrscheinlichkeit, dass Sie auf dem Weg hierher von einem Bus überfahren werden, ist größer, als nach einem Abbruch an Komplikationen zu sterben.«

Sehr viel wahrscheinlicher stirbt man, weil man sich in eine Abtreibungsklinik geschlichen hat, um einen moralischen Beweis anzutreten.

Nach und nach machte Joy sich klar, dass Janine bekommen hatte, was sie wollte. Womöglich nicht auf die von ihr beabsichtigte Weise, aber aller Wahrscheinlichkeit nach würde diese Klinik nun geschlossen werden – und zwar nicht nur vorübergehend, sondern für immer. Vonita, die Eigentümerin, war tot. Und wer wäre bereit, nach so einem Vorfall diese Klinik zu übernehmen? Was würde dann aus Frauen wie Joy werden, die in der fünfzehnten Schwangerschaftswoche waren und für morgen oder übermorgen einen Termin hatten?

Wieder wanderte Joys Blick zu der auf dem Boden liegenden Janine. Das zeigte nur, dass es keinen richtigen Weg gab, das Falsche zu tun.

Außer man ließ es sein.

Sie spürte aller Augen auf sich ruhen, als sie sich langsam vor Janine auf den Teppich kniete.

Wenn man den Kopf einer Lügnerin in den Schoß bettete, fühlte der sich tatsächlich nicht anders an als der jeder anderen auch. Da soll einer schlau draus werden!

In gewisser Hinsicht, überlegte Olive, war es schwerer, hier im Dunkeln zu sein als draußen bei den anderen. Sie konnte die Gespräche hören, Stampfen, Krachen. Sie wusste, wann der Geiselnehmer wütend war und wann jemand Schmerzen hatte. Aber weil sie das alles nicht mit eigenen Augen sehen konnte, begann sie, sich auszumalen, was geschah. Und was sie mit ihrer blühenden Fantasie erträumen konnte, war mit Sicherheit viel schlimmer als die Realität.

Richtig?

Wren neben ihr erschauderte. »Glauben Sie, er hat sie umgebracht?«

Die Frage, wer sie war, erübrigte sich. Die Frau, die sich darüber ausgelassen hatte, dass hier Babys getötet wurden, war nach einem heftigen Schlag still geworden.

»Erschossen hat er sie nicht«, flüsterte Olive.

»Was aber nicht heißt, dass sie noch lebt.«

»Das Gehirn vermag vieles«, erläuterte Olive, »aber es kann nicht unterscheiden zwischen dem, was tatsächlich passiert, und dem, was man sich einbildet. Deshalb gruselt einen auch in Gruselfilmen, und deshalb weint man bei Büchern von Nicholas Sparks.«

»Wer?«

»Vergiss es.«

»Sie reden wie eine Lehrerin«, sagte Wren.

»Bekenne mich schuldig«, entgegnete Olive. »Ich habe am College unterrichtet.«

Sie musste an die Frau denken, die behauptete, nicht hierher zu gehören. Dasselbe könnte Olive von sich sagen. In diesem Center ging es um nichts anderes als die Selbstbestimmung bei der Fortpflanzung, und über dieses Stadium war sie schon längst hinaus. Aber niemals hätte sie Wrens Leben in Gefahr gebracht, indem sie die Tür der Kammer aufstieß, um ihre eigene Haut zu retten.

»Wenn ich sterbe«, murmelte Wren, »werden sie mir in der Schule einen Schrein errichten.«

Olive wandte sich ihrer Stimme zu.

»Unter meinen Spind werden sie Blumen stellen. Und Poster mit der Aufschrift RUHE IN FRIEDEN aufhängen, dazu Fotos von mir, auf denen ich albern aussehe, wie etwa das vom Spirit Day, als ich mir das Gesicht angemalt hatte, oder von Halloween, wo ich als Supergirl verkleidet war. So war es auch im letzten Jahr, als ein Mädchen an Leukämie starb«, erzählte Wren leise. »All die vielen Menschen, die so tun, als würden sie mich vermissen, obwohl sie mich überhaupt nicht gekannt haben.«

Olive griff nach ihrer Hand und drückte sie. »Du wirst nicht sterben«, sagte sie.

Und wie um ihr Versprechen zu unterstreichen, summte Wrens Telefon.

Bist du noch sicher?, schrieb Hugh.

Beim Scrollen tauchten die drei Punkte auf, und er stieß die Luft aus, die er angehalten hatte.

Da hat jemand geschrien & dann ein Schlag & jetzt ist es ruhig.

Er fragte sich, wie viele Frauen außer seiner Tochter und seiner Schwester noch da drin sein mochten.

Ihm war klar, dass er für alle Geiseln im Center die Verantwortung trug, aber in Wahrheit dachte er nur an Bex und Wren.

Tante Bex?, tippte er.

??? weiß nicht.

Wenn er als Jugendlicher nach der Schule irgendwohin wollte, bestand Bex jedes Mal darauf, dass er sie anrief, sobald er angekommen war. Das war ihm verhasst – gab ihm das Gefühl, ein richtiger Versager zu sein. Erst als er Wren bekam und sich in jeder Minute, die sie nicht bei ihm war, Sorgen machte, verstand er, warum seine Schwester so wachsam gewesen war. Nicht immer hält man den anderen nur deshalb allzu fest, weil man ihn beschützen möchte – manchmal schützt man damit auch sich selbst.

Hugh starrte sein Telefon an, als könnte er Wren darüber Mut, Kraft, Hoffnung vermitteln. *Verhalte dich ruhig*, schrieb er.

…

…

Daddy, antwortete sie, *ich habe Angst.*

Daddy hatte sie ihn schon lange nicht mehr genannt.

Als Wren klein war, hatte Hugh sie dabei ertappt, wie sie im Badezimmer ihr Gesicht mit Zitronen bearbeitete, um ihre Sommersprossen loszuwerden. *Ich habe Flecken*, hatte sie gesagt. *Ich bin hässlich.*

Du bist schön, hatte er darauf erwidert, *und das sind Konstellationen.*

Sie war sein Universum, so viel stand fest.

Eltern sein bedeutet, aufzuwachen und in der Hand eine Seifenblase zu halten mit dem Auftrag, sie vor sich herzutragen, während man im Fallschirm aus schwindelnden Höhen springt, ein Gebirge erklimmt und an vorderster Front kämpft. Eigentlich möchte man nichts lieber, als sie an einem Ort zu verwahren, wo sie sicher ist vor Naturkatastrophen und Gewalt, vor Vorurteilen und Sarkasmus, aber das war keine Option. Man lebte in täglicher Angst, sie platzen zu sehen oder sie selbst kaputt zu machen. Und ahnte dabei, dass man, wenn sie verschwände, selbst auch verschwinden würde.

Er fragte sich, ob die Frauen, die das Center aufgesucht hatten, anders darüber dachten.

Aber natürlich würden sie *genau* das denken.

Ich bin hier, schrieb er Wren und hoffte, es würde reichen.

Beth starrte den fremden Mann in ihrem Zimmer an. Einen Polizisten. Nicht vor der Tür, sondern im Raum, und er beobachtete sie. Das war ein verdammt unheimliches Gefühl. Als wäre es nicht schon schlimm genug, mit Handschellen ans Bettgestell gefesselt zu sein.

Sie wollte ihren Vater. Hätte ihm gern eine Textnachricht geschickt, sich entschuldigt, geweint, gefleht, aber die Polizei hatte ihr das Telefon weggenommen. Ob er in der Krankenhaus-Cafeteria war, einen Spaziergang machte oder einfach nur in seinem Auto saß und sich die fürchterlichen Dinge durch den Kopf gehen ließ, die sie einander gesagt hatten? Beth wusste, dass sie ihm, könnte sie ihn ansprechen und sein Gesicht sehen, verständlich machen könnte, dass sich nichts geändert hatte, dass sie ihn noch immer so sehr brauchte wie zuvor, wenn nicht noch mehr. Wenn er wollte, würde sie einen ganzen Monat in der Kirche mit ihm verbringen, um Abbitte für ihre Sünden zu leisten. Sie würde alles tun, damit alles wieder so wurde, wie es einmal gewesen war.

Als die Tür aufging, drehte sie sich voller Hoffnung um. Aber was sie da heraufbeschworen hatte, war nicht ihr Vater. Es war ein Fremder im Anzug mit dunklen, vollen Haaren. Er wurde von einer Stenografin begleitet, die in der Ecke neben dem Heizkörper ein Gerät aufstellte.

»Hallo, Beth«, begrüßte er sie, »ich bin der stellvertretende Bezirksstaatsanwalt Willie Cork. Wie geht es dir?«

Ihr Blick wechselte von diesem Mann zum Polizisten und verweilte dann auf der Stenografin. Wenn sie als kleines Mädchen Pipi machen musste, bat ihr Vater immer eine Frau, sie mit auf die Damentoilette zu nehmen. Er pflegte zu sagen, wenn sie jemals das Gefühl hatte, Hilfe zu brauchen, sollte sie sich jemanden suchen, der wie eine gute Mutter aussah.

Was, wie Beth sich entsetzt eingestand, sie selbst disqualifizierte.

Vielleicht war er ihr Anwalt. Sie hatte um einen gebeten. Doch sie wusste nicht, wie das funktioniere. »Hallo«, sagte Beth leise, und in diesem Moment flog die Tür erneut auf, und ein kleiner Tornado fegte herein. Sie war winzig und schwarz, und die Luft, die sie umgab, knisterte.

»Mag sein, dass Sie mit Ihrer käsigen Männlichkeit überall in diesem Bundesstaat durchkommen, Willie, aber selbst Sie müssten *das* besser wissen. Ohne Anwesenheit eines rechtlichen Beistands dürfen Sie nicht mit meiner Klientin sprechen.«

»Was für eine warmherzige Begrüßung, Frau Rechtsanwältin«, sagte der stellvertretende Bezirksstaatsanwalt in schleppendem Tonfall. »Sie scheinen mich vermisst zu haben.«

»Was Sie anbelangt, Willie, da reicht schon ganz wenig. Wie bei Arsen. Oder Atomstaub.« Sie wandte sich dem Krankenbett zu. »Ich bin Mandy DuVille, deine Pflichtverteidigerin. Du bist Beth, nicht wahr?«

Beth nickte.

»Okay, Beth. Sprich mit niemandem, sofern ich nicht dabei bin, verstanden?« Sie sah den Staatsanwalt an. »Warum sind Sie überhaupt hier? Haben Sie nicht Wichtigeres zu tun? Wie etwa ein Gesetz gegen fingierte Wählerstimmen verabschieden oder Wahlkreisschiebungen vor Ihrer nächsten Wahl …«

»Officer Raymond hat mich herbestellt, und das zu Recht«,

sagte Willie Cork. »In all den Jahren, die ich Justitia nun schon diene, habe ich noch nie so etwas Verstörendes gesehen. Binnen einer Stunde hatten wir einen Haftbefehl.«

Mandy schielte auf den Polizisten, der an der Tür stand. »Nathan«, begrüßte sie ihn.

»Cousine«, sagte er.

Der Staatsanwalt übergab Mandy eine Akte. »Tun Sie sich keinen Zwang an«, sagte er, und Beths Anwältin schlug den Ordner auf und begann zu lesen.

»Abtreibung ohne fremde Hilfe«, las Mandy. »Tabletten?« Ihre Anwältin klappte den Ordner zu und richtete den Blick auf die Handschellen um Beths Handgelenke. »Sie ist ein Kind. Bringt klatschnass vielleicht gerade mal hundert Pfund auf die Waage. Ist das wirklich notwendig?«, fragte sie den Staatsanwalt.

»Diese Frau ist eine Mörderin«, erwiderte der Mann.

»*Mutmaßliche* Mörderin.«

Beths Blicke schossen von einem zum anderen. Es war wie bei einem Tennismatch und sie der Ball, der hin- und hergeschlagen wurde. Sie veränderte ihre Lage, und die Kette um ihr Handgelenk klirrte. »Ich habe nicht … «

»Sag nichts mehr«, unterbrach Mandy sie mit lauter Stimme und hielt abwehrend die Hand hoch. »Nathan«, fragte sie, »dürfte ich mich vielleicht für ein kurzes Vieraugengespräch flüsternd über meine Klientin beugen?«

»Für dich Officer Raymond«, sagte Nathan. »Und nein. Du wirst die ganze Zeit über zwei Schritte Abstand zur Angeklagten einhalten.«

Die Pflichtverteidigerin verdrehte die Augen. »Du musst mir sagen, Beth, ob du verstehst, was dir vonseiten des Staates vorgeworfen wird. Nicht, ob du es getan hast oder nicht.«

Beth blinzelte Mandy an, war sichtlich verwirrt.

»Okay. Ich werde für dich auf nicht schuldig plädieren und

verzichte auf den Kautionsantrag, bis du hier entlassen und ins Gefängnis überführt wirst.«

Beth klappte die Kinnlade runter. »*Gefängnis?*«

In dem Moment öffnete sich die Zimmertür, und ein Sicherheitsbeamter des Krankenhauses drängte herein, gefolgt von einem Gerichtsdiener, der mit Sicherheit schon die siebzig hinter sich hatte, und einem weiteren Mann, dessen Auftreten die Tonlage im Raum änderte. Sofort standen beide Anwälte stramm. Der Polizist legte die Hand auf seine Waffe und zwängte sich zwischen Beth und den Richter, der andere Sicherheitsbeamte drängte Mandy noch weiter weg von Beth, um den Weg freizumachen. »Sie ist nicht Charlie Manson«, murmelte Mandy.

»Erheben Sie sich«, verkündete der Gerichtsdiener, und Beth richtete den Blick auf ihre ans Krankenbett gefesselten Beine. »Euer Ehren Richter Pinot vom Third Circuit Judicial District Court.«

Der Staatsanwalt wandte sich mit einem öligen Lächeln an Pinot. »Habe ich richtig gehört, dass Sie letzte Woche im Golfklub unter achtzig Schlägen geblieben sind?«

»Das geht Sie überhaupt nichts an, Cork«, brummte der Richter. »Ich hasse Anklageerhebungen im Krankenhaus.« Sein Blick richtete sich auf den einzigen Stuhl im Raum, besetzt von der Stenografin. »Gibt es keine andere Sitzmöglichkeit?«

»Hier drin ist nicht viel Platz«, meinte der Gerichtsdiener.

»Vielleicht schaffen wir welchen, indem wir uns von Überflüssigem trennen. Fangen wir mit Ihnen an.

»Aber Euer Ehren«, protestierte der Gerichtsdiener. »Ich bin hier, um Sie zu beschützen.«

Beth fragte sich, was man ihr wohl zutraute, angekettet an das Krankenhausbett. Der Sicherheitsbeamte des Krankenhauses schleppte von irgendwo einen Drehstuhl an und zwängte diesen in das Zimmer, wodurch Mandy noch *weiter* von Beth abgedrängt wurde.

»Sind wir denn um Gottes willen jetzt endlich *fertig*?«, fragte Richter Pinot.

Beth drängte sich die Frage auf, ob jemand hier im Raum wohl mutig genug wäre, ihn darauf hinzuweisen, dass er der Grund für die Verzögerung war. Aber nein.

»Ja, wir sind bereit, Euer Ehren«, sagte Mandy.

»In der Tat«, stimmte der Staatsanwalt ein.

Der Richter setzte sich eine Lesebrille auf und las die Anklage laut vor. Beths Name tauchte nicht darin auf, nur ihre Initialen.

»Verstehen Sie, worum es hier heute geht?«, fragte der Richter.

Beth schüttelte den Kopf.

»Dieses Verfahren wird aufgezeichnet, Ma'am. Sie müssen die Frage hörbar beantworten«, forderte der Richter sie auf.

»Nicht wirklich«, murmelte sie.

»Nun, in Anwendung des Mississippi-Gesetzbuches § 97-3-37, Absatz 1, und § 97-3-19, Absatz D, werden Sie wegen Mordes angeklagt, weil Sie absichtlich den Tod eines Kindes in utero herbeigeführt haben. Das Staatsrecht definiert Mord als die Tötung eines Menschen ohne juristische Genehmigung, sofern diese mit dem Vorsatz erfolgte, den Tod der getöteten Person herbeizuführen. Außerdem versteht das Staatsrecht unter dem Begriff *menschliches Wesen* ein ungeborenes Kind in jedem Stadium der Schwangerschaft, von der Empfängnis bis zur Lebendgeburt. Das Strafmaß sieht dafür Gefängnis für nicht länger als zwanzig Jahre oder eine Geldstrafe von nicht mehr als siebentausendfünfhundert Dollar oder beides vor, weil Ihr Verhalten zur Fehlgeburt dieses Kindes geführt hat.«

Zwanzig Jahre?, überlegte Beth. Siebentausendfünfhundert Dollar? Beide Zahlen überstiegen ihr Vorstellungsvermögen.

»Die einzige Fehlgeburt hier, Euer Ehren, ist eine Fehlgeburt der Justiz«, unterbrach Mandy ihn.

Er nahm Blickkontakt zu ihr auf. »Ich schlage vor, Sie mäßigen sich, Miz DuVille.« Und an Beth gewandt ergänzte er: »Bekennen Sie sich schuldig?«

»Ich kann erklären …«

»Nein«, lautete Mandys Befehl. »Ich weiß, dass du dazu etwas zu sagen hast, Beth, aber erzähl das niemand anderem außer mir. Was du mir sagst, wird vertraulich behandelt. Das können die anderen nicht. Du brauchst jetzt nur *schuldig* oder *nicht schuldig* zu sagen.«

»Nicht schuldig«, flüsterte sie.

»Wo sind die Eltern? Wer hat sie hergebracht?«, wollte der Richter wissen.

Beth wartete darauf, dass jemand die Frage direkt an sie richtete, aber alle taten, als wäre sie gar nicht anwesend.

»Wenn ich das wüsste«, sagte Willie Cork.

»Ihre Kautionsempfehlung, Herr Staatsanwalt?«

»In Anbetracht der Schwere dieses Gewaltverbrechens gegen ein ungeborenes Kind, das über keine Stimme verfügt, und in Anbetracht der von der Angeklagten gezeigten besorgniserregenden Gleichgültigkeit, würde ich empfehlen, sie ohne die Möglichkeit, auf Kaution freigelassen zu werden, in Untersuchungshaft zu nehmen.«

»Mistkerl«, zischte Mandy.

»Wie bitte, Miz DuVille?« Der Richter zog eine Braue hoch.

»Ich sagte, er muss wohl besoffen sein. So etwas zu denken.« Sie wedelte mit dem Arm in Beths Richtung. »Ich möchte ergebenst darum bitten, mit der Verhandlung über eine Kautionszahlung zu warten, bis meine Klientin ins Gefängnis überführt wird. Es handelt sich hier nicht um besorgniserregende Gleichgültigkeit, Euer Ehren. Das Mädchen steht unter Schock. Die Angeklagte ist ein Kind, Euer Ehren. Ein siebzehnjähriges Kind, das bei sich zu Hause eine Abtreibung vorgenommen hat.«

»Mein Gott, Sie waren doch selbst auch einmal in derselben Position wie dieses arme, wehrlose Baby«, argumentierte Willie.

»Der Unterschied ist nur, dass *Sie* die Chance zu existieren bekommen haben.«

»Euer Ehren, dürfte ich etwas sagen, sofern es dem Gericht beliebt?«

Richter Pinot machte es sich auf dem Drehstuhl bequem. »Das werden Sie, wie ich vermute, tun, ob ich Ja oder Nein sage.«

Mandy wandte sich an den Staatsanwalt. »Sie können sich auf den Gipfel des Mount Everest stellen, Willie, und in alle Himmelsrichtungen brüllen, dass das Leben mit der Empfängnis beginnt, aber wenn dieses Krankenhaus in Flammen steht und Sie sich entscheiden müssten, entweder ein befruchtetes Ei aus dem Labor für künstliche Befruchtung oder ein Baby aus der Entbindungsstation zu retten, welches würden Sie wählen?«

»Das ist eine falsche Äquivalenz…«

»Welches würden Sie wählen?«, wiederholte Mandy.

»Keiner will hier andeuten, es sei richtig, ein Kind anstatt eines Embryos zu töten. Es geht doch darum, dem Embryo zu erlauben, geboren zu werden und…«

»Ganz genau. Danke, dass Sie meinen Standpunkt stützen. Keiner glaubt ernsthaft, dass ein Embryo ein Äquivalent für ein Kind ist. Weder biologisch. Noch ethisch. Noch moralisch.«

Einen Moment lang war es still im Raum. Dann sagte Willie: »Nur *glaubt* der Staat Mississippi tatsächlich, dass sie äquivalent sind, so bedauerlich das für Sie sein mag.« Er schielte auf Beth. »Das Gesetz macht keinen Unterschied, ob sie einen Erwachsenen oder einen Fötus getötet hat…«

»Angeblich getötet hat«, murmelte Mandy automatisch.

»…nur, dass ein Erwachsener hätte um Hilfe schreien können.«

Der Richter räusperte sich. »Miz DuVille, wir sind ein ordentliches Gericht, und in diesem Staat braucht uns nur zu interessieren, dass das Kind, das sich im Leib der Angeklagten befunden hat, nun tot ist, wofür sie die unmittelbare Schadensursache war. Aus diesem Grund setze ich die Kautionssumme auf fünf-hunderttausend Dollar fest. Die Angeklagte wird während ihres Krankenhausaufenthalts rund um die Uhr bewacht und nach ihrer Entlassung ins Bezirksgefängnis überstellt werden. Die Verhandlung wird vertagt.« Er hievte sich aus dem Stuhl und drängte sich an allen vorbei, dicht gefolgt vom Gerichtsdiener. An der Tür wandte er sich noch einmal an Beth. »Und Sie, junge Dame – möge Gott Ihnen gnädig sein.«

Beth war fromme Christin. Sie hatte Jesus verehrt, sie hatte zu ihm gebetet, ihm vertraut.

Sie glaubte an Gott.

Hatte aber Zweifel, ob Gott auch an sie glaubte.

Fast eine Stunde war es nun her, dass Izzy den Schlauch in Bex' Brust eingeführt hatte, und die Zeit wurde knapp. Sie hatte so viel Blut verloren, dass zwei Handtücher durchweicht waren.

»Tun Sie mir einen Gefallen«, sprach Bex sie an.

Izzy beugte sich über sie. »Alles, was Sie wollen.«

»Sagen Sie meiner Nichte …«, sie holte pfeifend Luft, »dass sie nichts dafür kann.«

»Das werden Sie ihr selbst sagen, Bex.«

Ein Lächeln huschte über ihre Lippen, ein Schatten hinter dem Schmerz. »Ich denke, wir wissen beide, dass es nicht dazu kommen wird«, sagte sie. Sie schloss die Augen, und eine Träne lief ihr über die Wange. »Es ist nicht der Abschied, der am meisten schmerzt. Es ist das Loch, das man hinterlässt.«

Izzy sah sie an. Sie wusste, wie sich so ein Loch anfühlte; das war das Leitprinzip ihrer Kindheit gewesen. Aber niemals war sie diejenige gewesen, die vermisst wurde. Das wäre anders, wenn sie mit Parker Schluss machen würde. Jemandem das Herz zu brechen, richtete allem Anschein nach bei einem selbst einen genauso großen Schaden an.

Sie wusste nichts über Bex, nur dass sie Künstlerin war und

eine Nichte hatte, die sich wundersamerweise noch immer in ihrem Versteck befand. Bex' Leben war ein Faden im Teppich eines anderen, und das allein zählte.

Izzy erhob sich und ging auf den Geiselnehmer zu. »Diese Frau wird ohne medizinische Hilfe sterben«, sagte sie.

»Dann helfen Sie ihr.«

»Ich habe getan, was ich kann, aber ich bin kein Chirurg.«

Sie sah sich im Wartezimmer um. Es war bedrückend still geworden, seit er Janine einen Schlag gegen die Schläfe verpasst hatte und sie ohnmächtig geworden war. Joy saß neben ihr. Janine hatte ein paarmal gezuckt, und Izzy wusste deshalb, dass sie noch lebte. »Ich habe gehört, was Sie am Telefon sagten«, platzte es aus Izzy heraus.

»Was denn?«

»Dass Sie wissen, wie es ist, jemanden zu verlieren, den man liebt.« Sie sah ihm in die leeren Augen. »Wir alle hier, wir haben auch Familien. Wir müssen sie ins Krankenhaus bringen.«

Bevor sie überlegen konnte, ob er ihr zuhören oder sie erschießen würde, klingelte das Telefon.

Lil war gerade mal sechs Monate alt, da wurde George zum ersten Mal bewusst, dass er ein Superheld war. Sie waren beide an Grippe erkrankt, und George hatte sie neben sich schlafen lassen. Aber ihr Fieber war offenbar eher gesunken als seines, und sie wurde wach und begann langsam, von der Matratze herunterzurollen. Und obwohl er hätte schwören können, tief geschlafen zu haben, streckte er reflexartig den Arm aus und packte das Baby am Fuß, bevor es runterfallen konnte.

Er nahm an, dass alle Väter so waren. Dann, im Kleinkindalter, hatte ihr Fuß sich zwischen den schmalen Latten eines Zauns im Garten des Pastors verfangen. Earlene hatte auf sie aufgepasst, während George unterwegs war, um Dünger für die Kirchenbeete zu holen. Doch als er zurückkam, hörte er Lils hysterische Schreie. George war aus dem Wagen, bevor er diesen noch richtig geparkt hatte. Earlene hatte alles versucht und war selbst in Tränen aufgelöst. »Ich habe den Notruf gewählt«, teilte sie ihm mit, während sie versuchte, das Kind zu beruhigen.

»Pfeif auf den Notruf«, sagte George und durchschlug mit der Faust die Latten, packte Lil und drückte sie mit seiner blutenden Hand an sich.

Es gab aber auch Schmerzen auf dieser Welt, die nicht physischer Natur waren. Als Lil acht war, erklärte ihr so ein kleiner Scheißer aus der Sonntagsschule, da sie ein Mädchen sei, könne sie nicht mit ihnen Piraten spielen. Und er tat für Lil das, was Pastor Mike für ihn getan hatte, als er sich wertlos fühlte.

So gab er etwa vor, nicht mehr zu wissen, wie man den Herd anstellte, um Wasser für die Spaghetti zu kochen. »Dad«, sagte sie und verdrehte dabei die Augen. »Du musst doch nur am Knopf drehen!«

»Kannst du mir das zeigen?«

Und das machte sie dann.

Oder tat so, als wüsste er nicht mehr, wie man den Hammer richtig benutzte. Und sie legte eine Hand um seine und erklärte ihm geduldig, wie man auf den Nagel schlug, anfangs nur ganz leicht, sodass man sich nicht selbst verletzte.

Nach demselben Muster musste sie helfen, eine Glühbirne zu ersetzen, das Fischglas zu reinigen, Gips anzurühren, einen Drachen steigen zu lassen. Wenige Monate später besuchten sie einen Kirchenbasar. »Ich glaube nicht, dass ich den Weg zur Zuckerwatte finde«, erklärte er Lil. Er hielt ihr die Hand hin, aber diesmal schüttelte sie den Kopf.

»Daddy«, sagte sie, »du musst es versuchen. Ich werde nicht immer hier sein.«

Ihre Worte hatten ihn damals so hart getroffen, dass er vor Schreck erstarrte und Panik bekam, als sie loslief und von der Menge verschluckt wurde. Aber wie von ihm angenommen, schaffte sie es zum Zuckerwattestand. Und doch war es für ihn einer der wenigen Momente, seit er seinen Platz in der Eternal Life Church gefunden hatte, wo er die Existenz Gottes tatsächlich in Zweifel zog. War es nicht unredlich von dieser Gottheit, einem die Superkraft der Vaterschaft zu verleihen, um jemanden beschützen zu können, der dich dann eines Tages gar nicht mehr brauchen würde?

Nach dem zwölften Klingeln nahm George wieder den Hörer ab.

»Hallo«, meldete Hugh sich ruhig. »Ist da drin alles okay?«

»Tun Sie doch nicht so, als wären Sie in meinem Team.«

»Bin ich aber«, erwiderte Hugh. »Ich werde dafür sorgen, dass alle sich anhören, was Sie zu sagen haben, damit das für uns alle gut ausgeht.«

»Oh, ich weiß, wie das ausgeht«, sagte George. »Sie rufen Ihr Sondereinsatzkommando und machen mich platt wie eine Mücke.«

»Hier ist kein Sondereinsatzkommando«, entgegnete Hugh, was auch den Tatsachen entsprach. Noch nicht, denn sie mussten sich erst sammeln, nachdem man sie vor fünfundvierzig Minuten angefordert hatte.

»Sie denken wohl, ich gehe davon aus, dass Sie der einzige Polizist da draußen sind?«

»Es sind auch andere Polizeikräfte hier. Die besorgt sind, aber keiner wird Ihnen etwas tun.«

»Ich möchte wetten, dass in diesem Moment ein Scharfschütze die Tür im Visier hat.«

»Nein.«

»Beweisen Sie es«, forderte George ihn heraus.

Hugh lief ein Schauder über den Rücken. Endlich. Ein Druckmittel für seine Verhandlung. »Ich kann es Ihnen beweisen, George, und zu Ihrer Beruhigung beitragen. Aber ich denke, auch Sie sollten mir etwas geben.«

»Ich komme nicht raus.«

»Ich dachte an einen der Menschen im Gebäude.« Ich dachte an meine Tochter. Meine Schwester. »Sie haben recht, man übt Druck auf mich aus, George, damit ich das Sondereinsatzkommando anfordere. Aber ich entgegnete, dass Sie und ich ein vernünftiges Gespräch führen und wir deshalb warten sollten. Wenn Sie eine Geisel rausschicken, wird das entscheidend zur Überzeugung meines Chefs beitragen, dass ich richtig liege.«

»Sie zuerst.«

»Habe ich Ihr Wort?«, hakte Hugh nach.

Es folgte eine lange Pause. »Ja.«

Beweise, dass es keinen Scharfschützen gibt. Wie sollte er das anstellen, nachdem er es versprochen hatte?

Hugh ging gebückt aus seinem Kommandozelt, das Telefon in der Hand. Er rannte über den Gehweg, der von der Klinik wegführte, und grapschte sich blind den ersten Kameramann, den er kriegen konnte. »Oh, Mann«, sagte dieser und wich zurück. »Hände weg.«

»Für welchen Sender sind Sie hier?«

»WAPT.«

»Filmen Sie mich«, forderte Hugh ihn auf. »Jetzt.« Er hob das Telefon wieder an sein Ohr. »George? Sind Sie noch dran?«

»Ja...«

»Gibt es einen Fernseher?« *Bitte, lieber Gott, lass einen Fernseher in diesem Gebäude sein.* »Schalten Sie auf Kanal sechzehn.«

Er hörte ein Handgemenge, einen Schrei und die Stimme einer Frau. »George?«, fragte er. »Was ist da los?«

Aber gleich darauf konnte er seine eigene Stimme aus dem Fernseher im Center hören. Der Kameramann hatte das Objektiv auf Hughs Gesicht gerichtet. »Das bin ich, George. Sie können sehen, was hinter mir abläuft, nicht wahr?« Zum Kameramann sagte er: »Filmen Sie in diese Richtung. Machen Sie einen Panoramaschwenk um mich herum.«

Hugh sprach unentwegt weiter. »Wie ich versprochen hatte, George. Keine Scharfschützen. Kein Sondereinsatzkommando. Nur ein paar Polizisten, die für Ordnung sorgen.« Die Kamera schwenkte zurück auf sein Gesicht. »Also. Wir haben einen Deal, nicht wahr? Wen werden Sie rausschicken?«

George sah gebannt auf das Gesicht im Fernsehen. Hugh McElroy gehörte zu den Männern, die groß aussehen, auch wenn man nicht ihre ganze Gestalt sah. Sein schwarzes Haar war militärisch kurz geschnitten, und seine Augen erinnerten an das blaue Herz einer Flamme. Er starrte in die Kamera, als könnte er George direkt in die Seele schauen.

Wenn ja, wüsste er, was George dachte. All die mit Lil verbrachten Jahre, in denen er geglaubt hatte, ihr Meister zu sein. Er war kein Held.

Die Worte, die Hugh an ihn richtete, ließen vermuten, dass er tatsächlich Georges Gedanken lesen konnte. »Was auch immer Sie getan haben, George, und weshalb Sie es getan haben – darauf kommt es nicht an. Die Sache ist gegessen. Was Sie jetzt tun, darauf kommt es an.«

George hatte sein Wort gegeben. Allerdings glaubte er nicht, dass das für Hugh von Bedeutung war. Aber die Tatsache, dass er ihn darum gebeten hatte, gab George das Gefühl … nun ja … respektiert zu sein.

Endlich einmal.

George schritt auf die Krankenschwester zu, dieses Miststück, das ihn ständig daran erinnerte, dass die Leute hier den ganzen Fußboden vollbluteten, als könnte er das nicht selbst sehen, und riss sie am Arm hoch. »Suchen Sie jemanden aus«, befahl er ihr.

Mit einem Blick, der ihre ganze Seele offenlegte, sah Izzy Louie an. Er nickte. Auch wenn die Entscheidung schwerfiel, war doch Bex die Geisel, die freigelassen werden sollte. Die anderen, die hier im Raum festsaßen, könnten womöglich sterben. Aber wenn Bex bliebe, *würde* sie sterben. »Sie müssen sie rausbringen«, sagte Louie.

»Bex«, verkündete Izzy ihre Wahl.

Der Geiselnehmer begann Couch, Stühle und Tisch von der Eingangstür wegzuziehen, wo sie zu einer Barrikade gestapelt gewesen waren.

Louie beobachtete ihn mit zusammengekniffenen Augen. Er sah genauso aus wie die hundert weißen männlichen Abtreibungsgegner, die Louie vor den Kliniken hatte protestieren sehen. Die große Mehrheit der Protestler waren Männer, was für Louie durchaus Sinn machte – Männer empfanden die weibliche Biologie als Bedrohung. Schon in der Bibel wurden normale weibliche Körperfunktionen pathologisiert: Die Frau war unrein, wenn sie ihre Menses hatte. Sie musste unter Schmerzen gebären. Was war das überhaupt für ein zweifelhaftes Wesen, das regelmäßig blutete, ohne zu sterben?

Dazu kam natürlich noch der historische Hintergrund. Frauen waren Teil des Besitzes gewesen. Immer hatte der Mann über ihre Keuschheit bestimmt, bis Abtreibung und Empfängnisverhütung die Kontrolle über die weibliche Sexualität in die Hände der Frauen legten. Wenn Frauen Sex ohne die Angst haben konnten, ungewollt schwanger zu werden, war die Rolle des Mannes plötzlich auf ein Niveau irgendwo zwischen unnötig und rudimentär zusammengeschrumpft. Deshalb verunglimpften die Männer nun die Frauen, die Abtreibungen vornahmen. Sie schufen ein Stigma: Gute Frauen wollen Mütter sein, schlechte Frauen nicht.

Würden Männer schwanger werden, pflegte Vonita, Gott sei ihrer Seele gnädig, zu sagen, wäre die Abtreibung wahrscheinlich ein Sakrament, das man in der Super-Bowl-Halbzeitshow zelebrieren würde. Man würde die Männer, die Schwangerschaften abgebrochen hatten, in der Kirche bitten aufzustehen, um ihnen Beifall für den Mut zu einer solchen Entscheidung zu spenden. Beim Kauf von Viagra bekäme man einen Coupon für drei Abtreibungen gratis dazu.

O Gott. Louie vermisste Vonita schon jetzt.

Vor vierzig Jahren hatte Vonita abgetrieben. Damals war das nicht legal, aber jeder wusste, dass es in Silver Grove eine Frau gab, die diesen Eingriff in ihrer Garage vornahm. Nach dem Tod der Frau in den 1980er-Jahren wurde ihr Anwesen verkauft, und als die neuen Besitzer einen Garten anlegen wollten, gruben sie Hunderte winziger Knochen von der Größe eines Vogels aus.

Vonita erzählte Louie, dass sie von der Tochter träume, die sie nicht bekommen habe. Die Auseinandersetzungen, die sie im Traum mit ihrer verlorenen Tochter führte, waren so heftig, dass sie beim Aufwachen einen rauen Hals hatte. Einmal hatte sie geträumt, dass ihre Tochter ihr die Haare flocht, und war dann mit akkuraten Cornrows aufgewacht.

Dass das Stigma auch trotz der legalisierten Abtreibung weiterlebte, obwohl jede dritte Frau davon betroffen war, war Vonita sehr wohl bewusst. Deshalb empfand sie es als ihre persönliche Berufung, für einen sicheren Ort zu sorgen, wo Frauen, wenn nötig, eine Abtreibung vornehmen lassen konnten, einen Ort, wo Frauen Unterstützung und keine Verurteilung fanden.

Sie hatte die Klinik eröffnet und, als sie vor Ort keinen Arzt dafür finden konnte, Louie aufgespürt und gebeten herzufliegen, um bei ihr seine Dienste anzubieten. Er hatte nie in Erwägung gezogen, Nein zu sagen.

»Ich kann sie nicht tragen«, sagte Izzy und unterbrach seinen Gedankenfluss.

»Da ist ein Rollstuhl.« Louie zeigte auf die Stelle hinter Vonitas Leiche, wo einer neben dem Aktenschrank stand.

Der Geiselnehmer richtete die Waffe auf Izzy und bedeutete ihr, ihn zu holen. Sie lief an Vonita vorbei hinter die Empfangstheke. Dann rollte sie den Stuhl neben Bex, stellte sich mit gespreizten

Beinen über sie und schob ihre Arme unter Bex' Achselhöhlen, um sie hochzuheben. Louie musste hilflos zusehen, wie es ihr nur unter größten Mühen gelang, die Frau in den Rollstuhl zu hieven und die Plastikversiegelung über dem Brustschlauch wieder festzukleben.

Bex hustete und rang nach Luft.

»Sie schieben Sie raus«, sagte der Schütze, »und kommen dann sofort wieder zurück. Oder ich fang zu schießen an.« Er packte den Türknauf von innen und zog die Tür auf, sodass er hinter der Holzlatte verborgen war. Sonnenlicht fiel in den Raum und rahmte Izzy und Bex.

Als die Tür aufging, schob sich der Lichtkegel fast bis an Louie heran. Er beugte sich unter Schmerzen ein wenig nach links, bis er den Strahl mit seiner Hand umfangen konnte. Und plötzlich war er wieder sieben Jahre alt und saß auf der Veranda, wo seine Großmama Bohnen schnippelte. Die Luft war zäh und das Holz unter seinen Schenkeln heiß genug, um sich die Haut zu verbrennen. Er streckte seine kleine Hand aus und versuchte, das Sonnenlicht einzufangen, das durch die Zweige der Zypresse fiel. Und fragte sich, ob die Sonne nur für ihn allein tanzte oder mit ihrer Vorführung auch weitermachen würde, nachdem er gegangen war.

Mittag

Hugh war der dritte Polizeibeamte, der vor Ort eintraf. Sein Zivilfahrzeug kam mit quietschenden Reifen hinter einem Streifenwagen zum Stehen. Sofort näherten sich ihm zwei Streifenbeamte, die als Erste vor dem Center eingetroffen waren, nachdem die Einsatzzentrale nach der Schießerei alle verfügbaren Kräfte dorthin bestellt hatte. »Lieutenant«, sprach einer der Polizisten ihn an. »Was sollen wir tun?«

»Was ist bisher bekannt?«

»Nichts«, sagte der zweite Polizist. »Wir sind auch erst seit ein paar Sekunden hier.«

»Haben Sie Schüsse gehört?«

»Nein.«

Hugh nickte. »Bis der Nachschub eintrifft, beziehen Sie Stellung an der nordwestlichen und südöstlichen Ecke des Gebäudes, für den Fall, dass der Schütze versucht, das Gebäude zu verlassen.«

Die Polizisten eilten davon. Hugh ging im Geiste eine Checkliste durch. Die Straße musste abgesperrt werden. Er brauchte eine Kommandozentrale. Wenn der Schütze nicht herauskam, würde er eine direkte Telefonverbindung benötigen, um mit ihm zu sprechen. Und er musste die Gaffer auf der Straße loswerden, die sich hier Unterhaltung erhofften.

Sein privates Mobiltelefon summte wie verrückt in seiner

Tasche, aber er ignorierte es, als er in seinen Wagen griff und sich in der Zentrale meldete. »Ich bin vor Ort«, teilte er Helen mit. »Ich sichere die Örtlichkeit. Der Schütze befindet sich noch im Gebäude, vermutlich mit Geiseln. Hat schon jemand den Chief erreicht?«

»Ich bin dran.«

»Trommeln Sie das regionale Sondereinsatzkommando zusammen und bestellen Sie es her«, sprach Hugh weiter. »Und besorgen Sie mir Luftaufnahmen vom Center.«

Als er den Funkkontakt beendete, waren drei weitere Streifenwagen eingetroffen. Er griff in seine Brusttasche und drückte den Knopf seitlich am Telefon, um denjenigen wegzudrücken, der ihn mit seiner Penetranz nervte, während er bemüht war, diesen Albtraum in den Griff zu bekommen, bevor er noch schlimmer wurde.

Wo andere vor Panik wie gelähmt oder von Adrenalin überwältigt waren, blieb Hugh ruhig, stabil und behielt einen klaren Kopf. Noch wusste er nicht, ob sich Überlebende im Gebäude befanden, und hatte auch keine Kenntnis von den Ereignissen, aufgrund deren dieser Schütze und er sich heute auf dem Kollisionspfad trafen. Aber das würde er schnell herausfinden und dann Himmel und Erde in Bewegung setzen, um den Kerl dazu zu bewegen, die Waffe niederzulegen, bevor es zu weiterem Schaden kam.

Während er den zusätzlichen Streifenbeamten Anweisung erteilte, das Gelände zu sichern, und das Material anforderte, das er für seine Arbeit benötigte, betete er. Nun, beten konnte man es vielleicht nicht nennen, er flehte das Universum an. Beten war etwas für Leute, denen der Anblick dessen, womit Hugh bei seiner Arbeit konfrontiert wurde, erspart geblieben war. Beten war etwas für Leute, die noch an Gott glaubten. Er hoffte inständig, dass dieser Mistkerl mit Waffe einer war, der sich leicht entschärfen ließ. Und dass die Schüsse, die er abgefeuert hatte, Putz oder Glas, aber keine Menschen getroffen hatten.

Binnen weniger Minuten hatte Hugh das Kommando über dreißig Polizisten. Er klopfte ungeduldig auf seinen Oberschenkel. Der Ort musste gesichert sein, bevor er einen Kontakt mit dem Schützen initiierte. Das war der unangenehmste Teil des Ganzen: das Warten, bis er loslegen konnte.

Wieder summte sein Telefon.

Diesmal zog er es heraus. Es waren fünfundzwanzig Nachrichten von seiner Tochter.

Es gibt einen Moment, an dem einem klar wird, dass man, egal, wie gut man plant, wie sorgfältig man organisiert, der Gnade des Chaos ausgeliefert ist. So wie die Zeit langsamer zu werden scheint, kurz bevor der betrunkene Fahrer über die Mittellinie fährt und dein Fahrzeug rammt. Es sind die tickenden Sekunden, wenn die Ärztin einen bittet, Platz zu nehmen, um einem die schlechte Nachricht zu unterbreiten. Es ist das kurze Aussetzen des Herzschlags, wenn man mitten am Tag das Auto eines anderen in der Einfahrt zum eigenen Haus stehen sieht. Hugh blickte auf das Display seines Privattelefons und spürte den Stromstoß der Intuition: Er wusste es. Er *wusste* es einfach.

Er klickte Wrens Nachrichten an.

Hilfe

Da schießt jemand.

Ich bin mit Tante Bex hier.

Sie ist verletzt. Ich weiß nicht, wo sie ist.

Dad? Bist du da?

DAS IST EIN NOTFALL DAD

ICH WEISS NICHT, WAS ICH TUN SOLL

DAD

Er las nicht weiter. Seine Hände fühlten sich bleiern an, und sein ganzes Blut konzentrierte sich in seinen Eingeweiden. Warum war Wren da drin? Warum war *Bex* da drin? Er schaffte es, eine Antwort zu schreiben:

Wo bist du?

Es war der längste Moment in Hughs Leben, als er den Atem anhielt, bis er die drei kleinen Punkte sah, die besagten, dass sie schrieb. Er sank auf die Knie, sein Körper jubelte.

Versteckt, schrieb sie.

Bleib dort, tippte Hugh. *Ich komme.*

Er sollte wegen Befangenheit zurücktreten. Bei der Verhandlung in einem Geiseldrama war ein kühler Kopf das Wichtigste, und er konnte nicht objektiv sein, wenn seine eigene Tochter eine Geisel war. Es wäre gegen die Regeln, weiterhin hier das Kommando zu führen.

Aber er wusste auch, dass ihm das egal war. Auf gar keinen Fall würde er Wrens Leben einem anderen anvertrauen.

Er sprintete auf die Klinik zu.

Für Bex war Luft zu Feuer geworden, und jeder Atemzug versengte sie. Ein paar winzige Zellen des Selbstschutzes aktivierten das Alarmsystem mit der Botschaft, sich irgendwo zu verkriechen, sich ein Versteck zu suchen. Aber als sie versuchte, sich auf die Seite zu drehen, stoppte sie ein stechender Schmerz, der durch ihren Körper zuckte, dann wurde die Welt an den Rändern weiß.

Sie starrte nach oben, ihr Gehirn fand Muster im Neonlicht und den Platten der Zwischendecke. Künstler machten so etwas, sie arrangierten das Unvereinbare zu etwas, das Sinn ergab.

Wenn sie ihre Bilder mit den Riesenpixeln erschuf, filterte sie Impressionismus durch Technologie. Der Schlüssel zu ihrer Technik bestand in der Eigenschaft des menschlichen Auges – des menschlichen Gehirns –, keine einzelnen Teile sehen zu müssen, um sich das Ganze vorstellen zu können. Man nannte es Gestalttheorie. Ähnlichkeit, Fortführung, Geschlossenheit – das waren einige der Prinzipien, die das Gehirn anstrebte. Es vervollständigte Linien, die nicht ganz durchgezogen waren, füllte Kästen, die leer waren. Das Auge wurde von den Stellen angezogen, wo etwas fehlte, viel bedeutsamer war aber, dass es diese vervollständigte.

Vielleicht wäre Hugh in der Lage, dies zu tun, wenn sie nicht mehr war. Ihr Werk beenden.

Aber sie kannte auch den anderen Grundsatz der Kunst: Nicht Offensichtliches entging dem Betrachter leicht. Eine optische Täuschung funktionierte, weil das Gehirn sich auf die Form eines Kelches konzentrierte und nicht auf die negativen Silhouetten der zwei Profile, die ihn formten. Aber nur weil der Betrachter einen Kelch sah, bedeutete dies nicht, dass der Künstler, der das Werk geschaffen hatte, sich nicht voll und ganz auf diese Gesichter konzentriert hatte.

Vielleicht würden Hugh und Wren eines Tages in einer Galerie eine Werkretrospektive präsentieren. Gut möglich, dass sie Ruhm erlangte, weil sie relativ jung gestorben war. Und erst dann würden sie vielleicht bemerken, dass sie selbst Gegenstand jedes ihrer Werke waren.

Das war der schlimmste Schmerz, den sie je verspürt hatte.

Sie öffnete den Mund, um ihre Namen zu sagen, doch in ihrer Kehle steckten die Worte von Leonardo da Vinci: *Während ich glaubte zu lernen, wie man leben soll, habe ich gelernt zu sterben.*

Hugh hatte bereits den halben Weg zur Eingangstür zurückgelegt, als ihn ein Polizist aufhielt. »Lieutenant?«, sprach er ihn an. »Das hier ist Rachel Greenbaum. Sie hat die Schießerei gemeldet.«

Er blinzelte. Musste ein paarmal den Kopf schütteln, um ihn freizubekommen und Wrens Namen loszuwerden, der seine Gedanken hartnäckig blockierte.

Was hatte er sich eigentlich gedacht? Nun, offenbar hatte er gar nicht gedacht. Da reinzustürmen wäre ein Fehler. Wren wäre nicht geholfen, wenn er selbst erschossen wurde.

»Miss Greenbaum«, sagte er und holte tief Luft. »Kommen Sie doch mit mir.«

Langsam löste er den Klammergriff um sein Mobiltelefon und steckte es ein. Er führte sie in die andere Richtung – weg von der Klinik, weg von Wren und Bex – an einen Platz, wo zwei Polizisten hastig einen Pavillon über einem Klapptisch und ein paar Klappstühlen aufbauten. Auch ein Laptop stand bereit.

Er nahm Platz und bot auch ihr einen Stuhl an. Die junge Frau – er schätzte sie auf um die zwanzig – hatte Haare in der Farbe von rosa Zuckerwatte und einen Ring in der Nase. Mit ihrer verschmierten Wimperntusche sahen ihre Augen aus wie die eines Waschbären. Der Kittel, den sie trug, war mit Buttons bestückt: EINFACH MAL QUERDENKEN. GUT MÖGLICH, DASS DER FÖTUS, DEN SIE RETTEN, ZU EINEM SCHWULEN ABTREIBUNGSBEFÜRWORTER WIRD!

»Sie arbeiten im Center?«, fragte er und griff nach Block und Stift.

Sie nickte. »Ich bin dort Mädchen für alles. Ich begleite die Frauen vom Parkplatz ins Gebäude, arbeite am Empfang, halte den Patientinnen während des Eingriffs die Hände.«

»Sie waren da, als der Schütze reinkam?«

Rachel nickte und fing an zu weinen.

Hugh beugte sich vor. »Ich weiß, wie schwer das für Sie sein muss. Aber alles, was Sie mir sagen können, erhöht die Wahrscheinlichkeit, dass wir Ihren Freunden da drin helfen können.«

Sie wischte sich mit dem Handgelenk über die Augen. »Ich kam heute Morgen zu spät, weil mein Auto eine Panne hatte. Ich war gerade erst angekommen.«

»Können Sie mir in allen Einzelheiten schildern, was Sie gesehen haben?«

»Das Wartezimmer war ziemlich leer«, sagte Rachel. »Das bedeutete, dass die Gruppeninformation bereits zu Ende war.«

»Gruppeninformation?«

»Wir halten jeden Tag eine ab für die Eingriffe, die am nächsten Tag vorgenommen werden. Das ist vom Gesetz so vorgeschrieben«, erklärte sie. »Ich denke, dass nur noch wenige Patientinnen übrig waren.«

War eine davon ein junges Mädchen?, überlegte Hugh verzweifelt. *Oder eine Frau, deren Augen dieselbe Farbe haben wie meine?* Aber der Polizist, der Rachel Greenbaum hergebracht hatte, war nur eine Armeslänge weit entfernt. Er durfte nicht riskieren, dass er etwas mitbekam.

»Vonita war am Empfang.« Rachel blickte ihn an. »Vonita ist die Eigentümerin der Klinik«, erläuterte sie und fing wieder an zu weinen. »Sie ... sie ist tot.«

»Das tut mir sehr leid«, sagte Hugh ruhig, aber sein Herzschlag stolperte. Wren hatte gesagt, Bex sei erschossen worden. War auch sie tot?«

»Sie trank gerade einen Diätshake. Sie hasst – *hasste* – Diätshakes. Wir blödelten herum, dann ertönte der Türsummer, und das war *er*.« Rachel sah Hugh an. »Bei uns ist das nicht so wie bei Planned Parenthood mit Sicherheitskräften und Metalldetektoren. Vermutlich operieren wir in der Hoffnung auf südliche Vornehmheit. Es gibt Protestler, aber die bleiben auf ihrer Seite des Zauns, und die Tür zum Center ist immer verschlossen, und es gibt eine Gegensprechanlage. Wenn man nicht mit einer bekannten Begleitperson kommt, braucht man nur zu sagen, man sei wegen eines Termins gekommen oder man begleite jemanden, der hier einen Termin hat, und dann drückt derjenige am Empfang einen Knopf und lässt einen rein.«

»War es nicht ungewöhnlich, dass ein Mann auftauchte?«

Sie schüttelte den Kopf. »Wir haben ständig Freunde und Ehemänner, die herkommen, um die Patientinnen abzuholen.«

»Sagte er denn, er komme, um eine Patientin abzuholen?«

»Nein«, sagte Rachel leise.

»Wie sah er aus?«

»Ich weiß nicht. Normal. Kleiner als Sie. Braune Haare. Kariertes Hemd. Eine Jacke.« Die Beschreibung traf auf die Hälfte der Einwohner von Mississippi zu.

»Welche Art von Waffe hatte er bei sich?«

»I… ich hab keine gesehen.«

»Dann wohl eine Handfeuerwaffe«, sagte Hugh. »Kein Gewehr.«

Rachel trocknete sich die Augen, als sich ein anderer Polizist näherte. »Lieutenant? Die Zentrale hat das Fahrzeugkennzeichen überprüft.«

Auf seine erste Anweisung hin waren sämtliche Fahrzeuge auf dem Parkplatz überprüft worden. Es waren nur ein Dutzend. Jetzt blätterte Hugh die Ablichtungen der Führerscheine durch und sortierte die Frauen aus. »Klingelt da was bei Ihnen?«

Beim ersten zögerte Rachel. »Das ist Dr. Ward«, sagte sie. »Er arbeitet für uns.« Dann blätterte sie weiter. »Das ist er.«

»George Goddard«, las Hugh. »Entschuldigen Sie mich einen Moment.« Er nahm sein Telefon und drückte ein paar Tasten. »Dick? Ja, ich weiß. Hören Sie, ich befinde mich hier inmitten einer Geiselnahme, und der Geiselnehmer besitzt einen Wagen, der in Denmark registriert ist. Können Sie da mal vorbeifahren?« Nachdem er aufgelegt hatte, schielte er auf das Display. Keine neue Nachricht von Wren.

»Hat er was gesagt?«, wollte Hugh wissen.

»Ich war gerade dabei, meinen Rucksack in Vonitas Büro einzuschließen«, berichtete Rachel. »Ich hörte ihn reinkommen und zur Empfangstheke gehen, wo Vonita ihn fragte, ob sie ihm helfen könne. Ich erwartete, er würde sagen, dass er auf seine Frau warten oder seine Freundin abholen wolle oder so. Aber er sagte: ›Was haben Sie mit meinem Baby gemacht?‹, und eröffnete das Feuer.«

»›Was haben Sie mit meinem Baby gemacht?‹«, wiederholte Hugh. »Sind Sie sich da sicher?«

»Ja.«

»Hat er sonst noch was gesagt? Hat er irgendeinen Namen erwähnt?«

»Ich weiß nicht.«

»Sah es danach aus, als wäre er schon mal im Center gewesen?«

»I… ich bin mir nicht sicher.«

»Sah er wie ein Einheimischer aus? Hatte er einen Akzent?«

Sie sah ihn an. »Hat den nicht jeder von uns hier in Mississippi?«

»Was geschah dann?«

Rachel vergrub ihr Gesicht in den Händen. »Er erschoss Vonita. Ich duckte mich hinter die Empfangstheke. Hörte weitere Schüsse. Wie viele weiß ich nicht.«

»Haben Sie gesehen, wie sonst noch jemand verletzt wurde?«

Haben Sie meine Schwester gesehen?

»Nein. Ich versuchte, mich um Vonita zu kümmern, aber sie hat nicht mehr… sie war nicht mehr…« Rachel schluckte heftig. »Also rannte ich los.« Sie fing an zu schluchzen.

»Hören Sie, Rachel«, sagte Hugh. »Sie haben uns sehr rasch ins Bild gesetzt. Und dank Ihnen weiß ich jetzt, dass der Schütze sich nicht da drin aufhält, weil er auf einem philosophischen Kreuzzug ist. Hier geht es um etwas Persönliches, und das wird mir helfen, Kontakt zu ihm aufzunehmen.« Er beugte sich vor, die Ellbogen auf den Knien. »Sie können sich glücklich schätzen, davongekommen zu sein.«

Der Tränenfluss wurde heftiger. »Ich bin nicht glücklich.« Sie nahm die Wahrheit in sich auf, als würde sie diese durch einen Strohhalm saugen. »Ich sah ihn durch das Spiegelglas. Und er trug eine Jacke. Das fiel mir auf, denn wer trägt schon eine Jacke, wenn es draußen fast dreißig Grad heiß ist. Aber ich habe nicht gewartet, um darüber nachzudenken. Ich habe einfach auf den Türöffner gedrückt.« Sie klappte zusammen, ein Origami der Verzweiflung. »Was ist, wenn ich diejenige gewesen wäre, die das alles hätte verhindern können?«

»Das ist nicht Ihre Schuld«, sagte Hugh, aber es war nicht nur Rachel, die er damit zu überzeugen versuchte.

Man hatte Joy nach ihrem Abort in den Aufwachraum gebracht, wo sie ihre Trainingshose und das weite T-Shirt wieder anzog und sich hinsetzte, um auszuruhen. Sie döste ein, als sie sich im Ledersessel zurücklehnte, und träumte von der Zeit, als sie Babysitterin bei einem Kleinkind namens Samara aus dem Nachbarhaus ihrer Pflegefamilie war. Samara hatte dicke Pausbacken, winzige Bantuknoten und kleine weiße Raubtierzähne. Wenn man ihr »Itsy Bitsy Spider« vorsang, machte sie dazu die Handbewegungen, und ihre Sandwiches durften keine Rinde haben. Zweimal in der Woche ging ihre Mutter zur Abendschule, und an diesen Tagen übernahm Joy, gab Samara das Abendessen und brachte sie zu Bett.

Samaras Mama Glorietta brauchte immer eine halbe Stunde, um sich von ihrer Tochter zu verabschieden. Sie überzog ihr Gesicht mit Küssen, als würde sie für ein Jahr wegbleiben und nicht nur für drei Stunden. Wenn sie nach Hause kam, schaute sie sofort nach Samara und weckte sie mit ihren Berührungen und Umarmungen unvermeidlich auf, nachdem Joy sie mit Mühe zum Schlafen gebracht hatte. Es kam auch vor, dass Glorietta mitten im Unterricht aufbrach und nach Hause kam, weil sie, wie sie meinte, ihr Baby so sehr vermisse und bei ihm sein müsse. Da sie Joy dennoch jedes Mal für den ganzen Abend bezahlte, war es eine Win-win-Situation, aber seltsam fand Joy es dennoch.

Eines Abends, als Joy vom Training nach Hause kam, standen sechs Streifenwagen in ihrer Straße, und vor Gloriettas Haus war ein Krankenwagen geparkt. Samara war tot. Glorietta hatte sie im Schlaf erstickt. Der Polizei erklärte sie, dass ihre Tochter auf diese Weise für immer ein Engel bleiben würde.

Man konnte nie wissen, was sich hinter geschlossenen Türen

abspielte – jedes Pflegekind würde dem uneingeschränkt zustimmen. Jahrelang hatte Joy nicht mehr an Samara gedacht. Jetzt aber fragte sie sich: Wenn ein Kind starb, wurde es dann im Jenseits erwachsen? Wäre Samara dort jetzt mit Joys Kind zusammen? Würde sie bei ihm babysitten?

Ein Schrei weckte Joy. Die traurige Frau aus dem Wartezimmer war verschwunden, und ihre Playlist war zu Ende. In diesem Moment hörte sie einen Knall, das Geräusch splitternden Glases. »Hallo?«, rief sie, aber es kam keine Antwort.

Bedächtig erhob sie sich. Beim Aufstehen verschob sich die Binde in ihrer Unterwäsche, und heiß schoss das Blut aus ihr heraus.

Dann folgten Schüsse.

Sie kam nicht schnell genug voran. Ihre Gliedmaßen gehorchten ihr nicht richtig, es war, als schwömme sie unter Wasser.

Unter ruckartigen Bewegungen kämpfte sie sich über den Flur. Sie spürte ihren Puls wie rhythmische Paukenschläge, als sie versuchte, sich zu erinnern, wo der Ausgang aus der Klinik war, aber die sich nähernden Schritte ließen sie nach der nächsten Türklinke greifen und Zuflucht in einem Raum nehmen. Sie schloss die Tür, verriegelte sie und lehnte den Kopf an das kühle Metall.

Bitte, betete sie. *Bitte lass mich leben.*

George schaute auf die rothaarige Krankenschwester hinunter, die vor ihm zurückzuckte.

Er hätte sie getötet. Er hätte sie töten können, um an den Arzt zu kommen. Nur, wenn er sie tötete, würde er auch ihr Baby töten.

Und dann wäre er nicht besser als der Mistkerl, der da blutend auf dem Boden lag.

Frustriert wandte er sich ab und nahm zum ersten Mal seine Umgebung wahr. Der Eingriffsraum. War das der Ort gewesen, an dem Lil war? Hatte sie Angst gehabt? Geweint?

Hatte es wehgetan?

Erst einmal war er einer Frau begegnet, die eine Abtreibung hinter sich hatte. Alice gehörte zu ihrer Kirchengemeinde, und als sie und ihr Ehemann gerade erst erfahren hatten, dass sie ein Baby bekamen, wurde ein Lymphom bei ihr diagnostiziert. Die Gemeinde hatte intensiv gebetet, aber das hatte nichts an der Diagnose Krebs in fortgeschrittenem Stadium und der medizinisch notwendigen Operation und Chemotherapie geändert. Pastor Mike hatte ihr versichert, dass Gott es verstehen würde, wenn sie die Schwangerschaft abbrach, und wie zum Beweis dafür war sie ein Jahr später krebsfrei und wieder schwanger.

George erinnerte sich, wie er unter der Woche einmal früh am Morgen in die Kirche ging und dort die gesunde und im achten Monat schwangere Alice in einer Bank sitzen und sich die Seele aus dem Leib weinen sah. Mit weinenden Frauen war er noch nie gut zurechtgekommen, also reichte er ihr ein Taschentuch und trat unbehaglich von einem Bein aufs andere. »Kann ich den Pastor für Sie holen?«, hatte er sie gefragt.

Kopfschüttelnd hatte sie geantwortet: »Vielleicht wollen Sie sich zu mir setzen?«

Es war das Letzte, wonach George der Sinn stand, aber er setzte sich dennoch zu ihr in die Bank. Schielte auf ihren Leib. »Wird wohl bald kommen.«

Alice fing zu weinen an, und er überschlug sich fast vor Entschuldigungen. »Ich weiß, dass es ein Segen ist«, sagte sie schluchzend, »aber es ist kein Ersatz.«

Zwei, sagte George sich jetzt.

Er kannte *zwei* Frauen, die abgetrieben hatten.

Izzy duckte sich, als der Schütze sich abrupt an sie wandte und sie auf die Füße zog. Schmerz schoss ihr durch den Arm. »Wer ist sonst noch hier?«, wollte er wissen und blies ihr seinen heißen Atem ins Gesicht. »Wie viele Leute?«

»I… ich weiß nicht«, stammelte Izzy.

Er schüttelte sie heftig. »Überlegen Sie, verdammt noch mal!«

»Ich weiß es nicht!« Sie hatte das Gefühl, aus Sägemehl zu bestehen.

»Antworten Sie mir!«, herrschte er sie an und fuchtelte ihr mit der Waffe vor dem Gesicht herum.

Er verdrehte ihr erneut den Arm, und ihr kamen die Tränen. »Das sind alle!«, brach es aus ihr heraus.

Und einfach so ließ er sie los. Sie taumelte, konnte aber im letzten Moment verhindern, dass sie auf das verletzte Bein des Arztes fiel. Sie lag mit geschlossenen Augen auf der Seite und wartete darauf, aus diesem Albtraum zu erwachen. Gleich wäre es so weit. Parker würde sie an der Schulter schütteln und ihr sagen, sie habe im Schlaf Laute von sich gegeben, dann würde sie sich aufsetzen und erwidern: *Ich hatte gerade einen ganz fürchterlichen Traum.*

Der Schütze fiel auf die Knie. Rieb sich mit dem Lauf seiner Waffe die Schläfe, als hätte er einen Juckreiz und die Waffe wäre die Verlängerung seines Fingers. Dann senkte er die Pistole und starrte sie an, als wüsste er nicht, wie sie in seine Hände geraten war.

Ob sie ihn jetzt überwältigen könnte? Nach der Waffe greifen und sie auf ihn richten könnte?

Als könnte er ihre Gedanken hören, richtete er die Pistole auf sie. »Wie können Sie als Schwangere jeden Tag hier arbeiten und das, was hier geschieht, in Ordnung finden?«

»Bitte, Sie verstehen nicht …«

»Seien Sie still. Seien Sie einfach still. Ich kann nicht denken.« Er stand auf und begann, in kleinen Kreisen umherzulaufen und vor sich hin zu murmeln.

Izzy bewegte sich langsam auf den Arzt zu. Das Blut, das sie aus seinem Bein sickern sah, sagte ihr, dass er eine bessere Aderpresse brauchte. Sie fühlte am Hals seinen Puls.

»Was machen Sie?«

»Meinen Job«, sagte Izzy.

»Nein.«

Sie blickte hoch zum Schützen. »Ich mache, was Sie wollen. Aber lassen Sie mich zuerst diesen Menschen helfen, bevor es zu spät ist.«

Der Blick des Schützen war unnachgiebig. »Zuerst trommeln Sie alle zusammen und bringen Sie an einen Ort. Im Eingangsbereich. Wo die Couch steht.«

Das Wartezimmer. Izzy zuckte zusammen, als der Schütze sie über den Flur hinter sich herzog. Vor einem Badezimmer blieben sie stehen. »Aufmachen«, verlangte er von ihr, und als Izzy zögerte, gruben seine Finger sich tiefer in ihr Fleisch. »Aufmachen!«

Bitte lass es leer sein, überlegte sie.

Mit zitternder Hand stieß sie die Tür auf und gab den Blick auf eine Toilette und ein makelloses Waschbecken frei. Niemand.

»Weiter«, sagte der Schütze. Er zerrte sie aus dem Badezimmer in den Umkleideraum: leer; der Aufwachraum: leer; dann der Beratungsraum, wo die Ultraschalluntersuchungen vorgenommen wurden. Dort lag eine weitere Frau auf dem Boden – die Sozialarbeiterin des Centers. Izzy brauchte nicht näher an sie heranzutreten, um zu wissen, dass sie tot war.

Sie musste gegen ihren Brechreiz ankämpfen, als sie sich weiter durch den Flur ziehen ließ. Der Schütze blieb vor der einzigen Tür stehen, die sie noch nicht geöffnet hatten. Izzy drehte den Türknauf, aber die Tür war verschlossen. Sie sah ihn an, und er lud durch und schoss den Türknauf sauber weg. Zu spät hielt Izzy sich die Hände an die Ohren. Als sie eintrat, sah sie eine blasse Frau in der Ecke des Labors hocken, den Mund zum Schrei gerundet.

Nach und nach ließ das Klingeln in den Ohren nach und

machte anderen Geräuschen Platz. Izzy hörte sich mit beruhigenden Worten auf die Frau einreden. »Ich bin Izzy«, sagte sie.

»Joy.« Ihr Blick flog zum Schützen.

Izzy versuchte, die Aufmerksamkeit der Frau wieder auf sich zu lenken. »Sind Sie verletzt?«

»Ich hatte gerade… ich hatte…« Sie schluckte. »Ich war im Aufwachraum.«

»Er möchte, dass wir alle ins Wartezimmer gehen, aber ich brauche Hilfe, um den Arzt zu tragen, er ist verletzt. Fühlen Sie sich in der Lage, mir zu helfen, Joy?«

Joy nickte, und sie gingen den Weg zurück. Izzy war sich der auf sie gerichteten Waffe nur allzu bewusst. »Beeilt euch«, sagte der Schütze.

Joy erstarrte, als sie im Eingriffsraum die tote Krankenschwester erblickte. Mist. Izzy hatte vergessen, sie vorzuwarnen.

»Oh, mein Gott. *Oh, mein Gott, Ogottogott…*« Sie wandte sich von der Leiche ab und sagte dann stöhnend: »Dr. Ward?«

Er war jetzt bei Bewusstsein, hatte aber eindeutig Schmerzen. »Miz Joy«, brachte er über die Lippen.

»Das hier ist kein verdammtes geselliges Beisammensein«, brüllte der Schütze. Seine Wut wirkte wie ein Zünder bei Izzy. Sie hastete durch den Raum, öffnete Schubladen, entnahm Verbandszeug und Klebeband und stopfte, so viel sie konnte, in ihren in die Hose gesteckten Arztkittel.

Dann kniete sie nieder, legte sich den Arm des Arztes um den Hals und signalisierte Joy über Blicke, dass sie ihr helfen solle. Joy legte sich den anderen Arm des Arztes um den Hals. Gemeinsam richteten sie ihn auf und schleiften ihn dann, eine Blutspur hinterlassend, über den Flur.

Als sie sich dem Wartezimmer näherten, fiel Dr. Wards Blick hinter die Empfangstheke, wo die Leiche der Klinikbesitzerin lag. »Vonita«, stöhnte er in dem Moment, als der Schütze Izzy am Zopf zog. Ihr schossen vor Schmerz Tränen in die Augen, und sie konnte Dr. Ward nicht mehr halten, sodass das ganze Gewicht nun auf Joy lag. Gemeinsam taumelten sie zu Boden, wo der Doktor auf seinem verletzten Bein landete. Der Knoten der provisorischen Aderpresse löste sich, und das Blut sprudelte ungebremst heraus.

Sofort kniete Izzy nieder, um die Aderpresse wieder zu befestigen, aber der Schütze erlaubte es nicht. »Sie sind noch nicht fertig«, sagte er. »Ich möchte *alle* dort haben, wo ich sie sehen kann.«

»Joy«, rief Izzy. »Binden Sie diesen Schlauch zu!« Währenddessen kroch sie zu Bex, der Dame, die neben der Empfangstheke niedergeschossen worden war. Die junge Frau, die sie angewiesen hatte, Druck auf die Wunde auszuüben, war noch immer da und versuchte, den Blutfluss zu verlangsamen.

Izzy sah den Schützen an. »Ich kann sie nicht bewegen.«

»Ist mir doch egal, wenn sie stirbt.«

Izzy biss die Zähne zusammen und entschuldigte sich bei Bex dafür, dass sie ihr wehtun würde, wenn sie sie bewegte. Die junge Frau sah eine Weile tatenlos zu, wie Izzy sich abmühte. Erst als Izzy sie fassungslos anschaute, kam sie ihr zu Hilfe.

Sie legten Bex neben den Arzt auf den Boden des Wartezimmers. »Okay, fangen Sie jetzt wieder an zu drücken«, forderte Izzy die Frau auf. Sie war jung, trug aber eine blonde Perücke, keine besonders gute, wie man sah. *Chemo?*, fragte Izzy sich und betrachtete sie daraufhin sofort voller Mitgefühl.

Doch gleich darauf wandte sie sich wieder dem Arzt zu. Joy hatte den Schlauch um sein Bein gewickelt, und hielt ihn mit der Hand an Ort und Stelle. Izzy riss die blutigen Beine seiner Arzthose ab und drehte diese zum Strick.

»Sie sind. Noch nicht. Fertig«, knurrte der Schütze. »Überprüfen Sie die restlichen Räume!«

Izzys Hände hielten inne, als er die Pistole zwischen ihre Schulterblätter drückte.

Ergeben hob sie die Hände, schickte still die Bitte an Joy, sie möge den Arzt weiter im Auge behalten, und kam wieder auf die Füße. Mit schnellen, wütenden Schritten ging sie ins Badezimmer, in dem sie sich vorhin übergeben hatte. Sie riss die Tür weit auf. »Leer«, verkündete sie.

Der Geiselnehmer verzichtete darauf, ihre Behauptung zu überprüfen. Konnte er auch nicht, ohne seinen Geiseln den Rücken zuzukehren. Stattdessen verharrte er in einigem Abstand mit der Waffe, die er zwischen Izzy und den anderen hin- und herschwenkte.

Die einzige Tür, die sonst noch an das Wartezimmer grenzte, war die eines Vorratsraums. Izzy riss sie auf, sah auf der einen Seite gestapelte Kisten und Putzmittel. Auf der anderen hingen drei lange weiße Laborkittel und eine Barriere aus Staubsauger, Wischmopp und Eimer. Von ihrem Standort aus konnte sie auch zwei blasse, zusammengekniffene Gesichter sehen, die sie anblinzelten. Eins gehörte einer älteren Frau, die einen Finger an die Lippen hielt.

Izzy drehte sich um und blockierte diese Seite der Abstellkammer mit ihrem eigenen Körper. »Leer. – Zufrieden?«, fragte sie und schlug die Tür zu. Sie verschränkte die Arme vor der Brust und nahm dann allen Mut zusammen, den sie gar nicht besaß. »Kann ich denn *jetzt* meinen Job erledigen?«

Eine Minute lang war Wren sich sicher, dass sie verloren war. Als die Tür zur Abstellkammer aufging, war sie erstarrt. Sie sah zu der Frau hoch, die sie auf alle Fälle bemerkt haben musste, ihr Versteck aber nicht preisgab. Und ihre Erstarrung hielt an, bis sie wieder in Dunkelheit getaucht waren und sie Olives Finger spürte, papieren und pudrig wie die Hände alter Damen. Wrens Telefon vibrierte.

Noch immer in Sicherheit?

Ja, schrieb sie ihrem Vater zurück.

Wo bist du?

In einer Abstellkammer.

Allein?

Nein, schrieb sie. *Mit Olive.* Sie erklärte nicht, wer Olive war. Ihrem Vater genügte es zu wissen, dass sie hier nicht allein mit ihrer Angst war.

Kannst du Bex sehen?

Nein.

Rühr dich nicht vom Fleck, schrieb ihr Vater. *Sprich nicht. Hör gut zu und sag mir, was du hörst.*

Wren versuchte es, aber bei geschlossener Tür kam alles nur gedämpft an. *Es fielen Schüsse,* schrieb sie gleich darauf. *Tante Bex fiel um. Ich denke, sie wurde in die Brust getroffen.*

Welche Seite?

Blinzelnd überlegte Wren: Wohin war das Rot gespritzt? Sie tastete ihren eigenen Brustkorb ab, um ihre Erinnerung zuzuordnen. *Rechts.*

Während sie das eintippte, wurde ihr klar, dass ihr Vater sie mit Hoffnung fütterte. Das Herz lag nicht auf der rechten Brustseite. Gut möglich, dass ihre Tante noch ums Überleben kämpfte.

Menschen schrien, tippte Wren. *Eine Frau in Arztkleidung öffnete die Kammertür und sah uns, sorgte aber dafür, dass er uns nicht sah.*

Eine Warnung poppte auf ihrem Display auf: *Batterieleistung nur noch 10 %. Möchten Sie in den abgesicherten Modus schalten?*

Ja, sagte sich Wren. *Ja, das würde ich sehr gern.*

Es tut mir leid, Dad, schrieb sie.

Es war ihre Entscheidung gewesen, sich um die Pille zu kümmern. Ihre Entscheidung, diese kleine Information ihrem Vater vorzuenthalten. Ihre Entscheidung, ihre Tante zu bitten, sie ohne sein Wissen hierherzubringen. Sie wartete darauf, von ihrem Vater die Absolution zu bekommen, zu hören, dass alles gut war, sie keine Schuld hatte.

Sag mir, was sonst noch passiert, schrieb er.

In Wren brach etwas zusammen. Wenn sie nun hier rauskäme, aber zwischen ihnen nichts mehr so wäre, wie es einmal gewesen war? Sie wegen einer Fehlentscheidung alles vermasselt hatte?

Sie würde leben, beschloss sie, und sei es nur, um ihrem Vater zu beweisen, dass sie erwachsen werden und *dennoch* sein kleines Mädchen sein konnte.

Wren tippte wieder. *Die Kleidung der Frau, die uns sah, war voller Blut.*

War sie verletzt?

Ich denke nicht, schrieb Wren. *Aber andere Menschen.*

Hast du den Schützen irgendwas sagen hören? Hat er irgendwelche Namen genannt? Wann hast du zuletzt einen Schuss gehört? Wie viele Verletzte hast du gesehen, bevor du dich versteckt hast?

Die Fragen ihres Vaters rollten herein wie Gewitterwolken, schnell und wuchtig. Wren schloss die Augen und drückte auf den Knopf, der dafür sorgte, dass das Display dunkel wurde und so das bisschen Saft sparte, das noch übrig war. Und ging dann alle Fragen durch, die er ihr nicht stellte.

Warum bist du an einem Schultag in einem Zentrum für Frauengesundheit?

Warum ist deine Tante bei dir?

Warum hast du mir nichts davon gesagt?

Eine frühe Kindheitserinnerung reichte in ihr viertes Lebensjahr, als sie noch eine Mutter und eine normale Kernfamilie hatte. Sie war im Kindergarten, und ein Junge auf dem Spielplatz gab ihr unter dem Klettergestell, das wie ein Piratenschiff aussah, einen schmatzenden Kuss auf die Lippen und verkündete, er wolle mit ihr Babys machen. Wren hatte ausgeholt und ihm mit der Faust einen Schlag direkt auf den Mund verpasst.

Ihre Eltern wurden in die Schule einbestellt. Ihrer Mutter war die Situation peinlich, und sie sagte immer wieder, Wren habe überhaupt nichts Gewaltsames an sich. »Was hast du nur *getan*, Wren?«, fragte ihre Mutter.

»Ich habe getan, was Daddy mir gesagt hat«, antwortete sie. Ihr Vater kriegte sich vor Lachen nicht mehr ein, und ihre Mutter schickte ihn hinaus, als wäre er derjenige, der in Schwierigkeiten steckte.

Ihre Mutter wollte sie bestrafen. Ihr Vater spendierte ihr stattdessen einen riesengroßen Eisbecher.

Dad, schrieb sie, *bist du noch da?*

…

…

…

Immer, schrieb er, und sie atmete erleichtert aus.

Der Schütze hatte allen die Mobiltelefone abgenommen und in den Mülleimer geworfen. Er verbarrikadierte die Tür mit der Couch, Stühlen und Couchtischen. Schwer atmend drehte er sich um und richtete die Waffe auf die anderen. »Wenn ihr tut, was ich sage«, murmelte er, »wird keiner verletzt werden.«

»Kein *weiterer*«, korrigierte Izzy ihn kaum hörbar.

Sie wusste, dass er sie im Visier hatte, mit böse blitzenden Augen. Aber das kümmerte Izzy nicht. Sie hatte ihren Teil der Vereinbarung erfüllt, und hier gab es Verletzte. Verdammt sollte sie sein, wenn sie sich zurücklehnte und sie leiden ließe.

Janine presste ihre Hand noch immer auf die Brust von Bex. Izzy ging in die Knie und versuchte festzustellen, wie heftig die Wunde blutete. Das Flüstern der Frau erreichte ihr Ohr. »Meine Nichte. Kammer.«

Izzy sah die beiden Gesichter wieder vor sich, die, zusammengekniffen und zu Tode erschrocken, zu ihr aufgeblickt hatten, als sie auf Weisung des Schützen die Tür geöffnet hatte. Sie beugte sich tiefer über sie, als wollte sie dem schwerfälligen Atem von Bex lauschen. »Es geht ihr gut«, murmelte Izzy.

Bex' Lider schlossen sich flatternd. »Ich muss es Hugh sagen.«

»Was denn?«

Bex hustete und schrie auf vor Schmerz, der ihr durch Lungen und Rippen schoss. Izzy versuchte, sie abzulenken, weil sie so verdammt wenig für die Frau tun konnte. »Was machen Sie, Bex?«

»Künstlerin«, wimmerte die Frau. »Schmerzt.«

»Ich weiß. Je weniger Sie sich bewegen, umso besser«, beruhigte Izzy sie. Mit einem Blick auf Janine gab sie dieser zu verstehen, ihre Position beizubehalten. »Ich werde mich jetzt um jemand anderen kümmern«, sagte Izzy, »aber ich verspreche, dass ich zurückkommen werde.«

Sie rutschte über den Teppich zu Dr. Ward. Die Aderpresse, die Joy ihm angelegt hatte, musste strammer sitzen, besser wäre eine dauerhaftere Lösung.

»Vonita«, sagte er leise. »Ist sie tot?«

Izzy nickte. »Es tut mir so leid.«

»Mir auch«, murmelte er. »Mir auch.« Er schielte über seine Schulter, als könnte er hinter die Barriere der Empfangstheke blicken, wo die Leiche lag. »Diese Frauen, für sie waren es alle Töchter, die Vonita niemals hatte. Ihren Ehemann machte es wahnsinnig, wie hart sie hier arbeitete. Immer wieder meinte er, man werde sie wohl im Sarg hier heraustragen.« Seine Stimme brach. »Gut, dass sie nicht weiß, wie recht er gehabt hat.«

Izzy rollte den Stoff von Dr. Wards Hosenbeinen um seinen Schenkel und verknotete ihn direkt über der Wunde. »Halten Sie still, Doktor«, sagte sie.

Er zog eine Braue hoch. »Nachdem Sie mir gerade meine Arzthosen vom Leib gerissen haben, können Sie mich ruhig Louie nennen, finden Sie nicht?«

Izzy schob einen Permanentmarker, den sie unter der Couch gefunden hatte, unter die Mitte des Knotens und setzte noch einen Knoten drauf. Dann begann sie, den Stift zu drehen, sodass der Stoff sich darum wand und die neue Aderpresse sich zusammenzog. Der Blutfluss war nur noch ein Tröpfeln, dann hörte er auf. »So«, sagte sie. »Das ist schon besser.« Sie griff nach einer Rolle Klebeband, zog unbeholfen mit den Zähnen daran, damit sie die Aderpresse fixieren konnte. Dann sah sie auf ihre Armbanduhr. Es war kurz nach halb eins. Von jetzt an musste sie zählen: Verbluten konnte Dr. Ward nicht mehr, sie hatte seine Blutung gestoppt, aber ohne arteriellen Blutfluss käme es zu einer ischämischen Gewebeschädigung. Bliebe das Bein länger als zwei Stunden abgebunden, bestand die Gefahr einer Verletzung von Muskeln oder Nerven. Sechs Stunden, und sein Bein müsste amputiert werden.

Aber vielleicht wären sie bis dahin ja gerettet.

Dr. Ward tätschelte ihre Hand, nachdem sie die Aderpresse fixiert hatte. »Wir sind ein gutes Team«, sagte er. »Danke.« Er hob sein Bein auf einen Stuhl, sodass es höher lag als sein Herz.

Izzy sah Bex an, die noch immer totenbleich, aber stabil auf dem Boden lag.

Da es nunmehr keinen medizinischen Notfall mehr gab, mit dem sie sich beschäftigen konnte, begannen ihr die Hände zu zittern. Sie hielt ihre rechte Hand mit der linken fest.

»Habe ich Sie hier schon mal gesehen?«, murmelte Dr. Ward.

Izzy schüttelte den Kopf. Sie wollte antworten, zögerte aber, da der Schütze vorbeikam und dabei ständig vor sich hin brabbelte.

Als er auf der anderen Seite des Raums war, sprach der Arzt sie wieder an. »Haben Sie da draußen einen Ehemann, der sich Sorgen um Sie macht?«

Er redete leise und schuf eine Gesprächsblase, in der nur sie beide Platz fanden. »Nein«, sagte sie. »Nur einen Freund.«

»Nur einen Freund?«, neckte er sie.

»Vielleicht einen Verlobten …«

»Vielleicht können Sie sich nicht mehr erinnern?«, meinte

Dr. Ward glucksend. »Oder vielleicht haben Sie sich noch nicht entschieden?«

»Es ist kompliziert.«

»Wenn ich eins habe, Mädchen, dann Zeit.« Dr. Ward grinste.

»So einfach ist das nicht. Wir kommen aus zwei sehr verschiedenen Gegenden«, erklärte Izzy.

»Palästina und Israel?«

»Was? Nein …«

»Mars und Venus?«, hakte Dr. Ward nach. »Unionisten oder Konföderierte?«

»Parker wurde mit Kaviar groß. Bei mir gab es was zu essen, wenn wir genug Geld dafür hatten.« Sofort lief Izzy knallrot an. Über ihre Herkunft sprach sie normalerweise nicht. Tagtäglich versuchte sie, diese zu vergessen.

Sie und Parker waren seit drei Jahren zusammen. Es gab so gut wie nie Streit, aber wenn, dann ging es dabei immer um die durch ihren familiären Hintergrund bedingten Unterschiede.

So wie damals, als sie sich gerade mal drei Wochen kannten und sie dazukam, wie er seine Sozialkontakte auf seinem Mobiltelefon scrollte. Murmelnd hatte er gesagt: *Valencia sieht gut aus.*

Lass mich raten. Du bist mit ihr zur Schule gegangen. Izzy war gereizt vor Eifersucht. Frauen mit solchen Namen hatten Fonds und Skilehrer.

Parker hatte ihr sein Telefon gezeigt, um ihr zu beweisen, dass dies der Name eines neuen Instagram-Filters war.

Da ist jemand eifersüchtig, hatte er gefrotzelt.

Ich habe dir ja gesagt, dass ich nicht perfekt bin.

Nein, hatte Parker erwidert. *Aber für mich bist du perfekt.*

Ein andermal, sie waren gerade erst zusammengezogen, hatte er sein Glas auf dem Couchtisch abgestellt, den sie gerade bei einer Haushaltsauflösung erworben hatte. *Warum hast du keinen Untersetzer benutzt?*, hatte sie ihn angeblafft.

Es ist ein Zwanzigdollartisch, hatte er verdutzt geantwortet.

Für Izzy war es völlig unverständlich, so viel Geld für etwas auszugeben und es dann nicht wie etwas Kostbares zu behandeln. *Ganz genau*, hatte sie erwidert.

Und jeglicher Kampfgeist hatte ihn verlassen.

Das war dumm von mir, hatte er eingelenkt und danach immer einen Untersetzer benutzt.

Sie wusste verdammt gut, warum sie sich in Parker verliebt hatte. Aber sie konnte beim besten Willen nicht verstehen, warum er sich in sie verliebt hatte. Der Tag würde kommen, an dem sie Parker in Anwesenheit seiner Freunde peinlich wäre, weil sie durch irgendwas ihre Herkunft verriet. Oder er würde sie verlassen, und sie wäre am Ende. Da war es doch besser, selbst den Bruch herbeizuführen.

Dr. Ward griff nach ihrer inzwischen wieder ruhigen Hand. »Nun sehen Sie sich das an«, sagte er. »Da hat jemand glatt vergessen, dass er Angst hat.«

Während dieses geflüsterten Gesprächs, das sie so auch an jedem anderen Ort und zu jeder anderen Zeit hätten führen können, hatte Izzys Zittern aufgehört. »Was, denken Sie, wird er mit uns machen?«, wisperte sie.

»Ich weiß es nicht«, erwiderte der Arzt. »Aber ich weiß, dass Sie es überleben werden.« Er zwinkerte ihr zu. »Sie können doch Ihren armen Kerl nicht hängen lassen.«

Wenn du wüsstest, dachte Izzy.

Ehrlich gesagt hatte Janine auf diesen Tag gewartet. Sie wusste, dass Gott sie bestrafen würde, hatte allerdings nicht gedacht, dass es mit so viel Ironie geschähe.

Sie presste die Hände weiterhin auf den Brustkorb der angeschossenen Frau. Wenn der Druck intensiv genug war, kam kein Blut. Wenn sie fest genug presste, könnte sie vielleicht das Geheimnis zurückdrängen, das so tief vergraben gewesen war, dass es sich wie eine falsche Erinnerung anfühlte.

Viele Freunde hatte Janine nie gehabt. Ein Bruder mit Down-Syndrom nahm viel Zeit in Beschlag. Und das bedeutete, dass sie nach der Schule nach Hause kommen musste, um auf ihn aufzupassen, wenn ihre Eltern arbeiteten. Das bedeutete, jedem erklären zu müssen, warum sie Ben im Schlepptau hatte, wozu ihr manchmal die Energie oder auch die Lust fehlte. Und es bedeutete auch, ihn gegen die dummen Kommentare der Menschen in Schutz nehmen zu müssen – die ihn entweder einen Deppen nannten oder meinten: *Aber er* sieht *doch ziemlich normal aus*, oder fragten, warum ihre Mutter keine Pränataldiagnose habe vornehmen lassen. Da war es einfacher, niemanden nach Hause einzuladen und in der Schule eine Einzelgängerin zu bleiben.

Weshalb sie auch mit dem Schlimmsten rechnete, als sie mit sechzehn für den Teamunterricht in Biologie zufällig mit dem Alphaweibchen der Abschlussklasse zusammenkam. Aber Monica nahm sie unter ihre Fittiche, als wäre sie eine ahnungslose kleine Schwester, schleppte sie auf die Mädchentoilette, um ihr beizubringen, wie man die Augen mit Flüssig-Eyeliner auf Katze schminkte, und zeigte ihr YouTube-Videos, die sie zum Lachen bringen sollten. Zum ersten Mal konnte sie mitlachen, anstatt ausgelacht zu werden, und deshalb willigte sie ein, als Monica sie einlud, am Freitagabend mit ihr auszugehen. Ihrer Mutter erklärte sie, mit ihrer Laborpartnerin für ihre Bio-Zwischenprüfung lernen zu wollen, was nur zum Teil gelogen war. Sie traf sich mit Monica, die ihr den Personalausweis ihrer Cousine gab, die auf dem Foto, wenn man nicht allzu genau hinsah, wie Janine mit längeren Haaren aussah. Sie wollten sich in eine Verbindungsparty am College einschleichen.

Janine kannte Wein nur vom Abendmahl, aber an diesem Abend bestand die Verpflegung aus einem Punsch mit Kornbrand. Er schmeckte süß wie Kool-Aid, und ständig sorgte jemand für Nachschub. Der Abend gestaltete sich zu einer Collage aus Bildern und Augenblicken: ein roter Plastikbecher,

Musik, die den Herzschlag bestimmte, Jungs, die so eng mit ihr tanzten, dass sich ihre Nackenhaare aufstellten wie vor einem Gewitter. Deren Hände auf ihren Schultern wie eine Massage. Zähne, die ihren Hals streiften. Die Entdeckung, dass die meisten Leute, darunter auch Monica, bereits gegangen waren. Der grüne Flor eines Billardtischs unter ihren nackten Schenkeln. Jemand, der sie niederdrückte, während ein anderer sich zwischen ihren Beinen bewegte und sie entzweiriss. *Sag bloß nicht, du willst das nicht*, sagte er, und während sie noch überlegte, ob ein Ja oder ein Nein ihn dazu brächte, von ihr abzulassen, wurde ihr ein Schwanz in den Mund geschoben.

Als sie wieder zu sich kam, allein, mit einem malträtierten, triefenden Körper, musste sie feststellen, dass ihre Unterwäsche weg war. Sie zog ihr Kleid nach unten und verließ bei Sonnenaufgang das Verbindungshaus. Über die ganze Rasenfläche lagen Bierdosen verteilt, und einer der Verbindungsbrüder war auf der Veranda eingeschlafen. Sie fragte sich, ob er das gewesen war, auf ihr und in ihr. Bei diesem Gedanken wurde ihr übel, und sie übergab sich so heftig, bis sie das Gefühl hatte, innerlich ganz leer zu sein.

Da war sie im Irrtum.

Dass sie schwanger war, stellte sie auf die übliche Weise fest: eine ausgebliebene Monatsblutung, empfindliche Brüste, Erschöpfung. Aber darüber hinaus wusste sie es einfach. Noch immer spürte sie die Jungs in ihr, schmutzig und Wurzeln schlagend.

Keiner wusste davon. Monica hatte nur gesagt: *Also, als ich ging, warst du von Jungs umringt. Es sah ganz danach aus, als hättest du Spaß*. Ihre Eltern dachten nach wie vor, dass sie gelernt hatte. Janine war entschlossen, es auch dabei zu belassen.

Dort, wo sie wohnten, war es ein Leichtes. Sie besaß noch immer den falschen Personalausweis. Diesen benutzte sie für eine Terminvereinbarung in einer Klinik, die in einem ihr bisher völlig unbekannten Teil von Chicago lag. Der Termin war am Nachmittag, wo sie eigentlich zu Hause sein und auf Ben aufpassen sollte. *Ich muss was erledigen*, ließ sie ihn wissen, *und wenn du Mom nichts sagst, darfst du den ganzen Nachmittag fernsehen.*

Sie stahl Geld aus dem Glas im Küchenschrank, das ihre Eltern für Notfälle zurückgelegt hatten. Nahm ein Taxi. Am Empfang wurde sie gefragt, ob es einen Vater gab, und Janine dachte erst, sie meinten ihren Dad. Dann wurde ihr klar, dass es um den Vater des Babys ging. Aber für sie war das kein Baby. Es war kein menschliches Wesen. Es war eine Wunde, die geschlossen werden musste.

Die Ärztin war Inderin, und ihr Parfüm duftete wie ein Garten. Erst zwackte es, dann wurde gedrückt, und sie bekam Panik und befreite ihren Fuß aus der Halterung. Daraufhin kam eine Krankenschwester, um sie festzuhalten, was sie aber nur noch stärker an die Nacht erinnerte und ihre Abwehr heftiger werden ließ. Schließlich lehnte die Ärztin sich zurück und sah sie an. *Wollen Sie nun den Eingriff*, fragte sie leidenschaftslos, *oder nicht?*

Sag bloß nicht, du willst das nicht.

Sie riss sich während des Eingriffs zusammen und auch noch im Aufwachraum und während der Taxifahrt nach Hause. Aber als sie Ben mit dem Nachbarn auf der Veranda sah, bekam sie Panik.

Der Nachbar hob ein in eine Decke gewickeltes Bündel vom Boden auf. »Galahad wurde überfahren«, sagte er. »Es tut mir wirklich leid.«

Ihr Terrier sollte eigentlich immer im Haus sein, sofern er nicht draußen angeleint war. »Du warst so lang weg, ich wollte nach dir sehen, und da rannte er mit raus, bevor ich ihn bremsen konnte«, sagte Ben. »Er wird nicht mehr aufwachen.«

Sie schlang die Arme um ihn. »Es ist nicht deine Schuld.«

Janine nahm dem Nachbarn das Bündel ab. Zum ersten Mal

hielt sie etwas Totes in Händen. Galahad fühlte sich so leicht an, fast als würde er sich verflüchtigen. Noch am Morgen hatte sie ihn angeschrien, weil er ihre Socke anknabberte. Wegen dieses Hundes hatte sie so viele verwaiste Socken, dass sie dazu übergegangen war, nicht zusammenpassende Paare zu tragen. Auch jetzt trug sie eine mit blauen Punkten zu einer roten mit winzigen Pinguinen darauf. Janine wurde übel und ihr schwindelte, als hockte sie am Rande einer Klippe. Mehr war da nicht zwischen Tod und Leben, nichts weiter als ein einziger Fehltritt.

Sie trug den Hund in den Garten und hob mit einem Spaten ein Loch aus. Ben sah zu. Er wollte wissen, warum sie Galahads Kopf in den Schmutz steckte.

Sie wusste nicht, wie sie ihrem Bruder Leben und Tod erklären sollte. War machtlos gegen den Gedanken, dass dies die Strafe war für das, was sie getan hatte. War das bei dem Baby in ihr etwa auch so gewesen, gerade noch am Leben und gleich darauf tot? Es war das erste Mal – das einzige Mal, dass sie es als eine Person und nicht als ein Problem ansah.

Als Janine fertig war, die Hände schwarz von der Erde, blieb sie schluchzend im Garten sitzen. So traf ihre Mutter sie an, als sie von der Arbeit nach Hause kam. Sie war untröstlich, und alle in ihrer Familie glaubten, den Grund dafür zu kennen.

Wie sich herausstellte, konnte man, wenn man eine Erinnerung herausoperierte, auch das Gefühl für die Ränder ihrer Narbe verlieren. Die Verdrängung konnte so weit gehen, dass man glauben konnte, niemals vergewaltigt worden, niemals schwanger gewesen zu sein und keinen Schwangerschaftsabbruch gehabt zu haben. Je größer die Distanz zwischen diesem Tag und Janines Zukunft wurde, umso stärker wurde ihre Überzeugung, anders zu sein als die Frauen, die sich in der Situation einer ungewollten Schwangerschaft befanden. Sie war ein Opfer gewesen. Sie hatte den Makel weggewaschen durch jahrelangen aktiven Einsatz gegen Schwangerschaftsabbrüche. Und empfand sich dabei nicht als Heuchlerin. Das Ding in ihr war kein Baby gewesen. Sondern etwas, das sie in ihr zurückgelassen hatten.

Janine hatte sich vorgegaukelt, das Ganze ungeschehen machen zu können, indem sie keiner Menschenseele jemals erzählte, wo sie an jenem Nachmittag gewesen war. Aber Gott wusste es natürlich. Und deshalb war diese Schießerei auch ihre Schuld.

Es war keine gute Idee gewesen, undercover hierherzukommen. Das Center war so etwas wie die Büchse der Pandora. Sie hatte die Tür geöffnet und alles Böse in die Welt entlassen.

Hughs Job als Unterhändler bei Geiselnahmen bestand zu neunundneunzig Prozent darin, aufmerksam zuzuhören, aber diese Fähigkeit war ihm nicht immer zu eigen gewesen. Als er und Annabelle sich trennten, hatte sie ihm vorgeworfen, ihr ständig ins Wort zu fallen und ihre Gefühle überhaupt nicht in Betracht zu ziehen. »Das ist lächerlich«, hatte er sie empört unterbrochen. Annabelle hatte nur die Hände hochgehalten, wie um zu sagen: *Sag ich doch.* Daraufhin hatte Entsetzen den Raum zwischen ihnen gefüllt, und Hugh beschlich die bittere Erkenntnis, dass sie recht hatte. »Wenn du mich vielleicht mal einen Gedanken hättest zu Ende führen lassen«, sagte Annabelle in das Schweigen hinein, »hätte ich mir niemand anderen suchen müssen, der mir das ermöglicht.«

Hugh war erst Unterhändler geworden, nachdem Annabelle ihn verlassen hatte. Aber er war willens und entschlossen, in seinem beruflichen Leben nicht den Fehler seines Privatlebens zu wiederholen. Er war darin geschult worden, ruhig zu bleiben, selbst wenn er unter Adrenalin stand. Er verstand es, mit ruhiger Stimme zu sprechen, die Verbindung zu seinem Gegenüber aufrechtzuerhalten und auf jedes Detail zu hören.

Er ließ den anderen zu Wort kommen. Akzeptierte, was er sagte. Kommentierte es mit: *in Ordnung, ja, okay.* Sagte aber niemals: *Ich verstehe*, weil er nichts verstand, vor allem nicht, was den jeweiligen Menschen an diese besondere Klippe geführt hatte.

Anders als damals bei Annabelle, war es Hugh immer leichtgefallen, während einer Geiselnahme bedächtig und leidenschaftslos zu bleiben. Was wohl daran lag, dass bei der Arbeit nichts Persönliches auf dem Spiel stand.

Bis jetzt.

»McElroy.« Er drehte sich um, als er die Stimme seines Chefs hörte. »Was verdammt noch mal ist hier los?«

Chief Monroe trug noch immer Sakko und Krawatte von seinem Mittagessen. »Geiselnahme«, klärte Hugh ihn auf. »Ich habe das Sondereinsatzkommando bereits herbestellt, und wir haben einen Namen und eine Adresse. George Goddard.«

»Schon mal auffällig gewesen?«

»Nein. Aufgrund der Information einer Augenzeugin scheint es um etwas Persönliches zu gehen.«

Er sprach die Worte nicht aus, die ihm auf der Zunge lagen: *Die beiden Menschen, die ich am meisten liebe, sind da drin. Und ich werde sie keinem anderen außer mir anvertrauen, um sie da rauszuholen.* Sobald er das zugeben würde, wäre er seinen Fall los. Aber glücklicherweise war Hugh auch darin geschult worden, überzeugend zu lügen.

Sein Vorgesetzter ließ den Blick von der Absperrung der Klinik bis zu der Reihe der Polizisten schweifen, die das Gelände sicherten. »Sie sagen mir, was Sie benötigen«, erwiderte er und übergab Hugh damit die Verantwortung.

»Im Moment« habe ich alles«, sagte Hugh und hob ein Megafon an den Mund, das man ihm aus einem der Streifenwagen gebracht hatte.

Er war kein Fan externer Telekommunikation, die typischerweise in schweren Koffern und in einem gepanzerten Fahrzeug vor die Haustür geliefert wurde. Sobald dies geschehen war, zogen die Polizisten sich zurück, und der Geiselnehmer nahm die Kiste mit ins Gebäude und griff zum Hörer. Ihm kam es darauf an, den Schützen darüber zu informieren, dass er am anderen Ende der Leitung sein würde, wenn das Telefon klingelte.

»Hallo«, brüllte er. »Hier spricht Detective Lieutenant Hugh McElroy von der Polizei Jackson. Ich werde Sie in einer Minute über die Festnetzverbindung anrufen.« Er hielt sein Mobiltelefon hoch für den Fall, dass ihn jemand durch die verspiegelten Scheiben beobachtete.

In der Stille, die seinen Worten folgte, konnte Hugh die Symphonie der Junikäfer und den kehligen Countertenor der Autos vom entfernten Highway hören. Er stellte sich Wren vor, die in ihrem Versteck die Ohren spitzte, um seine Stimme zu hören. Er wandte sich an den Schützen, aber in seinem Herzen sprach er direkt mit seiner Tochter.

»Ich möchte nur mit Ihnen reden«, sagte Hugh, legte das Megafon ab und wählte.

George hatte sich immer für einen ehrenwerten Mann gehalten – einen guten Christen, einen guten Vater. Aber was, wenn dies einen nirgendwohin führte? Wenn man dennoch belogen und beschissen wurde, einem keiner zuhörte?

Jetzt würden sie ihm zuhören.

Und als hätte er sie willentlich herbeigerufen, drang eine blechern verstärkte Stimme durch die Mauern der Klinik. *Hier spricht Detective Lieutenant Hugh McElroy von der Polizei Jackson.*

Er spürte es: den elektrisierenden Optimismus, der knisternd durch die Gruppe ging. Hilfe war angekommen. Sie waren nicht mehr allein.

Irgendwo in seinem Unterbewussten hatte George gewusst, dass es dazu kommen würde: Jemand würde kommen, um diese Menschen zu retten. Er konnte sich nur selbst retten.

Als Jugendlicher hatte George einmal eine Blutspur im Wald entdeckt und sie zu einer illegal aufgestellten Falle verfolgt, wo ein Kojote das eigene Bein durchgebissen hatte, um zu entkommen. Noch Monate danach war er schweißgebadet mitten in der Nacht aufgewacht, weil ihn das Bild dieser abgetrennten Pfote quälte. Er fragte sich, ob der Kojote überlebt hatte. Ob die Chance auf einen Neuanfang ein so großes Opfer wert war.

Er gab Lil keine Schuld. Sie war doch noch ein Kind, um Himmels willen. Sie wusste nicht, was sie tat. Viel einfacher war es, den Menschen in dieser Klinik, die ihr das *angetan* hatten, die Schuld in die Schuhe zu schieben.

Die Pistole fühlte sich an wie eine Verlängerung seines Arms, wurde zu seinem eigenen Glied. Das konnte er nicht einfach durchbeißen in der Hoffnung zu überleben. Das war eine Falle, die er sich selbst gestellt hatte.

Auf der Empfangstheke begann unter den glitzernden Glasscherben das Telefon zu läuten.

Es war die moderne Entsprechung des Trolley-Problems, jenes alten moralischen Dilemmas. Eine Straßenbahn, deren Bremsen versagt haben, rollt auf ihren Gleisen bergab. Vor ihr befinden sich fünf Menschen, die sich nicht vom Fleck rühren können und deshalb von der Straßenbahn überrollt werden. Du hast als Weichensteller die Möglichkeit, einen Hebel umzulegen und die Straßenbahn auf ein anderes Gleis zu lenken. Auf diesem Gleis befindet sich jedoch eine Einzelperson, die gleichermaßen bewegungsunfähig ist. Belässt du die Straßenbahn auf ihrem Kurs und tötest fünf Menschen? Oder legst du den Hebel um und tötest diese eine Person, die ansonsten nicht in Gefahr wäre?

Bis heute hätte Hugh geantwortet, dass das kleinere Übel der Verlust eines einzelnen Lebens anstatt von fünf Leben wäre. Aber wenn man selbst die Hand an diesem Hebel hatte und die todgeweihte Person auf dem Ausweichgleis jemand war, den man liebte, veränderte sich alles.

Es war, als befände Bex sich auf der einen Spur und Wren sich auf einer anderen. Wenn nun sein Versuch, den Geiselnehmer in eine Verhandlungssituation zu bringen, so viel Zeit in Anspruch nahm, dass die verletzte Bex nicht überlebte? Oder er andererseits beim Versuch, Bex rasche Hilfe zukommen zu lassen, indem er die Situation gewaltsam entschärfte, Wren in die Schusslinie brachte?

Hugh wählte die Nummer des Centers und lauschte dem Klingeln. Dass keiner abnahm, brauchte ihn nicht zu beunruhigen, da er dank Wren wusste, dass es noch Lebende im Gebäude gab, einschließlich des Schützen. Also legte er auf und wartete einen Moment, bevor er erneut wählte.

Als Wren geboren wurde, war Hugh davon überzeugt gewesen, dass mit ihm etwas nicht stimmte. Er konnte sich einfach nicht für ein sabberndes, pupsendes Fleischbündel begeistern. Selbst wenn Leute auf Besuch kamen und ihrer großen blauen Augen oder ihrer vielen Haare wegen ins Schwärmen gerieten, lächelte er nur und nickte, dachte insgeheim aber, dass sie aussah wie ein winziger Alien. Natürlich vergötterte er sie. Er hätte sein Leben für sie hingegeben. Die Aufgabe, die einem als Eltern zukam, verstand er sehr wohl, aber die emotionale Sogwirkung, die er andere hatte beschreiben hören, erschloss sich ihm nicht.

Wart einfach ab, hatte Bex ihm geraten – und wie immer recht behalten.

Das Wunder geschah, als Wren drei Jahre alt war und die Kindergärtnerin beiläufig bemerkte, wie süß sie es fand, dass sie und ein kleiner Junge namens Saheed zusammen Vater-Mutter-Kind spielten. *Wer ist Saheed?*, hatte er sie an diesem Tag auf dem Heimweg gefragt. *Oh*, lautete Wrens Antwort. *Mein Freund.*

Als er dann Wren auf dem Spielplatz zum ersten Mal mit Saheed hatte Händchen halten sehen, spürte er ganz deutlich, wie der Boden unter seinen Füßen nachgab. In diesem Moment wurde ihm klar, dass Wren nicht ihm gehörte. Sondern vielmehr Hugh *ihr*.

Eines Tages würde sie ihn nicht mehr für die Entscheidung brauchen, ob sie die Leggings mit den Blümchen oder den Pinguinen anziehen sollte. Eines Tages würde sie den Text von »Bohemian Rhapsody« auswendig können, ohne dass er die Lücken füllen musste, wenn sie den Song gemeinsam im Auto schmetterten. Eines Tages würde sie ihn nicht mehr bitten, die Crackers vom Regal herunterzuholen, an die sie nicht rankam. Eines Tages würde sie ihn nicht mehr brauchen.

Manchmal erkennst du die verzehrende Macht der Liebe erst, wenn sie nicht mehr vorhanden ist. Manchmal erkennst du die Liebe nicht, weil sie dich, einer Schimäre gleich, so langsam verändert hat, dass die Verwandlung dir gar nicht bewusst wurde.

Als Hugh Saheed beobachtete, der Wren wie ein treuer Untertan folgte, dachte er an all den Blödsinn, den er sich hatte einfallen lassen, um ein Mädchen auf sich aufmerksam zu machen, und er gelobte sich, niemals zuzulassen, dass ein Junge sie auf die Weise behandelte, wie er selbst die Mädchen während seiner Schulzeit behandelt hatte. Aber zugleich war ihm klar, dass er sie nicht beschützen konnte. Dass sie eines Tages Liebeskummer haben und er sie weinen sehen würde.

Das bedeutete es, Vater zu sein. Vaterschaft bedeutete, eine Glasglocke über die Tochter stülpen zu wollen, damit sie unbeschadet blieb, und zugleich zu wissen, dass man früher selbst jemandes Tochter Schaden zugefügt hatte. Vaterschaft bedeutete die Planung des zukünftigen Mordes an einem reizenden Jungen namens Saheed, weil dieser so klug gewesen war, in Wren das bewunderungswürdigste Geschöpf auf Erden zu sehen.

Jetzt ging Hugh im Geiste vergessene Gespräche durch. Hatte Wren irgendwann einmal einen Jungen erwähnt?

Wren hatte gesagt, sie sei mit Bex hier. Aber das hier war

eine Abtreibungsklinik. Dafür war Bex zu alt. Vielleicht war seine Schwester aus einem anderen Grund hergekommen, aber warum sollte sie Wren dafür aus der Schule nehmen?

Es sei denn ...

Den Satz wollte er auf keinen Fall zu Ende denken.

Erst nachdem er Wrens Leben gerettet hatte, würde er sich mit dem Jungen befassen, beschloss er. Und ihn dann vielleicht umbringen.

Wieder wählte Hugh die Nummer des Centers. Diesmal ging beim dritten Läuten eine Frau dran. Es war nicht Wren.

Aber der erste Kontakt war hergestellt. *So*, sagte er sich. *Los.*

»Hier spricht Lieutenant McElroy von der Polizei Jackson. Bin ich auf Lautsprecher?«

»Nein.«

»Mit wem spreche ich?«

»Äh, ich heiße Izzy ...«

»Izzy«, sagte Hugh, »ich bin hier, um Ihnen zu helfen. Kann ich mit der Person sprechen, die in der Lage wäre, eine Lösung dieser Situation herbeizuführen?«

Er hörte sie zu jemandem sagen: »Es ist die Polizei, sie will mit Ihnen sprechen.«

Und dann: »Ja?«

Die Stimme des Geiselnehmers ratterte, als würde man einen Stock über die Gitterstäbe eines Zauns ziehen. Allein schon diese eine Silbe öffnete für Hugh eine Höhle, in die er hineinspähen konnte. Das Wort war tief, aufwallend, wachsam. Aber es stand für sich allein, war kein Sperrfeuer aus Worten. Und das bedeutete, dass er zuhörte.

»Hier spricht Detective Hugh McElroy vom Jackson Police Department. Ich gehöre zur Verhandlungseinheit für Geiselnahmen. Ich bin hier, um mit Ihnen zu reden und Ihre Sicherheit und die aller anderen in diesem Gebäude zu gewährleisten.«

»Ich habe nichts mit Ihnen zu bereden«, sagte der Schütze. »Diese Menschen sind Mörder.«

»Okay«, erwiderte Hugh, ohne zu werten. »Wie heißen Sie, Sir?«, fragte er, obwohl er es bereits wusste. »Wie möchten Sie genannt werden?«

»George.«

Im Hintergrund konnte Hugh einen gequälten Aufschrei hören. *Bitte lass es nicht Bex sein*, dachte er. »Sind Sie verletzt, George?«

»Mir geht es gut.«

»Ist sonst jemand verletzt? Benötigt jemand einen Arzt? Es hört sich an, als gäbe es da drin Menschen, die Schmerzen haben.«

»Die haben keine Hilfe verdient.«

Hugh spürte die Augen von Chief Monroe und mindestens einem Dutzend anderer Polizeibeamte auf sich ruhen. Er drehte ihnen den Rücken zu. Die Beziehung, die er zu George Goddard aufbauen musste, war etwas zwischen ihnen beiden und sonst niemandem. »Was auch immer da drin passiert ist, George, niemand legt es Ihnen zur Last. Ich weiß, dass die Schuldigen woanders zu suchen sind. Was geschehen ist, ist geschehen. Das ist aus und vorbei. Aber Sie und ich, wir können jetzt zusammenarbeiten und dafür sorgen, dass nicht noch weitere Menschen zu Schaden kommen. Wir können das lösen … und Ihnen helfen … alles in einem.«

Hugh wartete auf eine Antwort, aber sie blieb aus. Na gut. Besser als *Verpiss dich*. Solange George in der Leitung blieb, hatte er eine Chance.

»Hier ist meine Telefonnummer, für den Fall, dass wir unterbrochen werden«, sagte Hugh und ratterte die Zahlen herunter. »Ich habe hier draußen das Sagen.«

»Warum sollte ich Ihnen trauen?«, fragte George.

»Nun«, antwortete George, der mit dieser Frage schon gerechnet hatte, »noch haben wir das Gebäude nicht gestürmt, oder? Meine Waffe befindet sich noch immer in ihrem Holster, George. Ich möchte mit Ihnen zusammenarbeiten, George. Ich möchte, dass wir beide bekommen, was wir wollen.«

»Was ich will, können Sie mir nicht geben«, erwiderte George.

»Versuchen Sie's.«

»Ernsthaft.«

Der Sarkasmus in Georges Stimme war nicht zu überhören. »Ernsthaft«, bestätigte Hugh.

»Dann holen Sie mein Enkelkind ins Leben zurück«, sagte George und legte auf.

11 Uhr

Man konnte nicht behaupten, dass das Wartezimmer des Centers es geradezu herausschrie: *Wir nehmen hier Schwangerschaftsabbrüche vor.* Wren erinnerte es eher an die Praxis ihres Zahnarztes: an den Wänden schlechte Kunst, Zeitschriften aus der Steinzeit, ein Fernseher, in dem eine geistlose Talkshow lief. Es gab eine Couch und ein Sammelsurium an Stühlen. Die tiefen Kerben im Couchtisch ließen auf ein früheres wenig pflegliches Zuhause schließen.

Aber schließlich wollte auch nicht jeder, der hierherkam, einen Abort vornehmen lassen. *Sie* jedenfalls nicht. Ihre Tante auch nicht. Auch die andere Frau im Wartezimmer sah nicht danach aus: eine ältere Frau mit glattem Silberhaar und rot geränderten Augen.

Wren fragte sich, ob diese Frau wohl davon ausging, dass sie schwanger war, sich »in Schwierigkeiten« gebracht hatte. Das genaue Gegenteil führte sie hierher.

Ob man ihr ansah, dass sie noch Jungfrau war? Veränderte es einen irgendwie von innen heraus, wenn man mit einem Jungen Sex hatte? Würde ihrem Vater, wenn sie am Morgen, nachdem *Es* passiert war, die Treppe herunterkam, ein Blick genügen und er wüsste es?

Dieser Gedanke war ihr unangenehm. Was sollte sie sagen, wenn ihr Vater es ihr ansah und sie darauf ansprach? *Würdest du mir das Salz reichen, und mit wem verdammt hast du geschlafen?*

Nicht, dass sie wirklich Angst hätte, er würde Ryan umbringen. – Wollen würde er es womöglich, aber er war ein Gesetzeshüter durch und durch. – Es war nur, dass es so lange Zeit nur sie beide gegeben hatte. Obwohl sie nicht glaubte, dass sich etwas verändern würde – und auch nicht wollte, dass sich etwas veränderte –, fühlte es sich dennoch so an, als stünde von jetzt an immer jemand zwischen ihnen.

Die Dame am Empfang, bei der sie sich angemeldet hatte, plauderte mit einem Mädchen mit pinkfarbenen Haaren, das gerade erst ins Center gekommen war. »Entschuldigen Sie bitte die Verspätung, Vonita«, sagte es.

»Ein Glück, dass du da bist. Ich habe keine einzige Begleiterin hier.«

»Was ist mit Schwester Donna?«

»Sie ist nicht gekommen«, erwiderte Vonita. »Vielleicht hat der Vatikan endlich verfügt, dass sie aufhören soll.«

Tante Bex stupste Wren mit der Schulter an und zog ihre Brauen hoch. Wren grinste, ein ganzes Gespräch ohne Worte. So war es schon immer zwischen ihnen gewesen. »Eine *Nonne?*«, flüsterte Bex.

»Und du dachtest, du wärst diejenige, die man hier am wenigsten erwarten würde«, konterte Wren. »Was glaubst du, wie viel Unterricht werde ich wohl verpassen? Noch eine ganze Periode?«

»Bist du nicht hier, damit genau das nicht passiert?«, meinte Bex und lächelte. »Ich weiß nicht, warum du dich beklagst. Ich für meinen Teil bin ganz fasziniert von diesem Lektüreangebot.«

Auf dem Couchtisch neben ihnen stapelten sich Handzettel: »Die gynäkologische Untersuchung – was Sie erwartet.«

»Für Eltern und männliche Partner und Freunde: Nach Ihrem Abort.«

»Was sind HPV?«

Sogar ein Marker lag bereit. Wren zog ein Knie hoch und begann, mit dem Marker Sterne auf die Sohle ihres Converse-Sneakers zu malen. Ein Stern, zwei Sterne. Eine Konstellation – Jungfrau. Aus reinem Sarkasmus.

Sie wusste, dass die Ruhe, die ihre Tante ausstrahlte, nicht echt war. Tante Bex hatte Wren mehrmals erklärt, dass sie ungern mit reinkommen wollte und Wren lieber absetzen und auf dem Parkplatz auf sie warten würde. Aber dieser Plan hielt nur so lange, bis sie hier eintrafen und die Reihe der Protestler sahen. Da hatte Tante Bex gemeint, sie werde ihr Mädchen auf gar keinen Fall allein hier reinschicken.

Letzte Woche hatte sie im Atelier von Tante Bex im Radio etwas Beeindruckendes gehört: Zum ersten Mal hatten Wissenschaftler beobachtet, wie zwei Neutronensterne über hundert Millionen Lichtjahre entfernt kollidierten. Man nannte es eine Kilonova, und der Zusammenstoß war so heftig, dass Gravitationswellen entstanden und Licht freigesetzt wurde. Der Typ, der interviewt wurde, meinte, eine Kollision derart gewaltiger Stärke sei nötig, um die Partikel hervorzubringen, aus denen Gold und Platin bestanden. Das würde ihrem Dad bestimmt gefallen, sagte sich Wren: zu wissen, dass die kostbarsten Materialien aus dem Zusammenprall von Titanen stammten.

Sie durfte nicht vergessen, ihm das zu erzählen. Deshalb malte sie sich einen winzigen Stern in den Halbmond der Haut zwischen linkem Daumen und Zeigefinger. Beim Abendessen würde ihm das auffallen, und er würde vermutlich eine Bemerkung fallen lassen: *Du wirst mal an Tintenvergiftung sterben, hörst du*, und dann wüsste Wren wieder, dass sie ihm von der Kilonova erzählen wollte. Unter welchen Umständen dieser Stern jedoch entstanden war, würde sie geflissentlich auslassen.

Das machte man doch so bei Menschen, die man liebte? Man beschützte sie vor dem, was sie nicht wissen wollten.

Olive war nach ihrem Sprechstundentermin wieder ins Wartezimmer gegangen. Eigentlich regelrecht getaumelt. Sie hätte nicht sagen können, wie sie vom Untersuchungsraum hierhergekommen war. Gerade noch hatte sie mit Harriet zusammengesessen, der freiberuflichen medizinischen Fachkraft, bei der sie schon seit Jahren ihre Vorsorgeuntersuchungen vornehmen ließ, und die Information zu verdauen versucht, die sie gerade erhalten hatte. Dann hatte ihr Gehirn einfach der Überlastung nicht mehr standgehalten. Irgendwie hatte sie es noch geschafft, sich zu verabschieden, aufzustehen und den Flur entlangzugehen, dann stand sie mit leerem Blick an der Empfangstheke.

Vonita, die reizende Dame, die das Center leitete, war hinter ihrem Schreibtisch hervorgekommen und hatte Olive in ihre massigen Arme geschlossen. »Miss Olive«, sagte sie. »Wie kommen Sie zurecht?«

Was sollte sie darauf antworten?

Vonita begleitete sie zu einem Platz im Wartezimmer neben ein junges Mädchen, das nervös mit dem Fuß tippte. »Sie können ruhig noch bleiben«, sagte Vonita. »Bleiben Sie einfach hier sitzen, bis Sie wieder klar denken können.«

Olive nickte. Aber um ihr Denkvermögen ging es nicht. Ihr Gehirn, über das sie mehr als die meisten Menschen auf diesem Planeten wusste, funktionierte bestens. Der Rest ihres Körpers allerdings war ihr fremd geworden.

Sie war von ihm schon öfter betrogen worden, aber auf völlig andere Weise. Es war zehn Jahre her, sie lebte damals noch mit einer Frau zusammen, die wie eine Flutwelle an ihr zehrte. Sie redete sich ein, glücklich zu sein, obwohl sie in Wirklichkeit damit durch war. Aber es war leichter, sich was vorzumachen, anstatt sich erneut die Frage stellen zu müssen, ob sich noch mal jemand für sie finden würde.

Dann war sie auf eine von der Universität ausgerichtete fachübergreifende Silvesterparty gegangen. Ihre Partnerin war nicht mitgekommen; sie hasste solche Anlässe, wo keiner jemals die richtigen Fragen an sie oder über ihren Beruf stellte; sie entwarf funktionstüchtige Küchen – waren das nicht alle? Also war Olive allein hingegangen in der Absicht, nur so lange zu bleiben, bis die Fakultätsleitung sie wahrgenommen hatte. Dann wollte sie nach Hause gehen und sich ein Glas oder auch eine Flasche Wein zu Gemüte zu führen. Aber dann war ihr an der Bar eine Frau mit derart langen Haaren aufgefallen, dass es wie ein Flashback aus den Siebzigerjahren war. Wie Lady Godiva, überlegte Olive, als sie die Frau drei Gläser Bourbon runterkippen und dann beim Barkeeper ein viertes bestellen sah.

Alles okay mit Ihnen?, hatte Olive sie angesprochen.

Ja. Andererseits, erwiderte Peg, *ist der Dekan für Ingenieurwesen eine frauenverachtende Pfeife.*

Olive sagte nichts dazu. Sie, die niemals betrogen hatte und das auch nie gewollt hätte, hing wie gebannt an Pegs Lippen, als sie diese Worte formte.

Oh, verdammt, sagte Peg. *Sie sind wohl seine Ehefrau, oder?*

Äh, nein. Alles andere als das. Sie kam näher und stützte ihren Ellbogen am Tresen ab. *Wussten Sie, dass Trinken nicht wirklich dabei hilft, etwas zu vergessen? Wenn man sturzbesoffen ist, verliert das Gehirn nur vorübergehend seine Fähigkeit, Erinnerungen zu speichern.*

Hat diese Anmache schon mal funktioniert?, fragte Peg.

Weiß nicht. Ist ein Feldversuch.

Peg lachte. *Wenn ich also in diesem Tempo weitermache, erinnere ich mich womöglich nicht mehr daran, Sie getroffen zu haben?*

Das stimmt in etwa.

Sie schob das letzte Glas beiseite und streckte die Hand aus, um sich vorzustellen.

Jetzt vergrub Olive das Gesicht in den Händen. Oh, Jesus. Peg. Wie sollte sie es ihr sagen?

Der Gedanke jagte in ihrem Kopf hin und her wie ein Eichhörnchen über die Dachtraufe. Panische Angst schnürte sie ein. Sie holte tief Luft, schloss die Augen und versuchte, sich einzureden, dass das, was sie empfand, völlig normal war. Das Gehirn konnte nur eine bestimmte Menge fassen, es dauerte ungefähr neunzig Minuten, bis sein sprichwörtlicher Zwischenspeicher geleert war.

Und das führte sie zu einer weiteren Erkenntnis, die sie oft erwähnt hatte, wenn sie die ersten Multiple-Choice-Examina an enttäuscht stöhnende Studenten zurückgegeben hatte. Nämlich, dass man sich angesichts einer Liste aufgrund der Voreinstellung des Gehirns immer auf das stürzt, was ganz oben steht, wie Studien gezeigt haben.

Das Gleiche trifft auf Wahlzettel zu.

Aber manchmal *gibt* es keine Wahlmöglichkeiten, machte Olive sich klar.

Was macht das Gehirn, wenn einem die Optionen ausgehen?

Es war nicht einfach, sich leise zu übergeben, aber das Badezimmer, in das Izzy sich verdrückt hatte, lag direkt neben dem Wartezimmer. Als sie fertig war, wischte sie sich mit Toilettenpapier übers Gesicht und spülte den Mund aus. Sie blieb noch ein wenig.

Das Badezimmer war im gleichen Stil ausstaffiert wie der Rest des Gebäudes – als hätte man die Deko bei Hausratsauflösungen erstanden oder, noch schlimmer, aus Kisten mit Unverkäuflichem mitgenommen. Die Fotografie an der Wand sah nach Französischer Riviera aus, dazu gab es noch ein dilettantisch gemaltes Ölgemälde von einem traurigen Clown und eine detaillierte, biologisch korrekte Tuschzeichnung einer Krabbe.

Alle drei erinnerten sie an Parker.

Letztes Wochenende waren seine Eltern auf Besuch gekommen und hatten sie zu einem Essen ausgeführt, für das sie die

Hälfte ihres Wochenlohns hätte hinblättern müssen. Es war einer dieser Steak-und-Meeresfrüchte-Tempel gewesen, wo das Essen von der Nordsee oder einer Ranch auf Neuseeland eingeflogen wird und man seinen privaten Weinkeller mit besonderen Jahrgangsweinen pflegen kann. Parkers Vater hatte für den ganzen Tisch einen Turm aus Meeresfrüchten bestellt, der wie eine Hochzeitstorte aussah: etagenweise Austern und Muscheln, Bänder aus Räuchermakrelen, dazu einen Dip vom Blaubarsch, Knospen süßer Baby-Jakobsmuscheln, gekrönt von einem ganzen Hummer. Es war überwältigend, übertrieben und sprengte Izzys Horizont.

Parkers Mutter erzählte von ihrer Freiwilligenarbeit im Krankenhaus, und Parkers Vater stellte ihr jede Menge Fragen, ob sie schon immer Krankenschwester hatte werden wollen und welche Schule sie besucht hatte. Gemeinsam schwärmten sie von ihrer kürzlich unternommenen Reise nach Paris und wollten von Izzy wissen, ob sie schon mal dort gewesen sei. Als sie dies verneinte, meinten sie, sie würden sich freuen, wenn sie und Parker beim nächsten Mal mitkämen. Es lag auf der Hand, dass Parker ihnen erzählt hatte, wie wichtig sie ihm war.

Sie beobachtete Parker beim Schlürfen der Austern und wie er mit dem Fischmesser hantierte, ohne jemals in Stress zu geraten, welcher Teller fürs Brot und welches Glas für welchen Wein gedacht war, was Izzy sich noch immer mühevoll veranschaulichen musste. Dinge, die er instinktiv machte, waren ihr fremd, und umgekehrt war es genauso. Sie bezweifelte, dass Parker jemals hatte entscheiden müssen, ob verschimmeltes Brot gegessen werden konnte, ohne dass man davon krank wurde. Und mit Sicherheit hatte er nie ein angebissenes Sandwich aus dem Abfall geholt, um es zu essen, oder in einem Münzwaschsalon die Maschinen nach vergessenem Kleingeld abgeklappert.

Ihr war bewusst, dass er ihr Unwohlsein spürte, denn er griff immer mal wieder unter dem Tischtuch nach ihrer Hand und drückte sie. Einfühlsam legte er ihr eine kleine Auswahl an Meeresfrüchten auf den Teller, sodass sie sich keine Gedanken machen musste, ob es womöglich tölpelhaft war, eine Muschel mit den Fingern anzupacken.

Die beruhigende Wirkung, die er auf sie hatte, war nicht zu leugnen. Wenn sein Daumen geistesabwesend über ihre Knöchel strich, atmete es sich gleich leichter. Sie ließ sich von ihm ins Gespräch hineinziehen, als wär's ein kühler Pool.

Sie fühlte sich so wohl, dass sie für einen Moment vergaß, wer sie gewesen war. Parkers Vater erzählte einen albernen Papascherz, der genauso gut von ihrem Vater hätte stammen können: *Geht ein Mann zum Arzt: »Herr Doktor, Herr Doktor, alle Menschen halten mich für eine Uhr!« Sagt der Arzt: »Ach, die wollen Sie doch bloß aufziehen!«* Parkers Mutter gab ihm einen Klaps auf die Schulter und rollte mit den Augen. Das fühlte sich so normal an und war dem Verhalten ihrer eigenen Eltern so ähnlich, dass sie den Fehler beging, zu glauben, sie und Parker hätten tatsächlich eine gemeinsame Ebene.

Lachend hob sie eine Krabbe von ihrem Teller und biss hinein.

Es knackte, was komisch war, aber das galt für viele Gerichte aus der Reiche-Leute-Küche: Kaviar, Pâté, Tatar. Erst als sie merkte, dass Parkers Eltern sie anstarrten, merkte sie, dass sie einen Fehler gemacht hatte. Sie hatte noch nie im Leben eine Krabbe gegessen – woher sollte sie wissen, dass man die Schale pulen musste.

»Verzeihung«, murmelte sie und flüchtete auf die Toilette.

Dort versteckte sie sich und erwog, ob sie Parker von dem Schwangerschaftstest erzählen sollte, den sie gemacht hatte. Wenn er wüsste, dass sie schwanger war, würde er sie nie mehr loslassen. Was sie vorhatte, geschähe nur zu seinem Besten. Denn selbst wenn er glaubte, Izzy wäre im Moment die Erfüllung all seiner Träume, war es nur eine Frage der Zeit, bis er zu dem

Entschluss käme, dass jemand, der seinen eigenen Hintergrund teilte, fürs Zusammenleben doch geeigneter wäre. Jemand, der schon mal so eine verdammte Krabbe gegessen hatte.

»Iz?« Es war die Stimme von Parker.

»Du bist auf der Damentoilette«, sagte sie.

»Bin ich das? Oh, verdammt.« Nach einer Pause. »Kommst du raus?«

»Nein.«

»Nie mehr?«

»Nein.«

Eine Frau betrat die Toilette und kreischte. »Entschuldigen Sie, geben Sie uns bitte einen Augenblick?«, bat Parker sie. Izzy hörte, wie die Tür aufging und die Geräuschkulisse des Restaurants einließ, bevor es wieder still wurde. »Weißt du, was? Ich kann Krabben auf den Tod nicht ausstehen. Es ist, als würde man etwas Prähistorisches essen«, sagte er. »Aber weißt du, mir ist das egal.«

»Mir nicht.« Das war es, auf den kleinsten Nenner gebracht. »Geh zurück zu deinen Eltern, Parker. Es gibt nichts zu sagen, was die Situation irgendwie verbessern könnte.«

»Wirklich nichts?«, erwiderte Parker.

Sie hörte Rascheln und Bewegung, dann schob sich Parkers Hand unter der Kabinentür durch, und seine Faust öffnete sich wie eine Blüte und enthüllte einen Diamantring. »Izzy«, sagte er, »willst du mich heiraten?«

Als Joy hereingebracht wurde, befand sich nur noch eine weitere Frau im Aufwachraum. Sie trug ein Ole-Miss-T-Shirt und Badeschuhe und sie weinte. »Nehmen Sie auf diesem Stuhl Platz, meine Liebe«, sagte Harriet und warf dabei einen Blick auf die andere Patientin. Sie reichte Joy ein Trinkpäckchen und eine Packung Feigenkekse.« »Haben Sie das Azithromycin bekommen?«

Joy nickte.

»Gut. Dann nehmen Sie diese nach Gebrauchsanweisung ein. Sie können in zwei Stunden auch Motrin oder Advil nehmen, aber kein Aspirin, okay? Das wirkt als Blutverdünner. Und hier ist ein Rezept für Sprintec, das ist doch das Kontrazeptivum, für das Sie sich entschieden haben?«

Joy nickte abwesend. Sie konnte ihren Blick nicht von der anderen Frau abwenden, die so heftig schluchzte, dass Joy sich unhöflich vorkam, in dieses Leid eines Menschen einzudringen. Was sagte das über Joy, die *nicht* weinte?

War das der gesuchte Beweis dafür, dass sie eine lausige Mutter gewesen wäre?

»Entschuldigen Sie mich bitte einen Moment?«, sagte Harriet, bevor sie vor den Stuhl der anderen Frau trat und ihr eine Hand auf die Schulter legte. »Ist alles in Ordnung mit Ihnen? Haben Sie Schmerzen?«

Die Frau schüttelte den Kopf, hatte ihre Stimme verloren.

»Sind Sie traurig, dass Sie diese Entscheidung treffen mussten?«

Wer war das nicht?, überlegte Joy. Welcher teuflische Nebenfluss der Evolution hatte die Fortpflanzung – und die ganze Scheiße, die damit zusammenhing – zur Aufgabe der Frau gemacht? Sie musste an all die Frauen denken, die in demselben Stuhl gesessen hatten, in dem sie jetzt saß, und an die Geschichten, die sie hierhergebracht hatten und die sich für ein kurzes Kapitel alle überschnitten. Eine Schwesternschaft der Verzweiflung.

Die Frau zog ein Papiertaschentuch aus der Schachtel, die Harriet ihr reichte. »Manchmal müssen wir eine Wahl treffen, auch wenn uns keine der Optionen gefällt«, sagte die Krankenschwester und zog die Frau in eine Umarmung. »Sie sind jetzt lange genug hier gewesen. Wenn Sie bereit für den Aufbruch sind, kann ich Ihren Fahrer kommen lassen.«

Wenige Minuten später wurde die Frau aus dem Center entlassen. Ein Junge – mehr war er wirklich nicht – stand neben ihr, als sie aufstand und dann auf den Flur trat. Joy beobachtete, wie er seine Hand auf ihre Schulter legte, sie diese aber abschüttelte und die beiden daraufhin im unveränderlichen Abstand von zwanzig Zentimetern nebeneinander herliefen, bis Joy sie nicht mehr sehen konnte.

Joy steckte die Ohrstöpsel ein und füllte ihren Kopf mit Musik. Hätte jemand sie gefragt, hätte sie geantwortet, dass sie Beyoncé oder Lana Del Rey hörte, in Wahrheit jedoch hörte sie die Musik zu *Arielle, die Meerjungfrau*. Sie hatte diese CD von einer ihrer Pflegefamilien als Geburtstagsgeschenk bekommen und sich jedes einzelne Wort davon eingeprägt. Immer wenn es ihr richtig schlecht ging, zog sie sich das Kissen über den Kopf und flüsterte die Texte mit.

Würde man nicht denken, ich sei ein Mädchen, ein Mädchen, das alles hat?

»Miz Joy?«, sagte die Krankenschwester. »Lassen Sie mich Ihren Blutdruck und Ihre Temperatur messen.« Sie kam und stellte sich neben Joys breiten Sessel im Aufwachraum.

Joy ließ sich von Harriet das Thermometer in den Mund stecken und die Blutdruckmanschette umbinden. Sie verfolgte die rot blinkenden Zahlen auf dem Display des Geräts, den Beweis, dass ihr Körper, so geschunden er auch war, noch immer funktionierte. »Hundertzehn zu fünfundsiebzig und siebenunddreißig«, stellte die Krankenschwester fest. »Ganz normal.«

Normal.

Nichts war normal.

Die ganze Welt hatte sich geändert.

Sie hatte zwei Herzen gehabt, jetzt nicht mehr.

Sie war eine Mutter gewesen, jetzt nicht mehr.

George saß in seinem Kleinlaster, die Hände zu Fäusten geballt auf dem Lenkrad, und kam nicht weiter. Die Zündung war aus, und er hatte zwei Möglichkeiten. Er könnte den Motor neu starten, zurück nach Hause fahren und so tun, als wäre er nie hergekommen. Oder er könnte zu Ende bringen, wozu er hergekommen war.

Er atmete schwer, als wäre er zu Fuß hierhergerannt und nicht Hunderte von Kilometern gefahren, um Abstand zu einer Wahrheit zu gewinnen, die er nicht verkraften konnte.

Er dachte daran, wie er und Lil mal an der von ihrer Kirche initiierten Mahnwache Thirty Days for Life teilgenommen hatten: Die Gemeindemitglieder wechselten sich in Schichten rund um die Uhr ab und bildeten einen Gebetskreis vor dem Staatskapitol. Sie hatten Decken, Liegestühle und Thermoskannen mit heißer Schokolade mitgebracht, hielten sich an den Händen und beteten zu Jesus, damit er half, die Gesetzesmacher auf den richtigen Weg zu führen. Lil war noch ein Kind gewesen – vielleicht acht oder neun –, und sie und einige andere Jugendliche aus der Gemeinde waren umhergerannt, während die Erwachsenen beteten. Er erinnerte sich noch an die Wunderkerzen, mit denen sie im Dunkeln ihre Namen geschrieben hatten, überzeugt davon, das sei der Sinn dieser Bewegung für das Leben.

Wie war Lil zu einem Schwangerschaftsabbruch gekommen?

Bestimmt war sie dazu bedrängt und überredet worden. Jemand hier musste ihr eingeredet haben, dies sei die richtige Entscheidung, das einzig Richtige. Sie konnte doch unmöglich geglaubt haben, er hätte ihr nicht geholfen, das Kind großzuziehen, hätte nicht alles für sie getan.

In seinem Hinterkopf saß ein Gedanke wie ein Wurm im Kernhaus eines Apfels fest: *Und wenn das nun tatsächlich* ihr *Wille gewesen war?*

George glaubte es nicht, konnte es nicht glauben. Sie war ein gutes Mädchen, weil er ein guter Vater gewesen war.

Wenn die erste Hälfte dieser Behauptung nicht stimmte, negierte das nicht auch die zweite?

Lil hatte Jesus Christus als ihren Herrn und Retter akzeptiert. Sie wusste, dass das Leben mit der Empfängnis begann. Wahrscheinlich wäre sie sogar imstande, zum Beweis fünf Bibelverse herunterzurattern. Sie war freundlich, großzügig, klug, und jeder verliebte sich in sie, wenn man sie kennenlernte. Lil war ganz einfach der eine perfekte Moment in Georges Leben.

Natürlich wusste er, dass sie alle Sünder waren. Aber sollte auch nur ein Splitter Böses in seiner Tochter sein, dann wüsste er, woher dieser stammte.

Von ihm.

Von George, der seit fast zwei Jahrzehnten versuchte, die Flecken von seiner Seele zu entfernen, indem er sich der Kirche hingab. George, dem man versichert hatte, dass Vergebung etwas Göttliches sei und Gott ihn trotz allem liebte. Wenn das nun alles eine Lüge gewesen war?

George schüttelte sich, um einen klaren Kopf zu bekommen. Es war so einfach: Etwas Schreckliches war passiert, jemand war schuld daran. Gott stellte ihn auf die Probe. Wie schon Hiob. Und Abraham. Er wurde gebeten, die Hingabe an seinen Glauben und an seine Tochter unter Beweis zu stellen, und wusste genau, was von ihm erwartet wurde.

Er schlüpfte in seine Jacke und zog den Reißverschluss halb zu. Dann nahm er die Pistole aus dem Handschuhfach und steckte sie in den Hosenbund, versteckte sie unter dem Fleece. Die Taschen hatte er mit Munition vollgestopft.

Schon begann er zu schwitzen, aber schließlich hatte es draußen an die dreißig Grad. Er bewegte sich auf das in oranger Signalfarbe gestrichene Gebäude zu. Wie eine hässliche Narbe störte es das Stadtbild. George zog den Kopf ein und klappte den Kragen hoch.

Das Center war eingezäunt, und darum herum hatten sich Protestler postiert. Sie hielten Schilder hoch. Eine Frau saß strickend auf einem Klappstuhl, und ein groß gewachsener Mann hielt in der einen Hand ein Sandwich, in der anderen eine Baby-puppe. George dachte an Lil. Fragte sich, ob sie denselben Weg gegangen war wie er.

Eine Schwarze kam aus der Klinik. Ihr Ehemann oder Freund hatte einen Arm um sie gelegt. Als sie an den Protestlern vorbei-kamen, zog er sie noch enger an sich heran. Ihre Wege kreuzten sich, er lief weiter. Der große Mann mit dem Sandwich rief ihm zu: »Rette dein Baby, Bruder!«

George setzte seinen Weg zur Eingangstür des Centers fort und sagte sich: *Das werde ich.*

Aus purer Langeweile belauschte Wren die anderen.

»Dr. Ward ist seit halb zehn dran«, sagte Vonita. »Heute Mor-gen kam eine fünfzehnte Woche zur Cytotec-Behandlung zu uns, sie ist jetzt hinten.«

»Während ich die ganze Zeit zu Hause saß und Bonbons aß?« Das Mädchen mit den pinkfarbenen Haaren lachte.

»Bonbons«, meinte Vonita und seufzte. »Schön wär's.« Sie trank einen Schluck aus ihrem Glas.

»Was ist da drin?«

»Hoffentlich die gemahlenen Knochen von Supermodels«, erwiderte Vonita säuerlich. »Diesen Mist hat der Teufel gese-hen.«

»Warum trinken Sie dann diesen Müll?«

Vonita zeigte auf ihren kurvenreichen Körper. »Wegen mei-ner heißen Liebesbeziehung zum Essen.«

Tante Bex erhob sich. »Ich schlage bald Wurzeln«, sagte sie und begann, in kleinen Kreisen umherzulaufen. »Wie lange kann es dauern, ein Rezept auszustellen?« Wren sah zu, wie sie die Arme über den Kopf hob, sich in der Taille nach unten beugte und das dann wiederholte.

Oh, mein Gott. Ihre Tante machte in aller *Öffentlichkeit* Yoga.

Auf der Empfangstheke ertönte der Türsummer, und Vonita

warf einen Blick über ihre Lesebrille. »Zu wem mag der wohl gehören?«, überlegte sie.

Wren reckte den Hals. Das Glasfenster in der Eingangstür erlaubte zwar zu sehen, wer draußen war, aber dem Außenstehenden war es nicht möglich reinzuschauen. Sie sah einen Mann mittleren Alters, der angestrengt durch die spiegelnde Oberfläche starrte.

Sie hörte ein Klicken, das Summen eines entsperrten Schlosses, wie Wren das aus Filmen kannte, die in New York spielten.

»Kann ich Ihnen helfen?«, sprach Vonita ihn an.

Vor über einem Jahr waren Wren und ihr Vater auf einer einsamen Straße in der Nähe von Chunky, Mississippi, unterwegs gewesen, als sich ihr plötzlich alle Nackenhaare aufstellten. Gleich darauf kam ein Reh aus dem Wald gesprungen und lief ins Auto. Der Aufprall war so heftig gewesen, dass die Airbags aufgingen und die Frontscheibe zu Bruch ging. In diesem Moment hatte sie tatsächlich eine Vorahnung gehabt.

Die einzige bis jetzt.

Wren durchzuckte ein Schauder, als würde sie von einem unsichtbaren eisigen Finger berührt. »Was habt ihr meinem Baby angetan?«, sagte der Mann, und dann zersprang die Luft, die sie umgab.

Sie fiel zu Boden, hielt sich die Ohren zu. Es war, als hätte ihr Körper instinktiv reagiert, während ihr Gehirn noch Mühe hatte zu folgen. Vonita war nicht mehr zu sehen, aber dort, wo die Empfangstheke den Boden berührte, breitete sich eine Blutlache aus.

Wren versuchte, sich mit aller Willenskraft in Bewegung zu setzen, aber sie war wie zu Eis erstarrt, gefangen in einer klebrigen Masse.

»Wren«, schrie Tante Bex und streckte die Hand nach ihr aus.

Um sie hochzuziehen? Um sie durch die Tür ins Freie zu zerren? Um sie zu umarmen?

Wren wusste es nicht. Denn ihre Tante riss die Augen auf und wurde von einer Kugel getroffen. Sie taumelte zu Boden, während Wren auf sie zurobbte, schrie und ihre zitternden Hände über das helle Blut hielt, das die Bluse ihrer Tante tränkte.

Die Augen ihrer Tante standen offen. Ihr Mund stand offen, aber Wren konnte keinen Laut hören.

Sie versuchte, ihrer Tante von den Lippen abzulesen. Wren. Wren. Wren.

Dann dämmerte ihr, was ihre Tante tatsächlich sagte.

Renn.

Die Klinik damals war mit dieser hier überhaupt nicht zu vergleichen gewesen, wie Janine fand. Sie gehörte in einen anderen Bundesstaat, in ein anderes Leben und in einen Stadtteil voller Betrunkener und Vietnamveteranen, die mit PTBS zu kämpfen hatten. In der Gasse neben dem Gebäude kiffte jemand, und in der Lobby hatte es nach chinesischem Essen gerochen. Aber keiner dieser Unterschiede vermochte an der Tatsache zu rütteln, dass Janine – wieder einmal – freiwillig eine Abtreibungsfabrik betreten hatte.

Janine saß am Ultraschallgerät, ihr Telefon, mit dem sie das Gespräch aufnahm, das zwischen ihr und der Sozialarbeiterin geführt wurde, hatte sie in der Tasche ihres Kleids versteckt.

Die Sozialarbeiterin hieß Graciela und hatte die schönsten schwarzen Haare, die Janine je gesehen hatte. Sie reichten ihr bis zur Taille. Dagegen war die billige Perücke, die Allen ihr für ihre Tarnung aufgedrängt hatte, rau und ordinär. Janine kratzte sich an der Schläfe. »Doch... Sie finden, ich sollte abtreiben, oder?«

Die Sozialarbeiterin sagte mit einem kleinen Lächeln: »Das kann ich nicht für Sie beantworten. Hören Sie auf Ihr Bauchgefühl, dann wissen Sie es.«

»Aber ich weiß es nicht.«

»Nun«, schlug Graciela vor, »Sie sind noch ganz am Anfang, richtig? Erst in der siebten Woche? Machen Sie einen Spaziergang. Gehen Sie raus, damit Sie einen klaren Kopf kriegen. Schlafen Sie noch mal drüber. Und schlafen Sie, falls nötig, noch eine zweite Nacht drüber. Schreiben Sie auf, was Sie empfinden, wenn Sie sich Ihre Emotionen bewusst machen. Schreien Sie ins Kissen. Weinen Sie. Lassen Sie es raus. Sprechen Sie mit Freunden oder Ihrer Familie. Letztendlich ist es einzig und allein Ihre Entscheidung, Fiona.«

Fiona?, wunderte sich Janine, bis ihr einfiel, dass dies der Name auf ihrem falschen Personalausweis war, den sie am Empfang vorgelegt hatte.

Graciela ergriff ihre Hand und drückte sie. Sie war so nett, dass Janine regelrecht schlecht davon wurde. Warum sagte sie nichts Belastendes?

Warum hatte es niemanden wie Graciela gegeben, als sie damals …

»Es geht nicht darum, die richtige Entscheidung zu treffen«, sagte Graciela. »Es geht darum, die für *Sie* richtige Entscheidung zu treffen.«

»Aber ich habe wirklich Angst«, erwiderte Janine. Sie brauchte einen Beweis. Sie musste Belege dafür sammeln, dass die Frauen hier gezwungen wurden, ihre Babys zu töten.

»Alle Frauen in Ihrer Situation, die ich hier erlebt habe, hatten Angst«, versicherte Graciela ihr. »Sie sind nicht die Einzige.«

»Meine Familie wäre enttäuscht von mir.« Janine kamen gleich die Tränen. Aber nicht, weil sie eine so fantastische Schauspielerin war. Sondern weil es die Wahrheit war.

»Es wird alles gut werden«, versprach Graciela. »Ich weiß, im Moment fühlt es sich nicht danach an, aber ich verspreche Ihnen, egal, wofür Sie sich entscheiden, es wird die richtige Entscheidung sein.« Sie lehnte sich zurück, hielt Janine auf Armeslänge fest und zeigte auf das Ultraschallgerät. »Wir müssen das nicht heute machen.«

Janine musste sich ihren nächsten Schritt überlegen. Die Ultraschalluntersuchung kam nicht infrage, denn dann wäre rausgekommen, dass sie gar nicht schwanger war. Aber sie wollte nicht mit leeren Händen zu Allen zurückkehren.

Ein Geräusch, als würden Bücher umfallen, durchbrach das Schweigen. Dann ein Schrei und Getöse.

Graciela runzelte die Stirn. »Entschuldigen Sie mich bitte?« Sie öffnete die Tür zum Sprechzimmer, und Janine nutzte den Moment, um ihre Aufnahme zu überprüfen.

Plötzlich wurde Janine zu Boden geworfen. Sie ließ das Telefon fallen, kämpfte gegen das Gewicht der auf sie gestürzten Sozialarbeiterin an, in deren Haaren sie sich verfangen hatte. Erst als Graciela in einer Bauchlandung zu Boden plumpste, konnte sie sich befreien. »Graciela?«, sprach Janine sie an und hockte sich neben sie. Sie packte die Frau an der Schulter und schüttelte sie, aber als Graciela nicht reagierte, drehte sie die Frau um.

Jemand hatte Graciela ins Gesicht geschossen.

Janine schrie und bemerkte erst jetzt das Blut an ihren Händen und ihrer Kleidung. Sie bekam kaum mehr Luft. Konnte nicht mehr denken. Wimmernd rappelte sie sich hoch, stieg über die Leiche und rannte los.

Als sie einmal mit Wren im Wagen unterwegs gewesen war, hatte Bex eine Vollbremsung gemacht und dabei instinktiv den rechten Arm ausgestreckt, um die kostbare Fracht auf dem Beifahrersitz zu beschützen. Den Mama-Arm hatte Wren ihn genannt. Obwohl ihre biologische Mama nicht besonders hingebungsvoll gewesen war.

Heute hatte sich der Körper von Bex, sobald der Mann das Gebäude betrat, aus eigenem Antrieb bewegt. Dass mit ihm was nicht stimmte, hatte sie an seiner Körpersprache erkannt, dem

Schweiß, der auf seiner Stirn schimmerte und sein Haar auf den Schädel klebte. Sie hatte es auf einer viszeralen, zellularen Ebene *gewusst* und deshalb wie damals, als ihr Wagen auf dem Eis ins Schleudern geriet, ohne bewusste Überlegung nach ihrer Nichte gegriffen.

Sie sah die Pistole silbern aufblitzen, als er diese aus den Falten seiner Jacke zog. Sah sogar das Mündungsfeuer aus dem Lauf der Waffe, das ein Loch ins Gewebe des Raums riss und jedes Geräusch aufsaugte. Sie war sich bewusst, Zuschauerin einer Pantomime zu sein, und spürte den ungeheuren Druck, der auf ihren Trommelfellen lag, in denen die Stille pulsierte, aber irgendwie war sie selbst auch Schauspielerin in dieser Show und hatte eine Textzeile. Bex spürte den Schrei, der sich ihrer Kehle entrang, und obwohl sie ihn nicht hören konnte, schien der Mann ihn gehört zu haben. Er wirbelte herum, und Bex fühlte sich nach hinten geschoben, bevor sie überhaupt realisierte, dass die Kugel getroffen hatte.

Nicht schießen, nicht schießen, nicht schießen, sagte sie immer wieder, obwohl er es bereits getan hatte. Aber Bex meinte eigentlich: *Nicht auf Wren schießen.*

Dann beugte Wren sich über sie. »Tante Bex, steh auf …« Sie hatte die gleichen Augen wie Hugh.

Die Haare jedoch hatte sie von ihrer Mutter. Sie streiften Bex' Wange wie ein seidiger Wasserfall, ein Vorhang, der sie von der Welt abschirmte.

Im letzten Jahr hatte Bex mitten im Smith Park eine Kunstinstallation eröffnet. Vom Ast eines Baums hing ein winziges gestreiftes Zirkuszelt, gerade groß genug für eine Person. Wenn man hineinschlüpfte, sah man eine Staffelei mit einer weißen Leinwand und eine Auswahl bunter Marker. BEVOR ICH STERBE, hatte Bex darüber geschrieben, MÖCHTE ICH …

Im Verlauf von zwei Wochen waren Leute, die zum Essen oder Skateboardfahren oder um ein Buch zu lesen, in den Park kamen, aus Neugier hineingegangen und hatten mit ihren Antworten einen Beitrag geleistet.

… in allen fünf Ozeanen schwimmen.

… einen Marathon laufen.

… mich verlieben.

… Mandarin lernen.

Als Bex die Installation abbaute, hatte sie ganz unten auf der Leinwand ihren eigenen offenen Satz beendet mit dem Wort *leben.*

Sie hob den Blick, sah Wren an und malte sich ein Paralleluniversum aus, in dem sie noch immer atmen, wo sie sich noch immer bewegen konnte. Wo sie ihre Hand an die Wange ihres hübschen Mädchens legte. Wo sie die Uhr zurückdrehen und noch mal von vorn anfangen konnte.

Bevor Olive ihren Abschied von der Universität nahm, um in den Ruhestand zu gehen, hatte der Dekan ihr das im Falle eines Schulmassakers zu befolgende Protokoll überreicht. Mississippi erlaubte das verdeckte Tragen von Waffen, und obwohl man eigentlich keine Waffe mit auf den Campus bringen sollte, bedeutete dies nicht, dass es nicht vorkam. Sie wollte jedoch nicht, wie sie Peg an diesem Abend erzählte, jeden Tag mit der Frage zur Arbeit gehen, ob sie heute wegrennen-verstecken-kämpfen musste. Zum ersten Mal war sie ihrer Arbeit überdrüssig, und in ihrem Kopf nistete sich der Gedanke ein, dass es womöglich an der Zeit war, mit dem Unterrichten aufzuhören und sich stattdessen dem Gärtnern oder Brotbacken zu widmen. Die Welt veränderte sich, vielleicht sollte sie Platz für jemand anderen machen, der nicht nur über neurale Plastizität zu referieren wusste, sondern dabei auch noch vor einem Irren mit einer Halbautomatikwaffe flüchten konnte.

Es hatte nicht wie ein Schuss geklungen. Das war alles, was Olive durch den Kopf ging, als sie aus dem Tunnelschleier ihrer

Gedanken auftauchte. Eher wie Popcorn in einer Mikrowelle, wie ein platzender Ballon. Erst als sie den Schrei hörte, blickte auch sie auf und sah ein Mädchen mit pinkfarbenen Haaren an ihr vorbei und durch die Eingangstür stürmen.

Dann fiel ihr Blick auf eine Frau, die blutend auf dem Teppich lag, über sie gebeugt ein Teenagermädchen.

Aus dem hinteren Teil der Klinik drang tumultartiger Lärm nach vorn.

Das Teenagermädchen drehte sich mit weit aufgerissenen Augen um. »Hilfe.«

Wegrennen.

Olive stand auf und sah sich hektisch um. Sie konnte einen Arm sehen, der neben der Empfangstheke leblos zu Boden fiel, einen dunklen Arm mit einer ganzen Symphonie aus goldenen Armreifen, der in einer Blutlache schwamm. Großer Gott, das war Vonita.

Olive packte das Mädchen am Handgelenk und zog es Richtung Eingang, aber das Mädchen klammerte sich mit aller Macht an die Frau, die niedergeschossen worden war. »Wir müssen hier raus«, drängte Olive.

»Nicht ohne meine Tante.«

Olive verzog das Gesicht und versuchte, die andere Frau hochzuziehen, aber selbst mit Wrens Hilfe gelang es ihr nicht, sie mehr als ein paar Zentimeter weit zu bewegen. Der Schrei, der sich der Kehle der Frau entriss, musste wie ein Signal auf den Schützen wirken. »Wenn wir gehen, können wir einen Krankenwagen für sie holen.«

Das überzeugte das Mädchen. Es erhob sich, während Olive am Türgriff zog, aber die Tür war abgeschlossen. Man musste den Summer betätigen, um eingelassen zu werden, war das womöglich auch nötig, um rauszukommen? Sie warf sich mit ihrem ganzen Leichtgewicht dagegen, trommelte sogar gegen die Tür, die aber nicht nachgab.

»Wir sitzen hier fest?«, fragte das Mädchen mit sich panisch überschlagender Stimme.

Verstecken.

Olive sagte nichts. Öffnete die erste Tür, die sie finden konnte. Es war eine Vorratskammer, auf der einen Seite stapelten sich Kisten, auf der anderen stand Putzmaterial. Olive ging in die Hocke, zog das Mädchen mit hinein und schloss die Tür.

Ab da wurde der Plan, nach dem im Falle einer Schießerei vorgegangen werden sollte, schwammig. Sie hatte ihre Tasche im Wartezimmer gelassen und damit auch ihr Telefon. Sie konnte keinen Notruf absetzen. Sollte sie versuchen, die Tür zu verbarrikadieren? Aber womit?

Es entging ihr nicht, dass ihr Leben, wäre sie nicht im Wartezimmer geblieben, um über Sterblichkeit nachzudenken, jetzt nicht in Gefahr wäre. Neben ihr saß das Mädchen mit klappernden Zähnen. »Ich bin Olive«, flüsterte sie. »Wie heißt du?«

»W-Wren.«

»Ich möchte, dass du mir zuhörst, Wren. Wir dürfen kein Geräusch machen, verstehst du?«

Das Mädchen nickte.

»Dann ist das da draußen also deine Tante?«

Sie riss den Kopf herum. »Wird sie … wird sie sterben?«

Darauf wusste Olive keine Antwort. Sie tätschelte dem Mädchen die Hand. »Ich bin mir sicher, dass die Polizei bereits auf dem Weg ist.«

In Wahrheit war sie sich dessen gar nicht so sicher. Wenn sich die Schüsse für sie angehört hatten, als würde jemand auf Luftpolsterfolie herumtrampeln, wie sollte dann jemand außerhalb der Klinik von einem Notfall ausgehen? *Kämpfen*, überlegte sie, der letzte Schritt im Plan. *Wenn dein Leben in unmittelbarer Gefahr ist und du weder wegrennen noch dich verstecken kannst, dann unternimm etwas.*

Diese Direktive schien heute besondere Relevanz zu haben.

Plötzlich leuchtete im Dunkeln ein kleines Rechteck.

»Du hast ein Telefon«, flüsterte Olive erstaunt. »Du hast ein *Telefon*! Wähl den Notruf.«

Im Widerschein des Displays wirkte Wrens Gesicht gefasst und entschlossen. Olive verfolgte ihre flinken Daumen. »Ich weiß was viel Besseres«, sagte sie.

Izzy hörte etwas, als würden Ballons platzen, dann einen Hilfeschrei. Sie öffnete die Tür des Badezimmers und sah eine blutende Frau auf dem Boden des Wartezimmers liegen.

Sie war bei Bewusstsein, hatte aber eindeutig Schmerzen. »Was ist passiert?«

»Schuss«, presste die Frau hervor.

Izzy drückte auf ihren Brustkorb. »Wie heißen Sie, Ma'am? Ich bin Izzy.« Die Kugel war auf der rechten Seite eingedrungen, was gut war, weil ihr Herz sehr wahrscheinlich nicht in Mitleidenschaft gezogen war.

»Bex«, keuchte die Frau. »Ich muss zu … Wren …«

»Erst mal werden wir uns um Sie kümmern.« Mit einem Griff auf den Couchtisch tastete Izzy nach der Schachtel mit den Papiertaschentüchern, knüllte ein paar zusammen und drückte sie gegen die Wunde.

Binnen Sekunden waren sie durchweicht. »Ich bin gleich wieder zurück«, sagte sie und erhob sich. Von diesem Blickwinkel aus konnte sie ein zweites Opfer sehen – Vonita, die Eigentümerin der Klinik. Izzy wollte zu ihr, sah dann aber die offen stehenden ausdruckslosen Augen, die Blutlache unter ihrem Kopf. Da gab es nichts mehr für sie zu tun.

Izzy rannte ins Badezimmer und riss das kleine dekorative Regal von der Wand. Dann rammte sie es in die Halterung für Papierhandtücher, sodass diese aufging und die Papiertücher sich wie ein Akkordeon um ihre Füße legten. Sie raffte sie zusammen und eilte zurück zu Bex, benutzte sie, um das Blut aufzusaugen.

Mit jedem Schuss, der dann folgte, ließ die Kraft in Izzys Gliedern nach. Einzig die ihr vertraute Routine – die Versorgung eines Patienten – hielt Izzy aufrecht. Sie musste hier raus, und zwar sofort. Aber Bex war eine große Frau, und allein konnte Izzy sie nicht hochheben. Sie könnte sich in Sicherheit bringen, doch dann müsste sie Bex zurücklassen.

Oder sie könnte Bex helfen – ihre Verletzung durch einen Verband stabilisieren. Dazu müsste sie jedoch Verbandsmaterial holen, wodurch sie womöglich ihr Leben *und* das von Bex aufs Spiel setzte, bei der es darauf ankam, dass dem Blutverlust durch ständigen Druck entgegengewirkt wurde.

Was sie wirklich brauchte, war jemand, der ihr half.

In dem Moment, als Janine um die Ecke kam und den rettenden Ausgang des Centers sah, entdeckte sie auch die tote Frau. Die Klinikbesitzerin. Sie rang nach Luft, wich taumelnd von der Leiche zurück und schrie gleich darauf wie am Spieß, als eine Hand nach ihr griff. Als sie die Augen wieder öffnete, sah sie eine Frau mit einem krausen roten Zopf, deren Arztkleidung blutig war. »Hören Sie«, sagte diese. »Ich bin Krankenschwester und brauche Ihre Hilfe. Diese Frau braucht Ihre Hilfe.« Sie deutete mit dem Kopf auf die andere Dame, unter deren rechter Schulter sich eine Blutlache ausbreitete.

Janine brachte kaum die Worte über die Lippen. »Aber ... d... da ist einer mit einer Waffe ...«

»Ich weiß. Ich weiß aber auch, dass sie verbluten könnte. Ich muss Material holen, um sie zu verarzten. Bitte drücken Sie einfach hier, wo meine Hand ist. Ich verspreche Ihnen, es dauert höchstens eine Minute, dann können Sie gehen.«

Janines Blick ging zur Tür, der Blick der Krankenschwester folgte ihrem.

»Sie könnten Ihr Leben retten«, sagte die Krankenschwester, »oder ihres dazu.«

Lägen Janine nur die Leben der Ungeborenen am Herzen, wäre sie eine Pharisäerin. Also kniete sie sich neben die Krankenschwester, die ihre Hände nahm und in Position brachte.

»Ich bin Izzy. Wie heißen Sie?«

»Janine.«

»Das ist Bex«, sagte sie. »Drücken Sie fest.« Und schon war sie weg und ließ Janine allein, die Hände in festem Druck auf der Brust einer Fremden.

Bex blickte zu ihr auf.

»Tue ich Ihnen weh?«, fragte Janine.

Die Frau schüttelte den Kopf. »Sie ... sollten gehen.« Sie reckte ihr Kinn Richtung Tür.

Diese Frau gab ihr einen Freibrief, zu gehen und sich selbst zu retten. Wenn sie jetzt ginge, würde sie überleben. Aber womöglich könnte sie dann nicht mehr in Frieden mit sich leben.

Sie verstärkte den Druck, legte eine Hand über die andere, wie Izzy es ihr gezeigt hatte. Blut quoll zwischen ihren Fingern hervor. »Bex?«, fragte Janine, als hätte sie keine Todesangst. »Beten Sie?«

George schnappte nach Luft, als hätte er einen Sprint hingelegt. Er lehnte sich an die Wand, seine Hände zitterten. Das war nötig gewesen, und er wusste, dass Gott ihm vergeben würde. Denn so stand es bei Jesaja 43,25: *Ich werde euch alles vergeben – um meinetwillen. Ich werde all eure Vergehen für immer vergessen.*

Aber es gab einen Unterschied zwischen dem gerechten Zorn, der ihn auf seiner langen Fahrt begleitet hatte, und dem Gefühl, tatsächlich den Rückstoß der Pistole zu spüren, als er abdrückte. Und obwohl er wusste, wie lächerlich das war, kam ihm der Rückstoß härter vor, wenn seine Kugel Fleisch und nicht nur Putz traf.

Als sein Blick nach unten fiel, waren seine Jeans blutbespritzt. Nun, er war nicht derjenige, der es zuerst vergossen hatte.

Und seine moralische Überlegenheit konnte nun wirklich keiner in Abrede stellen. Was man Lil angetan hatte, konnte er nicht mehr rückgängig machen. Aber er konnte Vergeltung üben. Konnte ihnen allen eine Lektion erteilen, die er ihr nicht hatte erteilen können: Leben ist etwas, das nur Gott geben und nehmen sollte.

George blickte wieder auf die Pistole in seiner Hand.

Er hatte vergessen, wie es war, jemanden sterben zu sehen. In Bosnien hatte der Vergewaltiger, dessen Kopf auf der Bordsteinkante aufgeschlagen war, seinen Arm gepackt und George in die Augen gesehen, als wäre eine Schnur zwischen ihnen gespannt, die ihn, solange er nicht blinzelte, am Leben halten könnte.

Genau so war es gewesen, als er in der Klinik das Feuer eröffnete und die Frau vom Empfang traf – er hatte ihre Augen in dem Moment gesehen, als sie dunkel wurden, wie eine verlöschende Kerze. Die zweite Frau, die er niederschoss, nun, das war ein Unfall. Er hatte sie beim Hereinkommen nicht mal bemerkt. Sein Blick hatte nur die Empfangstheke erfasst und das, was dahinter war. Aber als sie zu schreien anfing, musste er sie zum Schweigen bringen. Musste es tun. Eine ganz mechanische Reaktion seines Körpers.

George redete sich ein, dass es nicht anders war, als Soldat zu sein. Im Krieg war Töten kein Mord, es war eine Mission. Und heute kämpfte er für die Armee Gottes. Engel waren nicht immer nur Boten. Sie konnten im Handumdrehen eine Stadt auslöschen. Manchmal war Gewalt notwendig, um die Gefallenen an die Allmacht Gottes zu erinnern. Würden die Menschen nicht hin und wieder seiner Gnade verlustig gehen, würden sie nicht bemerken, wie glücklich sie sich schätzen konnten, dieser teilhaftig zu sein.

Dennoch fragte George sich, ob die Engel, die Sodom und Gomorrha dem Erdboden gleichgemacht hatten, oder der eine, der Sanheribs Armee vernichtet hatte, danach noch ruhig schlafen konnten. Fragte sich, ob sie überall die Gesichter der Toten sahen.

Als er die Frau im Wartezimmer erschossen hatte, war sie wie eine Opfergabe auf ihn zugekommen.

Ich tue das für dich, sagte er sich, und mit dem Namen seiner Tochter auf den Lippen gab er sich einen Ruck.

Ich tue das für dich.

Als Kind warf Beth gern Kissen auf den Boden und stellte sich vor, die Welt bestünde aus Lava und sie müsse von Insel zu Insel springen. Nun, da sie älter war, war die Welt noch immer eine brodelnde Brühe der Ungerechtigkeit, und Beth versuchte, sich so gut sie konnte durchzuschlagen.

Noch nie hatte sie sich in ihrem Leben so einsam gefühlt, aber das war einzig und allein ihre Schuld.

Ihr kam in den Sinn, wie weich und leicht es sich angefühlt hatte, als sie es ins Handtuch wickelte. Da hatte sie es zum ersten Mal als etwas Reales und nicht mehr Abstraktes empfunden.

Wenn Beth die Augen schloss, sah sie noch immer seine blaue durchscheinende Haut. Die Straßenkarte des Blutkreislaufs. Die Schatten seiner Organe. Ihr Puls fing an zu rasen, und schon kam Jayla, die Krankenschwester ins Zimmer. Sie drückte einen Knopf am Monitor.

»Ist mein Vater zurück?«, fragte Beth.

Jayla schüttelte den Kopf. Als Beth eingeliefert wurde, hatte Jayla ihr die Hand gehalten und die Stirn gestreichelt. Nun schien etwas zwischen ihnen zu stehen, und Beth biss sich auf die Unterlippe. Selbst wenn sie es nicht wollte, schien sie alles zu vermasseln.

In dem Moment tauchten zwei Polizisten im Türrahmen auf.

»Nathan?« Jayla wandte sich an einen der Polizeibeamten, eine Frage hing unausgesprochen zwischen ihnen.

Er schüttelte ganz leicht den Kopf und wandte sich dann Beth zu. »Sie sind Beth?«

Sie zog die Knie zur Brust, hatte Angst, ihn anzusehen.

»Sie werden des Totschlags bezichtigt aufgrund der Tötung eines ungeborenen Kindes.«

Beth hatte bereits den Boden unter den Füßen verloren. Doch die Erfahrung, dass sie noch nicht an der richtigen Stelle angekommen war und noch tiefer fallen musste, war ein Schock für sie. Sie versuchte, die Puzzleteile zusammenzufügen, aber sie passten nicht. Sie lag in einem Krankenhaus. Sie hatte viel Blut verloren. Sie war fast gestorben. Die einzigen Menschen, die überhaupt wussten, dass sie schwanger gewesen war, gehörten zum medizinischen Personal.

Erschrocken wandte sie sich an Jayla. »Sie haben die Polizei gerufen«, sagte sie.

»Was hätte ich denn tun sollen?«, platzte es erbost aus ihr heraus. »Du hast behauptet, nicht schwanger zu sein, hattest aber so viel hCG im Blut, dass das nicht stimmen konnte, es sei denn, du hättest gerade erst entbunden ... also bestand die Möglichkeit, irgendwo da draußen ein Neugeborenes zu finden.«

»Wo bleibt da der vertrauliche Umgang mit Patientendaten?«, wandte Beth ein.

»Wenn ein Leben in Gefahr ist, kommt HIPAA nicht zur Anwendung«, antwortete Jayla und hatte plötzlich Tränen in den Augen.

»Sie haben das Recht zu schweigen«, sagte Nathan. »Alles, was Sie sagen, kann vor Gericht gegen Sie verwendet werden. Sie haben das Recht, einen Anwalt hinzuzuziehen. Wenn Sie sich keinen leisten können, wird Ihnen einer gestellt.«

Der zweite Polizist trat vor und fesselte Beths rechten Arm mit Handschellen an das Gestell des Krankenbetts.

HILFE.

Hilf mir, Daddy.

Wren hatte bestimmt schon fünfzig Textmeldungen an ihren Vater geschickt, aber er antwortete nicht.

Sie wusste, dass er sie retten würde. Das tat er immer. Als auf einer Geburtstagsparty in der Bowlinghalle ihre Hand zwischen zwei Kugeln zerquetscht zu werden drohte, hechtete er geradezu über einen Tisch, eine Metallabtrennung und eine Junggesellenparty, um seine Hand dazwischenzuschieben. Oder damals, als sie sich sicher war, dass in ihrem Schlafzimmerschrank ein Alien hauste, und er pflichtschuldig auf dem Boden vor ihrem Bett geschlafen hatte. Oder auch beim Bonanzarad-Rennen, an dem sie mit acht Jahren teilgenommen hatte, als die Bremsen versagten und sie einen Hang hinunterraste, der auf eine viel befahrene Straße führte. Irgendwie hatte ihr Vater sie eingeholt und in letzter Sekunde mit einem Arm vom Sitz gezogen, bevor es zu einem Zusammenstoß kam.

Papa-Reflex, nannte er das.

Für sie war es einfach Liebe.

Hilfe, schrieb Wren erneut.

Etwa zwanzig Minuten nach seiner improvisierten Geburtstagsfeier wurde Hugh zu einer Besprechung in Chief Monroes Büro gerufen. Er lehnte sich zurück, weil er bereits wusste, worauf das Gespräch hinauslaufen würde. »Ich muss in einer Viertelstunde weg zu einem Geschäftsessen«, kündigte der Chief an. »Mit Harry Van Geld.«

Hugh gab sich überrascht und zog die Augenbrauen hoch. »Dem Stadtrat?«

»Ja. Habe ich das richtig verstanden, dass sein Sohn letzte Nacht aufgegriffen wurde? Was können Sie mir darüber erzählen?«

»Nun«, sagte Hugh. »Erstens ist er ein Arschloch.«

»Das wird mir nicht dabei helfen, seinem Vater zu erklären, warum er verwarnt wurde.«

»Trunkenheit am Steuer«, erläuterte Hugh. »Aber er weigerte sich zu blasen.«

»Wieso wurde er angehalten?«

»Er fuhr zu schnell in die Kurve und nahm die Bordsteinkante mit. Um zwei Uhr morgens. Daraufhin sagte er immer wieder, sein Dad werde dafür sorgen, dass ich meinen Job verliere. Ich wusste anfangs überhaupt nicht, mit wem ich es da zu tun hatte, bis ich dann zwei und zwei zusammenzählte.«

Der Chief presste seine Fingerspitzen gegeneinander und legte die Hände auf dem Schreibtisch ab. »Dann könnten wir also die Anklage in rücksichtsloses Fahrverhalten abändern, wenn es für Trunkenheit am Steuer nicht reicht?«

Hugh verzog das Gesicht. »Wenn Sie diesen Weg einschlagen möchten.«

»Was soll das heißen?«

»Er war betrunken, Chief.« Hugh zuckte die Achseln. »Er roch stark nach Alkohol. Und er ist bekannt dafür.«

In seiner Tasche summte das Telefon, er brachte es mit einem Knopfdruck zum Schweigen.

»Was ist mit einem Videobeweis?«

Hugh schüttelte den Kopf. »Das Gerät im Einsatzwagen ist seit einer Woche außer Betrieb. Ich versuche noch immer, es zu reparieren.«

»Also kein Alkoholtest, kein Video, und wir wissen, dass Van Geld ein Sturkopf ist, der angefressen sein wird, wenn wir sein Kind wegen Trunkenheit am Steuer anklagen.« Er sah Hugh fragend an. »Was?«

»*Was* was?«

»Was soll der Blick. Sie tun so, als hätte ich gerade gesagt, ich werde Ihr Hündchen ertränken. Hätte sich beim Blasen gezeigt, dass der Junge drei Promille hat, wäre das eine Sache. Aber er hat nicht geblasen – und Sie haben keinen Beweis. Er *hätte* betrunken sein können. Rücksichtslos war er *definitiv*. Wir sollten im Zweifelsfall lieber vorsichtig sein, denn auf Druck aus dem Stadtrat können wir gut verzichten. Es ist die Sache nicht wert. Tun Sie mir den Gefallen, Hugh, und ändern Sie das vor der Anklageerhebung ab.«

»Weil er gestern Nacht niemanden getötet hat?«, hakte Hugh nach. »Und was ist morgen?«

Sein Telefon vibrierte erneut.

Chief Monroe erhob sich und griff nach seinem Sportsakko. »Schätzen Sie sich glücklich, dass nicht Sie mit seinem Vater zu Mittag essen müssen.«

»Aber dafür kriegen Sie das große Geld.« Hugh lehnte sich in seinem Stuhl zurück.

»Sorgen Sie dafür, dass alles rundläuft in der Stadt, tun Sie das für mich?«, sagte der Chief. Er hatte die Angewohnheit, während seiner Mittagessen den Funk leise zu stellen und die Leitung der Polizeiwache, falls nötig, Hugh anzuvertrauen.

Hugh schüttelte den Kopf. »Dann werden die Jungs sich bestimmt von Ihnen hintergangen fühlen«, sagte er, als sein Chef das Büro verließ.

»Nicht, wenn Sie es ihnen erklären«, erwiderte Monroe über seine Schulter.

»Übersteigt aber definitiv meine Gehaltsklasse«, murmelte Hugh. Dann stand er auf und angelte sein Telefon aus der Tasche.

Einsatzleitung an alle – Notfallalarm …

Die Stimme der Einsatzleitung wurde durch die Sprechanlage des Gebäudes geleitet. Hugh ließ sein Telefon in die Tasche zurückfallen. Vom Fenster des Chefbüros aus konnte er sehen, wie Monroes Wagen den Parkplatz verließ.

Wir haben es mit einer akuten Schießerei Ecke Juniper und Montfort zu tun. Alle bewaffneten Polizeikräfte werden aufgefor-

dert, sich am Kommandoposten Juniper Street 320, dem Pizza-Heaven-Parkplatz, einzufinden und dort auf weitere Anweisungen zu warten. Alle Einsatzkräfte werden aufgefordert, Schutzkleidung zu tragen. Dies ist ein Notfallalarm für eine akute Schießerei. Ich wiederhole, alle bewaffneten Polizeikräfte werden aufgefordert ...

Den Rest der Ansage hörte Hugh schon nicht mehr. Er rannte bereits nach draußen.

Louie machte sich Notizen in Joy Perrys Akte, als Harriet in den Eingriffsraum zurückkehrte. Sie hatte erst die Patientin in den Aufwachraum und dann das beim Eingriff entnommene Aus-schabungsmaterial ins Labor gebracht, wo sie es ein zweites Mal untersuchen würde. Jetzt begann sie, das Papier vom Behand-lungsstuhl abzuziehen und diesen für die nächste Patientin bereit zu machen. Keiner konnte behaupten, dass die Krankenschwes-tern sich hier nicht den Arsch abarbeiteten, so viel stand fest.

»Haben Sie noch Halloween-Süßigkeiten?«

Harriet lachte. »Wenn Sie ständig meine Vorräte plündern, wird nichts mehr da sein an Hallo...«

Was immer sie sagte, ging im Kugelhagel unter, der vor dem Eingriffsraum niederging.

Louie packte Harriet und zog sie hinter dem Behandlungs-stuhl auf den Boden. Er sah sie an und legte einen Finger auf seine Lippen. Er hätte die Tür schließen sollen. Warum hatte er die Tür nicht geschlossen?

Er wusste sofort, was hier geschah. Das war der Albtraum, an den er sich nicht mehr erinnern konnte, wenn er in kalten Schweiß gebadet aufwachte; das war der erwachsen gewordene Butzemann; das war die Hiobsbotschaft. Nicht, dass er als Ab-treibungsarzt in ständiger Angst vor einer Gewalttat gelebt hätte, aber der Wahrscheinlichkeit einer solchen war er sich durch-aus bewusst gewesen. Kollegen von ihm waren verletzt worden. Wenn Louie weiterhin seinen Job machen wollte, konnte er es sich nicht erlauben, in ständiger Sorge zu sein, was ihm widerfahren könnte. Er kannte Abtreibungsärzte, die bei der Arbeit Masken trugen, um ihre Identität zu verbergen, aber zu denen wollte er nie gehören. Was er tat, war ehrenhaft und richtig. Was er tat, war human. Er würde sich nicht verstecken.

Nicht etwa, dass er so naiv gewesen wäre zu glauben, dieser Tag würde nicht kommen. Bereits 1993 war das Center von einem Brandstifter in Schutt und Asche gelegt worden, und Vonita hatte es wieder aufbauen müssen. 1998, nachdem Eric Rudolph die Abtreibungsklinik in Birmingham zerbombt hatte, war Louie hingefahren, um seine Hilfe anzubieten. Die Sicherheitsbehörde ATF hatte die Flugbahn der Bombe berechnet, die voller Nägel gewesen war: rosa Bindfaden, festgezogen um die Bombe und mit jedem Stuhl im Wartezimmer sowie der Empfangstheke verbunden – ein Spinnennetz, um größtmöglichen Schaden anzurichten. Und dennoch hatte er das Telefon klingeln hören, weil neue Termine vereinbart wurden, und er hatte Frauen an den Bussen mit den berichtenden Reportern vorbeimarschieren sehen, um Abtreibungen vornehmen zu lassen. Als Konsequenz daraus hatte Vonita überlegt, ihre Empfangstheke hinter kugelsicherem Glas zu schützen, wie das ihr Ehemann empfohlen hatte, aber sie fand, wenn die Patientinnen schon stark genug waren, sich an den Protestlern vorbeizudrängen, die ihnen mit der Hölle drohten, dann sollten wohl auch die Angestellten so tapfer sein und ihnen von Angesicht zu Angesicht begegnen.

Louie zitterte heftig. Er konzentrierte sich darauf, zu hören, wo die Schüsse abgefeuert wurden – ob sie näher kamen –, aber die Geräusche waren merkwürdig verzerrt. Klangen ganz und gar nicht so, wie einem das im Fernsehen immer suggeriert wurde. Aber diese Erfahrung hatte er eigentlich auch nie machen wollen.

An seinem ersten Tag im Center war Louie überpünktlich

gewesen. Auf seinem Weg über den Parkplatz lief er einer kleinen alten Dame über den Weg, die einen Stuhl schleppte. *Darf ich?*, fragte er und nahm ihn ihr ab. Sie bedankte sich und sagte ihm dann nach etwa hundert Metern, dass dies ihr Platz sei. Louie klappte den Stuhl auf und merkte dann, dass er sich inmitten einer Gruppe von Protestlern befand. Er entfernte sich und steuerte Lenny's Sub Shop auf der anderen Straßenseite an, wo er ein Sandwich mit Hähnchensalat und eine Diätcola bestellte und sich an den Tresen setzte. Kurz darauf bemerkte er, dass jemand vor dem Fenster stand und ihn fotografierte – die alte Dame, der er geholfen hatte. *Kennen Sie die?*, fragte die Bedienung ihn, und Louie sagte Nein, er sei bis heute noch nie in Mississippi gewesen, arbeite aber gegenüber im Center. Die Bedienung klopfte ans Fenster. *Wenn Sie nichts kaufen wollen, hören Sie auf, hier herumzulungern*, sagte sie. Und an Louie gewandt: *Diese Leute sollen sich um ihre eigenen Angelegenheiten kümmern.*

Als Louie sein Sandwich aufgegessen hatte, wartete die alte Dame auf ihn. Sie folgte ihm über die Straße und beschimpfte ihn dabei unentwegt. *Sie sollten sich schämen. Sie sind kein richtiger Arzt. Sie sind ein Schlächter.*

An jenem Tag wurden Louie zwei Dinge klar: dass die Bedienung, die zwar keine Abtreibungsärztin war und auch nicht auf eine Demo für Abtreibungen gehen würde, dennoch eine Aktivistin war; und dass man keinen Abtreibungsgegner unterschätzen sollte. Wenn die reizende alte Dame gewollt hätte, wäre sie nah genug gewesen, um ihn zu erstechen.

Nachdem er an jenem Tag das Center betreten hatte, brach ihm der Schweiß aus. In den vergangenen zehn Jahren hatte er nie besondere Vorsicht walten lassen. Aber er verließ das Gebäude erst wieder am Ende des Tags. Ließ sich was zu essen kommen. Solange er im Center blieb, war er sicher.

Bis jetzt.

Harriet weinte. Ihre Hand zitterte, als sie nach ihrem Telefon griff und einen Text eintippte. Vielleicht an ihren Ehemann? Ihre Kinder? *Hatte* sie Kinder? Warum wusste Louie das nicht?

Louies Telefon lag zusammen mit seiner Brieftasche eingeschlossen in Vonitas Büro. Wen hätte er auch kontaktieren sollen? Er hatte keine Familie mehr und auch sonst keinen, der ihm am Herzen lag – genau aus diesem Grund. Weil es schon reichte, dass er sich jeden Tag der Frontlinie aussetzte, um seiner Arbeit nachzugehen. Es wäre nicht fair, andere durch bloße Nähe zu ihm in Gefahr zu bringen. Dr. Kings Worte gingen ihm durch den Kopf: *Wenn ein Mensch nichts gefunden hat, wofür er sterben würde, eignet er sich nicht zum Leben.* Würde er heute für seine Prinzipien sterben müssen? Oder war er bereits vor Jahren gestorben, indem er sich dieser Arbeit verschrieben und von allen abgesondert hatte, die ihm zu nahekommen könnten? Wenn sein Herz heute aufhörte zu schlagen, wäre das nicht die verspätete Anzeige für einen Tod, der bereits stattgefunden hatte?

Manchmal traf er in Bars, auf Konferenzen oder Hochzeiten Frauen, die von seinem Mut beeindruckt waren. Sie erkundigten sich, ob er Angst vor Gewalt in den Kliniken hatte, was er achselzuckend mit dem Kommentar abtat: *Das Leben ist tödlich, keiner von uns kommt atmend hier raus.*

Dieser Scherz ging ihm als Antwort auf eine hypothetische Frage locker über die Lippen. Jetzt aber?

Er wollte nicht sterben, aber wenn es sein musste, hoffte er, es möge schnell gehen.

Er wollte nicht sterben, aber wenn es sein musste, dann hatte er, davon war er überzeugt, aus seinem Leben das Bestmögliche gemacht.

Er wollte nicht sterben, aber wenn es sein musste, war ihm mehr Zeit zugestanden worden als Malcolm oder Martin.

Dennoch. Verdammt. Er war noch nicht fertig.

Harriet gab einen wimmernden hohen Pfeifton von sich,

ein Geräusch, von dem sie, da war Louie sich sicher, nicht mal wusste, dass sie es von sich gab. Er nahm ihre Hände und zwang sie, ihn anzusehen. »Was ist, Harriet?« Sie schüttelte den Kopf, war tränenüberströmt. »Schauen Sie mich an, Harriet.«

Louie konnte über ihre Schulter in den Flur sehen. Er wandte seinen Blick einen kurzen Moment von der Krankenschwester ab und suchte ihn auf Bewegung, auf Schatten ab. Fünf Minuten vergingen. Vielleicht auch fünfzehn. Er hätte es nicht sagen können.

»Dr. Ward«, wisperte Harriet, »ich will nicht sterben.«

Er drückte ihre Hände. »Harriet. Sehen Sie mir einfach fest in die Augen, hören Sie?«

Sie nickte, schluckte. Groß und vertrauensvoll ruhte der Blick ihrer braunen Augen auf ihm. Er hielt ihren Glauben aufrecht, obwohl er hinter ihr, am Rande seines Gesichtsfelds, die Silhouette in der Tür aufragen sah, die Pistolenmündung, den grimmigen Schlitz eines Mundes, als die Züge des Mannes Gestalt annahmen.

Louies Bein explodierte vor Schmerz. Die Welt schrumpfte zusammen auf das Klopfen in seinem Schenkel und das Feuer, das durch den Muskel züngelte. Dann fiel Harriet auf ihn. Er sog den Duft von Gardenien ein, den ihre Haut verströmte, schmeckte das kupfrige Blut.

Schritte. Näher.

Louie stellte sich tot. Oder wünschte sich vielleicht sogar, er möge es sein.

Er hielt die Luft an und wartete auf den Tod. Er zählte bis dreihundert. Dann wagte er es, ein Auge zu öffnen. Der Schütze war verschwunden.

Sein Blick fiel auf Harriet. Mitten auf ihrer Stirn prangte ein Einschussloch, ordentlich wie eine Reißzwecke. An die Wand dahinter hatte ihrer beider Blut einen gefiederten Fächer gesprüht.

Louie drehte den Kopf zur Seite und übergab sich.

Entschlossen, sich zu verstecken, stützte er sich auf den Unterarmen ab und stöhnte, als der Schmerz durch sein Bein fuhr. Dr. Kings Worte hallten in seinem Kopf: *Wenn du nicht fliegen kannst, renne. Wenn du nicht rennen kannst, gehe. Wenn du nicht gehen kannst, krabble. Aber was immer du auch tust, du musst weitermachen.* Louie verortete das Zentrum, von dem der Schmerz ausstrahlte, und schloss dann aufgrund des rhythmischen Pulsierens der Blutung, dass die Kugel wohl einen oberflächlichen Nebenstrang der Oberschenkelarterie erwischt und seinen Oberschenkelknochen durchschlagen hatte. Gut möglich, dass er es schaffte, irgendwohin zu kriechen und sich zu verstecken, aber er würde verbluten, wenn er sich nicht zuerst um seine Verletzung kümmerte. Er biss die Zähne zusammen und robbte auf den Ellbogen ein paar Zentimeter weit, bis er den Griff eines Schranks packen konnte.

Drinnen befand sich ein steriler Schlauch, wie er benutzt wurde, um die Kanüle mit der Saugkürettage zu verbinden. Er riss die Packung mit den Zähnen auf und versuchte, sich den durchsichtigen Schlauch um den Schenkel zu binden. Das war genauso hoffnungslos wie der Versuch, allein eine Schleife auf dem Weihnachtsgeschenk zu binden – egal, wie sehr er sich auch anstrengte, es gelang ihm nicht, den Knoten festzuzurren. Dazu der Schmerz, wie er noch keinen verspürt hatte.

Sein Gesichtsfeld verengte sich und wurde dunkel wie bei den Stummfilmen, die am Ende zu einem winzigen dunklen Punkt zusammenschrumpften. Louies letzter Gedanke, bevor er das Bewusstsein verlor, galt der verrückten Welt, in der die Wartezeit auf einen Schwangerschaftsabbruch länger war als die auf eine Waffe.

Izzy schlich den Flur entlang und war sich dabei sicher, in ein Spiegeluniversum aus Chaos, Zwietracht und Blut geraten zu sein. Der Schütze hatte eine makabre Spur gelegt – geborstene

Fenster, verschmiertes Blut, leere Patronenhülsen. Alle ihre Instinkte befahlen ihr, sich umzudrehen und in die andere Richtung zu laufen, aber das konnte sie nicht. Und es war kein Heroismus, der sie antrieb, zum Vorratsschrank zu gehen, sondern die Angst davor, womöglich feststellen zu müssen, dass sie nicht die Frau war, für die sie sich immer gehalten hatte.

Die Tür zum Eingriffsraum stand offen, und sie konnte die Glasvitrinen sehen, in denen Verbandsmaterial und Klebestreifen lagen. Auch zwei Körper konnte sie sehen.

Sie fiel auf die Knie, drehte die Krankenschwester um, versuchte, ihren Puls zu ertasten, fand aber keinen. Dasselbe machte sie beim Arzt, der nicht bei Bewusstsein war, aber stöhnte. Man hatte ihm ins Bein geschossen, und jemand hatte einen Plastikschlauch um seinen Schenkel gebunden, eine provisorische Aderpresse. Die ihm vermutlich das Leben gerettet hatte. »Können Sie mich hören?«, fragte sie beim Versuch, den Schlauch noch fester zu binden.

Sie erwog noch, ob sie ihn wegschleppen und in Sicherheit bringen könnte, da hörte sie das Klicken des Hahns.

Der Schütze kam aus seiner Deckung hinter der Tür hervor. Izzy erstarrte, ärgerte sich über ihre eigene Dummheit.

Er war älter als sie – vielleicht in den Vierzigern. Sein braunes Haar war ordentlich gescheitelt. Und er trug eine karierte Fleecejacke, selbst bei dieser mörderischen Hitze. Er sah … gewöhnlich aus. War der Typ Mann, den man an der Kasse gern vorließ, weil er nur ein paar Sachen hatte. Der Typ Mann, der sich im Bus neben einen setzte, Hallo sagte, aber einen dann für den Rest der Fahrt in Ruhe ließ. Der Typ Mann, der einem nicht wirklich auffiel.

Bis er mit einer Waffe in der Hand in eine Klinik gestürmt kam.

In Izzys Vergangenheit hatte es mehrmals Situationen gegeben, in denen sie geglaubt hatte, sterben zu müssen. Etwa, wenn es eine ganze Woche lang nichts zu essen gab. Wenn die Heizung abgedreht war und die Temperatur in den Minusbereich fiel. Doch als Kind hatte sie gewusst, dass man sich immer behelfen konnte: Man konnte sich am Abfall des Nachbarn bedienen und in mehrere Kleiderlagen eingehüllt an die Geschwister gekuschelt schlafen. Als Krankenschwester hatte sie dem Tod oftmals zugunsten ihrer Patienten ein Schnippchen geschlagen, indem sie ein stehen gebliebenes Herz daran erinnerte, wie es schlagen sollte, oder indem sie mit ihrer Lunge für einen anderen das Atmen übernahm. Aber nichts hatte sie auf eine Situation wie diese vorbereitet.

Izzy wollte um ihr Leben betteln, konnte es aber nicht, denn sie zitterte so heftig, dass ihr Mund keine Worte bilden konnte. Sie fragte sich, ob das Mädchen und die Frau im Wartezimmer überleben würden, ob sie der Presse erzählen würden, wie tapfer Izzy dorthin gerannt war, wo geschossen wurde, nur um anderen helfen zu können. Fragte sich, wie lange es dauern mochte, bis Parker davon erfuhr. Fragte sich, ob die Menschen, die zu ihrer Hochzeit gekommen wären, stattdessen zu ihrer Beerdigung kämen.

»Gehen Sie aus dem Weg, damit ich ihn erledigen kann«, sagte der Schütze, und erst da bemerkte sie, dass seine Waffe nicht auf sie, sondern auf den Arzt gerichtet war.

Es gibt Momente im Leben, die einen verändern. Wie damals, als sie an der Tankstelle einen Hotdog gestohlen hatte, weil sie vier Tage lang nichts gegessen hatte. Als sie ein Sparkonto eröffnete. Als sie vor drei Jahren im Krankenhaus in Parkers Kabine gekommen war.

Sie würde nicht sterben, ohne vorher bis zum Letzten gekämpft zu haben.

Izzy warf sich quer vor den Körper des Arztes und breitete die Arme zum Schutzschild aus.

Der Schütze lachte. »Die Kugeln reichen für euch beide«, sagte er.

Eine Kugel kann ich nicht abhalten, überlegte Izzy. *Aber ich kann ihn abhalten, eine abzufeuern.*

Izzy zwang sich, ihm in die Augen zu schauen. Er war wie ein Basilisk, sie könnte unter seinem Blick zu Stein erstarren. Aber der Schütze befand sich in einer Abtreibungsklinik und dürfte sich deshalb dem Schutz des Lebens verschrieben haben. Sie bündelte alle Fasern ihres Muts zu einem wütenden Knoten. »Sie können mich nicht erschießen«, sagte sie. »Ich bin schwanger.«

10 Uhr

Als Bex auf den Parkplatz des Centers fuhr, sprang ihr ein Protestler vor den Wagen. Bex trat auf die Bremse. Er schrie, wedelte mit den Händen über der Motorhaube. Wren verfolgte das Ganze mit großen Augen vom Beifahrersitz aus. »Hast du nicht gesagt, dass es hier Leute gibt, die einen reinbegleiten?«, fragte Bex ihre Nichte. »Ich sehe hier niemanden im rosa Kittel.«

»Vielleicht ist es noch zu früh«, meinte Wren und hielt Ausschau, während Bex im Schneckentempo weiter auf den Parkplatz fuhr. Sie beobachtete im Rückspiegel den Mann, der zu den anderen vor dem Zaun zurückkehrte. Eine ältere Dame schenkte ihm aus einer Thermoskanne Kaffee ein.

Bex stellte den Wagen ab und drückte mit der Hand gegen das Lenkrad.

»Du könntest mich reinbegleiten«, schlug Wren kleinlaut vor.

Bex drehte sich mit gequälter Miene zu ihr um. Für Wren würde sie alles tun. »Süße, ich …«

»Vergiss es. Du kannst im Wagen warten. Lang dauern wird es wohl nicht.«

Bex holte tief Luft. »Meiner Ansicht nach sollte jede Frau mit ihrem Körper tun können, was sie möchte, ernsthaft. Aber für mich persönlich käme das nicht infrage.«

»Du weißt schon, dass ich nicht wegen einer Abtreibung hier bin?«, wandte Wren ein.

»Ja, natürlich. Aber …«

Sie konnte ihre Gedanken nicht aussprechen. Dass da drinnen nämlich, auch wenn Wren aus einem völlig harmlosen Grund hineinging, auch andere Frauen wären, womöglich Frauen, die vorher keine Tanten gehabt hatten, um sie hierherzubringen, und denen nun keine andere Wahl blieb. Frauen mit Geheimnissen. Ihr wurde übel.

Wren legte ihr angebissenes Schokocreme-Donut auf die Konsole zwischen ihnen. »Komm nicht auf dumme Gedanken«, warnte sie.

Bex sah ihr hinterher, als sie Richtung Center ging. Aber dann schob sich ein Kleinlaster in ihr Gesichtsfeld und blieb direkt vor ihrem Mini stehen.

Bex hupte und gestikulierte: Was zum Teufel soll das? Der Mann im Laster sah sie abweisend an. Sie fragte sich, ob er sich verirrt hatte. Er saß allein im Wagen, da war keine Frau, die einen Termin haben könnte.

Sie sah, dass Wren den Maschendrahtzaun und die Reihe der Protestler erreicht hatte. Eine Frau kam auf sie zu, streckte die Hände nach ihr aus.

Oh, verdammt, nein.

Schon war Bex aus dem Auto und lief in Windeseile wutschnaubend Richtung Center. Sie holte Wren ein, schlang den Arm um ihre Nichte und verankerte sie fest an ihrer Seite.

Wren wandte sich ihr überrascht zu. »Aber …«

»Kein Aber«, erklärte Bex entschieden. »Du gehst da nicht allein rein.«

»Sie kommen spät«, sagte Helen, die Disponentin, als Hugh die Polizeiwache betrat.

Hugh sah auf seine Uhr. »Ich bin sogar zehn Minuten zu früh dran«, wandte er ein.

»Nicht für die Mitarbeiterbesprechung.«

»*Welche* Mitarbeiterbesprechung?«

»Die, die jetzt im Besprechungsraum stattfindet«, erwiderte Helen.

»Mist.« Hugh wartete, bis Helen ihn eingelassen hatte, und eilte dann ins Souterrain, wo das Personalzimmer lag. Nach seiner letzten verpassten Mitarbeiterbesprechung hatte sein Vorgesetzter ihm vorgeworfen, er nehme seine Position nicht ernst, denn wie solle er Hugh als seine De-facto-Vertretung behandeln, wenn dieser sich vor den weniger glamourösen Aspekten der Polizeiarbeit drückte.

Er schlitterte um die Ecke in der Hoffnung, sich unauffällig hineinstehlen zu können, doch da hörte er schon die dröhnende Stimme des Chiefs. »Endlich beehrt auch Detective McElroy uns mit seiner Anwesenheit. Apropos ...«

Die ganze Truppe stimmte »Happy Birthday« an. Seine Sekretärin reichte ein Tablett mit Donuts herum, die zu den Zahlen 4–0 angeordnet waren. In einem steckte eine Kerze.

Hugh errötete. Er *hasste* es, im Mittelpunkt zu stehen. Er hasste *Geburtstage*. Für ihn waren sie nicht mehr als Markierungen im Kalender, um seine Fahrerlaubnis und seinen Fahrzeugschein zu erneuern und zur jährlichen Vorsorgeuntersuchung zu gehen.

Paula kam auf ihn zu und stellte das Tablett auf einem Tisch ab, damit er die Kerze ausblasen konnte. »Wünschen Sie sich was«, sagte sie und blieb neben ihm stehen.

»Wer hat Ihnen denn gesagt, dass heute mein Geburtstag ist?«, sagte er mit einem festgefrorenen Lächeln.

»Facebook«, murmelte Paula. »Sie hätten sich nie mit mir befreunden dürfen.«

Hugh schloss die Augen und wünschte sich was, dann blies er die Kerze aus. »Wir haben alle zusammengelegt«, erklärte ihm einer der Junior Detectives, »und Ihnen das gekauft.« Er hielt einen Stock hoch, geschmückt mit einer knallroten Schleife.

Alle lachten, auch Hugh. »Danke. Der wird mir sehr nützlich sein, wenn ich euch später die Scheiße aus dem Leib prügle.«

»Paula«, sagte der Chief, »vergessen Sie nicht, für unseren Jungen einen Termin zur Prostatauntersuchung zu vereinbaren.« Er klopfte Hugh auf die Schulter. »Also gut, nehmt euch euren Donut und dann zurück an die Arbeit. Schließlich feiern wir nicht den Geburtstag von Jesus. Nur den von Hugh.«

Hugh ließ sich von allen aus der Abteilung beglückwünschen, bis er zuletzt mit Paula allein im Personalzimmer war.

»Für ein Geburtskind sehen Sie gar nicht glücklich aus«, sagte sie.

»Ich bin kein Freund von Überraschungen.«

Sie zuckte die Achseln. »Wissen Sie, was mein Ehemann mir zu *meinem* Vierzigsten beschert hat?«, sagte sie. »Hat mich geschwängert.«

Hugh lachte. »Das wird mir wohl eher nicht passieren.«

»Was haben Sie sich gewünscht?«

Er öffnete den Mund, aber Paula winkte ab. »Nein, nicht doch, das war eine Fangfrage. Das dürfen Sie mir nicht erzählen, sonst wird es nicht wahr. Mal ganz ehrlich, Hugh: Haben Sie überhaupt schon mal Geburtstag gefeiert?« Sie reichte ihm einen Teller mit drei Donuts darauf. »Sie bekommen eine Extraration, weil Sie was Besonderes sind. Aber nur heute. Lassen Sie sich das ja nicht zu Kopf steigen.« Sie grinste und ließ ihn allein zurück.

Er nahm die Kerze vom obersten Donut. Was er sich gewünscht hatte, war ganz einfach das eine, das er nicht haben konnte. Er wünschte sich, alles könne so bleiben, wie es im Moment war – Wren, die ihm zum Frühstück Eier briet, Menschen, denen er wichtig genug war, um eine alberne Party für ihn auszurichten, und eine gute Gesundheit. Er wünschte sich, weiterhin Morgen für Morgen in einer unverändert bleibenden Welt aufstehen zu können. Das verstand er unter einem guten Leben.

Auch dann – *vor allem* dann –, wenn man wusste, dass man etwas zu verlieren hatte.

Meine Güte, peinlicher ging's wohl nicht? Kaum war Izzy an die Empfangstheke getreten, da überkam sie auch schon eine Welle der Übelkeit. Sie hatte sich auf die Tür mit der Aufschrift BAD gestürzt und sich heftig übergeben. Sie wischte sich den Mund ab und nahm dann einen Stapel Papierhandtücher, befeuchtete sie im Waschbecken und rieb sich damit über die klamme Haut von Gesicht und Nacken.

Es klopfte an der Tür, und Izzy öffnete sie einen Spalt weit.

»Alles in Ordnung mit Ihnen?«, erkundigte sich die Frau, die am Empfang gewesen war.

»Es tut mir leid, Miz…«

»Vonita«, ergänzte sie.

»Normalerweise bin ich nicht so unhöflich«, sagte Izzy.

Vonita reichte ihr ein kleines Röhrchen mit Ingwerbonbons. »Die helfen«, sagte sie sachlich. »Wenn Sie so weit sind, kommen Sie raus und wir lernen uns kennen.«

Izzy schloss die Tür und setzte sich auf den Toilettendeckel. Ihr fiel der Winter in der dritten Klasse wieder ein, als sie keinen Wintermantel hatte. Sie war zur Schulsekretärin gegangen und hatte ihr erklärt, sie müsse die Fundsachen durchsehen, und sich dann einen Mantel genommen, der ihr nicht gehörte. Das Schlimmste daran war, dass die Schulsekretärin sehr genau wusste, dass es nicht Izzys Mantel war, aber das mit keinem Wort erwähnte.

Vonita war einfach nur nett, aber etwas in ihren Augen gab Izzy das Gefühl, dass diese Frau bereits alle ihre Geheimnisse kannte.

Nun… Izzy war Krankenschwester. Dies war nicht das erste Mal, dass sie sich etwas Neuem und Überwältigendem stellen musste, und es war nicht das erste Mal, dass sie eine Situation erst mit Bluff meistern musste, bevor sich das nötige Selbstvertrauen einstellte.

Mochte sie sich auch in einer Abtreibungsklinik befinden, so war sie doch immer eine Überlebende gewesen und würde das auch weiterhin sein.

Als sie das Blut gesehen hatte, wusste sie sofort, dass das nichts Gutes bedeuten konnte. Frauen in Olives Alter hatten keine Schmierblutungen und schon gar nicht, wenn sie heterosexuell nicht aktiv waren. Dies in Verbindung mit dem Schmerz, den sie beim Wasserlassen spürte, und dem seltsamen Kribbeln in ihrem Bein sagte ihr, dass es höchste Zeit war, das Center aufzusuchen. Schon seit Jahren war sie zu ihren Vorsorgeuntersuchungen hierhergekommen. Harriet, die medizinische Fachkraft für Allgemeinmedizin, hatte sie untersucht und sich dann an sie gewandt. »Wann hatten Sie Ihren letzten PAP-Abstrich?«, hatte sie gefragt.

Nun, das war so lange her, dass Olive sich nicht mehr daran erinnern konnte.

»Ich denke, Sie sollten zu einem Onkologen gehen, Olive«, hatte Harriet ihr geraten.

Das war vor zwei Wochen gewesen. Danach hatte man ihre Brust geröntgt, ein MRT von Bauch- und Beckenhöhle durchgeführt, ein großes Blutbild erstellt sowie die Werte ihrer Elektrolyte und Leber untersucht. Sie hatte sich angehört, was der Onkologe dazu zu sagen hatte, ihm aber womöglich nicht ganz geglaubt. Vielleicht musste sie es einfach von jemandem hören, den sie kannte und dem sie vertraute.

Jetzt saß sie im Untersuchungszimmer und wartete auf Harriet. In Händen hielt sie die Unterlagen aus der gynäkologischen Praxis für Onkologie. Diese könnten ebenso gut auf Griechisch sein:

Wucherungen, exophytisch mit Verschluss der seitlichen Beckenwand.

Moderate rechte Hydronephrose; hinten gelegener Einschluss durch Sigmoid serosal und muskulär… pelvine und paraaortale Lymphadenopathie… kein Nachweis von Aszites.

Kreatinin: 2,4 mg/dl; Hämatokrit: 28 %

Verdammt, Griechisch hätte *mehr* Sinn für sie ergeben.

Die Tür ging auf. »Olive«, begrüßte Harriet sie. »Wie geht es Ihnen? Was hat der Onkologe gesagt?«

Olive reichte ihr die Unterlagen. »Ich hätte einen Übersetzer mitnehmen sollen.«

Harriet überflog die Blätter. »Neuroendokrines Zervixkarzinom«, las sie. »Ach, Olive.«

»Karzinom«, wiederholte Olive. »Das war das einzige Wort, das ich tatsächlich verstanden habe.« Kopfschüttelnd ergänzte sie: »Der Arzt hat mit mir gesprochen. Nun, er hat *über* mich gesprochen. Aber nach ein paar Minuten habe ich ihm einfach nicht mehr zugehört.«

»Sie haben Gebärmutterhalskrebs«, sagte Harriet mit sanfter Stimme. »Es tut mir so leid.«

»Sind Sie sicher, dass das kein Irrtum ist? Wieso bekomme ich das? Ich bin Lesbierin.«

»Tatsächlich erkranken Lesbierinnen sogar häufiger an Gebärmutterhalskrebs«, klärte Harriet sie auf. »Sie werden nicht überwacht, weil sie keinen penetrierenden Geschlechtsverkehr haben. Es gibt einen speziellen Typus, den Nonnen bekommen – nicht den Stachelzellkrebs, der in Verbindung mit HPV steht, sondern einen, den sogar Jungfrauen bekommen können.«

»Na, Gott sei Dank gehöre ich nicht zu denen«, sagte Olive. Sie sah die Krankenschwester an. »Wie schlimm ist es?«

»Viertes Stadium, metastasierend. Sie wissen, was das bedeutet?«

»Es ist wie ein Lotteriegewinn«, erwiderte Olive.

Die Krankenschwester sah sich noch mal die Zahlen an. »Er steckt in Ihrer Lunge, womöglich auch in Ihrer Leber. Er blockiert Ihre rechte Niere.« Sie sah Olive in die Augen. »Ich will ehrlich zu Ihnen sein. Es ist unwahrscheinlich, dass jemand, dessen Krebs so breit gestreut hat, noch geheilt werden kann. Ich bin mir sicher, dass der Onkologe etwas tun kann, um Ihre Lebensqualität zu verbessern … aber Sie sollten Ihre Angelegenheiten in Ordnung bringen.«

Olives Mund wurde trocken, als hätte sie Staub eingeatmet. Sie, die nie um eine witzige Retourkutsche verlegen war, hatte nichts zu sagen. »Wie lange noch?«, presste sie endlich heraus.

»Sechs bis acht Monate, vermute ich. Es ist mir ganz arg, das zu sagen, Olive. Und ich hoffe sehr, dass ich falschliege. Aber wenn ich Sie wäre, würde ich die Wahrheit hören wollen.«

Olive verdaute diese beunruhigende Information, die ihr unvermittelt die eigene unvermeidbare Sterblichkeit vor Augen führte. Sie spürte, wie Harriet die Arme um sie legte und sie fest an sich drückte.

Das war es. Das war der Grund, weshalb sie ins Center gekommen war. Was in diesen Unterlagen steckte, wusste sie bereits. Sie hatte sich dem nur nicht allein stellen wollen.

Ein lautes Klopfen an der Tür, dann steckte Dr. Ward den Kopf herein. »Harriet? Es geht los.« Er lächelte Olive an und schloss die Tür.

Olive hatte viele Fragen: War sie daran schuld – hatten irgendwelche Nahrungsdefizite oder Promiskuität auf dem College dazu geführt? Wie sollte sie es Peg beibringen? Würde es schnell gehen, oder wäre der Abbau schleichend? Bekäme sie Schmerzen? Wäre sie am Ende noch sie selbst?

Harriet löste sich, hielt aber noch immer Olives Hände. Sie drückte sie ein letztes Mal. »Ich muss assistieren. Werden Sie zurechtkommen?«

Sie ging, ohne Olives Antwort abzuwarten. Aber die Antwort wussten beide ohnehin.

Als Wren vor zwei Monaten auf die Highschool kam, musste sie die üblichen Streiche über sich ergehen lassen, die einen Neuling dort erwarteten: Man wollte ihr weismachen, dass es im Keller einen Pool gab, versteckte Rasiercreme in ihrem Garderobenschrank, sie wurde auf dem Weg zum Fremdsprachentrakt mit Wasserpistolen bespritzt. Sie lernte sehr schnell, welche Wege durch die Schule sicher waren und welche nicht. Der ihr am meisten verhasste Ort jedoch war die Grube, ein Gang im Außenbereich, der zwei Flügel des Gebäudes verband und wo die Raucher zwischen den Unterrichtsstunden abhingen. Es war ein Spießrutenlauf, weil sie wusste, dass diese Jugendlichen ihre Angst und ihre Naivität rochen und ein Urteil über sie fällten, ohne sie überhaupt zu kennen.

Und als sie jetzt die Reihe der Protestler abschritt, fühlte es sich genauso an. Manche von ihnen lächelten sie an, hielten ihr dabei aber zugleich Plakate mit blutigen Babys vor die Nase. Manche sangen ein Lied von Dr. Seuss: *A person's a person, no matter how small.* »Kannst du mal kurz herkommen?«, sprach eine Frau sie an und trug dabei jenes entschuldigende Lächeln zur Schau, mit dem man jemanden um Hilfe bittet, weil das Auto neben der Straße liegen geblieben ist, man aber nicht zu Hause anrufen kann, weil der Telefonakku leer ist oder weil man mit zu vielen Lebensmitteln im Arm jongliert und sich wünscht, man hätte einen Korb mitgenommen. Ihr Instinkt zog sie in diese Richtung, weil Wren immer ein gutes Mädchen gewesen war. Die Frau hatte rote Haare, eine flippige violette Brille und kam ihr unglaublich bekannt vor, aber Wren konnte sie nicht einordnen. Doch sie wollte nicht das Risiko eingehen, womöglich von dieser Frau erkannt zu werden – vielleicht arbeitete sie ja bei der Polizei oder so und gab ihr Geheimnis an ihren Dad weiter... Also zog sie den Kopf ein, als ihr die Frau eine kleine Naschtüte in die Hand drückte, wie man sie auf einem Kindergeburtstag bekommt.

Aber da war schon ihre Tante an ihrer Seite. »Du gehst da nicht allein rein«, sagte Bex, und Wren schlang die Arme um den Hals ihrer Tante und drückte sie fest.

Wren wusste natürlich, dass es sie wie ein ziemliches Biest erscheinen ließ, aber sie empfand keinerlei Sehnsucht nach ihrer Mutter. Das hing zum Teil damit zusammen, dass Wren noch klein war, als ihre Mutter wegging, lag aber auch an ihrer Tante, die diese bestens ersetzte.

Tante Bex hatte ihr in der zweiten Klasse ein Kleid im Kolonialstil genäht, als sie im Unterricht die amerikanische Revolution durchnahmen – na ja, mit Heißkleber zusammengefügt, weil sie mit der Nadel nicht gut umgehen konnte. Kein einziges Tee-Ball-Spiel hatte sie verpasst und alle anderen Eltern mit süßem Tee versorgt. Sogar die lausigen Aquarelle Wrens hatte sie bei sich aufgehängt, ausgerechnet sie als Künstlerin, die sehr gut wusste, wie fürchterlich sie waren. Eine Mutter zu haben, hatte für Wren weniger mit den paar schweißtreibenden Stunden der Geburt zu tun als mit dem Gesicht, das man in jeder Menschenmenge suchte.

Als bräuchte es dafür noch weitere Beweise, war Bex jetzt an ihrer Seite, obwohl Wren wusste, wie viel Überwindung sie das kostete. Sie wusste, dass Tante Bex selbst nie Kinder gehabt hatte, und diese Tatsache hatte vielleicht auch etwas mit ihrer Aversion gegen das Center zu tun. Doch Wren war insgeheim sogar froh, dass Bex nur ihr gehörte.

Als endlich der Türsummer ertönte und sie eingelassen wurden, stand Wren der Schweiß zwischen den Schulterblättern. »Setz dich ruhig«, sagte Wren zu ihrer Tante. »Ich kann mich selbst anmelden.«

Es waren nur wenig Leute im Wartezimmer, in dem stumm

ein Fernseher lief. Am Empfang saß eine Frau mit einem so unglaublichen Turm aus Zöpfen, wie Wren noch keine Frisur gesehen hatte – dicke rote und schwarze ineinander verknotete Schlangen. Auf ihrem Namensschild stand VONITA, und sie telefonierte gerade. Sie lächelte Wren an und hob einen Finger, um ihr zu signalisieren, dass es noch einen Moment dauerte. »Im Bundesstaat Mississippi ist das eine Prozedur von zwei Tagen. Das ist richtig. Am Donnerstag hätten Sie also Ihr Beratungsgespräch und eine Ultraschalluntersuchung. Für den nächsten Tag, an dem der Eingriff stattfindet, müssen Sie zwischen anderthalb und drei Stunden einplanen. Wenn Sie einen Termin festmachen möchten, kann ich das jetzt für Sie tun.« Sie hielt inne und griff dann nach einem Stift. »Name? Alter? Datum Ihrer letzten Periode? Eine Telefonnummer, wo wir Sie gut erreichen können? Sie sind für Donnerstag um neun Uhr eingeplant. Schreiben Sie sich jetzt Ihren Termin mit Uhrzeit auf, denn wir können aus Gründen der Vertraulichkeit diese Daten nicht rausgeben, wenn Sie zurückrufen sollten, um sich nach Ihrem Termin zu erkundigen. Sie müssen hundertfünfzig Dollar und Ihren Lichtbildausweis mitbringen. Bargeld oder Karte. Keine großen Taschen, nur Handtaschen, keine Kinder. Also gut. Bis dann.« Sie legte auf und sah Wren lächelnd an. »Tut mir leid. Wie kann ich dir helfen?«

»Ich habe einen Termin hier«, sagte Wren und ergänzte dann hastig. »Aber nicht ... nicht so einen, wie Sie gerade festgemacht haben. Ich heiße Wren McElroy.«

»Ren ... Ren ...« Die Frau überflog eine Liste.

»Mit einem *W*.«

»Ah, da hab ich dich.« Vonita trug sie ein und reichte ihr ein Klemmbrett. »Füll einfach dieses Formular für mich aus, dann kommst du so bald wie möglich dran.«

Wren nahm gegenüber dem Fernseher Platz. Sie füllte das Formular aus – es war das Übliche: Name, Adresse, Alter, Allergien. Tante Bex neben ihr kramte in der kleinen Naschtüte, die

Wren von der Protestlerin bekommen hatte. Smarties. Lippen-pflegestift. Ein Paar winzige blaue Strickschühchen. »Also, die sind wirklich süß«, sagte Bex.

Sie packte Reinigungstücher, Pfefferminzbonbons und zwei kleine Seifen aus.

»Die denken vielleicht, wir sind alle schmutzig«, meinte Wren und pickte dann die Broschüre aus der Tüte. *Bitte treffen Sie die Entscheidung nicht überstürzt. Eine Abtreibung ist FÜR IMMER.*

Wenn Sie sich jetzt in einem Abtreibungscenter befinden, kön-nen Sie einfach gehen. Sie brauchen das niemandem mitzuteilen. Wenn Sie bereits bezahlt haben, können wir Ihnen dabei helfen, Ihr Geld zurückzubekommen.

Wren faltete das Pamphlet auf. Darauf waren Fotos von zahn-losen Babys mit leuchtenden Augen zu sehen.

Bevor ich dich im Leib formte, kannte ich dich. – Gott

»Was meinst du, ist das Zitat echt?«, fragte Bex, die über ihre Schulter mitlas.

Wren unterdrückte ein Lachen. »Mein Geschichtslehrer würde dieses Zitat nicht durchgehen lassen.«

Auf der Rückseite waren die angeblichen Folgen einer chemi-schen oder chirurgischen Abtreibung aufgelistet:

Uterusperforation, chronische und akute Infektionen, heftige Schmerzen, starke Blutungen, die eine Transfusion erforderlich machen, Risiko späterer Fehlgeburten, Unfruchtbarkeit, Krebs, Tod.

Schuldgefühle, Wut, Hilflosigkeit. Geistiger Zusammenbruch. Depression, Albträume und Flashbacks. Unfähigkeit, Freude am Leben zu empfinden. Das Gefühl, von Gott getrennt zu sein. Angst, keine Vergebung zu erhalten. Entfremdung von Familie und Freunden. Beziehungsverlust zum Freund oder Ehemann. Promiskuität. Drogenmissbrauch. Selbstmord.

Wren fühlte sich an die Fernsehwerbung für Antidepressiva erinnert: *Ja, diese Stimmungstiefs werden aufhören, aber die Folgen könnten Inkontinenz, Bluthochdruck, erhöhte Selbstmordneigung oder auch Tod sein.*

Dann las Wren noch die fett gedruckten Worte ganz unten: DU BIST NICHT ALLEIN. WIR KÜMMERN UNS UM DICH!

Und da fiel ihr plötzlich wieder ein, wo sie die Rothaarige gesehen hatte. Sie war die Mutter eines Neuntklässlers und hatte wegen einer Einheit im Aufklärungsunterricht über Empfängnisverhütung Zeter und Mordio geschrien. An dem Tag, als Wren ein Kondom über eine Banane ziehen musste, war die Frau ins Klassenzimmer gestürmt und hatte sich wie eine Verrückte über beeinflussbare Seelen und Gott und die Kalendermethode ereifert. Wren hatte ihr Sohn leidgetan, der von da an in der Bibliothek saß, wenn Aufklärungsunterricht war.

Jetzt, da Wren klar wurde, dass diese Frau nicht nur gegen Empfängnisverhütung, sondern auch gegen Abtreibung war, konnte Wren nur den Kopf schütteln. War das nicht gegen alle Vernunft? Wenn man gegen Abtreibungen war, sollte man doch zumindest kostenlose Kondome und die Pille an alle verteilen, die sie nehmen wollten. Hätte diese Frau nicht *jubeln* müssen, dass Wren ins Center kam, um sich die Pille verschreiben zu lassen, anstatt sie zu kritisieren?

Wren las noch mal. WIR KÜMMERN UNS UM DICH!

Oder auch nicht.

Sie ging durch den Raum und warf das Pamphlet in den Papierkorb.

»Daddy ...« Beth weinte. »Daddy?«

Als ihr Vater ging, ohne sich umzusehen, ließ er eine Spur der Enttäuschung zurück. Fast hätte er die Krankenschwester umgerannt, so eilig hatte er es, von ihr wegzukommen.

Weg von dem, was sie getan hatte.

Jayla sah sie an. »Alles okay?«, erkundigte sie sich sanft.

Beth schüttelte den Kopf, war sprachlos.

Die Krankenschwester setzte sich auf die Bettkante. »Ich wollte nicht lauschen«, sagte sie, »aber das ist nicht einfach, wenn die Tür weit offen steht.« Sie zögerte. »Normalerweise arbeite ich auf einer anderen Station, weißt du. In der Orthopädie, aber ich springe für eine Kollegin ein, die einen freien Tag brauchte. Deshalb weiß ich nicht recht, wie hier die Abläufe sind.«

Beth trocknete ihre Tränen. »Was meinen Sie damit?«

»Nun, wenn ich in der Orthopädie entdecke, dass meine Patientin sich Drogen spritzt oder eine andere Geschichte hat, die sie den Ärzten vorenthält, informiere ich meinen Vorgesetzten. Es könnte eine Frage von Leben oder Tod sein. Damit will ich sagen, dass du mir wirklich die Wahrheit sagen musst.« Sie blickte Beth an. »Also«, forderte sie Beth auf, »was ist die Wahrheit?«

Beth blinzelte. Die Wände schienen näher zu kommen.

»Du hast *mir* erzählt, du wusstest nicht, dass du schwanger warst. Aber eben habe ich mitbekommen, wie du deinem Vater erzählt hast, dass du in einer Abtreibungsklinik warst.«

Beth errötete. »Ich will meinen Vater ...«

»Wenn du eine chirurgische Abtreibung hattest und diese schiefgelaufen und der Grund für die Blutung ist, könnte deine Gesundheit in Gefahr sein. Du könntest sterben, Beth.«

Beth tupfte sich die Augen mit dem Krankenhausnachthemd ab. »Ich *bin* in die Klinik gegangen«, gab sie zu. »Aber man sagte mir, man könne mir nicht helfen, es sei denn, ich suche einen Richter auf. Also füllte ich sämtliche Formulare aus und vereinbarte einen Termin für eine Anhörung, bekam dann aber einen Anruf, und man informierte mich, der Richter könne mich erst in zwei Wochen sehen.« Sie blickte zu Jayla auf. »So lange konnte ich nicht warten. Dann wäre es zu spät gewesen.«

Beth fing so heftig zu weinen an, dass sie kaum mehr Luft bekam. »Ich hatte keine Wahl«, schluchzte sie und rollte sich ganz klein zusammen, machte ihren Körper zum Schneckenhaus. »Das verstehen Sie doch?«

Jayla streichelte ihr den Rücken. »Okay«, sagte sie. »Okay. Tief durchatmen.«

Hätten sie doch nur ein Kondom benutzt.

Wäre sie doch schon über achtzehn.

Hätte der Richter sie doch empfangen, wie es vereinbart war.

Hätte sie doch in Boston oder New York gewohnt, wo es nicht nur eine Klinik, sondern viele gab.

Wäre es doch nicht so verdammt schwer gewesen, das ganz auf sich allein gestellt regeln zu müssen.

Hätte sie das Baby doch nur behalten.

Dieser Gedanke kroch ihr wie eine Spinne in die Seele. Der Wut ihres Vaters hätte sie sich trotzdem stellen müssen. In seinen Augen wäre sie dennoch eine Hure gewesen. Und er hätte sie bestimmt aus dem Haus geworfen.

Was er vermutlich noch immer tun würde.

Daraufhin musste sie noch heftiger weinen und bekam deshalb nicht mit, dass Jayla sich auf den Flur schlich, ihr Mobiltelefon nahm und ihren Ehemann anrief. »Nathan«, sagte die Krankenschwester, »ich brauche deine Hilfe.«

Janine saß in heller Aufregung auf der Untersuchungsliege. Eine Sache war es, sich mittels eines falschen Personalausweises in das Center einzuschleichen, einen Termin für einen Schwangerschaftsabbruch zu vereinbaren und sich dann einem Beratungsgespräch zu unterziehen. Eine gänzlich andere Sache allerdings, sich vor der vom Staat vorgeschriebenen Ultraschalluntersuchung zu drücken. Irgendwie musste sie an die Beweise kommen, derentwegen sie hergekommen war. Erst im vergangenen Monat hatte sich ein Mädchen der Pro-Life-Bewegung in einem anderen Bundesstaat undercover in eine Klinik eingeschlichen, wie Janine jetzt, und dem Berater erklärt, sie sei dreizehn, ihr Freund fünfundzwanzig, und sie wünsche einen Abbruch. Die Beraterin hatte daraufhin gesagt und dies auf Band festgehalten: *Das habe ich nicht gehört.* Das belastende Audio hatte sich rasch im Internet verbreitet und war sogar von Sean Hannity in seiner Sendung bei Fox News ausgestrahlt worden.

Als Janine das knappe Klopfen hörte, ließ sie ihr Telefon in der Tasche ihres Kleids verschwinden und drückte, als die Tür aufschwang, gerade noch rechtzeitig den Aufnahmeknopf für die Sprachnotiz. Die Sozialarbeiterin kam lächelnd auf sie zu. »Hallo. Ich bin Graciela. Wir machen jetzt die Ultraschalluntersuchung, nicht wahr?«

Janine brach der Schweiß aus. Sie musste diese Frau zum Reden bringen. »Warten Sie!«, plapperte sie los. »Ich habe Allergien!«

»Auf Latex?«

Janine schluckte. »Mehr oder weniger gegen alles. Ich vergaß, das aufzuschreiben.«

Graciela machte sich eine Notiz in ihrer Akte und schaltete dann das Ultraschallgerät ein. Es sprang summend an, als wären sie alle ein Orchester und müssten sich auf diesen Ton einstimmen.

»Und wenn ich nun keine Ultraschalluntersuchung möchte?«, fragte Janine.

»Ich fürchte, da haben Sie leider keine Wahl. Nach den Vorgaben dieses Bundesstaats muss ich heute eine vornehmen und Sie fragen, ob Sie diese sehen möchten. Letzteres können Sie ablehnen, wenn Sie möchten.« Graciela wartete, den Stab in der Hand. »Sie scheinen ein wenig nervös zu sein.«

In jeder anderen Situation hätte Janine sich gesagt: *Diese Frau ist nett.* Aber auch wenn Graciela ein reizender Mensch war, änderte das nichts an der Tatsache, dass sie sich dafür entschieden hatte, in einer Abtreibungsfabrik zu arbeiten. Schließlich bekam man hier keine pränatale Vorsorge, auch wenn man eine wollte. Das wusste sie, weil die letzte Spionin, die Allen undercover in die Klinik eingeschleust hatte, mit einer Brille ausgestattet gewesen war, die mit ihrer auf dem Nasensattel eingebauten winzigen Kamera genau diese Frau mit der Aussage gefilmt hatte, dass hier keine Schwangerschaftsvorsorge angeboten wurde, sie aber eine entsprechende Klinik empfehlen könne. Dann sollten sie sich auch nicht Center für Reproduktionsgesundheit nennen, wenn sie nicht willens waren, fortpflanzungswillige Frauen zu unterstützen.

Sie war schon mal in einer Klinik wie dieser gewesen, nicht als Spionin, sondern als Patientin. Hatte es damals auch eine Ultraschalluntersuchung gegeben? Warum konnte sie sich daran nicht mehr erinnern?

Erst als Graciela ihr ein Papiertaschentuch reichte, merkte Janine, dass sie weinte. »Wenn Sie nervös sind, kann ich Ihnen helfen«, sagte die Sozialarbeiterin. »Aber wenn Sie weinen, weil Sie nicht wissen, ob Sie die richtige Entscheidung getroffen haben ... dann kann ich Ihnen *nicht* helfen.«

Janine dachte an das Aufnahmegerät in ihrer Tasche, schloss die Augen und betete, dass etwas passieren möge – *irgendetwas* –, das Graciela belastete, bevor Janine sich selbst belastete.

Die fünfzehnte Woche war besonders heikel. Wenn Louie es mit einer Patientin zu tun hatte, die in der fünfzehnten Schwangerschaftswoche war, wusste er, dass ihn eine Herausforderung erwartete. Die Knochen des Fötus begannen zu kalzifizieren, er würde die Gliedmaßen also einzeln heraustrennen müssen. Louie verglich den Uterus immer gern mit einer Eiswaffel. Man stelle sich vor, ganz oben säße ein Bällchen Oreo, das man unten durch die Spitze des Waffelhörnchens herausholen wollte, wozu man dieses natürlich zerbrechen müsste. In Mississippi gab es noch ein zusätzliches Problem: Von Gesetzes wegen durfte man keine Zange benutzen, solange ein Fötus noch einen Herzschlag hatte. Dieses Gesetz hatten Menschen ohne wissenschaftliche Kenntnisse verabschiedet, die der Meinung waren, Föten im Alter von sechzehn Wochen könnten Schmerz empfinden – was nicht der Fall war. Aber dieses politische Gerangel hatte zur Folge, dass Louie seinen Eingriff anpassen und zusätzliche Schritte hinzufügen musste, welche für die Patientin ein größeres Risiko bedeuteten, anstatt das tun zu können, was für sie das Beste wäre.

Louie musste also mit Ultraschall beginnen. Cytotec löste anhaltende Uteruskontraktionen aus, und das hatte zur Folge, dass die meisten Föten aufgrund des Drucks asystolisch wurden. War dies jedoch nicht der Fall – und beim Ultraschall war noch immer ein Herzschlag sichtbar –, stand es Louie frei, die Nabelschnur durch Ansaugen nach unten zu ziehen und zu durchtrennen, um die Herzaktivität zu beenden.

Davon erzählte Louie der Patientin nichts.

Er sah Joy Perry an, der während der nächsten Viertelstunde sein Hauptaugenmerk galt. Wie alle seine Patientinnen in der fünfzehnten oder sechzehnten Schwangerschaftswoche war sie der erste und letzte Eingriff an diesem Tag. Sie war zeitig gekommen, um das Cytotec zu erhalten – achthundert Milligramm in Tablettenform, die von ihm vaginal eingeführt worden waren, um den Gebärmutterhals geschmeidig zu machen.

Jetzt hatte sie sich zurückgelegt, ihre hellen, zum Pferdeschwanz gebundenen Haare ergossen sich über den OP-Tisch wie die Quasten der Brokatvorhänge seiner Großmutter. Er sah sie über das Tal ihrer angezogenen Knie hinweg an. »Das wird etwa sieben Minuten dauern«, sagte Louie. »Wir schaffen das gemeinsam.«

Sein Blick fiel auf Harriet, die ihm heute assistierte. Mit ihr arbeitete er schon so lange zusammen, dass die Verständigung ohne viele Worte klappte, aber da Louie in sieben verschiedenen Kliniken, verteilt auf die Südstaaten und die Great Plains, praktizierte, war er es natürlich gewohnt, mit einem rotierenden Stab an staatlich geprüften Krankenschwestern und freischaffenden medizinischen Fachkräften zusammenzuarbeiten. Sie waren ihm alle eine ganz hervorragende Assistenz am OP-Tisch, ob sie ihm nun, wenn nötig, eine Spritze mit Betäubungsmittel anreichten oder seine Patientinnen mit freundlich geflüsterten Worten beruhigten. Ein Blick von Louies Augen nach rechts, und Harriet ergriff Joys Hand und drückte sie.

Er berührte eins ihrer Knie.

»Moment!«, rief Joy, und Louie hob sofort seine Hand. »Ich … ich habe mich nicht rasiert …«, murmelte sie.

Louie unterdrückte ein Grinsen. Bekäme ich doch nur jedes Mal zehn Cent, wenn ich das höre. Er wusste, wie man sich fühlte, wenn man auf dem Zahnarztstuhl saß und sich fragte, ob man einen Popel in der Nase hatte; Patient und verletzlich zu sein, war ihm nicht fremd. Zeit, ein wenig lokale Vokalanästhesie zu verabreichen. In Mississippi war es ihm nicht erlaubt, zur Beruhigung einer Patientin Betäubungsmittel zu verabreichen – nicht mal Xanax.

»Also wirklich, Miz Harriet«, meinte er in übertriebenem Tonfall, »habe ich Sie nicht gebeten, mir nur noch Damen zu bringen, die vorher beim Brazilian Waxing waren?«

Er sah es – die winzige Andeutung eines Grinsens auf Joys Gesicht.

»Sie werden jetzt ein wenig Druck verspüren.« Louie drückte auf das Schenkelinnere der Patientin. »Genau so. Ich werde das Spekulum einführen, Sie entspannen diesen Muskel. So, das hätten wir. Woher kommen Sie?«

»Pearl.«

»Aus der Nachbarschaft also.« Wenn Louie während einer Behandlung plauderte, dann nicht in der Absicht, etwas kleinzureden. Er gab dem Moment die Normalität zurück, stellte ihn in einen Kontext. Die Frau sollte wissen, dass dieser Abort nur einen Bruchteil ihres Lebens ausmachte und kein Richtwert war, an dem sie sich messen sollte.

Während er sich über den Verkehr in Jackson ereiferte, wickelte Louie einen Bausch Mull um das Tenaculum und betupfte Joys Zervix mit Betadine-Lösung. Harriet, seine Partnerin bei diesem Tanz, hielt die Ampulle mit dem Lokalanästhetikum, während er die Spritze aufzog. »Jetzt piekst es ein wenig. Husten Sie mal.« Während Joy hustete, packte Louie mit dem Tenaculum den Rand des Gebärmutterhalses und injizierte ringsum das Betäubungsmittel an mehreren Stellen ins Gewebe. Er spürte, wie sich die Muskeln ihrer Schenkel anspannten. »Wissen Sie, dass Menschen, die auf Kommando husten können, auch Sachen vortäuschen können? Haben Sie Tränen vorgetäuscht, damit Ihre Mutter Sie nicht versohlt?«, fragte Louie.

Joy schüttelte den Kopf.

»Nun, ich hab das getan. Hat immer funktioniert.« Er griff nach links und nahm einen der Vaginaldilatoren aus Metall, führte ihn in den Gebärmutterhals ein und zog ihn dann wieder heraus. Anschließend nahm er den nächstgrößeren Dilator und arbeitete sich nach und nach an die fünfzehn Millimeter heran, sodass sich der Muttermund wie der Blendenverschluss einer Kamera öffnete. »Dann wurden Sie in Pearl geboren?«

»Nein, in Yazoo.«

»Yazoo«, wiederholte Louie. »Das ist der Ort mit der Hexe.« Manchmal dachte er, er wusste mehr über die Bundesstaaten, in denen er Abtreibungen vornahm, als die dort Ansässigen. Aber das war auch nötig, für Momente wie diesen.

»Die was?« Sie zuckte zusammen.

»Sie machen das ganz großartig, Joy. Im neunzehnten Jahrhundert lebte in Yazoo eine Hexe in den Sümpfen. Haben Sie wirklich nie von ihr gehört?«, hakte Louie nach. »Sie werden jetzt etwas fließen spüren, das ist normal.« Er zerriss ihre Membrane und wich zurück, als zwischen ihren Beinen ein Schwall Blut und Harnflüssigkeit herausschoss und sich in das Auffangbecken darunter ergoss. Ein wenig davon spritzte auf seinen Turnschuh. »Ich denke, sie starb im Treibsand, als die Polizei hinter ihr her war. Kurz bevor sie verschied, gelobte sie, nach zwanzig Jahren zurückzukehren und die Stadt heimzusuchen und zu brandschatzen.« Louie blickte nach oben. »Jetzt zieht es etwas. Atmen Sie einfach weiter. Ich manövriere nur in Ihrem Uterus herum und lasse mich dabei vom Ultraschall leiten.«

Aus dem Augenwinkel sah er, wie Joys Finger sich fester um die von Harriet klammerten. Er neigte auf seine Arbeit konzentriert den Kopf und holte den Fötus mit einer Zange heraus. Die Klumpen rosa Gewebes, die er herauszog, verrieten nicht immer, was sie gerade noch gewesen waren.

»Jedenfalls, zwanzig Jahre später, das war 1900, brach ein Feuer aus, bei dem hundert Gebäude und zweihundert Behausungen verbrannten. Die Einheimischen gingen zum Grab der Sumpfhexe – und tatsächlich, der Grabstein war zerborsten, und die Kette, die ihr Grab umgab, war zerrissen. Gruselig, nicht wahr? So, jetzt noch eine Minute …«

Louie wusste ganz genau, was es bedeutete, einen Lebensprozess zu unterbrechen. In der fünften Woche war nichts weiter als ein kleiner Sack zu sehen. In der sechsten Woche sah man einen wurmartigen Fötus mit Herzschlag – aber ohne Gliedmaßen, Brustkorb und Schädeldach. In der neunten Woche waren bereits differenzierte Körperteile zu erkennen: winzige Arme, winzige Hände, der schwarze Punkt eines auftauchenden Auges. Am Ende der fünfzehnten Woche, wie bei der heutigen Prozedur, musste das Schädeldach zerkleinert werden, damit es durch eine Fünfzehn-Millimeter-Kanüle passte. Als derjenige, der die Abtreibung vornahm, spürte er natürlich, was er tat. Und dennoch. War es eine Person? Nein. Es war ein Stück Leben, aber das waren ein Spermium und ein Ei auch. Wenn das Leben mit der Empfängnis begann, was war dann mit all den Eiern und Spermien, aus denen keine Babys wurden? Was war mit den befruchteten Eiern, die sich nicht einnisteten? Oder denen, die sich ektopisch einnisteten? Was war, wenn die Zygote nicht gedieh, nachdem sie sich eingenistet hatte, und mit der Gebärmutterschleimhaut abgestreift wurde? War das ein Tod?

Bis zur zweiundzwanzigsten Schwangerschaftswoche war ein Fötus ohne einen Wirt nicht überlebensfähig, auch nicht an einem Beatmungsgerät. Zwischen der zweiundzwanzigsten und der fünfundzwanzigsten Woche könnte ein Fötus kurz überleben, aber mit schweren Hirn- und Organschädigungen. Der American Congress of Obstetricians and Gynecologists riet davon ab, in der dreiundzwanzigsten Woche geborene Babys wiederzubeleben. Ab der vierundzwanzigsten Woche lag die Entscheidung bei den Eltern und Ärzten. Ab der fünfundzwanzigsten Woche empfahl die American Medical Association eine Reanimation, gab aber auch zu bedenken, dass die Überlebenschance nicht sicher war. Es gab zahlreiche Babys, bei denen man im späten zweiten Drittel der Schwangerschaft Anomalien feststellte, die ein Leben unmöglich machten. Wenn diese Babys nach der neunundzwanzigsten Woche geboren wurden, empfanden sie Schmerz, wenn sie starben. Aber war in diesen Fällen eine Abtreibung Mord oder Gnade? Was war in den Ausnahmefällen, wenn die Mutter etwa heroinabhängig war? Der Ehemann sie so schlimm verprügelte, dass sie mehrmals im Jahr Knochenbrüche erlitt? War es ethisch vertretbar, dass diese Frau ihr Baby austrug?

Für ihn war es klar. In dieser schlammigen Masse aus Blut und Gewebe waren erkennbare Teile. Sie waren vertraut genug, um einen zu verstören. Unterm Strich lief es darauf hinaus: eine Zygote, ein Embryo, ein Fötus, ein Baby – sie alle waren menschlich. Aber ab welchem Punkt benötigte dieses menschliche Wesen legalen Schutz?

»Wir befinden uns jetzt im Endspurt.« Louie schaltete den Saugapparat an und strich mit der Kanüle über die Gebärmutter. »Dann kennen Sie die Geschichte gar nicht?«

Sie schüttelte den Kopf.

»Und Sie wollen eine Yazooite sein!«, scherzte Louie. »Wie nennen sich die Leute aus Yazoo denn selbst?«

»Verflucht«, sagte Joy.

Er lachte. »Ich wusste, dass ich Sie mag.« Louie tastete, bis er spürte, dass die Uteruswand sich sandig rau anfühlte, wie gewohnt, und wusste dann, dass er fertig war.

Ob man nun einen Fötus für ein menschliches Wesen hielt oder nicht, so waren sich wohl alle einig, dass eine erwachsene Frau eines *war*. Selbst wenn man diesem Fötus einen moralischen Wert beimaß, konnte man ihm keine Rechte verleihen, sofern man diese nicht der Frau nahm, die ihn austrug. Vielleicht sollte man nicht fragen *Wann wird ein Fötus zu einer Person?*, sondern: *Wann hört eine Frau auf, eine zu sein?*

Louie schielte auf das Gewebe in der Auffangschale zwischen den Beinen seiner Patientin. Der Inhalt war verwirbelt und amorph wie eine Galaxie ohne Sterne. Die zytogenetische Untersuchung gehörte zu seinem Job als Arzt – wenn er nicht alles vollständig entfernt hatte, käme es später zu einer Infektion. Außerdem war es für ihn als Abtreibungsarzt auch unter philosophischem Aspekt wichtig, den Eingriff als das anzuerkennen, was er war, anstatt Euphemismen zu verwenden. Während er sein lautloses Zählen von Gliedmaßen und Messpunkten beendete, konnte er tasten, wie Joys Leib zusammenschrumpfte.

Er erhob sich, damit er seiner Patientin in die Augen schauen konnte, damit sie wusste, dass er sie *gesehen* hatte – nicht nur als Patientin, sondern als die Frau, die sie war und sein würde, wenn sie durch diese Tür ging. »So«, sagte er zu Joy, »Sie sind nicht mehr schwanger.«

Die Frau schloss die Augen. »Danke«, murmelte sie.

Louie tätschelte ihr Knie. »Miz Joy«, sagte er schlicht, »Sie brauchen nicht für etwas dankbar zu sein, was Ihr gutes Recht ist.«

Wie konnte es sein, fragte sich Joy, dass sie eine Schwangerschaft beendete und dabei über Geister sprach? Vielleicht lag das gar nicht so weit auseinander. Sie wusste, dass alles Mögliche zurückkommen konnte, um einen heimzusuchen.

Sie hatte Krämpfe und zuckte zusammen. Das Surren des Absauggeräts klang ihr noch immer in den Ohren. Es kam ihr wie ein Versehen vor, man hätte ihr doch Kopfhörer geben können wie im Flugzeug, die den ganzen Lärm fernhielten. Oder Heavy-Metal-Musik einspeisen, damit sie hier nicht liegen und sich anhören musste, mit welchen Geräuschen die eigene Schwangerschaft zu Ende ging.

Aber vielleicht war genau das der Punkt – sie *wollten* es einem nicht leicht machen. Sie wollten, dass man es mit weit geöffneten Augen mitbekam.

Joy starrte hoch zur Decke an ein »Wo ist Waldo?«-Poster, wo unter tausend Pinguinen mit rot-weißen Schals einer einen gestreiften Hut aufhatte. Warum sollte man Waldo suchen wollen? Soll der arme Kerl doch verschollen bleiben.

Das Saugen wurde zu einem Würgen, einem Stottern, einem Räuspern. Ein kleiner Sauger, überlegte Joy. Der ihren Schlamassel bereinigte.

9 Uhr

Hugh malte mit Wasser. So nannte er die Art von Polizeiarbeit, die nicht nur quälend langweilig, sondern zudem noch pure Zeitverschwendung war. Heute ging es um einen Toyota RAV 4, der zu einer Spritztour entwendet worden war, nachdem sein Besitzer, ein Collegeschüler, den Schlüssel in der Zündung gelassen hatte. Man hatte ihn verbeult und nach Gras riechend am Straßenrand gefunden. Meine Güte, man brauchte kein Polizist zu sein, um sich auszumalen, was da passiert war, oder einzusehen, dass die Zeit, die Hugh darauf verwenden musste, sich mit dem Wagen und dem Schauplatz – einem staubigen Graben neben dem Highway – zu befassen, den Wert des Schecks übersteigen würde, den die Versicherungsgesellschaft dem Besitzer letztendlich für die Reparatur schicken würde. Wer wollte schon seinen vierzigsten Geburtstag damit verbringen, die Fingerabdrücke an einem gestohlenen Fahrzeug zu sichern? Seufzend versuchte er, das Innere mit Spurensicherungspulver zu bestäuben. Aufgrund der Textur des Armaturenbretts ein hoffnungsloses Unterfangen, aber wenn er es nicht tat, würde man ihm vorwerfen, Beweise übersehen zu haben. Er hatte den Wagen bereits rundum fotografiert und auch Fotos von den Reifenspuren im Gras gemacht. Er hatte notiert, dass die Sitzlehne weit nach hinten gekippt war, welcher Radiosender eingestellt war und welche Art von Abfall in der Konsole lebte. Im späteren Verlauf des Tages erwartete ihn die zweifelhafte Ehre, Kontakt zum Autobesitzer aufzunehmen und ihm diese Liste zu überreichen – Kaugummi, Schokoriegel, Wasserflasche, Schlüsselkette, Baseballkappe, Rechnungen von einem Piggly Wiggly, Wurfzettel – und den Typen zu fragen, ob irgendwas fehlte. Und Hugh würde sein Haus dafür verwetten, dass der Besitzer ihm darauf keine Antwort würde geben können. Denn kein Mensch war in der Lage, akkurat aufzulisten, was sich in der Konsole und im Handschuhfach seines Wagens befand.

Er richtete sich auf und spürte den sich unter dem Hemdkragen sammelnden Schweiß. Man erwartete von ihm, dass er die Gegend abklapperte und sich erkundigte, ob jemand etwas gehört oder gesehen hatte, aber er befand sich gut zehn Kilometer von der nächsten Ausfahrt entfernt, und der einzig sichtbare Hinweis auf menschliche Ansiedlung war eine riesige Konföderiertenflagge, die auf der anderen Seite des Highways im Wind flappte und die Baumlinie als Mahnung oder Drohung überragte, je nachdem, wo man politisch stand. Hugh stemmte die Hände in die Hüften und reckte sein Kinn Richtung Flagge. »Was ist?«, rief er laut. »Möchtest du vielleicht einen Augenzeugenbericht abgeben?«

Nachdem er befunden hatte, seiner Sorgfaltspflicht Genüge getan zu haben, kehrte Hugh zu seinem eigenen Wagen zurück. Er musste all diese albernen Fotos auf eine Diskette brennen und dann noch Unmengen beschissenen Papierkram erledigen. Mit Sicherheit würde dieser Fall unaufgeklärt bleiben – die Diebe fand man nie –, aber obwohl es nervte, würde er es richtig machen. Dieses Mantra gehörte genauso zu Hugh wie Körpergröße, Haarfarbe oder Familie. Sicher, die von ihm angestrebte Berufslaufbahn war das nicht, aber er hatte schließlich Annabelle kennengelernt und ein Kind erwartet. Und anstatt den Bewegungen der Sterne bei der NASA nachzuspüren, spürte er jetzt den Bewegungen der Bewohner von Jackson, Mississippi, nach. Wie jeder Jugendliche hatte auch er in den Achtzigern *Columbo* gesehen und sich deshalb die Arbeit als Detective als einen aufregenden Plan B vorgestellt. Nun, der Angeschmierte war er – er vereitelte keinen Juwelenraub, sondern suchte nach Fingerabdrücken auf einem Tankdeckel.

Das Mobiltelefon in seiner Tasche meldete sich, und er ging dran, weil er dachte, es könnte der Autobesitzer sein. Er hatte dem Jugendlichen am Morgen eine Nachricht hinterlassen. »McElroy«, meldete er sich.

»Hugh.«

Automatisch schloss er die Augen. Allein indem er an sie dachte, tauchte Annabelle vor ihm auf. »Mit dir hatte ich nicht gerechnet«, sagte er, und als sich daraufhin Schweigen ausbreitete, dachte er über die Implikationen dieses Satzes nach.

Ihre Stimme klang filigran, zerbrechlich und unnachahmlich mit ihrem Anflug französischen Akzents, wie man ihn wohl nach vielen Jahren in einem fremden Land entwickelte. »Ich würde doch niemals deinen vierzigsten Geburtstag vergessen«, sagte Annabelle. »Wie geht es dir?«

Er sah sich in seiner Umgebung um – die drohend aufragende Konföderiertenflagge, das zertrampelte kniehohe Gras, das zerschrammte und verbeulte Auto. Anstatt eine Antwort zu geben, die selbst *er* nicht hören wollte, drehte er sich mit dem Rücken zum Highway. »Wie spät ist es bei dir?«, fragte er.

Sie lachte. O Gott, wie er diesen Klang liebte. Er erinnerte sich, wie er manchmal den Trottel gespielt hatte – absichtlich Rasierschaum auf seiner Oberlippe zurückließ, wenn er morgens die Treppe herunterkam –, nur um dieses Lachen zu hören. Wann hatte er aufgehört, sie zum Lachen zu bringen? »Feierabend«, sagte Annabelle.

»Du Glückliche.« Eine Blase aus Schweigen. Schon komisch, dass er das Zögern in ihrer Stimme hören konnte, obwohl sie so weit weg war.

»Wie geht es ihr?«

Hugh atmete aus. »Ihr geht's gut.«

Annabelle hatte eingewilligt, ihm das Sorgerecht für Wren zu übertragen, was ihrer Meinung nach für Wren das Beste sei. Wenn ihre Eltern sich schon trennten, könnte sie wenigstens zu Hause bei ihren Freunden und ihrem Vater bleiben. Hugh war immer der Überzeugung gewesen, dass ihre großzügige Geste auf Schuldgefühlen beruhte: Sie wusste, dass sie ihn betrogen hatte, und überließ Hugh als Trostpreis den besten Teil ihrer Ehe.

»Bist du glücklich, Hugh?«, fragte Annabelle.

Er rang sich ein Lachen ab. »Was ist das denn für eine Frage?«

»Ich weiß nicht. Eine pariserische. Eine existenzielle.«

Er stellte sie sich vor mit ihren langen roten Haaren, einem Wasserfall, der ihm früher mal durch die Hände geglitten war. Wenn er die Augen schloss, stand noch immer ihr Gesicht vor ihm: die blassen Augenbrauen, die sie mit einem Stift nachgezogen hatte, ihre nach links huschenden Augen, wenn sie log, die Unterlippe, auf die sie sich beim Liebesspiel biss. Wie viel Zeit musste verstreichen, bis die Details verblassten, nachdem man jemanden verloren hatte? Oder wenigstens das Gefühl verlor, dass es da noch ein loses Ende gab, das sich jeden Moment aufdröseln konnte, bis man nur noch ein wirres Knäuel seiner selbst war? »Um mich brauchst du dir keine Sorgen zu machen«, antwortete Hugh.

»Mache ich mir aber«, erwiderte Annabelle, »weil du dich ständig um andere sorgst.«

Zwischen ihnen lagen zwölftausend Kilometer, aber Hugh bekam Raumangst. »Ich muss auflegen.«

»Oh. Natürlich«, warf Annabelle rasch ein. »Es tut gut, deine Stimme zu hören, Hugh.«

»Deine auch. Ich werde Wren sagen, dass du angerufen hast«, versprach er, obwohl beide wussten, dass er es nicht tun würde. Die Beziehung zwischen Wren und ihrer Mutter war viel komplizierter als die zwischen ihm und Annabelle. Für ihn war es wie das Gefühl, etwas Wichtiges verlegt zu haben – er war ein wenig wütend auf sich, ein wenig frustriert. Wren jedoch fühlte sich wie das wichtige Ding, das verlegt worden war.

»Pass auf dich auf«, sagte Hugh und ließ sie damit auf subtile Weise wissen, dass ihr neuer Geliebter für diesen Job nicht taugte und sie auf sich allein gestellt war.

Er legte auf und kostete seinen kleinen Sieg aus, den er mit diesem Satz errungen hatte.

Um Punkt 9.01 Uhr stand Wren von ihrem Stuhl auf und ging nach vorn zu Miss Beckett, ihrer Lehrerin für den Aufklärungsunterricht. Alle waren mit einem Test beschäftigt, in dem die männlichen und weiblichen Fortpflanzungsorgane bezeichnet werden mussten – mit Punktabzug bei Rechtschreibfehlern. Miss Beckett war für eine Lehrerin ziemlich cool. Sie war jung und hatte im letzten Jahr Mr. Hanlon geheiratet, den von allen angehimmelten Sportlehrer. Obwohl Miss Beckett es noch nicht publik gemacht hatte, verriet ihre immer weiter geschnittene Garderobe aus Pullovern und Kaftans, dass sie in wenigen Monaten für längere Zeit eine Vertretung benötigen würde. Das war ausgleichende Gerechtigkeit, wie Wren fand: eine Sexualkundelehrerin, die schwanger geworden war.

Aus diesem Grund wusste sie auch, dass Miss Beckett Wren vermutlich gedeckt hätte, wenn sie ihr die Wahrheit gesagt hätte. Aber die Beschaffung empfängnisverhütender Mittel galt nicht gerade als gültige Entschuldigung, dem Unterricht fernzubleiben, weshalb sie zur nächstbesten Ausrede griff, als Miss Beckett von ihrem Computer aufblickte. Sie verzog das Gesicht zu einer Grimasse heftigster Schmerzen und flüsterte: »Krämpfe.«

Das Zauberwort. Dreißig Sekunden später lief sie mit einem Passierschein für die Schulkrankenschwester durchs Gebäude. Doch anstatt rechts zu deren Büro abzubiegen, wandte sie sich abrupt nach links und trat durch die Tür neben dem Fremdsprachenflügel in die sengende Sonne. Sie nahm ihr Telefon, schrieb eine Nachricht, und ein paar Sekunden später hielt der Wagen von Tante Bex neben ihr. Wren riss die Tür auf und glitt auf den Beifahrersitz, gerade als einer der Sicherheitsbeamten der Schule um die Ecke bog. »Fahr«, drängte sie. »Fahr los!«

Tante Bex fuhr mit quietschenden Reifen los. »Himmel«, sagte sie, »das ist ja wie bei Thelma und Louise.«

Wren sah sie verständnislos an. »Wer?«

»Meine Güte, bei dir komme ich mir vor wie ein Dinosaurier.« Tante Bex lachte. Mit einem Griff nach hinten holte sie eine Papiertüte nach vorn und ließ diese in Wrens Schoß fallen. Wren musste gar nicht hineinschauen, um zu wissen, dass es Donuts waren.

Vermutlich waren es Momente wie diese, in denen es sich auszahlte, eine Mutter zu haben. Aber ganz ehrlich, ihre Mutter war so *speziell*, lebte in einer Art Künstlerkommune im Marais und ließ sich Piercings an Stellen stechen, wo nicht mal Wren welche haben wollte. Tante Bex war nicht einfach der nächstbeste Ersatz für sie. Sie war besser.

Wren fläzte sich in den Sitz und legte ihre Füße aufs Armaturenbrett.

»Mach das nicht«, sagte Tante Bex automatisch, obwohl man sich kaum vorstellen konnte, wie diese alte Schrottkiste durch einen Abdruck von Wrens Schuhen noch Schaden nehmen sollte. Auf dem Rücksitz lagen Farblumpen, leere Eimer und Staub von aufgezogenen Leinwänden, und alles dünstete den Geruch von Terpentin aus.

»Mach weiter«, sagte Wren.

»Womit denn?«

»Erteil mir eine Lektion. Was sagst du immer? Ein freies Mittagessen hat trotzdem immer einen Preis.«

Tante Bex schüttelte den Kopf. »Nein. Hieran sind keine Bedingungen geknüpft.«

Wren setzte sich aufrecht hin und hielt den Kopf schief. »Echt?« Ihre Tante war der einzige Mensch, der zu verstehen schien, dass Verlieben sich nicht planen ließ, als wär's ein Arzttermin. »Wieso hast du eigentlich nie geheiratet, Tante Bex?«, sprudelte es aus Wren heraus.

Ihre Tante zuckte mit den Schultern. »Die Geschichte, die du dir erhoffst, ist mit Sicherheit romantischer als die Wahrheit. Ich hab's einfach nicht getan, Punkt.« Sie warf einen Blick auf ihre Nichte. »Ich bringe dich da heute nicht hin, weil ich an einer unerwiderten Liebe leide«, sagte Bex. »Ich bringe dich da hin, weil es mir lieber ist, du nimmst die Pille, als du brauchst eine Abtreibung.«

Wren langte in die Tüte und biss von ihrem Donut ab. »Hab ich dir schon gesagt, dass ich dich liebe?«

Ihre Tante zog eine Braue hoch. »Weil ich dich zum Center bringe oder weil ich Schokodonuts für dich gekauft habe?«

Wren grinste. »Vielleicht wegen beidem?«

Als Olive sich mit einem Kuss von Peg verabschieden wollte, traf sie ihre Frau unter der Spüle an, wo sie sich am Abfluss zu schaffen machte. Sie genoss den Anblick einen Moment lang, bewunderte Pegs wackelnde Hüften und die Wölbung ihrer Brüste, als sie nach oben griff, um an einem Rohr herumzuhantieren. Mochte sie verdammt noch mal alt sein, tot war sie nicht. Noch nicht.

»Womit habe ich dieses Glück verdient?«, sinnierte sie laut. »Verheiratet mit einer Klempnerin. Und einer scharfen dazu.«

»Du hast eine Ingenieurin mit Klempnerbegabung geheiratet.« Peg kam unter dem Schrank hervor. »Die zudem auch noch echt geil ist.«

Peg grinste sie von unten an. Olive wollte sich an jedes Detail ihres gemeinsamen Lebens erinnern: Pegs Frontzahn, an dem eine kleine Ecke fehlte, die rosa Socke, die aus ihrem Tennisschuh spitzte. Der eiskalte Orangensaft auf der Küchentheke und der Treppenpfosten, der sich mit schöner Regelmäßigkeit einmal in der Woche aus seiner Verankerung löste, egal, wie viel Holzkleber man benutzte. Die wie Runen hingeworfenen Stifte neben dem Telefon, allesamt Füllfederhalter. Das Alltägliche barg so viel Kunstvolles, dass man weinen könnte.

»Warum bist du heute überhaupt schon so zeitig unterwegs?«, erkundigte sich Peg und steckte ihren Kopf wieder unter die Spüle.

Olive hatte Peg nicht erzählt, dass sie vergangene Woche beim Onkologen war, und die Akte mit den verwirrenden Zahlen und Tests unter der Matratze versteckt, wo Peg sie nicht finden konnte. Jetzt steckte sie in ihrer Handtasche, damit die Krankenschwester im Center sie für sie interpretierte. Aber brauchte Olive diese Übersetzung tatsächlich? Sie wusste Bescheid, brauchte aber jemanden, der es für sie bestätigte. »Eine Routineuntersuchung. Nichts Dramatisches.«

Olive hörte das kehlige Grummeln des Abflusses und Pegs perlendes Lachen. Mein Gott, nun tanzte sie schon ein Jahrzehnt lang zur Musik dieses Lachens. Sie kam sich vor wie eine Forschungsreisende durch die ihr bekannte Welt mit dem Auftrag, jedes Detail des Gewöhnlichen, jede Spur des Alltäglichen zu katalogisieren, für den Fall, dass in tausend Jahren jemand die Dinge genauso sehen wollte, wie sie diese mit ihren Augen gesehen hatte. Wie etwa die Hand, die in einem dunklen Kinosaal übergangslos in die von Peg glitt, wenn sie sich unbeobachtet und sicher fühlten, niemanden mit dem Anblick zweier verliebter alter Frauen zu schockieren; das lange Silberhaar, das sich im Duschabfluss zum Unendlichkeitszeichen verschlang, der kühle, besitzergreifende Stempel ihres Kusses.

Diese Details waren es, die sie vermissen würde. Und sie fragte sich, ob man nicht, wenn man diese Welt verließ, eine gewisse Anzahl davon in den tief in den Taschen vergrabenen

Fäusten oder ganz oben im Gaumen versteckt für immer mitnehmen konnte.

Wenn Louie keine Abtreibungen vornahm, gab er sein Wissen an neue Ärzte weiter. Er war Gastprofessor an der University of Hawaii und an der Boston University. Seine Kurse begann er überall auf dieselbe Weise, indem er seinen Studenten erzählte, dass im alten China vor über fünftausend Jahren Aborte mittels Quecksilber induziert wurden – obwohl dadurch mit hoher Wahrscheinlichkeit auch die Frauen starben. Auch der Papyrus Ebers von 1500 vor Christus erwähnte Abtreibungen. Dann zeigte er das Dia eines Flachreliefs aus dem Jahr 1150, das den Tempel von Angkor Wat in Kambodscha schmückte und auf dem eine Frau in der Unterwelt zu sehen war, an der ein Dämon eine Abtreibung vornahm.

Er ließ sie wissen, dass Aristophanes einen Tee aus Flohkraut als Abtreibungsmittel erwähnte – schon fünf Gramm davon konnten tödlich sein. Plinius der Ältere empfahl einer Frau, die keine Schwangerschaft wollte, über eine Viper zu steigen oder Raute zu sich zu nehmen. Um eine Fehlgeburt auszulösen, schlug Hippokrates vor, zu springen und dabei mit den Fersen so lange gegen den Unterleib zu schlagen, bis der Embryo losließ und herausfiel; sollte das nicht funktionieren, bliebe noch immer eine Mischung aus Mäusekot, Honig, ägyptischem Salz, Harz und wildem Bitterapfel, die man in den Uterus einführte. Ein Sanskritmanuskript aus dem achten Jahrhundert empfahl, sich über einen Topf voll kochendem Wasser oder dampfenden Zwiebeln zu setzen. Von Scribonius Largus, dem Hofarzt von Kaiser Claudius, ist ein Rezept aus Alraunwurzel, Opium, Wiesenkerbel, Heilwurz und Pfeffer überliefert. Der christliche Theologe Tertullian beschrieb Instrumente, die denen ähneln, wie sie heute bei einer Abtreibung verwendet werden und angeblich bei Hippokrates, Asklepius, Erasistratos, Herophilos und Soranos zum Einsatz kamen.

Seit Anbeginn hatte es also Abtreibungen gegeben, lautete seine Botschaft.

»Ich habe was Neues für Sie, Dr. Ward«, kündigte Vonita an, als er während einer fünfminütigen Pause zum Empfang kam. »Rainfarn.«

»Was ist das?«

»Ein Kraut. Oder eine Blume oder so. Man hat es im Mittelalter zum Abtreiben verwendet.«

Er grinste. »Wo haben Sie das denn erfahren?«

»Beim Lesen meiner Liebesromane«, sagte sie.

»Ich hätte nicht gedacht, dass Liebesromane sich mit diesem Thema befassen.«

»Na ja, was denken Sie denn, was bei all dem Sex rauskommt?«

Er lachte. Vonita war ihm einer der liebsten Menschen auf der Welt. Sie leitete diese Klinik nun seit 1989, als die Vorbesitzerin in den Ruhestand ging. Den orangefarbenen Anstrich wählte sie, weil sie das Center stolz und als trüge es sein bestes Sonntagskleid, hervorstechen lassen wollte. Aufgewachsen war Vonita in Silver Grove, einem Ort, der fest im Bibelgürtel verankert war. Da ihre Mutter tiefgläubige Baptistin war, hatte die hiesige Kirche, als Vonita die Klinik eröffnete, Kontakt zu ihr aufgenommen, um sie über die Abwege ihrer Tochter in Kenntnis zu setzen. *Vonita Jean*, hatte ihre Mutter am Telefon gesagt, *sag mir bloß nicht, dass du eine Abtreibungsklinik aufmachst.*

Dann frag mich nicht, Mama, hatte Vonita geantwortet.

»Wie viel werde ich heute zu tun haben?«, fragte Louie.

»Sehe ich aus wie eine Kristallkugel?«

»Sie sehen aus wie die Person, die die Termine festlegt.«

Grunzend erwiderte sie: »Also. Ich kann nur hoffen, dass Sie heute gut gefrühstückt haben, denn es könnte zugleich Ihr Mittagessen sein.«

Louie grinste. Also würde viel los sein, es war *immer* viel los. Er hatte bereits mit seinem ersten Fall begonnen, einer Frau im zweiten Drittel, bei der sich vor dem Eingriff erst die Zervix lockern musste. Sie wäre seine erste und letzte Patientin an diesem Morgen. Doch im Wartezimmer hatten bereits die Frauen für ihre Beratungsstunde Platz genommen, an denen der Eingriff dann morgen vorgenommen werden würde. Sie kamen bis von Natchez und Tupelo hierher, aber auch aus der Umgebung. Kamen aus Alligator und Satartia, Starkville und Wiggins. Mississippi erstreckte sich über eine Fläche von mehr als hundertfünfundzwanzigtausend Quadratkilometern, und dies war die einzige Klinik, in der man eine Abtreibung vornehmen lassen konnte. So mussten manche Frauen fünf Stunden Fahrt auf sich nehmen, um hierher zu gelangen, und dann auch noch vierundzwanzig Stunden zwischen Beratung und Eingriff abwarten, was mehr Reisekosten bedeutete, als sich viele verzweifelte Frauen leisten konnten. Vonita hatte die Schnellwahlnummern von Kostenträgern und Organisationen eingespeichert, die sie anrufen konnte, wenn eine Frau kam, die weder das Geld für ein Mittagessen oder die Busfahrt nach Hause, geschweige denn für den Eingriff aufbringen konnte. Und dann gab es noch die Frauen, die an einen anderen Bundesstaat verwiesen werden mussten, weil man im Center Abtreibungen nur bis zur sechzehnten Woche vornahm.

Vonita leerte eine der Naschtüten aus, die den Patientinnen von den Protestlern in die Hände gedrückt wurden, aber häufig an der Empfangstheke liegen blieben, weil sie damit nichts anzufangen wussten. »Jetzt habe ich drei Paar Söckchen«, sagte sie, »aber ich warte noch auf ein Mützchen.« Sie blickte auf. »Sie haben ihr Cytotec gegeben?«

»Habe ich«, erwiderte Louie.

Vonita hielt eine kleine handgedruckte Karte aus der Naschtüte hoch. »Entzieht der Familienplanung die Gelder«, las sie vor. »Wissen die nicht, dass wir hier keine Familienplanung machen?«

Inzwischen war es ohnehin verboten worden, Bundesmittel für Abtreibungen zu verwenden. Sie deckten nur die gynäkologische Gesundheitsvorsorge ab, Abtreibungen mussten privat finanziert werden. Dabei waren sie die einzige Klinik, die keine Verluste einfuhr.

Würde man der Familienplanung die bundesstaatliche Unterstützung entziehen, wäre das nicht das Ende der Abtreibungen. Sondern Abtreibungen wären dann die einzige Möglichkeit, die noch blieb.

Manchmal hatte Louie das Gefühl, dass seine eigene Existenz an die der Abtreibungsgegner gekoppelt war. Ginge er womöglich in einer Wolke aus Rauch auf, wenn die alle verschwinden würden? Konnte man, ohne dass es eine Opposition gab, für etwas eintreten?

Er sah zu, wie Vonita den Inhalt der Naschtüte in den Müll fegte. »Welche von den Damen wartet hier auf eine Laboruntersuchung?« Hände gingen nach oben. Vonita drückte auf einen Knopf ihres Telefons und ließ Harriet kommen, damit sie die nächsten Patientinnen zur Blutuntersuchung abholte. Das machte sie fließend und nebenbei, man glaubte zuzusehen, wie ein Dirigent einem dissonanten Orchester Wohlklang entlockte.

»Haben Sie eigentlich schon mal an Urlaub gedacht, Vonita?«, fragte Louie sie.

Sie würdigte ihn keines Blickes. »Ich mache Urlaub, wenn Sie einen machen, Dr. Ward.« Das Telefon klingelte, und sie ging dran, wimmelte ihn bereits ab. »Ja, Liebes«, sagte Vonita. »Da sind Sie hier richtig.«

Auf einem der aufgereihten Stühle neben dem Labor saß Joy, die Stöpsel fest im Ohr, und hörte sich ihre Playlist mit Disney-Songs an, während das Cytotec in ihr seine Wirkung entfaltete. Es würde ein paar Stunden dauern, bis ihre Zervix weich genug war, um geweitet werden zu können, und das bedeutete, dass sie eine ganze Weile im Center verbringen würde, während andere Frauen kamen und gingen.

Sie verlagerte ihr Gewicht und zog ein knittriges Foto aus ihrer Gesäßtasche. Gestern war sie eine von einem Dutzend Frauen gewesen, die zur Beratung und zur Laboruntersuchung hergekommen waren. Erst war Vonita mit ihnen die von staatlicher Seite verlangten Formulare durchgegangen, dann hatte Dr. Ward ihr den Eingriff erklärt. Man hatte sie auch gebeten, eine Urinprobe abzugeben, und dann eine Ultraschalluntersuchung vorgenommen. Diese war von einer Frau namens Graciela durchgeführt worden, mit Haaren bis über die Hüften, die mit sanfter, aber dennoch einstudiert klingender Stimme sagte: »Wir sind verpflichtet, Ihnen die Möglichkeit zu geben, sich den Herzschlag des Fötus anzuhören und das Sonogramm zu sehen.« Zu ihrer eigenen Überraschung hatte Joy dieses Angebot angenommen. Um gleich darauf hemmungslos zu schluchzen. Sie weinte wegen ihres verdammten Pechs und weil sie einsam war. Sie weinte, weil sie trotz aller möglichen Vorsichtsmaßnahmen am Ende – wie ihre Mutter – wegen eines Mannes in einen Schlamassel geraten war.

Graciela hatte ihr ein Taschentuch gereicht und ihr dann die Hände gedrückt. »Sind Sie sich sicher, dass Sie das wirklich wollen?«, fragte sie und wich damit vom Skript ab. Obwohl sie nicht vom Ultraschall sprach, steckte sie den Stab zurück in die Halterung.

»Ich bin mir sicher«, sagte Joy, wusste aber nicht, ob das auch so gemeint war. Auf ein Stäbchen zu pinkeln, war etwas anderes, als einen Fötus auf einem Sonogramm zu sehen. »Ich möchte es sehen«, teilte sie Graciela mit.

Also drückte Graciela Gel auf ihren angeschwollenen Bauch und strich mit dem Stab über ihre Haut, und Abrakadabra tauchte ein Silberfisch auf dem kleinen Bildschirm auf. Er verwandelte sich in einen Kreis, einen Bogen und nahm dann fötale Gestalt an.

»Kann ich …«, sagte Joy und schluckte dann. »Kann ich einen Ausdruck bekommen?«

»Aber sicher«, erwiderte Graciela. Sie drückte einen Knopf, und aus dem Gerät kam ein kleiner gewellter Zettel. Schwarz-weiß und im Profil. Sie gab ihn Joy.

»Sie halten mich sicherlich für verrückt«, murmelte Joy.

Graciela schüttelte den Kopf. »Sie wären überrascht, wie viele Frauen einen möchten.«

Joy hatte nicht gewusst, was sie mit dem Ultraschallfoto machen sollte. Nur, dass sie nicht ohne weggehen konnte, stand für sie fest. Sie wollte es nicht falten, damit es in ihre kleine Geldbörse passte, und gestern hatte sie Jeans ohne Taschen getragen. Also hatte sie es sich in den BH gesteckt, über dem Herzen. Und sich vorgenommen, es, wenn sie später heimkam, zu zerknüllen und wegzuwerfen.

Dennoch hatte sie es heute dabei.

Beth hatte das Gefühl, vom Grund eines tiefen Teichs nach oben zu schwimmen, nur dass jedes Mal, wenn sie versuchte, das zerlaufende Gelb der Sonne zu sehen, diese sich immer weiter zu entfernen schien. Dann tauchte sie plötzlich in lärmender Hektik auf. Ihr schwindelte, und sie hatte einen trockenen Mund, als sie die Augen aufschlug. Wo um Himmels willen war sie?

Mit einer Hand tastete sie sich unter der auf ihr liegenden Decke vor und berührte erst ihren Bauch und dann weiter unten die dicke Einlage in ihrer Unterhose. Nach und nach nahm die Erkenntnis Gestalt an, bis sie der Wahrheit ins Gesicht sah: Sie hatte die Frage, ob sie schwanger war, verneint, ohne dass es ihr etwas ausmachte, denn es war keine Lüge. Dennoch hatte man einen Urin- und einen Bluttest gemacht und den Ultraschall-stab über ihren Bauch wandern lassen, als glaube man ihr nicht. Das Letzte, woran Beth sich erinnerte, war der Blick hoch zu den hässlichen Neonröhren an der Decke, dann wusste sie gar nichts mehr.

Sie versuchte zu sprechen, musste aber tiefer graben, um ihre Stimme zu finden, die dann allerdings fremd in ihren Ohren klang. »Daddy«, krächzte sie.

Dann beugte er sich über sie, seine warmen Hände lagen auf ihrer Schulter, ihrem Arm. »Hi, Kleine«, sagte er. Er lächelte sie an, und ihr fielen die tiefen Furchen auf, die seinen Mund einschlossen, eine Klammer der Angst. Die braunen Altersflecke an seinen Schläfen hatte sie vorher noch nie bemerkt. Wann war er alt geworden, und warum war es ihr nicht aufgefallen?

»Wo bin ich?«

Er strich ihr die Haare aus dem Gesicht. »Du bist im Krankenhaus. Es wird alles gut werden, Süße. Du brauchst einfach Ruhe.«

»Was ist passiert?«

Er blickte zu Boden. »Du hast … eine Menge Blut verloren. Brauchtest eine Transfusion. Was auch immer es ist, Kleines, wir stehen das gemeinsam durch.«

Beth wünschte, es könnte wahr sein. Wünschte verrückterweise, der Arzt würde zurückkommen und ihr sagen, dass sie an einer seltenen und schrecklichen Krebserkrankung litt, denn das zu hören, wäre fast leichter, als zu wissen, dass sie ihren Vater enttäuscht hatte.

Mit abgewandtem Blick streckte er eine Hand aus, zog ihr das Krankenhaushemd enger um den Körper und steckte es fest. »Muss ja nicht jeder gleich alles sehen«, murmelte er.

Irgendwo hatte sie gelesen, dass man den Opfern der Inquisition für ihre Strafe, ihre Inhaftierung Geld abknöpfte. Wenn sie dem Tod entkommen wollten, mussten sie die Namen derer nennen, die nicht daran glaubten, dass Jesus Christus Gott war. Ob sie tatsächlich unschuldig waren oder nicht, hatte mit dem Prozess nichts zu tun. Beth holte tief Luft. »Daddy«, setzte sie an, aber in dem Moment kam die Krankenschwester ins Zimmer.

Diese bestand aus lauter Rundungen – Wangen, Hinterteil, Brüste, Bauch – und sie duftete nach Zimt. Benommen erinnerte Beth sich, dass sich dieses Gesicht über sie gebeugt hatte. *Ich bin Jayla, ich bin deine Krankenschwester, und ich werde mich um dich kümmern, hörst du?* »Wird aber auch Zeit«, sagte ihr Vater. »Das kann doch nicht normal sein, so viel Blut von … da. Wird meine Tochter wieder gesund werden?«

Jaylas Blick wanderte von Beth zu ihrem Vater. »Könnte ich vielleicht mit Beth unter vier Augen sprechen?«

In dem Moment begriff Beth, dass ihr Tag des Jüngsten Gerichts gekommen war und sie vor dem Großinquisitor stand. Ihr Vater wusste das jedoch nicht und interpretierte deshalb ihr plötzliches Erstarren als Angst anstatt Fatalismus. »Sie können mit uns beiden sprechen. Sie ist erst siebzehn.« Ihr Vater umfing ihre Hand, als könnte er ihr helfen, die wie auch immer geartete schlechte Nachricht zu verkraften.

Bildete Beth es sich nur ein, oder wurde der Blick Jaylas weich, als könnte sie damit die Wirkung ihrer Worte abfedern? »Die Testergebnisse sind aus dem Labor gekommen, Beth. Wusstest du, dass du schwanger warst?«

»Nein«, flüsterte sie – eine Silbe, die womöglich eine Lüge und womöglich die Verleugnung dessen war, was sicherlich passieren würde.

Beth konnte ihrem Vater nicht in die Augen schauen. Er hob ihre Hand, und für einen atemlosen Moment dachte sie, sie hätte sich in ihm getäuscht und er würde ihr beistehen oder ihr verzeihen oder beides. Aber stattdessen zog er daran, bis sie seinen Finger den schmalen Grat des silbernen Freundschaftsrings ertasten fühlte, den er ihr zu ihrem vierzehnten Geburtstag für das Versprechen geschenkt hatte, dass sie bis zu ihrer Hochzeitsnacht rein bleiben würde. »Bist du … hast du …?«

Die Krankenschwester murmelte etwas und entschwand durch die Vorhänge der Kabine. Beth bemerkte es kaum. Sie war woanders – hinter einem Sportplatz unter der Tribüne, über ihr Sterne, die ihr die Antworten auf Fragen gaben, die sie nicht laut zu stellen wagte: *Soll ich? Was, wenn er ...? Könnte das ...?*

Ja. Ja. Ja.

Es war ihre Nacht der Anbetung gewesen. Ein Junge hatte in ihr an Orten Feuer entzündet, von denen sie nicht gewusst hatte, dass sie brennen konnten. Mit seinen Händen, dem Mund und seinen Versprechungen hatte er gebetet, und ihr einziger Fehler war es gewesen, dass sie ihm ihr Vertrauen geschenkt hatte. Doch nach allem, was ihr von ihm angetan worden war, hatte sie die Erinnerung an jene Nacht im Geiste immer wieder hin und her gewendet, bis sie glatt poliert und kein ärgerliches Sandkorn mehr war, sondern eine Perle.

Sie *konnte* es nicht anders betrachten, denn wäre es keine seltene und besondere Erfahrung gewesen, stünde sie als noch größerer Narr da.

Aber ihr Vater würde es anders sehen. Sie hatte geglaubt, nichts könnte jemals so wehtun wie die Entdeckung, dass John Smith kein richtiger Name war und sie bereitwillig etwas weggegeben hatte, was sie nie wieder zurückbekommen würde – nicht nur ihre Jungfräulichkeit, sondern ihren Stolz. Aber das hier ging noch viel tiefer – der Ausdruck auf dem Gesicht ihres Vaters, als ihm klar wurde, dass sie beschädigte Ware war. »Bitte, Daddy«, bettelte sie. »Es war nicht meine Schuld ...«

Diese Hintertür nutzte er. »Wer hat dir das dann angetan? Wer hat dir wehgetan?«

Sie stellte sich Johns Lippen vor, die über die Innenseite ihres Schenkels strichen, seinen Mund, der sich über ihr schloss. »Niemand«, sagte sie leise.

Ihr Vater ballte die Hände zu Fäusten. »Ich bringe ihn um. Ich bringe ihn um dafür, dass er dich angefasst hat.« Seine Worte waren voller Ecken und Kanten. »Wer. Ist. Er.«

Fast hätte Beth gelacht. *Viel Glück beim Suchen*, dachte sie.

Aber anstatt ihre Wut gegen den zu richten, den sie als John Smith kannte, wandte sie die ganze Wucht ihres Ausbruchs gegen ihren Vater. »Genau aus dem Grund konnte ich es dir nicht sagen.« Dabei machte ihr die eigene Stimme mit der zielgerichteten Wahrhaftigkeit Angst. »Deshalb ging ich auch erst in die Klinik. Weil ich *wusste*, dass du so reagieren würdest.«

Ihre Wut erschütterte die Vorhänge. Ihre Fingernägel gruben sich in die Handflächen. Sie war eine Hydra. Ihr Vater hatte sie zurechtgestutzt, und etwas doppelt so Starkes war an dessen Stelle gewachsen.

Und in Beth dämmerte die Erkenntnis, dass nicht die Tatsache, mit einem Jungen geschlafen zu haben, sie zur Frau gemacht hatte. Nicht einmal die Schwangerschaft oder der Versuch, sie zu beenden. Sondern dies: gewaltsam wie ein Kind behandelt zu werden, obwohl sie keines war.

Ihr Vater starrte sie fassungslos an. »Ich weiß nicht mal mehr, wer du bist«, sagte er leise, machte dann auf dem Absatz kehrt und ging.

Janine wusste, dass sie, um als Frau, die eine Abtreibung vornehmen lassen wollte, glaubhaft zu sein, ihre eigene Sippe täuschen musste. Sie hatte mit Allen über den sichersten Weg gesprochen und war mit ihm übereingekommen, dass es fast einer Qualitätskontrolle gleichkam, wenn sie den Checkpoint des Centers passierte. Wenn sie es schaffte, mit ihrer blonden Perücke und der über den Kopf gezogenen Kapuze, die ihr Gesicht halb bedeckte, bei den anderen Abtreibungsgegnern dieselben Reaktionen hervorzurufen, mit denen diese auf alle anderen Frauen zugingen, dann konnte sie sehr wahrscheinlich auch die Angestellten im Gebäude überzeugen.

Und so war Allen der Einzige, der wusste, wer sie war, als sie zum ersten Mal auf die andere Seite des Zauns ging. Er nahm Blickkontakt zu ihr auf und wandte sich dann ab, um mit einem anderen Aktivisten zu sprechen. Inzwischen versuchten andere, ihre Aufmerksamkeit zu wecken. Sie wusste, dass man dies im Center als Belästigung ansah, obwohl es in Wirklichkeit gutes bürgerschaftliches Engagement war – man musste doch schließlich eingreifen, wenn man Zeuge eines geplanten Mords war, oder?

»Guten Morgen«, sagte Ethel und streckte ihre Hand über den Zaun, an deren Finger ein kleines rosa Päckchen baumelte. »Darf ich Ihnen ein Geschenk anbieten?«

Janine konnte ihr Herz klopfen hören. Sprechen konnte sie nicht… Was, wenn Ethel sie an der Stimme erkannte? Stattdessen schnappte sie sich das Naschtütchen. »Sie müssen das nicht tun«, trumpfte Ethel auf. Den Grund dafür kannte Janine – wenn man es tatsächlich schaffte, dass eine Frau das Tütchen *nahm*, war man damit bereits in ihrem Kopf. »Wir können helfen!«

Janine wandte sich ab, drückte auf die Klingel am Eingang des Centers und hörte gleich darauf das Summen, das sie einließ. Im Wartezimmer saßen an die zehn Frauen – jung und alt, gelassen und nervös, schwarz und weiß. Die Frau am Empfang trug ein Namensschild: VONITA. Janine nannte ihren Decknamen – Fiona – und verfolgte, wie Vonita ihren Namen auf einer Liste abhakte. Dann sah sie auf die Uhr. »Sie sind die Letzte«, meinte sie. »Wir machen jetzt noch schnell den Labortest, dann können Sie nach der Beratung zur Ultraschalluntersuchung, und wir können nach Plan weitermachen. Das bedeutet, dass Sie anschließend noch kurz hierbleiben müssen, aber nur ein paar Minuten. Einverstanden?«

Aber Janine sagte nichts. Sie hatte damit gerechnet, dass ihre Nervosität die Spionagetätigkeit erschweren würde. Aber nicht mit der PTBS, der plötzlichen Schockwelle, die ihr den Boden unter den Füßen wegzog und dafür sorgte, dass sie nicht diese Klinikbetreiberin und diese Empfangstheke sah, sondern eine, die sie vor langer Zeit in einem anderen Bundesstaat besucht hatte.

»Ich nehme das jetzt mal als Zustimmung«, sagte Vonita lächelnd und tätschelte Janines Hand. »Ich weiß, dass Sie nervös sind, aber ich verspreche Ihnen, wir begleiten Sie da durch.«

Janine wurde nach hinten durchgewunken, wo ihr Blut auf den Rhesusfaktor getestet wurde und sie eine Urinprobe abgeben musste. Janine hatte Urin in einem kleinen Babykostgläschen mitgebracht. Den hatte Allen ihr über jemanden besorgt, der eine Schwangere kannte, und diese hatte keine weiteren Fragen gestellt. Im Badezimmer leerte sie die Probe in das vorgesehene Behältnis um.

Als sie zurück ins Wartezimmer kam, begann Vonita gerade mit der Beratung. Joy nahm neben einer Frau Platz, deren Augenlider so schwer waren, dass sie zu schlafen schien, und einer anderen, die sich fleißig Notizen in ein Spiralbuch machte. »Ich leite diese Klinik«, sagte Vonita, »und freue mich, dass Sie den Weg zu uns gefunden haben. Wir werden jetzt ein paar Minuten miteinander verbringen, dann kommt der Doktor und wird zu Ihnen als Gruppe sprechen, danach haben Sie Gelegenheit zu Einzelgesprächen mit ihm.«

Während sie sprach, umrundete sie die im Halbkreis angeordneten Stühle und verteilte Klemmbretter mit Papierkram. »Sie haben jetzt alle eine Mappe? Ganz oben finden Sie ein Rezept für Azithromycin, das Sie prophylaktisch nehmen, damit Sie keine Infektionen bekommen. Sie müssen es mir ausgefüllt mitbringen, wenn Sie zu Ihrem Eingriff kommen.« Sie blickte in die Runde, nahm zu jeder Frau Blickkontakt auf und vergewisserte sich, von allen verstanden worden zu sein.

»Als Erstes wenden wir uns dem Formular unter diesem Rezept zu. Es ist Ihre Zustimmung zur Vierundzwanzig-Stunden-Regelung. Das Gesetz von Mississippi besagt, dass Sie vierundzwanzig Stunden nach dem abgeschlossenen Besuch dieser

Beratungsstunde den Abort vornehmen lassen können. Mit diesem Formular wird bestätigt, dass Sie zwei Besuche absolviert haben, den ersten heute. Wir werden die mit einem X gekennzeichneten Absätze ausfüllen, um zu dokumentieren, dass Sie zu Ihrem ersten Besuch hier waren. Also: Greifen Sie nach Ihren Stiften, und lassen Sie uns das gemeinsam erledigen.«

Janine folgte den Anweisungen blindlings, erfand eine falsche Adresse zu ihrem falschen Namen, schrieb das Datum und eine Unterschrift darunter. Die Frau neben Janine, die sich Notizen machte, meldete sich mit Handzeichen.

»Was ist mit der Uhrzeit?«

»Diesen Teil wird Dr. Ward für Sie ausfüllen.« Vonita hielt einen bunten Fächer von Handzetteln hoch. »Diese Broschüren hier bekommen Sie, weil das Gesundheitsministerium uns verpflichtet, sie unseren Patientinnen auszuhändigen. In der ersten finden Sie Alternativen zur Abtreibung, wie etwa Programme für ledige Mütter, Adressen zugelassener Mütterheime und Informationen zur Adoption, sowie eine Liste sämtlicher Gesundheitsämter im Land. In der zweiten Broschüre werden Sie über die Entwicklung des Fötus vom Beginn der Schwangerschaft bis zum Ende informiert. In der dritten Broschüre erfahren Sie etwas über die Risiken eines Schwangerschaftsabbruchs, aber auch die einer Geburt. Die letzte ist mir am liebsten. Da geht es um Empfängnisverhütung.« Bis auf Janine lachten alle. »Heute ist der Tag, an dem Sie sich entscheiden müssen, welche Art von Verhütungsmittel Sie verwenden wollen, wenn Sie hier rausgehen.«

Das überraschte Janine; dass das Center eine Mordfabrik war, hatte sie gewusst, aber nicht, dass man hier auch versuchte, Schwangerschaften zu *verhindern*. Sie drückte so fest auf ihren Bleistift, dass er abbrach.

»Bestätigen Sie nun bitte mit Unterschrift und Datum, dass Ihnen dieses Material ausgehändigt wurde.« Es schwang eine gewisse Müdigkeit in Vonitas Stimme mit, als hätte sie diesen Vortrag schon vor langer Zeit auswendig gelernt. »Die zweite Hälfte dieser Seite wird ausgefüllt, wenn Sie wiederkommen. Sie müssen Ihre Entscheidung durch eine nochmalige Unterschrift bestätigen. – Noch irgendwelche Fragen?«

Ein paar Frauen schüttelten die Köpfe. Die anderen saßen schweigend da.

»Wir nehmen hier im Center zwei Arten von Abbrüchen vor«, erklärte Vonita, und Janine beugte sich auf der Stuhlkante vor. »Es gibt die operative Abtreibung, die vom Doktor vorgenommen wird, oder die Tablette – die medikamentöse Abtreibung –, die aber nur bis zur zehnten Schwangerschaftswoche infrage kommt.«

»Welche ist die schnellste?«, platzte es aus einer Frau heraus.

»Dazu komme ich noch, Mädchen«, tadelte Vonita sie. »Wenn Sie sich für eine operative Abtreibung entscheiden, werden Sie hier drei bis vier Stunden zubringen, wenngleich der Eingriff selbst vom Betreten des Eingriffsraums bis zu dessen Verlassen weniger als fünf Minuten dauert. Sie erholen sich etwa eine halbe Stunde lang, dann wird unsere Krankenschwester Sie, bevor Sie entlassen werden, darüber informieren – sowohl verbal als auch schriftlich –, wie Sie sich zu verhalten haben, dazu bekommen Sie eine Telefonnummer für den Notfall und einen Termin für eine Nachuntersuchung. Für Patientinnen, die den operativen Eingriff wählen, kostet die Nachuntersuchung fünfzehn Dollar für den Schwangerschaftstest und dreißig Dollar, wenn Sie sich dem Arzt vorstellen. Ich schlage Ihnen allerdings vor, dass Sie sich nach drei Wochen bei Ihrem Frauenarzt untersuchen lassen und sich einen Schwangerschaftstest aus der Apotheke holen und diesen selbst vornehmen. Sie sollten höchstens eine schmale Linie oder ein eindeutig negatives Ergebnis bekommen und können dann mit der von Ihnen gewählten Methode der Empfängnisverhütung beginnen.«

Eine junge Frau mit klimpernden Perlen in den Haaren wollte wissen: »Tut es … weh?« Alle spitzten die Ohren.

Ja, sagte sich Janine und glaubte in die dunkelste Kammer ihres Gedächtnisses zu fallen, den Abgrund, wo sie die Erinnerung an ihre Prozedur verwahrte. Es tut an allen möglichen Stellen weh, auch dort, wo man es am wenigsten erwartet.

»Angenehm ist es nicht«, erwiderte Vonita. »Wir empfehlen Ihnen, tief ein- und auszuatmen. Es ist eine Krankenschwester mit im Raum, die Sie dabei unterstützt. Es ist machbar, so viel kann ich Ihnen sagen, aber kein Sonntagsspaziergang.« Sie nahm die Gruppe ins Visier. »Jetzt zu den Tablettenpatientinnen. *Sie* werden für anderthalb Stunden hier sein. Und das in einem Raum wie diesem, mit anderen zusammen. Der Arzt wird Ihnen die erste Tablette verabreichen, die das weitere Voranschreiten Ihrer Schwangerschaft unterbricht und Ihrem Körper und Ihrem Gehirn sagt, dass Sie abbrechen werden. Dann wird er Sie mit vier Tabletten in einem kleinen Päckchen nach Hause schicken. Vierundzwanzig Stunden nachdem Sie die erste Tablette hier im Center bekommen haben, dürfen Sie die vier anderen Tabletten einnehmen. Es gibt ein Zeitfenster, sollten Sie am nächsten Tag um zwölf Uhr bei der Arbeit sein, bleiben Sie dort und nehmen Sie die Tabletten erst, wenn Sie nach Hause kommen. Sie werden etwa drei Wochen lang Blutungen haben, so lange dauert es, bis Ihr Hormonspiegel sich wieder normalisiert; danach kommen Sie zur Nachuntersuchung.«

»Welche Methode würden Sie empfehlen?«

»Das können nur Sie selbst entscheiden«, sagte Vonita. »Wenn Sie höchstens in der zehnten Schwangerschaftswoche sind und für die Tabletten infrage kommen, können Sie den operativen Eingriff vermeiden. Aber die OP ist sehr viel schneller vorbei als das medikamentöse Verfahren. Es hängt also von Ihnen ab.«

Janine musste an ihren Bruder Ben denken. Er lebte jetzt in einer Wohngruppe und verdiente sich seinen Lebensunterhalt, indem er Lebensmittel verpackte. Er hatte eine Freundin mit Down-Syndrom, die er jeden Freitagabend zum Essen und ins Kino ausführte. Er war begeisterter Fan der Fernsehserie *Stranger Things*. Aß jeden Abend den gleichen Fertigkuchen zum Nachtisch. Er war glücklich. Aber was war mit ihr, war sie es auch? Sie hatte ihr Leben der Rettung unschuldiger Babys verschrieben, aber was trieb sie an, Glaube oder Schuld? Sie sah sich um und fragte sich, wie viele dieser Frauen nach der Abtreibung wohl das Gefühl hatten, dass eine Last von ihnen genommen war, und für wie viele dieser Eingriff das restliche Leben beherrschen würde. Aber das behielt sie für sich.

Sie wandte ihre Aufmerksamkeit wieder Vonita zu. »Wenn ich hier fertig bin, wird der Doktor kommen und zu Ihnen als Gruppe sprechen. Er wird Ihnen haarklein erklären, wie der Eingriff vonstattengeht und wie er die Tablette verabreicht. Wenn Sie irgendwelche Fragen haben, können Sie ihm diese stellen. Fragen privater Natur wird er Ihnen im späteren Einzelgespräch beantworten. Da wird er Ihnen auch sagen, was er von Gesetzes wegen erklären muss. Er wird sich Ihren Ultraschall und Ihren Anamnesebogen ansehen und die Formulare unterschreiben. Dann kommen Sie zu mir an den Empfang, und wir legen Ihren Termin fest. Ich werde Ihnen sagen, was Sie schuldig sind und wer Ihr Arzt sein wird, wenn Sie zum Eingriff kommen.« Sie rückte den Papierstapel auf ihrem Schoß gerade. »Irgendwelche Fragen?«

Wie kannst du das tun?, fragte sich Janine. *Wie kannst du hier beraten, obwohl du genau weißt, dass die Frauen, wenn sie hier rausgehen, nicht mehr dieselben wie bei ihrer Ankunft sein werden?*

Sie nahm die anderen Frauen ins Visier. *Wie kann ich ihre Babys retten?*

Wie kann ich ihnen vermitteln, dass die Entscheidung, die sie heute treffen, sich morgen vielleicht nicht mehr richtig anfühlen wird?

Aber sie schwieg.

»Kann ich am nächsten Tag wieder arbeiten?«, wollte jemand wissen.

»Ja«, versicherte Vonita ihr. »Benötigen Sie ein Attest für die heutige Abwesenheit?«

»Nein, Ma'am.«

Vonita nickte. Sie wandte sich an alle. »Wir hoffen, keine von Ihnen ist hier, weil jemand sie dazu gezwungen hat. Wir sind angehalten, Ihnen mitzuteilen, dass Sie diese Prozedur nicht zu Ende führen müssen, sofern Sie das nicht wollen.«

Janine saß mit gesenktem Blick da und hielt den Atem an.

Was wäre, wenn sie jetzt aufstünde und sagte, dass sie einen Fehler gemacht hatte? Wenn sie ihre Tarnung auffliegen ließe und diesen Frauen sagte, sie sollten an ihre ungeborenen Kinder denken? Sie könnte doch zu deren Stimme werden, oder?

Aber das tat sie nicht, und keine Frau wankte.

Wegen einer Baustelle war Izzy im Verkehr stecken geblieben und traf deshalb erst eine halbe Stunde später als geplant am Center ein. Sie parkte schräg, griff nach ihrer Tasche und verriegelte den Wagen im Laufen. Auf ihrem Weg zum Eingang des Centers hörte sie nicht mal die Rufe der Protestler, so erschöpft war sie.

Als der Summer ertönte und sie eingelassen wurde, nahm gerade ein Mann in Arztkleidung mitten in einem Kreis von Frauen Platz und fing an zu sprechen. Die Frau am Empfang sah Izzy an und lachte. »Erst mal tief durchatmen, Süße«, sagte sie. »Was kann ich für Sie tun?«

Izzy folgte der Aufforderung und entschuldigte sich dann. »Tut mir leid, dass ich so spät komme«, setzte sie an, bis sie merkte, dass dies viele Interpretationsmöglichkeiten offenließ, die alle irgendwie richtig waren.

Louie nannte es das Gesetz der Drei. Das meiste, was er den Damen erzählte, war auch schon von Miss Vonita gesagt worden, und er würde es im darauffolgenden individuellen Arzt-Patientinnen-Gespräch noch mal wiederholen. Doch er wusste auch, dass diese Frauen so sehr unter Schock standen, dass sie nur einen Bruchteil der Information aufnehmen konnten, weshalb er darauf baute, dass beim dritten Mal was hängen blieb.

Vor ihm saßen elf Frauen: sieben schwarz, zwei weiß, zwei braun. Für ihn war der ethnische Hintergrund der Frauen, die das Center aufsuchten, nicht nebensächlich, denn Abtreibungspolitik und Rassismus waren seiner Erfahrung nach eng miteinander verknüpft. Als Afroamerikaner konnte er sich sehr gut vorstellen, wie es war, kein Recht über den eigenen Körper zu haben. Früher hatten weiße Männer die Körper von Schwarzen als ihr Eigentum angesehen. Nun wollten weiße Männer über die Körper von Frauen bestimmen.

»Ich bin staatlicherseits verpflichtet, Ihnen einige Dinge zu erzählen, die sich medizinisch nicht belegen lassen«, sagte Louie. »Ich bin verpflichtet, Ihnen zu sagen, dass eine Abtreibung Ihr Risiko erhöht, an Brustkrebs zu erkranken, obwohl diese Behauptung durch keinerlei Beweise gestützt wird.« Dabei musste er wie immer an die Patientin mit Brustkrebs denken, die er einmal behandelt hatte und die ihre Schwangerschaft abgebrochen hatte, um ihre Behandlung fortsetzen zu können. *Mein Risiko, an Brustkrebs zu erkranken, liegt bei null,* lautete ihr lakonischer Kommentar, *denn ich habe ihn bereits.*

»Ich bin staatlicherseits verpflichtet«, fuhr er fort, »Sie darüber zu informieren, dass zu den Risiken eines Aborts Verletzungen des Darms, der Blase, des Uterus, der Eileiter und der Eierstöcke gehören und dass wir, sollte die Verletzung Ihres Uterus sehr groß sein, diesen möglicherweise entfernen müssen, was man Hysterektomie nennt. Aber wissen Sie, was? Das sind dieselben Risiken, die Sie eingehen, wenn Sie ein Baby zur Welt bringen. Tatsächlich ist die Risikowahrscheinlichkeit bei der Geburt eines Kindes sogar größer als bei einem Abort. So. Jetzt haben Sie sicherlich Fragen an mich.«

Schüchtern hob eine Frau die Hand. »Ich habe gehört, dass Sie Messer und Scheren benutzen, um die Babys zu zerstückeln.«

Das hörte Louie so gut wie in jeder Beratungssitzung. Wenn er könnte, würde er den Frauen, die einen Schwangerschaftsabbruch ins Auge fassten, vor allem davon abraten, dieses Wort zu googeln. Kopfschüttelnd erwiderte er: »Es gibt weder Messer noch Scheren oder Skalpelle.« Er achtete darauf, den von ihr verwendeten Begriff *Baby* so behutsam wie möglich zu korrigieren. »Wenn Patientinnen das *Gewebe* nach der Entfernung sehen möchten, können sie das tun. Und es wird äußerst respektvoll entsorgt, auf angemessene Weise, wie das vom Gesetz vorgeschrieben wird.«

Sie nickte befriedigt. Nicht zum ersten Mal war Louie erstaunt, dass eine Frau, die solchen Unsinn glaubte, tapfer genug war, sich einen Termin geben zu lassen.

Er sah jeder einzelnen Frau in die Augen. Sie waren allesamt Kämpferinnen. Jeden Tag wurde er an ihren Mut, an ihre Courage angesichts der Hindernisse und an die stille Anmut erinnert, mit der sie ihre Probleme schulterten. Sie waren stärker als alle Männer, die er kannte. Und ganz gewiss waren sie stärker als die männlichen Politiker, die so große Angst vor ihnen hatten, dass sie Gesetze mit dem einzigen Ziel schufen, Frauen klein zu halten. Louie schüttelte den Kopf. Als wäre das überhaupt möglich. Wenn er während all seiner Jahre als Abtreibungsarzt eins gelernt hatte, dann das: Eine Frau, die nicht schwanger sein wollte, ließ sich auf Gottes grüner Erde durch nichts aufhalten.

Im Bett von Georges Tochter lag ein Plüschhummer. Dieses Kuscheltier, das er für Lil auf einer Kirmes gewonnen hatte, war rot und trug ein kleines weißes Häubchen wie ein viktorianisches Baby. George setzte sich in ihr Zimmer, wie er das früher jeden Abend getan hatte, um sie zu Bett zu bringen, bis sie ihm erklärte, sie könne ihre Bücher nun *selbst* lesen, herzlichen Dank auch. Damals war sie sieben gewesen. Er erinnerte sich, wie er mit Pastor Mike darüber gelacht hatte. Jetzt fand er es gar nicht mehr lustig. Im Nachhinein schien dies der erste Schritt auf einem Weg gewesen zu sein, der sie letztendlich so weit von ihm entfernen würde, dass sie aus seinem Blickfeld verschwand.

Sie hatte sich diesen Hummer so sehr gewünscht, dass er mehr als dreißig Dollar an einen Schausteller abgedrückt hatte, um drei Bälle in rostige Milchkannen zu werfen. Beim ersten geglückten Versuch bekam er eine kleine Plüschschlange von der Größe eines Bleistifts ausgehändigt. Verdammte Lockvogeltaktik. Aber die neben ihm stehende Lil hatte jedes Mal geklatscht, wenn er einen Ball versenkte, und so hatte er so lange weitergemacht, bis er sich zum Stofftier ihrer Wahl hochgearbeitet hatte. Die Tatsache, dass sie es nach so vielen Jahren noch immer besaß, nahm er als Beleg dafür, wie viel es ihr bedeutete.

Vielleicht hatte sie aber auch ihre Kindheit genauso wenig loslassen wollen wie er.

Als sie klein war, waren sie im Sommer jeden Sonntagmorgen mit seinem Kleinlaster ins Grüne gefahren, um Krebse zu fangen. Lil saß an ihn gekuschelt auf der Sitzbank und schlenkerte mit den Beinen, die noch weit davon entfernt waren, den Boden zu berühren – fröhliche Zappler nannte er sie. Der Bachlauf, zu dem sie fuhren, war selbst für eine Fünfjährige seicht genug, um ausgestattet mit einem Eimer hineinzuwaten, nachdem sie beide Schuhe und Strümpfe ausgezogen hatten. Er zeigte ihr die Steine, die sich als gute Verstecke eigneten. Hob man sie zu schnell hoch, erschreckte man die Krebse und wirbelte den Schlamm auf, sodass sie davonkrabbelten. Ging man es jedoch langsam an, konnte man die Krebse überraschen und mit den Händen packen. Nur auf die Scheren musste man achtgeben. Wenn die Ausbeute gut war, half Lil, sie in einer Brühe mit Zwiebeln, Zitronen und Knoblauch zu kochen. Sie aßen sie mit Kartoffeln und Maiskolben, bis sie mit satten Bäuchen und buttrigen Fingern in der trägen Nachmittagsluft eindösten.

Einmal hatte Lil einen Krebs hochgehoben, unter dessen Schwanz sich kleine rote Eier gereiht hatten. *Was ist mit ihr Daddy?*, hatte sie ihn gefragt.

Sie bekommt Babys, hatte George erklärt. *Wir müssen sie also wieder zurücklegen, damit sie das tun kann. Eine Mama lässt man in Ruhe, Lil, sie gehört zu ihren Babys.*

Daraufhin war Lil einen Moment ganz still geworden. *Daddy,* fragte sie, *wer hat meine Mama nicht in Ruhe gelassen?*

Sofort hatte er sein Mädchen auf den Arm und aus dem Wasser geholt. *Lass uns nach Hause gehen, bevor die Krabbenväter aus dem Eimer gekrochen kommen*, hatte er gesagt. Denn er konnte ihr nicht gut sagen: *Das war ich.*

Jetzt nahm er die Pistole, die in seinem Schoß lag, und erhob sich. Dabei flatterte der Zettel, den er auf ihrem Nachttisch gefunden hatte, zu Boden. Beim Verlassen des Zimmers trat er mit seinem Absatz auf den Briefkopf. *Bewilligung und Einverständniserklärung für eine medikamentöse Abtreibung. The Center for Women's Health, Jackson.*

8 Uhr

Schwungvoll stellte Wren ihrem Vater den Teller hin: ein Spiegelei und eine im Lächeln einer Melone steckende tropfende Kerze. »Happy Birthday to you«, beendete sie ihren Gesang. »Ach, übrigens, das hätte besser geklungen, wenn ich ein Geschwister hätte. So hapert es etwas mit dem Wohlklang.«

»Da überschätzt du deine Gesangsqualitäten wohl etwas«, brummte ihr Vater.

Sie lachte. »Da ist jemand knatschig.«

»Da fühlt sich jemand verdammt alt.«

Sie nahm ihm gegenüber Platz. »Vierzig ist das neue Zwanzig«, beruhigte sie ihn.

»Sagt wer?«

»Ich«, erwiderte sie und seufzte. »Ich sag's doch, du hörst nie zu.«

Er verzog das Gesicht und nahm einen Bissen vom Ei. Sie brauchte ihn nicht anzusehen, um zu wissen, dass es perfekt war. Schließlich war es ihr Dad gewesen, der ihr gezeigt hatte, wie man es richtig briet. Wenn man ungeduldig war und die Pfanne zu schnell erhitzte, blieb es in der Pfanne kleben. Man musste langsam, methodisch und mit Bedacht vorgehen. Wren hätte nicht sagen können, wie oft ihr Vater in die Küche gekommen war und automatisch die Flamme kleiner gestellt hatte, wenn sie das Frühstück zubereitete. Sie gab es zwar nur ungern zu, aber er kannte sich aus. Die von ihm zubereiteten Eier waren Kunstwerke.

Sie verschränkte die Arme und legte ihr Kinn darauf. »Also, das hier habe ich mir für heute aufgehoben«, sagte sie, und sofort merkte er auf. Seit sie denken konnte, hatten sie Fakten ausgetauscht, hauptsächlich über Astronomie – ein Gebiet, in das ihr Vater sie schon vor so langer Zeit eingeführt hatte, dass sie sich gar nicht mehr vorstellen konnte, Konstellationen wie Andromeda und Kassiopeia und Perseus und Pegasus nicht auf Anhieb finden zu können. »Astronomen haben einen massereichen Stern entdeckt, der 2014 explodiert ist... und zuvor schon mal 1954.«

Ihr Vater zog die Augenbrauen hoch. »Zweimal?«

Sie nickte. »Es ist eine Supernova, die sich weigert zu sterben. Sie ist fünfhundert Millionen Lichtjahre entfernt, in der Nähe des Großen Bären. Für gewöhnlich verlöschen Supernovas innerhalb von hundert Tagen, hab ich recht? Diese hier ist auch nach über *tausend* noch voller Strahlkraft.«

Ihr Vater hatte ihr beigebracht, dass Sterne Kraftstoff benötigten, wie alles andere auch, was brannte. Wenn ihnen der Sauerstoff ausging, kühlten sie aus, veränderten die Farbe und wurden zu roten Riesen, wie Betelgeuse. Aber *dieser* Stern widersetzte sich allen Erwartungen.

»Das ist ein wunderbares Geburtstagsgeschenk.« Er grinste. »Was steht heute auf dem Plan?«

Sie zuckte mit den Achseln. »Ich werde mal in meinem Meth-Labor nach dem Rechten sehen, eine Million auf mein Offshorekonto verschieben und mich mit Michelle Obama zum Lunch treffen.«

»Grüß sie von mir«, sagte ihr Vater. Er schluckte den letzten Bissen Ei hinunter. »Weißt du, dass nur wenige Menschen ein perfektes Ei hinbekommen?«

»Ja, weil du mir das mindestens zweimal in der Woche sagst.

Ich muss los, sonst verpasse ich den Bus.« Sie umrundete den Tisch und drückte ihm einen Kuss auf die Wange, atmete den Duft seines gestärkten Uniformhemds, versetzt mit der Lorbeernote seines Rasierwassers, ein. Für den Fall, sie fiele mal ins Koma, würde es bestimmt reichen, wenn die Ärzte ihr zum Aufwecken diese Duftkombination unter die Nase fächelten, überlegte sie. Als sie den Rucksack von der Küchentheke holen wollte, hielt ihr Vater sie am Arm zurück.

»Was verschweigst du mir?«, fragte er und kniff dabei die Augen zusammen.

Sie zwang sich, ihn anzusehen. »Was?«

»Na, komm schon. Ich bin Polizist.«

Wren tänzelte davon. »Ich habe keine Ahnung, wovon du redest«, sagte sie.

Ihr Vater schüttelte lächelnd den Kopf. »Ich will mir nicht nachsagen lassen, ich hätte eine Geburtstagsüberraschung verdorben.«

Wren war schon auf halbem Weg zur Bushaltestelle am Ende der Straße, als sie die angehaltene Luft ausstieß. Woher wusste er es?

Sie verbarg keine Geburtstagsüberraschung vor ihm. Sie würde sich heute im Center um Empfängnisverhütung kümmern. Und dafür den Aufklärungsunterricht schwänzen, was sich irgendwie nach Karma anfühlte. Wren musste daran denken, worüber sie und Ryan gesprochen hatten: Ob es sinnvoll war, Kondome zu benutzen, und ob die auch sicher genug waren, und wie Wren sich, ohne es ihrem Vater zu sagen, die Pille beschaffen konnte. Denn darauf hatten sie und Ryan sich geeinigt. Ryan gefiel der Gedanke nämlich ganz und gar nicht, Wrens mit einer Glock ausgestatteter Polizistenvater könnte dahinterkommen, dass er mit seiner Tochter schlief.

Wren kannte Mädchen, die so unromantisch waren, dass sie Sex hatten, nur weil sie es hinter sich kriegen wollten. Andere hingegen waren so blauäugig zu glauben, dass der Junge, mit dem sie zum ersten Mal Sex hatten, ihr ein und alles bleiben würde. Wren ordnete sich in diesem Spektrum in der Mitte ein. Sie wollte ihre erste sexuelle Erfahrung mit jemandem haben, mit dem sie lachen konnte, falls es komisch wurde oder nicht klappte. Aber sie wusste auch, dass mehr dahintersteckte. Ihr war klar, dass es dieses erste Mal nur einmal gab. Es gab so viele Erinnerungen, die man sich *nicht* aussuchen konnte – wie etwa die, das einzige Kind in der Klasse zu sein, das die Muttertagskarte an die Tante schrieb. Oder ihrem Vater in allen Schattierungen errötend erklären zu müssen, dass nicht eine Grippe der Grund für ihren Anruf aus dem Büro der Schulkrankenschwester war, sondern ihre Regelblutung. Sollte man also in Anbetracht jener Voraussetzungen nicht dafür sorgen, dass wenigstens *diese* Erinnerung perfekt wurde?

Der Bus hielt am Straßenrand an und öffnete schnaubend die Türen. Sie arbeitete sich durch den Gang, vorbei an den Sportlern, den Hirnis und den Theater-Nerds, bis sie glücklich auf eine unbesetzte Reihe stieß. Sie presste ihre Wange gegen die kühle Scheibe. Wenn sie diesen Bus das nächste Mal nahm, würde sie bereits die Pille nehmen. Sie fragte sich, wie viele andere Mädchen im Bus sie wohl nahmen. Fragte sich, wer Sex hatte und ob dieses Geheimnis die anderen auch so ausfüllte wie sie.

Eines Tages würde sie ihrem Vater sagen, dass sie keine Jungfrau mehr war. Etwa wenn sie mit dreißig heiratete und ein Baby bekam.

Als der Bus zur Schule tuckerte, überlegte Wren, dass sie ihrem Vater damit wohl doch ein Geburtstagsgeschenk machte. Denn so konnte er sich in dem Glauben wiegen, dass sie ihm noch etwas länger ganz allein gehörte.

Hugh war vierzig, und er fühlte jede Minute davon. Mit seinen flach auf den Tisch gelegten Händen rahmte er den Frühstücksteller, den Wren für ihn vorbereitet hatte und der jetzt leer war. Eigentlich rechnete man mit einer Veränderung, als würde eine unsichtbare Linie zwischen gestern und heute sein Alter markieren, aber die gab es nicht. Er wurde noch immer auf demselben Revier erwartet, das sein Arbeitsplatz war, seit er als Polizist angefangen hatte. Er war noch immer ein alleinerziehender Vater. Dieser Tisch hatte noch immer ein wackeliges Bein, das auf eine Reparatur wartete. Das einzig Neue war das Silber in seinen Bartstoppeln, auf das er jedoch gut und gern hätte verzichten können.

Jetzt hatte er wohl das Alter erreicht, in dem Menschen sich die Frage stellten, ob sie mit ihrem Tun ein Zeichen gesetzt hatten. Wenn er heute sterben würde, was würde man auf seiner Trauerfeier sagen? Sicher, aufgrund seines Berufs hatte er im Leben einzelner Menschen etwas bewirkt. Und er würde keinen Augenblick seiner Zeit mit Wren missen wollen. Aber Genie war er keins. Er würde nichts erfinden, was fossile Brennstoffe überflüssig machte oder Zeitreisen ermöglichte. Er würde niemals den Weltfrieden verhandeln. Doch er war davon überzeugt, dass sich die Waagschale zugunsten des Guten anstatt des Bösen senken würde, wenn nur jeder Einzelne sein Bestes gab, was allerdings nichts daran änderte, dass der Lebensalltag der Menschen sich weiterhin, na ja, banal anfühlte.

Zugeben würde er es niemals, aber die Angst war da, dass dies der Scheitelpunkt war, der Gipfel. Und ihm somit für den Rest seines Lebens ein stetiger Abstieg bevorstand, er die besten Erfahrungen bereits hinter sich hatte. Was bedeutete alt sein denn auch anderes, als sich schleppenden Schritts auf das Unvermeidliche zuzubewegen?

Das Summen seines Mobiltelefons rettete ihn davor, diesen morbiden Gedankengang noch tiefer hinabzuschlittern. Auf dem Display tauchte das Gesicht von Bex auf, und er lächelte kopfschüttelnd. »Happy Birthday to you«, sang sie, sobald er dranging. »Happy Birthday to you!«

Er ließ sie ihre schräge Interpretation beenden. »Ich glaube, jetzt weiß ich, woher Wren ihre äußerst zweifelhaften Gesangsqualitäten hat«, sagte er.

»Weil du heute Geburtstag hast«, entgegnete seine Schwester, »lass ich dir das mal durchgehen.«

Hugh kratzte sich am Hals. »Kannst du mir sagen, ob das weggeht?«

»Was denn?«

»Das Gefühl, dass das der Anfang vom Ende ist.«

Sie lachte. »Ich würde alles darum geben, noch mal vierzig zu sein, Hugh. Du musst ja annehmen, ich hätte schon einen Fuß im Grab.«

Sie war vierzehn Jahre älter als er, aber dieser Gedanke war ihm völlig fremd. »Du bist nicht alt.«

»Dann bist du es auch nicht«, sagte sie. »Was wirst du tun, um diesen festlichen Anlass zu würdigen?«

»Schützen und dienen.«

»Also, das ist deprimierend. Du solltest was Ausgefallenes machen. Vielleicht eine Salsastunde nehmen. Oder zum Fallschirmspringen gehen.«

»Ne«, sagte Hugh, »wohl eher nicht.«

»Wo bleibt deine Abenteuerlust?«

»Gebunden an einen Gehaltszettel«, sagte Hugh. »Heute ist ein Tag wie jeder andere.«

»Vielleicht täuschst du dich«, entgegnete Bex. »Vielleicht wird der heutige Tag unvergesslich.«

Er trug seinen leeren Teller zur Spüle und ließ Wasser darüberlaufen, wie er das jeden Morgen machte. Dann griff er nach seiner Dienstmarke und den Autoschlüsseln. »Mag sein«, sagte Hugh.

Jeden Morgen nach dem Aufwachen sprach Janine ein Gebet für das Kind, das sie nicht bekommen hatte. Sie wusste natürlich, dass das bei vielen Menschen auf Unverständnis stoßen würde und man sie womöglich eine Heuchlerin nennen würde. Was sie vielleicht auch war. Aber sie glaubte, etwas wiedergutmachen zu müssen, und dafür schien ihr dieser Weg der richtige zu sein.

Sie ging ins Badezimmer und putzte sich die Zähne. Es gab Abtreibungsbefürworter, die sich lieber die Arme abhacken ließen, als ihre Einstellung zu ändern. Aber versuchen *konnte* sie es, anderen verständlich zu machen, wie sie es sah:

Beginnend mit dem Satz: *Das ungeborene Baby ist eine Person.* Ersetze die Worte *ungeborenes Baby* durch die Worte: *Immigrant, Afroamerikaner, Transfrau, Jude, Muslim.*

Ein beseeltes *Ja* erfüllte jeden, der diesen Satz laut aussprach. Und Janine empfand in ihrer Mission als Abtreibungsgegnerin genauso. Es gab so viele Organisationen, die sich dem Kampf gegen Rassismus, Sexismus, Obdachlosigkeit, Geisteskrankheit, Homophobie verschrieben hatten, warum also sollte es nicht auch eine geben, die für die winzigsten menschlichen Wesen kämpfte, die den Schutz am allernötigsten hatten?

Janine war sich durchaus bewusst, dass sie es niemals schaffen würde, alle zu ihrer Überzeugung zu bekehren. Aber wenn sie nur eine schwangere Frau zum Umdenken bewegte – das wäre doch ein Anfang, oder?

Sie nahm die Perücke, die sie am gestrigen Abend über eine Shampooflasche gestülpt hatte, senkte den Kopf und zog sie sich stramm über den Schädel. Dann sah sie sich im Spiegel an.

Janine musste grinsen. Als Blondine sah sie gar nicht so übel aus.

Olive lag auf der Seite und sah Peg beim Schlafen zu. Es gab so viele Dinge, die sie ihrer Ehefrau abnahm oder von ihr hinnahm, ohne dass Peg etwas davon wusste. Die erste Tasse Kaffee am Morgen, die immer viel zu bitter schmeckte? Olive trank sie. Der Boden war schmutzig? Olive saugte, während Peg ihre morgendliche Laufrunde absolvierte. Die Bettlaken, die jeden Sonntag frisch waren? Die wechselten sich auch nicht von allein. Olive hatte all das immer aus Liebe getan. Jetzt aber konnte sie in die Zukunft sehen. In einem Jahr würde Peg ihren Kaffee ausspucken, durch ganze Wolken von Staubmäusen waten und in Laken schlafen, die nie gewaschen wurden.

Vielleicht würden sie ganz schwach nach Olive riechen.

Die Wahrheit war, dass Olive sich seit Jahren keine Welt ohne Peg hatte vorstellen können. Und jetzt würde Peg sich eine Welt ohne sie vorstellen müssen.

Peg schlug die Augen auf. Sie sah die auf ihr ruhenden Blicke von Olive und kuschelte sich tiefer in deren Arme. »Woran denkst du?«, murmelte sie.

Das Geheimnis, das Olive für sich behielt, schnürte ihr die Kehle ab, und das fühlte sich falsch und unnatürlich an. »Ich denke darüber nach«, antwortete sie schließlich aufrichtig, »wie sehr ich dich vermissen werde.«

Peg lächelte und schloss die Augen. »Und wohin genau gehst du?«

Olive öffnete den Mund, zögerte dann aber. Ihre Tage waren womöglich gezählt, aber für die Stoppuhr war es noch zu früh. Sie zog Peg in ihre Arme. »Absolut nirgendwohin«, sagte sie.

Eigentlich konnte Joy sich nie an ihre Träume erinnern. Den Grund dafür sah sie in der Zeit, die sie in Pflegeheimen verbracht hatte, wo sie im Schlaf immer ein Auge offen halten und darauf achtgeben musste, dass ihr andere Kinder nichts klauten – ein Buch, eine Zuckerstange, ihren Körper. Doch vor ein paar Monaten, in der Nacht, bevor Joy den Schwangerschaftstest gemacht hatte, hatte sie sich eingebildet, ein Baby, eingewickelt in eine blaue Decke, zu haben.

Denselben Traum hatte sie auch letzte Nacht gehabt.

Sie war vom Klingeln ihres Weckers geweckt geworden – eine

weitere Anomalie, denn normalerweise wachte sie mindestens fünf Minuten vorher auf. Aber heute durfte sie nicht zu spät kommen. Also hatte sie rasch geduscht und dabei festgestellt, dass ihr Rasierer kaputt war. Gegessen hatte sie nichts – sollte sie auch nicht –, und da sie anschließend nicht selbst nach Hause fahren sollte, hatte sie ein Uber-Taxi bestellt.

Ihr Fahrer hatte Fotos seiner Kinder auf dem Armaturenbrett des Kia kleben. »Wird heute ein heißer Tag werden«, meinte er, als sie abfuhren, und sie fluchte innerlich. Ein gesprächiger Fahrer war das Letzte, was sie heute brauchen konnte. Vorzugsweise sollte er stumm sein.

»Denke ich auch«, bestätigte sie.

Er schielte in den Rückspiegel. »Sind Sie wegen des Kongresses in der Stadt?«

Sie malte es sich aus. Wenn es nun ein Kongress unglücklicher schwangerer Frauen wäre? Die einen ganzen Konferenzsaal füllten? Und es dabei zu therapeutischen Sitzungen käme, mit dem Ziel, Selbstzweifel und dumme Entscheidungen herauszulassen? Oder es eine Sitzecke gäbe, wo man hemmungslos weinen, einen schallisolierten Raum, wo man, so laut man wollte, fluchen konnte, auf einen Mann, sein eigenes Pech, auf Gott?

Vielleicht stand das Ganze sogar unter einem Leitmotiv, und es gab einen Motivationstrainer, der einen tatsächlich davon überzeugen konnte, dass der morgige Tag besser wäre als der gestrige?

Streichen Sie das. Nicht die schwangeren Frauen benötigten einen Fortbildungskongress, sondern der aufgebrachte Mob, der Frauen wie Joy mit der Hölle drohte.

»Dann sind Sie also keine Zahnärztin?«, fragte der Fahrer.

»Wie bitte?«

»Der Kongress.«

»Oh«, sagte Joy. »Nein.«

Sie hatte die Adresse des Centers in ihre Uber-App eingegeben, aber jetzt hielt es sie nicht länger in diesem Wagen. Sie wollte zu Fuß gehen. Sie musste allein sein.

»Können Sie da drüben anhalten?«, fragte sie.

»Ist alles okay?« Der Fahrer drosselte das Tempo, setzte den Blinker und kam zum Stehen.

»Ja. Ich muss einfach … Das ist wunderbar. Ich habe mich in der Adresse geirrt«, log sie. Sei's drum, dass sie ausgerechnet vor einem Parkplatz mit einem verrammelten Videoladen hielten, der pleitegegangen war. »Es ist hier gleich um die Ecke.«

»In Ordnung«, meinte der Fahrer.

Joy lief los. Sie spürte die Sonne, die auf ihren Scheitel brannte wie ein Segen. Sie konnte das Auto hören, das hinter ihr herfuhr und im Schritttempo über den Kies am Straßenrand knirschte. *Fahr vorbei. Meine Güte, hau endlich ab.*

Der Kia rollte nun neben ihr, und der Fahrer kurbelte das Fenster herunter. Joy hätte am liebsten geschrien. Warum musste sie ausgerechnet heute auf einen Uber-Fahrer treffen, der ein Gewissen hatte. »Ma'am«, sagte er. »Sie haben das hier vergessen.«

Sie ging zu ihm und sah, dass er die blaue Decke hochhielt, die in zweien ihrer Träume vorgekommen war. Sie hatte nicht neben ihr auf dem Rücksitz gelegen.

Joy warf einen kurzen Blick darauf. »Die gehört mir nicht«, sagte sie und ging weiter.

Izzy gähnte beim Fahren. Sie hasste Nachtschichten und kam normalerweise auch darum herum, weil sie schon lange genug als Krankenschwester in der Notaufnahme des Baptist Memorial arbeitete. Aber diesmal hatte sie freiwillig mit ihrer Kollegin Jayla getauscht, weil sie die beiden nächsten Tage freinehmen musste.

Nun war sie bereits anderthalb Stunden unterwegs, und vor ihr lag noch eine weitere Stunde Fahrt, wie sie sich mehrmals bei Google versichert hatte, ohne dass sich etwas daran änderte.

Aber anstatt wie geplant um sechs Uhr von Oxford loszufahren, hatte sie nach Schichtende den Aufzug genommen und war hinauf zur Entbindungsstation gefahren.

Niemand hatte sie auf dem Weg in den Säuglingssaal gestoppt, schließlich steckte ihr Ausweis an der Klinikkleidung. Doch zu ihrer Überraschung traf sie dort nur ein einziges Baby an. Einen kleinen Jungen, eingewickelt in eine blaue Decke. Er hatte ein Namenskärtchen: LEVON MONELLE. Eine winzige Faust war nach oben gereckt und sein Mund weit geöffnet gewesen. Izzy hatte ihn beobachtet, wie er schrie und ein wenig um sich schlug, bis wie durch ein Wunder seine Hand auf den Lippen landete und er zu nuckeln anfing.

Man war nie zu jung, um Selbstgenügsamkeit zu lernen.

Mit einem Finger hatte sie über den mumiengleich umwickelten kleinen Körper gestrichen. War es unredlich von ihr, Parker nichts von ihrer Schwangerschaft zu erzählen? Oder wäre es schlimmer, es ihm zu erzählen und dann mit ihm Schluss zu machen?

Izzy war während ihres Aufwachsens derart hart mit der Realität konfrontiert gewesen, dass es ihr nicht möglich war, an Fabelwesen zu glauben: Elfen, Einhörner und Männer, denen die gemeinsame Zukunft mit Izzy wichtiger war als ihre Vergangenheit. Sie hatte sich versuchsweise ausgemalt, in Parkers Welt einen Platz einzunehmen, zu lernen, wie man Ski fuhr, und im Kino fünfzig Dollar für die Plätze, Popcorn und Getränke auszugeben, ohne sich schuldig zu fühlen. Aber wenn sie diese Frau wurde, wäre sie nicht mehr Izzy. Und war es nicht sie, in die er sich verliebt hatte?

Es war besser so. Parker würde nie davon erfahren. Er wäre nicht gezwungen, aus irgendeinem fehlgeleiteten Ehr- oder Kavaliersgefühl bei ihr zu bleiben. Wenn er später mal in aller Ruhe darüber nachdachte, nachdem er eine Frau gefunden hatte, die nicht wie sie nur von einem Tag zum anderen lebte und einfach nicht die Ressourcen hatte, um von einer Zukunft zu träumen, würde er schon merken, dass sie ihm einen Gefallen getan hatte.

Als Izzy den kleinen Raum verlassen hatte, war sie am Schwesternzimmer stehen geblieben. »Wie kommt es, dass da nicht mehr Babys sind?«

Die Krankenschwester hatte sie angesehen, als hätte sie nicht alle Tassen im Schrank. »Die sind auf den Zimmern bei ihren Müttern.«

Izzy fühlte sich wie eine Idiotin. Natürlich. Und noch jetzt fragte sie sich, was mit Levons Mutter war. Wollte sie womöglich mal eine Nacht durchschlafen? War sie krank? War *er* es?

Izzy fürchtete sich vor einer Antwort, die vermutlich jede nur annähernd mütterliche Frau gewusst hätte, und hatte aus diesem Grund auch nicht gewagt, der Säuglingsschwester diese Frage zu stellen. Wenn es noch einer Bestätigung dafür bedurfte, dass sie die richtige Entscheidung traf, dann hatte sie diese hiermit bekommen.

Das GPS auf ihrem Telefon teilte ihr mit, dass sie in dreieinhalb Kilometern rechts abbiegen musste. Sie setzte den Blinker und folgte penibel den Anweisungen, weil sie sich auf den Straßen von Jackson, Mississippi, nicht auskannte. Aber trotz ihres Umwegs zum Säuglingszimmer wusste Izzy, dass sie gut in der Zeit lag. Mal abgesehen von unvorhergesehenen Verkehrssituationen würde sie das Center rechtzeitig zum ersten Termin ihres Schwangerschaftsabbruchs erreichen.

Man musste in Atlanta wahnsinnig zeitig aufstehen, wenn man um acht Uhr in Mississippi sein wollte, aber Louie schlief nun mal lieber in seinem eigenen Bett als in einem Hotel. Er jettete an so vielen Tagen im Monat nach Kentucky, Alabama, Texas, Mississippi und in andere Bundesstaaten, in denen Abtreibungskliniken geschlossen wurden, dass er wenn möglich gern

Himmel und Erde in Bewegung setzte, um seinen Kopf auf das eigene Kissen zu betten und sich mit seiner Decke zuzudecken.

Viermal im Monat kam er nach Mississippi, um im Center Abtreibungen vorzunehmen, wo er sich mit drei weiteren Kollegen abwechselte, die von Chicago und Washington, D. C., einflogen. Dabei war Louie immer bewusst gewesen, dass seine Arbeit als Abtreibungsarzt im Tiefen Süden eine größere Herausforderung darstellte als beispielsweise an der Ostküste. Wobei der größte Unterschied zwischen dem Norden und dem Süden nicht das Wetter oder das Essen oder sogar die Menschen waren – sondern die Religion. Hier wurde die Atmosphäre genauso von der Religion wie vom Kohlendioxid beherrscht. Aber man musste auch den Menschen hier die Chance geben, eine Entscheidung treffen zu können, und zwar nicht trotz ihres Glaubens, sondern wegen diesem.

Louie mochte routinemäßige Abläufe und hielt sich, wann immer möglich, daran. Er kannte die Flugbegleiter beim Namen und reservierte immer seinen Lieblingsplatz (6B). Er trank seinen Kaffee schwarz und aß einen Schokoriegel und einen Joghurt, den er sich von zu Hause mitbrachte. Die Zeit, die er im Flugzeug saß, nutzte er, um medizinische Fachzeitschriften zu lesen, wozu er sonst nicht kam.

Heute las er über die Forschungen eines Teams der Northwestern University, dem es gelungen war, Zinkfunken aufzunehmen, die im Moment der Befruchtung eines Eis durch ein Spermium freigesetzt wurden. Durch Fluoreszenzmarkierung konnten die Forscher dieses mikroskopisch kleine Feuerwerk aus Zinkatomen sichtbar machen.

Dass dies bei Mäusen passierte, wusste man bereits, hier jedoch hatte man es zum ersten Mal bei Menschen nachgewiesen. Viel entscheidender war jedoch die Entdeckung, dass gewisse Eier im Moment der Befruchtung ein wenig heller leuchteten als andere – ein Indiz für die Qualität des gerade befruchteten Eis. In Anbetracht dessen, dass fünfzig Prozent der in vitro befruchteten Eier nicht lebensfähig waren und am Ende häufig ein Kliniker raten musste, welches davon am gesündesten *aussah*, wurde deutlich, wie bedeutsam diese Studie für die künstliche Befruchtung war. Die Menge des bei der Befruchtung freigesetzten Zinks ließ darauf schließen, welche Eizelle sich am wahrscheinlichsten zu einem gesunden Embryo entwickelte.

»*Dann sagte Gott, es werde Licht*«, murmelte Louie und schüttelte verwundert den Kopf. Diese unendlich winzigen Zinkatome bestimmten darüber, ob aus einem Ei eine völlig neue genetische Entität wurde. Die Wissenschaft ließ ihn immer wieder demütig werden, ebenso wie sein Glaube, und für ihn stand zweifelsfrei fest, dass beides nebeneinander existieren konnte.

Als Assistenzarzt hatte er viele Patienten im Endstadium begleitet und konnte bestätigen, was gesagt wurde: Sterbende sprachen von einem Tunnel, an dessen Ende ein warmes Licht wartete.

Und so war anzunehmen, dass sowohl das Leben als auch der Tod mit einem Lichtfunken begannen.

Louie war so vertieft in seinen Artikel, dass er erschrak, als das Flugzeug abrupt auf der Landebahn aufsetzte. Er sammelte seine Lektüre zusammen und wartete auf das Zeichen, dass er sich abschnallen konnte. Dann stand er auf und holte seinen Koffer aus dem Gepäckfach. Er reiste nur mit Handgepäck, hatte aber für alle Fälle immer zusätzliche Kleidung in Vonitas Büro hinterlegt.

Er verabschiedete sich von Courtney, der Flugbegleiterin, und hielt sich links, als er den Terminal betrat. Diesen Flughafen kannte er in- und auswendig und wusste, zu welchen Zeiten am TSA-Check-in viel los war, an welchem Gate es einen ordentlichen Kaffee gab und wo sich die Herrentoiletten befanden. Er wusste genau, wie lange er brauchen würde, um zu seinem Mietwagen zu gelangen und zum Center zu fahren.

Und weil sein Zeitplan so vorhersehbar war, wartete bei seiner Ankunft bereits wie immer sein Willkommenskomitee auf ihn.

Er konnte darauf bauen, von einem der üblicherweise vor der Klinik postierten Protestler bereits am Flughafen begrüßt zu werden. Er erwartete ihn am Fußende der Treppe neben der Gepäckausgabe, wo es zu den Mietwagen-Agenturen ging. Louie hatte ihm den Namen Allen der Anti gegeben. Er hielt ein handgeschriebenes Schild hoch, auf dem stand: LOUIS WARD TÖTET BABYS. Louie wusste nicht, was ihn mehr ärgerte: dass dieser Mann so zuverlässig wie ein Uhrwerk funktionierte oder dass er Louies Namen falsch schrieb.

Und tatsächlich stand Allen auch diesmal mit seinem Schild da. Louie ließ sich nie auf ein Gespräch ein. Er hatte seine Erfahrungen gemacht. Aber diesmal war der Name auf dem Schild richtig geschrieben. Und das reichte Louie, um seinen Schritt zu verlangsamen. »Dr. Ward«, sagte Allen lächelnd. »Guten Flug gehabt?«

Er blieb stehen. »Sie sind Allen, nicht wahr?«

»Ja, Sir«, sagte der Mann.

Louie warf einen Blick auf seine Uhr. »Was halten Sie davon, einen Happen zu essen?«

Dank der vorzeitigen Landung seines Flugs konnte er nun über die fünfzehn eingesparten Minuten verfügen. Und im Flughafen, umgeben von Menschen, fühlte er sich sicher. Vielleicht war es ja möglich, in die Schuhe eines anderen zu schlüpfen, ohne diesem dabei auf die Füße zu treten.

Allen klemmte sich sein Schild unter den Arm, und gemeinsam stiegen sie die Treppe hinauf zu einem Fast-Food-Restaurant, wo Louie den Protestler zu einem Frühstück einlud und dann ihm gegenüber an einem Tisch Platz nahm, der von jedem auf dem Weg zum Ticketschalter eingesehen werden konnte. »Darf ich Sie fragen, warum Sie mich hier abpassen?«, fragte er.

Allen schluckte und lächelte. »Ich möchte, dass diese Mordfabrik schließt, in der Sie arbeiten«, sagte er so locker, als würde er sagen: *Bis jetzt war es ein wirklich warmer Herbst.*

»Mordfabrik«, wiederholte Louie und wendete den Begriff in seinem Mund hin und er. »Wie lange sollen die Frauen in meiner Obhut Ihrer Meinung nach denn noch für ihr Vergehen ins Gefängnis kommen?«

»Hasse die Sünde, nicht den Sünder«, sagte er.

»Sofern nicht ich der Sünder bin, oder?«, stellte Louie klar. »Sie würden also sämtliche Abtreibungen verbieten, wenn Sie könnten?«

»Idealerweise ja.«

»Selbst in Fällen von Vergewaltigung und Inzest?«

Allen zuckte mit den Schultern. »Mal ganz ehrlich, wie viele Prozent sind das?«

»Sie haben meine Frage nicht beantwortet«, hakte Louie nach.

»Und Sie meine nicht«, konterte Allen. »Und selbst wenn es sich um einen dieser seltenen Umstände handelt, begehen Sie dennoch einen Mord.«

Louie dachte an den Beutel, den er bei einem frühen Abbruch entfernte. Das war ein Gewebe, das keinen Schmerz verspürte, weder Gedanken noch Gefühle kannte. Für ihn war es Potenzial. Für Allen war es eine Person. Aber wer würde bestreiten wollen, dass es einen moralischen Unterschied gab, ob man einen hundert Jahre alten Baum fällte oder auf eine Eichel trat?

Allen schob sich Rührei in den Mund. Wieder Lebenspotenzial, das vergeudet wurde, sagte sich Louie. »Ich verstehe mich als jemand, der für das Leben eintritt, wissen Sie. Zufälligerweise bin ich ›für das Leben der Frau‹. Sie würde ich als jemanden bezeichnen, der für die Geburt eintritt.«

»Ich könnte sagen, Sie treten für Abtreibungen ein«, erwiderte Allen.

»Keiner zwingt Frauen dazu, abzutreiben, wenn sie sich nicht selbst dafür entscheiden. Das ist der Unterschied zwischen der Unterstützung des freien Willens und der Negation des freien Willens.«

Allen lehnte sich zurück. »Ich glaube nicht, dass Sie und ich da jemals auf einen Nenner kommen.«

»Vermutlich nicht. Aber vielleicht können wir uns darauf einigen, den öffentlichen Raum um die Politikgestaltung herum zu neutralisieren. Wir haben alle ein Recht auf unsere religiösen Überzeugungen, oder?«

Misstrauisch nickte Allen.

»Aber wir können keine auf Religion basierenden politischen Entscheidungen treffen, sofern Religion für jeden etwas anderes bedeutet. Also bleibt nur die Wissenschaft. Die Reproduktionswissenschaft ist, was sie ist. Empfängnis ist Empfängnis. Sie können über den ethischen Wert bestimmen, den diese für Sie hat, basierend auf Ihrer Beziehung zu Gott… aber die auf den Menschenrechten basierende Politik sollte im Hinblick auf die Fortpflanzung keinerlei Interpretation zulassen.«

Louie verfolgte, wie Allens Augen vor Verwirrung glasig wurden. »Haben Sie eine Tochter, Allen?«

»Ja.«

»Wie alt?«

»Zwölf.«

»Was würden Sie tun, wenn sie jetzt schwanger werden würde?«

Allens Gesicht lief rot an. »Immer wieder versucht Ihre Seite es auf diese…«

»Ich *versuche* gar nichts. Ich bitte Sie nur, Ihr Dogma persönlich zu nehmen.«

»Ich würde sie beraten. Ich würde mit ihr zu unserem Pastor gehen. Und ich wäre zuversichtlich«, sagte Allen, »dass sie die richtige Entscheidung treffen würde.«

»Dagegen habe ich nichts einzuwenden«, sagte Louie.

Allen blinzelte. »Nicht?«

»Nein. Ihre Religion sollte Ihnen dabei helfen, eine Entscheidung zu treffen, wenn Sie sich selbst in dieser Situation befinden. Aber die Politik hat die Aufgabe, dafür zu sorgen, dass Sie überhaupt erst das Recht bekommen, diese Entscheidung treffen zu können. Wenn Sie sagen, etwas nicht tun zu können, weil Ihre Religion Ihnen das verbietet, ist das eine gute Sache. Wenn man aber sagt, *ich* darf etwas nicht tun, weil *Ihre* Religion es verbietet, ist das ein Problem.« Louie schielte auf seine Uhr. »Die Pflicht ruft.«

»Wissen Sie, ich finde es immer seltsam, dass ihr Abtreibungsbefürworter tatsächlich alle *geboren* wurdet«, sagte Allen.

Louie grinste und sammelte ihren Abfall zusammen. »Danke für die Gesellschaft. Und das Gespräch.«

Allen hob sein Schild auf. »Sie machen es einem sehr schwer, Sie zu hassen, Dr. Ward.«

»Genau darum geht es, Bruder«, sagte Louie. »Genau darum ...«

Beth hatte versucht, alles richtig zu machen. Sie war zum Center gegangen, das genauso gut auf dem Mars hätte liegen können, wenn man bedachte, wie weit sie fahren musste und wie teuer das Busticket war. Sie hatte das Formular für die elterliche Einwilligung ausgefüllt und in ihrem eigenen Bezirk vorgelegt. Schließlich war es nicht ihr Fehler, dass der Richter sie versetzt hatte, um mit seiner Frau *Urlaub* zu machen. Das sollte Richtern nicht erlaubt sein, nicht, wenn das Leben anderer von ihren Urteilen abhing.

Am Ende war ihr die Zeit davongelaufen. Die Tabletten waren aus dem Ausland gekommen, die Anweisungen auf Chinesisch, aber sie hatte noch immer die Formulare von der Beratungssitzung, an der sie im Center teilgenommen hatte, mit den einzelnen Schritten, wie man bei einer medikamentösen Abtreibung vorzugehen hatte. Sie hatte die an die Gruppe gerichteten Worte der Dame in der Klinik noch im Ohr, wonach es für Frauen, die sich für die Abtreibungspille entschieden, einen Stichtag gab. Welche magische Wochenzahl das war, wusste Beth nicht mehr, war sich aber sicher, diese bereits überschritten zu haben.

Sie saß im Badezimmer und krümmte sich vor Schmerzen. Anfangs war sie davon ausgegangen, etwas falsch gemacht zu haben, weil überhaupt kein Blut kam. Jetzt hörte es nicht mehr auf zu fließen. Und es war nicht nur Blut, es waren Klumpen, große dunkle, feste Massen, die sie in Panik versetzten. Deshalb hatte sie sich auch auf die Toilette gesetzt. Sie konnte hinter sich greifen und abziehen. Sie fürchtete sich davor, zwischen ihren Beinen hindurch nach unten zu schauen und Ärmchen und Beinchen, ein trauriges winziges Gesicht zu sehen.

Wieder schienen sich ihre Eingeweide zu verknoten und ihr Unterleib das Innerste nach außen zu kehren. Beth zog die Knie noch weiter an ihr Kinn heran, die einzige Position, die Erleichterung brachte, aber nicht im Sitzen zu bewerkstelligen war. Schwitzend und stöhnend rutschte sie von der Toilette und rollte auf die Seite. Ihr Atem ging abgehackt.

Das Ding, das zwischen ihren Beinen herausflutschte, hatte die Größe einer Faust. Beth schrie laut, als sie es rosa und unfertig auf dem Linoleum liegen sah, die zukünftigen Augen und Organe dunkle Flecken unter der durchsichtigen Haut. Zwischen ihren Beinen lag wie ein Fragezeichen die Nabelschnur.

Zitternd packte sie ein Händehandtuch und wickelte das Ding ein – *es war kein Baby, es war kein Baby, es war kein Baby –*, stopfte es in den Abfalleimer und drapierte Papiertücher, Reinigungstücher und Wattetupfer darüber, als wäre aus dem Auge auch aus dem Sinn.

Dann sah sie plötzlich Sterne und glaubte zu sterben, aber das ergab keinen Sinn, denn für sie gab es keine Möglichkeit mehr, in den Himmel zu kommen. Vielleicht könnte sie für einen kurzen Moment einfach nur die Augen schließen, und alles wäre ungeschehen, wenn sie diese wieder aufschlug.

Sie hörte ein Klopfen und dachte eine Schrecksekunde lang, es käme aus dem Abfalleimer. Aber dann wurde es immer lauter, und ihr wurde klar, dass jemand nach ihr rief.

Beth wollte antworten, wollte es wirklich. Aber sie war so unglaublich müde.

Als die Tür aufsprang, nachdem ihr Vater das Schloss aufgebrochen hatte, nahm sie den letzten Rest an Kraft zusammen und flüsterte: »Nicht böse sein, Daddy.« Dann wurde alles schwarz um sie.

George ließ den Motor laufen, nachdem er den Laster illegal in der Feuerwehrzone geparkt hatte. Er rannte zur Beifahrerseite, hob seine bewusstlose Tochter aus dem Wagen und trug sie durch die Automatiktüren der Notaufnahme. Sie blutete durch die Decken, in die er sie gewickelt hatte. »Bitte helfen Sie meiner Tochter«, rief er und war sofort von Leuten umgeben.

Diese nahmen sie ihm weg, legten sie auf eine Rolltrage und rannten los, er hinterher. Eine Krankenschwester berührte seinen Arm. »Mr. ...?«

»Goddard«, sagte er. »Das ist mein Mädchen.«

»Was ist mit ihr passiert?«, fragte sie.

»Ich weiß es nicht. Ich weiß es nicht.« Er schluckte. »Ich fand sie so im Badezimmer. Sie blutet von ... von da unten ...«

»Vaginal?«

Er nickte. Er versuchte zu sehen, was die Ärzte mit ihr machten, aber es waren so viele, und sie bewegten sich um sie herum und blockierten ihm die Sicht.

»Wie heißt Ihre Tochter?«, wollte die Krankenschwester wissen.

Als sie noch ganz klein war und ihren Namen nicht aussprechen konnte, nannte sie sich Lil Bit. Der Name blieb lange an ihr hängen. Später ließ sie dann die zweite Hälfte dieses Kosenamens weg. Aber er war der Einzige, der sie Lil nannte, alle anderen benutzten einen anderen Umgangsnamen.

»Elizabeth Goddard«, sagte George. »Sie wird Beth genannt.«

Vergangene Nacht hatte Bex von einem Kunstwerk geträumt, und sie hatte es noch immer im Kopf. Es war ein verpixelter Fötus in typisch eingerollter Seitenlage, jedoch ohne Arme, Beine und Nabelschnur. Aus dem ihn umgebenden weißen Raum war in optischer Täuschung ein Profil herausgearbeitet. Und wenn man es sehr genau betrachtete, erkannte man es als ihres.

Es überraschte sie nicht, dass sie ausgerechnet heute eine solche Inspiration erfuhr. Erst gestern hatte sie ihre letzte Auftragsarbeit abgeschlossen. Zeit also für einen Neuanfang.

Hugh hatte sie bereits angerufen, um ihm zu seinem Geburtstag zu gratulieren, und auch schon eine Tasse Tee getrunken. Ihr Körper summte vor freudiger Erwartung wie ein Kind, das an Weihnachten darauf wartet, dass es endlich hell wird. Sie würde jede Sekunde dieses Morgens auskosten und wie die Saite einer Geige anschlagen und in deren Ton mitschwingen.

Im Wandschrank ihres Ateliers, in dem sie Farben, Terpentin und Pinsel verwahrte, gab es ein kleines Paneel, das aufsprang, wenn man mit dem Finger dagegendrückte, und ein Geheimfach freigab. Sie hatte es mit übernommen, aber keine Ahnung, wozu es den vorherigen Besitzern gedient hatte – vermutlich als Safe oder um Liebesbriefe zu verstecken. Bex bewahrte einen Schuhkarton darin auf, und diesen zog sie jetzt heraus und stellte ihn auf ihre Werkbank.

Ein winzig kleines blaues Baumwollmützchen und ein Krankenhausarmband mit der Aufschrift BABYJUNGE MCELROY lagen darin. Außerdem, das Beste von allem, ein Foto – mit seinen verblassenden Rost-, Gelb- und Grüntönen, die sie mit den Siebzigerjahren verband. Die Aufnahme von 1978 zeigte Bex im

Krankenhausbett, vierzehn Jahre alt, im Arm den neugeborenen Hugh.

Bex hätte abtreiben können – es war legal –, aber ihre Mutter, eine tiefgläubige Katholikin, redete es ihr aus. Stattdessen unterbreitete sie ihr eine Lösung, die zu einem Geheimnis wurde. Von dem Moment an, da Bex das Krankenhaus verließ, war sie nicht mehr Hughs Mutter, sondern seine Schwester. Ihr Vater nahm eine Stelle in einem anderen Bundesstaat an und zog mit der ganzen Familie dorthin, alle Spuren wurden so gut verwischt, dass selbst Bex manchmal die Realität vergaß. Als ihre Mutter starb, hatte Bex in Erwägung gezogen, es Hugh zu sagen, aber zu große Angst davor, er könnte wütend auf sie sein und sie hassen. Dieses Risiko durfte sie nicht eingehen.

Hugh musste erst noch erwachsen werden und die Erfahrung machen, selbst ein Baby zu haben. Kam es da wirklich darauf an, ob Bex Mutter oder Schwester war?

Nach nunmehr vierzig Jahren war sie sehr geübt darin, kein Bedauern aufkommen zu lassen, doch an einem Tag im Jahr ließ sie es zu – an diesem Tag, an Hughs Geburtstag. Sie holte den Schuhkarton heraus und malte sich Paralleluniversen für ihr Leben aus. In einem war sie Hughs Mutter und Wrens Großmutter. In einem anderen hatte sie sich wieder verliebt, hatte geheiratet und ein Kind bekommen, das sie zu jeder Zeit in die Arme schließen konnte. In einem dritten war sie auf die Kunstschule gegangen, nach Florenz gezogen und Bildhauerin geworden, anstatt in Mississippi zu bleiben, um auf Hugh aufzupassen, nachdem ihr Vater gestorben und ihre Mutter zur Alkoholikerin geworden war.

Bex, die ihre Schwangerschaft *nicht* abgebrochen hatte, hatte an diesem Tag dennoch ein potenzielles Leben verloren – ihr eigenes. Aber sobald sich die Trauer über das, was sie verpasst hatte, einschleichen wollte, leitete sie ihre Gedanken um auf die Leben, die buchstäblich gerettet worden waren, und zwar von ihrem Sohn – die geschlagenen Frauen, die Leute mit Selbstmordabsichten. Den Teenager, den Hugh im letzten Jahr aus dem eiskalten Fluss gezogen hatte. Wren.

Nein. Sie hätte nichts, aber auch gar nichts geändert. Das jedenfalls redete sie sich ein, wenn sie diese Frage zuließ und das Gefühl hatte, daran zu ersticken.

Bex verstaute das Foto wieder sorgsam ganz unten in der Schuhschachtel und legte Armband und Mützchen dazu. Sie trug die Schachtel zurück zum Wandschrank und legte sie wieder ins Geheimfach. Dann ließ sie die Klappe zuschnappen und versiegelte die Krypta dieser Erinnerung.

Gelegentlich fragte sie sich, ob nach ihrem Tod jemand den Schuhkarton finden würde. Womöglich die neuen Hausbesitzer. Und diese würden um die Artefakte vielleicht eine Legende ersinnen und überlegen, ob sich damit eine Tragödie oder eine Liebesgeschichte verband. Oder beides gleichzeitig, denn auch das war möglich, wie Bex wusste.

Sie schloss den Schrank und zog anschließend die Vorhänge auf. Sonnenlicht ergoss sich über den Holzboden wie goldene Körner aus einem Silo. Der Himmel war klar und so blau wie die Augen ihres Sohnes. Die Wahl seines Namens war die einzige Andeutung seiner unmittelbaren Verbindung zu ihr. Denn bereits mit vierzehn hatte Bex die Welt mit den Augen einer Künstlerin gesehen, eingefangen in Schatten und Licht. Wobei Tönung – *hue* – das Wichtigste war.

Also *Hugh*.

Bex lächelte und griff nach den Keilrahmenleisten und einer nicht grundierten Leinwand. *Heute*, sagte sie sich, *ist ein guter Tag, um geboren zu werden.*

Epilog

18 Uhr

Keiner kann sich seine Eltern selbst aussuchen. Aber manche haben Glück.

Gerade noch hatte Wren gespürt, wie der Arm ihres Vaters sie umschlang. Sie konnte ihn riechen – Rasierwasser mit Lorbeerduft und Wäschestärke. »Es ist alles gut«, flüsterte er, und sein Atem durchwehte ihre Schläfenhaare. »Alles ist jetzt gut.«

Sie glaubte ihm. Wie immer. Sie glaubte ihm, wenn er schwor, es gebe keinen Grund, sich im Dunkeln zu fürchten, weshalb er ihr auch beibrachte, die Sterne zu lesen, damit sie sich nie verloren fühlte. Sie glaubte ihm, wenn er Artikel über Datenklau und Catfishing im Internet ausdruckte und an ihren Badezimmerspiegel klebte. Sie glaubte ihm, wenn er eine Spinne aß, um zu beweisen, dass die gar nicht so gruselig war.

Sanft schubste er sie weg, wobei sein Blick auf ihren aneinandergeklammerten Händen ruhte. »Geh jetzt, Wren«, sagte er.

Sie konnte sich nicht überwinden wegzutreten. Obwohl Wren sich in diesen Schlamassel geritten hatte, weil sie es nicht erwarten konnte, erwachsen zu werden, wünschte sie sich nichts mehr, als von ihrem Vater auf dem Schoß gewiegt und nie mehr losgelassen zu werden.

»Lass mich das zu Ende bringen«, murmelte er.

Sie machte einen unsicheren Schritt auf das weiße Zelt zu. Die Polizisten winkten sie heran, aber keiner kam, um sie zu holen.

Es hatte mal einen Tornado in Jackson gegeben. Wren erinnerte sich an die eitrig gelbe Färbung des Himmels und wie geladen sich die Atmosphäre angefühlt hatte. Kurz bevor der Sturm über die Stadt hereinbrach, war die Luft so still geworden, dass Wren dachte, die Erde hätte aufgehört, sich zu drehen, und die Zeit laufe rückwärts. Das gleiche Gefühl hatte Wren jetzt wieder, und sie drehte sich um, nachdem sie die halbe Strecke zum Einsatzzelt zurückgelegt hatte.

Sie hörte die Stimme ihres Vaters, der mit George Goddard sprach. »Denken Sie an Ihre Tochter.«

»Sie wird mich nach allem, was passiert ist, nicht mehr mit gleichen Augen ansehen. Sie begreifen das nicht.«

»Dann erklären Sie es mir.«

Wren starrte auf den Schützen, als dieser abdrückte.

Wrens Vater erzählte ihr immer wieder gern die Geschichte, dass er vom Moment ihrer Geburt an ihr Held gewesen war. Sie war im Krankenhaus, und die Säuglingsschwestern nahmen sämtliche Tests an ihr vor, die vor der Entlassung eines Babys erforderlich waren. Einer davon war der Guthrie-Test, für dessen Durchführung der Fuß des Neugeborenen angepiekst werden musste, um ein paar Tropfen Blut auf eine Diagnosekarte zu tröpfeln. Diese wurde dann ins Labor geschickt und auf PKU getestet.

Die Schwester, die an jenem Tag Dienst hatte, war unerfahren, und als sie in Wrens Fuß piekste, fing diese an zu weinen. Es kam nicht genug Blut, weshalb sie Wren ein zweites Mal stechen musste. Sie drückte den Fuß des Babys zusammen, um manuell Blut herauszuquetschen. Inzwischen brüllte Wren wie am Spieß.

Ihr Vater stand auf und entriss der Säuglingsschwester seine Tochter. Mit der in eine Decke gewickelten Wren im Arm verkündete er, sie mit nach Hause zu nehmen. Die Säuglingsschwester wollte ihn daran hindern und erklärte ihm, dass sie per Gesetz dazu verpflichtet sei, diesen Test durchzuführen.

Ich bin das *Gesetz*, verdammt, erwiderte ihr Vater.

Bis heute hatte er Hausverbot in diesem Krankenhaus.

Helden, das wusste Wren, kamen nicht immer zur Rettung an-
gebraust. Sie machten zweifelhafte Aufrufe. Sie lebten mit Zwei-
feln. Sie gingen alles mehrmals durch, berichtigten und kalku-
lierten verschiedene Resultate. Manchmal töteten sie auch, um
zu retten.

Weil Wren zitterte, obwohl es draußen noch immer heiß
war, wurde sie in eine Rettungsdecke gehüllt. Dort, wo ein Polizist des Sondereinsatzkommandos sie gepackt hatte, um sie aus
der Schusslinie zu ziehen, taten ihr die Rippen weh. Hätte der
Schütze Wren wirklich erschossen? Keiner wusste das, denn
stattdessen hatte ihr Vater die Waffe gezogen und drei Schüsse
auf George Goddard abgegeben.

Live im Fernsehen.

Im Anschluss daran wurde es hektisch – ihr Vater wurde vom
Sondereinsatzkommando weggebracht, Sanitäter luden die Leiche in einen Krankenwagen, weil ein Arzt den Tod des Schützen
bestätigen musste.

Ein wenig erschrocken machte Wren sich klar, dass diese
Titulierung auf beide Männer zutraf.

Sie saß auf der Ladefläche eines Polizeilasters, als ihr Vater auf
sie zukam. Sein Arm war verbunden. Goddards verirrter Schuss,
der für sie gedacht gewesen war, hatte ihn erwischt.

Sie war in die Klinik gekommen, weil sie kein kleines Mädchen mehr sein wollte. Aber man wurde nicht zur Frau, nur weil
man Sex hatte. Man wurde es, indem man gezwungen wurde,
Entscheidungen zu treffen, manchmal auch schreckliche. Kindern wurde gesagt, was sie zu tun hatten. Erwachsene fassten
Entschlüsse, auch wenn die Optionen sie entzweirissen.

Der Blick ihres Vaters folgte ihrem. Das Center war ins Licht
der untergehenden Sonne getaucht, und die orangefarbenen

Mauern sahen aus, als stünden sie in Flammen. »Was wird daraus werden?«, fragte Wren.

»Ich weiß es nicht.«

Sie musste an Dr. Ward, Izzy, Joy und Janine denken. An die arme Vonita. An die namenlosen Frauen, die schon im Center waren, bevor Wren dort eintraf, und die Frauen, die morgen zu ihrem Termin kommen und wenn nötig das Absperrband niedertrampeln würden.

»Tante Bex wartet auf uns«, sagte ihr Vater. Er streckte die Arme aus und hob Wren, als wäre sie noch immer ein kleines Mädchen, von der Ladefläche. Wren sah, wie er wegen seiner Verletzung zusammenzuckte.

Als kleines Mädchen hatte sie im Spiel immer Arme und Beine angespannt und das Rückgrat durchgedrückt, um sich so steif wie möglich zu machen. *Ich mache mich extra schwer*, erklärte sie ihm dann, und er musste lachen.

Ich werde dich immer tragen können.

Der Nachthimmel wellte sich, blaue Sterne zogen auf, rote verblassten. Sie waren umgeben von Leben und Tod. Sie liefen vorbei am Maschendrahtzaun, der das Grundstück des Centers umgab. Die Protestler hatten ein langes Transparent daran befestigt: ES IST EIN KIND, KEINE WAHLMÖGLICHKEIT. Am Morgen war Wren an diesem Plakat vorbeigelaufen, und erstaunlicherweise war es auch jetzt noch intakt.

Nach ein paar Schritten blieb Wren stehen.

»Alles in Ordnung?«, wollte ihr Vater wissen.

»Nur einen Moment.«

Wren rannte zurück zum Zaun. Sie riss das Banner ab, zerknüllte den langen Papierstreifen und warf ihn auf den Boden. Was noch übrig blieb, spießte sie am Maschendraht auf.

WAHLMÖGLICHKEIT.

Sie betrachtete ihr Werk. *So*, sagte sie sich.

Wenn Wren viele Jahre später diese Geschichte erzählte,

erinnerte sie sich nicht daran, dieses Banner berichtigt zu haben. Sie erinnerte sich auch nicht mehr, ob die Umzäunung des Centers aus Gips oder aus Metall war, auch nicht daran, wie klein die Abstellkammer gewesen war oder ob das Blut ihrer Tante sich auf den Fliesen oder dem Teppich ausgebreitet hatte. Aber sie erinnerte sich ganz genau, dass sie, als sie mit ihrem Vater wegging, zum ersten Mal *seine* Hand hielt anstatt andersherum.

Nachwort

Die National Abortion Federation erstellt Statistiken zu Gewalttaten von Abtreibungsgegnern in den Vereinigten Staaten und in Kanada. Seit 1977 wurden 17 Mordversuche, 383 Todesdrohungen, 153 gewaltsame Übergriffe und Schlägereien, 13 Verwundete, 100 Stinkbomben, 373 Einbrüche, 42 Bombenangriffe, 173 Brandstiftungen, 91 versuchte Bombenangriffe oder Brandstiftungen, 619 Bombendrohungen, 1630 Fälle durch Hausfriedensbruch, 1264 Fälle von Vandalismus, 655 Anthrax-Drohungen und 3 Geiselnahmen erfasst.

Elf Menschen kamen infolge gewaltsamer Angriffe auf Einrichtungen, die Abtreibungen vornehmen, zu Tode: vier Ärzte, zwei Klinikangestellte, ein Wachmann, ein Polizist, ein Klinikbegleiter und zwei weitere.

Das Justizministerium der USA bewertet extremistische Abtreibungsgegner als nationale Terrorbedrohung.

Doch Gewalt ist nicht die einzige Bedrohung, der Abtreibungskliniken ausgesetzt sind. In den vergangenen fünf Jahren haben Politiker mehr als zweihundertachtzig Gesetze verabschiedet, die einen Schwangerschaftsabbruch erschweren. 2016 hat der Oberste Gerichtshof ein texanisches Gesetz für ungültig erklärt, das für jede Abtreibungsklinik einen Operationssaal zur Bedingung machen wollte sowie von den dort arbeitenden Ärzten verlangte, dass sie für ihre Patientinnen im Falle von Komplikationen eine privilegierte Aufnahme im örtlichen Krankenhaus sicherstellen konnten. Für viele Kliniken wäre das unerschwinglich gewesen und hätte ihre Schließung bedeutet. Da zudem viele Abtreibungsärzte zu ihren Einsätzen extra einfliegen, wären ihnen in den Krankenhäusern vor Ort keine Aufnahmeprivilegien erteilt worden. Erwähnenswert ist in diesem Zusammenhang allerdings, dass weniger als 0,3 Prozent der Frauen nach einem Abbruch aufgrund von Komplikationen stationär behandelt werden müssen. Tatsächlich besteht bei Darmspiegelungen, Fettabsaugung, Vasektomien … und bei Geburten – die alle außerhalb eines Operationssaals durchgeführt werden – ein weitaus höheres Sterblichkeitsrisiko.

2016 hat Mike Pence in Indiana ein Gesetz unterschrieben, das einen Abort aufgrund fötaler Behinderung verbot und von den Anbietern verlangte, die Schwangere über eine Unterbringung in einem Perinatal-Hospiz zu informieren – der Fötus sollte so lange im Mutterleib verbleiben, bis er eines natürlichen Todes starb. Dasselbe Gesetz legte fest, dass Föten eingeäschert oder formell beerdigt werden sollten, selbst wenn die Mutter dies nicht wünschte. 2017 hat ein Richter das Gesetz blockiert.

In Alabama wurde 2014 gesetzlich festgeschrieben, dass eine Minderjährige bei Gericht eine Abtretungserklärung zur Abtreibung einholen muss, damit ein Prozesspfleger als Anwalt des Fötus vermittelt werden kann. Das Gesetz legte außerdem fest, dass ein Elternteil oder ein gesetzlicher Vormund Berufung einlegen und auf diese Weise das Verfahren so lange hinauszögern kann, bis das Mädchen den Zeitpunkt für einen legalen Schwangerschaftsabbruch überschritten hatte. Ein Bundesrichter hat dieses Gesetz 2017 zu Fall gebracht.

In Arkansas müssen Frauen darüber informiert werden, dass es möglich sei, einen durch Medikamenteneinnahme indizierten Abbruch mit Progesteron rückgängig zu machen. Ähnliche Gesetze wurden in Arizona, Colorado, Kalifornien, Indiana,

Idaho, North Carolina und Georgia eingeführt. Die einflussreiche Lobbyistengruppe Americans United for Life hat den Passus über die Wirkungsaufhebung der Abtreibungspille in ihren Gesetzesvorschlag von 2017 aufgenommen. Allerdings existieren keine offiziellen Studien, die beweisen, dass ein medikamentös indizierter Abort tatsächlich rückgängig gemacht werden kann.

Am 19. März 2018 – das Manuskript für dieses Buch lag bereits beim Verlag – unterzeichnete der Gouverneur von Mississippi Phil Bryant den Gestational Age Act und verbot damit Abtreibungen in Mississippi nach der fünfzehnten Schwangerschaftswoche, wodurch dieser Bundesstaat die kürzeste Fristenregelung in den USA hat. In seinem Tweet schrieb er: »Ich bin entschlossen, Mississippi in Amerika zum sichersten Ort für ein ungeborenes Kind zu machen.« Das Gesetz sieht Ausnahmeregeln bei schweren fötalen Anomalien vor, aber nicht bei Vergewaltigung oder Inzest. Ärzte, die Schwangerschaftsabbrüche nach der fünfzehnten Woche vornehmen, müssen dies schriftlich begründen und laufen bei Verstößen gegen dieses Gesetz Gefahr, ihre Arztzulassung zu verlieren. Die Jackson Women's Health Organization – das Pink House – ist der einzige Anbieter für Schwangerschaftsabbrüche in Mississippi und nimmt keine Abbrüche in der sechzehnten Woche mehr vor. Für diese Änderung gibt es keine medizinische oder wissenschaftliche Begründung.

Es ist ein Fehler zu glauben, dass ein durch Gesetzeshürden erschwerter Schwangerschaftsabbruch oder eine Aufhebung der Grundsatzentscheidung Roe versus Wade das Ende von Abtreibungen bedeuten würde. Präzedenzfälle belegen das Gegenteil – in den Fünfzigerjahren wurden jährlich bis zu 1,2 Millionen ungeschützte Abtreibungen vorgenommen. Das Guttmacher Institute hat nachgewiesen, dass die Anzahl der Schwangerschaftsabbrüche zwischen 2000 und 2008 abnahm, obwohl sie legal waren. Aber es kommt auf das an, was hinter den Zahlen steht.

Für in Armut lebende Frauen stieg die Anzahl der Abbrüche um achtzehn Prozent. Für wohlhabende Frauen nahm sie um vierundzwanzig Prozent ab. Das bedeutet, dass arme Frauen häufiger ungewollt schwanger werden. Tatsächlich verdienen sieben von zehn Frauen, die einen Schwangerschaftsabbruch haben vornehmen lassen, weniger als zweiundzwanzigtausend Dollar im Jahr. 2004 sagten drei Viertel der befragten Frauen, sie hätten die Schwangerschaft abgebrochen, weil sie nicht über die finanziellen Mittel verfügten, ein Kind aufzuziehen. Bis jetzt hat keine Studie die Frage gestellt, ob eine Verbesserung der sozioökonomischen Bedingungen dieser Frauen zu weniger Schwangerschaftsabbrüchen führen würde.

Für dieses Buch habe ich mich mit Vertretern von Pro-Life getroffen. Es waren keine religiösen Eiferer, sondern Männer und Frauen, mit denen ich mich gerne unterhalten habe und deren Argumente auf tiefer persönlicher Überzeugung beruhten. Sie waren alle entsetzt angesichts der Gewalttaten, die im Namen ungeborener Kinder verübt wurden. Ihnen war es wichtig, die Abtreibungsbefürworter wissen zu lassen, dass es ihnen nicht darum gehe, die Frauenrechte zu unterlaufen oder diesen Frauen Vorschriften im Umgang mit ihren Körpern zu machen. Sondern einzig und allein darum, Frauen, die sich für den legalen Abbruch entschieden, zu verdeutlichen, dass Leben kostbar ist und ihre Entscheidung Auswirkung auf ein unschuldiges Wesen hat.

Außerdem befragte ich rund hundertfünfzig Frauen, die eine Schwangerschaft abgebrochen hatten. Von diesen Frauen bereute nur eine ihre Entscheidung. Die meisten dachten täglich daran. Als ich sie fragte, was die Pro-Life-Verfechter über sie erfahren sollten, kamen die Antworten von Herzen. Vielen war es wichtig klarzustellen, dass eine Frau, die eine derartige Entscheidung trifft, kein schlechter Mensch ist. Eine Frau drückte es so aus: »Ich brauche niemanden, der mich für eine Entscheidung anprangert, die treffen zu müssen mich ohnehin schon schmerzt.«

Ich traf mich mit dem Personal des Pink House – der Jackson Women's Health Organization –, der einzigen noch verbliebenen Abtreibungsklinik in Mississippi. Zudem wurde mir das Privileg zuteil, Dr. Willie Parker über die Schulter schauen zu dürfen, als dieser Abtreibungen im West Alabama Women's Center in Tuscaloosa, Alabama, vornahm – und ja, der fiktionale Dr. Ward hat Ähnlichkeit mit Willie. Mir ist noch kein Mann begegnet, der sich derart leidenschaftlich für Frauen einsetzt wie Dr. Parker, der zudem gläubiger Christ ist. Er entschied sich für seine Tätigkeit nicht trotz, sondern aufgrund seines Glaubens. Barmherzigkeit versteht er aufgrund seiner Religion als Aufforderung, sich für andere einzusetzen, anstatt über sie zu richten. Erfunden hat Dr. Parker auch den Begriff *verbicaine* – *Verbalanästhesie* –, das Gespräch, das dazu dient, eine Patientin während des Eingriffs zu entspannen. Damit soll der Eingriff nicht trivialisiert, sondern in einen Kontext gestellt werden. Ein Abort, so meint er, solle nicht der Bezugspunkt sein, an dem eine Frau ihr ganzes Leben bemisst.

In Birmingham durfte ich dank der Großzügigkeit und des Entgegenkommens dreier Patientinnen jeweils bei einem Abort in der fünften, in der achten und in der fünfzehnten Woche zusehen. Die ersten beiden Eingriffe dauerten weniger als fünf Minuten, und ja, ich sah die Ergebnisse der Zeugung, und da war nichts, was mit bloßem Auge auf ein totes Baby hingewiesen hätte. Der Eingriff in der fünfzehnten Woche war komplizierter und dauerte etwas länger. Vermischt mit Blut und Gewebe waren winzige Körperteile erkennbar.

Dr. Parker glaubt an Transparenz in seiner Arbeit. Ein Fötus ist für ihn etwas Lebendiges, aber kein Mensch. Entscheidend ist für ihn die Frage nach der moralischen Verantwortung, die wir füreinander haben. Pro-Life-Aktivisten schützen die Rechte des Fötus, wer aber schützt die Rechte der Frauen?

Die Frau, die gekommen war, um in der fünfzehnten Woche

einen Schwangerschaftsabbruch vornehmen zu lassen, hatte bereits drei Kinder, alle unter vier Jahren. Sie konnte sich kein weiteres Kind leisten, ohne damit die Versorgung der anderen Kinder zu gefährden. Machte der Gang in diese Klinik sie zu einer grausamen Mutter oder zu einer, die verantwortlich handelte?

Ich selbst habe nie abgetrieben, hielt mich aber immer für eine Abtreibungsbefürworterin. Als ich dann mit meinem dritten Kind schwanger war, bekam ich in der siebten Woche heftige Schmierblutungen. Der Gedanke an das Ende dieser Schwangerschaft setzte mir damals sehr zu, denn in meiner Vorstellung war es bereits ein Baby. Wäre ich jedoch als Zehntklässlerin in der siebten Schwangerschaftswoche gewesen, hätte ich mich für eine Abtreibung entschieden. Wo wir die Linie ziehen, verändert sich – nicht nur jene zwischen denen, die Gegner, und jenen, die Befürworter eines Schwangerschaftsabbruchs sind, sondern auch die jeder einzelnen Frau, abhängig von ihren jeweiligen Lebensumständen.

Gesetze sind schwarz und weiß. Das Leben von Frauen besteht aus tausend Grautönen.

Können wir also die Abtreibungsdebatte ohne gesetzliche Regelungen lösen? Fangen wir damit an, dass sich keiner eine Abtreibung *wünscht*, dass es die letzte Option ist. Wenn wir davon ausgehen, dass das Lager der Abtreibungsgegner die Eingriffe reduzieren oder ganz eliminieren möchte und das Lager der Abtreibungsbefürworter es Frauen ermöglichen möchte, selbst über ihre Fortpflanzungsgesundheit zu entscheiden, dann sollte man am besten vor einer Schwangerschaft ansetzen – mit Empfängnisverhütung. In den Vereinigten Staaten gab es 2012 einunddreißig Teenagergeburten pro tausend. In Kanada waren es vierzehn pro tausend. In Frankreich sechs. In Schweden sieben. Was diese Länder von den USA unterscheidet, ist die urteilsfreie aktive Bewerbung von Empfängnisverhütung. Dem stehen in den USA religiöse Überzeugungen entgegen, welche der Fortpflanzung den Vorzug geben; doch wenn es am Ende darum gehen soll, Abtreibungen zu reduzieren, wäre dies die einfachste Lösung.

Wenn tatsächlich für die größte Anzahl der Frauen, die sich für eine Abtreibung entscheiden, wirtschaftliche Gründe im Vordergrund stehen, dann wäre auch dies ein überlegenswerter Ansatzpunkt. Wären Pro-Life-Aktivisten, wenn sie mit Steuererhöhungen und der freiwilligen Bereitschaft, ein Kind zu adoptieren, Abtreibungen verhindern könnten, dazu bereit? Wären Befürworter von Abtreibungen, die der Ansicht sind, dass Frauen ihre Entscheidungen ohne äußeren Druck treffen können sollten, bereit, auf einen Teil ihres Einkommens zu verzichten, sodass Frauen, die knapp bei Kasse sind, ihre Schwangerschaft aber gern fortsetzen würden, dies tun könnten?

Hier lohnt es sich, die Frage aufzuwerfen, was passieren würde, wenn wir soziale Dienste für schwangere Frauen leichter zugänglich machten. Eine Erhöhung des Mindestlohns gäbe den Frauen finanzielle Sicherheit, ein Baby aufzuziehen, sofern sie sich dafür entscheiden. Staatlich geförderte Tagespflege würde einem drohenden Jobverlust zuvorkommen. Umfassende Gesundheitsfürsorge gäbe den Frauen das Gefühl, sich nicht nur die Geburt eines Kindes, sondern auch dessen weitere Existenz leisten zu können.

Es müssten auch andere Wege beschritten werden, um die Anzahl der Frauen klein zu halten, denen nur noch der Ausweg des Abbruchs bleibt. Arbeitgeber, die schwangere Frauen wegjagen, sollten bestraft werden. Garantierte und kostenlose Schwangerenbetreuung könnte Frauen ermutigen, ihr Kind auszutragen, und über ein Netzwerk von Adoptiveltern finanziert werden.

Ehrlich gesagt, glaube ich nicht daran, dass wir als Gesellschaft uns in dieser Frage jemals einigen werden. Die Hürden sind zu hoch, und beide Seiten operieren auf der Grundlage unerschütterlicher Überzeugungen. Aber ich denke, als ersten Schritt sollten wir miteinander reden – und einander zuhören, was noch viel wichtiger ist. Auch wenn wir keinen Konsens erreichen, können wir doch die Einstellung des anderen akzeptieren und als wahrhaftig anerkennen. Vielleicht wären diese aufrichtigen Gespräche eine Möglichkeit, uns, anstatt einander zu dämonisieren, als unvollkommene Menschen wahrzunehmen, die dennoch ihr Bestes versuchen.

Jodi Picoult, März 2018

Dank

Es gab zahlreiche Experten im Bereich der weiblichen Fortpflanzungsgesundheit und -medizin, die bereit waren, ihr Wissen mit mir zu teilen: Linda Griebsch, Julie Johnston MD, Liz Janiak, Souci Rollins, Susan Yannow, Rebecca Thompson MD, Margot Cullen MD. David Toub MD bekommt eine besondere Erwähnung, weil er bereit war, an einem Samstagabend beim Hosenbügeln mit mir zu skypen und meine dringliche Frage zu beantworten.

Für Einblicke in die andere Seite danke ich: Paul und Erin Manghera.

Für ihren juristischen Scharfsinn: Maureen McBrien-Benjamin und Jennifer Sargent.

Für die Aufklärung über die Rolle eines Unterhändlers bei Geiselnahmen: John Grassel und Frank Moran.

Für die Unterweisung im Anlegen einer Aderpresse und dem Einführen einer Pleuradränage für den Fall, dass es in meinem derzeitigen Beruf nicht mehr gut läuft: Shannon Whyte RN, Sam Provenza, Josh Mancini MD.

Für angeregte Diskussion und/oder die Erlaubnis, einen Teil ihrer Lebensgeschichten zu stehlen: Samantha van Leer, Kyle Tramonte, Abigail Baird, Frankie Ramos, Chelsea Boyd, Steve Alspach, Ellen Sands, Barb Kline-Schoder.

Für das Lesen der ersten Entwürfe, als es noch sechzehn Hauptfiguren gab: Laura Gross, Janie Picoult, Elyssa Samsel.

Für einfühlsames Lesen, treffende Vorschläge und dafür, dass er ein beeindruckender Schriftsteller ist, bei dem ich mich mittels Textnachricht darüber auslassen kann, wie hart dieser Job ist: Nic Stone.

Für die Besten in diesem Geschäft: Gina Centrello, Kara Welsh, Kim Hovey, Debbie Aroff, Sanyu Dillon, Rachel Kind, Denis Cronin, Scott Shannon, Matthew Schwartz, Erin Kane, Theresa Zoro, Paolo Pepe, Christine Mykityshyn, Stephanie Reddaway, Susan Corcoran und Jennifer Hershey. Meine Bereitwilligkeit, durchs Feuer zu gehen, wäre nicht annähernd so groß, wenn ich euch nicht an meiner Seite wüsste.

Dank an die Angestellten des West Alabama Women's Center in Tuscaloosa, Alabama, und die Jackson Women's Health Organization in Jackson, Mississippi, und andere, die diesen Weg gehen: Gloria Gray, Diane Dervis, »Miss Betty« und Tara; Alesia, Mamie, Renetah, Francia, Tina, Chad, Alfreda und Jessica.

Ein ganz großes Dankeschön an Willie Parker MD, der ausbildet, inspiriert und sich denen zuwendet, die es am nötigsten haben. Ich fühle mich geehrt, Sie einen Freund nennen zu dürfen, und bin wahnsinnig froh, dass Sie für die Frauen eintreten.

Ganz zum Schluss danke ich all den Frauen, die bereit waren, mit mir über ihre Abtreibungen zu sprechen: Joan Mogul Garrity, Jolene Stark, E. Johnson, »M«, Cristine Benjamin, Megan Tilley, Susan (UK), Laura Kelley, Sarah S., Leanne Garifales, Dena, Natasha Sinel, Emma, Jennifer Felix, JLR, Roberta Wasmer, Nina, Eileen, Nancy Emerson, Laura Rooney, Heather C., Jennifer Klemmetson, Alie, Amanda Clark, Heidi, Lorraine Dudley, Brooke, Shirley Vasta, Lisa Larson, Cynthia Brooks, Melissa M., Tori, Kara Clark, Sonia Sharma, Andrea Lutz, Claire, Alison M., Rae S., Megan, Melissa Stander und Dutzende weitere, die nicht genannt werden wollten. Ich hege dabei die Hoffnung, dass, je mehr solcher Geschichten erzählt werden, desto weniger Frauen anonym bleiben müssen.

Bibliografie

Das folgende Material war mir beim Schreiben dieses Romans nützlich:

Baird, Abigail, Christy Barrow und Molly Richard, »Juvenile NeuroLaw: When It's Good It Is Very Good Indeed, and When It's Bad It's Horrid«, in: *Journal of Health Care Law and Policy* 15 (2012).

Camosy, Charles C., *Beyond the Abortion Wars: A Way Forward for a New Generation,* Wm. B. Eerdmans 2015.

Cohen, David S., Krysten Connon, *Living in the Crosshairs: The Untold Stories of Anti-Abortion Terrorism,* Oxford University Press 2015.

Eichenwald, Kurt, »America's Abortion Wars (and How to End Them)«, in: *Newsweek,* December 25, 2015.

Fernbach, Phili, Steven Sloman, »Why We Believe Obvious Untruths«, in: Sunday Review, *New York Times,* March 3, 2017. https://www.nytimes.com/2017/03/03/opinion/sunday/why-we-believe-obvious-untruths.html *(Nicht mehr abrufbar).*

Gilligan, Carol, und Mary Field Belenky, »A Naturalistic Study of Abortion Decisions«, in: *New Directions for Child Development* 7 (1980).

Graham, Ruth, »A New Front in the War over Reproductive Rights: ›Abortion-Pill Reversal‹«, in: *New York Times Magazine,*

July 18, 2017. https://www.nytimes.com/2017/07/18/magazine/a-new- front-in-the-war-over-reproductive-rights.html.

Johnson, Abby, *Unplanned: The Dramatic True Story of a Former Planned Parenthood Leader's Eye-Opening Journey Across the Life Line*, Tyndale 2010.

Knapton, Sarah, »Bright Flash of Light Marks Incredible Moment Life Begins When Sperm Meets Egg«, in: *Telegraph*, April 26, 2016. https://www.telegraph.co.uk/science/2016/04/26/bright-flash-of-light-marks-incredible-moment-life-begins-when-s/.

Kowalski, Gary, »The Founding Fathers and Abortion in Colonial America«, in: *American Creation* (Blog), April 6, 2012. http://americancreation.blogspot.com/2012/04/founding-fathers-and-abortion-in.html.

Miller, Monica Migliorino, *Abandoned: The Untold Story of the Abortion Wars*, St. Benedict Press 2012.

Oakes, Kelly, »51 Mind Blowing Facts About Life, the Universe, and Everything«. https://www.buzzfeed.com/kellyoakes/mind-blowing-facts-about-life-the-universe-and-everything?utm_term=. om3qZdoZjz#.eb2Mo6802R.

Parker, Willie, *Life's Work: A Moral Argument for Choice*, Atria Books 2017.

Paul, Maureen, et al., *Management of Unintended and Abnormal Pregnancy: Comprehensive Abortion Care*, Wiley-Blackwell 2009.

Perrucci, Alissa C., *Decision Assessment and Counseling in Abortion Care: Philosophy and Practice*, Rowman & Littlefield 2012.

Pollitt, Katha, »Abortion in American History«, in: *Atlantic*, May 1997. https://www.theatlantic.com/magazine/archive/1997/05/abortion-in-american-history/376851/.

Pollitt, Katha, *Pro: Reclaiming Abortion Rights*, Picador 2014.

Saxon, Lyle, Robert Tallant und Edward Dreyer, *Gumbo Ya-Ya: A Collection of Louisiana Folk Tales*, Bonanza Books 1984.

Thomson, Judith Jarvis, »A Defense of Abortion«, in: *Philo-sophy and Public Affairs* 1, no. 1 (1971). http://spot.colorado.edu/~heathwoo/ Phil160,Fall02/thomson.htm.

Wicklund, Susan, *This Common Secret: My Journey as an Abor-tion Doctor,* Public Affairs 2008.

Ein kluger, einfühlsamer Roman über Leben, Sterben und die Kraft der Liebe.

Dawn Edelstein hatte sich einst bei Ausgrabungen in Ägypten in einen Kollegen verliebt, mit dem sie alte Grabtexte entschlüsselte. Bis ein Telefonanruf ihr Leben komplett umkrempelte. Fünfzehn Jahre später ist Dawn verheiratet, hat eine Tochter im Teenager-Alter und arbeitet in Boston als Sterbebegleiterin. Als sie einen Flugzeugabsturz überlebt, drängt sich ihr die Frage auf, ob das gute Leben, das sie hat, noch viel besser hätte sein können. Auf der Suche nach der Antwort kehrt sie nach Ägypten zu dem Mann zurück, den sie einst leidenschaftlich liebte.

Bestsellerautorin Jodi Picoult setzt sich in ihrem neuen Roman mit den großen Fragen auseinander, die uns in der Lebensmitte beschäftigen: Was ist uns wichtig, mit wem wollen wir leben und wie sterben? Und ist es möglich – und akzeptabel, Entscheidungen zu revidieren und einen anderen Weg einzuschlagen?

»Jodi Picoult ist eine geborene Erzählerin, die niemanden unberührt lässt.« *Boston Globe*

In meinem Kalender finden sich viele Tote.

Als der Alarm meines Telefons losgeht, angle ich es aus der Tasche meiner Cargohose. Wegen der Zeitverschiebung hätte ich daran denken sollen, die Erinnerungsfunktion auszuschalten. Ich bin noch schläfrig, aber ich klicke auf das Datum und lese die Namen: Iris Vale. Eun Ae Kim. Alan Rosenfeldt. Marlon Jensen.

Ich schließe die Augen und mache das, was ich jeden Tag in diesem Moment tue: Ich denke an sie.

Iris, die zum Vögelchen zusammengeschrumpft war, als sie starb, hatte früher mal aus Liebe zu dem Mann, der eine Bank ausraubte, einen Fluchtwagen gefahren. Eun Ae war Ärztin in Korea gewesen, hatte ihren Beruf aber in den Vereinigten Staaten nicht ausüben können. Alan hatte mir stolz die Urne gezeigt, die er für die Asche seiner sterblichen Überreste gekauft hatte, und scherzhaft gemeint: Getestet habe ich sie noch nicht. Marlon hatte in seinem Haus sämtliche Toiletten erneuert, neue Böden gelegt und die Dachrinnen gesäubert, außerdem die für seine beiden Kinder gekauften Geschenke für ihre Abschlussprüfungen versteckt. War mit seiner zwölfjährigen Tochter in den Ballsaal eines Hotels gegangen und tanzte dort Walzer mit ihr, filmte alles mit seinem Mobiltelefon, sodass es am Tag ihrer Hochzeit ein Video geben würde, das sie beim Tanzen mit ihrem Vater zeigt.

Sie waren einmal meine Klienten. Jetzt bewahre ich sie als meine Geschichten auf.

In meiner Sitzreihe schlafen alle. Ich stecke das Telefon wieder ein und klettere dann vorsichtig über die Frau zu meiner Rechten, ohne sie zu stören – Passagieryoga –, um die Toilette im hinteren Teil des Flugzeugs aufzusuchen. Dort putze ich mir die Nase und schaue in den Spiegel. In meinem Alter hält dieser Blick noch Überraschungen bereit, weil ich noch immer damit rechne, eine jüngere Frau als die zu sehen, die mir zublinzelt.

Wie die Knickfalten einer vertrauten Landkarte streben fächerförmige Linien weg von meinen Augenwinkeln. Würde ich den Zopf über meiner linken Schulter lösen, könnte man bei dieser schrecklichen Neonbeleuchtung die ersten grauen Strähnen in meinen Haaren entdecken. Wie jede vernünftige Frau um die vierzig, die einen Langstreckenflug vor sich hat, trage ich bequeme Cargohosen. Ich nehme mir ein paar Papiertücher und öffne die Tür in der Absicht, an meinen Platz zurückzukehren, aber im kleinen Bordküchenbereich drängeln sich die Flugbegleiter. Sie sind in einem einzigen Stirnrunzeln vereint.

Als ich auftauche, unterbrechen sie ihre Unterredung. »Würden Sie bitte zu Ihrem Platz zurückkehren, Ma'am«, werde ich aufgefordert.

Mir fällt auf, dass ihr Job sich gar nicht so sehr von meinem unterscheidet. In einem Flugzeug ist man nicht mehr an dem Ort, von dem man aufgebrochen ist, aber auch noch nicht dort, wohin die Reise geht. Man ist dazwischen gefangen. Eine Flugbegleiterin hilft dabei, diesen Übergang angenehm zu gestalten. Als Sterbebegleiterin tue ich dasselbe, nur dass die Reise vom Leben in den Tod führt und man am Ende nicht mit zweihundert anderen Reisenden aussteigt. Man geht allein.

Ich klettere wieder über die schlafende Frau auf dem Gangplatz und schnalle mich gerade an, als die grelle Deckenbeleuchtung anspringt und Leben in die Kabine kommt.

»Meine Damen und Herren«, verkündet eine Stimme, »wir sind eben vom Kapitän darüber informiert worden, dass wir eine geplante Notlandung durchführen werden. Bitte hören Sie auf die Anweisungen der Flugbegleiter und befolgen Sie diese.«

Ich erstarre. Geplante Notlandung. Das Oxymoron setzt sich hartnäckig fest.

Eine Schockwelle erfasst die Kabine und entlädt sich geräuschvoll, aber ohne Kreischen, ohne laute Schreie. Selbst das Baby hinter mir, das während der ersten beiden Flugstunden geschrien hatte, ist still. »Wir stürzen ab«, flüstert die Frau auf dem Gangplatz. »Oh mein Gott, wir stürzen ab.«

Sie liegt bestimmt falsch, schließlich gab es nicht mal Turbulenzen. Alles war ganz normal gewesen. Aber dann positionieren sich die Flugbegleiter in den Gängen und vollführen ein merkwürdiges Stakkato-Ballett von sicherheitsdienlichen Gesten, während über Lautsprecher die Anweisungen vorgetragen werden. Schnallen Sie sich an. Nehmen Sie die Klemmhaltung ein, sobald Sie dazu aufgefordert werden. Wenn das Flugzeug zum Stillstand gekommen ist, hören Sie die Aufforderung: Lösen Sie die Anschnallgurte. Steigen Sie aus. Lassen Sie alles zurück.

Lassen Sie alles zurück.

Für eine Frau, die sich ihren Lebensunterhalt mit dem Tod verdient, habe ich mir über meinen eigenen nicht viele Gedanken gemacht.

Ich habe gehört, dass sich im Angesicht des Todes das eigene Leben vor einem abspult.

Aber ich habe nicht Brian vor Augen, meinen Ehemann, dessen Pullover die Spuren unvermeidlichen Kreidestaubs der altmodischen Tafeln seines Physiklabors trägt. Und auch nicht Meret als kleines Mädchen, das mich bittet, unter dem Bett nachzusehen, ob sich dort Ungeheuer eingenistet haben. Meine Mutter sehe ich ebenso wenig, weder so wie am Ende noch wie früher, als Kieran und ich jung waren.

Stattdessen sehe ich ihn.

So deutlich, als wäre erst ein Tag vergangen, habe ich Wyatt mit weiß blitzenden Zähnen mitten in der ägyptischen Wüste vor Augen, wo ihm die Sonne auf den Hut brennt und der ständige Wind ihm den Sand als Schmutzstreifen um den Hals legt. Ein Mann, der fünfzehn Jahre lang nicht mehr Teil meines Lebens war. Ein Ort, den ich verlassen habe.

Eine nie beendete Dissertation.

Im Glauben der alten Ägypter musste man erst in der Gerichtshalle für unschuldig erklärt werden, bevor man ins Jenseits gelangte. Ihre Herzen wurden gegen die Feder der Maat aufgewogen, der Göttin der Wahrheit.

Ich bin mir nicht sicher, ob mein Herz bestehen wird.

Die Frau zu meiner Rechten betet leise auf Spanisch. Ich krame mein Telefon heraus, überlege, es einzuschalten und eine Nachricht zu schicken, obwohl ich weiß, dass es kein Signal gibt, aber es ist mir nicht möglich, den Knopf meiner Hosentasche zu öffnen. Eine Hand umfängt die meine und drückt sie.

Ich senke den Blick auf unsere Fäuste, so fest zusammengepresst, dass ihnen kein Geheimnis entweichen könnte.

Klemmhaltung, rufen die Flugbegleiter. Klemmhaltung!

Während wir vom Himmel fallen, frage ich mich, wer sich wohl an mich erinnern wird.

Sehr viel später sollte ich erfahren, dass die Flugbegleiter bei einem Flugzeugabsturz dem Notfallpersonal am Boden mitteilen, wie viele Seelen sich an Bord befinden. Seelen, nicht Menschen. Als wüssten sie, dass unsere Körper ohnehin nur für kurze Zeit auf der Durchreise sind.

Ich erfuhr auch, dass einer der Treibstofffilter sich während des Flugs zugesetzt hatte. Und dass den Piloten, als nach fünfundvierzig Minuten Flug die Alarmleuchte für den zugesetzten Treibstofffilter zum zweiten Mal aufleuchtete und alle ihre Versuche, ihn freizubekommen, ergebnislos blieben, bewusst wurde, dass sie eine Evakuierung zu Land vornehmen mussten. Man sagte mir, dass das Flugzeug kurz vor dem Flughafen Raleigh-Durham auf dem Fußballfeld einer Privatschule runterkam. Dort kollidierte eine Tragfläche mit der Tribüne, das Flugzeug kippte, rollte weiter und brach auseinander.

Sehr viel später erreichte mich die Information, dass sich die Reihe hinter mir vom Boden gelöst hatte und die drei Sitze mit der Familie und dem Baby aus dem Flugzeug hinausgeschleudert worden waren, was zum sofortigen Tod führte. Man berichtete mir von den sechs anderen, die zermalmt wurden, als das Metall nachgab, und von der Flugbegleiterin, die nie aus ihrem Koma erwachte. Ich las die Namen der Passagiere in den letzten zehn Reihen, die es nicht geschafft hatten, das Flugzeug zu verlassen, bevor der geborstene Treibstofftank explodierte.

Ich erfuhr, dass ich eine von sechsunddreißig Personen war, die sich selbst von der Absturzstelle entfernen konnten.

Benommen verlasse ich den Untersuchungsraum des Krankenhauses, in das man uns gebracht hatte. Im Flur spricht eine uniformierte Frau mit einem Mann, dessen Arm bandagiert wurde. Sie gehört zum Notfallteam der Fluglinie, das sich darum zu kümmern hat, dass wir ärztlich untersucht werden, frische Kleidung und Essen bekommen, und aufgeregte Familienmitglieder für uns einfliegt.

»Ms. Edelstein?«, spricht sie mich an, und mir wird blinzelnd bewusst, dass sie mich meint.

Vor einer Ewigkeit bin ich Dawn McDowell gewesen. Unter diesem Namen hatte ich veröffentlicht. Aber in meinem Pass und meinem Führerschein steht Edelstein. Wie bei Brian.

Sie hält eine Liste der Überlebenden des Absturzes in der Hand.

Macht neben meinem Namen ein Häkchen. »Wurden Sie schon von einem Arzt untersucht?«

»Noch nicht.« Ich schiele aufs Untersuchungszimmer.

»Okay. Sie werden sicherlich einige Fragen haben...?«

Das ist eine Untertreibung.

Warum bin ich am Leben und andere sind es nicht?

Warum habe ich diesen speziellen Flug gebucht?

Was wäre, wenn ich es nicht zum Check-in geschafft und den Flug verpasst hätte?

Wenn ich Tausende andere Entscheidungen getroffen hätte, die mich von diesem Absturz ferngehalten hätten?

Dabei muss ich an Brian und seine Theorie des Multiversums denken. Irgendwo in einer parallelen Zeitachse gibt es ein anderes Ich bei meiner eigenen Beerdigung.

Gleichzeitig denke ich – wieder und immer – an Wyatt.

Ich muss hier raus.

Mir ist nicht bewusst, dass ich das laut ausgesprochen habe, bis die Angestellte der Fluglinie darauf eingeht.

»Wenn wir die Bescheinigung des Arztes haben, steht es Ihnen frei zu gehen. Kommt jemand, um Sie abzuholen, oder sollen wir für Sie einen Flug buchen?«

Uns, den Glücklichen, hat man gesagt, dass wir ein Flugticket egal wohin bekommen können – zu unserem Ziel, zurück zu unserem Abflugort oder, falls nötig, auch anderswohin. Meinen Ehemann habe ich bereits angerufen. Brian hat angeboten, mich abzuholen, aber ich habe das abgelehnt. Ohne einen Grund zu nennen.

Ich räuspere mich. »Ich muss einen Flug buchen«, sage ich.

»Aber sicher.« Die Frau nickt. »Und wohin müssen Sie?«

Boston, überlege ich. Nach Hause. Aber aufgrund ihrer speziellen Fragestellung – müssen anstatt wollen – setzt sich mir ein anderes Ziel in den Kopf.

Ich mache den Mund auf und antworte.